MW01122738

偷 渡 客

TOU DU KE

曹桂林 著

现代出版社

内　容　提　要

70 年代末,在云南橡胶林场受尽磨难的北京知青韩欣欣,随一美籍华人来到纽约,在一次突发事件中,当上了"三义帮"的帮主,干起了人口走私买卖……。

本书描写了人口走私组织者和偷渡者的生活,反映了拜金主义对人性的扭曲和偷渡者们"美国梦"的幻灭。作品中富豪、政客、律师、大学生、干部、恶少、打手、马仔、村妇、妓女、教师……栩栩如生,西双版纳的景色、老挝的土风、缅甸的原始森林、长岛的海滩、曼哈顿的都市风光、拉斯维加斯的赌场……使人如同身受。

为写作本书,作者曾采访大量"偷渡客",并沿着人口走私的路线作了实地考察。

1

1993年，6月初，深夜。

纽约，皇后区外海，一艘挂有巴拿马国籍标志的货轮，正加足马力，向着美国疆土全速驶来。那巨大的推进器搅翻了大西洋沿岸，被卷起的泥沙掀起了一丈多高的浊浪。缸口粗细的主烟筒张着大嘴，大口大口地吐着浓烟。这条货轮就像一只受了伤的庞然猛兽，向着它要猎取的目标疯狂扑来。

在前甲板上，船长、大副和轮机长被反捆着，头拱着地，按在了冷冰冰的甲板上。他们的背后，各站着一个眼里冒着血光、疯狂叫喊的青年。几只脏手，拿着上了膛的手枪，那乌黑的枪口，紧紧地顶在了船长们的后脑上。

这里显然是经过了一场厮杀，船长的右眼角已被撕开，血浆顺着脸颊流进脖梗；大副满脸乌青块；轮机长的面目已辨认不清。

通往甲板的底舱铁门，有人在砸、撬。从被砸撬开的缝隙里，传出来女人的哭嚎和男人的咒骂。

货轮向着近海浅滩，开始了最后的冲刺。由于力量太大，船头深深地插进泥沙里，足有三四公尺。随着一阵嚎叫，即刻，船上所有的人都向着同一个方向跌倒。损坏了的主机腾腾地冒出滚烫的蒸汽。轮机手们捂着浑身的烫伤，冲出舱外。

底舱的门被撬开了，熏天的臭气裹着哭天喊地的人流，一起向外涌。一双双呆滞无神的眼睛，闪着恐惧和绝望的幽光。他们不断地咳嗽着，急促地呼吸着，用力扭动着那一张张焦黄憔悴的脸。

昏天黑地的青年人爬上船舷，不顾死活地往海里跳。

"不要跳海！不许乱动！统统坐在甲板上！"不知道是谁，在漆黑的夜里镇静地发布着他的命令。

听到命令的人群，一下子停止了骚动，个个都顺从地坐下，女人的哭声逐渐变小。陆续来到甲板上的人，也乖乖地依次坐下。每个人都眯起眼睛，向着那漆黑的天空张望。每个人都竖着耳朵，听着那越来越近的飞机声，和那由远而近的警车声。

瞬间，一组直升飞机擦着船桅飞越而来。它们围着轮船绕了一个大圈，摆好队形，定在了头顶上。震耳欲聋的飞机螺旋桨声，裹着旋风，从头上倾灌下来，淹没了船上的一切声音。旋风吹乱了他们的头发，吹跑了他们的衣物。

几股强烈的聚光柱，从飞机的肚子底下一起扫下来。刹时，前后甲板和船桅中央，变得如同白昼。那强烈的聚光柱刺着他们的眼睛，射在他们的身上，像是把他们焊在钢板上，使他们一点儿也动弹不得。他们下意识地把身体缩成了一团。

闪着红灯的警车像是从地底下钻出来，又像是从天上掉下来，黑压压地布满了一大片……

次日清晨，美国的"ABC"、"CBS"、"NSC"以及"CNN"等各大电视新闻网的主镜头统统对准了这条搁浅的货轮。

纽约时报以显著的标题"THE YELLOW SLAVE TRADE（黄奴买卖）"，在头版头条，详尽报道了这条货轮的来历。

纽约的"DAILY NEWS（今日新闻报）"，则以套红大字"THE HUMAN CARGO（人口集装箱）"为题，报道着美国政府及民间的各种反应。

紧接着，不到中午，全美各大报刊和各种传播媒介全部启动。就连一些不起眼的中文小报的报头、街头巷尾的色情刊物，都及时换上了有关这条船的种种评论。

连日来，首当其冲的，乃是那四大新闻电视网，他们整日地做着实况转播。刹那间，美国的千家万户，及全球坐在电视机前的人们惊呆了。因为镜头里出现的，不仅仅是这一条船，西海岸旧金山一带，又出现两艘，正准备靠岸。更令人震惊的是，近在咫尺的墨西哥海湾里，竟有十几艘万吨以上的货轮，它们正跃跃欲试，准备突破美国海军的阻截和墨西哥边防舰队的重围。

三日后，电视机的荧幕上，出现了美国总统克林顿缺乏信心的呼吁："务请对象国同我们协手，及时阻截这股庞大的偷渡潮。"又呼吁联合国有关组织，"立即采取相应的措施"。

中午十二点十分，一组背后印有"FBI（联邦调查局）"字样的特工人员，身穿防弹衣，手拿现代通讯器材，挎着当今最先进的常规武器，登上了这艘斜卧在沙滩上的货轮。他们的身后紧随着纽约州移民局的官员，和身着白色长袍的医务人员。

电视机的镜头，从这些急步行走的人们身上，移到轮船前舷下的一排中国汉字"金龙探险号"上。这五个醒目刺眼的大字，在屏幕上定格足有三四十秒。

坐在甲板上的三百多名偷渡客，被命令脱去身上的衣服，披上了当地移民局发给的灰色毛毯。

来到甲板上的特警，礼貌地请他们让出一条通道，试着往货轮的底舱里冲。冲了几次均未成功，都被那令人窒息的恶臭挡了回来。

披着毛毯的偷渡客们，把头伸到毛毯外，好奇地看着这些狼狈愚蠢的洋人，有的在交头接耳，有的甚至乐出了声。

纽约城内的大小移民律师们，此时也都在四处奔走，忙得不亦乐乎。他们命秘书加紧准备各类表格和文件，并及时召开联合会议，共商这次紧急事件的对策。

皇后区区法院，数日里连续审理有关案件。大量的文件使法官文书叫苦不迭。翻译人员短缺，复杂的案情难理，社会压力加大，世界舆论紧逼。经过反复研究，决定翌日开庭，首先审判那个不爱说道的东方女人。

开庭了，陪审席上座无虚席。

"WILL YOU SWEAR TO THE GOD, THAT YOUR AN-SWER WILL BE THE TRUTH?（你能向上帝起誓，你的回答将是真实的吗?）"区法官神圣而又庄严地问她。

"YES, I WILL.（是的。）"神秘的东方女人答。

"YOUR NAME IS VICTORIA·LIN?（你的名字叫维多利亚·林?）"

"YES.（是的。）"

"ORIGINALLY YOU ARE FROM CHINA?（你从中国来的?）"

"YES.（是的。）"

"MISS LIN, DO YOU KNOW ANYTHING ABOUT THIS SHIP AND HUMAN BUSINESS?（林小姐，你知道有关这条船和人口买卖的事吗?）"

"NO.（不知道。）"女人回答得相当干脆。

接着，法官又问了她几个有关这方面的问题。她的回答，就只一个字："NO"。

当法官问到她本人的经历时，她的律师克拉克·史密斯站了起来，反对法官的提问。他指出，这些提问超出了自己的委托人应该回答的范围。随后，史密斯律师背诵了几条法律，以证实维多利亚·林无罪。

史密斯一开口，就把陪审席上所有的目光吸引过来。人们从他语言的简洁、思维的清晰、逻辑的周密、以及干练的风范上可以看出，他是一位经验老到、收费昂贵的大律师。

法庭认为，维多利亚·林在租用船只问题上仍然有罪。因为她把船租给了犯罪团伙，并用于贩卖人口。不过，除了租船牵连

4

到这位东方女性外，其他指控均无确凿证据。为此，法官宣布，维多利亚·林交保即可释放。

史密斯听完之后，挥臂站起，想继续辩驳。维多利亚·林向他暗暗使了个眼色，他这才安静下来。

"CLOSE！（休庭！）"法官说完，用力敲了一下木槌。

随后，两位高大的警官把维多利亚·林押回了监狱。

加拿大境内，一辆崭新的集装箱货柜车，朝着连接纽约上州的国际海关缓缓开去。那超大型的货柜上涂写着不堪入目的脏话。蓝、白两色大马力的车头门上，粘贴着全裸性感的女郎画像。

司机是个年轻的黄种人，个子不高，属偏瘦型。他看到马上就要进入美国关口，立即挂上了空档以减低车速。他把车窗摇下，把脑袋伸出窗外，向美国海关官员热情地打着招呼，并掏出了过关时应出示的证件。

"EVERYTHING'S OK？（一切都还好吗？）"海关人员礼貌地问。

"YEAH, FINE. JUST BUSY！（啊，挺好，就是太忙。）"司机答。

"DON'T WORK TOO HARD！（别累着。）"海关检查人员接过他的证件查看着。

"I HAVE NO CHOICE, BROTHER.（没办法呀，老兄。）"司机说。

海关人员把证件还给司机之后，走到货柜车的门前，打开车门，仔细向里面查看一番。

"OK. YOU MAY GO, NOW.（好了，走吧。）"

"SEE YOU NEXT TIME, BROTHER.（下回见，兄弟。）"司机说完，摇起车窗一加油门，驶过美国海关。

司机是个中国人，一听口音就知道他是个纽约客。他不一定

5

是土生土长，可至少在那个城里生活了不下十几年了。

他叫鸭血汤，护照上的名字是 THOMAS LEE（汤姆斯·李）。英文里也有这一个姓氏，所以，他的祖先是中国人、美国人、还是中美混血就不得而知了。

过了海关，鸭血汤向前后望了望，然后拍了三下车顶棚。顿时，货柜箱的上夹层里发出了一阵骚动声。他骂了一句粗话，加大油门，转动了一下硕大的方向盘，"轰"地一声开上了95号高速公路。

这条直达纽约的高速公路，路面平坦、通畅，不用费脑，也不用费什么力气，就可开到纽约。所以，开上95号公路不久，鸭血汤就拧开了收音机，放出了热门音乐。他打开一罐儿啤酒，美滋滋地喝了起来。

突然，一辆深蓝色的凯迪拉克，从一个隐蔽处快速插入公路，紧紧地尾随着那辆装货车。由于它躲在货车反光镜看不到的那个角度，鸭血汤没有发现它。

两辆车一前一后，在公路上飞驰。后面的轿车不紧不慢跟得恰到好处。轿车里一共有两个人，一中一洋。洋人名字叫PETER（彼得），他人长得身材魁梧、年轻帅气。中国人叫丁国庆，他黝黑的脸膛，体魄健壮。他俩奉林姐之命，在这里已等候三天了。其目的是查出散货的劫货人，和这些人蛇（偷渡客）的最终去向。

三义帮的散货经常遭劫，这已不再是什么新鲜事。以前，林姐对此类事情过于宽宏，总认为数目不大，受损不多，作生意嘛，精力不能过于分散。再说，丢失点儿零散货也是正常的。

一连串的事实证明，小事能引起大祸。这次林姐突然遭捕，才促使她下了决心，不得不清除身边的异己分子。

货柜车突然加快速度，尾巴即刻冒出了一股黑烟。凯迪拉克紧紧地跟在后面，又藏在了那个不易被发现的角落。

"I THINK HE FOUND US.（我想他发现我们了。）"坐在

丁国庆身边的彼得说。

"I DON'T THINK SO.（不会的。）"丁国庆紧握方向盘说。

前方几十米处，亮出了 BURGER KING（国王汉堡包）的招牌。大货车打起了向右转的信号灯。凯迪拉克也放慢了车速。待货车在停车场停稳，凯迪拉克才慢慢地向国王汉堡包快餐店滑去。

鸭血汤从驾驶舱里跳下来，东张西望地看了一会，然后带上墨镜，走进快餐店。

丁国庆和彼得没有下车。他俩吃着车上早已准备好的热狗和饮料，远远地停在车场的一角观察等待。

大约过了五分钟，丁国庆看见鸭血汤从快餐店里走出来。他双手抱着足够十来个人吃的汉堡包，身后还有一个小店员帮他提着两箱可口可乐。他打开货柜门，把所有的食品都扔了进去，然后又锁上了货柜门。

"IT LOOKS LIKE A BIG SIZE OF PEOPLE INSIDE.（看来，里面有不少人。）"丁国庆紧盯着鸭血汤扔进去的食物说。

"AT LIST…（至少是……）"彼得话没说完，拿起照像机按了几下快门儿。

货车"轰"地一下打着了火，又上路了。稍等片刻，凯迪拉克赶紧发动，也追随着货车而去。

丁国庆看看车上的表，他估计今夜是赶不到纽约城了。他盘算着，货车会在什么地方过夜？又会是什么人来接应？

夜晚的 95 号公路车辆稀少。警车在这一带也不怎么出没。货柜车不紧不慢地行走着，看起来并不像是在赶时间。

到达纽约之前得经过一段山路，丁国庆不准备跟得太紧，他生怕会惊动货车上的人。前面只有一条路，他的车不可能被甩掉。

忽然，货车放慢了速度，歪歪扭扭地开进了路边的小树林。那坑坑洼洼的小树林很难容下货车宽大的车身，货车的车头折断了粗大的树枝，车顶上落下了很多树叶。

丁国庆急忙把车停在路旁拐角的隐蔽处。他和彼得悄悄地跳下车，躲在树丛的后面。彼得立刻把镜头对准货车，继续拍照。

"快，快点！就两分钟。"鸭血汤把货柜打开向里面喊。喊声一落，从货柜顶部的夹层里，一下露出了好几个人头。他们一边从车顶部的夹层里往下爬，一边嚷嚷着："哎呀我的妈呀，可把我给闷死了。""他妈的，都要把老子的骨头给震断了。"

"都他娘的给我住嘴，还他娘的想活不想活？"鸭血汤恶声恶气地制止着他们。

他们方便完之后，就钻回相当宽敞的货舱里。

这是一种特殊的集装箱，为了逃避海关，运载偷渡人蛇的部位是在货柜顶部的夹层里。这个夹层上下也就一尺多高，人在里面只能趴着或仰着，不能侧身，更不能翻动。夹层里没有通气孔。好在过海关的时间不长。一过海关，就可以爬出来回到比较宽敞的货舱里面。

现在他们已经过了危险地带，可算是顺利到达美国境内了。

夹层里一共装了八个人，六男二女。在他们回货舱时，鸭血汤抓住那个比较年轻的姑娘："来吧，老子让你舒服舒服。走，跟老子进特等舱。"说着，他一把把姑娘推进了驾驶舱。为了不让人蛇跑了，他锁好了所有的车门，就上了他的驾驶座。

这种在公路上常见的货柜车，是专为拖载集装箱设计的。美国的高速公路四通八达，商品的快速流通，全靠这实用的集装箱。为了躲避白天的交通堵塞，司机们大都在夜间行驶。因为车头是个独立体，驾驶舱的面积宽大，舱后还有一个小型卧室和微型厨房，所以他们吃喝拉撒睡都在里面，货车成了他们临时的一个家。

鸭血汤虽然不是驾驶这种货车的老手，可他从小就喜欢玩弄各种汽车。接送零散货不是他份内的事，今天他负有特殊使命，不然他不会屈尊干这种粗活儿。

"姑娘，我这里面太热。啊，快脱衣服吧！"鸭血汤跨上车，就对刚坐进来的女孩子大声说。

面色憔悴的姑娘，蜷缩在一边不敢答话。

货柜车"轰轰"地倒回到公路上，把车头调向纽约的方向，又飞快地开上了95号高速公路。凯迪拉克藏在货车的后面，迅速地跟上。

"姑娘，你不脱，我可要脱了。"鸭血汤左手扶着方向盘，右手解开了皮带。

他几乎把所有的衣服都脱掉了，上身只剩下一件短得不到肚脐眼儿的T—SHIRT（T恤衫）。他把牛仔裤一脚蹬掉，光溜溜的下半截赤裸裸地晾了出来。

他把空调开到最大限度，任凭冷风吹着他汗津津的身体。他"咯咯"地笑着，右手摆弄起他的生殖器："看见了吧，姑娘，它在里边憋长了，也要出来活动活动。你在夹层里憋了多久了？不想舒坦舒坦？"

这个从中国大陆来的姑娘，年龄看起来很小，此生此世从未见过这种情景，她吓得不敢睁开眼。

"来吧，别他娘的跟老子装。不把老子伺候舒坦了，没你的好日子过。快点儿。我他娘的都憋不住了！"鸭血汤说着，揪住姑娘的头发，恶狠狠地把她的脸按在了他的双腿中。

"大哥，我……"

"少废话，快点儿弄。不叫老子痛快喽，我他娘的把你扔到车外去，让警察把你抓走。"

"不！我……我不会。"姑娘胆怯地说。

"不会？老子教你。"鸭血汤连说带骂，肆意地蹂躏起这个姑娘。

货车在公路上开始不稳，左右摆动着它那长长的车身。

"WHAT'S HAPPENING？（发生了什么事？）"彼得看到货车后面的异常扭动，有点儿犯疑。

9

丁国庆把凯迪拉克同前面的货车拉近了一点儿距离，想观察一下到底发生了什么。

"YEAH, GOOD GIRL！（好姑娘！）就这样，再深点儿。再深……"此时鸭血汤神色异常，握在方向盘上的双手一阵颤抖。他"啊……"的一声长出了一口气，脚下一蹬，踩在了油门上，货车猛地一下向前急冲。

丁国庆紧紧跟在货车的尾部。

鸭血汤一见踩错了油门，又听到货舱里"嗷嗷"的叫声，他突然踏住了刹车板。由于用力过猛，硕大的货车轮胎磨擦在柏油马路上，引出一片火花，冒出了一股烧糊了的橡胶味儿。

后面的凯迪拉克跟得太紧，急刹车已经来不及了。丁国庆紧打左方向盘，车体擦着货车的右侧，铁皮与铁皮溅出一片火花。凯迪拉克的左面划出一道深深的缝子。它冲过货车的头部，完全暴露在路当中。

"FUCK YOU！（操你妈！）"鸭血汤骂完，一眼就认出了轿车里的丁国庆。他把怀里的姑娘一推，加大油门，向凯迪拉克撞去。

丁国庆看了一眼反视镜，反视镜中塞满了那巨大的货车头。他知道，一旦被撞上，他就会粉身碎骨。然而躲闪已是不可能了，这时只能比速度。他一脚把油门踩到底，四个轮胎擦着路面，发出了刺耳的尖叫声。毕竟凯迪拉克体小灵活，瞬间，与货车拉开了距离。

"他娘的，今天老子要辗碎你！"鸭血汤嚎骂着。可他并没向丁国庆冲去，他反而松开了油门，放慢了车速。

丁国庆知道鸭血汤要玩的把戏，可是，自己是完全暴露了，情况变得极为被动。必须尽快想出良策，变被动为主动。不然，林姐交给的任务完不成，跟踪散货的计划则全部落空。

彼得从座位下抄起了大口径机枪，顶上了子弹。他正要捅碎后车玻璃，朝货车的前轮扫去。"STOP IT！"丁国庆喊住了彼得，

10

并摇了摇头，指着左前方 95 号高速公路，在它的左侧方开往相反方向的公路上，出现了两辆蓝色警车。

等警车过去之后，货车以最高的时速，轰鸣着向凯迪拉克扑来。

丁国庆全速驶进路旁的一个小岔口，货车闪电般地从岔口闪过。凯迪拉克又紧紧咬在它的身后。这次，丁国庆跟得不太紧，防止鸭血汤再次玩儿什么新花样。

鸭血汤拿起车上的电话大喊："他娘的，我身后出现了丁国庆！"

"不怕，稳住。中途不许停车！尽量甩掉他！"听筒里冒出来的是个沉着的福建口音。

"进城以后往哪儿开？"

"老地方。我派人保护你。"

"看来要大打出手啦？"

"你不许先抄家伙。正常行驶，不要惊动警车。一定不能乱动！"

鸭血汤扔掉话筒，搂过来那个受惊的姑娘，大笑着喊道："不能乱动，那多闷呢。摸摸扣扣才来劲呀。"

"大哥，大哥，疼啊！"姑娘尖叫着。

鸭血汤往车座子底下伸手一摸，摸出一把手枪。他把手枪在手中颠了两颠说："怕疼？那你该不怕凉吧！"说着，把枪筒捅进了姑娘的下阴。

天黑了，凯迪拉克的前灯亮了，它还是不松劲地紧咬着货车的屁股。

开始过隧道了。由于进纽约城的车辆太多，汽车一部顶着一部，在过 TOLL GATE（收费站）的时候都得等一会儿。鸭血汤见此机会，忙把货车挤在了一辆大客车前面。大客车一下子挡住了丁国庆的视线。大客车像是成心跟他做对，缓慢地扭动着硕长

11

的身躯，尾部呼呼地冒着浓烟。

"操他大爷的！"丁国庆急了，骂了句中文。他按响了喇叭。他的喇叭响一下，那辆大客车的喇叭也跟着响一下。其他的大车小车也跟着起哄，隧道里顿时充满了不同音高的喇叭声。出了隧道，丁国庆慌了，前面的货车不见了。他顾不得许多，三拐两绕地挤出了车队，直冲中国城方向开去。此时，他前面亮起了红灯，他发现那辆货车就在交通灯下。

红灯一过，货车就拐进了一条小巷。丁国庆知道，过了那条小巷，就是东百老汇大街。他打算抄近道在那里等候，于是一转车身，拐进另外一条路。刚进路口，就见一辆绿色收垃圾的大车横在路口。他想倒车，可是不行，车后已经跟着几辆也准备拐弯的汽车。

"操你妈的！"丁国庆举起拳头，狠狠砸了一下方向盘。

在曼哈顿的一所监狱里，关押着许多形形色色的犯人。丁国庆办好了探监手续，走进监狱，警卫为他打开了那道沉重的铁门。

这不是他第一次来探监，自从林姐入狱后，他来过多次。因为帮里各种人员的调动、货轮靠岸的时间和地点等问题，他必须仔细地向她汇报、研究、商量对策。电脑上的一部分资料被盗后，资料已残缺不全，就更造成了工作上的混乱。他庆幸林姐有个好记性，她记住了所有船只的名字和航行路线、货船的到达时间和货物的数量……。林姐入狱后，一直坚持着全面的指挥，丁国庆是负责内外联络的唯一一个人。

林姐入监后没有牵连任何人。当局对她的财产以及她个人的职业不太清楚，所以对她的处理也极为慎重。林姐住的号房，是这个监狱里最讲究的套间，房间虽不十分舒适豪华，但却很干净宽大，设备齐全。但目前除了她的私人律师史密斯外，她仍不能与探望者当面接触。

12

林姐的套房是在楼的尽头，丁国庆得穿过一条长长的走廊才能到达那里。被关押在走廊两边铁栅里闲得无聊的各色各类的犯人，见他走过来，都把脸贴在铁栏杆上向他打招呼，态度既热情又奔放。

"HI BODY，I WANT SMOKE，GIVE ME SOME．I'LL PAY YOU．（嘿，伙计，我想抽烟。给我来点儿，我付你钱。）"几个烟鬼向他喊叫。

"LOOK！THIS BOY MUST HAVE A BIG DICK．HI，MY SWEET HEART，I NEED YOUR．GIVE ME A CHANCE，LET ME TRY YOUR …（瞧这大个子，他那东西一定是个大号的。亲爱的甜点心，给我一次机会，让我尝尝你那个……）"一群祖胸露背的娼妓，向他吹着口哨调戏着。

丁国庆每次穿过这里，都会遇到这疯狂的一群，他已经习以为常。他快步穿过这条通道，来到林姐的号房。

警卫客气地把他拦住，请他坐下等一等，就去叫林姐。一会儿，警卫回来告诉他，林姐不能马上出来会客，房间里有一位律师在探访。

丁国庆知道，警卫指的律师一定是史密斯。美国的律师在监狱里出入是有一定特权的。

过了一会儿，丁国庆看了看手表，显得有些焦急。他必须把货柜车溜掉、已发现驾车人就是鸭血汤等情况向林姐汇报。

另外，西海岸生意的进展也不太顺利，从墨西哥海湾靠岸的船也出现了丢货的现象。目前继红仍然紧守在旧金山，她已盯上了劫货的真正幕后人。何时下手除掉异己分子？用什么办法铲除后患？这一切都得等林姐的指令。

史密斯提着公文包从里面走了出来。他握了握丁国庆的手，笑着同他交谈起来。他一点也不隐讳自己的言词，他告诉丁国庆不要着急，交保释放就在近日。他有把握控制局面。

史密斯走后，警卫把丁国庆带进去。透过玻璃墙，他看到林姐从里面慢慢地走出来。林姐今天的精神显得特别好，头发梳理得非常整洁。给人感觉她不像是在监狱，倒像是在她的办公室。她微笑着朝玻璃墙走来，一见丁国庆，她掩盖不住自己的高兴，双唇一咴，做出个惹人心跳的亲吻。她用右手沾了一下自己的鲜润的嘴唇，然后把手按在了玻璃墙上。

　　丁国庆也伸出了他的手，在玻璃墙的另一侧，对准林姐的手按了上去。虽然两只手隔着冷冰冰的玻璃，可是林姐似乎感应到了对方所传播过来的信息，脸上散发着妩媚的光亮。

　　"国庆，我想你。没你晚上我睡不好。"她对着话筒用中文说。

　　"我也想你。"丁国庆一边说，一边移动贴在玻璃上的手。

　　"你好吗？"

　　丁国庆点点头。

　　"冬冬、萨娃她们好吗？"

　　"都好。"

　　"国庆，甭怕。一切都会过去的。一切都会走向正常。我有预感，这次咱们将会大获全胜。等我出去后，把金融的生意调顺，咱俩就去……"

　　"我发现了鸭血汤。"丁国庆打断了她的话。

　　"真是他们干的？"林姐沉默了一会儿说。

　　"真的。"

　　"既然这样，你速命继红马上从西海岸飞回，然后……"林姐仔细地向他交待着下一步的计划。

　　从举世闻名的 WORLD TRADE CENTER（世界贸易中心）上，可以俯瞰纽约全貌。这两座高耸入云的流线型建筑物，代表着美国在全球的主宰地位，也体现着纽约——这个现代大都会的摩登。

14

纽约城内光怪陆离，无奇不有，贫富悬殊，差别极大。它的高度文明和野蛮原始相互并存。在世界贸易中心脚下，是纽约、乃至世界财富的象征——WALL STREET.（华尔金融街。）可在开车不到五分钟的东北角，你会看到一群群浮游的黄脸、一双双没魂的眼神、名目繁多的福州商号和奇奇怪怪的潮州食品。这就是与纽约西百老汇大街——美国文化圣地遥相呼应的东百老汇大街。在 CHINA TOWN（中国城）内的人们都称它为福州街。

东百老汇大街的历史，可追溯到美国南北战争和费城独立宣言之前。那时这里就已经十分繁华了。最早来美国这一新大陆淘金的欧洲移民，最先在东海岸（纽约）登陆。历经艰险从英国航行而来的"五月花"，带来的不光是娼妓和罪犯，同时也带来了盲流的恶习和开拓者的风范。从英格兰出发至扬基港的首批开拓者们，在这里不仅营造了百老汇，也奠定了它日后繁荣的基础。这些开拓者们曾在这里彷徨过，奋斗过，拼杀过，也生育过。他们用自己的鲜血和生命建造了这个美丽富有的新大陆。在造就了大批至富者和暴发户的同时，也留下了大量的流浪汉。

从马路两旁欧洲古典的小街小巷，到凿刻在建筑物上的人像和花纹不难看出，那时人们对追求幸福、渴望自由所存有的美好愿望。

CANNEL STREET（坚尼路）以西，目前仍保留了二百年前地中海沿岸古老民族的传统和文化。一家家意大利PIZZA（比萨）屋，一户户高档服装裁缝店，一排排室外马路餐馆，一个个昏暗热闹的酒吧，让人们流连忘返。

著名的意大利城和中国城紧紧相连，他们之间有着千丝万缕的联系。这里时而和平共处，时而枪弹齐鸣。美国教父的驻地，西西里黑手党的大本营，至今地点可能仍未改变。

不过近年来，住在这里的老住户都产生了一个担忧，那就是黄种人不断地涌进，不断地向他们蚕食，一块块地侵占他们的地

15

盘。那些传统的意大利 PIZZA 饼，被酸辣汤和春卷所取代。欧式小餐馆也改成了福州快餐店。暗调的酒吧已换成了按摩院。老住户们不再有什么优越感，他们发现了自己的弱势，纷纷关张卖房，迁往城外。他们感到"五月花"的时代已经结束，新来的黄龙一定会成为这里的新霸主。

百老汇大街的南头竖立着一尊高高大大的孔子铜像。在铜像下，丁国庆正等着约好见面的两位洋人。这两位洋人一男一女，岁数不大，也就有十六七。他们都毕业于太极武术馆，又都是丁国庆的得意门徒。女孩叫 ROSE（露丝），金发，碧眼，是个爱尔兰后裔。男的叫彼得，黑发，魁梧，意大利后代。他就是同丁国庆追鸭血汤的那个年轻人。这一男一女沉迷于东方神功，对丁国庆的武艺更是顶礼膜拜。师父的一整套功夫虽没全学到手，但也基本掌握了能致人死地的几个绝招。

丁国庆见他俩从马路对面走过来，就迎上前去。他简短地交待了他们几句，二位就各奔东西了。

丁国庆交给彼得的任务是，在冬冬的学校和教堂里保护冬冬的安全，暗地监视冬冬周围出现的陌生面孔。露丝的任务比较重，她要与继红配合，干掉那个劫货的幕后人。

这些部署都在林姐的指挥下严密地进行着。既要在最短的时间内解决这一切，又要做得干净利落不留半点儿人证物证。

眼下正是催货收款的紧要关头，但那个心狠手毒的家伙出卖了林姐。看样子他是想置林姐于死地，孰不知他是个法律的门外汉。因此人手上的材料不全，举报的证据不足，法庭无法判处林姐重罪。不然，三义帮真地就会毁在这个恶棍手里。

三义帮这次不败，还真得归功于林姐。林姐头脑机智，反应敏锐，做事不留任何痕迹。警方明知她有嫌疑，但也无从下手。

干掉劫货的幕后者，处死出卖举报的那个小人，势在必行。林姐不得不承认，她的这个决心下得有些晚了。但她坚信，这件事不会影响到整个生意的全局。

把东百老汇大街叫做福州街是近一两年来的事。官方和绝大多数美国人仍称这条街为东百老汇大街。在这条熙熙攘攘的街上有三个多，那就是职业介绍所多、发廊按摩院多、刚登陆的无业游民多。

继红和露丝准备干掉的那个人就住在这条街上。此人既阴险又狡猾。出事后，他不怎么在这一带出没，偶尔出现，也是在白天，而且决不单独一人行动。在人群稠密的公共场合干掉他无法下手，所以继红和露丝把地点定在发廊或按摩院。那里乱乱哄哄，在那里他必须单独行动。

福州街上的按摩院有它自己独特的特点，那就是除福州人外恕不接待，对洋人更是拒之门外。他们这样做是出于民族自尊？是因为除了福州话他们听不懂？还是各店有各店的隐私？都不得而知。

到这里来的客人大都是漂洋过海的单身汉。多年来，像这种人不见少，反而人数还一天天地见多。这些人不管干什么脏事、苦事，只要能混到份工作，有钱赚就行。他们没有身份，周末没什么去处，只能在福州街上消磨时间。

福州街上的按摩院别具一格。虽店面都很简陋，理发师的技术也不十分讲究，可醉翁之意不在酒，顾客到这里来热衷的是其他的服务项目。服务的范围名目繁多，分节分段，价格不等。

理发时，有人会问你是否还需要其他服务。常客都知道，理发店的里面就是寒娼鸡窝。宿娼的地方被隔成一个个的小鸽子笼，宽不到两米，长不到三米，仅可放一张床。到那里去的人，纯属为了发泄性欲。

继红和露丝俩盯上了一家名叫"柔情"的发廊，因为根据可

17

靠消息，此人经常在这一带出没。

这家发廊的小老板是个女的，名叫水仙，也是才过来没几年的偷渡客。

水仙告诉继红，是有这么个人经常到这里来，可最近不知为什么，来的次数不那么勤了。他到这儿来的时间一般都在周末，还专找她店里一个叫文霞的姑娘。

"平常有人跟他一起来吗？"继红问。

"没有。每次就他一个人。"水仙答。

"嗯……水仙，你得帮我一个忙，这两天晚上你得把文霞姑娘调开，由你亲自接待那个人。"

"那我……我该怎么做呢？"

"照常。"

"会出人命吗？影响我的生意怎……"

"我们绝不会亏待你。如果出了事，我会加倍地赔你。"

周末的傍晚，福州街上车水马龙。卖蔬菜、卖海鲜的摊儿上挤满了人。餐馆、发廊、按摩院里也是人满为患。五颜六色的霓红灯不停地闪亮。街道上的交通拥挤不堪。

继红和露丝坐在柔情发廊对过的一个咖啡屋里，她俩边喝咖啡，边对街对过的柔情发廊严密监视着。继红和水仙早已定下暗号，等那人一到，钻进后屋把衣服脱光后，水仙就拉上窗帘，以此为暗号。

按丁国庆的命令，她们今晚准备干掉那个幕后劫货人，他的名字就是郝仁。

现在郝仁已经是三义帮里专管收款的骨干。他来纽约已经五、六年了，眼下虽然他篡权的目的还没实现，可在这五、六年里他闹腾得也相当不善了。劫货收款确实是他组织干的，但其目的绝不单单为了收这点小钱。他是看准了海上就要靠岸的那三十多条船。他不准备蛮干，还得用智斗。送林姐进监狱是第一步。接下来他要大干一场，笼络人心，收买帮党，最终瞄准的是林姐手中三义帮帮主的大权。

他对这次亲手策划的三义帮政变胸有成竹。把林姐送进监狱则去掉了他心中的最大隐患。他有些飘飘然，感到胜利在望。因为他手上得到了无价之宝，那个小小的黑色电脑软盘。

郝仁经过五、六年的运筹帷幄，总算快熬出了头，熬到了就要坐上三义帮头把交椅的宝座上。自己一辈子追求的东西，出人头地，高人一等，享不尽的荣华富贵就要实现了。

天下起了小雨。黑暗的停车场内，地面潮湿泥泞。郝仁停好了他那辆装着防弹玻璃的林肯轿车，跨出车门。他穿上雨衣，巡视一下左右，又把雨帽往前拉一拉，遮住了他的脸。从他这一系列的动作中，就知道他是个喜欢独来独往、富有经验的老手。

郝仁从长期的大风大浪里得出个经验，身边的打手越多，就越不安全。安全系数最高的措施，就是单独行动。

郝仁走出停车场，穿过了哥伦布公园。他见雨下大了，就紧走几步，在柔情发廊的门口转了两转，快步走进里面。

马路上的车辆太多，都排成了一堵厚厚的车墙。郝仁走进发廊的时候，正赶上几部运货的卡车缓缓走过，一下子挡住了继红和露丝的视线。她们抬头望了望柔情发廊的二楼，那个窗帘始终未动，两扇窗还都紧关着。

水仙向继红所提供的情况是属实的。郝仁每次来发廊总是只身一人，来了之后找文霞就是为了干那事。有时候干完了又把她带走。文霞是他安置在这里的，他曾多次对水仙说，钱可以多给，条件是要把这姑娘照顾好。

水仙和郝仁都是永乐县人，没来美国之前水仙就认识他。她非常了解他这个人的德行，她从心眼儿里讨厌这个郝仁。来美之后，更增添了她对郝仁的反感。他干那种事儿时太狠太毒，把可

19

怜的小文霞糟蹋得够呛。回回完事后，文霞都得养伤。次次和水仙弄完，她总是又疼又痒。郝仁不像其他客人一泄了事，他对性动作提出很多古怪的要求，让水仙和文霞实在难以接受。为了拒绝这些令人作呕的事，文霞挨过他不少打，水仙也挨过几次嘴巴。

"哟，郝大哥，你可来了，都想死我了！"水仙一见郝仁进来，忙迎上去帮他脱下雨衣。

水仙一边给他点烟，一边说："天气不好，客人不多，你抽口烟，上二楼吧。"

郝仁接过烟，抽了一口，环视了一下四周，没说什么，就随着水仙上楼去了。

二楼的那几间小房，是专为客人作性服务准备的。临近马路的那间比较大，郝仁每到此地一定要那个房间。他进屋之后，往床上一躺，闭上了双眼。

"看你累的，准是还没吃饭吧。我打个电话，给你叫碗米粉。"水仙显得比往日更为殷勤。郝仁没理水仙，他脑子里盘算着近来发生的很多事。他是太累了，从西海岸的加州赶回东海岸的纽约，还没来得及休息，又得马不停蹄地进行下一步计划。旧金山一行还是收获很大的，唯一使他感到有些疑虑的，就是那个汽车旅馆半夜送冰块的美国妞，她看起来有点眼熟，可就是想不起来在什么地方见过她。他闭着眼回忆着这个金发碧眼的面孔……，他恨两面焦做事太大意，不该在汽车旅馆里捅伤那个不服管的人蛇，溅了床单上一滩血。更不该忘记拿走那两只被切下的耳朵。

"郝大哥，米粉来了，快吃吧！"水仙端来了一碗热乎乎的米粉。

"快把文霞叫来。"郝仁吃了几口说。

"她不在，去医院看病了。"

"怎么啦？"

20

"怎么啦？还不是因为上回你折腾得她太……"

"少废话！去的是哪家医院？"

"去了……那洋名我也说不清。"

"谁送她去的？"

"谁？我呗。"

"赶快带我去一趟，马上就走!"郝仁急了，他放下手里的碗，叫了起来。

"急什么？你先歇一会儿，不用你去，我马上派人去叫。"水仙说着，漫不经心地走到窗前，往街上看了看。

"你要是跟我耍滑头，可别怪我不认老乡。"

"哟，大哥，可别这么说，我怎敢在你面前耍弄呀。"

郝仁看了她一眼，半信半疑地又吃了起来。

"要么你先吃着，我亲自把她给你接回来。"水仙说完就要往外走。

"等等，你哪儿也别去。我不许你离开这个屋。"郝仁现在做任何一件事，警惕性都特别高，尤其是在这紧要关头，绝不能出现一丝一毫的马虎。

"好，那我就亲自陪你玩。想怎么玩，你说吧。"水仙装着高兴的样子，脱光了身上所有的衣服。

郝仁对水仙今晚格外殷勤的态度产生了怀疑。以前自己跟她弄些花样，她总是推辞，今晚她怎么像变了个人？

多疑的郝仁仔细观察着水仙的神态，想从中摸清她的真正目的。他一把把水仙搂在怀里，用手使劲捏住她的乳头，两眼怒视着水仙问："你怕不怕死？"

"郝大哥，你轻点儿。"

郝仁拧了一下她的乳头，掏出枪，对准她的胸口说："怕不怕死？"

"怕，怕。"

"说！是不是有人叫你盯着我？"

"没，没有。"

"他妈的，你要是骗我，我就敲碎你的脑袋。"

水仙不知他是在吓唬她，还是在玩儿什么新花样。在水仙眼里，他是个不正常的人。他的性高潮得伴着性虐待，不搞你个半死不活，他绝不收场。水仙对他的这种不正常、出尔反尔的变态的确很害怕。不过一想到国庆求她关照继红的事，和继红答应给她的那个数儿，心又动了。她把心一横，随他怎么弄。她相信，在这一带，郝仁不敢开枪。真要出了事，他自己也活不成。

"郝大哥，我怕你手里的枪，可我不怕你下面的这杆枪。"水仙说着，用手揪住他的阴囊。

"别动。有没有人向你交待什么？"

"交待什么？"

"还骗我。你他妈的不要命了！"说着，把枪筒捅进水仙的嘴里。阴冷的枪筒碰着她的牙齿"咯咯"乱响，吓得水仙一动也不敢动。

"臭婊子，量你也不敢。"郝仁把枪收好后，接着说："快点起来。打电话派人去接文霞，告诉她，我来了，让她快回来。"

水仙瞪了他一眼，心里恨透了这个畜牲。她抄起电话，随便乱拨了几个号码，对着听筒里的忙音，热情地说："你赶快去接文霞，今晚上的账目先由别人管。快去快回，接到文霞后让她直接上二楼来。"

"这还差不多。来，趁这功夫让我他妈的舒坦舒坦。"说着，郝仁解开皮带，躺在了床上。

水仙现在还不想马上拉上窗帘，她想等郝仁把衣服脱光，搞得他没了精神，叫他没劲儿逃时再拉窗帘。

水仙想好后，来到床边，给他脱衣服。

"不脱，今晚就玩儿局部。"为了安全起见，郝仁不敢完全放松。他躺在床上，只把裤子脱了半截。不能不说他的警惕性高，已经防范到了草木皆兵的地步。

"郝大哥，这样干你多不舒服呀。来，脱光了，今天我好好伺候伺候你。"

"少噜嗦，快点儿。"

水仙没怎么费力，三下五除二就把郝仁给搞得精疲力尽。她擦了擦嘴角，来到窗前。

"干什么？"郝仁没精打采地问。

"怕别人看见。"说着，就把窗帘拉上。之后，她又扑到床上，和郝仁搂在一起。水仙用尽了她的万千风情，使郝仁再次冲动，再次丢兵。

突然，楼梯上一阵急促的脚步声把郝仁惊动。他立即起身提上裤子，拔出手枪。几乎是同时，门被踢开了。

郝仁左手把赤身裸体的水仙死命地扣在自己的胸前，右手持枪，枪口紧对着她的太阳穴。冲进来的人是露丝。郝仁一下完全明白了，她正是旧金山汽车旅馆里的那个服务员。

"LEAVE HER ALONE. PUT DOWN YOUR FUCKING GUN.（放开她！放下你手里的那支臭枪。）"露丝高声命令。

郝仁冷笑了一声。他庆幸，前来行刺的是个美国女孩。他了解美国人的秉性，自己手上有人质，美国人绝不会在此时乱开枪。这就是转危为安、逃脱险境的最好机会。他狞笑着瞪着露丝说："GET OUT OF MY WAY. YOU FUCKING BITCH!（把路给我让开，你他妈的这条臭母狗！）"

露丝没想到会出现这种情况。她毕竟年轻，经验不足。她见水仙已被牢牢地控制在郝仁的手里，无奈，只好慢慢地放下手中的枪，等待着下一次的机会。

郝仁把露丝丢在地上的枪用脚勾回到自己的身边，正准备弯腰拾起，露丝一个飞脚，朝着郝仁的头部踢来。郝仁把水仙的身体往前一推，只听"哎哟"一声，水仙横躺在地。露丝扑向郝仁，郝仁一个躲闪，趁势把露丝压在身下。他一把揪住露丝的头发，把她拖起，左臂勾住她的脖子。现在露丝成了郝仁的人质。

楼上楼下的人惊乱了，远处隐隐约约传来警车声。

继红把车早已停在发廊门前，发动引擎，焦急地等待着露丝的出现。突然，她不相信自己的眼睛所看到的一切，只见郝仁拖着露丝奔出发廊。继红连忙冲出车外，举枪对准了郝仁，可郝仁手里有露丝，不好对口径。郝仁向继红"砰砰"连开两枪，拖着露丝就冲进了人群。

街上的行人尖叫着向两边躲闪，有的躲进了蔬菜摊儿后，有的钻进了小店里。

警车在拥挤的车队中连声鸣叫，可就是开不过来。

郝仁劫住一辆黄色出租车，把露丝塞进车里，命司机赶快下车。

出租司机是个黑人，他刚想抵抗，郝仁用枪逼着他，他只好弃车保命。

郝仁跳上驾驶座，一踩油门，紧打方向盘，逆行拐进一条小路后，就朝着威廉姆大桥开去。

继红紧追着这辆黄色出租车，死死地咬住那辆车的尾部。

在拐进小巷的时候，继红猛地踩住了刹车。黑暗中，她的前车灯照到了露丝的尸体。太阳穴被击穿了的露丝，横躺在潮湿的马路上。她睁着那双大大的眼睛，漂亮的金发上沾满了乌黑的淤泥和鲜红的血浆。

警车的尖叫声逼近，继红迅速地钻回车里，向漆黑的小巷驶去。

法院又开庭了。

陪审团鱼贯走进。史密斯律师和维多利亚·林坐在同一排。

新闻记者、专栏作家都相互簇拥着等在门外。电视台的转播车在法院的门口停了不下四五辆。他们不能进入法庭，统统被拒之门外，焦急地等待着得到第一手材料，等待着宣判的结果。他们想方设法，尽可能地采访到被告人和她的辩护律师，哪怕是捕风捉影地报道一点儿他们的行踪，或是当事人的举止风采，仅仅这些，也会给他们带来可观的收入。

　　法官宣布开庭后，又把这个东方女人的姓名、年龄问了一遍。他对前些日子中国城内发生的枪战并不关心，更不追问，指控的警方也没把这些事件与这个东方女人联系起来。今天的宣判只有一项，因指控方证据不足，故宣布维多利亚·林无罪释放。但鉴于她与本案间接地有一些经济瓜葛，需缴纳保释金方可释放。

　　法官宣布，保释维多利亚·林的金额一共是七百万美金。宣判后，被告没有异议，接受法院裁决，同意付款。付款的来源也不容怀疑，律师史密斯出示了足够的证据。

　　维多利亚·林郑重地从座位上站起来，与史密斯热烈拥抱，恭喜他为自己辩护成功。史密斯也对维多利亚·林回敬良好的祝愿。

　　当天下午，史密斯把维多利亚·林签好字的支票带来，当场一次付清。

　　监狱的铁门自自然然地为她打开。

　　送她出狱的警官为她打开大门，礼貌地说了一声："GOOD LUCK!"（祝你好运。）

　　看守她近两个月的一位黑人警察与她握手告别时，除了说一些客套话外，望着她美丽的面孔和诱人的身段又补充一句："BY THE WAY, WHAT IS YOUR CHINESE NAME?（顺便问一句，你的中国名字叫什么?）"

　　她微笑着看了看这个警察，想了一下，耸耸肩膀说："I DON'T THINK YOU CAN UNDERSTAND.（我不认为你会明白。）"

"LET ME TRY. （让我试试看。）"

"XIN XIN HAN. （欣欣韩。）"

全副武装的警察张开了嘴，试着发了两下音，不准，他不好意思地笑了笑。

这是维多利亚开的一个小玩笑，她觉得，在美州大陆，没人会知道她的这个名字，她从没用它注册过，也从未使用过。不过，这个韩欣欣的名字是那么真实，只不过了解这个名字的人，和使用这个名字的年代，离现在太遥远、太遥远了。

2

1969年12月,靠近中缅边界的东方红橡胶三分场,发生了一场格斗。

住在山顶上的是三连,又叫京片子连,同住在山脚下的七连,也叫川蛮子连,为了一个屁大点儿的事争执起来。两边的头头儿几经谈判达不成协议,最终导致叉架。双方约好,明日各出人头20个,不带刀棒,徒拳单练。

山顶上的领袖叫丁建军,因他长得高大、白净,故人称白塔,原北京八一中学星火燎原战斗团的头头儿。山下的领袖叫李少华,因人长得矮短、黑壮,故绰号黑头,原重庆十三中文攻武卫革命组织的创始人。

叉架的起因,确实屁大。

今晨,天还没有全亮,韩欣欣想早点儿起来,把昨晚挂在屋檐下的白乳罩,照规矩摘下来。她推开了潮乎乎的茅草屋门,侧出半个身子,左手臂挡着前胸,右手伸出去,朝着低矮的屋檐下,去捞那白乳罩。可是捞了两回,都抄了个空。她又往地上瞄了几眼,也没看见,心里正在纳闷儿,忽听见山腰下,有人哼哼叽叽地在唱歌。她放眼望去,只见那个人用一根树枝,挑着她的白乳罩,正往山下走。那人得意地边唱边摇动着那根干树枝,雪白的乳罩,在他头上飘舞着划起了圈儿。她想追上去喊住他,可又有些难为情,气得她钻回茅草屋,去叫丁建军。

赤身躺在稻草铺上的丁建军,不知听到了没有,不起来也不搭腔。她哈下腰去推他,丁建军一翻身,笑着把她抱住,迷迷怔怔地说："还早呢，忙什么。"

"建军，山下的人就是不上道。这规矩是他们先定的，真不守信。"韩欣欣说着，气鼓鼓地披上了件破军衣，坐了起来。

难怪韩欣欣为这事生气。夏天的时候，天太热不能早睡，山上山下两拨人常常相互走动串门。点上油灯，不是"拱猪"，就是"敲三家"。可串门时，常会发生一些令人难堪的事。推门一进，往往会撞上正在屋内翻腾交战的男女战士。后来，山下人提议，室内凡有战情，均以屋外挂上乳罩为号，表示内有战况，概不见客。

自立下规矩后，山上山下严格遵守。不料，今天竟发生这等违反山规的事。

"怎么了你？"丁建军揉了揉睡眼问。

"山下人偷了我的乳罩。"

"是吗？能有这事儿？"

"嗯。"

"好，一会儿我去找黑头。"丁建军说完，一翻身又睡了。

韩欣欣见丁建军的半个身子全露在外头，就替他把被子往上拉了拉。她没有躺下，把军上衣穿上，扣好了扣子。一会儿，她像是想起了什么，冲着丁建军的后背说："算了，别找黑头了，也没什么大不了的。"

"嗯。"丁建军用鼻子哼了一声。

"真的，不然又要闹事。"

"嗯。"

韩欣欣不愿看到他和黑头一伙再闹事。这两拨人打开了群架，都属不要命那种。自从到了这倒霉的西双版纳，快两年了，打了不知多少回。打完了和，和完了打，结下的旧仇未了，没几天又添了新仇。这帮人的肚子里好像总窝着一口气儿，肝火特别旺，似乎天天不弄得鼻青脸肿，这日子就不能过。

闹到这份儿上，场部管吗？想管也管不了，再说也根本不想管，更不敢管。从湖南支边来的老革委会主任干脆说："管他们？谁管我呀？咱们一块儿自生自灭吧。"

那个年轻一点儿的程主任倒是管，可他只管女同学，这个韩欣欣比谁都清楚。

韩欣欣是老三届里最小的那茬儿，比丁建军、顾卫华、李云飞、高浩他们整整小四岁。他们都是在同一个部队大院里长大的，都是从那个大院一起来到这滇西南的。韩欣欣最了解这帮哥们儿。首都中学生"联合行动委员会"，就是这几个人，伙同其他大院性格相投的哥们儿折腾起来的。他们的胆儿太大，什么都想干，什么都敢干。

欣欣虽然在这三连里岁数最小，可也有十七岁了。在部队大院里，丁建军和她家住楼上楼下，没来西双版纳之前，他俩就好上了，感情越处越深。特别是当欣欣的爸爸，在参谋部受到隔离审查，她母亲一气之下，得了莫名其妙的什么癌后，丁建军对欣欣的照顾，更是全方位的了。

欣欣是个独生女儿，个性又拧又犟，父母在身边时就不怎么听他们的话。何况如今，爸爸受审，妈妈长期住院，她更认定了丁建军，这辈子非他不嫁。

自部队介入地方，展开三支两军后，丁建军的老爸，一夜之间，被发到了甘肃。老妈更倒霉，由于她的富农成份，被河北革命群众揪回了原籍，经不住吊打，死了。母亲去世后，家里就剩下建军和他的弟弟国庆。那时国庆还在上小学，欣欣清楚地记得，他那张圆圆鼓鼓的小脸蛋，和那不知什么叫害怕的野性子。

她和建军插队到西双版纳以后，小国庆就只好托给还住在医院里的欣欣母亲去照管。

丁建军"噌"地一下站了起来，脑袋差点儿碰到茅草屋顶："你刚才说什么来着？"他一边穿衣服一边嘟囔。

"真的，你甭找他们了，我还有一个。"韩欣欣说着，就在背包里翻找。

"这不关你事儿。"

欣欣在背包里翻腾半天，终于找到了那个乳罩。她一边伸着胳膊把它带上，一边说："建军，你看，喜欢不喜欢。"韩欣欣没有听到丁建军的回答，他已经跑下山了。

在七连的驻地边儿上，丁建军碰上了正要上工的黑头一伙。

黑头听清了丁建军找他的原由后，转身小声问站在他身后的贺向东。贺向东，七连的人都管他叫川地炮，也称他二哥。他摇了摇头。黑头又问站在身边的熊志强。熊志强，七连人管他叫山大王，也称他老三。

"三弟，你知道昨夜谁在南坡外值班吗？"黑头问。

熊志强点了点头。

"谁？"

熊志强眼睛看着地不作声。

黑头明白了八九，对丁建军说："好吧，你先回去，要是真有这事儿，我马上派人给你送去。"

"一言为定。"丁建军向黑头伸出了手。

黑头见丁建军走远，就把熊志强拉到一边核实情况："你见到啦？"

"没有，就知道是他昨夜值班。"熊志强说。

"山豆秧在哪儿？"

"他在我屋里补觉。"

"好吧，你先带人出工，我随后就来。"黑头说完，向七连的驻地走去。

山豆秧，就是七连里最混的那个小子。他是黑头的亲弟弟，在重庆十三中时，就是斗老师、打校长的头面人物。来到西双版纳之后，又倚仗着他哥哥的势力，经常搞些偷鸡摸狗的事。只因下乡插队落户之前，父母一再叮嘱黑头，对弟弟要多加关照，所以他几次干出上不了道的事儿，黑头只是骂他几句。可这回是真把他气得够呛，决定回连好好教训他弟弟一顿。

黑头推门一看，气马上涌到了脑门，只见山豆秧把韩欣欣的白乳罩贴在嘴边，正笑迷迷地做着美梦。

"你给我起来！"黑头大吼一声，带着浓重的川音。

山豆秧吓了一跳，"蹭"地一下爬起来，看见哥哥黑头铁青着脸，忙把那白乳罩往身后藏。

"没出息的东西，你做的叫啥子事情哟！"黑头举拳要打。

"哥，做啥子嘛？"

"做啥子？你说，你为啥要做这种丢人的事？"

"我？……"

"你说！"

"我……我看她的那两个球球比别人的大……"。

"啪"，一个大嘴巴，煽在了山豆秧的脸上。

"哥——！"山豆秧捂着发烫的脸，蹲下了。

"你叫爹叫妈也不管用。现在你就快快跑上山，把这个东西给我送回去！"

山豆秧哭着不动弹。

"不去我揍死你！"黑头骂着，又举起了拳头。

山豆秧知道哥哥的脾气，委屈地站起来，拎着那白乳罩，蹭出了门外。

黑头双手捧着脑袋"唉……"了一声，一屁股坐在了草铺上。他用破袖子擦了擦眼角的泪，又扯开嗓子喊："你给我回来！"

回来的不只是山豆秧一人，山大王熊志强、川地炮贺向东几个也跟了进来。

"大哥，用不着发这么大的火，咱们再商量商量。"

31

研究的结果是，乳罩不仅不送回，还一口咬定，七连没人会干出这种事。黑头先是不同意，后经他们劝说，也只好就这么决定了。因为他们说，这乳罩不是别人的，是三连头头丁建军女人的。山豆秧要是去了，少则一顿臭骂，丢尽咱七连的面子；重则一顿毒打。犯了山规了嘛，打残了也无话可说。所以，七连不如矢口否认。山上的人拿不出证据，量他们也不敢先动粗，毕竟北京来的这帮人，办事还都挺局气。

　　"依我看，丁建军绝不会善罢甘休。"黑头像是在自言自语。

　　"不甘休又怎么样，那就再较量呗。"二弟贺向东好斗地说。

　　三弟熊志强也补充了一句："咱七连的人比山上的多一倍。我看，咱先静观他们的态度，再做决定。"

　　丁建军一直等到傍晚，仍不见山下的人把乳罩送还。他觉得有些不对劲儿，就去找顾卫华。正好，李云飞、高浩他们也在。

　　丁建军简要地叙述了今天早晨发生的事情。

　　"他奶奶的，通知山下人，明天中午，再练一把。"李云飞的拳头早已握上了。

　　"找。"高浩也插了进来。

　　"要不要找欣欣再核对一下？"顾卫华办事比他们几个显得稳妥一些。

　　丁建军摇了摇头。他不想让欣欣知道这事儿，再说从欣欣嘴里说出的话，从来不掺假，更何况这种大是大非了。

　　"哪儿那么多讲究，练就是了。"高浩早已按耐不住，拳头握得嘎崩嘎崩响。

　　丁建军决定，先礼后兵。

　　他派顾卫华马上下山，找黑头的人交涉，送还东西便罢，如不送，就按李云飞的主意干。

　　不一会儿，顾卫华回来了，他告诉丁建军，对方死不承认拿过乳罩。还说，要想叉架，奉陪到底，条件是，双方各出人头 20 个，不许携带刀、枪、棍、棒。场地，老地方。

当时叉架，只有男生，女同学不要说介入，就连观战的份儿都没有。因此，韩欣欣对此是一无所知。

次日中午，烈日当头。中国境内的北山坡上浓烟滚滚，这把大火烧了几天几夜还没燃尽。直到眼下，火区还在向山顶蔓延。为了不使缅甸政府军提出抗议，为了防止缅共人民军那边翻脸，数十日来，三连在 240 号界碑以北，挖了一道又深又宽的防火沟。

烧荒栽胶，是整个西双版纳知青的理想。不管来自北京、上海、重庆、昆明等地还是当地的知识青年，无不响应这一号召。来此后，他们深深意识到这里的贫穷与落后，意识到，要想在这深山老林安家，不从长远的百年大计着眼，是没有前途的。所以两年多来，他们不顾地球上的生态平衡，大量烧荒种胶。原始热带雨林是遭到了破坏，可他们辛辛苦苦栽下去的满山遍野的胶苗，正一天天苗壮起来。

山腰上，两方人马已经到齐。各方非常守规矩，每连整来 20 人。

未燃尽的野藤和树根草梗，在他们的脚边呼呼地窜着火苗。烧焦了的红土，粘住了他们的塑料凉鞋，烫红了他们的脚心。滇西南高原的太阳，似乎离他们的头顶太近，烤得那些黑黝黝的脸膛，冒出一层层脏汗。

"等等。"丁建军双手做了个讲和的手势，并主动向黑头迎去。他身后紧随着顾卫东，李云飞和高浩。

"黑头，如果今天你交出人和物，还有免战的机会。不然……"

"熊包了。尿了。"山豆秧站在黑头身后，喊着冲过来。不等他站稳，李云飞一个箭步，上去就是两记老拳。

"打！"黑头发令。

丁建军扑上去抓住黑头，右腿一扫，将黑头按在身下。顿时，四十个人没有喊声、没有杀声地打将起来。

丁建军忽觉右腿小肚子上一阵刺痛，回头一瞧，山豆秧挥着砍蔗刀又劈下来。他快速翻身躲闪，锋利的砍刀，险些插进黑头的胸膛。

顾卫华，高浩跑过来揞住丁建军呼呼冒血的腿肚子。

"我操他妈的！"

李云飞一见红了眼，"你大爷的！"回头就往山上跑。他去抄家伙，就连山下的七连人也知道，李云飞屋里藏着劈山开石的黄色炸药。

黑头高喊了一声"撤！"。随之，带着人马往山下跑，一边跑一边骂："你个狗日的龟孙子哟。"他骂的不是李云飞，他是在骂他弟弟山豆秧。

丁建军已经下令，不许追赶。他按着流血不止的伤口，眼珠的瞳孔变了形，周围的哥儿几个都清楚了，这回可要孕育着一场更大的火并。

夜，深深的夜，黑黑的夜。西双版纳南端大勐龙一带，下起了特大酸雨。丁建军带着伤，率全连男生，摸进了七连驻地。他把劈山开石的黄色炸药，紧紧地护在破军装里。顾卫华手持一把磨得飞快的砍刀，李云飞当然是端着那把上了膛的火药枪，高浩则负责保护雷管的干燥与点火。

当他们冲进黑头的所在地时，发现空无一人，这才明白中了计。原来，山下的人早已有了防备。正在进退两难时，山豆秧派人又叫来了老革委会主任。老主任冒雨从场部赶到，他高喊："同学们，你们想干什么？还嫌不够苦吗？都给我回去吧。"那声音像在哀求。

丁建军站在雨地里，看着发生的这一切，他气炸了肺。

山豆秧一伙，躲在老场长身后的暗处哈哈大笑，并不断地往三连这边投东西。扔过来的烂泥巴，正好打在李云飞的额头上。

　　"我操!"李云飞端起火枪，一扣板机，朝着那暗处"嘭嘭"就是两枪。

　　"住手!"老主任的话音未落，高浩手里的雷管点着了，他夺过丁建军怀里的炸药包，就往七连人堆里扎。丁建军叫了一声"高浩，等等!"就追了上去。山豆秧不顾死活地冲上来，挡住了高浩的去路。老主任见咝咝冒着火星的雷管，叫喊，"闪开!"一把抢过炸药包想拔雷管，哪知雷管被高浩剪得过短，那炸药包在老主任的手里"轰——"地一声炸开了，丁建军、老主任，山豆秧三个人同时飞上了天。

　　随着三具尸体碎段的落地，所有在场的人鸦雀无声，都被这场突变惊呆了。

　　暴雨越下越大，借助闪电的光亮，他们看到山下一串串举着火把的人群，顺着田埂往山上扑来。所有的人都知道，这次是捅下了大漏子，场部的民兵、边防武警一到，将会……

　　"跑哇! 跑哇!"黑头第一个清醒过来，向着两边的人高呼。

　　人群一阵骚动。紧接着，有人开始往两侧奔跑。三连的人也醒过盹儿来，撒腿就往山下跑。

　　"他妈的，往哪儿跑哇?"有人在喊。

　　"山顶上! 山顶上!"黑头指挥着。人们明白了，全都明白了，一致调转方向，全向着南坡爬去。

　　高浩受了重伤，李云飞背上他，可高浩央求他:"不行了，云飞哥，你们跑吧。"

　　"少费话，你给我坚持!"李云飞话音未落，脚下一滑，两人同时滚在泥里。

　　"妈呀，疼死我了!"高浩实在忍不住，哭喊起来。

"你妈的笨蛋。我来。"李云飞被黑头一把推开,他背上高浩,噌噌地往上爬。李云飞知道重庆人的登山本领,更了解黑头爬山的技巧。

穿越防火沟时,川地炮贺向东抢先跳了下去,没想到沟里积水太深,他的个子又太小:"哪个来救我?狗日的!"他吐出一口脏水呼救。顾卫华个子最高,水才到他的下巴,听到叫声,一把把贺向东撑起,举过了沟那边。

三十多人大部分都爬过了山顶,个个都成了泥巴人。他们回头望了望大雨中那模模糊糊的山川和一排排逼近的火把,没人说话,也没人哭喊,任凭滚烫的眼泪,伴着那冰凉的雨水,顺着脏兮兮的脸颊流了下来。他们喘了口气,冲下山梁。

这道山梁是中缅边界的天然分水岭,他们不怕那一边。那边虽然是缅甸,可处处飘的是红旗。

西双版纳大勐龙县,橡胶三分场的这次爆炸,像节日中烟火的天女散花,在空中盛开了。它的威力,又像是一枚重量级氢弹爆炸后散落下来的尘埃,撒遍了境内境外。

黑头李少华,自投奔缅甸人民军以后,由于作战勇猛,很快被提升为管辖孟拉一带的第四特区933师的师长。丁建军死了,丁建军的左膀顾卫华,过境不久,顺湄公河而下到了曼谷。在那里他得到了意想不到的发展,各类生意兴隆,能干的不能干的买卖,一经他手,厚厚的美钞、成捆的英镑顺手而来。他现在已是一个拥有国际网络的跨国集团总裁,和四个老婆、十来个儿女的大户人家的户主了。

丁建军的右臂李云飞,更加奇特。他已改名李月娘。这个不阴不阳的中性名字,在欧洲黑道里,几乎人人知晓。现如今深居巴黎郊外的豪华别墅里。他同远东不仅有着庞大的贸易往来,就是与欧洲西西里岛的主教,也有着千丝万缕非同一般的交往。

高浩，由于腿部炸伤，没能跑过边境。日后返京苦读，考上了大学，成了一名工农兵学员。改革开放一开始，他就登上了头班车。因为身残，他喜欢坐汽车，后又爱上了汽车，倒上了汽车，现在北京的个体户里，一提起他，没人不竖大拇指，他摇身一变，成了爱玩车的款爷。想换日产蓝鸟，当日可得，奔驰560也不在话下，在他手上的存货就不下几十辆。因为他人缘好，讲义气，上下左右的关系，没有一处会卡壳儿。

　　黑头的那两员大将，山大王和川地炮，则成了东南亚地区的显赫人物。熊志强，虽因一次攻打缅甸政府军，与黑头发生口角，分道扬镳，后来加盟佤帮军时，又与黑头和好如初。因他帮佤帮军提炼海洛英有功，发了大财。前几年，黑头的933师因亚洲国际形势突变，人民军失去后援，三弟熊志强慷慨解囊，援助了一大批军械，才使他死灰复燃。

　　黑头的第二个兄弟贺向东，他的发展是谁也没有料到的。跑出去没两年，吃不了苦又跑回重庆。征兵时，他当上了坦克兵。中越战争一爆发，他所在的部队，第一批开进了广西，驻营老街。凉山一战，他立了头等功，火线加入了中国共产党。挂彩复员后，考虑良久，他又回到了年轻时插队的所在地，就分在大勐龙县内，当上了什么局的副局长。

　　这茬人，就像西双版纳无处不见的橡胶树一样，整齐，漂亮。由于这茬人的艰苦奋斗，原不曾有过半棵橡胶树的滇西南，现在变成了产胶基地。

　　当最后一批橡胶苗也长成成树时，傣族人看着那些从它们肚子里流出的白花花的胶液，敲起了铜锣，跳起了傣舞，怎能不让人高兴啊！

　　那些从它们内脏里流出来的不是胶液，而是珍宝，是钞票，是取之不尽、用之不竭的金矿。这些支撑滇西南经济命脉的胶作物，彻底改变了当地人民的生活面貌。当人们捧着香喷喷的米包，喝着甜丝丝的美酒时，怎能不怀念那些曾在这片土地上撒下了血泪和汗水的开拓者。

然而，他们呢？他们都不在了。他们走得很远很远。在这些人里，走的最远的就属韩欣欣。她的经历也最为坎坷，最为复杂。

1969年底的那次爆炸，夺去了丁建军的命，也给韩欣欣带来了厄运。为了惩处无法无天的三连和七连，革委会副主任程士林宣布了场部的新决定：两个连被拆散之后，人员合在一起重新分配。韩欣欣和比她大一岁的任思红，被发到离场部较远的一个山包上，并勒令于年底之前，一定得栽种胶苗一万三千棵；否则，将会单独一人，被发到更远的原始山头。

任思红是连里出了名的酸菜头。这姑娘聊起手抄本《第二次握手》、《少女的心》来还有一套，一遇到大事就没了主意。散会后，任思红摘下厚厚的眼镜，抹着泪说："欣欣，怎么办呢？"

欣欣没有回答，不声不响地打着行李。

"就咱俩人，别说种树，就是打蛇、抓蚂蟥也忙不过来。住哪儿？吃什么？……"

"好了，思红，你要不去，就找程士林去说。反正我是走定了，去定了。"韩欣欣话说得虽轻，可决心已定，非走不可。她几乎一刻都不愿在这三连驻地停留。她看不下去丁建军遗留下来的一切。她不敢闭眼，闭眼时，面前火光一片。她不敢独处，独处时，听到的都是爆炸声。她要走，走得离这三连驻地越远越好，越偏僻越原始越好。

韩欣欣和任思红，被程士林发配到的那个山头，不太远，也不很原始。那是场部以北靠内陆的一侧。这个山头方圆不过四公里，是已被知青烧过的荒山。那些燃尽的树炭，经大雨洗劫，又融进了红土里，土地显得更肥沃、更滋润，剩下的工作就是挖坑栽苗了。

放眼山下，可清楚地看到场部那一排排的土坯房。看着虽近，可要想到达那里，就不那么容易了。当地人对山路有这样一句话，叫"隔山能讲话，相遇得一天"。此话虽有些夸张，也道出了山之高、涧之深、路之曲、行之险的味道了。

几周来，她俩自打上了山，除用一整天时间到场部背过一次苞米外，就再也没有下山了。因为这比栽三天胶苗的体力消耗得还大。

她俩在山腰上凿出一个大洞，洞口用鲜芭蕉叶搭起遮雨的棚，虽称不上舒服，可也算是个冬暖夏凉的安乐窝了。

上工下班没个钟点，日月年份记不大清，一万三千棵树的栽种任务以年底为限。虽属自生自灭吧，倒也落个自由自在。

韩欣欣可不安于眼下的清静日子，她分分秒秒都在伺机逃跑。她已横下一条心，北上进京。她估计妈妈可能不行了，爸爸还在受审，丁建军的弟弟无人照管，她要不惜一切代价找到丁国庆，哪怕是上刀山下火海，粉身碎骨也心甘情愿。

任思红还比较认头，过一天算一天，最起码，收了工还会自找些乐子，有事没事的，还就着小油灯写点什么。

"欣欣，今天我写了首诗，自我感觉特棒。你听听吗？"

"念吧。"欣欣心不在焉地说。

任思红拿着纸往油灯前凑了凑。

"少女的心啊，秋天的云，

时而瑟风阵阵，时而暴雨倾盆。

多少忧愁苦闷的夜晚，

多少欢乐愉快的黎明，

张开双臂等待你呀，

等待着痴心爱我的人。

少女的心啊，秋天的云，

望不见青天的蝴蝶与蜜蜂，
看不到高山的雄狮与苍鹰，
早熟的心啊，已然绽开，
耐不住的情啊，不愿再等待。
接住，小伙子！
拿去这把感情的钥匙，
来捅开我紧锁激动的小门。"

韩欣欣听完骂了声："反动。"

"怎么反动啦？别上纲上线的，大不了是小资产阶级情调。"

"好诗。"随着一声赞美，革委会副主任程士林跨进洞。两位姑娘吓了一跳，赶紧把赤裸的身体盖了起来。程士林无视她俩的尴尬，一头就往韩欣欣身上扑。

"你，你想干什么？"她喊。

"我，我想要你。"

"滚开！你这不要脸的……"

"韩欣欣，你要放明白点儿，不然，我让你一辈子焊死在这儿。"程士林恶狠狠地说。

任思红吓得一屁股坐了起来，怎么也反应不出是怎么回事。她眨了眨眼，突然跑出洞外去抄铁锹。

"韩欣欣，我知道你整天想的是什么。"程士林压住她的双臂阴阳怪气地说，"昆明市正准备办胶场管理学习班，你要是依了我，下周就让你达到目的。到了昆明，你爱去哪儿就去哪儿，我就不……"

"打死你。"任思红举着铁锹冲了进来。

"住手。"韩欣欣镇静地对她说，"思红，你先出去。"

"欣欣，你？……"任思红的眼睛睁得老大，不解地问。

"思红，出去。"

任思红走了出去,只听身后程士林淫笑着说:"不用出去,在一起玩儿玩儿也无妨。来吧,咱们……"

"……"

等副主任程士林提着裤子走后,任思红冲进来哭喊着问:"天哪!欣欣,你怎么能……"

"任思红!"韩欣欣大怒,"我警告你,这事不许你再问,更不准你对任何人说!"

任思红的哭声更大了。

一周以后,韩欣欣没有去成昆明的学习班。程副场长根本没有履行他的诺言,他一再地推辞说,边疆的事,不那么好办,反正学习班肯定会有,只是早晚的问题。他又保证,学习班一旦成立,第一个名额就给她。

程士林的胆子越来越大,隔三差五,就上来满足一下他的兽欲。他认为,北京来的这些失宠的姑娘们,反正都在自己的手掌之中,不吃白不吃,不沾白不沾。

韩欣欣追问他学习班的事,他总是搪塞地说:"快了,快了,就这几天,就这几天。"

一晃四个月过去了,一万三千棵树苗都快栽完了,可去昆明的事越来越渺茫。

"你逃吧。"一天,任思红这样提议。

欣欣没有答话,眼睛直勾勾地望着前面的小油灯。

"看来是没指望了。这个王八蛋,他在耍你。欣欣,依我看,逃吧!"

"逃?我哪儿也去不成了。"欣欣说着掉下了眼泪。

"欣欣……"

"四个月没来了。"

欣欣怀孕了,小腹一天天地隆起来。她恨程士林,更恨自己。

"我逃,你怎么办,思红?"

"我?……"她小声地告诉了欣欣一个秘密,"我爸已给云南军分区下了调令,调我回京当军报记者。你没看程士林不敢碰我,他一定知道点儿风声。"

"我比不了你。"

"这我知道,我爸把你爸打成反党乱军分子,你以为就会死到底啦?连我都不信你爸爸会是阴谋家,那是不得已。我爸听谁的,军队嘛……咳,别管他们的事了,眼下你这个罪是不能再受了,必须逃离这儿,等我到了北京……"

"往哪儿逃哇?"

任思红用手指点了点南方,韩欣欣使劲摇了摇头。她知道,境那边,人民军里,不是女孩子能活的地方。

"那就往北。"

"对,我要回北京。我要见我爸我妈。我要照顾国庆。"韩欣欣呜咽起来。

"趁天黑,你得赶紧收拾一下,快走,不然那个畜牲……"

"说谁呢?"石洞的门被推开了,"你说我?我是畜牲?那你怎么还跟畜牲睡呀?"

程士林嬉皮笑脸地走进来。他每次来都是抓紧时间。来了后,马不停蹄地就往欣欣身上扑。

任思红走出洞外,她心里在盘算着什么。当她听到欣欣的挣扎和咒骂声时,抄起铁锹,冲进洞内,照着程士林的脑袋就劈了下去。

程士林"哎哟"一声,翻倒在地。韩欣欣看着沾着头皮带着血肉的铁锹头说:"思红,咱们闯大祸了!"

"快跑,你只管跑。往山下,往北快跑!"

"那你?"

"甭管我,我自有办法。"说着,任思红从手腕上摘下了那只上海牌手表,那是她身上唯一值钱的东西。

欣欣呆站着，不接也不动。

任思红把表塞在她衣兜里，用力把她推出了洞外。

韩欣欣跌跌撞撞、踉踉跄跄地往北山角下跑去。

韩欣欣揣着任思红塞给她的上海牌手表，一直往北山坡下冲。沿着深山沟，向东北方向，跑了整整一天一夜，终于见到了一块平坝。她觉得有救了。她了解这一带少数民族的生活习俗。有平坝必有傣族，有傣族，那里的土地必定安祥富裕。

她实在跑不动了，饥饿加上身体的不适，她倒在竹楼下，昏了过去。

当她醒来时，眼前晃动着好几个穿着花花绿绿的傣族姑娘，觉得自己像是躺在了一个傣家竹楼里，一位眼睛很大、牙齿整齐的中年傣族妇女，朝她嘴边递过来一碗热腾腾的米面茶。

西双版纳，傣语是十二块平坝的意思。1961年周恩来来到这里，被姑娘们用水泼得一身精湿，头脑更加聪明。他与缅甸政府主席吴耐温就中缅边境问题，举行了成功的谈判，一下子把十二块平坝划进来八块，三千多公里的边境就这么定下来了，这一边的傣族更加安居乐业。傣族一向以平和、温顺著称。千百年来，在这片广阔的亚热带高原，不要说有向外扩张的恶习，就是外族入侵，也只是头人和土司来解决。善良，是这个民族世代延袭下来的优良传统。他们信仰小乘佛教，热爱生活，更热爱生命。

韩欣欣得救了。在这个傣寨的竹楼里，她很快恢复了元气，顺利地生下了一个白胖可爱的女婴。近一年的时间，她不仅学会了穿筒裙，做傣饭，还学会了常用的傣语。

这家人姓刀，据说在历史上与土司还有点血缘关系。她爱这个小竹楼，更爱刀玉约这位纯朴善良的中年妇女。尽管如此，她还是呆不下去，更不想在这里久住下去。她要去北方，她要见爸爸，找妈妈，她也放心不下那无人照料的小国庆。她要走，要知道北边发生的一切。

她亲了亲还没满月的婴儿，含着泪水，把任思红的那块上海牌手表递给了刀玉约。刀玉约执拗不过，在欣欣上路前，塞给她手里三十块钱。

她盘好一头傣发，穿好上黄下粉的傣裙，日夜兼程赶路了。现在她看上去要比一年前的韩欣欣成熟多了。不是因为产后的丰韵，更不是因为一身傣装的秀雅，而是因为她那张麻木不仁的脸和挂在脸上的那双沉重的眼睛。

按刀玉约指定的方向，她赶到了通往昆明的 214 国道。在路边没站多久，就拦下了一辆运送援越物资、正在回程的解放牌大卡车。战士对她相当礼貌，经过两天一夜的盘山小路，最后抵达昆明。她想塞给战士十块钱，战士回敬她的是一个正规的军礼。

到了昆明，她迫不及待地奔向火车站，花二十多块钱买了张硬座票，登上了开往老家北京的列车。她斜靠在车窗旁，闭上了双眼。沿途的疲劳，使她不能入睡，她闭上眼睛，回忆着近三年的边疆插队生活，自己得到了什么？又留下了什么？没有，什么都没有。唯一使她挂念的就是那个女婴。可如今她刚刚 20 岁，以后的前途？今后的打算……？她决定不对任何人谈起这段令人心寒的历史，甚至在她内心还萌发出这样一个念头，反正这个女婴是那个王八蛋的种，在自己的记忆里，要干净彻底地把她忘掉。

北京，她日夜思念的故乡，今天她终于又回到了她的怀抱。令她失望的是，除了那寒冷的气候没有什么变化外，其他的都变了。母亲死了，父亲还在江西农场劳动改造。丁建军一家也不存在了，国庆随他父亲在一次干部大调动中去了福建。另外一些熟悉的朋友们，也大都随着四分五裂的家长，去了不知什么地方。各大军区、军分区干部领导们的频繁调动，部队大院儿的孩子们，早已见怪不怪。因此，在这个大院里，口音的复杂是一个特点，家长们的南腔北调，充斥着整个大院。另外还有一个复杂的特点，就是各种上下级的关系。但有一点是统一的，那就是，凡出生在或成长在这个大院里的孩子们，嘴上说的一律都是北京话，个性和脾气里都浸透着京城人的基因。

父母指望不上了，还是靠比她早返京，现在是军报大记者的任思红，帮她解决了大难题。不单单解决了吃和住，又通过思红正在走红的老爸，托关系，挖门子，开证明上户口，把她安插进了北京的一家大饭店的客房部，还当上了副经理。从西南边陲的茅草屋，一跃进入当时北京的高级宾馆，这种一步登天的变化，一时使她难以承受。她激动得除了拼命地干，玩命地干，同时与任思红的友谊也越来越深了。

然而好景不长。在一个寒秋深夜，任思红急匆匆地赶到了北京饭店，来到客房经理部，悄悄对她说："欣欣，出大事了。"

"什么事，思红？"

"据我们报社最确切的小道消息说，呼伦贝尔大草原上掉下了一架飞机。你猜是谁？"

"谁？"

"林彪。"

"真的？我不信。前两天，你们报社大画报上的封面还……"

"这你不懂。"

"他不是毛……"

"欣欣，问题不在这，你懂吗？问题在于我爸爸和我的前途。"任思红把双手插进了她的短发里。

任思红判断得不错，不久，她父亲就被免职入狱了。可有一点她没预测到，韩欣欣的父亲很快官复原职，从江西农场调回，接替了老任的职务。基于任思红和韩欣欣的关系，韩欣欣的父亲复职不久即宣布，任思红军报一职免去，另调北京地方报社，继续保留记者身份。

这以后，北京的天气似乎越来越暖了。爸爸官运亨通，一些她熟悉的老人，常到家里做客的叔叔们，也把紧锁多年的眉头舒展开，他们开始忙碌起来。不仅忙内还在忙外。北京像开了锅，转眼间，外国人一股脑儿地往里涌，基辛格频繁来访，毛泽东会见了尼克松，并签定了举世瞩目的《上海公报》。田中角荣、英国首相、加拿大总理也受到了毛泽东的接见。

事隔不久，她又迷惑了。报纸上，电视里，今儿说抓革命促生产，明儿说这是否定文化大革命。这边说复课闹革命，那边就举出个反潮流的白卷英雄。一边要整顿，一边又要批林批孔。乱了，烦了，够了，怕了。她不再看也不再想，连造反、打架、插队、遭奸、逃跑、爱的、恨的、女婴、丁建军、程士林，都不去想，统统见它的鬼去吧！一种更加新鲜的念头，在她脑海中萌生。电视机里繁华的东京街景、华盛顿的自由与先进、中国以外的世界、地球那一侧的生活，时刻在吸引着她的目光。

她结识了一位住在饭店里的长客，是美籍华人。他带她去过东郊的国际俱乐部，使她初次见到什么叫DISCO。他也领她到过友谊商店，去买一些中国人买不到的东西。她以打扫房间、送热水为由，主动与他接近。她告诉他北京的名胜古迹，他闲下来时还主动教她英文。她搞不懂他长驻北京搞的是什么业务，他对这个秀丽端庄的漂亮女孩流露出一片痴情。

一夜，他把她留在了屋里，她上了他的床。她没问自己这关系算不算爱，她觉得这没有什么违心。

虽然这一切都是不公开、秘密进行的，可也没能逃脱饭店保安人员的眼睛。不久，她受到隔离审查，而且可能会判刑。那人答应她，一切包在他身上，千万不要受惊、害怕。说完，他拍了拍她的肩，离京返美。她没怎么往心里去，时时等待着恶运的降

46

临。反正决心已下，这次不成，早晚会成。她不相信此人神通有那么广大，更不相信，自己的目的会那么快就能实现。她弄不清楚是老父出面作保，还是那人真地神通广大；没隔几日，她就解除隔离，调动工作了。不是降职，而是高升了。她并不怎么高兴，心中反而增添了一块巨大的阴影。

1976年，她的心绪如同这北京的空气，潮湿阴冷。哀乐一曲接着一曲奏响，巨星一个接着一个陨落。新年一过，天安门广场上堆满了花圈。纸糊的、绢做的、不锈钢的、合金钢的，各种花圈使她感到了这个世道要起变化。特别是她挤在人群中抄下的那首：欲悲闻鬼叫/我哭豺狼笑/洒泪祭雄杰/扬眉剑出鞘/的小诗，更使她受到强烈的震撼。她在人群里举起了拳头，高声呼喊："还我青春！还我生命！"

消沉，复苏，又消沉。从"天安门"事件，到走上街头庆祝粉碎"四人帮"的胜利，再到强烈的希望落空，她对生活几乎没有什么指望。就在这时，生命的火花忽地一下又被点燃。这又一次点燃她生命的不是别人，正是已离京返美一年多的那个男人。他姓林，叫林阿强。

林阿强在一九八〇年初赴京，与韩欣欣正式结婚。其实，事情已是多余了。他在纽约皇后区法院，已经完成了与韩欣欣的婚姻注册，并在移民局办好了移民手续。他是携带美国婚姻注册而来，此次只是携人而去。

3

　　韩欣欣做为林阿强的太太，来到了插队时连想也不敢想的纽约。

　　曼哈顿的地面上，百层大厦鳞次栉比。地面下，十几层深的交通纵横交错。它不仅仅是人类建筑史上的杰作，更昭示着人类智慧的无穷。连接这个岛屿和北美大陆的那座桥，叫"QUEENS-BOROUGH BRIDGE（皇后大桥）"。这座桥的年龄，大约是二百多岁，同美国国龄正好相同。人们从发展中国家，尤其是从远东拥有 5000 年历史的国家来到这里，内心不禁会生出这样一种想法：200 多年前，那个国度里的男人，头上必须留个尾巴；那个国度里的女人，脚上必须用长布层层缠裹。地铁，不知为何物。用钢铁堆成一座大桥跨过海面，那只能在神话里听听而已。那时被偷运到这里的黄皮肤人，经过这座桥时，统统被称之为"猪仔"。在离这座桥不远的海面上，有个小岛，使人记忆犹新的是，猪仔们在上岸登陆之前，在这个岛上留下的辛酸和苦难。他们同样也是被脱光衣服，同样也是等候非人的检验。

　　沿大桥往东再走几十条街，便是纽约著名的 CHINA—TOWN（中国城）。这里不仅记载着 200 年前"猪仔"们所走过的历史，同时也记录了时至今日的繁荣。中国城内东南角有一条街，叫"EAST BROADWAY（东百老汇大街）"，眼下那儿的房地产业是一片繁荣。房地产价格从十几年前的几万美金，巨变到如今的几十万或几百万了。

　　这座桥分上下二层，左右双道。上层供汽车行运，下层只供地铁通行。桥下面就是有名的皇后广场（QUEEN'S PLAZA）。从广场周围的建筑群望去，可明显得知，近代西方德、意、法、英等国家，为何被称为列强。

时过境迁，现在已不见任何列强的味道。取而代之的是，波多黎哥人、西班牙人、海地人、巴西人等占据的中心。傍晚，你会看到一群群敲着响板、打着铜音鼓、拿着沙球兴高采烈的青年们。他们扭动着身体，唱着动听的桑巴。在他们的身上，你感觉不出什么叫悲伤；在他们的眼神里，你看不出对前途的忧虑，甚至于明天将发生什么，恐怕也没人去想。皮条客根本不存在，南美洲的姑娘们都是亲自上阵，对驶过的汽车横路拦抢，不携凶器，不使用刀枪，全凭两条肥滚滚的大腿和一对诱人的乳房。兜售DRUG（毒品）的孩子们，清一色在十五六岁以下，有的甚至更小。他们不受法律制约，也不怕警察的棍棒。

在这座桥下，空气里除了伴有劣等的香料味儿外，还能闻出子弹刚刚出膛、钢铁与硫磺磨擦后的味道。

通过这座桥往西走，还有一个特点，那就是人在路上走，车在头顶飞。当挂有十几节车厢的列车从这里掠过时，它淹没了一切声音。每趟车间隔的时间不长，往往是前一趟的噪音未过，下一趟又在头顶上轰轰响起。

这条街叫罗斯福大道，直到终端连接北方大道之前，都是南美洲人的天下。南美洲人的天下，不等于就只有南美洲人，他们并不排外。除了从非洲来的黑小伙，欧洲来的白小伙，也有从远东来的黄小伙。

林阿强、林阿坚哥俩就选中了这方宝地。在林阿强从北京把韩欣欣接到这里之前，哥俩已经在这条街上扎根两三年了。"林记福州快餐"，这块不显眼的招牌，就挂在这刺耳挠心的铁轨下。

韩欣欣初到这里，别说没有什么朋友，就是连个说话的人也找不着。她曾有一段时间很不适应。到美国后，韩欣欣这个名字就已经不复存在。周围的人既不称她韩欣欣，也不叫她护照上的名字维多利亚·林，而是对她有两种称呼，这两种称呼又来自两类不同的人。当地南美人用英文、西班牙文、或葡萄牙文称她为Mrs. LIN（林太太）。附近从台湾、香港来的华人也称她为林太太。而在餐馆内部，还有林阿强的一些朋友们，都称她为林姐。她的年龄并不一定比这些人大，可为什么称她为林姐呢？也许是她大度坦诚的天性？或许是她事事总为别人着想的品德？或是她处事公正、给人所留下的良好印象？还是中国东南沿海一带人爱用姐姐这一称呼？都不得而知。反正自打欣欣到了纽约没多久，林姐这个名字就在圈子里叫开了。

　　管理这个快餐店的人并不多，一共四位。林阿强在厨房里，煎炒烹炸一人包。林姐专管接外卖、收银、订干货。另外餐馆里又添了个帮手叫孙继红。自林姐去年生下个惹人喜爱的女儿——小冬冬后，继红这个善良的温州姑娘帮她减少了一半的工作量，林姐决定长期雇用她。留下她的目的不光是林姐看中她聪明伶俐，更主要的是看中她诚实忠厚，办事得体。第四个人就是阿强的弟弟林阿坚。他里外都管，外边忙不过来忙外，里边忙不过来忙里，虽然都不十分精通，可离开他还真不行。林阿坚这个名字，也没几个人知道。阿坚自幼随哥哥偷渡到台湾，转口香港赴美后，就起了个英文名字STEVEN（斯迪文）。从此，斯迪文这个名字大家都叫顺了口，久而久之，林阿坚这个名字就被人遗忘了。赴美后，林姐没想到这位在北京饭店能长期包房的美籍华人，竟是一个开快餐、做小买卖的。更不曾想过，自己不读书不上学的，竟做起了这没日没夜、只知挣钱、不知外面世界是啥样儿的小老板娘。可没过多久她就适应了。这里再苦，比起西双版纳的栽胶植苗要好得多。这里再累，也比当客房部经理的差事要自由。她不贪，能住着有冷暖双气的大房间，能开着当年最新款式的高级轿车，已经相当知足了。更使她知足是她的丈夫林阿强。阿强不失诺言帮她办好绿卡，又从中国把她接来，这已完全打动了她的心。使她

50

死心塌地、任劳任怨跟着他的理由，则是她看重林阿强这个人的品德。他不声不响地在厨房里一干就是一天，所挣的钱又一分不差地全部交给她。阿强话虽不多，与她交流又有语言上的困难，可他的一举一动都在表明，他爱她！女人嘛，不求什么，只要拥有一个属于自己的男人，拥有一个可爱的家，就足够了。这种知足的想法，不是自己给自己宽心丸吃，实际上她就是这么认为的。

只有一件事使她放心不下，就是阿强交在她手里的钱，怎么点怎么犯疑。开个小餐馆的收入她心里是有数的。怎么隔不久就会有成捆成捆的现金送到她手里?! 她不想要这些不明不白的钱，也不愿意他俩整夜整夜地不归。林姐问过几次阿强，可他都不作回答……

唯独小冬冬能使她忘掉这一切。

她喜欢阿强，更爱自己的女儿，她陶醉在这个幸福、美满的小家庭里。

正当她要把喜得女儿的事告诉老父亲时，得到的却是一个噩耗：父亲突发脑溢血，与世长辞了。

从此，她与大陆断绝了血缘关系。

她回想起临行前的一夜，与老爸辞别的那一幕……

就在北京哀乐一个接着一个奏响的寒冬，她要走了，要随着丈夫林阿强远飞了。她想最后见见父亲，与这个一向爱着她、可又不能常看到她的老父见上一面。可是，一直找了几天，也找不到他的影子。

"四人帮"垮台后，父亲越来越忙。她要在临走之前，告诉老爸一句话，女儿走后，一定会把您老安排好，让您老人家安安稳稳地过上个幸福的晚年。可是，找来找去，说什么也找不到他，林阿强又催她快走。最后，她决定，试一下老爸常去的那个地方。她背着已经等得焦急的林阿强，骑上自行车，向西山奔去。

西北风卷着雪花，寒风像刀子一样刺着她的脸，这没有挡住

51

她要去见父亲的决心。下午，她到了。正如她所料，看到了一脸紧张又带着极度兴奋表情的父亲。她告诉父亲所有一切，父亲的脸从兴奋变成平静，从平静又变成愁容。他没说什么话，从兜里掏出 500 元美金交到她手中。

"爸……"她叫了一声。这个一生都无私奉公，对钱从没有什么概念的人，怎么会……怎么会有美金？

"爸……您?"

"欣欣—"爸爸老泪纵横地说："欣欣呢，这也许是对，也许是错。……我也一直为你出国的事做努力，都差不多了，……没想到你，这么快，比我想的还要快……，走吧，……走吧。"

"爸!"她叫着，双腿给父亲跪下，抽泣着。

父亲，刚强的父亲再也没说什么，抽出腿转身就走。她了解父亲这坚定的步伐，更深知父亲此时的心情。

冬冬是她的希望，冬冬是她的一切。每晚，当她看着冬冬的小脸蛋时，都会勾起她无限的遐想，她在设计，勾划着冬冬的未来。冬冬也许将毕业于哈佛大学，读硕士，博士，她有教养，有学问。她希望冬冬能多继承一些自己的基因，希望冬冬能继承阿强那忠厚善良的品德和待人处事的宽厚大度。

林姐很感谢爹妈赋予她一张漂亮的脸蛋儿和匀称的身材，在这方面，她非常自信，已至于到了多少有些自恋的地步。生育后，她显得更加滋润丰满，乳房显得坚挺且富有弹性，腰臀部也没有因为生育而发生变化，浑圆的那一带更加诱人，光洁的肌肤更加润滑，从大腿的根部弧线至膝，从膝到小腿直线而下，勾成了一副流线形图画，那图画的直觉就是美。

在林姐宽阔的前额和轮廓鲜明的椭圆形脸上，有两片鲜艳，润红的嘴唇，不管这小嘴是哭，是笑，是静，是动，都会叫人产生无限遐想。唇上是挺直的鼻子，鼻子上方是那对叫人心跳、心动、心醉、心碎的眼睛。这双眼睛，曾被人称过猫眼。那是在西双版纳插队的时候，甚至连老实憨厚的任思红，都常对她说："你这双勾魂儿的眼睛，长得跟猫似的。"

林姐不愿意人们称她眼睛为猫眼，因为，猫是在黑暗中活动的动物，她不喜欢黑暗，她热爱光明。为此，她还特意配了一副平光变色镜，以掩盖时不时流露出来的咄咄逼人的目光。

圣诞节前，一场特大的暴风雪持续了好几天。离圣诞节只差两天就是冬冬的生日，林记福州快餐店的门前，贴出了一张告示，店主因故停业三日，圣诞过后，立即开张。

把冬冬的生日与圣诞节合起来一块儿过，是林姐早就打定好了的。现如今在店里，林姐所说的话，已经成了不用讨论的最后决定。不仅是继红和送外卖的小伙计，就连阿强和他弟弟斯迪文也都觉得，照她的话做总没什么坏处。

雪，漫无边际连续不断的大雪，已把美东大陆，变成了一个白茫茫的世界。它把粗大的树枝压断，把汽车的轮胎遮没，它让城内的大小街道无法行走，使全城的主要干线几乎陷入了瘫痪。只有少数几趟地铁仍在运行。沿着时代广场到罗斯福大道，一直通往皇后桥桥顶上的七号车，还在照常工作。车上的乘客虽不如往日那么多，可它的车速还是那么快。

列车风驰电掣般地驶过，碾碎了冻在铁轨上的积雪，也留下了一阵震耳的轰鸣，那轰鸣声能把一切声音压倒，一直持续几十秒。每一次列车的间隔大约三、四分钟，前一班刚过，铁轨上又隐约传来下一班的声音。

地铁下面，马路两旁的商家，绝大多数都已停业，只剩下门前的圣诞彩灯在不断地闪动。北美洲人大概很怕寒冷，家家户户倒锁上门，屋内仍旧歌舞升平。寒风时不时地把北美洲人特有的打击乐声、肆无忌惮的狂叫声和砸碎的酒瓶声，刮进人的耳朵里。骑着高头大马、身材魁梧的警察，舍弃了与家人团聚的温馨时光，披着雪花，手持枪棍，严密巡视着这条阴森森的街道。节日期间，在罗斯福大道，处处都可听到警察那"咯蹬，咯蹬"的马蹄声。

林记快餐店是一个上下两层的小楼。一楼是店面，楼上就是林家四口加上继红的卧房。生日的热烈气氛一直延续到后半夜。午夜一过，继红带着冬冬上楼去睡了，阿强和斯迪文喝完了最后一杯酒，站了起来。

"你们什么时候回来？"林姐皱起眉头问。

"不好说。你们先睡吧，不用等我们。"说着，阿强同斯迪文走下楼梯。

临别前，林姐发现阿强不住回头向她张望。当阿强开大门时，林姐站在楼上，眯起双眼盯了盯他。虽然她与阿强相隔仅十几米，可在她眼里，好象阿强离她很远，很远。尤其是阿强那最后的一瞥，给她留下一股强烈的不安。她眨了眨双眼，等她再往楼下望时，他俩已经出了大门。

林姐回到房间，打开了窗帘。隔着窗子，她看到斯迪文已把车子发动着了。阿强从车窗探出头来，在向她挥手，嘴里还向她说着什么。她急忙打开防雪窗，想听清他的话。正巧，一列轰轰隆隆的火车从她头顶经过，那巨大的声响吞没了阿强的话语，只觉耳膜一阵刺疼，她看见阿强的嘴又张了张。从他的嘴形来看，他说的不是一就是七，再不就是钱，林姐一时有些发怔。还没等那疯狂的列车驶过，阿强和斯迪文驾的那辆小型货车，已消失在雪夜中。

她回到卧房，看了看熟睡的冬冬，又望了望合衣而卧，横着躺在她床上的继红。

"继红，脱了衣服，今晚就睡在我房里吧。"林姐说。

"嗯？不，我回我的房间去。"继红揉了揉眼睛坐了起来。

"快，起来，脱了衣服，今晚就这么睡。"

继红很快就冲完了澡。经热水一烫，大概有些兴奋，她一边

54

摘下浴帽，用手理着头发，一边说："林姐，我想跟你说说我从没向任何人说过的事。"继红尽管在美国已呆了好几年了，可一说国语还带着那浓重的温州口音。

林姐本想把她留在房里，跟她说说自己今晚的不安。可没曾想，自己没等开口，她倒先打开了话匣子。

"林姐，你知道我是怎么来美国的吗？"继红问。

"怎么来的？"

"林姐，这话我可只对你说，你可千万别跟任何人说。"

"放心吧。"

"我……我是偷渡客。"

林姐听着笑了笑，并不感到十分惊讶。偷渡客这个词一点儿也不新鲜，这条街上的南美洲人差不多都是偷渡来的。墨西哥和海地人来美国就跟上下班似的，亚洲人里又有多少人具有合法居留权呢？

"噢。"林姐轻轻地应着，也脱下衣服躺下了。

"林姐，你知道'黑喜帮'和'红喜帮'吗？"

"嗯？"继红继续说："我喜欢黑喜帮，不喜欢红喜帮。"

林姐对继红说她自己是偷渡客已见怪不怪了，可对她谈到黑喜帮、红喜帮的事倒是觉得挺新鲜，就问："什么黑喜帮、红喜帮？"

"黑喜帮穿的是一身黑，连鞋和袜子都是黑的，武功有一套，人品也好。红喜帮也穿一身黑，只是袖口、裤角上有一条红边儿，这些人没什么真功夫，信誉差，心又太狠。"

林姐没有搭腔，全神贯注地听她说。

"其实，在这个行当里，原来根本就没有什么红喜帮。只是前两年，黄四跟人家狮子头路易闹翻了，拉出一帮人叫什么红喜帮。当时，黑喜帮帮主狮子头路易要是狠点儿，一下子就能灭了他们，可就是因为当时他手软，竟把红喜帮养起来了。"

"继红，你是怎么知道这些的？"

"我？我怎么会不知道？……林姐，实话告诉你吧，我以前是路易的老七。"

"老七？"

"林姐，这话可不能让别人知道哇！"

林姐点点头。

"路易一共有七个女人，我是最小的，天天在他床上滚，什么不知道哇？要不是大姐弄个圈套，要放我的血，路易根本就舍不得让我走。还有，要不是黄四拍大姐马屁，两头挑，我也走不了。出来一年多了，我就想他……"继红眼圈潮湿了。

林姐不想打断她。

"男人我也见过。唉，见的多了，没一个彼得上路易的，他才是真正的男人。就说床上的事吧，他那股雄威……林姐，你笑话我吗？"

"不。讲，往下讲。"

"我敢说，直到今天，我没忘他，他也忘不了我。我从他那儿出来的头几天，他给我新买了好多首饰，又塞进我裤衩里那么多钱，我就是不要。做人嘛，干嘛呀，我又不是冲着钱当他的小，我就是爱他。回想起来，我给人家什么了，什么也没有，还给他招来一大堆的麻烦。可他呢，给我的太多了，他待我好，他供我吃，供我住，还带我玩儿，他让我去上学，去学电脑。可我……还学什么呀。真的，他舍不得我走，就说临走前那天晚上吧，他跟我在床上一夜就干了三回，回回都……"

"你怎么跟他认识的？"

"是他本人到温州把我给选来的，说不收钱，就一分没收。他这个人说话可算数了。当然我知道，他不是对所有从温州来的女孩都这样。那些当窑姐的姑娘们也不能怨他，来美国之前人家就说好了，一万八到美国还账，你还不上，不下窑子去做啥？这不能怪他。"

"你爸、你妈呢？"

"没来往了。要是我有钱还行，给他们寄去些，在温州老家给他们盖个大房子。可我从路易那儿出来一分都没带。"

"缺钱吗？继红，你……"

"不，我在存钱。我会熬出头的，反正我还年轻。"

后半夜的雪，好象下得更大了。继红还在滔滔不绝地说着，她对路易身边的四大金汉："鲨鱼"、"两面焦"、"牛卵"、"鸭血汤"都有一番评论。这些名字听起来很像菜名的人，个个都有来历。这一道道精美的菜肴，林姐听了，不仅没引起自己的胃口，反而闻出了这里面的血腥味儿，又似乎看到了刀光剑影。

窗外开始安静了，除了那五彩缤纷的节日彩灯能映进来外，世界是黑洞洞的，每列列车时间的间隔也比白天拉开了一些。林姐住在这随时都能感到地动山摇的罗斯福大道上快五年了，不知什么道理，她已经完全适应，也许她的天性就是适应能力强。就连小冬冬从降生的那天起，也已习惯了耳旁总伴有这种噪音的环境。林姐计划明春就搬到长岛。她考虑冬冬应该有一个良好的成长环境，自己没能赶上，一定让冬冬能享受到这一切。还得选个高尚地区买房子，好区才有好学校，上了好学校将来才有出息……

继红睡着了，可林姐仍无一丝倦意。她突然想起了什么，推了推继红："继红，你说阿强兄弟俩怎么这么晚还不回来。会不会出事儿？"

"不，不会！"说完，继红翻了个身，呼吸又均匀起来。

林姐想看会儿书，静一静，然后好好睡一觉。没一会，时钟敲了三下，她把书丢在枕边，闭上了双眼。

黑暗中，她感到眼球在转动，而且越转越快，无法控制。随着眼球的快速旋转，她猛地睁开双眼。夜，又黑又静，她眯起双眼，瞳孔凝聚成一点，从眼缝里往外看，她觉得她好象看到了一道血光，那血光比炉火还红。她"腾"地一下坐了起来，似乎能透视到楼底层，下面有人！门外也有人！到处都是穿黑衣服的人！

"继红，继红。"她叫。

"啊？林姐。"继红醒了。

"低头看。快看。"

"看什么呀，林姐？"

"你听！"

继红竖起耳朵听。

"听到了吗？"

"没有。"

"看到了什么？"

"什么也没有。林姐你……"

林姐"嗖"地下了地，从床上抱起了冬冬，让继红快点儿穿衣服："你快点儿啊！"

"林姐，到底发生了什么事？"

"来，抱上孩子。这是钱。快下楼！"

继红抱着冬冬，随着林姐匆匆跑下楼。

"这边，这边，从后门走。"林姐说着打开后门，命她快跑。

"怎么啦？林姐，往哪跑哇？这……"

"快跑！"林姐命令着。

继红紧抱着冬冬，跑了出去，在厚厚的白雪上留下两道深深的脚印。继红拼命地跑，没命地跑。往哪儿跑？她不知道。她耳边总是响着林姐的声音"跑！跑！跑！"，双腿就像不是她的一样。

林姐浑身打着哆嗦，看着新落下的雪把继红的脚印盖没，才转身关上门，上楼回到了卧房。

卧室里的灯是关着的，可室内的一切在她眼里却是一清二楚。她回到床上，闭上了双眼。

一刻钟，半小时，一小时过去了，她突然睁开眼睛，这回她真地看清了，一个身穿黑衣，袖口、裤角镶着红边的人在上楼。随着脚步声的停止，那个人出现在她的门口，向她摇摇头，示意她到楼下去。

她穿着白色抽纱的睡衣，里面透出的不仅仅是玲珑健美的酮体，而是咄咄逼人的艳丽。林姐来到楼下，大门已经被关上了，一共有六、七个人围站在店堂内。她一眼就看到了那一身青黑，袖口和裤角上都镶有一道刺眼的红边的帮服。

林阿强和斯迪文已被打得不成人样，手脚都被强化胶条紧缠着，嘴和下巴被胶条勒得深陷下去。阿强脸憋得红紫，凸起的眼球，圆瞪着林姐。

"交出钱就算了。"为首的一个相当平静地说。

"钱？什么钱？"她轻声问。

"那好吧。"那人向一个站在墙角，身材粗壮但看不清面孔的人点了一下头。壮汉走到林阿强身边，用枪口对准他的太阳穴。"等一等，"为首的那人对着壮汉命令。

林姐咳了一下嗓子："诸位，只要让我明白是什么钱，多少钱，我一定拿出来。"

七个穿黑衣的人，没一个看她，也没人听她说话，他们的注意力似乎在别处。

火车的轰鸣声由远而近。

"先生，直说吧，多少钱？"林姐声音里透出的是诚恳。

还是没有答话。她看了看阿强，他憋得已经闭上双眼，额头上的青筋涨得鼓了起来。

"咔叽"一声，她听到了手枪的保险栓拉开的声音。

"NO！"她大喊。

几乎是同时，火车正好飞到头顶。她没听到子弹出膛的声音，只看到，从林阿强的太阳穴喷出一股血浆，溅到对面的白墙上。那四射的红浆中伴着子弹头顶出的余肉和碎皮，把白墙立即染成一幅可怕的图画。

她脑子一阵空白，只觉得双腿发颤。她没有力气扑向四肢抽动的林阿强，只是声嘶力竭地喊，"NO，NO，我付钱，住手！……"她的高喊声、子弹出膛的炸烈声、列车碾着铁道的轰鸣声几乎发生在同一时刻。这地点的选择、时间的配合，这天衣无缝的职业凶杀，都随这些声音的消失而消逝了。

　　是怕的，是吓的，还是眼前的恐怖使她精神错乱，她没有抽泣，没有流泪，她的脑子里出现了西双版纳的那声巨响和火光，出现了丁建军被炸得血肉横飞的场面。她的头、手、脚似乎都不听使唤，头脑好象停止了工作，时间像是凝固了，一切一切都远逝了。7个黑衣大汉，好象都显出了耐心，静静地，默默地在等待着……

　　警察那"咯蹬咯蹬"的马蹄声停在了门口。突然一只大手捂住了她的整个脸，脖颈被钳住。

　　"HELLO，IS THERE ANYTHING WRONG？（喂，有什么不对头的吗？）"警察停在门外喊。

　　"NO．NOTHING HAPPENED，OFFICER．MARRY CHRISTMAS AND HAPPY NEW YEAR！（不，没事，警官先生，祝你圣诞愉快，新年快乐！）"为首的黑衣人点着香烟回答。

　　警察的马蹄声走远了。夜，又恢复了那死一般的宁静。捂在她脸上的大手也松开了。

　　"交出钱就算了。"为首的那个人，像一架机器人似的，呆板而又平稳地重复着那句同样的话，那语调，那节奏，不像出自人的口中，倒象来自一架发声器。

　　又一趟轰轰的火车声响起，那粗壮的杀手，没有等候为首的命令，用嘴吹了一下枪口，来到了斯迪文身边。他的动作，时间与上次的几乎完全一致，分毫不差。

　　斯迪文也同他哥哥一样，闭起双眼，等待着将要来临的那一刻。

头顶上的铁轨，脚下的土地开始抖动了。不知一股什么力量，使林姐喊出话来，那语音相当有力，相当清楚："请告诉我钱的数量，我定会尽快如数交付。如有差缺，黑喜帮的路易会出面调停。"

"那好吧，五十万块的劫货钱限你三日付清。见钱放人！"为首的说完把手一挥，其他人立即架起斯迪文和林阿强的尸体夺门而出。临走前，为首的又在收银机上扔下一封信。

都走了，一切又恢复平静。

警察那"咯蹬咯蹬"的马蹄声，清脆、悦耳。

人类的承受能力不知到底有多大，但确信，女人的承受力比男人大。从生命的问世，女人就遭受着巨大的痛苦，直至生命的终了。如男人早行一步先归西天，把剩下的岁月丢给孤独无靠的女人，她总是善始善终地把它走完，直至那生命中的灵火完全熄灭。

但女人的承受力绝不是没有极限。男人碰到这个极限，也许是火爆冲撞早成夭折。女人呢，碰到这种极限往往会出现转折，这种转折在缺乏耐性的男人眼里，是永远不会预测到的，而女人能。这种本能也许是女人先天具备。林姐就属于这种人，而她在优秀的女人里又是最超凡的。

在阿强、阿坚的事发生之后，她一直独自一人坐在楼梯的台阶上，面对着喷射在白墙上的那滩红色，手里拿着那封信，内心深处翻涌着浪花，每朵浪花都是被血染成的红色。

信是黄四写给她的，写得很简单：五十万买一家子的人头不算贵，三日之内如不备齐，将照取你和你孩子的人头。

血腥的震撼对她来说已不是头一次。从她十多岁起，看到的就是造反有理、横扫一切、夺权、走资派的阴阳头、地富反坏右的改造、砸烂狗头、油炸黑帮、火烧大楼、捆绑吊打、打翻在地再踏上一万只脚，还有那西双版纳的火并——炸翻出来的筋肉、炸飞起来的丁建军的碎尸……。今天，林阿强的鲜血和皮肉又呈现在眼前。

她陷入了绝望，残酷的现实使她明白了，明白了一个千真万确的道理，那就是弱肉强食。人不狠，心不黑，不吃拌血的饭，不仅活不下来，反而还会成为别人碗里的饭食。

她一直这么想。想了多长时间？是半天？一整天？还是两天？她全然不知，也没有一点儿概念。她处于一种魂游体外的状态，她觉得灵魂似乎真地出壳了。就像这样坐下去，别说两三日，就是两三年，恐怕也觉不出饥、渴、困、乏来。这到底是什么力量，连她自己也说不清楚。

林姐的眼皮时闭时合。她上身挺直，双臂紧抱双膝，呼吸缓稳，血液通畅。看上去，她似乎真地进入了另一个境界。在那个境界里，她像是在寻找，寻找她自己该走的路。

天刚蒙蒙亮，她动了动身体，对着门口说了声"进来吧。"

门"吱"地一声打开了，探进来的是继红的头。

"林姐。"继红叫了一声，看着墙上的那滩红，向她慢慢走来。

"那是林阿强的血。"她平静地说。

"林姐，真地出事啦？快跟我走吧！"

"去哪儿？"

"去看冬冬。"

"不，这是两回事。从今往后，冬冬不可在任何人面前出现。"

"林姐，你快离开这里。不然……"

"继红，狮子头路易与你还有联系吗？"

"没有。"

"四大金汉你能找到谁？"

"鸭血汤或许两面焦还可……"

"你火速去与他们联络。务必安排我和路易见上一面。"

"林姐，这不可能。你在想什么？还是快跟我走吧。"

"时间就定在今晚，绝不可拖延。"

"林姐，你在说梦话，这怎么可能。"

"可能，去吧。"

继红看着林姐那像尊塑像的身体，突然映动了两下长睫毛，飞快地跑出门外。

头顶上七号列车的车轮在滚动。支撑铁轨的钢架好象要发生断裂，地面的柏油路在颤抖。"林记福州快餐"的招牌已经倾斜，忽然"啪"的一声掉在了地上，砸得地上的残雪腾空飞舞。林姐屋里的楼梯"吱嘎吱嘎"地作响，店堂里的桌椅也跳动起来。然而这一切都没有打扰林姐，她静静地等，等待那个信号，那个生存下去的信号。

林姐觉得，自己的血液似乎在变冷，骨头在变硬，眼睛往外喷火，身上忽然冲满了一股不知从何而来的强大力量。仿佛是刚刚迈进拳击台的重量级拳击手，只等着往对手的致命处狠狠一击。

不久，继红又出现在门口。只见她兴冲冲地撞进来，拉着林姐的手说："起来，快起来。路易马上要见你。"

下午，在一个装修不俗的高级餐馆，林姐见到了路易等人。路易是个年轻人，看起来岁数与林姐相仿。四大金汉也不过才十六七岁。他们并不像继红所描述得好似神兵天将。他们看起来个头都不算高，且面带稚气。

路易把林姐请到后堂入座。他说话坦率，礼仪适当。他见林姐虽穿戴一般，可气质非凡，面色红润，双目炯炯有神，根本看不出她已是几日不吃不睡，更没觉出她是刚亡夫的遗孀。

路易能讲三种语言，英语、国语，当然最熟练的还是港语。他虽出生在美国，可曾就读香港大学。返美后，生活的圈子，也是台山、广东人世界的中国城。他了解到林姐的来历，即操起不太标准的普通话来。

"林太太……"

"不，林姐。"她边坐下来，边更正路易对她的称呼。

路易停顿一下，理了理飘在胸前的领带，轻咳了一下喉咙，双目直盯住她，不以为然照着自己的思路往下说。

"林太太……"

"不，林姐。"她又一次地更正。

"出自何故呀？"路易问。

"出自东南亚及大陆堂口道场的规矩。"

"噢？……继红并未向我说起你，有关这……"

"她还是个孩子，对我只知一二皮毛。"

路易拿了一支烟，继红为他点上。他吸了一口，扭头对林姐上下又是一番打量，吐出口烟后说道："阁下确有气吞山河之气，压盖群芳之魄。好吧，林姐，为日后你我之间的相互理解，赎回你的小叔的区区小事，就不必挂齿了，待我命人立即办理就是了，来人！"说着他双掌合击一下，对手下人吩咐了几句，转身对林姐说："你就在此地等候，一小时之内即可见到你的小叔。我公事繁忙，就不久陪了。"说罢起身要走。

"且慢。"林姐打了个手势请他坐下："路易先生，此事并非就此了结。你对红喜帮派如此豢养，日后必定招至灭顶之灾。"

"……"路易一时不知林姐何意。

"义者仁也。义者施义，施与有道，方为仁义；施与无道，施者必亡。"

"你说什么？"路易尽管对林姐这番话的深浅一时还不十分明了，可听得出来似乎是在骂他，他气得"嗵"地一下站起来吼道："平生还无人如此对我训斥！送客！"

继红紧张得满脸通红，四大金汉也都皱起眉头。

"路易先生，今晚我来，本意不单为我夫昭雪报仇，这个我自有他法。今日前来，只想救你。"

路易双脚好像被什么引力吸住。

"是的，只为救你。"林姐语气更加坚定。

路易坐下。

"灭不仁不义不道，是你路易为仁之本分；防患于未然，又是道堂长远之生计。如你不愿灭不仁不义者，我便自行去办。"

四大金汉舒展眉头，相对而笑还伸伸大拇指，继红急着等待路易的决定。

路易开口了。

"红喜帮此次出师，暗刺林阿强，斯迪文，确属不仁不道。这兄弟俩多年来以我为营，尽力效劳，我本应出面铲平。念黄四与我起步之旧，故拖延几日，望林姐海涵。不过，铲平黄四也非容易之事，不知林姐可有良策？"

"有。"林姐果断地说。

"请讲。"

林姐向四周看了一下，路易挥了一下手，众人即刻退下。

"继红，四大金汉，务请留步。"林姐道。

林姐把这一整套方案和谋略，以不容怀疑的口吻向黑喜帮核心人物讲述一番，这些都是来自她这两天不吃不喝的苦思冥想。狮子头路易听后，眼里露出了钦佩的目光。他命手下人为林姐和继红安排住处，又命鲨鱼和牛卵保卫左右，这次铲平红喜帮的计划，全由林姐一人出面调动，收编后的红喜帮由林姐安排。

鲨鱼和牛卵给林姐安置的地点是西百老汇大街一家发廊的楼上，此处既隐蔽又安全。

继红刚一进屋就对林姐惊叫道："林姐，真看不出来，你……你真地是大陆东南亚道口里的？你们叫什么帮？"

"叫三义帮。"林姐回答完，笑了，笑得很狂。"继红，听着，我什么也不是。我也不知道我都说了些什么，我并不想骗路易，我的嘴和脑一刹那就像不是我的似的，就说出来了。"

"你好像换了个人，我从来不认识的人。你的语言，你的词汇，你的表情都变了，你知道吗？"

"知道，也不知道，只为了活下去。继红，你告诉我，你最终是忠于路易还是我？"

"你。"继红不加思索地说。

"不，继红，想好了再说。"

"想好了，就是你。"

门开了，斯迪文被牛卵和鸭血汤送了回来。他一见林姐就下了跪，抱着林姐的腿大哭起来，边哭边大叫："嫂子，我的救命恩人呢！我要为我哥报仇！嫂子，我不杀死黄四死不瞑目。从今往后，你就是我的亲爹亲娘，嫂子啊！"

林姐也跪下了，叔嫂两人抱头痛哭，哭得悲痛欲绝，哭得伤心至极。

一会儿，林姐停止了哭声，她显得异常镇静。她让斯迪文先去洗澡换衣服，又让继红赶快去隔壁睡觉。

半夜，她拿出本和笔，一笔一划测算着新泽西海滩的宽度，从高速公路到海边的里数，各路人马的领头人和小分组围抄的时间，以及一些善后工作。

后半夜，天快亮了，她仍在测算。她把恨变成了狠，又把狠凝聚到笔尖上，那重重的笔力把厚厚的白纸都已划破、刺穿。

几日后，新泽西海滩的那场火并见于报端。新闻媒介是这样报道的：黑社会里，各个团伙之间的明争暗斗是经常发生的。但是动用现代装备、重武器则是前所未闻。新泽西州海滩夜战，敲响了 CHINESE HUMAN SMUGGLING（中国人口走私）的新的钟声。我们不难看出，由于走私人口那无本万利的丰厚利润，而招致今日大规模的拼杀。

据悉，造成拼杀的原因是争夺人口市场。两派在货源及市场

66

的分配上出现了矛盾。

据警方透露，强硬一派已歼灭另一派大部分人，少数几个幸存的已四处逃命。被歼首领的尸体，已在海滩停车场内寻获。虽车身被烧毁，面容难辨，但经法医验定，死者正是中国城黑社会前首领黄四。

警方又声称，强硬一派因指挥者老练而又熟悉周围地形，当警方赶到时，已全部逃窜……。

林姐指挥的这场大型火并，实令美国警方感到措手不及。她先以交钱交货、转让市场为名，引诱黄四一帮全体出动。因为钱需要人保，货需要人接，市场转让他必须亲自出马。

尽管林姐对这一行动的路线、武器的配备作了明确指示，可当晚还是出了漏洞。

狡诈的黄四根本没去海滩，他只是在停车场内等候路易。林姐得知此事，已来不及包围停车场，她只好采取临时行动，单身一人驱车前往。继红想随她而去，但不敢违背林姐的命令，只有坚守在轿车里，随时与路易保持联络。

黄四虽是一个老谋深算的家伙，但对此次行动没有半点儿怀疑。他自信与路易这几年的交往，尽管利益有争，但事业还是休戚与共，相互不能脱离。所以他麻痹了，令全部人马扑向海滩，接钱接货，竟没留一人保驾左右，只身一人躺在车内，与一个漂亮小姐寻欢作乐。

林姐驾车飞速前来。等林姐拉开他的车门，用枪柄击昏了那个小姐，枪口捅进了他的嘴里时，方才恍然大悟，但一切都来不及了。

"黄四！"林姐怒斥："你这个死有余辜的王八蛋，跟老娘斗，你还太嫩点儿了……"

黄四嘴里有枪筒，只能用鼻子哼了几声，林姐明白了他的意思。

"我是谁？别打听了，你还是老老实实做个不明不白的枪下鬼吧！"

"哼……哼……"

"不仁，不义，无德，无道的东西，我杀的就是你。"

"砰"的一声，黄四的脑浆溅到了座位靠背的皮面上。

拂晓前，林姐回到家里，在阿强的灵位前点了三柱香，默默地在心里说：我的好丈夫，现在你可以在九泉安息了。

为了祝贺林姐一举拿下红喜帮，路易摆下了庆功宴，宴席上有路易、林姐、四大金汉，还有就是继红称之为大姐的路易原配。他们是不是有婚姻注册的原配，无人考证，反正她是路易的第一个女人。这女人叫"花点儿"，自称是九龙红湛石一带的凤头，而实际上却是土生土长的广州市人。文革初期是珠江红卫兵闯将，1966 年 8 月 18 日在北京受到毛主席的检阅后，回到广州就成了 8·18 红卫兵团的开路先锋。失宠后，插队到番禺县安家落户。她不甘寂寞，次年，伙同一批闯将推倒了蛇口一带铁丝网，来到香港，从招待到陪酒，从陪酒到大班，从大班到红湛酒吧小老板，这三级跳，总共没超过一年半。路易返港读书时，看中了她的才貌，后带她到纽约，成了他的原配夫人。

花点儿首先向林姐敬酒："恭贺功臣。"林姐起身忙说："不敢不敢。"仰头一饮而尽。四大金汉也依次向林姐敬酒一杯。饮完后，路易端起一大瓶威士忌，把每人面前的空杯酌满，说道："继红呢？她怎么没来？"

手下人忙去找继红。

花点儿放下手中的杯子说："还轮不到她来这儿吧。"

"不，不。"路易涨红着脸说："得有她，得有她。没有她的引线，我岂能认得林姐。"花点儿听了，一脸不高兴，转身扬长而去。

林姐看在眼里，没有说话。

继红跑进来，兴冲冲地端起了花点儿的酒杯，扬脖就要喝。

林姐马上示意她快快放下。

"这不妨。"路易手拿酒杯举向空中，"我叫每位饮这杯酒，不为别事，只因今生有幸结识林姐。为了日后与这女中豪杰共谋大事，干杯。"

众人一饮而尽。

"下面我向大家宣布一件事。"路易打手势命大家全部坐下。"近两年来，零散货物，陆续登岸，红喜一派已不复存在，福建市场尚待开发，我命'牛卵'、'鸭血汤'二位大将配合林姐，共拓福建市场，不知诸位意下如何？"

一片赞同和乱七八糟的碰杯声。

次年年初，林姐带斯迪文和继红，亲自赴闽、惠办理货源，又命"牛卵"、"鸭血汤"二位留守，盯人收账。这一趟，仅仅两个月的时间，收效却甚大。货源虽是有限，可林姐他们摸出了一条通道，并连接上了各地方的网络。这是林姐临行前想也不曾想的事。在各个网点地，她不仅结识了新朋友，最叫她兴奋的是，在景洪遇到了贺向东。这个当年被人称为川地炮的二弟，现如今，可是举足轻重的副局长了。后又联系上了以前丁建军的死对头、现任缅甸人民军 933 师师长的黑头，他对她百般恭敬，并提议在人民军内悼念难兄丁建军。更叫她惊喜的是，她还见到了在曼谷的顾卫华，他们彻夜长谈，回忆着八年前西双版纳的生活。

如今，顾卫华虽是个不小的老板，可对他曾最信赖的老友丁建军的感情，一如既往。他口口声声称林姐为嫂子，并向她提议，加入在曼谷北边青莱市投资买地的事。

这一趟她来不及去北方，可从这些老朋友的嘴里，得知了任思红、高浩的近况，也清楚了李云飞在欧洲的发展。

由于林姐在内地有熟悉可靠的老关系，倚仗这个优势，不到两年，她所管辖的福建一带生意兴隆，货源不断，真可以与黑喜帮的老基地广东、浙江媲美了。因林姐办事得体，手下无一不服。她钱理得清楚，分配十分合理，上交路易的比例又使她在整个帮里的地位大大提升。不要说在福州闽河饭店定货的办事处，也不提各各点儿的大小马仔，就连四大金汉对她的敬仰与崇拜，也到了五体投地的地步。

林姐头脑非常清楚，事事与路易商量，重要场合，都把路易摆在前，自己甘居次位。可林姐的威信和向心力已是不容否认的了。林姐不仅在道堂之内享有盛名，就是在福州、云南乃至北京、温州、上海几大都会的暗角里，也都窃窃私语，传着林姐如何如何……林姐怎样怎样……。

1986年中，"黑喜帮"里发生了一次重大事件。

这年六月，林姐一行从大陆归来，在路易设宴的酒会上，不幸的事情终于发生了。

花点儿由于吸毒成瘾，剂量逐步增加。她不仅显得人老珠黄，而且经常是胡言乱语，紧紧张张，神经兮兮。她怕被路易抛弃，时刻防着继红，生怕这个越长越漂亮的小妖精接替了她的床位，又怕林姐的权力增大。由于继红和她的亲密关系，她会下令命四大金汉突然杀死她。

路易设宴很少让她参加，可今晚正值四大金汉和大哥路易酒性正酣时，花点儿突然闯了进来。她打扮得干干净净，花枝招展，手托一瓶"五蛇胆"，口念"恭喜恭喜恭贺恭贺"摇摇晃晃向桌子走来。她给路易和四大金汉各斟上一大杯，又给林姐、继红的杯子倒满。

四大金汉乐呵呵地都举起了酒杯，林姐一个箭步跑上前，按住继红举到嘴边的酒，她大叫："NO！不要喝！"大家发呆之时，已醉成了烂泥的路易，竟把整整一杯灌进了肚肠。林姐一把把花点儿推倒。与此同时，巨氰化钾的作用已出现在路易的脸上，只见路易口吐白沫，眼珠突出，肤色铁青，下巴抽动了几下，断了气。

此刻，四大金汉全都清醒过来，拔出尖刀扑向花点儿，四把刀同时刺进花点儿的四个部位，胸、腹、脖和下阴。花点儿死得同样干脆，没出半点儿声音，就咽气了。

灵堂里布满鲜花，灵位前香火缭绕，众兄弟挥泪跪下向大哥告别，又请林姐上前盖棺合木。

四大金汉中的老大鲨鱼哭哑了嗓子，他忽然喊道："人无首不走，帮无头难行。众兄弟拥举圣女林姐，为我帮之首，我堂之头！五体大礼。"

众人施五体大礼。

林姐走到灵前，低下了头。

"施礼完毕。"鸭血汤道。

"拔刀验胆。"两面焦喊。

"割腕血祭。"鸭血汤道。

"众兄众弟！"林姐开口了"黑喜帮从即日起更名三义帮，三义帮者性命相依！"说着，她拿起桌上路易生前用的一把纯金匕首，打开按钮，弹出光闪锋利的刀刃。她用右手握着刀柄，左手在刀刃上一抹，鲜血从虎口上渗出。她合指握拳，地上流下一道长长的红印。她抬起头庄重宣称："仁义、情义、仗义为我新帮三义之宗旨。具仁、具情、具义者生！"

众人："具仁、具情、具义者生！"

林姐："不仁、不情、不义者杀！"

众人："不仁、不情、不义者杀！"

灵火满堂，满堂灵气。

4

远达饭店"翠湖厅"的小小单间里，聚了不少人。出钱招待老哥儿们的人是任思红，其他人一律只带了张白"嘚"的嘴来。像这样的聚会，已是一年一度定下的死规矩了，大年初五，八位好友相聚一堂，叙叙旧情，交流点情况，天南地北，能侃到天亮。

到场的八位，除任思红外，还有一位，就是我们都已熟悉的高浩，也就是抱起炸药包第一个冲进七连的那个混小子。他来得最早，可又闹着先走，气得任思红拧着他的耳朵，把他从门口拉回原位。

"别闹，别闹，思红。今儿晚上我真有个重要的事儿，没骗你，都约好了的，十点整到机场。你瞧这表，现在……"高浩的腿脚不太方便。那次的爆炸，伤在左腿小骨上，落下了残，因此，一瘸一拐地往回走。

"我不管你有什么重要事，今儿晚上你甭想出这个门。要是真走也行，我把你那条腿也给废喽。"任思红掐着他耳朵，硬是把他按回了座位。

就座的哥们儿，人人拍手称快，有的说："什么重要的事，非得今天办？八成是会'小蜜'去。"有的说："有了款就忘了哥们儿，你是他妈人揍的吗？"

"哎哟喂，思红，你丫真狠嘿，瞧瞧都他妈掐出血了。"高浩捂着耳朵喊。

"这是轻的。别看老娘款不过你，腕儿不过你，可今儿晚上，你要是不听老娘的管教，老娘，老娘就不算是高记。"

"没错，您是高妓。"高浩揉着耳朵，嘴还不饶人："可这事也怪，没听说过，高妓了半辈子，还没开过裆呢。”

"你他妈的这臭小子，还犯劲……"说着任思红扑上来抓住他的耳朵。

众人哄地一声笑了。这茬老三届的人，不管现在的地位混得有多高，也不论谁是款啦，谁是腕儿，只要一聚到一块，是没上没下，胡骂溜舌。今儿个来的八位，个个都是有头有脸。高浩不用说了，自从前两年，把首都出租汽车统统换成了进口的VOLVO，发了一大笔，眼下又着手兴建娱乐城。其他几位也都不软，一位是在南方堂堂有名的地产大王，深圳开发伊始，他就把注意力盯在了地产上，不仅投下了资金，而且也确实下了很大的功夫，什么时候进，什么时候抛，算得那叫准，没一次失误的。另一位是银行家。说是银行家，实际上，他只是一位贷款处签发项目的副处级干部，但是，你别看他官位小，可围在他身边的人，那就大了去了。此人的特点是爱开玩笑，荤的素的一起来，一旦涉及本职业务，却守口如瓶。

称任思红为高记不是假的。最近她被评上高级记者职称，她的笔名，在各大报刊的专栏上时常出现，她写的各位名将的传记，也随时可在书摊上找到。她还擅长言情小说，把小时候的那首小诗"少女的心"，发展成一部三十来万字的畅销书。且不算稳定的工资和这笔收入丰厚的稿费，就是亲朋好友请她出面写几笔，然后登在报纸上的酬劳费，对一个单身女人来说，已经足够了。

她的个人生活一直是个老大难，尽管三十有几了，还是个老处女，可有关男女性事的黄段子却成套成套的。就因为她在老哥们儿中颇得人缘，她一有难处，大家蜂涌而至。

今晚来的还有一位，大家叫他"隐子"。为什么呢？因为他可以坐在桌上，几个钟头不言语，等到大伙乐子找完，尽了兴散席了，才意识到，这哥们儿还在席上，没有因事早撤。听起来，他这人似乎有点神秘，看着叫人挺犯疑，其实不然，在老哥儿们中，他最得人信赖。不该说的，他绝对不说，就是该说的，他也只是用微笑、大笑、点头、摇头来表示。这种人，本该不受欢迎，排在圈儿外。错了，回回聚会他都在被邀请之列，他也从不推辞，准点赴邀。大伙对他在席的表现，从不指责。本来嘛，换谁，谁也得这样，给老人家当听差，能乱说乱动吗？

这帮人里最没出息的，就数坐在正中央的这两位，一位是剧作家，另一位是教书匠。剧作家没见他出版过什么作品，可见面总是大侃特侃他脑中的新计划。作品发表不出来就没有钱，脑中的计划没写好，就出不来什么效益。现如今，就剩张嘴了，除了喂，就是侃。喂进肚子里还管点用，这侃多了可就太伤神了。可这人没记性，改不了，见人非侃不可。每每调侃时，还恳求哥们儿多付出点耐心，多发扬点公德，让他侃舒坦了再散。

高浩低头一看表，忙对任思红说："思红，这么着吧，我还是先去接人，接回来拉这儿来。最多一个钟头，行不行？"

"不行。你让司机去接不行吗？"任思红就是不答应。

"你这个人真是的，告诉你实底吧，李云飞特意从巴黎打来电话，叫我非亲自接不可。""到底接谁呀？"

"到时候你就知道了，哥们儿托的事，咱不能误了。"

"你不说是谁，我就是不让你去。"

"我的姑奶奶，您高抬贵手吧，瞧我这脑门子上都出了汗了。"

任思红见他真急了，就逗他说："行。行。去吧。不过你得老实交待，不如实招来，还是不让你走。是不是女的？"

"是。"

"还是美国妞。"

"对。"

在场的人见高浩被任思红治得没了辙，大伙全乐了。

高浩一瘸一拐地走到门口，临出门前又回过头来补上一句："我他妈的做梦呢，我？"

高浩走后，轮到任思红侃了。如今的任思红，不仅笔尖练得出彩儿，舌尖也远非当年了。她爱论时政，国际局势大可不必讲了，因为在座的都是全球政局评论家。今晚她主谈国内形势，她的论点经常得到喝彩，在座的人对她那不打歇的连珠妙语，时不时得鼓几下掌。她从北京的治安又预示到未来黑社会的发展，当谈到这个题目时，有些冷场，因为，第一，大家觉得这是没影的事儿，第二，既便有，跟自己的生活也挨不上边儿。

"谁说的？"任思红托了托厚镜框说："紧密相连，这关系到你们的脑袋。"显然她是想把大家的注意力吸引住，把每个人的兴趣再重新勾上来："什么叫黑社会？社会是公开的，黑又是见不得的，看来是极相矛盾是不是？然而这正是对立的统一。学了半天的辩证法，怎么一到这时候就糊涂了。有黑，正是有白的比较，没有白的反衬，哪来的黑呀？黑为阴暗，白为透明，没有今天的透明度，你能看出黑来吗？别以为看到一些黑的、阴暗的东西，就认为是糟了，倒退了。正相反，这正是透明度加强、社会进步的象征。

"以前倒看不见黑社会，能让你看到吗？谁又让你看呢？没有黑社会，社会就白啦？白怎么会出现那么多冤假错案呢？那冤假错案谁制造的？那时候三公一母（指四人帮）公开玩黑的，光天化日之下把咱们使完，用完，还踏上一只脚，给甩到穷山沟里自生自灭，这不黑？黑得你都瞧不见道儿，看不见亮儿。现在有谁还敢对咱们使这黑招哇？没人了。这不是进步？这不是社会在前进？"

任思红这套黑白相对论，对大伙来说都挺新鲜，所以，无一人插话，静等她往下侃。

"表面上看上去，他们都是群流氓，亡命之徒，无纲无领，无信仰，但谁统治这帮人没两下子还真不行。我敢说没有具有向心力的领袖，特别是没有明确的宗旨，这个黑道就不叫黑社会。仔细琢磨琢磨，这些都是人呢，还都不是熊人。能叫他们服喽，你不义气、你不公平行吗？"

说到这里，连坐在角落里不声不响的隐子都重重地点了两下头。

"所以，最近我在我的专栏里，点出了我们社会的阴暗面，就遭到一些人的批判，甚至还有人说我存心误导青年倒退，污蔑我国形象，真是愚蠢之极。我正是想说明，我国在腾飞，在进步，我在歌颂法制逐步健全，颂扬社会主义的透明。"

"对，太对了。"剧作家首先激动起来："我一定先抓这个题材，写出一部有关黑社会的电影剧本，我要让……"

"慢着。"任思红半奚落半玩笑地说："您还是搁笔吧。"

"为什么？"

"您有生活吗？您有资料吗？"

"我……我有哇，前几天我从港台杂志上，看到了一篇有关美国黑社会的文章，纽约中国城黑社会的头，还是个女的，说她面目狰狞，青面獠牙，走路带风，窜房越脊，……"

"行了，行了，听着怎么像是聊斋里的狐仙。"

"您怎么不信？这是真的。人家真这么写的，据说，此女有东方人的血液，她当然会点儿武功。"剧作家争辩。

正说着，高浩推门进来了："思红，你猜我把谁接来啦？"

"谁？"

"你能猜着，我给你一万块。"

"少废话，人在哪儿？"

"在门外，这一万块要还是不要？"

"女的，还是个美国妞。"思红斗着气儿说。

"我操，亏了。"

"真的？"

"可不真的。"

高浩慢慢地打开门，见走来的女人披着件军大衣，军大衣里是件普普通通的全棉运动衫和牛仔裤，脚上蹬着一双皮便鞋。

　　任思红托了托眼镜，眨了眨眼。

　　"欣欣!"思红叫了一声拥上去连说："欣欣，你?……，你是从天上掉下来的吧。你怎么不跟我联系? 你这个混蛋，我一直在惦记着你……"任思红一面哭，一面捶打着林姐。

　　林姐的眼角也浸出了泪，断断续续地说："我是从李云飞那儿才知道你们的情况，这次要不是为了见你，根本不会来北京。"

　　"你还去哪儿?"

　　"福建。"

　　"算了，哪儿也别去了，咱俩得好好聊聊。"

　　"那边有人在等着我。"

　　"我不管。"

　　"拿酒来!"高浩喊了一声，在坐的都明白，这小子不到天亮是不回家了。

　　任思红的情绪平静下来之后，向在坐的一一介绍了欣欣。然后大家就是三下五除二地敬酒和七嘴八舌地问候。

　　"韩小姐离开学校了吧?"

　　"离开了。"

　　"韩小姐也做些生意?"

　　"也做些。"

　　"韩小姐，你结婚了吗?"

　　"……"

　　"韩小姐……"

　　"我说你们是查户口的? 烦不烦呢。转转话题，聊点儿别的。"任思红打断这些问话。

　　"没关系，什么都可以聊。"她说。她太激动了，整整十年，这北京话、家乡音，多叫她想念呢。这些熟悉的用语、这耐人寻味的幽默、还有那京城人特有的哲理……这一切一切，她盼望了多久哇。她当然愿意坐下来听，听它一夜，听它一辈子。可是，她不得不走。她看了一下手表。

"你急着走？"任思红问她。

"是啊，没关系，明早七点的飞机，还有好几个小时呢。"

"非去不可？"

"没办法，非去不可。你们聊，聊什么都行。"

"真没劲。"

任思红噘起了嘴。

高浩拍了拍她肩膀："思红，别生气。咱哥们儿谈话算数，我很快会把她再接回来。"

"你算老几？"

林姐笑了起来："他说的对，我很快就回来，不过这次只能呆一两天。最好每次回来都给我听的机会，我就爱听你们说话。"

"你想听点儿什么？"任思红抓抓头皮。

"我接茬儿来。"剧作家生怕失去这个绝好的机会，他似乎来了灵感，绘声绘色地侃起他描写黑社会剧本的新构思："男女主人公，自幼两小无猜，又同窗六载，他给她递过纸条，她为他缝过棉袄，父母反对他俩相爱，双双私奔，躲进山寨，饥寒交迫，无依无靠，幸有山民相助，起死复生，只因他俩聪明勤劳，走火入魔当起黑道，杀富济贫……"

"您说的是什么年间的事儿？"任思红忍不住地问。

"啊？纯属虚构，胡说八道。"他接着侃出一个更离奇的故事："忽听一声春雷响，乡下人都往城里闯。利益金钱迷住眼，夫妻双双翻了脸。各组一帮敢死队，暗伤明夺见血光。公安民警来捕获，男女强盗遭了殃。男的判了十年整，女的判了劳教养。只因女的身有孕，监外执行去从良。男的狱中改造好，坦白交待回家乡。党的政策很宽大，不到一年就释放。男女相见言归好，痛改前非务农忙。女人生下双胞胎，身体健康成长快。转眼之间已十八，考北大来考清华。一唱党的领导好，二唱父母觉悟高。三唱……。

"我操，这太邪了吧。"高浩实在是听不下去了。

大伙边喝酒，边嘲笑他。

"这也叫剧作家？"

"这可真叫神侃神聊。"

"韩小姐大老远来，就为听你这个？"

"我爱听，什么都爱听。别打断他，继续聊。"林姐认真地说。

剧作家又往下发展了，别人都显出不耐烦，可林姐一动不动地听着，她像是在听天书，又像一位刚刚入学、天真可爱的小姑娘。

天亮了，林姐告别了任思红和这伙老三届的哥们儿，在返回机场的路上，她坐在高浩的车里，仍然激动不已。

"真不想走哇。"她默默地说。

"着什么急，北京这边的事，我已经都办妥了。你得常回来。"高浩和她同坐在车后，车子是由他的司机驾驶的。

"也难说，我没你那么好的命。"

"行了，你别老说这种话，有时候，我也纳闷，你不应该是那种多愁善感的人。"高浩见林姐低头不语，就把话茬儿引开了："听说如今黑头他妈的混得也抖起来了。谁能想得到，他还能当上师长？"

"这两年不行了，他只有打胜仗，不能败。不像以前，人民军一打败仗，还有个地方可撤退，现在云南是进不来了。"

"哟，这下他不惨了吗？"

"还好，他还能从我手上的生意上捞点儿。不然，几万人的军饷开支，真够他一呛。"

"李云飞从没向我提起过他的困难，我能不能帮他什么忙？"林姐欲说又停住了，往前呶了一下嘴，示意这司机是否可靠。

"磁铁，我身边的人你就放心吧。"

林姐点了点头，小声说："顾卫华常从曼谷那面接济他，不会有问题。"

"川地炮，山大王这俩兄弟就不管他啦?"

"怎么不管，熊志强在佤帮军里混得可不得了，黑头的武器基本是他供应。贺向东现在是大勐龙县的副局长，他给黑头的方便也不少。"林姐对高浩的信任是由来已久的，这么多年来，空路的畅通无阻，全是经他一手操办。

汽车在机场路那平坦的道路上，飞快向前行驶，车轮胎在柏油马路上，发出了沙沙的声音。

忽然，高浩说："我真盼着有朝一日，咱们什么都不干了，哥们儿聚在一起好好侃侃。"

"会的，一定会的。"林姐的口气似乎相当有把握。

到了机场，林姐准备下车时，高浩像是对林姐，又像是自语："建军要是活着就好了。"

林姐用力一摔车门，快步走进机场大厅。

5

　　面临福建省东海的南端，沿海几个富裕的县乡里，永乐县算是名列前茅的。紧挨着永乐县不到一华里，有个三渡村。近几天来，三渡村家家户户忙乱了手脚，都听说美国大老板亲自要到村里来，杀猪的杀猪，宰羊的宰羊，生怕这难逢的机会把自己漏掉。做小生意赚了点钱的忙着收账。钱不够的东挪西借，想把钱如数凑上。村里闹闹轰轰的比过年还热闹。又赶上七叔家在村北头盖起了红砖绿瓦、楼上楼下、正正经经的大洋房，贺新居的亲戚络绎不绝，敲锣打鼓，鞭炮山响。

　　这回，可给七叔家里的乐坏了。苦了大半辈子，别说自己能住进这三厅六室的洋楼，就是村里的干部、县里的领导们，恐怕也不敢想。这才几年呢，七叔去美国，捏着手指头算，也就三年零八个月。多亏那个林老板，要不是她把七叔弄到美国去，能月月收到从美国寄回来的成打成打的绿钞票？想盖洋楼，做梦吧。

　　七婶把客人们带到楼上的大卧房，大家都吓了一跳。只见这屋里是瓷砖的地面，花花的墙，吊顶的洋灯，金边儿的床，显得气派，透着有钱。

　　"啊呀老婶子，这屋里什么都好，可就是缺了个人儿。你咋忍得了一个人睡凉炕。"说俏皮话的是老村长，现在在乡镇企业造纸厂任了个书记。

　　"啊呀，书记，我的老村长，这炕凉不凉的你咋知道？"七婶"扑哧"一下笑出了声。她接着说："哎，对了，前几天七叔托人捎信说，您老儿就卫国这么一个儿子，还不如叫他也去美国闯一闯。这孩子也怪可怜的，从小就没了妈，现在媳妇又要黄。哎，说

81

到根上还不是一个穷字闹的。您老儿革了半辈子命，到头来住的不还是那间房。眼下的年轻人谁不爱财？我敢说，卫国前脚一走，他媳妇的心立马就稳当。"七婶天生口齿伶俐，讲起家里老头子在美国的好处，一套一套的，那自豪劲儿就甭提了。快四五十岁的人了，还挺喜欢打扮，手指头上的金镏子、脖子上的金链子，过不了几日就得换一套。七叔可是村里有名的实在人，除了维修拖拉机不灵外，地里的事不论是耙地、插秧，样样在行。这么一个老实巴交的庄稼人，去了美国不到四年，就发了大财，这事谁都想不通。惹得村里男女老少天天琢磨，美国到底是啥地方，连这么个窝囊废也能挣大钱盖洋房。

阿六和他媳妇连呼带喘地跑上楼："七婶，对不起，有事来晚了。咳，我们俩也没别的，这个，就算对您乔迁之喜的一点儿小意思吧。"

"这小两口儿就是懂事，知道你七婶缺什么。"七婶笑着接过来。

阿六两口子送来的是一台日本三洋冷气机。这东西别说在三渡村，就是整个永乐县也是罕见的玩艺儿。他俩与七叔虽沾点儿亲，可也出了五服，能送上万块钱的礼物，这个七婶心里明白极了。

"你七叔那人你两口子知道，阿六这趟去了，他能不管吗？我还盼着你们爷儿俩在美国互相有个照应呢。"

"七婶，"阿六媳妇更会来事："这个你带上一定合适。"说着，她把自己脖子上的金链子摘下来，给七婶往头上套。

"这怎么了得，这怎么了得。"七婶嘴上虽这么说，可也没太躲闪。她知道，这点儿小钱，在这两口子手上，算不得什么。

阿六和他媳妇的精明，村里是共所周知的。除了去美国晚走了一步，其他事都赶在前头。改革开放头一年，大家还没醒过眄来，人家两口子就在县城里开了家首饰店。这手艺是阿六家的祖

82

传，哪家孩子过满月打个银锁啦，哪家小子取媳妇打个手镯啦，都来找阿六。这几年又兴起戴金首饰了，生意还挺不错，钱虽赚得不多，可也是全村最早的万元户了。有了小钱想赚大的，前几年在县里又投资搞了一家快速冲洗。那时侯，这玩艺儿在永乐县是绝对的新鲜，就连福州市内也没几家。去年更是不得了，在县里农业银行贷款二百多万，干起了和什么港台合资的 KTV 来，明房暗包，应有尽有，生意火爆，远近闻名。慕名而来的哪儿只是永乐县的大小人物，连福州市里的名流也常来包房。

可是，他俩也有他俩的苦处。来玩的客人，各有各的来路，白吃白喝是常事，有些人玩完闹完说走就走，敢惹吗？有胆去收帐吗？想挨砸还是找封门？两口子暗地里这个后悔，可明面上又得撑着装大头，装到哪天算一站呢？银行的贷款还不上，人家天天在屁股后面追……

这回两口子打定了主意，溜！必须得溜！贷款剩下的钱，外加手头还有点儿存项，换成美金，到美国发展去吧。

"二肥。二肥子呢。"七婶伸着脖子往楼下喊。

"刚才被他妈拉走了，娘儿俩正在呕气呢。"楼下有人答。

"这孩子，心眼憨，面子还挺薄。没钱送礼，七婶不会挑眼。你看，我这儿还给他准备一条'万宝路'，叫他喜兴喜兴，你看看，……唉！"

二肥子跟他妈在生气。从七婶那儿回家的路上，他一句话都没说。到了村东头娘儿俩住的那间茅草房前，二肥说什么也不进去。

"肥子，进来，娘有话对你说。"他妈替他打开门。

"老一套，我不听！"

"傻肥子，咱比不了人家，你心眼缺，人家看不上。我有什么办法。来，听娘话。"

"我不傻。"

"行，不傻，好儿子，回家来吧。"二肥妈说着就往屋里拉他。

别看二肥子有点缺心眼儿，可是力气却比别人大。左拉右拉，拉不进来，气得他妈说："好，我告诉你实话吧，钱咱不愁了，我把这房子典当了。"

二肥一听这句话，才乐呵呵地进了屋。

二肥的母亲姓费，村里的人都管她叫费妈妈。费妈妈眼下六十多，贫穷和孤单一直折磨着她，她很怕这唯一的儿子，再出个好歹。万一到美国回不来，那剩下的日子就太难了。二肥这孩子都二十八了，娶不着媳妇成不了家，这是她最大的心病。费妈妈不知怎么，总觉得有点儿对不起这孩子。从58年这孩子一落地，她就开始走"背"字，吃了不少苦。她不知道为什么，三十多年前的风光再也寻不回来了。

费妈妈年轻的时候，确确实实风光过一阵子。

早在1958年，她就是三渡村女民兵排的排长，活捉过一名美国特务，后晋升永乐县民兵团副团长。"8. 23"炮击金门的当天，她制伏了一名从对岸登陆的水鬼，没等这名水鬼把潜水衣脱掉，费妈妈扑上去就掐住了他的脖子。费妈妈没觉出怎么使劲，竟把这名特务掐死了。为此，她得到了国防部颁发的奖章一枚，又荣获了两次支前模范的光荣称号。

同年，她怀上了一胎，就是二肥。怀上不久，二肥的爸，不幸被对岸打过来的流炮击中身亡。费妈妈顾不得这些，带着对美帝、蒋匪的仇恨，继续擦炮、送弹，支援前方。离二肥出生只差一个月，一次向对岸喊话放气球散传单的攻心战斗中，她一个不慎，摔在了炮台上，炮台正好硌在前小腹，下体出血，后腰酸胀，二肥早产了。

幸亏首长及时赶到，派车把她送到大后方。婴儿降生很顺利，没发现任何不正常。可长大了的二肥有点怪，一到数数就发慌。费妈妈教他认字，他也记不住，文革中的小学等于白上。前几年时兴单干户，二肥承包了宰猪这一行，一刀一个捅得准，脱毛剃骨活漂亮。

费妈妈不改嫁，专心致志拉扯二肥。能领他长大成人，实在不易。二十多年来，经过了多少风风雨雨呀。要不是这孩子的拖累，凭费妈妈的老本儿，怎么也能混上个一官半职的。可也别全怪这孩子，费妈妈也是个死脑筋，炮击金门后，就一直没跟上趟儿。

六十年代初的社教运动，清出了她娘家曾有过两条破渔船，被打成了富裕中渔，她不认头。文革初期，她见不得红卫兵的横扫四旧，出来阻拦，被小将们带上高帽，说她存有变天账。改革开放了，她更看不过去，她说，现在来福建搞投资的，我瞧着都像原来的水鬼。我丈夫的死，我儿子的傻这笔账不算啦？怎么蒋匪成了座上客？美帝的地方倒成了该去的天堂？

直到最近，费老太太才开了点窍，这窍还是她最疼爱的傻儿子给开的。做妈的哪有不疼爱孩子的，尽管这儿子有点傻吧，可也是自己身上的肉。更何况，最近二肥子好象不傻了，他竟能说出比明白人还明白的话："妈，你就把我卖了吧。这年头妈卖儿子不算啥，村里人谁都这么做。你没看见还有爸爸卖女儿、媳妇卖丈夫、儿子卖妈的嘛。不就是去趟美国吗！三渡村一百多年前就有卖到美国去的。听七婶说，福建人在美国的势力大着呢，顶不济，我还干我的老本行，到美国杀猪呗！"

"你这孩子又说胡话。"老太太敲了一下二肥的脑袋，二肥子没大没小地也敲了他妈一下。嘿，这一敲，给老太太敲清醒了，可不是嘛，还是明码标价，一趟一人一万八。老年间可没这么贵，人只要上船，还能拿回十几快大洋呢！也是，那时候是死拖活拉的不愿意走，现在是削尖了脑袋往外钻。

老太太明白了，自然就做出了决定。家底不厚，大小还有这间小屋。一万五典当给了同村要开豆腐房的远房表弟，再加上手里一辈子从牙缝里挤出来的万八千块，怎么也够了。

可没曾想，到了闽河饭店的办事处，一登记交款，人家说："老太太，你的这笔买卖我们不敢做。"

"为什么？"

"您这孩子，心眼儿缺，万一路上出了事……"

"是不是要加价？"

"这话说对喽。"

"两万整行不行？"

"您怎么这么明白呀。"

成交了！

为了参加"妈祖庙"的开光典礼，林姐匆匆从北京赶到了福州，又转乘县里专程来迎接她的皇冠牌轿车，当天就到了永乐县。

这座全部资金由林姐一人担负的新庙宇，就坐落在永乐县城的正中央。中国东南沿海一带，信奉妈祖的历史比较久远。这个女神对当地人来说，具有神奇的力量。出海打渔的男人，碰到大风大浪，可以遇难呈祥；贫穷潦倒者信奉她，可发财致富；久病不医者，可起死回生；女子不孕者信奉她，可子孙满堂。

开光的日子到了。前来参加庆典的人，大都是县里的善男信女，也有一些来自对岸的观光客，两岸人在政治上不管有多大分歧，可在对信奉妈祖的问题上，是绝对一致的。

快到中午时，人山人海的信奉者，已把庙前庙后围得水泄不通，庙堂里的香火更是呛得人睁不开眼。

开光的时辰是正午十二点，各界人士纷纷前来。剪彩的一共有三位，右边是法老，中间是永乐县年轻的县长，林姐站在左边。

林姐今天是一身职业女性的打扮。黑黑的长发高高盘起，一套合身的竖条浅咖啡色名牌西装，在领口前，系一条红色丝领结。脸上的淡妆很清雅，还戴上了那副平日里不怎么戴的金丝边平光镜。为什么一到这种场合，她不把自己装束得那么显眼呢？她心里明白，县城里的干部都是父母官，在这块地面上要想办成事，得处处留神，别忘了自己永远是配角。

"咔嚓"一声，剪子剪断了红色丝绸带，锣鼓齐鸣冲上云霄，黄袍僧侣率先引路，后面跟着各级领导。林姐一行走在最后，她提醒继红，心要诚，面要庄重，不许乱笑。

进门前，贴在门柱上的一条布告，顿时吸引住林姐的目光，使她停住了脚步。继红发现，她的脸色突然变了。

县里有关领导，早已下了禁令，不要在新建的楼房庙宇上胡乱张贴广告。可今天，是开光庆典的大喜日子，更何况是一张杀人告示，竟贴在刚刚漆好的赤红色的大柱子上。

使林姐停住脚步的原因，不是因这张不该贴在这里的告示，而是告示里将要枪毙的人。她边往庙里走，边追忆着告示上的照片。那张脸……这可能吗？会是他吗？不可能！这绝对不可能！为了使自己恢复平静，她向继红要了一块泡泡糖。

开光仪式结束后，县长邀请林姐和县经贸委的几个同志，一块儿谈谈下一步的计划。因为林姐曾答应，要为县造纸厂更新进口设备，下面要谈的主要是合资的比例分成。

"我想先回旅馆休息一下。"林姐推辞，实际上，她想去庙门外看个究竟。

"回去休息，总也要先吃饭吧，不要客气嘛。经贸委外资科的人我全邀好了，走，上车。"林姐见推托不了，只好上了车。

饭桌上，林姐还是惦记那张照片、那张脸，就对继红小声嘀咕了几句。继红心领神会，马上借口说东西丢在了车上，出去找找，便离席而去。

县长看来对造纸厂中外合资的分成比例并不十分关心。他一边喝酒，一边对他身边女秘书的办事能力大加赞扬。然后首先提出，合资后工厂的领导班子、董事会组成的方案及外方的入资时间、中方财会的人选等问题。

"县长，这一切都拜托给您了，我恐怕就无能为力了。"林姐这样说，是为了使宴会尽快结束。

"好说。好说。林老板为永乐县做出的贡献，是近年来我们这个华侨之乡不多见的，你的事就是我们的事。我们的政策，就是对你负责，不叫外方吃亏。没有效益的事，不要说你不干，我们也不会干的嘛。"年轻的县长非常会讲话，林姐也百分之一百地理解他话里的含意。

林姐对这一层的干部相当了解，他们不是借着公款大吃大喝的那类，他们干事都很有魄力。直到饭局快要结束，林姐仍不见继红回来，她显出有些焦急，不住地向门外张望。县长注意到林姐心里有事，就说："这个项目完成后，你下次回来，我们等待着你更大的投资。至于你在我们县其他的事情嘛，虽众说纷纭，不过，我们几位领导还是心中有数的。"

林姐对县长的结束语，没怎么认真听，因为她的心都急到了嗓子眼儿。下了楼坐进汽车，就回到旅馆。

这趟回来，她没带斯迪文，只把继红留在了身边。去北京看看老友是临时插进来的，最终的目的是参加妈祖庙开光典礼。这不是一种一般的宗教仪式，这里边有更深层次的意义。继红比她早到了一天。除了安排她的住处，另外，就是到林姐的闽河饭店办公室清点"货物"，查查人头细账。

林姐看看了表，都快四点了，就亲自往办公室打了个电话。接电话的正是继红。

"你怎么搞的，这么半天还不回来。我叫你了解的事，你弄清楚了吗？"林姐的口气有点儿责备。

"我马上就回来，事情全部都弄清楚了。"

十几分钟后，继红回来了。她所带回来的消息，证实了林姐眼睛的敏锐和准确。

据继红汇报，准备枪毙的青年名叫丁国庆，犯的是刑事案，图谋杀人罪。

"杀死人了吗？"林姐急切地问。

"没有。可办公室的人都说，这小子该着倒霉，正赶上严打。"

林姐半天没说话。

"林姐，你今天怎么啦？这人跟咱们……。

"住嘴！快说。把你知道的、听到的都说出来。"

继红从来没见她发过这么大的脾气，眨了眨眼，感到有些不可思议，但还是把了解到的情况，一五一十地向林姐作了汇报。

丁国庆是北京人，其父在军中还做个不小的官。文革中期，不知因为什么，被贬到了福建省军分区。文革结束后，部队缩编，又把丁老头就地养了起来。闲得无聊，就经常带着几个勤务兵出海钓鱼，上山打猎。一次冲锋枪不慎走火，击中了老头的要害，抢救无效，呜呼哀哉了。

丁国庆自幼孤僻，性格内向，不善言谈，刚愎自用，是见火就着、偏爱舞弄刀枪棍棒的人。自老爸过世后，更无人敢管他。

敢管他的人没了，也失掉一切依靠，但是丁国庆的个性还是那么犟。父亲在世时，他也从不依仗父亲的势力。父亲不在了，他还是保持原样，敢作敢当。

这次他企图杀人越狱的原委，实际上是这样的：

丁国庆在福州师范还没毕业，就同几个好友干起了建筑承包，这个行业赚钱还是不算慢的。当然一有钱，他就忘不了在校期间的恋人陈碧芳。陈碧芳那时仍在学校，是师大有名的才女，音乐、美术样样出众，人长得又是清清秀秀、文雅端庄。两个人谈了已有二三年了，丁国庆虽不善言谈，可对碧芳的追求，却是使尽全身解数，用各种办法表示衷肠。

陈碧芳妙龄俊美，可她绝不是当今拜金弄潮的那种时髦女郎。她有她自己的抱负，她有她自己的理想。她不是不想要金钱，也不是不想去美国。但她不会为了达到这个目的,而不择手段,更不会献出自己的肉与灵。她是个有头脑的姑娘,她从她所阅读过的书中领悟到了这样一个道理,人再有志,为了追求理想,去奋斗,去拼搏,常常无济于命运的捉弄。每个人,在世间这个大宇宙中,都是一个小小的宇宙,这个小宇宙有它自己运行的轨道,是暗是亮,是弱是强,都在它一定的轨道之中运行。因此,她对自己身边的一切所持的态度永远是坦坦荡荡,一切都顺其自然。

陈碧芳父母都是永乐县的中学教师,所以,她自幼就养成了喜欢读书这个习惯。但她毕竟处在豆蔻年华,因此,对丁国庆执着热烈的追求,既感幸福又有些惆怅。她不是不爱丁国庆,她只是觉得他过于鲁莽,又过于内向。可她又最爱他这两点,为了她,他什么都愿意干,又什么都敢干。干对了夸他,他不言语;错了骂他,他只傻呵呵地笑。

前几天,陈碧芳出了事。为了她,丁国庆杀了人。

清晨,林姐手里拿着那张告示,站在窗前,眺望远方。沿海地区总是有雾,她看不清天,也看不见街上的建筑物。大概是整整一夜没睡的缘故,她的眼皮又红又肿。现在在她的视野里看到的一切,既浑浊,又模糊。

十年前的往事,一幕一幕地在她眼前闪过。西双版纳的那次爆炸,似乎还在耳边轰鸣。丁建军,这个在她一生中永不会忘掉的人,他的炸飞了的碎尸片,好像又重新在组合。她不敢相信,可又必须相信,丁国庆的容貌,怎么会同他哥哥一模一样,简直就是一个模子里刻出来的。尽管告示上的照片,由于灯光的角度和黑白两色的反差太大,看起来有些怪,可这张脸上的精、气、神和脸上的那双逼人的眼睛,就是不认识这哥俩的人,也能一下子辨认出来。

告示上的文字介绍,就更令人不能质疑。身高一米八,下额有块黑痣，一寸来长的寸头，罪犯肇事斗殴，杀人未遂，越狱畏罪潜逃。

算算年月，他应该比他哥哥小十岁。可由于丁建军死时才二十初头，因此这张照片上的丁国庆又显得比他哥哥大出几岁。她忽然闪出一个念头，丁建军也许没有死，丁国庆正是丁建军生命的延续。想到这儿，她打了个冷战，难道世上真有不散的阴魂？不然，眼前这一切怎么解释。这哥俩浑然就是一体，生灵不灭应该就是个真理。

在她的脑子里，这两个生命是一个。救丁国庆，就如同救丁建军。要丁建军再次回到这个世界来，就必须救丁国庆。

要救出他。要尽一切努力，救出丁国庆。

太阳在晨雾里露出一丝光线，照着那些模糊不清的房子和树木。她想不出一个好办法。这事不要说发生在中国，就是在全世界的任何一个国度里，一个已经判了死刑的人，想要生还，恐怕只有一条路可走，那就是劫持法场了。

她的手指不断地敲击着桌面，突然眼睛一亮，对，试一试。她准备给在这里最熟悉的老朋友打个电话。她知道，很可能遭到拒绝，没准儿还会影响今后的生意。她全然不顾，哪怕只有一线生机。

她定了定神，拨通了电话。

"喂，郝局长吗？真对不起，这么早就闹醒了您。"

"噢，是大妹子呀，我当是谁呢。没关系，我起得早。人老了，就得早点儿起来锻炼身体，不然，一得病就全完了。对了，昨天中午你捐钱新建的庙开光的时候，我看见你了。他们请我上主席台，我懒得去。噢，对啦，我正有事要找你，妹子，你啥时候有空？"郝局长是晋西人，名叫郝鸣亮，调到福建永乐县公安局工作快二十年了，可说起话来，还是满嘴的山西腔。

"局长……"

"别局长局长的，我听着别扭。叫老哥。"

"是，老哥，我也有事找您商量呢。"林姐顺坡往下说。

"你还住老地方吗？"

"对。"

"我马上就到。"郝鸣亮说完，挂上了电话。

林姐放下电话，显得很兴奋。她太了解此人了，他轻易不会主动找上门来。表面上看他是个大老粗，而实际上，他是个非常心细的人。他能不顾旅馆人员的眼睛，光天化日之下登门拜访，一定是有大事求助于她。那就好办了，先听他讲，等手上有了筹码，再提释放丁国庆的事。这么多年了，他们之间的"交情"也不算浅了，可她心里仍没底。以前交换的条件大不了就是个钱，这回呢，就不那么简单了。他不是个没原则的人，有时候光用钱也打动不了他。他无时无刻不在想保住他的官，在这一点上，林姐完全体谅他。他要是丢了官，手上没了权，生意就做不下去了。长期以来，在保护他这顶乌纱帽的问题上，林姐为他也是考虑得极为周密。郝局长是永乐县的实权派人物，掌握着县里的生杀大权。对这样的实力派人物，林姐确实下了不少功夫。可这次让他把判了死刑的案子撤回，他一定首先想到的是怕丢官。

林姐正想着，"叮咚"一声，门铃响了，林姐急忙打开门。

"妹子，你长的是愈发水灵了。"郝局长进了门显得很随便。他虽然穿的是裁剪得不很可体的西装，但仍能感觉出，他曾是领过兵打过仗的武官。

"老哥，坐。"林姐对他十分礼貌，请他坐到沙发上，又给他点着了烟。

"一切都还好吗？"郝局长吸了口烟，翘起二郎腿说。

"托您老哥的福。"说着，林姐自己也点着一支烟："局长，您说找我……"。

"不忙，不忙。没什么大不了的。小事，小事一桩。"

林姐听着，笑了笑，盘算着他说的小事到底有多小。她生怕郝鸣亮谈出来的事不够分量。不过她多少也掌握了他的个性，嘴上说的事越小，想要的数目就越高。她盼着他能提出个大数目。

"妹子，眼下对你的说道可不少哇。"

"是吗？都是哪方面的？"

"还不是反映你表面上是为永乐投资搞建设，暗地里却是你和我……他妈的，打小报告这小子还挺有来头。我不怕，我正派人调查他的材料，别以为他背后有人，那算个屁，他比得了我吗？市里、省里……，他妈的，看谁整得过谁。"

林姐听到此就明白了八九分。她知道郝鸣亮说的这一套，不一定是事实，就算有，也是有意夸大、渲染了。她心里一阵高兴。

"妹子，"郝鸣亮接着说："你也要对你办公室的那帮小子好好说说，别太明目张胆了。不然我就不太好办了。他们以为在旅馆租层楼，干这买卖是容易的事。上面查问下来，还不是我得撑着老脸，设宴请客，赔罪送礼塞红包。这钱花得还少吗？这帮小子太不懂事。"郝鸣亮说着说着来了大气。

"老哥，别动肝火，我是要教训教训他们。您别生气，全怪我。至于您的那些花费……。""妹子，别多心，这么多年你还不了解我吗？我啥时候向你提过钱？三年前一个人头是 400 块，直到如今，我提过加价吗？"

"哎哟哟，老哥，您真地误解我了。这趟我干嘛来福建，您还不明白？不就是为这事来的吗。"林姐心里基本有底了。她准备加价，不仅加价，还要加大价。"是啊，大陆物价飞快地涨，这钱也都毛得不得了，……。

"谁说不是，我那个老二下个月娶媳妇，女方财礼就要五六万，小两口这房子……"

"老哥，这就是您的不是了。郝义要结婚这么大的事，怎么也不该瞒着我吧？得，财礼，喜酒，家具，电器我全包了。"

"妹子，我可没这意思。"

"老哥，按说这价码我早就想给您加上去了，可就是不得空儿征求您的意见。"

"唉，这不是明摆着的事嘛。现如今什么不成倍成倍地往上翻？"说完，郝鸣亮又点了支烟。他闭嘴了，就等着林姐在加价的数目上表态。

林姐心想，够黑的。他明知道偷渡的人一天比一天多，薄利多销他应该比我还清楚，更何况这四百块他也是白捡的。翻一倍，他应知道这数目该有多大。可是，当她想到最终的目的，马上就说："咱们想到一块儿了。"

郝鸣亮狠命地吸了一口烟，长长地吐出一口气。

"慢着。"林姐一反常态，拿出了商人明火执仗的态度，说："郝局长，你是个明白人，我答应你这个事，你也应当回敬我一个事。"

"什么事？"郝鸣亮听到林姐把价码翻了一倍已乐不可支，心想，还能有什么事能跟这个数目相比呢。

"放一个人。"

"什么？"

"放人。"林姐坚定地重复着。

"放什么人？"

"丁国庆。"

"丁国庆？"

"对。就是已经被你判了死刑的那个人。"

郝鸣亮突然站起来，像被电击了似的，来回踱起了步子。右手伸进头发里"咔嗾咔嗾"地抓头皮。

林姐非常紧张，双眼盯着他的每个表情。她知道，这是破釜沉舟的最后一刻："好吧，既然你有难处，我也就作罢了。明日我将起程返美，去过我的清闲日子，这儿的生意就不准备再做了。"

"噢？——"郝鸣亮像大梦初醒，一切刚明白过味儿来。"你说的是那个姓丁的混蛋玩艺儿吧。"

　　"丁国庆。"

　　"对，对，对，是叫丁国庆。他妈的这小王八羔子，我……"

　　"你给我放掉他。"

　　"放他？"

　　"你必须放掉他。"

　　"放他？放他，噢，放他。"郝鸣亮似糊涂非糊涂，似明白非明白地思索着。他突然全都清楚了似地叫道："放他很容易嘛，我以为什么了不起的事。"

　　林姐激动得想哭。

　　"可是真要放了他，我又不甘心。"郝鸣亮凝起了眉头。

　　"什么？"林姐一听，险些叫喊起来，胸口不住地上下起伏。

　　"难办呢。"郝鸣亮说。

　　"不难就不找你了。郝局长，你是不是怕丢官儿？我给你的钱，足够你打通上下……"

　　"不是那回事。官不官的我不怕，这地界还是我说了算。你不清楚，不是那回事，不是那回事。"郝鸣亮又踱开了步子。

　　"那是什么事？"林姐心里准备再出一笔大钱。

　　"你知道他企图谋杀的是谁？"

　　"谁？"

　　郝鸣亮突然停住脚步大叫。

　　"我，是我。还有我那二小子郝义。"

　　林姐听了一惊，她不由得倒退了一步。从郝鸣亮那激动的神态里，她觉出他说的不是假的。"为什么？"

　　"为什么？"郝鸣亮的情绪平静了一些，他说："姓丁的这个狗日的，本不是这地界上的人，就因为他跟永乐县的一个姑娘叫什么……什么阿芳的搞上了，常上这儿来找她，来一趟闹一趟事。他不是跟别人闹，是跟我家的两个小子闹，因为我家老二郝义也惦记着那个阿芳。上个月，姓丁的那小子带着那个阿芳又上卡拉OK去闹事，正赶上郝义也在那玩儿，没唱几口，姓丁的就找茬儿和我家二小子打开了。这狗日的真他娘的狠，拔出刀来"腾腾"就是两刀子，照着郝义的心口窝就捅，要不是郝义躲闪得快，早就完蛋了。右肺叶全戳烂了，里里外外缝了他娘的十七针，上个礼拜刚出院。这狗日的胆子还真大，关在号子里还嚷嚷，只要出来就宰我。我他娘的一不作二不休，趁着严打，往他名字上打了个叉，毙了得了。"

林姐听着，全部的神经都紧缩起来。

"我真不明白，你让我放了他，到底为什么？"郝鸣亮说完，猛吸了几口烟。

"啊，这你不用管。"林姐的脑子里还在盘旋他讲的故事。

"不管？不管他出来要宰我呢？"

"不会。我会让他永远离开这里。"

"一天都不留？"

"一天都不留。"

"……"郝鸣亮沉思了好一会儿，跺了一下脚说："好吧，妹子，就这么说定了，撤回原判的手续明天就办。妹子，我得走了。"他看了看表，就往门口走。

"你说他有个女友叫阿芳？"林姐拦住他问。

"没错，叫阿芳。这小妖精，县城里没有人不知道她的。"郝鸣亮刚要拉门，嘿嘿笑了两声，又把手收回来："妹子，你要我放的这个人，对你有那么重要？"

"对，重要。非常重要。"

"你想把他也弄到美国去？"

"猜对了。"

"嘿嘿，我真便宜了这个兔崽子。要是这么说，我也向你讨个便宜，行不？"

"什么？"林姐瞪了他一眼。

"这么说吧，你让我放这个人的价码可……"

"多少钱？说吧。"

"不要钱，是搭个人。"

"搭人？"

"我家老大郝仁近些日子天天跟我蘑菇，也嚷嚷非要去美国。可我……"

"搭。搭上他一个。"

"能说定？"

"能说定。"

"白搭一个？"

"白搭郝仁。"

"君子一言。"

"驷马难追。"

"好，大妹子，痛快人，痛快人。"郝鸣亮说完，伸出一只手要告别。

林姐没有理会，严厉地问："我要你做的事？"

"放人！"

郝鸣亮走后，林姐心里仍是七上八下的。他嘴上是答应放人，可什么时候放，还没有说准。她恨不得今天就见到丁国庆，恨不得叫他立即就放人。她简直不能再等了。十年，整整十年，她不只是想起了西双版纳，她还想起了那个部队大院。在父亲挨整、母亲重病的时候，建军是怎么照顾她的，这些她永远不会忘记。她还清楚地记得，在漆黑的楼道里，他送给她那纯洁的初吻。还记得大串连时，在韶山冲，他把那个想欺侮她的湖南人一顿臭揍。返京的路上，他搀着她、背着她穿过的村村寨寨。最使她难以忘怀的是，到了西双版纳的第一天，望着那无边无际的热带雨林掉泪时，他对她的鼓励。

"欣欣，别怕，能活下去。"

"建军，我没了你就活不下去。"

"哪能，我会永远伴着你。"

这一切一切，好象都发生在昨天。他那沉重沙哑的声音，好像还在耳边回响。他那诚实憨厚、不善言语的男子汉的形象就在她眼前晃动。他没死，他还活着，活着。这不是幻觉。

阿芳？阿芳是什么人？跟他到底有什么关系？我一定要弄清楚。

她急急忙忙拨通了继红房间的电话，命她火速把这个叫阿芳的女人找来。她要见她，她要找她谈谈，她要质问她，林姐好象中了魔。

吃中饭的时候，继红领着一个面色苍白的姑娘，来到了她的房间。

"你可以走了，继红。"

"是。"继红不安地望了她一眼。

"说吧，姑娘，把你和丁国庆的真实情况说出来。"等继红走后，她冷漠地说。

"夫人，您是？……"阿芳战战兢兢地说。

"我是谁，这不重要。不过，我可以告诉你，我准备救他，我要把他从死神的边缘上拉回来。""什么？你说什么？你救他？你会拉他回来？"

阿芳的态度不是怀疑，应该说是一种嘲笑，疯疯癫癫的嘲笑。

"这个，我没必要向你解释。你还是先说说你们之间的关系吧。"

"你真地能救他？"阿芳睁大了双眼问，那眼神里有绝望、悲痛，还掺杂着一线希望。

林姐看了她一眼，肯定地说："对！"

　　"你能让他再回来？"

　　"对！"

　　"天哪！我的恩人哪！"阿芳哭着就要给林姐下跪。

　　"你这是干什么，快起来。"林姐没有站起来扶她，调过头去，偷偷地也擦了一把泪。

　　"我不管你是谁，也不怀疑你的能力，怀疑有什么用？不相信又有什么用？已经到这个时候了，没有人再理我的时候，只有你，你还敢叫我说话，说真话，这已是苍天对我的垂怜了。国庆啊！她能不能真地救你，我不知道。可我也得说出来呀，不然你的死太冤枉了！"阿芳踉跄着奔到窗口，仰望着天空，像是对丁国庆倾诉衷肠。

　　林姐不阻拦她，也不可能去阻拦。她不知怎么了，她的心脏和双手会这么剧烈地颤抖。

　　阿芳愈发激动，近乎歇斯底里地哭嚷："上天真有眼，派了你来救我们。如果真能如愿，我俩将永生永世感恩戴德孝敬你，哪怕是做牛做马……"

　　"阿芳。"林姐打断了她的话："阿芳，冷静冷静，慢慢说。"

　　阿芳抬起头，看了一下林姐的眼，望了望房屋的四周，开始讲述起她和丁国庆的真实故事。

　　"我叫陈碧芳。两年前，我刚入福州师范大学就和他相爱了。学生会组织新老同学相识会，在永乐海滨的公共浴场吃过野餐，大家都下了水。我刚刚换好游泳衣，就走来一个二流子。他非说要教我，我说不用，我会。可他哪里肯依，拉着我的胳膊就往海里拖。我执拗不过他，被他拉下了水。我在前面游，他在后面追。没想到他个子矮，又不太会游，没几下，他就喊起了救命。我只好再游回来，和其他同学一块儿把他救上来。在回家的路上，他找来他的哥哥拦住了我。他哥哥问我为什么欺负他弟弟，我说我从来没有欺负人。他说，你不会没听说过郝仁郝义这兄弟俩吧。我当时听了心里一惊，很害怕。郝仁说，如果今天晚上到金海岸卡拉 OK 大包间，给他弟弟赔个罪，认个错，就不难为我了。

"我正不知怎么回答，突然发现郝仁郝义身后站着一个大个子。我当时只是害怕，连那大个子的脸都没注意。回到家后，左思右想不敢去。眼看时间就快到了，心里急得真不知道该怎么办。我深知公安局局长的这两个儿子不好惹，县里的漂亮姑娘被他俩糟蹋的不下十几个。就在我为难的时候，在我房间的门缝下有个纸条塞了进来。我急忙打开一看，上面写着：事情我已摆平，你不用去了。那时，我不清楚是谁写的。以后我跟国庆好了，就问他，他不承认。他这个人就是这样。

"国庆不善言表。可是我觉得他的肌肉都会说话。我总是感觉到，他那身健美发亮的肌肉，时不时地，在我左右闪动。我知道，他一直在暗中保护着我。

"整整两个学期过去了，什么事情也没发生，那两个坏蛋也从没再找我。

"放暑假了。夏天的福州，实在闷热，一天得冲上三、四回凉。在我家的院子里，有个室外冲凉间。夜里热得睡不着时，我会经常起来冲个凉，再接着睡。有一天傍晚，我冲完凉，发现挂在门外的乳罩不见了。我穿好了衣服正纳闷，忽听见墙外好象有人在吵架。我出了大门，远远望去，一个小个子在前面跑，模模糊糊的看不清是谁，可是那小个子手里抢的白乳罩是我的，绝不会错。一转身，发现门前站着怒气冲冲的丁国庆。

"阿芳！"林姐猛然喝住她："不要再讲了！"

"我？……你？……"阿芳看见林姐的头上滚动着豆大的汗珠。

"你……"阿芳看她身体有些晃动，马上过去扶住她。

"等等。等等。"林姐边说边擦汗。

100

"对不起，我……"阿芳十分诧异。

"别讲。别讲乳罩这段……往后说。"林姐的情绪相当低沉。

阿芳慢慢地坐回了原处，"后来，我和国庆就好上了。幸亏和他好，不然，我不会活到今天。县里人都知道，被郝家那两个恶棍盯上的人，没有一个能逃脱。

"同国庆好了以后，我才真正了解他。我觉得，别人对他总是误解，认为他是个一根筋的鲁莽汉子，没有意识，没有思想。不，他有，他什么都有，他只是不会说话呀。别看不会说，他可会写。谁能知道，他是个天天作笔记的人。他的日记本要是拿出来，那是一部著作，一部论述男人的著作。我能背下来第一页上的话：男人是什么？简单，负责生衍、保卫繁殖。男人头上的器官太多，视、听、嗅，要这些管什么用？男人的头上，最重要的应是那张嘴，要么紧闭，要么就张开。言语是多余的，它喷出的本就是血浆、生命、蛋白、泉水。因为在里面涵容的是正义、纯真、无畏。

"国庆就是这样的男人，最高尚的也是最圣洁的。他最恨男人的软弱、低头、不前、退缩。可是像他这种好人，为什么世上不容他呢。"阿芳显出无限的不解和惆怅。

"阿芳，对他本人不要再评论了。我要听上个月所发生的事。"

"上个月的事，再清楚不过了。他挣了点儿钱，也想让我高兴高兴，就带我去歌舞厅。可郝仁、郝义早已跟踪设下埋伏。我俩刚一进门，就围上来一堆人。郝仁问国庆，今天服不服，国庆摇头，郝义一声喊上，围在我俩身边的那些人不问青红皂白，上手就打。国庆头顶挨上一铁棍，他急了，夺过铁棍就劈出一条血道。他带着我往回跑，后面的人紧追。我跑不快，郝义抓住了我的头发。国庆从靴子里拔出匕首，照着郝义就是两刀。那些人吓坏了，一下子就跑散了。国庆没有再跑，把我送回家，叫我全家出去躲一躲，说完转身飞快走了。我明白，他还是不死心，要去追杀那伙人。没想到，他去了县公安局，去找郝鸣亮算帐。"

"好了，阿芳，我清楚了，谢谢你，真是谢谢你。"林姐说着站起身来。

"谢谢我？"

"是，阿芳，谢谢你。"

阿芳不明白地站起来，目光呆滞地望着林姐。

"阿芳，从今以后，你就把他忘了吧。我已决定把他带走，……"

"他不会死？"

"带到很远很远的地方去。……"

"他还能活在世上？"

"也许你一辈子也见不到他了。"

"他还能话，他还能活，这是真的吗？"

"真的。"

"天哪！"阿芳扑向窗口，对着天空高喊。那声音，像是要把浓雾驱散，那声音，像是要把天幕撕开。

6

纽约的三月，迎春花开得最早，美丽的淡黄色给长岛带来了一片生机。蔚蓝色的海面上，几只海鸥从天空中俯冲下来，觅食寻偶。沙滩上空无一人。阳光透过清澈的大气，照射着沙滩上的海虫、贝壳和那些叫不上名的小动物。它们把长久藏在壳里的软体向外伸延，懒懒地蠕动，承受着阳光。那阳光亮晶晶的，光灿灿的，夺目耀眼。

冬冬提着小桶和小铲，从岸边一幢乳白色的房子里走出来，奔向海边。她身后紧跟着一只黑色沙皮犬。这条沙皮犬的名字叫JACK。它围着冬冬高兴地前后狂跑，吐着血红大舌，双眼总是那么炯炯有神。

冬冬发现了两只褐色软壳蟹，正忙忙碌碌穿梭于洞边。她双腿咕咚一下跪在沙滩上，拿起小铲，熟练地在洞边筑起一座城堡。两只软壳蟹有些惊慌，其中一只已爬上沙墙，准备窜逃，冬冬忙用手抓起，想放进沙城里。不料被它的前爪钳住，她哎哟一声，连小铲带软壳蟹甩向海边。　杰克汪地一声扑向软壳蟹，巴掌大的前爪牢牢地把它按进沙里。

"NO. NO. JACK，你误解了。我不是怕它逃跑，我是想建造一个城堡，来保护它们。放开它，不然会把它憋死的。"

杰克向后退了两步。软壳蟹吐了两口白沫，噌噌地横着向海里逃去。

"DONG DONG, DON'T GO TOO FAR FROM THE BEACH, YOUR MOTHER WILL BE BACKHOME TODAY. (冬冬，不要离开海滩太远。你妈妈今天要回来。)"一位波兰籍老

妇，走出白房向她喊。"I KNOW.（我知道了。）"冬冬心不在焉地回答，手里仍不停地修建她的城堡。

这一带的海域不宽，海岸线只有三、四公里长，是个微型小海湾，英文的名称，倒也切合其意，叫"LITTLE BAY（小海湾）"。

这个小海湾的沿岸，是密密麻麻的从未开采过的树林。每幢房屋面向大海，屋顶上方和宽阔的后院，都被这些巨大的树木所遮蔽。

住在这个小海湾里的居民并不多，一共只有三户。一户是纽约著名律师史密斯，另一户是位共和党的元老，名叫詹那森。老人虽已退休，可是对政界的一举一动，直到总统的竞选，仍然是跟踪不舍。

林姐所以在两年前投巨资买下了这幢郊外别墅，是因为史密斯说，此地是长岛的黄金海岸，用不了几年，这里的地产就会成倍地往上翻。但林姐购下这座房屋的最终目的，考虑的还是地点和环境。

搬进来之后，老詹纳森的说法又与史密斯的有所不同。他除了说这里环境幽静外，还说这里相当安全。林姐想，此地黑人、醉汉倒是不常见，可也未必就安全。近几年，搬来长岛住的人越来越复杂。有钱人都不愿意住在城里，而长岛又安静，又临近大海，是最理想的居住区。所以，尽管这儿的地价飞涨，有钱人还是纷纷往附近搬。钱一多了，就会招来事儿。

林姐与这里的左邻右舍两户人家，相处得都十分和睦。和史密斯谈预算，谈案情，一聊就是深夜一、二点。和詹纳森谈时政，说竞选，一说也是大半天。老人对远东有着浓厚的兴趣，因此，他积极为布什连任当说客，执着而又任劳任怨。

冬冬远远地看见一辆奔驰车停在家门口。她撒开双腿，边跑边喊："妈咪，妈咪。"

林姐从车门里走出来。海风吹起了她的白色大衣，长长的黑发也向身后飘起。她见冬冬飞奔过来，忙蹲下，张开双臂，侧过脸颊，迎接着冬冬热乎的亲吻。

"冬冬，我知道，你一点儿也不想妈咪。"

"NO. I MISS YOU VERY MUCH.（不，我非常想你。）"冬冬撒娇地说。

"冬冬，听话，难道你忘了向妈咪许下的承诺了吗？"林姐抚摸着女儿的一头秀发疼爱地说 。

"我没忘记。"冬冬改说了中文："不过，一说中文，我的嘴巴非常非常地累。"冬冬的中文确实有些走音走调。

"不，乖女儿，一定要讲，一定要坚持。不然就会忘光了。"

"好的，妈咪。"

"HELLO，MY SWEET ANGEL.（喂，我可爱的小天使。）"斯迪文关好了车门，迎向冬冬。

"叔叔，你为什么总不来看我。"

"斯迪文，以后见了孩子要讲中文。"林姐严肃地对斯迪文说。

"是。嫂子。"

"我去叫萨娃妈妈，让她马上烤牛排。今天我不允许你们再走。"冬冬说着向房间里跑去。

"斯迪文，"林姐等冬冬离开，对他说："明天你要亲自去机场接一个人，因为此人非常重要，他关系到我们在福建生意的成败。"

"我知道，嫂子。"

"郝仁是郝家大公子，同他弟弟不一样，你要处处加以提防，不可大意。"

"郝家的两个公子我多少也了解一些。这种人一到这里就施展不开了，我有办法对付。"斯迪文说着要回汽车。

"你等一等，我还有话。"林姐叫住了他："我打算把他放在你身边，你们俩最好形影不离。他爸爸的用意我还没有完全吃透，但是不得不防。说不定，这是郝鸣亮有意安插在咱们这儿的耳目。这老东西，诡诈得很，野心又大。"

"我明白，嫂子。大陆那方面的人，我虽接触的不多，多少也了解一些。他们都多疑，他这样做大不了是为保全自己。万一这面出点什么事，郝局长也好早作防备。"

"你说对了一半，不可轻估那些人，他们在为子孙的前途和自己退休后作长远打算。"

"那就好了，他更会老老实实，死心塌地地干。"

"不，斯迪文，慢慢你自然会明白。不管怎么说吧，你要处处留意，加以提防。"

"是，嫂子。"

斯迪文发动了汽车，向林姐挥了挥手，正要加油离开，林姐走上前来，板着面孔对他说："你的老毛病一定要改。我听说你又向继红借了一大笔钱，是吗？"

斯迪文低头不语。

"我不反对你玩，可也得适可而止。男人作事要是没个节制，会后患无穷。你也老大不小了，给自己留点儿时间，想想正事。"

"是，嫂子。"

"走吧，路上要当心。"

"是。"斯迪文一踩油门，开走了。

林姐望着他的背影，摇了摇头。她非常疼爱斯迪文。自林阿强死后，她对他有一种不可名状的责任感。她把他当成了亲弟弟，应该说，比对亲弟弟还疼爱，有时候甚至到了溺爱的程度。就拿他身上的这个致命弱点——好赌来说吧，林姐不是不知道，这样发展下去，对事业，对他自己都不利；可是，每次当他把钱赌光时，她总是狠不下心责骂或者不给他钱。当然他向林姐主动伸手的时候也很少，输掉的都是他自己所得的那份。虽然这份钱的数量也不小，可毕竟是他自己所付出的血汗。林姐没有明确斯迪文在这生意里占多少股份，但是她暗地里给他存了一大笔。她认为他总有一天会成家立业，到时候把他的一切都安排好，也算对得起他死去的哥哥。可他呢？唉，年轻呗，就让他再玩几年吧。

不管斯迪文身上有什么毛病，在纽约的三义帮里，她最信任的还是她的这个小叔子。长岛的这个海滨秘密住所，在帮里只有两个人知道，一个是他，另一个是继红。

林姐脱掉大衣走进屋。

"妈咪，叔叔呢？"冬冬过来问。

"他不能留下。不过他让我转告你说，下一次一定多陪你玩一会儿。"林姐边说，边把冬冬搂在怀里。

"那我告诉萨沙妈妈，烤三个牛排就可以了。"

"好，去吧，乖女儿。"

冬冬已长到十一岁了，她没有使林姐失望。个子长得很高，五官虽不像林姐长得那样鲜明动人，可也相当端正，大方。只有一点使林姐不太满意，就是冬冬的肤色有些偏黑，大概因为晒的太阳太多的缘故，但这一点并不影响她的美丽。在林姐的眼里，肤色黑不仅不是缺点，反而成了与自己不同、高于上一辈人的优点。

在林姐眼里，冬冬几乎样样都好，样样都美。冬冬自来到这个世界，吃的、穿的、住的、用的都是最好的，教育是最完美的，教养当然是最高尚的。她上的是私人教会学校，周末又是整天泡在教堂里。除了学校和教堂的生活，林姐给她制定了一套严格的作息时间表。波兰籍的老佣人萨娃是一个虔诚的基督徒。她对林姐制定的规定，执行得一丝不苟。林姐把冬冬托付给她来管教，是最放心不过的了。老萨娃虽是波兰籍，但自幼就来到了美国。她说话总是离不开上帝，胸前总是在划着十字。她早晚雷打不动要做忏悔，一天几次，饭前饭后都要祈祷。她的这些习惯，耳濡目染地传给了冬冬，使可爱的冬冬变得更加纯真，善良。

这一切都是林姐有意安排的。她并不想让冬冬的生活被无形的宗教罩起来，更不想让冬冬生活在一个空壳里。她只是想为冬冬建起一个无邪无恶的天地、无恨无罪的世界，让冬冬生活在里面，享尽幸福与安全。因为她这一生见到的血太多了，有些事她不承认都是罪恶，可又都是在罪恶的环境里做的。她一千个、一万个不愿看到天真纯洁的冬冬再陷入这纷乱的淤泥里，像自己一样过着惊吓、扭曲、惶恐的生活。

　　林姐为冬冬所设计的生活达到了吗？起码目前她对自己精心制造的这个晶体很满意，冬冬的透明与天真，使她高兴。冬冬能使她忘掉一切，能使她得到一身的轻松。

　　"妈咪，一会儿，你跟我们去教堂吗？"冬冬叫着，从厨房里跑出来，双手揣着一盘沙拉，放到了餐桌上。

　　"不，冬冬。"林姐说着也走进了餐厅。

　　"为什么不？"

　　"一会儿妈咪要休息。"

　　"时间不会太长，今天有我的朋友接受洗礼。"

　　"那好，你同萨娃一起去吧。"

　　"妈咪，牧师说，我的洗礼在下个星期，你一定要参加呀。"

　　"一定去，我一定去。"

　　"妈咪，我的牧师经常问我一个问题。"

　　"什么？"

　　"问我会不会，有时出现忧虑。"

　　"你说呢？"

　　"会，常常会。我和我的朋友一起玩的时候，因为他们说的，我听不懂，所以，常常感到……""听不懂什么？"

　　"TV（电视）里的节目，我从来没看过，可他们讲的又全是那里面的故事。"

　　萨娃把烤好的牛排放在桌上。她听不懂中文，但听出了冬冬

108

提到 TV，很生气："天哪！这个孩子在说什么呀。TV、TV，那个恶魔匣，简直要把世界搞乱。上帝呀，宽恕这个可怜的孩子吧。"说着，又在胸前划起了十字。

"妈咪，萨娃说得对吗？"

"我想是对的。她不让我在这个房子里装电视，是有一定道理的。"

吃完了午饭，冬冬和萨娃穿好整洁的衣服，去了教堂。林姐上楼回到自己的房间，打开壁灯，抄起一本厚厚的书，躺进了舒适的沙发里。

刚刚坐稳，电话铃就响了。林姐知道是谁打来的，拿起话筒，只说了一句："可以，你可以过来。"就从沙发里站了起来，走进她那间宽畅的化妆间。她淡淡地补上一层唇膏，理了理头发，下了楼，经过一条长长的布满鹅卵石的小径，来到后院的那幢独立的豪华大客厅。

这间大客厅的侧门，直接通往史密斯的后院。林姐刚刚跨过竖在客厅门口的屏风，就看到史密斯站在窗外，正向她挥手。

林姐请他进来，两人开始舌战。

"我不认为，你目前有能力吃下这批货。"林姐说着点上了烟。

"不，你想错了，我不仅有能力，而且完全有把握。在中国城的办公室，我已扩大了楼上的一层空房间，很快就装修完毕。办公的设备都已配好，秘书、律师助理，都有大幅度增加。另外在东百老汇大街，我已购下靠近维廉姆斯大桥下的那幢楼。现在可以坦率地告诉你，在未来的事业里，只要你我配合好，一定会宏图大展。"

林姐对史密斯的承诺一向是将信将疑。因为有两次好机会，就险些毁在他手里。一次是大批的"货物"登陆，他说全部接收，可是由于他人手不足，险些使一些人蛇流入他人之手。因为时间等得一久，排队时间太长，就会失掉很多等得着急的偷渡客。他们自行乱找保人和律师，当然会出现难以控制的局面。另一次是史密斯答应所有案情一包到底，定好了的价钱不得改动，可他办到中间，竟卖起了关子，要求一件"货物"追加一千，结果时间托延，收不敷支。"这次你准备要多少钱一件？"林姐知道，同史密斯打交道，根本不用兜圈子。特别是在钱这个问题上。

"这次和以前一样，就是加价，也是一点点。"史密斯小心地说。

"不，史密斯，生意场的规则，你应比我熟悉，薄利多销，恐怕是生意谈成的最重要的一点。我这次的数量，如此之大，你应该做到每件货物减掉一半。"

"不，不，维多利亚，你疯了吗？这怎么可能？这怎么可以？"说着史密斯从椅子里站起来，双手握拳，在空中抖动起来："不，不，你一定要考虑好再说。"

林姐噗哧一声笑了。减一半，这不是她的试探，是开个玩笑，她常常爱这样逗美国人。尤其是律师，在金钱上特别敏感，只要挑动一下这根神经，就会看清他们的嘴脸，使自己更加容易把握主动权。

"你一定是疯了。我的上帝呀！"史密斯已怒不可遏，在地上来回走动起来，那样子很像希特勒在进攻欧洲前夜的狂态。

林姐大笑起来："好啦，史密斯先生，别发火，跟你开个玩笑。不过，你要记住，钱永远是大家赚的。减一半不太合适，那你提一下，到底应该多少钱？"

史密斯也非常了解这位头脑聪明的东方女人。几年来，虽从她身上赚进不少钞票，可是与这类女人的关系，他总是提心吊胆。跟她说话，绝不能像在法庭上，振振有词，慷慨激昂，因为她看得出，也常嘲笑说那是表演。因此长期以来，与维多利亚的接触他只好拿出本来的面目，赤裸裸地只谈钱，但又不敢太放肆。他太清楚了，像她这样，手中掌握这么好的货源，有谁不想往她这边靠？除非是笨蛋傻小子。每次他都生怕谈不拢，激怒了她，另外去找生意伙伴。

"我说的加一点点，只是一点点。"史密斯托了一下眼镜，看了林姐一眼。见林姐没反应，又快速补充说："加一点点不行，可以维持原价，要不……要不就减一点点。"

林姐笑起来，笑得非常爽。她拿起纸巾擦了擦笑出来的泪，最后说："好吧，老伙伴，那我们就好好干他一回。"

下午，太阳低低地照进了小海湾，那光芒衬映在海水里，反射到屋子前，像是探头告诉屋里的人们，不要总在黑暗处，出来吧，到我这里来。

詹纳森隔着玻璃在叫林姐，声音洪亮，底气十足。他每次叫林姐，都喜欢用这个办法。他不愿打电话，就喜欢仰起脖子，隔着篱笆喊。起初，林姐还有点犯疑惑，因为这不像是美国人的习惯。"这样好，这样可以锻炼身体，又可呼出肚子里的废气。"老詹纳森解释完，就招呼着林姐，走向海边。

这个季节，脱光衣服晒太阳还显早了点儿，可这位老人已经按捺不住心中的渴望，浑身上下只穿了条游泳裤，仰面朝天，躺在躺椅上闭目养神。

"詹纳森先生，你不觉得这样会感冒吗？"林姐不敢过早地让皮肤接触紫外线。她穿了一套运动衫，把自己的躺椅往老人身边移了移，并排躺在波浪微起的小海湾边。

"我宁愿承受感冒的折磨，也不愿意在电视里看那个好战的侯赛因。"詹纳森气鼓鼓地说。

"是啊，最近中东的局势在走向危机，电视、报纸整天都是那些令人不可思议的消息。詹纳森先生，你是专家，我很想听一听你对当前局势的见解。"林姐很尊敬这位共和党元老。她说的是

111

真心话，她特别愿意听詹纳森滔滔不绝地讲演。

"他是个叫我心焦而又令我不安的人。他头脑里的那张国家版图设计，就是他自己也不会相信。我觉得他自相矛盾。他的宗教概念，掩盖不了他好战的野心。他不是个没有教养的人，他曾受过伦敦剑桥的高等教育，写过几本像样的书，可他竟热衷于恐怖，沉醉于国际高层暗杀和精良先进的武器。"

"你说的是那个伊拉克的侯赛因吗？"

"当然，当然，不是他还是谁？这个人搞得已经很不像话了，在那里，对他的个人崇拜已到了疯狂的地步，让无知的中东人，把他同神灵等同起来。我真不愿看到人类再次陷入战争的磨难。你应该知道，林太太，当你还是孩子的时候，你的国家出现过什么。虽然你未曾身受其害，可是，你的民族却发生过一次大倒退。上帝是不容人类总反复出现谬误的，我们美利坚必须为上帝而战，制止一切地球上的邪恶。我的好朋友布什先生，他的决定是正确的。因此，我支持总统为制止这次邪恶所作的一切决定。"

"詹纳森先生，刚才您说，我在孩提时未曾身受其害，是不对的。你们美国人对东方了解得太少了。"

"难道你也受到过战争的迫害？"

"不，是很深很深的，心灵上的伤害。"

"那比肉体上的创伤还要可怕。不幸的孩子，请你相信我，那场错误已经过去了，你的国家正在起飞，这在亚洲，不，应该说是全世界，是一次巨大的变革。由于中国的改革开放，使全球的经济热点转向太平洋沿岸。可以说，未来的经济在亚洲，在中国。"

"詹纳森先生，你是个了不起的政治家。"

"不，维多利亚，我算不上什么。在你们国家里，有许多人是优秀的、卓越的、有才干的。我甚至觉得，现在生活在那块大陆上的年轻人，该是多么幸福。我深深为他们祝福。"

这时，海鸥扑扑棱棱地飞到他们的头顶上，叽叽地叫着，提示他们，索食的时间到了。

詹纳森一个弹跃，从躺椅上蹦起，像是犯了大错的男孩一样，连连说着对不起，对不起，就跑回屋去拿面包。

林姐起身也准备回屋取食物，詹纳森打了个手势叫她停下。不一会儿，他提了一袋新面包，给林姐一半，自己拿一半，并撕成碎块往天上扔。

成群的海鸥都向这儿飞来。它们冲得快，啄得准，愉快地翻腾在他们中间。

"詹纳森先生，我对美国人的个性有一种不太成熟的感觉。"林姐一边向天上投食，一边高兴地说。

"什么感觉？"

"像你一样，个个都是大 BABY（孩子）。"

天渐渐地暗了下来，林姐看了看表，跟詹纳森道了晚安，就回屋了。她估计冬冬和萨娃快到了。她走进厨房，准备今晚亲自下厨给冬冬烧一回饭，可到了厨房就犯了难。她实在是不会做饭，加上那波兰老妇有个怪癖，她用的东西是一千个不愿让别人碰，更不清楚她放炊具和佐料的地方。

可她今晚非要试试，试一试当回妈妈做回家庭主妇的滋味。她先试着炸几个荷包蛋，不巧，火太大都糊了。她又试着拌生菜，可又找不到各种佐料。她想给冬冬包一回家乡的水饺，可面板、擀面杖这类东西萨娃怎么去买，买了又如何弄得明白呢？一气之下她解下了围裙，抽起了烟。她不信，她这一生，只配过这种生活，她向自己做了新的挑战，她要当家庭主妇，她一定要个家。长岛这里算个家吗？家是什么？家不只是个窝，家的要素就是人员齐全。她并不要求男主外女主内的这套俗见，可毕竟一男一女才是个真正的家呀。好在这个想法快实现了，打从福建回来，她就一直处在兴奋中，因为她终于找回了她盼望已久的那一半。

在安排丁国庆赴美的事情上，她由衷地感谢高浩。这个充满活力的老哥们儿，活儿练得永远是那么扎实漂亮。他让国庆走的是空路。为了不使他和郝仁在路上碰面相撞，他们起飞的机场不同，航班的路线不同。郝仁在上海起飞，坐的是民航；国庆坐的是联合，登机是在北京机场。两个人的护照都是真的，赴美签证也假不了，一个是实地考查，一个是采购促销，这是以各代表团加塞的办法，价码虽贵，但确是一切手续齐全，无可挑剔。至于转换成永久居留那是以后的事，大不了再给史密斯一笔钱，让他想办法。

林姐用手掐算时间，她预计，在国庆和郝仁前后登机的同时，大批的"货物"也快启程赶路了。

电话响了，她把听筒立即放到耳边。

"出了点儿意外，你看怎么办。"她听出是高浩的声音，从大陆打来的。

"什么意外？"她有些紧张。

"郝仁今天已登机起飞，国庆到北京后就失踪了。"

"他现在人在哪儿？"林姐焦急地问。

"私下逃回福建。"

"什么？"

"你别急，那边我已安排好了人，我放下电话也马上飞过去，安排他早点儿走。实在不行，就让他随大队走。"高浩急嘘嘘地向她交待。

"高浩，这事你无论如何给我办妥。人要安全顺利到达纽约，要不惜一切代价。"

"好，你放心吧。没问题。"

林姐放下电话之前，又一次强调："不能耽搁。你一定要尽快，亲自把他送上去昆明的火车。"

"妈咪。"一声叫喊，冬冬跑进屋。她迅速地放下电话，转身

114

掩饰自己那激动的情绪。

7

火车呜呜地叫着向前飞驰。这列福州至昆明的快车,几乎是从东到西,横穿了大半个南中国。在这列快车的硬卧车厢里,挤满了各色各样的人。走廊上,行李架上,床上床下,堆的全是大包小裹。这大小包裹里装的不知是啥玩艺儿?一定都是比较贵重的东西,不然,包裹的主人为什么会身靠着它、手护着它形影不离呢?

乘务员对这些南腔北调的乘客早已司空见惯,对他们提出的各类服务要求,爱答不理。车厢里的味道臭哄哄的,厕所的大便池积满了粪便,车厢与车厢之间的过道上,横七竖八地卧满了人,他们枕着鸡笼,抱着鸭筐,蒙着大衣,睡得正香。

"躲开,躲开,让我过去。"一个肥壮的女乘务员用皮鞋踢着他们,嘴里还一个劲地嚷嚷:"这些都是他妈什么玩艺儿,天天这么跑,趟趟都超载,老说我们评不上卫生红旗,这能评得上吗?人、货简直分不清。快躲开,臭死人了。"

跑这趟线的列车员,总是这样地抱怨,车里车外太乱,弄得人货难分。这些成年累月在滇闽两地忙于赚钱的二道贩子,确实给他们添了不少麻烦。

六号车厢内,看起来还比较清洁,也比较安静。乘务员搞不清车厢里装的是什么货,但他们相信在这趟列车线上,反正没有客全是货,大不了只是换上货物品种。

二肥一直趴在窗口边,贪婪地望着窗外。他这是第一次出远门,在此之前费妈妈一直就把他拴在裤腰带上,都20多岁了,从没离开过三渡村。二肥看到什么都新鲜,特别喜欢站站下车,去听听那些叫人可笑的口音。他觉得江西的调调很可乐，湖南的口音像鬼叫，广西的话语像吵架，最难懂的是贵州方言。

这一组从三渡村出来的人共有七个，加上永乐县郊外的黄渡口的八个人一共是十五名。他们在车上呆了整整四天了，可个个还是那么精神十足，打骂说笑嚷个不停。

三渡村的七位中，有二肥，造纸厂书记、原三渡村老村长的儿子阮卫国。阮卫国还带来另外一个女的，叫水仙，她是县里小有名气的"的士车"。的士车这个绰号是有来头的，价钱不合适，她死活不让上；价钱对了，管你爱上不爱上，拉进屋里就按上床。阮卫国为什么带上她，因为他媳妇总嚷嚷，嫌他穷，嫌他笨，嫌他不敢到外面闯。说卫国穷还有情可原，他在他爸爸的厂里当个经销科的小科长，挣不到什么外快。可他媳妇骂他笨不敢闯，可就实在太冤枉了。他不笨，他有想法，他和水仙早就暗地勾搭。在经销科赚那点回扣没上交他媳妇，全交给了水仙。水仙干的职业并不缺钱花，她跟定了卫国，还不是看上他是供销科长，能赚点外块；主要是想沾他有海外关系的光，有朝一日去美国看看，看看人们说的天堂到底是啥样，这回总算达到了目的。

七位当中的另一位，就是那个首饰匠出身的阿六。他在这组人里是个首富。阿六用快速冲洗、KTV娱乐厅挣的钱，加上农行的贷款，用高价换了不小一笔美金，现全被他老婆给他缝在了裤腰上。

再一位是彩凤，她就是在美国发了大财，盖了新房的七叔的小女儿。七婶原不打算叫她去美国，可是眼见着全村的青年，差不多都走光了，女儿老在这村里闲逛，将来能有什么发展？想嫁个像样的男人都很难。到美国，兴许还能让孩子找上个好人家。另外，在她爸身边好歹也是个帮手。

还有一位，他叫曾明，三渡村人都不太熟悉他。他初中毕了业就想进城发展，总不甘心回乡务农。他看不起三渡村的人。在他眼里，家乡人全是些庸庸碌碌、鼠目寸光的可怜虫。可是乡镇的户口又难转变，不要说变成福州市的户口，就是永乐县的也难上加难。无奈，他只好屈就自己的远大理想，在县里混上个临时工。工种还算说得过去，是给县剧团跑跑腿，打打杂，剧团人手忙不过来时，他也搭把手管管灯光、搭搭布景什么的。

在这堆人里，也就属曾明多读了点儿书。他有些清高还可理解，可他万不该学会眼下的时髦——乱吹牛，总在人面前表现得高人一等，好象就他一人多知多懂。因此，一路上他显得有些孤立。别人打扑克不叫他，女孩子也不跟他打情骂俏。

另一个受到孤立的不是三渡村的人，他，就是一路上一言不发，一直躺在上铺的丁国庆。

火车的轮子在轨道上发着有节奏的声响。卧铺轻轻地抖动着他那过长的身躯。丁国庆拉了一下外套，盖住头和脸，又缩回露在床外的腿和脚，他不想再次让爱多嘴的人问他："你这脚腕、手腕和脸，是……"他不愿回答这些部位上的伤痕的来历，他恨透了那几个没心没肺的看守，一想起住在号里的那几十天，他的心情就不能平静。郝鸣亮肯定对这些看守做了什么专门的交待。就因为不吃那些发了霉的馊饭，看守把他脱光了衣服，捆起来，扔到院中暴晒，还命令狱里的地痞流氓，往他脸上拉屎撒尿。

他不屈服，仍旧不吃。看守们叫来几个真的杀人重犯，对他们说，不管用什么办法，只要他们往他肚子里灌进了馊饭，他们的刑期就可以缓减。重犯们一听，七手八脚把他捆在长凳上，提来了饭桶，找来了大竹扦，生生地给他往嘴里灌饭。

丁国庆用牙齿死命咬住那扦子头，灌饭的汉子一用力，"咔嚓"一声竹扦子被咬劈了好几片，气得看守长冲上前去，亲自动了手。他发了疯，把已破碎的竹扦，捅进了丁国庆的口腔里。

丁国庆实在坚持不住，连血带饭加上一颗被捅掉的槽牙，直瞪着双眼，梗着脖子咳嗽着，硬是把那团混糊的血团咽了下去。

"开饭喽。盒饭，红烧排骨，蛋炒饭。"乘务员推着小车，停在了他的床下。

彩凤伸出胳膊向上铺捅捅。他摇摇头。

"几天了，总不吃，怎么得了哇。"彩凤还是多叫了一盒红烧肉，放在了小桌上。她心想，这么个大汉子，几天不吃，他总会有个饿的时候。

送饭的车，推走了。丁国庆又想起了在北京见到的那个瘸子，和在永乐县与阿芳见的最后一面。

高浩是亲自去福建接的丁国庆。接到后一再叮嘱他："一切都讲好了。到了北京就上飞机，护照和各种手续都已办好。如果到了纽约机场遇到什么麻烦，或海关问你什么话，你千万别……"高浩把准备好要说的话又咽了回去。甭嘱咐他少说话，他比他哥哥丁建军话还少，几天来他简直就是个哑巴。过去在部队大院时，对小时候的国庆他还有点儿印象，白白净净的，爱玩儿爱闹，怎么现在这人一长大，竟有这么大的变化。

可是这不爱说话的人，心里倒有准主意。到了北京，一没留神，找不着他了。桌上倒还留了个条："我回福建了，谢谢你，高浩。"这叫什么事呀，急得高浩一瘸一拐地在火车站、飞机场这个找哇，连个人影也没见着。没辙，只好给林姐打了个越洋电话。

挂断林姐的电话，为了防备万一出什么差错，高浩赶紧起程，坐飞机又返福建。他生怕丁国庆到了福建会出人命，这混小子心里横着一股劲儿，就惦记着杀死姓郝的一家。

丁国庆坐的是火车，高浩带着北京的几个哥们儿，下了飞机就赶到火车站，等侯丁国庆。一见丁国庆，高浩不由分说，就把他带到旅馆。

"阿芳！阿芳！"丁国庆哑着喉咙喊。

"哪有阿芳啊，你先给我踏实会儿吧。要了老命了。你真他妈叫我劳神。"高浩擦着脑门子上的汗说。

"见。见见……"丁国庆的声音模糊不清。

高浩把耳朵凑到他的嘴边，听清了以后忙说："见？没工夫了，谁也别见了！这趟飞机赶不上了，护照上的签证日期就到明天，你快走人吧。"

"不，我要……见……"

"到底想见谁呀？"

"阿芳。"

高浩把他从监狱里接出来后，紧接着，就给拉到了飞机场，到了北京。根本就不知道有阿芳这么个人。看着丁国庆这个着急的样儿，高浩也想成全他，可这都是什么时候了，给他的签证仅剩下两天了。为了达到林姐对他的要求，不得不让丁国庆采用冒名顶替的办法。多他妈的不易呀，哪能天天都有这个机会？想到这儿，他严厉地对丁国庆说："不行。没时间。谁也不能见。"

"不走了。"丁国庆也吼起来。

"什么？不走啦？我操……"高浩不了解丁国庆的脾气，但深知丁建军的倔犟，想了一下，又转换了态度："我的好弟弟，这真不行，不能见。咱真地没时间。"

"不走了！"

"你瞧，好赖不吃。咱哥儿们架，也得给他架走。上。"高浩命令着从北京带来的几个哥们儿。

可试了半天，都泄气了。别说根本架不动他，就是这样架出去，到了机场也出问题。

"你们等等，我打个电话就回来。"高浩没辙，到了楼下的商务中心，拨通了纽约的电话，把目前的情况又向林姐作了汇报。

"这样吧，让他见。跟他谈好条件，见完阿芳，立即起程同大队伍一起走陆路。"林姐明确地下了指示。

"好。我就这么办。"

　　当天晚上，高浩就找到了阿芳，让他俩在旅馆里见了面。阿芳一见到丁国庆，就哭倒在地上，丁国庆也跪下来，把她紧紧地搂在怀里，"阿芳！阿芳！"不停地叫着。阿芳仰起脸，摸着国庆脸上的伤，她不相信自己的眼睛，怎么原来那么一张英俊的脸，竟会被糟蹋成这个样儿？额上的青块还没消除，一道长长的伤口横在右脸颊，上唇显然是曾被撕破，只要一动，那伤口里的嫩肉还看得清清楚楚。

　　"国庆，你怎么被打成这个样？这全怪我，全怪我。我对不起你呀！"阿芳的泪水又涌出了眼眶。

　　"不，不。"国庆用那粗大的手掌抹着阿芳脸上的泪。

　　"国庆，这是梦，这一切都像是梦。你知道，你知道你是怎么被救出来的吗？是那个女人，上天派来的女人。一开始，我真不敢相信，她有这么大的本事。后来，我打听到了她的名字，你猜他是谁？她就是大名鼎鼎的林姐。说实在的，有钱的阔太太有几个是心肠好的？可她真是不一样。她答应我的事，就做到了，把我的国庆救出来了。"阿芳把头依在了国庆的胸前。

　　"林姐？"国庆低沉地问。

　　"对，林姐。这位女人很奇怪，她听到你的事，还掉了眼泪。"

　　"林姐？林姐？"国庆反复重复着。

　　"她说她一定把你给救出来，还答应要把你送到很远很远的地方，让你好好地活着。国庆，你知道她要把你送到哪儿去？"

　　"美国。"

　　"我也猜到了。这简直是不可思议。为什么？她为什么对你这么好？不管怎么样我相信她说的话，她一定能把你送到美国，一定能让你安安全全地活着。"

　　"好人。"

　　"她是天下最好的好人，是咱们的大恩人呢！你到了美国，要好好伺候她，千万不要犯混。咱们要有良心，要知道感恩戴德呀。"

"放心吧。"说着，紧紧地抱住了阿芳。

"国庆，你都二十四五了，怎么还像个大孩子。我恨死你了。傻蛋，幼稚。"

"阿芳，我想……"

"等等，你这个大坏蛋。你……"陈碧芳在他身下嘟囔着。

一到这时，国庆变得更没话了，嗓子里只会发出哼哼声，面红耳赤地直到整套的动作全部做完。

阿芳趴在他的胸前，甜腻腻地埋怨着："你呀，还会什么？上天造你，好象就是为了让你干这个的。"

国庆点着烟，嘿嘿地笑了几声。

"国庆，前两天我看了一本书，作者非常有自己独到的见解。他精辟地论述了人类生命的繁衍，论述了男人和女人。他说男人就是应该像你这样，激情，热烈、饱满、冲撞、开拓、创造，否则就不称其为男性，就不配做阳性，这世界就不会前进。你说对吗？"

"嘿嘿，不懂。"说着，他又冲动了，一翻身，把阿芳压在了身下。

"你这该死的。国庆……我……我有了。"阿芳甜蜜蜜地笑了。

"啊？"

"不骗你，你摸摸。"

丁国庆睁大了惊喜的眼睛，嘴角嚅动着，说不出话。隔了好一会，他突然扯开嘴大声狂笑起来，那笑声震得房子嗡嗡作响，那笑声震得偎在他怀里的阿芳直颤抖。

阿芳见他上唇的鲜肉全都裂开，赶忙用手按住了那滋滋冒血的伤口："国庆，国庆，别再笑了，冷静点儿。我懂，我懂。你别说话，也别张嘴，静静地让我在你怀里躺一会儿。我全懂。"

国庆真地安静下来。阿芳也确实能控制他的一举一动，她太了解他了。她深知此时此刻国庆的心情，那将为人父的激动心情。在国庆日记本的第一页里，他写得相当清楚：男人，男人是什么？男人是个头脑简单、负责繁衍、捍卫生命、勇往直前的雄性动物。

国庆激动得解开了阿芳的裤子，用他的大巴掌轻轻在阿芳肚皮上移动。他的眼睛里放射出奇异的光彩，他好象感觉到，在这光洁细腻的肌肤里的小生命的搏动。这个小生命是他的，不，是他俩的，是他俩爱情的结晶，是他俩生命的延续，是……他那宽大粗糙的手掌，在阿芳的肚子上抚摸着，那手掌几乎能盖住阿芳的整个腹部。他生怕自己的手太重，轻轻地颤抖着抚摸着……

火车突然猛地一阵颤动，他们到了终点站——昆明。

昆明，这座四季如春的城市，一面临水，三面环山。临水的一面是高原巨湖滇池，三面环抱着的是云南秀丽的大山。在这个海拔近2000米的高原上，它像是一颗翡翠，又似一粒钻石，闪亮地镶嵌在了这片望不到边的绿色天幕上。

走进市内，更是叫初到此地的人万般惊叹。这里酒店林立，霓虹万千，车辆拥挤，商网连片，锦华、金龙这些星级饭店，人满为患，就是美国人建的 HOLIDAY INN（假日饭店），没有两三天前的预约，恐怕也只有隔门张望的份儿了。这里的确是个旅游圣地。奇峰异石数不胜数，天下奇观处处可见。可谁曾想到，这座多姿多彩的美丽城市，在1989年、1990年连续几年，被美国国际侦破组织FBI评为人口买卖的中转站。

三渡村和黄渡口这一行人，住进昆明旧区内茶园小店已有三四天了。他们除了要等小胡子办好边境旅游证的手续外，还要接受一些训练，其中包括，在市内行走的姿势，接人待物的日常习惯，还有就是路上吃住时不要张扬，过卡时如何对待边防检查人员。

国庆自见到阿芳后，大大恢复了元气。他决心已定，先去美国，打好基础，然后再接阿芳和他那尚未出世的小宝贝。连日来，他的胃口大开，一顿能吃三碗过桥米线。

二肥的胃口不知怎么回事儿，一直那么大，那么好。每次一到吃饭，他总和别人闹意见。他抱怨小胡子不公平，为啥给丁国庆的总是大号碗，给我小号的，我的个子也不比他矮多少。我妈妈告诉我，出门在外不能吃亏，该争的得争，不然饿死没人管。二肥子一边吃着，嘴里还不停地唠叨，气得水仙一摔碗，"别吵了，我这碗给你吃还不行吗，烦死人了。"

国庆不争也不让，他总是一人躲到后面，默默地吃他的饭。

小胡子对待他们，一般来讲还算和气。可是，一听到他们吵嘴打架准翻脸。他大骂不守规矩的人，警告他们，下面的路程还很长，如果当地人听出你们的口音是外地人，一定举报，到时候谁也管不了谁，咱们一块儿进法院。

第二天一大早，他们一行十五人，坐上了一辆中型小巴士出发了。

出了昆明，不到二十几分钟，车子就开上了 214 公路，也叫214 国道。这条公路延伸到西双版纳首府景洪就分叉了。左边一条连接老挝的胡志明小路，直插越南心脏河内；右边一条越过大勐龙 240 界牌，直接可达缅甸境内人民军总部所在地——孟拉。

想到达孟拉，并非是件简单的事。他们目前必须得花三天时间，穿越眼前这一座座绿色的山峦。

云南的山总是那么绿，水总是那么蓝，即使是在北方还在飘着雪花的冬季，这里仍是一片郁郁葱葱，什么叫山外有山，天外有天，不到这里走一遭，很难体会得到。

曾明看着窗外虚幻般的世界，望着山下一层层飘浮的云朵，眺望远处从山顶直泻而下的泉水，他拿出了日记本，写起了小诗。写完之后，他拍拍坐在前面的水仙和卫国："你们听听我写的诗。"他定了定神，喊到："云在脚下飞/水在头上过/这里才是家呀/为啥去老挝？"

"都他娘的安静点。这路这么险，破车又这么难开，再他妈的嚷嚷，都把你们给甩到山涧下去。"司机操着他那抑扬顿挫的云南腔骂开了街。

小胡子马上冲上去，嘘了一声，又瞪了他一眼。曾明是个自尊心很强的人，见没人捧场，反而被臭骂了一通，心里挺不自在，就又拍了拍水仙："你听着怎么样？"

"你他妈的没看见老娘在睡觉？"水仙没好气地骂道。

全车人听到水仙的骂声，都笑了。由于一路的疲劳，顾不上去看窗外的景色，大家都合上眼皮打起盹来。

214国道，实际上只能称作一条羊肠小路。林姐当年弃下女婴逃回北京，走的就是这条路。国庆虽然从未到过大西南，可从返城回京的大院里的哥们儿们嘴里听到过一点儿。国庆望着窗外的密林、野芭蕉、剑齿麻，想着他死去的哥哥丁建军。

在214国道上驾车，没有两把刷子是不敢开的。握住方向盘的双手，总得不停地摆动，因为路全是盘山道。据统计，30多米长的直路才有两、三处，其余的路全部都在转弯。生活在平原上的人，绝不知肘弯是什么意思。打个比方，肘弯，就是把胳膊肘弯到极限的那个位置，肘弯的顶端下，是一望无底的山涧。

盘山道的路标上并不标明公里数，也不指示前方所到之地的地名，路标牌上大都写着，上月此处的死亡人数，或是去年一年的死亡人数。

在这条路上，除少量的旅游巴士和偶尔才能见到的小轿车外，其余的统统是浅绿色东风牌大卡车。这种南京生产的卡车，马力大、车体长，在长长的货箱上，蒙了一层密不透风的帆布，没人知道，帆布下装的是什么货物。

驾驶这种大卡车的司机都身手不凡，不要说下坡的时候还踩油门，就是开到像肘弯这样的险处也不减速。每每错车时，轮胎和地面磨擦发出的尖叫声，都会使人胆战心惊。

又错车了，那磨地的尖叫声惊醒了车上所有的人。姑娘们嗷嗷地喊声不绝，小伙子们也连骂带叫地抹着头上的冷汗。二肥遇到此情此景倒是显得很开心。他身旁坐的是彩凤，他可以借此大好机会，往彩凤的大腿屁股上蹭一蹭。越往南走，天越热。彩凤脱得身上只剩下一件粉红色的小背心，小背心的领口开得很低，二肥利用车子左右摇摆的惯性，不时地偷看一下小背心低领口里面的细情。

阿六是稳坐泰山一动也不动，双手死死按住裤腰带，时刻提防着坐在他身边的人。国庆则坐在前面第一排。他对走这样危险的山路感到非常刺激，他露出了平日很少能在他脸上出现的笑容。他伸出大拇指，赞叹司机的驾驶技术。司机得意地叼着烟卷，哼着小曲，只见他加大油门继续往前冲。前面是一片开阔地，他"忽"的一下，把车开到山涧边缘，一棵参天大树正巧挡在车体的正当中。

"下车！撒尿！"司机说完，就打开了车门。

二肥已经憋得受不了，他第一个连滚带爬地冲下了车，其他人跟着依次走下。

"男左女右，快尿快拉。"小胡子指挥着。

二肥子站在车的右边，磨磨蹭蹭地解开了裤子，手伸进裤裆里，眨了两下小眼睛，又停住了。他不断地把头往左扭，他想看看女人撒尿该是什么样。他蹲下来，佯装给自己系鞋带儿，头朝下，他看到了几个白屁股。正在这时，不知是谁使劲踹了他一下，傻二肥"哎呀"一声，一屁股坐在了地上。他提着裤子，迷迷怔怔地从地上爬了起来。

"看见啥啦？看见水仙的啦？我操你祖宗！"阮卫国骂了他一句就上了车。

"他妈的，他妈的。"二肥骂的不是阮卫国，他恨死了自己这个撒尿的家伙，无论怎么用劲也按不倒它，可这泡尿还憋在肚子

126

里头呢。

"上车！上车！赶路了。快点！"小胡子喊起来。

司机坐上了驾驶位，发动起卡车。小胡子一点数，嘿？怎么少了一个。他往车右边望了望，"奇怪。谁呀？谁没上来？王八蛋，我说了半天算白说了。"小胡子气得又骂开了街。

正说着，只见阿六右手提着裤腰，左手拉着树干，从坡下往上爬。等他上了车，小胡子训斥道："撒个尿也至于跑到坡下去？你那玩艺儿就那么值钱？看看山涧下边，你知道有多深嘛，不要命了。快坐好，开车！"

阿六不好意思地笑了笑，心想，那玩艺儿倒是不值几文，可这裤腰上缠的却是万贯家私啊！你他妈的懂什么。

卡车穿过晋宁，中午到了玉溪。

"吃中饭不许个人随便乱跑，全部集体行动。下车。"小胡子站在车门口，一个一个地嘱咐着。

玉溪是全国，乃至世界的产烟盛地。这一行人吃完了中饭，吵吵着要去买几包名叫红塔山的香烟。阿六还提醒大伙，这里卖的都是批发价，便宜，合算。

阮卫国摇下车窗大声喊："水仙，别上当，我以前也买过几盒，净是假的。"

水仙不顾阮卫国的劝阻，拉着阿六走向路旁的小摊贩。

"知道了，这里的假不了。"水仙没有回头地答着话。

"谁说的？如今这年头连处女都是假的。全蒙我这种大头。"阮卫国说完，噗哧噗哧地笑出了声。

气得水仙顶了他一句："去你妈的，你有多少钱想玩真的？"说完，对着阿六小声嘀咕："不蒙他蒙谁？没多少钱还总惦记着玩鲜的。做他的黄粱美梦去吧。"

"是啊，是啊，做人不能太贪。"阿六笑着附和着水仙。

离开了玉溪，接着往南行。下面一站是过墨江。

8

曼哈顿南侧的中国城,是个名副其实的吃城。街道两边的餐馆一家挨着一家,酒楼、饭店连成了片。大到满汉全席,小到豆汁、锅巴菜,几乎能叫出名的中国菜肴,在这里你都能找得到。

中国城里的街道,人总是那么拥挤。最头痛的是永远找不到停车位,路旁的垃圾堆成了小山。地上的中国城繁荣又热闹,中国城的地下又是另一番风貌。地底下不只是发豆芽菜的蓄水池、剃猪扒骨的大条案,和那乌烟瘴气的蒸屉笼、臭气熏天的下水道。地底下的另一面,没去过的人一定不知道。那儿有高档装潢的女人窝。最具特点的就是那一掷万金、翻牌就点票的大赌局。

这些个地下赌场,与建造得像宫殿一般的大西洋赌城——拉斯维加斯没法媲美。可论聚赌的数额和赌客的豪爽,大西洋赌城便大为逊色了。那里玩的是美国洋玩艺儿,什么二十一点、老虎机……。这里统统是点现钞,使用的赌具全是国粹——推牌九、万家乐,鱼虾角……当然,麻将也是少不了的。

能站在台子前玩上几把的,大都有点儿背景。三义帮里的鸭血汤和两面焦,都是在这里出道的。斯迪文当然也是这里的常客,他好赌成瘾。绝不能怪鸭血汤和两面焦这两位,早在林姐建立三义帮之前,他已是两天不摸手就发痒的人了。

今天他带着郝仁来到这里,想试试最近的手气。整整一个礼拜,陪着这位不知天高地厚的大公子,差点没把他憋死。郝仁比他大半轮,可总是一个劲儿大哥大哥地称呼他,使他心里非常别扭。再就是,林姐让他给郝仁的那些钱,早在多少天前就该花光了。可无论干什么,他回回都抢着付钱。斯迪文对他耐心地讲,不

128

能用你的钱，这是林姐的意思。可他却撑着面子，满不在乎地说，都一样，都一样，咱哥们儿谁跟谁。几天下来，他烦死了。照这么下去，按林姐的话，形影不离，可怎么得了。但又不能违抗嫂子的旨意。

他本不应该带郝仁来赌场，这是林姐在电话里三番五次的叮嘱。可他实在忍不住了，瘾头已拱到了指头尖儿。

斯迪文站在赌台前，没玩几把，就象中了魔似的，大把大把地下赌注，他早已忘掉了身后的郝仁。斯迪文大喊一声"开——"拇指和食指捻着两张黑色的骨牌，向庄家桌面上的明牌瞄了一眼，然后把视线慢慢移到自己手里的牌上。两张骨牌还没全部捻开，斯迪文忍不住大声叫道："满贯！拿钱来！"说着双手把庄家桌面上的几捆美钞拉了过来。他高兴地拿起一捆，回头扔给郝仁。郝仁早被这巨额的赌博吓得目瞪口呆。他接过了斯迪文扔给他的那捆钱，心里直跳。我的妈呀，全是100一张的，这得多少钱呀。他心里虽这么想，可脸上的表情却是不露声色，嘴上还推让："不用，不用，你拿回去。赌博这玩艺儿，说不定还得输呢。"

说得斯迪文真想揍他一巴掌，心里骂道，什么东西，乌鸦嘴，懂不懂这行当里的规矩，找死呀。可他忍住了，继续下他的赌注。

没一会儿，真让郝仁说着了，斯迪文的手气，一阵不如一阵，两个口袋的钱全光了。

正在这时，两面焦与鸭血汤进来了。他俩朝着斯迪文点了个头，就站在了赌台前。他们见斯迪文走，就问："怎么，不玩啦？"

"手气不好。"斯迪文气嚷嚷地说。

两面焦和鸭血汤笑了笑说："大哥先别走，我们帮你捞回来。"

斯迪文没理会，推门就走。郝仁尾随着气鼓鼓的斯迪文也走出了赌场。他紧走了几步追上了斯迪文，趴在他耳边出主意："大哥，赌这东西没个谱，说不定还能赢呢。你为什么不跟那哥俩借点儿钱？"

斯迪文拍了一下郝仁的肩膀，半讥笑半嘲讽地说："上车吧，你懂什么。回家。"说着，为郝仁打开了车门。

郝仁上车后，心里一阵不好受。怎么就这么几天，我这堂堂郝家大少爷就成了什么也不懂的大废物啦？这儿的人根本不把我放在眼里。不行。这样可不行。

斯迪文边驾着汽车边看他，似乎瞧出他心里想的是什么，就说："这是帮里的规矩，赌场上不许借钱。"

"噢。"郝仁觉出，想在这里混下去，也不是件容易的事。

"你刚来，得慢慢学。就拿你刚才碰见的两兄弟来说吧，"斯迪文手气不好输了钱，心里不舒服，每次他都是这样，说说别的，能恢复一下心里的不平。

"这两位兄弟怎么啦？"郝仁问。

"也没怎么。我是说他们俩也爱赌。赌怎么啦？赌就能使人变坏？我才不信呢。他们俩可是具仁具义的好兄弟。"

"噢——。"

"那个高一点的叫两面焦，你不知道这名字的来历吧。"

郝仁摇摇头。

"好，我给你讲讲。他比你小不了几岁，小时候，就在中国城混。那时候，大概他也就是十六七，他大哥路易对一些上了岸又逃走的跑货，收不回成本感到头疼，就叫他带几个人出去想办法，追回的款子他可提一成。不过，要是追不回来，就不用再见他了。

"两面焦接受了大哥的命令，很快找到一个线索，带上几个人就去了法拉盛。到了那里就抓住了那个跑货。那件货大概是温州人吧。他不吓唬也不追问，捆直了以后，前胸后背都抹上BUT-TER（黄油），用烧红的铁板前后熏。他让其他几个兄弟照像，一共洗出了几百张照片。把照片分别装进信封里，还付上一封信。信上写到，拒付欠款逃跑者，无论你躲在哪里，早晚会变成照片上的两面焦。他用了一个星期的时间，把这几百封信都寄了出去。别说，还真灵，跑出去的货，大部分都托了亲戚朋友来付钱。从这以后，这名字就叫响了。""真过瘾。另一个叫什么？"郝仁听得很兴奋。

"另一个叫鸭血汤，是那个瘦一点儿的，也是追跑货得来的名字。一次，两个跑货驾着一辆破车，鸭血汤他们几个开的是辆新的面包车。一开始，那两个跑货先在城里转，不好下手。后来过了隧道，就往郊外开。他们追了整整一个白天。到了晚上，追到了哈德逊河入海口处，那两个小子傻了眼。没油了，天也黑了，那个地方别说警察，连鬼都不愿去。那两个跑货算是认倒霉吧，下了车边磕头边作揖。鸭血汤是个烈性子人，又加上一天都在车上，肚子饿得呱呱叫，气不打一处来。他说，我饿了，我想吃点什么。他的兄弟们听到后，马上从车里取来了胜利面。可他说：不，这面太素，大爷要吃带点儿腥的。兄弟们知道他平时爱喝鸭血汤，可眼下上哪儿去找？正在犯难之际，鸭血汤上去抓住一个跑货。按倒后，就用刀刃在他脖子上噌地就是一下。血从主静脉里咕通咕通的往外涌。鸭血汤说，这他妈的不是有腥的了吗。他把那滚烫的血浇在胜利面上，端起来三口两口，就吃光喝干了。"

郝仁听着听着，浑身的汗毛都竖起来了，可是眼睛里冒的却是兴奋的光。他既害怕又感到非常刺激。害怕的是，在这帮小子里混可得留神，他们真他妈的狠。万一犯在他们的手里，小命就不值一文了。刺激的是，什么时候，我也能搞他一回，过回这种血腥瘾。

车子很快就在东百老汇大街停下了。这里是斯迪文的住处，林姐命他把郝仁安排在他的房里。斯迪文的住处，并不十分豪华，是城里的那种标准套房。不过，他把客厅和卧室打开了，所以，两个人住，一点也不显得挤。

郝仁进了屋，走到自己的床头边，从抽屉里抓出一把钱说：

131

"大哥，我这儿还有点儿，你拿去，咱俩再回去试试手气。"

斯迪文看着他手上的钱，笑了起来："就你这点儿钱，还不够下一次赌注的，别开玩笑了。"说着，他一边脱衣服，一边走进浴室。

郝仁已看出斯迪文在钱上的短缺，可自己手上这几万块钱他又看不上。想用国内的办法与他交朋友，这一点儿钱解不了他的痛痒，他有些发愁。临走之前，老父对他的嘱托：叫他深交两位林姐身边的核心人物。目前看来困难太大，本钱不够。

电话铃响了，他拿起电话，对方的声音是个女的："我是继红，斯迪文吗？"

"不，不，我是郝仁。他正在洗澡。"

"等会儿叫他给我回电话。"

"一定，一定。"郝仁放下听筒。他见过这个漂亮、活泼的小姐。虽不知道她和斯迪文的关系深到什么程度，可是，像这样的电话他也接过几回，他多少感觉出继红也是林姐身边的人。与她接近，不能匆忙，一定要慎重。

电话又响了，他连忙抄起来，对着话筒说："喂，我是郝仁，他还没有洗完。真对不起，等会儿再打来吧。"

"噢，郝仁呢。怎么样，还适应吗？"

郝仁吓了一跳，他听出是林姐的声音，下飞机的第二天，他见过她一面。

"好，非常好。"他哆哆嗦嗦地回答。

"你有什么困难就跟斯迪文讲，他会帮你解决的。至于你的工作问题，先别急，慢慢来。你先跟着他熟悉一下环境。缺钱吗？"林姐对他是有些防备的，特别是，听说他来了没几天就让斯迪文转告她要干工作，要负责个事儿。但他毕竟是郝鸣亮的儿子，又不能得罪。

"不，不缺。"郝仁在林姐面前，不敢多说多道，更不敢提任何要求。他静等着林姐下面的问话。

"好吧，郝仁，先多玩几天，回头再说。别忘了好好注意身体。好吧，就这样。"

"你不同斯迪文说……。"

"等会儿我再打过来。"

郝仁放下电话，点上了一支烟，环视着斯迪文房间里的布置，琢磨着这个生活放荡又无规律的人。

"谁来的电话?"斯迪文擦着湿漉漉的头发，从浴室里走出来。

"有两个，头一个是继红，第二个是林姐。"

"都说什么啦?"

"继红叫你打回去，林姐说一会儿她再打回来。"

"噢。"斯迪文站在镜子前，梳着他那油黑的头发说："郝仁，你说我这人还算漂亮吧。"　　　"当然，当然。你英俊、帅气，属于气贯山河那一类。"郝仁不仅仅是在吹捧，他是想激起斯迪文的野心。

"大哥。"郝仁接着说："你这人要是再有钱，可以说是全才了。"

"钱?钱不缺。赌输的那点儿不算什么，下批货一到，就忙着收钱吧。再说，现在我要是跟我嫂子要，她也不会……唉，跟你说这些做什么。"

郝仁眨了一下眼。几天来，他觉得斯迪文这个人不仅爽快，还蛮爱说，挺爱道的。可真是到了节骨眼儿上，话锋一下子就收了回去。他想再逗斯迪文说几句，不料，电话响了。斯迪文立即抄起电话。

"噢，好……，好，……我马上就来。"斯迪文说完，慢慢放下听筒。

"谁来的，要我跟你一起去吗?"郝仁望着他那发白的脸色问。

"不，不用，你先睡吧。"说完，斯迪文穿上衣服就下了楼。

133

郝仁没有一丝睡意，他一根接一根地抽着烟。他猜不出是谁打来的电话，更分析不出斯迪文要到哪儿去。他搞不清这个圈子里形形色色的人物，更想不出好一点儿的办法，来突破自己目前孤军奋战的地位。

郝家这哥俩，不仅脾气、个性不同，年龄也差着十来岁。郝仁不像他的弟弟郝义那样爱动肝火，滋事打架，郝仁应该说是比较有脑子的。中学毕业后，他在县劳动局人事科一干就是十来年。玩人，他是有一套的。但是他不会像他弟弟那么傻，看上了哪家大姑娘，不管不顾地就抢，抢不到就打，打伤了人还不是他和他爸出面调停解决。他玩姑娘用的是另一套手法，玩完了，叫你看不出来，道不出去，苦果全让对方咽下去。玩姑娘对他来说是小菜一碟，他主要是玩男人，玩社会。科长这一角色是个不大的官位，但要看什么科，和手上主操的是什么权力。

郝仁今年 35 岁。他不仅继承了他父亲掌权的技巧，也补上了上一代人文化不高的缺憾。按说，郝仁在国内发展对他是很有利的，他了解国情，会玩权术。可近来，他父亲一反常态，让他出国发展。郝局长在瑞士的银行存了一笔数目不小的美金，可在国内怎么花？多少只眼盯着呢。连多收点好酒、好烟，都会有那些王八蛋汇报。什么腐败啦，特殊化啦，严打啦……这些个小人物，见过什么呀？可也不能不提防着，说不定哪天会败在这些红眼儿病手里。谁也预料不到未来时局的发展，狡兔三窟才能防患于未然。思来想去，郝鸣亮拿定了主意，必须迁移家产。

郝鸣亮对老大郝仁只身赴美是颇为放心的。他认为，生活在地球那边的年轻人，和他大儿子相比，方方面面还相差甚远。玩权术要的是心计，郝仁在这方面，要远远高出他人。郝家的事业得靠他继承。郝家的产业向国外迁移，只能依仗老大。

迁家向西半球发展，这主意在郝家酝酿有好几个月了。拿大主意的虽是郝鸣亮，可具体怎样施行，还得靠大儿子郝仁想办法。

出国发展对郝仁来说，不能不说是一个挑战。郝仁到纽约快一个月了。他一直都在开动脑筋，想尽快打开局面。他看到了纽约的超高消费，看到了斯迪文的挥金如土。他认为，迁家不只是为转移那些瑞士存款。想在美国生活得轻松些，舒服些，就得掌握权力。有了权力，有了人马，才是最根本的目的。玩人，玩权，对他来讲是得心应手。从心里说，他不大看得起斯迪文这些人。包括林姐在内，玩人玩权比他还差得远呢，只不过她掌握了个好时机。等着瞧吧，时间长着呢。他相信，他一定能遇到个好机会。

可是他在这里毕竟人生地不熟。此次赴美就带来这么点儿钱，是个不足的估计。在这里要想打开局面，得需要钱呢！大量的本钱呢！

想到钱，他看了看表，算一下时差，马上起身打了个越洋电话，当然是打给家里的。

通了，是父亲的声音。

"爸，你们好吗？我挺想家的。"

"想家？老大你刚走几天？真没出息。"郝全亮在电话里疼爱地说。

"爸，不是，这里的局面不好打开呀。"

"老大，你不要性子太急，这不是一天半天的事。你身边有人吗？"郝鸣亮小声地问。

"没有。"

"好，我告诉你，听着，你无论如何也得打进去，咱郝家就指望你了。你别以为我这官儿，你们哥俩能吃一辈子，你懂吗？"

"我懂是懂，可是……"郝仁如此这般地把他对斯迪文的看法、此人好赌的弱点以及怎么怎么缺钱，一股脑儿地向父亲做了汇报。

"缺钱？"

"是啊，爸。我的本钱不足哇。"

"好吧，我给你汇去。马上汇去。"

"爸，他赌的数目……。

"我明白，你说要多少？"

"我看，得是个不小的数。"

"行，你等着吧。"说完，郝鸣亮那边放下了电话。

郝仁打完了电话，心情轻松了一些。可他仍然睡不着，回忆着到了美国后的一切，一切。

林姐在海湾别墅的客厅里，把斯迪文大骂一顿，看样子她是真的火了。

"你对得起你死去的哥哥吗！你向我许下的诺言难道全忘啦？赌，赌！就知道赌！早晚你会把咱们创下的家业全赌光。这些钱是好赚的吗？啊？这都是把脑袋拴在腰带上的玩儿命钱。为了冬冬，为了你的将来，我曾多少次想洗手不干了，可我能眼看着三义帮的人都没活路？我不干，我就是无仁、无情、无义的人。他们能饶了我们吗！"

"嫂子，我一定听你的。"

"不，你不听我的。想一想，咱们是怎么过来的。报纸上说，干这个行业的头子是无恶不作，血腥成性，为谋取暴利，铤而走险的罪犯。阿坚，你最了解嫂子，我是该杀的人吗？干这种行业的不止咱一帮人，头子更不止我一个，我……我不该死，也不想死。我……我不知道该怎么办！"林姐相当激动，声音不仅颤抖，而且变得沙哑。"洗手不干？说得轻巧，我能干什么，什么也没学过，什么都不懂，什么也不会干！我……"

"嫂子，我听你的。我保证，以后真地不赌了。"斯迪文说着给她跪下。

"你起来。"林姐的声音，缓和了许多："阿坚，你起来吧。原谅我，我……我的心很乱，我不该对你发这么大的火，可我实在控制不住了。我经常会……"

挂在壁炉上的大钟，闷声闷气地敲了三下。林姐擦了擦眼睛，把斯迪文扶了起来："回去吧，太晚了。"最后，她平静地说。

"嗯，我走了。嫂子，你别生气。"说完，他就去开门。

"还有，阿坚，从陆路走的一队人，已经到了墨江，明天去景洪。如果顺利的话，三天以后到达曼谷。我想派你去一趟泰国，最好明天就走。"

"这么急？"

"对，很急。去接一个人，他叫丁国庆。"

"丁国庆？"

"接到人之后，不要在泰国停留。我急着要见他。我已同顾卫华联系好了，他会安排好一切的。"

"顾老板给他办好护照了吗？"

"全办好了。"

"放心吧，嫂子。我明天就走。"

"记住，此事不许对任何人讲！"林姐郑重地说。

斯迪文回到曼哈顿，已经是后半夜四点多了。他轻手轻脚地打开门，见郝仁已躺在他的床上睡着了，就脱下外套，换上睡衣，打开床头灯，躺在床上抽起了烟。

他琢磨不透，为什么林姐今天发这么大的脾气。他知道嫂子对他有钱就赌的恶习，和不关心自己的终身大事非常生气。三十好几的人了，也不成个家。也难怪她总埋怨，就是自己也常常感到虚度年华，过于荒唐。

他慢慢地拿起了电话，轻轻地按了几个数字，然后悄悄地对着话筒："你又给我打电话啦？""该死的东西，这么晚才回来。"听筒里冒出了继红清晰的声音。

"她把我叫去了。"

"又挨骂了吧，活该。"

"是你捅的对不对。"

"少废话。这么晚了闲话少说。后天是我的生日，你打算怎么办吧?"继红直截了当地问。

"当然，当然，我会尽我的心。"

"尽什么心呢？我问你忘没忘?"

"我？……怎么会忘呢。我明天就去给你订一个大蛋糕。"

"真的?"继红的声音突然一扬。

"噢，对了，不行。我有比这更重要的事。"

"你看看，我早就知道……。"

"不，继红，这是林姐刚刚交待下来的。她让我飞趟曼谷，去接一个人。"

"这么急。接谁呀?"

"一个叫丁国庆的人。继红，嫂子叮嘱，此事不能外传。"

"……"继红没有答话。

"你又生气啦?"

"没有。你放心地去吧。不过你走了以后，你身边的那个家伙谁照顾?"

"就瞧你的了。"

"我？……行。我就好好照顾他一次。他睡了吗?"

"睡了，跟死猪似的。"

郝仁根本没有睡，他听得一清二楚。

9

性格温顺的澜沧江，经过西双版纳自治州的州府景洪，缓缓向东南方流去。它穿过盛产海洛因的金三角，途经泰国北部的会晒，忽又蹿进老挝的大半个上辽，经万象向南延伸，形成了泰老自然边界。在这一带，它的名字改称湄公河，直到穿金边过西贡，汇入了南中国海。

景洪是个美丽的城市，在历史上享有盛名，是北部小乘佛教的发源地。至今市内有保存完好的塔寺和风格独特的南国庙宇。

高高的大油棕和能遮住天的贝经叶，为人们挡着那亚热带的烈日。围在这个小平坝四周的热带雨林，又给这里的人们带来年年的风调雨顺。

水牛在稻田里，慢慢地拖着犁耙耕地。河边放着古老的水车。远山近水装点着漂亮的傣楼，傣楼上炊烟缭绕。小伙儿坐在楼下，品尝着新酿的木瓜酒。傣家姑娘扭动着腰肢，唱着和谐的傣族山歌。身穿红、黄两色袈裟的小和尚，在村寨边上玩耍。少女穿着美丽多彩的筒裙，像一群五彩朵云，悠悠地在马路上飘荡。

可是这几年，现代化的热风刮到了西双版纳，空气里浸入了许多汽油味，和摩托车、汽车的噪音。这噪音像是要把那传统的竹楼震塌。在这个近乎于原始的清洁天地，人们忽然间都变得有些惊慌。小伙子们整日忙在真假虚实的自由市场，一些傣家女也模仿起内地来的新潮人，操起了人类最古老的那个行业。

想象力最丰富的人，恐怕也不会这么联想，纽约、景洪是人口买卖的一体。这些风马牛不相及的地点怎么会相连？这黑色的通道怎么会出现在这里？

二肥和阿六被分到了一个屋，右边是丁国庆和曾明，左边是水仙和彩凤。为分房间，阮卫国和小胡子吵了一架，他坚决要和水仙住一块，不愿意和黄渡口的人睡在一起。

　　"你他妈的疯了，现在还是在国内，没结婚证就是不行，万一半夜查房，怎么办？你再忍两天，到了境外，你爱怎么干就怎么干。"小胡子生怕这最后的一站出了事，损失了自己这一个人头一千块的马仔费。

　　可到了半夜，阮卫国还是没听小胡子的话，偷偷摸摸溜进了水仙和彩凤的房间里。

　　"那我……"彩凤被他俩吵醒了。

　　"我已同那边的人都换好了，我睡的那个屋现在换成了黄渡口的女的，放心吧，没问题。"

　　二肥和阿六也没睡着，他们俩你一句我一句地在闲扯皮。

　　"二肥，你干么老翻来覆去的？"阿六在黑暗里淫淫地笑着。

　　"睡不着。"

　　"是那玩艺儿在闹吧？"

　　"奶奶的。"二肥不知是骂他，还是骂自己。

　　"别急，等到了美国就好喽。那地方没人管你。哪儿像咱们这里，个个都是他妈的性压抑。别说你啦，这阵子也把我憋坏了。"

　　"六叔，那男的女的到底是咋回事？"二肥的声音透着诚恳。

　　"你傻小子真地没尝过？嗯……不过，你这话我也信，去年你小子闹出来的事，我……"阿六忍不住地笑起来。

　　"啥事？"

　　"别装糊涂。啥事？你跟老母猪的事呗。"

　　"呀，你咋知道的？那副厂长答应我……"

　　"他答应什么啦？"

　　"他答应一辈子不给我说出去的。"二肥的音调有些急。

　　阿六笑得直咳嗽，坐起来点上烟："傻小子，你……你给我傻

140

死。"他又笑起来。

"你咋知道的?"二肥急着问。

"傻东西,那阵子我的那个娱乐厅里天天都说你这事儿,永乐屠宰厂那点烂事全当乐子了。"

"唉呀,坏了!"二肥忽地一下子也坐起来。

"啥坏啦?"

"副厂长说,这事要捅出去,比强奸人判得还重,非枪毙。他……他咋是这号人。他答应了只要能偷出半扇猪给他,他就替我保密。我偷了,也拉到他家了,他咋……,这可怎么办呢?"二肥急得要哭。

阿六笑得更欢了。笑够了,摸了把泪说:"行了,别急,还有两天就出去了。到了那边就没人管你了。"

二肥听到他的安慰,这才安静地躺下了。可是他还是怎么也睡不着。过了会儿,听到阿六打起了呼噜,就把枕头下的袖珍收录机打开了。这台小收录机是费妈妈怕儿子路上烦闷,临走时给他带上的。二肥把耳塞往耳朵里塞得紧紧的,生怕吵醒了六叔。

耳机里是个女人在唱《血染的风采》,他最爱听这小姑娘的声音。二肥听得入了迷:"如果是这样,你不要悲哀,共国和的旗帜上有我们血染的风采,如果是这………。"

二肥子听着听着,觉得有点不对劲。耳朵里除了这个歌声外,还有一种声音,也是个女的。打哪儿来的?二肥眨着小眼睛琢磨起来。他摘掉耳机,那声音更大了。他使劲竖着两个耳朵听,不对,那声音不是耳塞里的,是从水仙屋里传过来的。那声音越来越大,这水仙咋这样,这声音咋这难听。突然,他好象明白了。

第二天,阿六叫他快起床,二肥说什么也不动弹。他生怕六叔看见,留在他身下那凉嗖嗖的好几滩。

又上路了,三渡村与黄渡口一行人人分两路。

小胡子完成了任务，塞满了腰包，走人了。下一段的路程，由另一个马仔接替，专们负责三渡村的人的安全。这个新马仔是越境的领路者，叫不上名字，是个典型的爱尼人。他汉语说得生硬，面部总是一种表情。他的装束也很特别：一身的黑色粗布短裤短衫，腰上跨着一口长长的钢刀，脚上穿一双轮胎底凉鞋，右耳垂上还挂着一个小小的铃铛。

他命令所有的人，都钻进一辆东风牌大卡车里。这辆大卡车的外表虽然与路上跑的没什么两样，都是浅绿色，长方型车体，货箱四周支着牢固的铁架，铁架上盖的是厚厚的帆布大棚。可这辆车的里面与其他车就有所不同了，货箱里装着满满的卫生纸，卫生纸的中心全部被掏空。爱尼人指挥这组人，围坐在中心的空地上，然后又同司机把车门处填上卫生纸，码好，又扎严了帆布棚。

他们这样做，不只是要顺利地通过一道道关卡，而且也可以躲避路上不时出现的边境居民警惕的眼睛。从景洪出发到中老边界的孟腊，大约需要五六个小时。因此，每次都是必须吃过中饭就立即出发，到达边界天正好全黑下来。

三月的滇西南，天黑得比较早。太阳一落，空气中还能带点儿凉风。可在正中午，高原的日头特别强烈。六、七个人全挤在豆腐干大的一块地方，加上没有半点儿通风口，里面的温度每时每刻都在往上升。

开出景洪市不到半个小时，里边就有了动静。

"不行，不行，这样会休克的。"曾明第一个忍受不住了，叫嚷着。

"他妈的，这里黑咕隆咚的，可怎么呆呀。快叫司机停车，得扒开一道缝。"阿六在黑暗里也嘭嘭地敲着纸墙。

"二肥你这臭脚往哪儿顶啊。我操你祖宗！"阮卫国骂完，朝着伸脚的地方打了一拳，"唉哟唉哟"地揉着自己的裆和腔。

"这车这么颠，我咋坐得稳。"二肥捂着脑袋低声地嘟囔。

"是谁他娘的这么没德性，趁黑占便宜？"水仙也尖着嗓子叫起来。

"妈呀！磕了我的下巴了。疼死我了！"这是彩凤。

"吱"地一声，大卡车真地停了下来。不知是谁用铁器嘭嘭地敲着后窗，这伙人立刻安静下来。他们听到司机骂着相当难听的脏话："像你们这样的乌龟、臭虫，王八蛋我天天送，还没见一个憋死的。谁让你们都他妈的想往美国跑？老实点，不许你们再出一点儿声，胆子太大了，都他妈的不要命了！"

"真是喘不过气来呀，万一出了人命怎么办？"阿六大声地对司机喊。

"哪一个？这是哪一个？不用万一，我现在就捅死他。"司机"咔"地一声拉开了车门。车厢里的人一阵骚动。他们听到车尾处，司机一边骂，一边解尼龙绳；又听到那个爱尼人用不熟练的汉语说："算了，算了。"

司机又忍不住大骂："这个小子不要命，我可要活。把那龟儿子拉出来，宰了他，扔到山涧里喂野熊。"说着，继续解他的尼龙绳。

黑暗中，阿六吓得直哆嗦："怎么办？怎么办？"

"司机大叔，您别动气，他这个人说话就是这么冲。别跟他一般见识，咱们还是快赶路吧。"曾明和气地向司机求情。

"他妈的，我非捅死他！"司机不依不饶。

"哟，大哥。"水仙开始施展本领："大哥，这何必呢。他欠你的情，我给补上。等过了境，我请你好好玩玩。"

阮卫国在暗中拧了她一把。她在暗中，把手朝阮卫国嘴巴的方向捂。

全车的人静静地听着车外的反应。

没有动静。

"再出声我负责。安静！"谁也没料到丁国庆会在暗中大吼一声。

　　"好吧，再有一点动静，我他妈的全给你们扔到悬崖下去。"司机停止了骂声。

　　大卡车的马达又轰轰地响起来了。这以后，不管路怎么不平，车怎么摇晃，车里再也听不到一点动静了。它像路上所有的东风牌货车一样，轰鸣着，在崎岖的山道上左一拐、右一绕地驶进了热带雨林。

　　热带雨林里的温度降下来许多。可由于车内密不透风，里面仍像蒸笼一样，坐在车里的人，几乎都已全部脱光。准备路上防寒用的毛衣成了擦汗的手巾。脱下来的上衣、长裤，都早已湿淋淋的了。豆大的汗珠从头上一直流到了脚底下。卫生纸被汗水一浸，加上人肉的压磨，几乎都成了壳状。车厢里的臭气能把人熏死，汗臭、狐臭、脚臭、嘴臭……，要不是他们不到几分钟就撕下那潮湿的卫生纸垫在脚下，留出一点空隙，让空气多少有些流通的话，缺氧、窒息一定会发生的。

　　黑暗是目前最不适应的，彼此呼出的热气都能喷到对方的脸上，身上，可就是看不清对方的脸。他们初次体会到黑的可怕，黑得你辨不出方向，黑得使人头昏耳鸣，黑得叫你自己做了什么事都不知道，黑得你吃了哑巴亏还不能吱声。

　　水仙就尝到了这个滋味儿。她的两个饱满的乳房，被一边一只大手紧攥着。她咬着嘴唇，不躲闪，也不吭声。她心里恨透了阮卫国，那玩艺不中用还总犯劲。可是一想，昨晚上虽然他那东西硬是不起，可一夜也折腾了好几回呀，还能……？不会吧。可不是他又是谁呢？她试着摸了摸攥着自己乳房的两只手，不像是一个人的。一只手的手指很细，一只手的手指很胖。她心里有数了。她使劲往开掰，可掰了半天，没有掰开，还弄得乳房很痛。她不敢吵，不敢叫，心想，等下了车，跟你们两个王八蛋再算帐。可过了一会儿，那只胖呼呼的手松开了乳房，顺着肚子上的汗水往

144

下滑。她真地气极了，心里在骂二肥，这个狗杂种，也太拿老娘不当人看了。她按住这只胖手用足了劲就捏。可那胖手指上有个金属的东西，硌得她骨节生疼生疼的，疼得她差点叫出来。

她顾不了太多了，朝着二肥脸的方向就是一拳，正好打在二肥的左眼框上。只听得二肥用鼻子很重地"嗯"了一声。

孟腊，这个四万多人的小镇，在中老边界的位置极为重要，这个县是中国这边的最后一道边关。当这辆载着不寻常货物的卡车到达这里的时候，这个富裕的小县城正值霓虹闪烁、灯红酒绿的时刻。

他们全体下了车。二肥以为已经到了国外，看见这花花绿绿的世界，揉着双眼，伸伸胳膊，放松地说："这回可该我舒服舒服了。"

爱尼人用钢刀背拍了一下他的大脑壳，又向他摆了摆手。

他们不能在孟腊休息吃饭。他们必须马不停蹄，空着肚子改成徒步西行，沿着小路去尚勇。在尚勇茶场附近有个爱尼族山寨。这个寨子离驻守在294碑的六连，还有六公里。再爬过一座小山，穿过一片热带雨林，绕过六连的驻地廖贡，预计明日清晨才可真正进入老挝境内的麼丁。这一段路程，没有那个不怎么讲话的爱尼人指引，就算你有天大的本领，也不可能到达目的地。深夜三点左右，他们到了尚勇茶场边上的一个小山寨。这个山寨实在是小，黑漆漆的，有几间看不清的房子，但只有一户人家点着明亮的灯。

"奇怪，这里还会有电。"水仙在进村时惊奇地说。

"废话，附近还有电网呢！"阿六在嘲笑她的无知。

他们一伙走进了亮着灯的那个大房子。房子里不仅有电，还有日本产的电视机、本田牌的摩托车、美国新式的录像机，看起来比大城市的家电设备还阔气。

那个爱尼族人就像到了自己的家，似乎对周围的一切都很熟悉。他到门口拍了两下手，不一会，热饭炒菜就端进来了。端饭菜的是两位小姑娘。那个爱尼人对她俩不太客气，对她俩说了两句听不懂的话。两个小姑娘跪在地上，热情地给他们又端饭，又倒茶。

这些人饿得早已受不了了。端起饭碗，围在灯下，狼吞虎咽地吃了起来。

"这是咱们在中国吃的最后一顿饭了吧?"彩凤问曾明。

"对，最后的晚餐。"曾明意味深长地感叹着。

"少说话!"爱尼人突然发起了火。他把迫击炮式的竹水烟筒，重重地往地上磕。

二肥呼噜呼噜地正往肚子里装饭。他那两只肥肥的大手，在灯下动作利落、轻快敏捷。

水仙看着他的一双肥手，又望了望他脸上的乌青块，心里直纳闷。他手上没有什么金属，怎么会硌得我那么疼? 她又去看阿六的手，这回全明白了。阿六的无名指戴着一个赤金的大戒指，在灯影下忽明忽暗。可她仍然解不开扣，二肥子白挨了打，怎么也不吱声? 是缺、是傻、是呆?

出发之前，要轮流上厕所，水仙和彩凤一块儿。她笑着对彩凤说:"你说这天底下哪儿有二肥这么缺的人。白天在车上我打了他一拳，眼眶子都打黑了，可他一点儿也不抱怨。"

"你才傻呢?"彩凤说:"他心里有短。"

"啥短?"

"黑咕隆咚的，他亲完了我的脖子，就亲我的脸，臭哄哄，汗泥泥的。我又不敢叫，他拱上来就要亲我嘴。正赶上你那一拳，他到现在还一直以为是我打的他。"

出门前，曾明非常懂礼貌，对着帮助作饭的小姑娘说了声"谢谢你们。"又伸出手说了声:"再见。"

"等一下。"水仙却握住了他的手，摸了摸那又细又长的手指头，低声说："先握握我的手吧。怎么，不想再摸摸了。"

曾明的脸腾地一下红到了脖梗子。

阮卫国骂了一声水仙："骚货，你这是干什么呀。"

他们的吵嘴又被爱尼人拦下了，然后他向丁国庆伸出了大姆指。

一路上丁国庆还是一句话没有，可他却在不停地想。闷罐车里的他，在不停地想阿芳，现在他又想起了阿芳肚子里的小宝贝。他自己吃点苦不算什么。他一心惦记着到了美国挣了钱，买两张最好的飞机票，让阿芳他们娘儿俩舒舒服服地到美国，高高兴兴地过日子。他要让阿芳继续上大学，去做她最喜欢做的事，欣赏音乐、舞蹈、文学……

"走！谁也不许再说一句话。"爱尼人怪声怪气地发着命令。

后半夜天不仅凉快下来，甚至使人感到有点儿冷。漆黑的夜幕上，点缀着几颗小繁星。一行人齐刷刷地跟着那个爱尼人往前走，稀里糊涂地往南行。他们每个人都捏着一把汗，因为前面的路不知是死还是活，好象命运都紧紧地系在了那个爱尼人踢踢踏踏的拖鞋声上。

这里的小径，他太熟了。他有时候像条狗，横穿大路时，停下来闻一闻；有时又像只鹿，在前面蹦蹦跳跳地向前行。有时大伙儿见他一弯腰，也学他的样儿噗地一声就趴下，不管身下有没有泥坑或石块。有时候他看见哨卡的灯光直着往这边扫射，他会突然停住脚，蹲下，并叫每个人都学他的样儿原地不动。

他们要穿过的那片热带雨林，比起真正的原始雨林那简直就是条小树趟，总宽不到一公里。这里是整个中老边界上最薄弱的一个地带，也是离哨卡最近的地方。

来到离哨卡最近的一个地点，爱尼人示意大家匍匐爬行。聚光灯在不住地往他这一带扫射。他们前胸贴着地面，屏住呼吸，静得几乎只能听到毒蛇穿草的响声。

忽然，他们听到一阵"叽叽咯咯"的女人笑声。悄悄抬头，望见哨卡岗楼的灯光底下，战士们正与两个女孩儿在说笑。水仙眼明，反应快，她一下就认出了是给他们端饭的那两个小姑娘。

"走！快走。"爱尼人的命令，简洁果断。一伙人一眨眼就钻进了那片热带雨林。

这片热带雨林仍在中国境内，任何人都不怀疑它比通上电的铁丝网还厉害。里边是树连着藤，藤连着根，根缠着地，地又盘着筋。这哪里叫树林，这是一层毯，是绿天绿地连着的绿色巨毯。树与树根不是一个个个体，分明就是一大片树，一大片根。这树与树，根与根，一片片直连到天边。

雨林里边的黑就不必说了，潮湿、泥泞、湿热、怪味，还有数也数不尽的热带昆虫，和摘也摘不清的板根草本，真让人无处下脚。

幸亏他们有爱尼人带路，幸亏这条路是原来就有，不然，他们不可能迈出一步。说这是路，也不叫路。三天没人走，野藤准把它封住。大伙这才明白，爱尼人为什么要带上一把刀。原来他得不断地劈藤、砍筋。

值得庆幸的是，这块雨林不足一公里，可这也足足用了两个半小时才走到尽头。

出了雨林，他们相互对看，谁也认不得谁了。脸上的泥，头发上的叶，浑身上下全是绿。七个人都变成了一个模样，看不出是男还是女。

天亮了，太阳徐徐地升起。他们已经跨进了老挝境内，个个心中充满无限的欢喜。

"等一下，我还得回去。"二肥说着把录音机递给了曾明，提着裤子又往回跑。

"回来，你想干啥？"阮卫国喊住他。

"拉泡屎。"

"就在这儿拉，没人爱看你。"水仙也笑起来。

"不拉这边，拉那边。"二肥边跑边回答。

"为啥？"

"肥水不流外人田。"

大伙笑得前仰后合。爱尼人擦干净头上的泥和汗，把钢刀也插到了腰里边。也许是出了雨林感到一阵轻松，想舒舒几天积下来的紧迫感，他用双手做成了喇叭状，扯开了嗓门儿唱上了：

"打起铜鼓，三跺脚；　　不会跳舞，来对歌。
　阿苏那个角角，　　　　西苏那个包包。"

"多好听，多质朴哇。这是有名的爱尼族民歌，叫《三跺脚》。"曾明不愧是个文化人，他得意地向大伙解释着。

话音未落，忽听对面山上飘出来个女人的对歌声：

"牙膏、牙刷、肥皂盒，　　整个娃娃你背着。
　阿苏那个包包，　　　　西苏那个角角。"

"这才是原始的文明，高雅的象征，我要把它录下来。"曾明开始激动了。

"少扯蛋。快听，他又要唱了。"水仙不愿叫曾明插嘴。

站在身边的爱尼人，听到了山那边老相好的对歌，这才认真地亮出了他的嗓子。

"哪里有酒，哪里喝；　　哪里有水哪里过。
　黄苞结果一窝箩，　　　到处留下那日×窝。"

对面山头的那个女人又唱道：

"哪里有石，哪里坐；　　哪里有竹哪里活。
　妹妹×水流成河，　　　哥哥为啥还等着。"

水仙听完大笑不止，指着正在录音的曾明说："这可真文明，这可真高雅。"

二肥扎着裤子，跑过来问："啥呀？咋那热闹？"

"你问他吧。"水仙笑弯了腰，指指曾明。

二肥一看，他正拿着他的录音机在录音，急得涨红了脸："妈的！你把我那盘原装录音带给毁了。那是《血染的风采》。我操你妈的。"

10

曼哈顿以西的百老汇，是纽约最繁华的闹区。确切地讲，这里应是全球最热闹、最繁华、最富有、最现代化的地方。以 RADIO CITY（无线电城）为界，往东是美国文化的所在地，时下正上演着轰动整个西方的百老汇经久不衰的剧目 THE KING AND I（国王和我）、THE CATS（猫群）、THE PHANTOM OF OPERA（歌剧幽灵）；往西都是美国金融所在地。这里不像那条窄小的华尔街上的建筑，细长的尖顶楼里，层层楼里忙的都是期货和股票。这一带最具现代建筑的特色。几十层上百层的高楼大厦，都是钢架玻璃结构，那明亮的茶色玻璃，映着头上的风和云，使人头昏目眩，醉迷迷地觉得自己处在了另一个世界。

这些大楼的第一层，云集着来自世界各地的银行家和各大财团。他们抢滩夺地，把剩余的利润统统灌进这片地皮。无线电城的对面，就是日本的住友银行，它的南侧是美国的花旗银行，德国的"燕沙"处在北端，瑞士国家银行紧靠着"花旗"。

郝仁一个人在这儿逛荡有一个时辰了。他脸上的神色焦急不安，兜里揣着取钱卡在瑞士银行的大厅里转悠。他想问那笔款子到了没有，又想问这钱怎么提取，可又不会讲英文。他观察了一会儿，认准了几个像是在取钱的人，就排队站了进去。取钱机工作的速度很快。不到三二分钟，就轮到他了。他站在机器前，看了半天不知按哪些键。想问一问身边的人吧，又不知怎么问，急得他浑身出了一层虚汗。这时他才真正地意识到，想在纽约施展永乐县的那一套，没门。无奈，他溜出了大厅。他擦了擦汗，望着街上形形色色的人。忽然，他看到了一个公共电话厅，就向那里走去。可没走几步又停住了。他点上一支烟，思索着应该怎么办。斯迪文今晨去了曼谷。临走时桌上留下一个电话号码，叫他有什么事可以问继红。找她问问行不行呢？自打来纽约，他一直对继红留个心眼。他觉得，继红表面看着天真，实际上她是个小猴精。转帐取钱的事最好是自己一个人干，就是斯迪文，也不能让他知道任何底情。郝家有钱恐怕就林姐一个人知道。因为，这笔巨款就是林姐帮他父亲开的账号，存在瑞士的。当然，什么时候取钱，什么时侯查一下款数的总额，不见得非在今天。可今天又是最好的时机。斯迪文已出国，不然他的行动好象总有人在跟踪。想不到取钱倒成了一件难办的事，最大的困难是看不懂也说不清。

郝仁看了看大街上的行人，也有个别的是黄种人。但他们不仅行为作派已成了美国样，嘴里讲的更都是流利的英文。再说，他也不可能傻到去求行人来帮助。他在想，有朝一日，我的英文早晚也会讲得那么流利。可现在呢？现在怎么办？

郝仁猛地把烟头一扔，快步走向电话亭。他不能这么干等。他不信邪，一个乳臭未干的小姑娘能把他怎么样。要是连这点儿事都怕的话，今后还能成什么大气候。他主意已定，打电话，找继红。

看来继红根本就不用找，她的车子就停在马路对面，她正坐在车里，带着墨镜，嚼着口香糖，观察着他的一举一动。她看到郝仁走进电话亭，她就把手按在了车里的电话听筒上。铃声一直响了好几下，她才慢慢拿起来，装着刚刚睡醒："HELLO（谁呀）？"

"是我，我是郝仁。"

"这么早，我还没睡醒呢。"

"啊？快十点了。"

"什么事呀？

"我想求你帮个忙，我急着要点钱用。"

"行，我借给你，要几百？还是……"

"不不，不是这意思，我要去银行取。"

"你意思是，要我来接你。"

"不用，我已经在银行这里了。"

"那帮什么忙?"继红装作很不解。

"帮……求你……我不懂怎么取钱。"

"噢。我 20 分钟后到。你在哪个银行?"

"在……第六大道，瑞士银行。"

"好吧，再见。"

继红放下了电话，立即拨了林姐的号码。

"林姐，正像你说的，他去了瑞士银行，要取钱。"

"不只是取，主要是查。这小子以为我是在骗他爸爸。你一定要帮他查，但要记住，装出什么都不知道的样子。"

"是，林姐，我会的。"

"别大意，继红。我下午一点的飞机，家里的一切……"

"放心吧，林姐。"

继红帮助郝仁先查了帐号上的总数，并教他按哪个键是 TO-TAL（总数）。取了钱后，从机器里吐出来一张单子。她又一五一十地告诉他，用掉了多少，还剩多少。

继红在帮他取钱的时候，心里有点疑惑，他哪来那么多钱?而且他取出的数目太大了，以至于都超出了一次从机器里取钱的限额。

"你得分几次取。"继红指着取款机上的指示说。

"哟，那又得麻烦你了。"

"没关系。"继红说是没关系，可心里一直在算计他取这么多钱的用处。在取这么多钱这点上，林姐没有估计对。继红带他上了自己的车以后，看了看表说："我还有时间，你想去哪儿?"

"你这车子真漂亮，一定很贵吧?"郝仁转了个话题。

"你今天取出的钱，如果买车，能比这辆好上几倍。"继红说着，往嘴里扔了块泡泡糖。这是她的习惯，一到高度紧张时，她的嘴里就爱嚼东西。

"是吗？能买什么牌子的？"

"BENZ（奔驰）。"

"奔……"郝仁一时嘴里打不过弯来。

"要我带你去看车吗？"

"不不，我还没考驾驶执照呢。"

"那你取这么多钱干什么用？"

"啊……，请你玩，请你吃饭，请你……"

"嚯，你可真大方。"

"你帮了我那么多忙，我做兄长的哪能不讲个情意。钱是大伙花的，不然要那么多钱干什么用。"

"够义气。"

"继红，你想吃什么，去哪儿玩，你说吧。"

继红吹破了一个大泡泡，心里有了主意。她点了点头，说了声："你晕车吗？""不晕。"继红右脚一踩油门，那辆红色坤式雪福来跑车，飞出了城外。

从纽约到巴黎，乘协和式飞机，节省了很多时间。林姐和李云飞快步走出那欧洲人引为骄傲的戴高乐机场。林姐今天打扮得很时髦，眼圈眉线比以前画得重了，还换了一种比较鲜嫩的口红。银灰色貂皮大衣里，裹着一套弹性极强的紧身红色羊绒衫。小牛皮黑色高级质地的超短裙下，亮出多半条修长的大腿。大腿上的肉色丝袜是极讲究的名牌货。脚上的那双鞋，是法国的。她不习惯身上佩饰很多珠宝，但她喜欢纯正的钻石耳环和戒指。

"我简直认不出你了。"李云飞笑着对她说。

"是丑了，还是美啦？"林姐问。

"那还用说吗，你没看见周围这些男士的眼睛，都成狼了。"

"是看我吗?"

"那还有谁。"

自打上个月,林姐从福建回来,她的确有很大的变化。一个人在镜子前面的时间比以前多了。不仅改变了以前所用的化妆品,在穿戴上也比以前显得年轻了许多。虽然她眼下已经三十开外,可在精神和气质上,看起来仍然象二十六七。

"你变了。"李云飞说着,为她打开自己的高级轿车的车门。

"就盼着你能有这样的评论。"她坐进来后说。

"什么评论?"

"变了。变,总比老是一个样子强。"林姐拉下挡光板,照着小镜子,接着说:"云飞,你说,我是朝什么方向变。"

"艳丽。"

"胡说。"

"雍容华贵。"

"真讨厌。"

李云飞点着了发动机,上了路。他看了一眼仍在照镜子的林姐说:"你喜欢听什么,年轻?"

"这还差不多。"林姐把挡光板推上去后说:"云飞,我这样真地显得年轻吗?"

"当然。真心话,少说也得年轻十来岁。"

林姐没有回答,满意地笑起来。

李云飞驾驶得很快,三转两拐就跑出了机场,飞上了高速公路。

"我没机会啦?"李云飞问完,点燃了一只烟。

"没了,彻底没了。"

"我懂。是丁建军,不,丁国庆。他什么时候到?"

"就这几天吧。"

李云飞点了点头,不作声了。长期以来,他对林姐的追求是公开的，林姐对她的拒绝也从来就是毫不隐讳的。李云飞的个人生活，林姐了解得很清楚，从不对他干涉，更不劝阻。十几年的光阴，他换过三次太太。第一个是在仰光，一个有钱的寡妇，看上了他的油画，欣赏他的才能，没多久就结婚了。她出钱，把他送到法国学习美术。没过一年，又与一位在巴黎的女画家恋上了，和前一个离了婚。可在同女画家同居的时候，又勾搭上了一位商人的太太。等他真地发家了，把女人又都给甩了，过起了独身的生活。林姐和他在生意上合作得很默契，在个人生活问题上，同他却保持着相当远的距离。尽管李云飞对她的追求算是狂轰乱炸型，可她一直坚守着自己的阵地。

昨天在电话里，当李云飞听到，林姐说她已决定敞开心扉，准备迎接丁建军的弟弟丁国庆时，开始是有些发蒙，思前想后又非常理解了。他当然愿意看到她生活的幸福，结束她长久的单身生活，更愿意看到林姐在纽约的事业，多一个强有力的帮手。

"你甭担心，年龄不是个障碍。"过了好久，李云飞说。

"当然，我从来没觉得这是个问题，我相当自信。"

"这就好。"

汽车穿过凯旋门，在凡尔赛宫对面的帝国大饭店停下了。

"他到了吗?"林姐问。

"到了，昨天晚上我接的他。"李云飞和林姐说的是顾卫华。

顾卫华前天在曼谷，安排好他手下的人，用他的私人轿车，去老挝接丁国庆的事后，就马上起程飞往巴黎，来赴这种说开就开、从不定时的三国四方会议。三国四方会议是顾卫华给起的名。这次继红因在纽约另有重任，不能前来，所以今天的会议应该改为三国会议才更准确。顾卫华对这种说抽身就抽身、马上赴会的事，绝不像李云飞来得那么容易。他不仅在泰国的生意太忙，还得注意随时调整那四个老婆的关系。他的婚姻表面上看比李云飞复杂，而实际上比李云飞好管理。他老婆虽多却一个没离，每个老婆分管着一摊不同的事，各自照顾各自的利益，他只抓总体大权，集团公司的钢印他一人掌握，金融的处理、财政的分配，全由他一人说了算。最使他头疼的是时间的分配，一周七天，除了周末两天属于自己，剩下的晚上，他都得轮流值班。三国四方会议，大都得定在周末，要不然，肯定有的老婆会翻脸。

林姐和李云飞来到了顾卫华预订的套房。进了门，就听到他对着电话筒大声喊着："不行！我说了不行就是不行！你的孩子还太小，在美国念书这次没有老五老六的事儿。这次只能是老大，老二和老三……"顾卫华一边冲着话筒骂，一边向走进来的林姐和李云飞伸出手打了打招呼。

李云飞小声跟林姐嘀咕："又拉不开栓了，十二个孩子，每个老婆都为自己窝里的争。"

"活该，自找的。"林姐说着坐进沙发里，又向顾卫华打了个快点结束电话战的手势。

顾卫华向她不好意思地点了两下头，又冲着话筒喊："我就这么决定了。对。美国的房子是她们两个的孩子上学用的。你的那份我同意买，在地中海沿岸……行……可以。西班牙或是意大利。好了，就这样，再见。"

"忙里头的还是忙外头的呀？"林姐扔给顾卫华一支烟，话里带着刺儿问他。

"啊？里头，里头。"顾卫华抽了一口说。

"什么里头哇，我听这话茬儿，外头又不知养了几个。"李云飞笑着说。

"这你们别管了，哪地方都这样。好了，说正事吧。今儿是礼拜日，得抓紧时间。"顾卫华说着，坐到了林姐旁边。

"明儿又轮到给哪个值夜班啊？"李云飞翘着二郎腿问。

林姐摁灭了烟说："好了，云飞，不管他的事了，咱们抓紧吧。"

"林姐，前天你在电话里讲的那件事，我合计了一下，节省成本是对的，可不一定非要买船呐。"

"听着，我是这样想的。"林姐掏出了小型计算器："目前，一件货是美金二万五，去年从我手上走的一共是七万多件。听起来利是不少哇，一年下来，总共是一亿四千万。当然，我这个数目比起全美 34 个亿的偷渡生意来，算不上什么……"

"怎么？一亿四千万美金的生意额你还嫌小吗？"李云飞惊讶地问。

"尊敬的李先生，她当然比不了你。你销给中东的无缝钢管，一年到头的运输，我看着都眼红。"顾卫华插进话来："再说，你那带履带的无缝钢管，中东人正缺，你尽管抬价。侯赛因那小子，有的是钱。"

"不是。我是说林姐是个单身女人，一亿四千万的生意也足矣。我做钢材的生意只是拿回扣，林姐这种生意的利润可就……"

"问题就在这里。"林姐接着说："一亿四千万是应收款，那是长期的，乃至二三年以后才能收齐。每一件货的飞机票谁付？办理手续打关系的钱谁付？路上各个关卡收的钱是一天比一天高，要价一天比一天贵，可是偷渡人才预付 2 万多人民币。这二万多还没出福建就吃得差不多了。那余下的都得我先垫。这笔投资，对我来说，不是应付不了。可预计未来数年，生意将会扩大，而且越来越大，这样，问题就来了。大家都是生意人，甭多解释，那将是一笔多大的投资。所以，我想减低成本。船，可以买旧的，它比陆路上各种费用减少 80%。海上公海里如今没那么多海盗，陆路上的强盗就太多太多了。"

顾卫华和李云飞听了林姐的话不住地点头。

"好吧。"李云飞说："我会立即着手办理此事。"

"这就是我请你来的原因。欧洲的事，你帮我一把。"林姐喝了口茶又对顾卫华说："请你来的目的，我想你已经理解了。"

158

顾卫华想了一下说:"我的泰康公司的几支船队不是没有二手船,也不是不打算卖给你。我想,买不如租,租既经济,又可逃离责任。如在海上或登陆时出现了麻烦,人不知鬼不觉。就是问到头上,又可一推六二五。"

"好主意,租。"林姐拍了一下大腿:"不过,卫华,你还是得先解决一下当务之急。"

"你说吧。"

"我在福建的货量看来不用船就要屯住,你先卖我四条。"

"哪儿的话。还是老话,你租,保你不会有任何风险。至于租金,这点小钱以后再算。我今晚飞回去,立刻从泰康船业公司给你调来四条。"

"那就有劳于你了。"林姐客气地说。

"什么关系,还说这种客套话。"顾卫华说完站起来说:"走,到餐厅吃点儿什么。"

"走。也该为林姐的事高兴高兴了。"李云飞说着,拉起一脸红晕的林姐。

去餐厅的路上,三个人有说有笑。

吃饭时,他们又聊起了滇西南,谈起了丁建军还有高浩。

"你们猜怎么着,我要说出来,你们俩准得吓一跳。"林姐喝着白兰地,兴奋起来。

"没那么严重吧。"

"他就是他,连说话的声音,表情都一丝不差。对了,卫华,你都安排好了吗?"

"放心吧,我已经派人用我的车去边境接丁国庆了。"顾卫华说。

"你们不知道我有多高兴。国庆有个小相好,我在福建见到了她。但是我相当自信,那个女孩子不是我的对手,丁国庆本来就是我的。过两天我就会见到他,要让他好好地过上人的日子,和我的冬冬在一起，好好地过，好好地过。"林姐说得相当激动，高脚杯里的白兰地掺进了好多她的泪水。最后，她却静静地说："如果福建的那个女孩子要是敢再纠缠他，就别怪我不客气。"

李云飞和顾卫华都不约而同地对视了一下，看了看林姐手中颤抖的酒杯。

林姐又登上了飞往纽约的协和飞机。这时，继红正带着郝仁，在通往大西洋的路上飞驰。

他俩在著名的花园饭店吃的午饭。吃饭的时候，继红一直在观察他。她觉得，郝仁虽然不时地露出无知和土气，可又觉得郝仁是个办事稳妥而仔细的人。既然他提出请客，继红就有思想准备。她对大陆人设宴摆席的出手大方，是有深刻体会的，每次随林姐去福建，回来以后都得赶紧上俱乐部去减肥。

郝仁拿起菜单要点菜。他问继红喝什么酒，又说你得开车，别喝太多。于是，他只要了一小瓶香槟。菜单他看了半天直摇头；最后无奈，叫过来侍者，用手指点了点菜单上标价最贵的几个菜。

"继红，这个度数低。"郝仁拿起了侍者为他们打开的香槟酒，先给继红酙满，又给自己倒了一杯。"我也不怎么会喝酒。"

继红看了他一眼说："你多喝点没关系，反正你又不开车。"

"不，不，我真地不会喝。酒这东西喝多了会误事。我没这个嗜好。"郝仁说着轻轻地用嘴抿了一口，又皱了一下眉头。

"这回你可省钱了。"继红说笑着。

"不，我是看不惯大陆那种大吃胡喝的作风，全是假的，我可不喜欢那一套。"郝仁说完，又转了个话题："我总这么继红继红地叫着，觉着别扭。你比我小，就叫我大哥吧。我称你小妹，你看好不好？"

"本来就是嘛。林姐身边的人都叫我红妹。叫我继红的没几个，除了帮里的牛卵和……来，大哥，喝一杯。"

郝仁端起酒杯没有抬头。他喝了一口，眼睛尽量往别处瞧，似乎对她的话题突转，一点儿也不在意。

突然，继红指着贴在墙上的广告说："有兴趣吗，这两个拳王的比赛很刺激。今晚一定会有很多大明星也去。"

"好哇，只要红妹喜欢。"

"不，我是问你。"

"我？随你。你喜欢，我也喜欢。"

正说着，侍者把菜端了上来。继红一看，他一点也不小气。菜一共只有几样，一盘是清蒸整条鱼翅，那价钱就是没经过加工的干货也得两三百美金；一盘是日本大虾，这种虾必须是活的，从北海道的北极圈内捕来，直接空运到世界各地；另一盘是鲜豆苗；热汤是燕窝银耳汤。

"吃。菜不必多，精，是最主要的。来，红妹，吃菜。"郝仁真像个大哥样，一个劲地往继红的碟子里加菜。

继红开着她的跑车，飞驰在去赌城的路上。她看了看身边的郝仁，眯起了双眼，回忆着林姐对她讲过的话："对一个男人的品行，意志的考验很简单，那就是看他在酒、色、赌上的态度。男人可交不可交，可用不可用，都取决于这几点。你带着郝仁在这些地方多转转，探探他的底牌。"

林姐对她说起过郝仁来纽约的事。林姐对郝鸣亮的这个安排，一直在提防着，但她也不失对郝仁的另一种希望。林姐说，人是可变的。对郝仁先试探，再攻其弱点，对症下药，使郝鸣亮的计划破产，让他的计划为我所用。

林姐说这番话时，斯迪文也在场。目的是，使他和继红都了解自己的用意，不仅不得罪郝家，还要争取郝仁，确保生意的顺利进行。林姐很清楚，她和郝鸣亮不能采取对立的态度。其本质说穿了，是相互利用。在这个世界上，像顾卫华、李云飞、高浩这样的哥们儿能有多少？像斯迪文、继红这样苦杀出来的又能有几个？

当继红和郝仁到达大西洋的时候,离拳击比赛还有一段时间。继红带他走进了 LOVE BOAT(爱之船)赌场大厅,今晚的拳击战将在这里的二楼拉开战幕。

"还有时间,不妨先赌它几把吧。"继红说着,把一叠钞票压在轮盘上。

往轮盘下注的赌客很多。庄家喊了声"STOP TIPS(停放)",就见那大轮盘,咔啦咔啦地就转上了。郝仁盯着轮盘上的数字,又看了看狂叫的继红和他周围兴奋叫喊的人,觉得十分新奇。不要说在永乐县,就是在全中国也看不到这些新鲜玩艺儿。他攥着口袋里的钱,手心里冒出了汗。

"他妈的,没中。"继红骂了一声,又买了些筹码。

"红妹,别真赌。看一看就行了。"郝仁拦住了她。

"不!我要捞回来。你也下点赌注嘛!"

"你玩吧,我看看。"

大轮盘咔咯喇喇地又转开了,郝仁手心里的汗出了一层又一层。他不是不爱赌,更不是心疼兜里的钱。他在观察继红,揣测着她身后的轮盘数。

继红又输了,她回头看了郝仁一眼,见他不住地摇头,就走到他身边:"这个你不喜欢,咱们试试别的?"

"不用。赌,我不感兴趣。"

"好吧。那我带你去个地方,你一定会感兴趣。"

继红把郝仁带出赌场,向着对面的 TOPLESS(脱衣)空中酒吧的大门走去。到了门口,她转身对郝仁说:"大哥,这个,我就不去了,你一个人方便。"

继红的话还没说完,从黑森森的酒吧里,走来一位几乎是全裸的洋女人。她拎住郝仁的脖子就想亲吻。郝仁一时不知如何是好,立刻,他嘴上脸上印满了几个大红印。

162

"谢谢，谢谢了。"郝仁跌跌撞撞跑出了门。

继红站在门口，指着他的背，笑着说："怎么，这你也不感兴趣？大哥，我看你不像是个男人。"

郝仁一边擦着脸上的红印一边说："不敢领教。不敢领教。我不是不感兴趣，你说得对，要是那样，我真就不叫男人了。只是刚刚来，对这一套还不适应。红妹，咱们找个地方喝点儿咖啡，比赛快开始了。"

"好吧，你这不喜欢，那不适应，斯迪文又让我好好照顾你，我可真没办法了。"

"看比赛，看拳击，这就很好了。对红妹的照顾，大哥我感激不尽。走。"

在去拳击场的路上，继红一直想，这家伙，酒不沾，赌没瘾，色也不进，看来，郝家还真能出个像样的。于是，对他还产生了一点儿好感。可是这种好感在看比赛时又很快地消失了。因为继红终于发现，他真正兴趣的所在。

在看到第四回合的时侯，一个黑人把那个白人打得鲜血四溅时，他眼里发着光，嘴里骂着，骂的全是些不堪入耳的脏话。一时间，他好象完全失去了理智，忘掉了自己身处的环境，与在场的观众发出了不同的喊声。一个劲地叫喊"冲、冲、再上一拳，打死他，打死……"郝仁再也按捺不住了，不加掩饰地流露出他酷爱血腥、酷爱暴力的本性。

拳击赛结束了。在回纽约的路上，郝仁似乎仍没恢复正常的心态，白眼球上的血丝仍在闪红。他不停地抽烟，鼻孔里不住地喷气，好象有一肚子的怒气燃烧在胸中。

天已黑了下来，两个人在车里各想各的心事。郝仁撚灭了烟头，突然问继红："你听没听说过丁国庆？"

继红觉得很突然，她一怔："啊？你说谁？"

"丁国庆。"

"没有，没听说过。

郝仁轻轻地"嗯"了一声。

11

丁国庆随同三渡村这一组人，刚刚跨进老挝境内，刚刚踏上胡志明小道，就发现了一辆停在路边的奔驰560。从车里走出两条大汉和一个带眼镜的人，他就是斯迪文。他手拿着丁国庆的照片和福建的那张告示，一眼就认出了丁国庆。斯迪文解释了老半天，丁国庆就是不肯上车，直到来者拿出林姐从纽约发到曼谷的电传，和顾老板的亲笔手谕，丁国庆才跟他们上车。他回头和二肥、水仙等三渡村的人挥了挥手，就钻进了汽车。不一会儿，那辆崭新的奔驰就在这坑坑洼洼的胡志明小道上消失了。

三渡村剩下的六个人，在老挝马仔的带领下又上路了。

老挝，这个地处赤道附近的内陆小国，一定是被世界遗忘了，联合国的全球扶贫组织也一定忽略了查看地图，或者，他们的眼睛被这片片的绿色天帐给蒙住了。因此，看不到在亚洲南部的这块土地上，也有人类；更不了解他们的生存条件是多么的落后贫瘠。

老挝上辽聚居着三大老——老龙族、老松族和老听族。也难怪水仙一听到这些老字就发火："老挝，什么都老。三个民族都是老的。"水仙的话是什么意思，三渡村的人都无心去思考。他们全被眼前这难得一见的贫穷惊呆了。什么叫作刀耕火种，过去他们倒也听说过。什么叫原始部落，过去就连听都很少听过，这回他们可大开了眼界。这里的耕地，就是那东一块，西一块，被火烧光的山头。可以想象，那些被烧光了的山头，原来该是多么茂密、巨大的树林。还有几根没有砍伐，零零散散地，像坟地的木碑一样凄凄惨惨地立着，一动也不动。所谓的耕种，就是在这秃树与

165

秃树之间，不去翻土，更不去耙平，用竹尖、木桩尖，挖些个小沟或钉几个小洞，撒下早稻种子就完事。剩下的，就只等收获了。

凭良心讲，这里的自然的环境应该说是不太糟的。可惜的是，在这里生活的人，完全不知当代的耕种技术。

在胡志明小道上，偶尔会钻出几个光着腚的孩子们。他们向路上的行人呼喊着"桑巴里（你好哇）。"他们伸着双手，笑嘻嘻地等待着行人们给的一块饼干、一块糖果。当他们得到了这些施舍之后，比猴子跑得还快，瞬间，就消失得无影无踪。

他们时不时地还会碰到一些身背冲锋枪、个子矮小、脸色看起来凶狠的猎人。阿六和两个女子，水仙和彩凤，多少有些害怕。他们不敢哼一声，紧紧跟在那个老挝马仔的后面。

只有二肥子跟在队伍后面，不停地嘟囔："这是啥地方呀？人不像人，景不像个景，咱们往回走吧。闽河饭店的那帮人怎么没告诉咱们会经过这地方，他们都说出了国就好了。好啥呀，这地方的人，咋都这样！个子没有板凳高，黑不溜秋，说的啥咱也听不懂。男的女的还都穿一个样，那……"

曾明过来拉他快走，叫他不要多说话。

"曾明，咱这是往哪儿走哇？去美国还是去西山取经啊？那猪八戒和孙悟空的火焰山都没这儿热。你瞧瞧我这脑袋上的汗哟。"

曾明一边拉他快走，一边劝他："二肥子，少说两句吧，越说越热。"

"不行，我得往回走。我想家了，想我妈了。你们去美国吧，我不走了。"二肥子说完，就坐在了地上。

"别瞎闹，闹大了人家崩了你。你不要命，我们可还要命呢。你抬头看看。"阮卫国说着，就过来拉二肥。他指了指马仔身后露出的枪柄。

二肥抬头一看，吓了一跳，他立刻停住了嘴，紧走了几步，跟上了队伍。

到了中午，他们紧张的心情，又都放下了。一路上，他们发现，那些个子矮小的老挝人都很善良，没有什么要向他们采取进攻的迹象。他们身上的枪也大可不必担忧。枪在这一路上他们见得多了，几乎见到所有的老挝人都有一把枪。枪的品种也很复杂，有美国制造的来福，前苏联制造的卡宾，还有中国的轻便冲锋枪。就连八国联军时，英制的老火铳子，这里也能见到。

这个现象，并不说明这里的人好战；相反，老挝人都非常爱和平。他们的枪都没对着人瞄准，瞄的都是树上的飞鸟，和山里的野鹿或棕熊。

枪支的泛滥，是老挝的历史造成的，是近代列强在这里留下的阴影。无论是近在咫尺的越南或是远道而来的美国、苏联，都把老挝当做屯兵、歇脚的大本营。

那些执政的几乎都曾动过脑筋，试着改变这被动局面，可都不成功。

周边国家连年战火频仍，她本该趁此天时地利，发个大财，可这里的人对钱似乎没有什么概念。就拿上辽的省会南塔来说吧，在那里作小买卖的中国人，把成捆成捆的钱摆在明面上，就是从来没有丢过。老挝人虽然身上都有枪，但他们不知道什么叫抢劫。

吃过中午饭，三渡村的这伙人，对这里的人就更放心了。只见他们拿起芭蕉叶包的粘米饭随便吃，捧着野山花酿的酒敞开喝，吃饱了喝足了，也不问价，在竹楼边放下点儿钱，就走了。

阿六和卫国开始放松了。他俩抹了抹嘴，一上路就开始了闲侃。

"这地方倒还不错啊。美国真要是去不成，在这里干点什么咱肯定赚。"阿六说。

"得了吧，让我在这儿当国王我都不干。你瞧瞧，这样的人、这样的地方。"阮卫国没好气地说。

"别太损了，白吃了人家一顿饭，没给钱不说，放下碗就骂，你倒是人？你不愿在这儿当国王，我可愿意。"阿六很不同意阮卫国的意见。

"六叔，你的那点儿心思我还不知道。您跟六婶已经过得厌烦了，到了这里当个国王，弄他个三宫六院的，由着性子玩儿，真是美哉美哉。可你也不睁眼瞧一瞧，这儿的姑娘都长得啥样儿，哪有一个能比得上我的水仙。"阮卫国诚心把声音挑高，想让水仙能听见。

"放他妈什么狗臭屁。拿我跟她们比，你这个龟孙子。"水仙听了，并不觉得高兴："卫国，还是你在这儿当国王吧。你不是净想着玩处女吗？我保准你有的是。就怕人家嫌你那家伙太软。"说完，水仙笑了起来。

马仔在一棵大树前停了下来。他指了指树下的一块大石板，让大家坐下休息。他擦了擦头上的汗，就在石板旁边躺下了。

"他要干什么？"彩凤问水仙。

"天太热，休息呗。"

曾明刚一坐下，就发表了一通演讲。他实在是忍不住了，不管周围的人听还是不听，他照说不误，还说起来没个完。"就拿二肥来说吧，为什么刚一过境就喊着要回去？这两国只隔了一座山，可就是有天壤的差别。勐腊那边灯红酒绿，可到了老挝一贫如洗。原来我真认为，出了国什么都好，这回可真是见着了。所以，爱国主义教育不用天天喊，十二亿人轮流到这里住上一个月，一定是最好的爱国教育。"

"你那么爱国，为啥拼了命地去美国呀？别放你娘的屁了。"水仙顶了他一句。

"去美国是……我……人的本性就是这样，这山望着那山高嘛。再说，人的欲望是没有止境的，一直到死。说这些，你们也不懂。"曾明对水仙的顶撞不太高兴。接着，他又转移了话题：

"不说这些。我问你，水仙，你知道咱走的这条路是啥时建的吗?"曾明见水仙答不上来，十分得意地咳嗽了一下，摇晃着脑袋说:"这条路是伟大领袖毛主席的丰功伟绩。它的名字响遍了全世界，叫胡志明小道。当年，我国援越志愿军为修这条公路，付出了多大的牺牲啊! 你们知道吗，每千米就有我军战士的一条生命。代价是大的，可它的历史作用到现在还在发挥。"

彩凤插了进来:"你说胡志明小道到现在还发挥着作用，发啥作用?"

"发啥作用? 你……?"曾明的话被一股强烈的烟味儿呛了回去。接着，大伙也都跟着咳嗽起来。

水仙第一个发现了:"好家伙，这人在石板下抽开了大烟了，怪不得。"

那个老挝马仔吃过午饭，犯了烟瘾，就在石板下点上了一泡烟。吸海洛因在美国、中国都属高消费，因为价格昂贵。可在这里，它并不算什么。一路上，他们看到，连放羊的都在吸这种奢侈品，因为，老挝境内公路两侧的罂花地，比老龙族刀耕火种种的稻米可茂盛得多。

"你说这条胡志明小道直到现在还发挥作用，大概指的就是偷渡人口和贩运毒品吧。"水仙还在和曾明较着劲。

二肥见曾明正要急着解释，忙说:"曾明说的对，没有这个小道，咱们咋去美国呀?"

水仙说:"对呀，当年打美帝的路，变成了去美帝的路了。"

"走吧，别瞎嚷嚷了。"马仔抽完了一泡烟，笑了笑。他显得心满意足地领着大伙又赶路了。

傍晚，他们与黄渡口的人汇合了。在异国他乡，见到了同县的人，相互诉说着路上的遭遇。黄渡口的人少了一个，那人还没过境就打起了摆子。马仔忘记了带奎宁，他死于伤寒病。

深夜来临，他们没有进老松族的屋里过夜，一是怕染上病，二是那屋里穷得别说没被褥，就连竹制的床也没有。四周的墙是原木树皮造的，树皮与树皮之间裂着大缝子，屋顶也没有挡水的东西，睡在里头不如睡在外头。所以，大伙你靠我，我挨你，就准备这样过一夜。好在老天爷帮忙，没有下雨。半夜，突然来了几辆大轿车，一个讲中国话的人，催他们快点儿上车，说是老挝革命军已经到了附近，如果叫他们抓住就糟了。

天蒙蒙亮的时候，大轿车终于把他们送到了湄公河畔。好家伙，他们看见了泰国造的五彩小帐篷，那些漂亮的帐篷一眼望不到边。哪像三渡村，只有那么几户人家。

金三角这一带基本上没人管，各国的军队都沿着自己的领土象征性地走动着。这里是佤帮军的势力范围，谁敢惹呀。

他们心里都在庆幸，只要在这三不管的河上能登上旅游船，就万事大吉，一切平安了。这条河的下游直通曼谷，泰国的警察不会难为他们，只不过，你的钱会越走越少，口袋会越走越空。

林姐的"纽约国际贸易公司"，这个不十分显眼的铜制招牌，就镶在西百老汇大街大通银行的楼上。负责中国、欧洲、南美等地贸易的主管人员，已经等候在林姐的办公室内。这间办公室的装潢并不十分豪华，它的特点就是什么都大。除了大办公桌、大靠椅、接见客人的大沙发外，最显大的就是放在办公室中央的那个大地球仪了。

这间办公室是独立的，与各室的业务科都不相连。进入这间办公室，可走两个门。从正门进很方便，只要跟门厅那位白人接待员小姐苏珊说明来意，等候林姐的电话铃声，就可以进去了。另一个侧门，就不是谁都可以走的了。常从这门出入的，也就是林姐身边的这两三个人。

"早上好。"九点正，林姐和继红准时出现在林姐办公室侧门。

这种会议看上去好像是周末的例行公事。各部门负责人把工

170

作的进展、贸易的数额，向林姐汇报一遍后，就都不说话了。

"谢谢大家。"林姐也只是简单地布置一下日常工作，也不再说什么。继红从她自己办公桌的抽屉里，拿出那个又大又重的支票簿，打开后，放到了林姐的面前。林姐拿起签字笔，在一张张的支票上，挺拔地签上 VICTORIA LIN（维多利亚·林）的名字，然后交给大家，再次说声谢谢，会议到这儿就散了。

"估计再有半小时，他们就到了。"继红等众人走出去后，对林姐说。

林姐的脸上露出了抑制不住的红晕。

"噢，对了，昨天郝仁突然问我认识不认识丁国庆。"

"这是一定的。他是郝家的眼中钉。"

"那又怎么样？郝仁应该明白，这里是纽约不是福建，我就不信……"

"不，继红，记住，丁国庆住的地方，绝不能让他知道。不是怕郝家怎么样他，我是有我自己的打算。"

"是，林姐。"

林姐看了看表说："好了，我得走了。今天是周末，这里完了事，你马上去鲨鱼那里研究一下大批货上岸后的工作，晚上向我汇报。"

"是，林姐。"

因为工作忙，林姐平时不怎么回长岛小海湾的家。她在林肯中心附近买了一套豪华公寓，周一至周五，基本是在城里住，周末大部份时间又都是泡在帮里，只是偶尔才能回长岛和冬冬过周末。这些年来，她一直在考虑，怎样才能把时间安排得更好，多给冬冬一点时间，多给她一些母爱。

今天是林姐自己亲自驾车。能去长岛这个家的继红和斯迪文，今天都没在她身边。

长岛的春天快结束了，初夏已经来临。住在这一带有钱的少

171

爷小姐，已迫不及待地把各种高级跑车的软质顶盖全都拉掉，在公路上飞驰而过，炫耀着他们的高贵地位。

星期天在这个时间回长岛，车辆没有那么拥挤。林姐驾着她最喜欢的这辆坤型奔驰，轻快地在长岛高速公路上行驶。这流线型的白色车体，配上她今天的穿戴，是浑然一个风格，一个整体。她穿了一套裁剪得体的西服套装，长长的脖颈上飘着一条白丝围巾。她好久没这么打扮，没这么舒心了。她喜欢白色，不喜欢色调污浊，她从不穿黑色，她恨一切的黑色，她盼着能在她的生活里多一些明朗。她期待着，在她的生活里能出现一些纯真。

对丁国庆来美以后的安排，她早已打定了主意，让他和冬冬住在长岛，过着同冬冬一样洁净的生活。她做的这些个买卖，绝不让他插手。她准备像培养冬冬一样培养丁国庆，组织起一个没有任何邪恶的小家庭。在长岛这个无邪无恶的小家里，三个人的生活充满着爱和真，充满着高尚的心灵。这并不是不可能做到的事。冬冬不是已经成功了吗？丁国庆是丁建军的弟弟，她对这两兄弟应该说是最了解的。她相信，她对丁国庆的的判断没有错。当然，她也不排除失败的可能。不过她会使用全部力量，来完成她蓄谋已久的这个想法，把它当一个作品来完成。尽管这个作品不能与海明威、贝多芬他们的相比，但这毕竟是她亲手制作的，它的价值绝不亚于那些永世闪亮的名著。起码这个作品，在林姐的心中将是永恒的。

为了使自己冷静一些，为了使自己一会儿见到他不要太激动，她按着电钮，把四面的车窗都降了下来，让大自然的凉风清醒一下自己的头脑。可是没过一会，她的脑子又转开了。她猜测着丁国庆见到她时的表情，也设想着自己那份激动的样子。

她又想起了小时候，在部队大院和丁建军相处的那段日子，也回忆起在西双版纳，只有她和丁建军两人才知道的事情。她抬起那只没有驾驶的右手，捂住自己发红、发烫的脸，咯咯地笑了起

172

来，把眼角的泪花，都震掉在了她那白西装超短裙上。今天她突然觉得西双版纳的那段生活并不是苦难，甚至应该说是她一生中最美好的时光。

她心里想着要抑制自己的激动情绪，可脚下却在使劲儿地往下踩着油门。

到家了。她知道冬冬和萨娃都还在教堂，就把车径直开进后院那个单独的会客厅。

斯迪文从会客厅里跑了出来，叫了一声"嫂子！"，就兴致勃勃地把他的曼谷之行，简单地向林姐汇报了一遍。林姐一边听着，一边向会客厅里张望。她的心在不住地跳，恨不得立即冲进会客厅，去见丁国庆。斯迪文大概没有察觉出林姐的变化，继续说："我亲自去小道接的丁国庆，然后直接把他拉到上辽省南塔市，在那里搭乘小飞机，在曼谷机场转日航，几乎没有耽搁一点儿时间。顾老板办事就是漂亮。"

"斯迪文，你干得也不错，辛苦了。"林姐说着，替他正了正领带。

"别这么说，嫂子，咱们是自家人。还有事吗？"

"对，你还不能休息。继红在鲨鱼那儿，他们正在开会，研究货物上岸后的工作。你得马上去听听，有事立刻给我来电话。"

"好吧，嫂子，我这就去。再见。"说完，斯迪文驾车走了。

林姐等斯迪文走后，在会客厅门口徘徊了好久。她忽然变得那么胆小犹豫，即便是在枪口和鲜血面前，这种心态以前从未出现过。那时是面对死亡，可这次她觉得，她是在面对生还、面对着迎接新的生活。她很奇怪地拉了拉上衣，又庄重地整了整头发，然后轻轻地推开门。她见丁国庆山一样地站在客厅中央，原本想热情地呼喊的嗓子，一下子突然像是被什么粘住了，她含含糊糊地叫了一声："国庆。"

丁国庆向她眨了一眼，点了一下头，嘴角微微地动了动。

林姐往前走了两步。不知为什么，她看着这个塑像一样的人，脚步又停住了。她眼前一片模糊，看不清他的脸，也看不清他的身。她闭上双眼，手捂着胸口站了一会儿，她听到对方试着在说"林姐。"就向着她这个方向移动。

　　"嗳。"她微弱地应着。

　　"林姐。"对方叫着朝她走来。她想躲闪，想找个地方使自己静一静。可她没走，巨掌握住了她冰凉的双手。

　　她双腿觉得发软，呼吸都觉得不通畅。

　　丁国庆扶住了她险些就摔倒在地的身体，她觉得一股暖流顺着那双巨掌传遍了全身，使得她本来就颤抖的身体更加站不稳。

　　她再也控制不住了，双手勾住他的脖子，"国庆，国庆"地叫着，成串的眼泪滴在了丁国庆宽厚的胸上。

　　"夫人，您……?"丁国庆那沙哑的声音，在她耳边响起。那称呼，那语气，令她多少有些镇静。

　　经过好长一段时间，她才冷静下来，平稳地问："你还记得部队大院二楼的韩妈妈吗?""记得，听说她死了。"丁国庆说。

　　"你还记得你的哥哥丁建军吗?"

　　"他也死了。"

　　"丁伯伯、丁伯母……"

　　"他们都死了。"

　　"国庆!"她喊了一声，转身扑向她身后柔软的沙发里。她一边低声抽泣着，一边说："我……我不叫林姐，我不是。我……我是韩妈妈的女儿……"

　　"韩妈妈女儿? ……欣欣?"

　　林姐转过身来，直勾勾地望着睁着惊奇的大眼的丁国庆。

　　"对，国庆，我是欣欣。你还记得吗?我们小时候经常在一起玩。你妈妈去世后，你总到楼上来，我也常去你家找你哥，我妈妈……"

174

"欣欣姐姐。"丁国庆笑了，上唇的那个伤口又要挣开。他现在已经完全明白了眼前的这个女人是谁，他跑过去，扶林姐起来，仔细打量着她的脸。

"国庆，你受苦了。"

"没……没有。"

"你……你太孤独了。"

"不。不孤独。"

"这些年来，你一个人……"

"不是一个，我有阿芳。"

"我……"林姐从他的双臂中走出来，坐回了沙发上。

丁国庆的回答，她是早有预料的，她必须承认这个现实。她不可以指望丁国庆到了美国就立即忘掉阿芳，那不是一朝一夕的事。她知道要经过一番挣扎和痛苦，更不能奢望他俩之间马上会建立感情。可是，她对丁国庆的这种直言不讳又承受不住。她明明知道她和丁国庆只是第一次见面，可对他有一种难以抑制的冲动。这到底是对他，还是对他那死去的哥哥，她搞不清，她必须要整理一下自己头脑中的这种模糊不清的感情。

"国庆，来，我带你去看看你的房间。"过了一会儿，她似乎恢复了常态。

丁国庆的卧室是在主楼一层，冬冬和萨娃她们住在楼上。一层对丁国床来说，是比较合适的。一层下面有个巨大的地下室，那里不仅干燥而且通风。地下室里放满了各种健身器材，又全都是男人用的重量型，这是林姐特意为国庆订的货。她很怕国庆初来此地，感觉太寂寞，就买了这些东西。把丁国庆安排在这间卧房，还有另一个用意，她可以随时从自己的卧室里直接看到丁国庆。

她安排好丁国庆，快步走回自己的卧房，扑在床上无声地抽泣起来。一种若有所失或是一种被遗弃的感觉在她的心头缠绕，脑子里空荡荡的，每根神经又是紧绷绷的。她觉得，她像是被一种

175

力量抛出到九霄云外。

她走进化妆间，用凉凉的水洗了洗脸。她要清理一下这从头到脚的不自在，整理一下思维的混乱。她躺在床上苦思冥想，我这样做到底应该还是不应该呢？我的那些设想难道是不情不义太卑鄙？也许是吧。上天不会让我什么都得到的。那是白痴的幻想，那是一厢情愿。半生作孽的报应啊！上天把女人最重要的东西都抽空了，寒心啊。

我的命运难道真地不能扭转？我天生就必须承受这些？难道我这一辈子就不可能得到真正的幸福、真正的爱？我的命注定要白天做人夜间做鬼吗？她把泪水拼命地往肚子里咽。

"妈咪。"冬冬回来了。她的一声叫喊，打断了林姐的思绪。

楼梯上一阵急促的小皮鞋声。她惊慌地冲进化妆间，想尽快地洗掉脸上的泪迹。她不愿意冬冬看到她的苦楚。

"妈咪。"冬冬推开门就闯了进来，扑在她怀里。还好，冬冬什么也没发现。

"我看到了你的汽车，就知道你一定在这屋里。妈咪，你说今天要来的那个大好人，他在哪里？"冬冬问。

"来，妈咪带你去找他。"说着，林姐拉着冬冬的手，来到了一楼。

"国庆！"她叫了一声没人回答。

"国庆！奇怪，他到哪儿去啦？"林姐正在猜疑，丁国庆扎着围裙从厨房里走出来。

"你在做什么呀？"林姐感到惊奇。

"做饭。做中国饭。"国庆笑呵呵地回答。

"这不用你，咱们有萨娃。"林姐说着，上去要帮他解下围裙。

"不，欣欣姐，我会。"国庆使劲往后退。

"以后你就叫我欣欣就行了。"林姐说。

"妈咪，我要吃中国饭。"冬冬说。

"噢，对了，这是我女儿，冬冬。冬冬，你应该叫他什么？"林姐低头问女儿。

"UNCLE."冬冬答。

"对，叫叔叔。"

"妈咪，我想跟叔叔一起学做中国饭，行吗？"

"不，冬冬，你怎……"

"可以。来，我教你。"国庆向冬冬招手。

冬冬的个子已经长高了。她虽然不懂如何做中国饭，可洗菜、摘菜，做得相当认真，不时地还跑到国庆旁边问这问那。国庆除了动刀、动火的事不让冬冬做外，其他的事几乎样样都让冬冬插手。

萨娃很喜欢这个年轻的中国人。她对林姐说，这个年轻人是上帝选中的羊，不然不会远涉万里来到这里。

吃午餐前，老萨娃嘴里念了一段经文，领着大家作完了祈祷，开始吃饭了。林姐没有料到国庆这个山一样的粗汉子，竟能炒出一手像模像样的中国菜。一盘芹菜肉丝，一盘西红柿炒鸡蛋，还有一盘典型的中国做法是炒海虾。

"萨娃，你觉得中国菜好吃吗？"林姐问。

"上帝呀，他的智慧是无穷无尽的。"萨娃虔诚地说。

"妈咪，我也感谢上帝，他给我们送来了国庆叔叔，也带来了这么好的饭菜。"

"那好吧，以后就让国庆叔叔天天陪着你。"

"真的吗？"

"真的。"

"感谢上帝。"冬冬在胸前划了几个十字。

午饭后，冬冬问国庆最喜欢做什么。

"运动。"

"会游泳吗？"

国庆点了点头。冬冬三步两步跑到后院，打开了游泳池的加温器。然后又跑进屋里去换游泳衣："叔叔，咱们比赛吧。我还会跳水呢。"

国庆显出有些为难。

"怎么，是累了吗？"林姐问他。

"不，我身上有伤。"

"噢。"林姐锁紧了一下眉头想了想，对冬冬说："冬冬，叔叔路上累了，再说天也太冷，过几天再游，好吗？"

冬冬扫兴地走回了屋。

"冬冬。"丁国庆喊住了冬冬："我行。"说着，领着冬冬走进了后院，把外衣脱在了草坪上，"嗵"的一声跳进水里。

林姐也来到后院，找了个躺椅坐下来，高兴地看着国庆和冬冬在池水里翻腾。

"叔叔，你游得真快。"冬冬跟在他后面边追边喊。瞬间，冬冬的吵闹声、拍水的欢闹声响遍了整个后院。自从林姐和冬冬搬到这里，这还是第一次在这个庭院里，出现这么热闹的情景。林姐看着看着，眼睛潮湿了。

游累了，他们湿漉漉地爬出了游泳池，围坐到林姐身边。小冬冬突然发现了什么："妈咪，你看。"他指着丁国庆背上一些奇特的花纹："这是什么？"

林姐来到丁国庆背后，蹲下来，轻轻地抚摸着落在那一身健美肌肉上的疤痕。她上唇紧咬住颤抖的下唇，再也不忍心看下去了。她侧着头，用她那细细的指尖在那些惨不忍睹的伤痕上抚摸着。

"嫂子！"斯迪文突然出现在林姐的身后。

"斯迪文？你怎么回来啦？"林姐站了起来。

"我……我……帮里出事了……。"斯迪文的情绪显得很不平静。

"什么事那么急？"林姐显然不愿意让任何人打扰她这美好、温馨的时光。

　　"那好，不急，我走了。"斯迪文说完，转身就走。

　　"斯迪文！斯迪文！"林姐追出后院。

　　斯迪文的车已经开走了。

　　"妈咪，斯迪文叔叔生气了吗？"冬冬追到林姐的身旁问。

　　"不会吧，我想。"林姐回答。

　　夜深了，长岛的夜空显得特别深，小海湾里显得特别静。除了沙滩上翻起的一波波浪花声，这里一点儿声音都没有。林姐站在窗前，凝视着丁国庆卧室的灯光已经有很久、很久了。她在猜测着，这么晚了，他还伏在桌上写……，写什么，写了这么久。

　　随着海风不断吹拂她的头发，她愈加清醒了，他们是两个人，丁国庆和丁建军是不能混搅在一起的。她不记得丁建军爱写字，更不曾见到丁建军做过饭。她不理解，这样一个壮汉，怎么会这么细致。这些事丁建军是绝对做不出来的。从内心深处，她看不起男人的文气，她更偏爱男人的刚气。

　　眼前的这个丁国庆，与他在大陆上的所做所为判若两人。那时他的确是个阳刚十足的人。可现在他怎么会……

　　丁国庆在林姐的眼里成了个谜。

　　丁国庆的手继续在日记本上飞快地写着：今天是我登上美国大陆的头一天。我真想哭，我真想喊。自幼人们就认为我不会说话，其实我会说，可就是没人听我说，或是说了也等于白说，于是我就少说，或不说，天常日久，就养成了只听不说的习惯。如今到了美国，见到了我的救命恩人林姐，不，见到了欣欣姐，我有多少话要说呀，可惜，说不出来。

　　阿芳，你知道咱们的恩人是谁吗？是欣欣姐姐。我们是在一个院儿里长大的。她同我哥以前的关系，我和你说起过。她的母亲就是我常常跟你说起的那个韩妈妈。自从我母亲去世后，我就跟着她，一直跟到她死在病房里。韩妈妈咽下最后一口气时，就我一个人在她身边。当时，韩伯伯在江西，欣欣姐在云南。那时我还太小，记不得很多的事。但是她在临终时捏疼了我的手，我记得一清二楚。她患的是食道癌，说不出话。一直到现在，我还能清楚地回忆起韩妈妈捏我手的感觉。那里边有话呀，今天终于明白她的全部意思了。

阿芳，你曾说，你讨厌说话多的人，你爱我就爱我的不言语。你还告诉我，到了美国要知道感恩戴德，这个你就尽管放心，我一定照你的话去做。现在我还干不了什么，只能做做饭，陪陪她可爱的女儿冬冬。但是今后，我一定全心全意地为她做事，以报答她的救命之恩。阿芳我非常想你，也想你肚里的孩子，真希望你快点儿来。欣欣姐的心肠好，她一定会尽快帮助你来美国的。我也会求她的。想你，念你。

12

茅台酒的空瓶子横七竖八地躺在了桌子下，桌子上的一瓶洋酒又被"嘭"的一声打开。斯迪文已经喝得酩酊大醉，郝仁也喝得滚到了桌子底下。

他们喝了整整一个下午，到了天黑，还都说自己没醉。郝仁比斯迪文喝得少一些，所以，他尽管已经趴在桌子下面，可头脑依然很清楚。

"郝仁，你他妈的，说……说你不会喝……喝酒，你骗……骗人。"斯迪文的舌头已经明显地不听指挥。

"老弟，我……我真的不会喝。今……今天，咱是舍……命陪君子。"郝仁说着，从桌子底下爬出来。

斯迪文跌跌撞撞地找来了两个高脚杯："来，郝仁，喝。这种洋酒，得……得用这种杯子。你们他妈的大……大陆来的人，都……都他妈的是土……土包子。"

"对，你说……说的完全对，是……是土包子，土……太……太土。来，教……教我，这酒叫……叫什么名儿来着？"郝仁的舌头好象瞬间也不听使唤了。

"这叫 XO，懂……懂吗？三十年的法……法国白兰地。你喝……喝过吗？"

"来，咱哥俩干，干它几杯。"郝仁夺过斯迪文手中的杯子，斟满了酒。"来，干！"

这瓶白兰地，没一会儿又光了。

"你小子，没……没酒了吧？怎……怎么？赌没钱，酒……酒也没钱买？这……这人活着还……还有什么劲。"郝仁说着，从兜里就要往外掏钱。

"住手！你……你这王八蛋。真他妈的敢小……小瞧我。来，给……给我电……电话。"郝仁立即把无线电话递给了他。他颤颤悠悠地拨了几个号码，对着话筒喊："给……给我送一箱高……高档白兰地。"说完就把电话扔给了郝仁。

郝仁说："吹牛，我……我也会，我现在就给拿……拿破仑打……打电话，让他亲……亲自送一车来。"

斯迪文一听，气得眼睛更红了，从腰里拔出手枪说："你，你他妈的再瞧……瞧不起我，再跟……跟我顶……顶嘴，我就毙了你。"说着，他真地拉开了保险栓。

郝仁"扑咚"一声趴在地上，抱着头说："开玩笑，开玩笑。"这下子可真看出他没喝醉了。

斯迪文哈哈大笑起来，伸出大拇指说："你……你小子酒……酒量还……还可以。"

"咚咚咚"有人敲门，郝仁吓了一大跳。

"别……别怕，送酒的。"斯迪文喊。

郝仁看见酒后吹牛的多了，他不敢相信斯迪文的话，更不敢上前开门。

"胆小鬼，我来。"斯迪文上前打开了门。

郝仁一看真是送酒的，两个小伙计送来一整箱白兰地。斯迪文塞给他们一些小费，那两个小子高高兴兴地走了。

"敢不送！不送，老子就让他酒店关门！"斯迪文一脚踢开了箱盖，又往桌上放了几瓶。这下，郝仁是不喝也不行了。他生生地让斯迪文又灌下去几大杯。

"你……你也得喝……喝呀。"郝仁的舌头不再是装出来的了。

"我不、不喝，就喜……喜欢看你喝。来，喝。不喝，我……我饶不了你。"斯迪文完全失态了。他右手握着枪柄，逼着郝仁把一瓶全部喝下去。

"我……"

　　"喝!"

　　郝仁不敢不喝。但是他也耍了个猾，趁斯迪文狂笑忘形之际，把半瓶酒倒进了脖领里。斯迪文见他真地把一瓶都喝光，他不服气，又打开一瓶子，对着嘴一口气也全部灌进了胃里。他可不是假的，实实在在地都装进了胃里，一点儿也没剩。

　　这种洋酒，喝进去，想吐都吐不出来，还一个劲儿地往头上窜，两个人全躺在了地板上。没过多会儿功夫，斯迪文哭了起来。他一边哭，一边大骂："大陆人，没……没他妈一个好……好东西。你这个混……混蛋，天……天在我这儿捣……捣乱。今天来……来的那……那个混……混蛋王八蛋，又……又缠住了我……我嫂子。他妈的，我……我毙了他。"

　　郝仁尽管多喝了很多酒，但是当斯迪文说到关键之处，他的头脑却还清楚，他终于闻出了斯迪文酗酒的真正味道了。他默不作声，口吐白沫，闭着眼睛，静静地听着。

　　"干……干什么来……来啦? 想分……分我林家财……财产吗? 好，来……来吧，我……我等着你呢! 你们这……这帮大……大陆的鬼东西。"

　　郝仁又听到斯迪文的手在拉枪栓，他紧张地判断着他到底想干什么。他迷迷糊糊地听到，斯迪文先是坐了起来，然后是"咚"的把什么东西砸碎在地上的声音。接着，他又听到斯迪文含糊不清的话声："郝……郝仁，你……你说，你跟他是……是不是一……一伙的，来……来纽约是……是什么目的? 是……是想夺……林家……"那声音越来越小，不一会儿，就听到斯迪文打开了呼噜。

　　郝仁仍没有动地方。他睁开了眼睛，直呆呆地望着天花板。他彻底清楚了，斯迪文为什么这样酗酒，为什么这样苦闷的原因。他咬了咬后牙，心想，丁国庆啊丁国庆，你来得正好，咱们冤家路

183

窄，狭路又相逢了。等着瞧吧，看谁斗得过谁，看谁死在谁手里。

黑暗中，他坐起来点上支烟，想从大脑的记忆里，调出林姐与丁国庆的真实关系。斯迪文今天去哪儿了？发现了什么？他知道，丁国庆是林姐不惜一切代价，从他父亲那儿赎出来的。但是什么原因，最终的目的……？他解不开。

他蹑手蹑脚地走进卫生间，轻轻地拨通了福建家里的电话："爸，这里发生了一件紧急的事。你必须把林为什么赎丁的事搞清楚。过几天，我再打电话给你。爸，记住，弄清这个问题对我来说相当重要。"

"好，放心吧，儿子，我立即就办。多保重。"

"再见，爸。"郝仁放下电话，走回客厅，见斯迪文仍在呼呼地睡着，他估量着刚才起身时的位置，慢慢地躺下，闭上了眼睛……

斯迪文对林姐大喊大叫，说帮里出了事，其实并不太大，但也不太小，处理不得法，还会大打出手，甚至导致帮内分裂。

当天夜里，林姐见斯迪文从长岛家里离去后不见回音，急忙拨通了继红的电话。继红也正想找林姐汇报此事。

事情的原委是这样的，四大金汉在对待"心心按摩院"姑娘们的处理上，产生了分歧。对其中两位漂亮一点儿的姑娘的去留问题，意见不统一。鲨鱼和牛卵是一个意见，两面焦、鸭血汤又是另一种意见。这两位姑娘都属登陆后无亲友担保或原担保人改悔放弃担保的。她们还债别无他法，只得走卖身这条路。因两位姑娘年少、貌美，生意不错，客人不断，两年来，给按摩院挣的钱，远远超出赎身的价。最近，两个女子提出，身已赎完，想要离开。负责该按摩院的二老板，不仅不答应，反而还把她俩揍了一顿。

心心按摩院是鲨鱼和牛卵常去的地方。这两个姑娘伺候他们特别周到，他俩对姑娘们的印象都挺好。当听到两位姑娘的哭诉，见到身上的伤痕时，就来找二老板，臭骂了他一顿，还发令，必须马上放人。二老板心里有怨气，心想，管这片生意的人是鸭血汤啊，放不放人得鸭血汤说了才算数，你们他妈是狗拿耗子多管闲事。

第二天，鸭血汤带两面焦到心心按摩院来结帐。帐算完了，又舒舒服服地洗了个蒸气浴，二老板献殷勤地端来两大碗清茶，亲自送到了蒸气室。他把放人的事儿向他俩这么一说，鸭血汤肺都气炸了，在蒸汽室里大吼起来："不放！就是他妈的天王老子下令，我也不放。这两个姑娘是他妈的摇钱树，放人？有病啊？"两面焦一听也来了火："什么他娘的身已赎完，没完。什么叫完，我说完她就完，我说没完，她一辈子都赎不完。"

二老板不敢言声，用手指了指隔壁。

"什么意思？"两面焦的气更大了。

"老大老二在桑拿间。"二老板的话还没说完，蒸气浴室里又进来两个人。蒸气太厚，谁也看不清谁的脸，只听见"啪"的一声，紧接着，听见二老板的一声惨叫。顿时，蒸气室里乱作一团。幸亏在这里人们必须脱光衣服，身上不可能携带任何凶器，不然的话，至少得出人命。

他们打了半天，才搞明白对方是谁。虽然都是误打，但四个人心里头也都不舒坦。特别是，在放与不放的问题上意见不合。这不，四个兄弟把官司一直打到了继红这里。

今天一大早，继红本来是到此召集他们研究研究下一步的工作方案，可想不到，整个一上午，都在劝解气鼓鼓的、怒发冲冠的四个兄弟。

林姐听完继红的汇报，觉得事情有些不妙。这四个人以前就常闹一些小矛盾。虽然表面上看起来都解决了，但是，他们心里头总是疙疙瘩瘩的，一遇到事就会出现争执。他们每个人手下都有一伙人，真要闹乱了，就是很大、很麻烦的头疼事。她必须及时把这四位摆平。于是，她穿上衣服，驱车返回了曼哈顿。

林姐心里有些急躁。这四个人虽然对外互相合作，可私下里却因个性不同而分成两拨。鲨鱼和牛卵是一拨，鸭血汤、两面焦是另一拨。她对这帮里的四个骨干花费的时间最长，消耗的精力也最多。这次，林姐想彻底解决一下他们之间存在的矛盾。不怕事发生，就怕事发展。

林姐赶到按摩院，四大金汉加上继红都在等着帮主对这件事情的最后裁决。

"依我看，你们四个人应各打50大板。"林姐说着，点燃一支烟。她在屋中央来回蹀着脚步。她极力想以更好的方式解决，不伤任何人，但是她又不能不摆明是非，和稀泥这种手段在帮里是行不通的。

"三义帮这几年的生意为什么做得这么好？靠的是什么？我想你们都明白。"林姐说："仁义、情义、仗义不是嘴上说说，这是咱们的看家宝。生意一旦失去了信誉，就全完了。按摩院的这些个姑娘，还了钱就得放人。我们三义帮说出去的话，半个字都不能动。这事依我看，老大老二做的对，老三老四把两个姑娘的帐结清，多余的钱退回，放人！"

"林姐，我们也是为帮里的收入着想，我们……"鸭血汤看来还想争辩。

"别说了，这事儿就这么定了。不过，老大老二的做法，以后得注意，兄弟之间不能说动手就动手。在你们的脑子里，仁义、情义、仗义绝不能忘记。就是我做了什么事，不讲这三义，你们随时都可以造我的反、取我的头。"

四个兄弟听完林姐的话，不再说什么了，也没什么可说的了。特别是老大鲨鱼，对林姐更是仰慕尊敬。他的岁数比那三个大一些，多年来，对林姐可以说是言听计从。他拉着鸭血汤和两面焦的手说："好兄弟，都消消气。走，大哥请客。"

林姐笑了笑说："也带上我。"

继红也要去。

"不，你去看看斯迪文。"

"我打过电话了，他和郝仁都不在，大概是出去吃饭了吧。"

"不，你现在马上去。"林姐说。

"他们……"

"你马上去。"林姐又重复了一遍。

斯迪文比郝仁醒得早。他从地上爬起来，就进了卫生间。他打开淋浴的热水，想冲掉那浑身的酒气和肚子里的不顺。他哗哗地冲了老半天，才围上浴巾走了出来。

"郝仁，该起来了。"斯迪文用脚踢了踢仍旧躺在地上的郝仁。

"几点啦？别闹，再让我睡会儿。"

"起来，起来，快点。"

其实郝仁早就醒了，但他没动地方。这一夜他没怎么合眼，大脑一直在活动着。

郝仁坐起来，揉了揉眼，正想起身往浴室里走，斯迪文叫住了他："嘿，昨天晚上的话，你可别当真啊！"

"什么话？"郝仁故意装着惊讶的样子。

"没听清？没听清就算了。"斯迪文说着，对着镜子，刮开了胡子。

郝仁伸了个懒腰，漫不经心地说："酒后之言，哪有当真的。不过也有人说，酒后才吐真言。"

"你呀，一定是听到我说什么啦。"斯迪文停住了拿在手中的电动刮胡刀。

"没有，什么也没听到。"说完，就往浴室走。

"你等等，郝仁。我告诉你，这事可不是闹着玩的。不管我昨晚说了什么,你一定要守口如瓶。你要是真把我的话捅出去,可就出人命了。"斯迪文叮嘱他说。

"你说什么了?你就说大陆来的人没个好东西,还说……"

"还说什么?"

"记不清了。"说完,郝仁要走。

"你先别走,你到底还听到我说什么了?"

"你今天怎么搞的,变得那么谨小慎微。"

"你是不是听到我说起过丁国庆啦?"

"什么?没有哇,你从来没说什么丁国庆。说了又怎么样,我太认识他了。"

"你认识他?你……你知道他来纽约啦?"

"那怎么不知道,他是被你们高价赎出来的。"

"高价赎出来的?谁赎的?为什么?"

"谁?这你还……算了,我可不管这些闲事。他来他的,我……"

"你一定知道这件事。"

"咳,我不想牵扯进去,别非让我说。你,也别太上心。他是个小人物,可也不能小看了他。他太狠,差点捅死我弟弟。要不是我父亲开恩,他早就完了。哼!"

"那干什么要赎他呢?"

"我怎么知道。老弟,这事你最好少打听。这人世间乱七八糟的事,咱们也弄不清。不过,你得提防着点。此人的本事,就是善于讨女人喜欢。"

"他,我嫂子和他?这不可能。"

郝仁走进浴室,打开水龙头后,又伸出头来说:"老弟,天底下的事无奇不有。丁国庆可是个有野心的人物。"

有人在敲门。斯迪文打开门,继红走进了客厅。她一见这桌上桌下的狼藉景象,就明白了八九分。她皱起眉头、捂着鼻子说:

"臭死了。你怎么能喝这么多的酒。要是让林姐看到了，又得骂你一顿。"

斯迪文继续刮他的胡子，只是用鼻子"哼"了一声。

"听到没有？以后不许你喝这么多酒。"说着，走到斯迪文身边，夺过他的刮胡刀："你到底听到没有？"

"我的酒，我的嘴，我愿意喝就喝，谁也别想管我。骂我，我还想骂那……你少管我！你们都别再管我。"

"怎么啦？"继红很少见他这样不通情理，睁大双眼望着他。静了一下，她低声说："林姐叫我来看看你，她对你不放心。"

"告诉她，我很好，你走吧。"

"好。"继红把刮胡刀扔给了他，转身就往外走。到了门口又转身回到浴室，用劲敲了敲浴室的门，喊道："郝仁，你不是不会喝酒吗?!"

斯迪文把手里的刮胡刀，往地上一摔，胡子也不刮了，点上了烟。

继红回头，盯了一眼斯迪文，就冲出门外。

郝仁冲完了澡，慢慢悠悠地走出来。一边侧着头，用毛巾擦耳朵，一边说："女人呢，都这样，这气说来就来。天下的女人大部分都是糊涂虫。"

斯迪文不说话，两眼瞧着窗外。

"继红对你是蛮好的。她不仅不叫你喝酒，你不在的时候，她也管我。她没什么恶意，你不该伤她的自尊心。女人虽然一时糊涂，但是她们的心是善良的。对待她们，就应该像哄小孩子一样，得有耐性，那才叫真正的男人。咱们都是经过风雨的人，什么没见过。对女人说的话，该听的听，不该听的就不听。最终，她们还是得受男人的保护。"

"郝大哥，你说我嫂子……"

"哎，老弟，这点你还不明白吗？你嫂子是绝对的大好人，你千万别有任何的猜疑。我敢向菩萨保证，你嫂子对你没有半点坏心。关键是那个姓丁的，他的到来，你自己可要多留神呢。"

"留什么神，我才不怕他呢。找个机会，把他铲了就是了。"

"没那么容易吧。你怎么了解他的行踪，又不知道他住哪。"

"我当然知道。他就住在我嫂……"斯迪文停住了话茬儿，看了郝仁一眼，接着说："我知道他住哪儿。"

"不过，我劝你遇到这种事，不能着急，得慢慢来。铲平他容易，就怕伤了你们叔嫂的感情。其实，最好的办法，就是让丁国庆自己露出马脚。我相信，如果林姐明白姓丁的是什么样的人后，她会自己亲自动手解决的。咱们要帮助你嫂子，暗中又得保护好她才对。"

"大哥，我心里闷得慌。"

"老弟，我理解你。人生一世大都是在烦恼中度过的。你得学会怎样去渲泄。走，出去散散心。"

"去哪儿？"

"今天我也要试试手气。"

太阳从小海湾的尽头暖融融地升了起来，退了潮的沙滩显得湿津津的。在平坦、光亮的沙面上，留下一道又大又深的脚印。顺着脚印望去，可以看见快步晨跑的丁国庆强壮的身影。他沿着海岸跑了几圈后，在靠近冬冬的娱乐场附近，练起了中国功夫。这种功夫，是生活在美洲大陆的人很少见到过的。他练的不是那种传统的武术、耍枪、出拳那类。他练的是定功，能保持一个姿式站立不动，长达一两个钟点。

在平坦的沙面上，又印出了另一串脚印。这串脚印与丁国庆那宽深的脚印，形成了鲜明的对比。这是一串瘦瘦的、小巧的女人脚印。这串秀气、浅浅的脚印，正慢慢地向丁国庆的方向移来，在离他不远的身后消失了。顺着脚印往上看，是林姐。一双含情脉脉的大眼睛，在太阳光的照耀下，半闭半合着，显得那么安详平和。她猜不透丁国庆是在干什么，为什么他像一块钢铁似地凝固在那里。她担心这样下去会出问题，可她又不敢打扰他，生怕破坏了他的意境。她耐心地等待着，等待着。他那种叫一切都静止的力量，好象也传染给了她。她觉得海水、空气、万物，甚至自己的心脏都凝固了，停顿了………

　　大约过了很长时间，丁国庆稍稍喘息了一下，四肢突然运动起来。那身体不再像钢铁，它变得非常灵活。双臂在空中狂舞，忽而像穿飞的利剑，忽而又轻柔似水。两腿一会儿腾空弹起，一会儿擦地而过。没几秒钟，这块沙地就被他捣乱了。

　　林姐看得非常兴奋，微笑着向他点头，轻轻地鼓掌。丁国庆并没有为微笑和掌声停止下来，他继续操练，直至一整套的动作结束，这才笑了笑朝她走过来。

　　林姐看着国庆，又一次认识到，眼前的这条汉子，虽然与她初恋的人长得一模一样，可实质上截然不同。她觉得，丁国庆比他哥哥更加完美、更加有魅力。他能使一个女人，使一个心灰意冷的女人死灰复燃。

　　"欣欣姐，早上好。"

　　林姐收起微笑，向他摇摇头。

　　国庆不好意思地低声说："欣欣。"

　　"国庆，答应别人的事，就应该做到。"她的态度显得过于严肃。

　　"不会再忘了。"国庆答。

　　"国庆，我今天准备给你接风。"

　　"不，欣欣，不用客气。"

　　"走吧。你刚到美国，也要看一看纽约是什么样。到中国城去，我请你吃中国饭。""不，不需要。"

　　"我需要。冬冬、萨娃一早就去了教堂，每个周末都是如此。

我一个人在家也无事可做，就这么说定了，就算你陪我吧。"

从小海湾去中国城需要两个多小时。一路上，几乎都是林姐在说话。她不断地向国庆介绍长岛的风景、沿途的建筑、公路的名称。她嘱咐国庆，尽快把路标记住，因为他立即就要学开车。

"欣欣，我愿意给你开车。"国庆说。

"给我开车？不，你的大部分时间，还是要在家里负责接送冬冬，还有照顾JACK。这么大的一个房子，只有萨娃一人是忙不过来的。"

国庆听着，不住地点头儿。

林姐觉得，国庆的个性并不像高浩说的那么古怪，甚至感觉他非常随和。可是这种感觉到了中国城没多久，又否定了。

林姐请他吃饭的酒楼，门面装修得金碧辉煌。他们没有在前厅吃。管理酒楼的经理一见林姐，一句话不说，就把她请到了后堂。这个后堂没有客人吃饭。国庆觉得，所有的餐馆里的人，对林姐的态度不只是一种尊敬，在尊敬里，好像还夹杂着一股畏惧。后堂的这个单间，是为林姐一人开的。林姐到了里面像是变了个人，对身边恭维她的人不屑一顾，偶尔点一点头。她不说话，也不发什么命令。那些人在林姐面前做事，也显得那么小心谨慎。做完了该做的事，就马上躲开了。

林姐对他改变看法，是他上洗手间的时间，足足去了半个多小时。

桌上的凉菜上全了，热菜一道都不敢上。这些上等名菜，都是林姐特意为他点的。她看看表，又气又急，用筷子敲了一下酒杯，叫进来两个人。那两个人听完后，立刻派人出去寻找。

半个小时又过去了，派出去找他的人回来，说洗手间没人，附近也没发现他。

林姐正想打电话通知继红和斯迪文，丁国庆回来了。

"国庆你坐下，这不是永乐县城，想去哪儿就去哪儿。独自乱跑，你还不够资格。"她非常生气。

丁国庆没有回答她的话，眼睛还在不安地四外张望，双颊涨得很红。

"你听到了没有？"

丁国庆仍然不回答。

"奇怪！"

"是奇怪。"

"你说什么？"

"能是他吗？"

"谁？"

"郝仁。"

丁国庆在去洗手间的路上，视野里闪过了一个异常熟悉的面孔，那个他仇恨的面孔。起初，他不敢相信很快闪过的那张脸会是郝仁。可他又确信自己的视觉，没有看错。丁国庆顿时双眼冒火，调转头，就去找寻这个与他不共戴天的人。他想跟踪他，抓住他，杀死他。可在人山人海的中国城里，想跟踪一个人实在是海底捞针。虽然人没有找到，但他确信不疑，他看到了郝仁。

"我不会看错。"

"是他又怎么样？"林姐问。

"你当心。"丁国庆严肃认真地说。

"我？我当心他？"

"他会捣乱一切！"

"算了，吃饭吧。没那么严重。"林姐叫侍者上热菜。

丁国庆一口都没吃。

回长岛的路上，林姐驾着车，回想着这个不开心的饭局。为了使丁国庆放松下来，就心平气和地说："一切都在我的掌握之中，你可以安心地过日子。"

丁国庆摇了摇头。

"你怕他？"林姐问。

"我要保护你。"

林姐哈哈地笑起来："好了，你刚来，慢慢你会了解的。"

汽车在长岛高速公路上飞驰。

丁国庆没有回答，他脑子里想着的是阿芳，还有三渡村。

13

　　三渡村的村口搭起了大戏台,这是七婶花了一万块才请来的。县里的闽剧团近几年来好戏连台,青衣、花旦的古装袍,都换成了超级短裙,听说,有的戏装都改得亮出了肚皮。三渡村的人,整天忙的就是去赚钱,要不然就是到美国捡黄金。如今混得什么都有了,就缺少点文化生活来调剂。

　　七叔又从美国汇钱来了,还捎来了口信,告诉七婶,这些年他在美国做生意,家里全靠着乡里乡亲的帮助,拿出点儿钱来犒劳犒劳大伙儿,也好表表心意。七婶接到钱后,合计了半天,买点儿礼物,摆几桌席,总是老一套,也没啥意思。钱不少花,亲戚朋友也不见得都满意,索性再多掏几个钱,请来县剧团唱大戏,既风光又体面,也赶了时髦,又还了心愿。

　　七婶虽不算爱出风头的人,可自打年轻的时候,就喜欢为村里张罗事情。今天从搭台架灯就跟着忙,一直忙到快开演。

　　戏台前摆了几张桌子,放好了一盘盘的瓜子,摆好了一碟碟的美国香烟。这几桌她准备请县里的书记、造纸厂的厂长、阿六的媳妇、二肥的妈,还有闽河饭店里林姐办公室里的那几位。近日来闹哄着要去美国的人更多了,说是价钱虽然长了点儿,可免去了路上受的罪。港口外停着那些大船,听说都是要去美国的。坐船可比彩凤他们走路舒服多了,这回她准备把娘家的几个孩子都弄去。要不是盖起了这几幢大瓦房,拖住了身,说不定七婶也乘船玩趟美国,省得叫老头儿一个人在那边总惦记。

　　阿六的媳妇和费妈妈来得最早。她俩帮着七婶忙里忙外,把土台子上的地面扫得光溜溜的,把台下一排排的条凳摆得齐刷刷的。

"七婶呀，咱们村就数你家了，我家是没法跟你们比。阿六那混蛋走了多少天了，连个信也没有。"阿六媳妇边摆着条凳边喊着。

"他媳妇，着啥急。阿六到了美国，一定发大财。那小子又有手艺，人又精。"七婶磕着瓜子说。她手上的金镏子，不停地在她脸前晃动。

"发啥大财，我就盼着我家二肥能挣点钱早些回来。他这一走好几个礼拜没个信，我可真受不了了。"费妈妈说着说着，坐在凳子上哭了起来。

老村长——阮卫国的父亲也来了。见到费妈妈正在掉眼泪，就说："哭个啥，卫国的媳妇说得好，不出走的男人没出息，挣大钱的男人没有一个在本地。"老村长说完，就坐在了正席。

七婶走过来，趴在他耳边嘀咕了几句，老村长笑了起来："这又不光是卫国一个干这事，你看看眼下的年轻人，有几个还像你我这一辈。再说，再说那水仙也不是个好东西。"

他们正聊着，三渡村的人和外村的一些人，都陆陆续续地赶到了。大家伙儿说说笑笑，各自找着最得看的位置。

"让开！让开！老村长，你帮帮忙，这头一排是留给县领导的。"七婶说。

永乐县的领导是卫国媳妇通知的。自卫国上路后，她就常往县里跑，最近跟好几个干部都搭上了关系。听说同郝鸣亮也打得火热。

卫国的媳妇不到三十，在同年龄的人里算是有几份姿色的。她埋怨卫国钱挣得不多，不如早点闯美国。可她真的用心不是嫌他家里穷，她最恨阮卫国有男性病，天生的精子数量就比别人少，还来不来没怎么地就早泄。

卫国一走，她好像年轻了好几岁，连郝鸣亮搂着她的时候都

196

说："你呀，脸蛋儿还像一朵花。"

舞台上的灯"唰"地一下亮了。锣鼓和电声乐队也奏了起来，演员们已在后台化好了妆。领班的穴头把脑袋伸到边幕外，瞧了瞧观众席上的情形，就冲着喇叭喊："离开演还有十分钟。"

阿芳拖着三个月的身孕走得很慢。今天她到这里不是为了看戏，她有她的主意。自从丁国庆离开了福建，她觉得度日如年，一个人偷偷地哭过好几次。她担心国庆的伤，更担心他的脾气。她梦到过他在路上遇了难，被边防军抓住，落得好惨。她惊醒过来，看到国庆带着伤残又回到她身边。她劝他留下，哪儿也不要再去了。又梦到郝家兄弟拿着血刀向他刺来。

阿芳比国庆走的时候显得更瘦了，眼圈显得又黑又暗。她似乎变了个人，不是常常叹气，就是楞着发呆，怀孕的反应也在折磨着她，每每摸着小腹，她总是掉眼泪。

近日来，她觉得自己快活不下去了。她得不到国庆的消息，精神都快分裂了。她下决心，一定要去美国，一定要找到国庆，死活都要在他的身边。

今晚，她来三渡村是来找七婶。听说，最近有船要去美国，可是她手上的钱不够，她等不了国庆寄钱来再走，她等不了，一天也等不了。她知道，七叔在美国混得不错，就准备向七婶借点儿钱。

"阿芳，你也来了。来，前头坐。瞧这孩子瘦的。"七婶热情地向她打招呼。

"七婶，不坐了，就站这儿吧。我有点儿事想找你。"阿芳不好意思地说。

"啥事呀？"

"七叔好吗？"

"好，好，别客气，有啥事就说吧，孩子。"

"上船的预付金是三万块，我爸妈，您知道他们都是中学教员，他……"

"七婶明白。还缺多少哇？"七婶既爽快又热心。

"差不多还缺一万吧。"

"行，没事，七婶先帮你垫上。等国庆和你发了财，还这点儿钱算个啥。合美金才一千多块，两人挣，没问题。连你七叔一个半老头子都寄回这么多来。行，行，包给我了。"

"谢谢您，七婶。"阿芳深深地给七婶鞠了个躬。

"别，别，孩子……"

"阿芳！"有个男人在叫她。她向那边望去，马上转身就走。因为她看到，喊她的是郝义，他就坐在第一排，旁边坐的是阮卫国的媳妇。

"阿芳，阿芳。"七婶拦住了阿芳说："阿芳，可不能犯小孩子脾气，七婶答应借你钱，可你得罪了小少爷，不也去不成美国哟。"

阿芳抬头看了看七婶，没动地方。

"阿芳。"郝义叫着她的名字跑了过来："阿芳你不看戏啦？你别走，我有事跟你说。来，前面坐。"

阮卫国的媳妇也走过来："阿芳，一会郝局长也来，一块坐吧。"

"不，谢谢你们了。"阿芳说完，就要走。

"阿芳，这可是我爸让我叫你的。"郝义说。

"干什么？"

"干什……他说要和你一起看戏。"

"哎哟哟，你多大的面子呀。来，快来。"阮卫国媳妇拉着阿芳就往前排坐。

阿芳无奈，为了去找国庆，她忍着坐下了。她刚坐稳，就听郝义和气地说："阿芳，咱们现在可以说是一家人了。我哥和国庆都在纽约，都在一起。"

阿芳听到国庆两个字，眼睛马上亮了起来。她望着眼前这个

198

突然变了态度的郝义，盼着他再说点儿什么。

"我哥常给我家来电话。他说，国庆在纽约混得也挺好。还说，不让我再跟你找麻烦。还说……"

锣鼓全部敲响，新潮的电声喇叭也全放开了，舞台上出现了一排光着大腿的姑娘。伴奏的音乐谁也听不懂叫什么名堂，这一响压住了郝义的讲话。阿芳心里起急，她真想把这些发出噪音的东西全都砸烂，让郝义再说些丁国庆和纽约。

混乱声中，有人拍了拍她的肩膀。她抬头一看，原来是郝鸣亮。郝鸣亮挨着她坐了下来，笑着说："郝义说的都是真话。俗话说，冤仇宜解不宜结嘛。你一个人留在这里，我看着也怪孤单，怪可怜的，快去纽约找国庆吧。他一个毛头小伙子，又是个火暴脾气，保不住又得惹事，也真需要你去照顾。钱上又什么难处尽管来找我，乡里乡亲的，我哪能不照顾你呢！"

曼谷，这个泰国最大的城市，气候终年炎热，雨水四季充足。市里佛塔寺庙处处可见，色情行业种类繁多。曼谷郊外有一处深宅大院，方园有几公里。院外不见高高的围墙，更不见警卫把守。从一层层棕桐树向里张望，里面好象是个高尔夫球场。穿过那郁郁葱葱的大片草地，是几条幽静的小河。河两岸是茂盛的热带植物，河中央盛开着鲜艳的花朵。荷花的四周布满了翠绿的大荷叶，红红的鲤鱼，自由自在地游在水中。

这个庭院的主人一般不在这里住，这里只为招待他远道而来的客人。绿草坪中星星点点地竖立着几幢傣式小楼。小楼后面，才是一幢幢高级现代小别墅。

三渡村的六个人来到这里就抓了瞎，他们四处寻找电话，可小楼里只有一台可挂国际长途的电话，他们只好焦急地等待着。

负责接待他们的是位中国小姐。在她的脸上可以看出明显的不耐烦，尤其是对二肥那颠三倒四的话，更是气得她直跺脚。

"我不是颠三倒四，我妈给了我美国保人的电话号码，可是我过境时给弄丢了。"二肥把身上所有的兜翻了个遍。

　　"过境怎么会弄丢？你骗人。"小姐生气地说。

　　"过境时，我拉了泡屎。"二肥急得浑身大汗。

　　"大家都听着！"小姐没功夫跟二肥斗气，开始宣布他们几个人未来的命运："彩凤的父亲在美国已经签字担保她了，所以，她在这里再学习三天，就可以上飞机去美国。"

　　"小姐，小姐。"阿六把小姐拉到了一边小声说："我可以交现金。美国方面的保人，不知道为什么找不着了，你看什么时候交钱。"

　　"一次付清吗？"

　　"当然，当然。"

　　"你有那么多钱？"

　　阿六指了指裤腰，又趴在她耳朵边儿说："也少不了你的。帮帮忙，小姐，你看……"

　　小姐转身又对大家说："那好吧，现在可以走的有两个，其他人抓紧时间联络。要记住，长途电话费可记上帐了，你们都要马上还清。"小姐说完，就离开了他们。

　　小姐一走，三渡村的这一组人，马上分成了两派。彩凤和阿六在一起有说有笑，其他四个都忙着往国内打电话。阮卫国第一个抢到了电话筒，可他连续拨了几次都是忙音。

　　彩凤一身轻松地哼着"泉水叮咚，泉水叮咚，泉水叮咚响"的歌，得意地照着镜子梳理自己的头发，准备上楼睡个好觉，好好休息一下。

　　阿六俨然已经成了美国人，而且是已发了财的美国人。虽然裤腰里的钱这一次基本已空，但他相信，到了那遍地黄金的美国，腰上的口袋又会很快地鼓起来。他翘着二郎腿说起了便宜话："水仙，你也别着急，等我到了那边，马上就保你。"

"六叔。"水仙对阿六也改变了称呼:"六叔,您这人说话得有个准呀。到时候您要是忘了您说过的话,把我给忘了……"

"哪儿能呢,你六叔是那样的人吗?可是,你们都指着六叔一个人不行,你们得赶快开动脑筋。卫国呀,你得快点儿想个主意,不然,留在这泰国算是怎么回事呀。不管怎么样,你也得为水仙想想,她一个女人家……"

"我不用他想。六叔,你怎么又改口了。"水仙说着,撒娇地坐在了阿六的身边。

阮卫国气得一句话都没有。他守着电话,等一通了就找他媳妇算帐。因为他媳妇给他找的那个保人,在美国早死了。

曾明在一旁拼命地抽烟,心里已打定了主意。本来在闽河办事处填的美方保人就是假的,现在他铁了心,准备在泰国打两年工,攒足了钱,再去美国。看样子泰国的钱比永乐县的好挣。

"六叔,我和彩凤睡楼上最里头那间。"水仙轻声跟阿六嘀咕:"那丫头睡觉死,你要是……"

"通了,通了。"阮卫国紧张地叫了起来:"喂喂,是闽河办公室吗?……我是阮卫国……对……我们在泰国,快点儿,叫我老婆赶快来接电话。"

三渡村村口的大戏唱完了,又接上了另一出。在闽河饭店的办公室里,挤满了一屋子的人。他们排着队,等候着亲人从遥远的泰国打来的电话。这屋里的情形,比今晚台上的表演还热闹,有的喊,有的叫,有的哭,有的笑。

"这可怎么办呢?二肥,听妈的话,咱们不去了,你快点给我回来吧,妈想死你了。"费妈妈抱着电话,眼泪汪汪地说。

二肥在电话里喊:"妈,妈,别说傻话。对了,妈,你给我的电话号码我给弄丢了,快点儿再告诉我一遍。"

"啥电话号码呀?"

"就是你塞给我的那个纸条，上面写着咱家在美国的远房表哥的电话号。"

"纸条？"

"对。过境的时候，我拉了泡屎，丢了。"

"你再找找哇！"

"妈，你老糊涂了，上哪儿找去呀？那泡屎我拉在老挝，不，不，我拉在中国了。"

"这可咋办哟。"

"你快点回家找找。找着了，马上告诉我，我在这儿等你。快，快点儿。"

"哎，妈马上回家去找。二肥，别急，等着啊。"费妈妈放下电话，就往外跑。她着急，加上腿脚不利落，还没出门就摔了一跤。阿芳赶紧把她扶起来，搀着她急急忙忙往回跑。

彩凤和她妈也通了电话。从七婶接电话的表情看，一切都使她很满意，她倒是没说什么，只是让女儿到了美国好好照顾爸爸。

阿六媳妇和阿六话说得最长。其实她大可不必在这儿说的这么多，她家也已新装了电话。可是阿六媳妇等不得了，她不在乎别人怎么向她翻白眼，对着话筒，同阿六哇啦哇啦就聊起了家常："阿六，你就放心吧。咱家的两个小子还都听话，你就别操心了。等你再混出个模样，接我们娘儿仨一块儿去美国。到了美国，我还打算再生一个，我就盼着有个女孩。到老了，你们爷儿仨都在忙事业，谁来陪我呀。女孩跟妈最贴心，我……"

"阿六他媳妇，大老远地说这些没用的干啥。你让别人说说吧。"老村长等了半天了，急等要向阮卫国交待几句。刚才他和儿子在电话里差点打起来，心里的火说什么也按不下去。他带上水仙去美国这我管不了，可他说，他媳妇托人找的那个美国保人死了，这就麻烦了。现在找他媳妇也找不着，说是看完了戏，坐着郝鸣亮的车去了县里。

阿芳带着费妈妈回到家里，打开了抽屉没翻几下就找到了那张纸："谢天谢地，谢天谢地呀。"费妈妈高兴地说。

费妈妈走得很慢。阿芳虽身上有孕，可心里着急，她盼着尽快听到国庆的消息。她对郝义的话不怎么太相信，对郝鸣亮今晚的态度更是怀疑。她让费妈妈在后面慢点儿走，就一路小跑地赶回这里。一进屋门，见阿六媳妇正要放下听筒，马上就跑了过去，迫不及待地抢过话筒说："国庆，国庆在吗？我是阿芳。"

接电话的是水仙。她没好气地说："国庆?他到老挝就没影了。"

"你知道他去了哪里了吗?"

"我怎么知道，他们神神秘秘的。"

"他不是跟你们在一起?"

"告诉你吧，阿芳，我看，在老挝接他上车的那个带眼镜的人很可疑，指不定把他拉到什么地方去了呢。"

阿芳把电话交给了已经等得很急的老村长，一个人走出了闽河饭店的大门。她两腿软绵绵地挪不动，她坐在台阶上，只觉得小腹一阵绞痛。

等了很久，里面的电话才算打完，所有的人怀着不同的心情，从阿芳身边走过。

"七婶!"阿芳叫一声，站起来向七婶走去。

一艘漂亮的新型快艇，擦着水面在海上飞腾。船头高高地翘起，船尾在水上弹跳。它从平静的海面冲过，留下了两堵扇子面样的水墙，激起来一波波的水浪。这种新型快艇的马达噪音不太响，可它的速度却超过了所有能在海上行走的船。

林姐侧身躺在沙滩上，她的视线一直随着快艇移动。看着那飞快的小艇，林姐脸上露出了满意的笑容。

今天又是周末，她很早就回到了小海湾，兴冲冲地告诉冬冬和国庆，今天她带来的这艘快艇是最先进、最新型的。它的油箱大，马力强，舱内舒适，船体漂亮，一切程序都是用电脑控制，不用学就可以驾驶。

这是林姐送给冬冬的礼物。说是送给冬冬，其实她是送给国庆的。她看出国庆的寂寞，又看出他酷爱运动。他刚到这儿没几天，如果说只送给他一个人，一定会使他很难堪。为了叫他能够接受，林姐就换了个说法，说是送给冬冬。

林姐对丁国庆观察得很仔细。她觉出他是个自尊心极强、脑子里的主见不易改变的人。为他做的任何事情，假如不妥当，他不仅会拒绝，弄不好，还会搞成僵局。

一向安静的小海湾，被这艘小艇瞬间搅动了起来，就像林姐那一向冰凉的心田也被搅动起来一样。海浪不停地涌，心潮不停地翻滚。海面呈现出漂亮的浪花，心潮里翻动着喜悦和兴奋。

林姐越来越意识到，丁国庆就是丁国庆，不是丁建军。以前是自己把这个概念搞错了，把他俩弄成了一个人。丁国庆是丁建军的弟弟，也就是我的弟弟，绝不能把他视为丁建军。其实，这样组合起来的家庭有什么不好呢？叔叔、妈妈和冬冬这样的关系，更符合人之常情。林姐看着海湾里的快艇，心里在想着。

海面上传来了杰克"汪汪"的狂叫声，冬冬高兴地叫："好开心哟，叔叔，你真勇敢。妈妈最喜欢勇敢的人。"

冬冬激动的叫声，险些要把她新成立的这个想法给冲散。是的，她得承认，这个新想法还没完全稳固，家庭的组合式在她脑里常常动摇，特别是每当看到冬冬，这个从小失去父爱的女儿，对国庆那种亲热，她心中就产生一个强烈的愿望，盼着他俩这种亲昵的关系迅速发展，能像父女一样亲密无间。

"VICTORIA，GOOD MORNING！（维多利亚，早晨好！）"住在隔壁的老詹纳森客气地打着招呼，向她走来。

"您好，詹纳森先生。"林姐用英文回敬着他："是不是快艇的声音太响，把您的好梦惊醒了？真对不起。"

"不，不，这个海湾太安静了，我们需要一些生命的声音，不是吗？"

"您说得对，詹纳森先生。"

"我可以坐在你旁边吗？"詹纳森看到林姐今天的打扮有些裸露，因此，他礼貌地向她请求。

"当然可以，请过来吧。"林姐说着把一条浴巾披在了肩上。

林姐今天穿的泳装是三点式。那黑白相间的花点游泳衣，紧绷着她丰满而又显得过白的皮肤。初夏的阳光已经烫人，火辣辣地照在她那匀称的身体上。

"噢，维多利亚，你今天的样子太迷人了，是不是为了海上那个健壮的青年？这很对，我衷心地向你祝愿。"詹纳森说着，也躺了下来。

林姐的脸色一下子变得绯红，她从来没有在早夏的季节晒过太阳，更从来没有穿过这么暴露的三点式泳装。她也不明白自己为什么是这样，今天竟鬼使神差地穿上了它。老詹纳森的提醒好象点破了她这奇怪的心态，不过，她还是相当镇定，等脸上的红晕过去后说："我相信，你也会喜欢上这个青年人。"

"不错，我喜欢这个青年人。你不在的这几天，他很早就起来跑步，傍晚一个人在海湾里游泳，游得很远很远。你看他那浑身的肌肉，多么漂亮，还有那张脸，一看就知道，他很坚强。最有趣的是他很不爱说话，可我又常听冬冬教他说英文单词。"

"是吗？"林姐听了非常高兴。

"你看，咱们的小海湾里有什么变化？""对不起，还是您说吧。"林姐不常回家，她真地没法比较海湾里到底有多大变化。

"海边的杂草还有吗？他天天跑完了步就清扫，他是个公德心很强的人。他清扫的不只是你一家，你看，整个小海湾看着有多舒服呀。"

林姐闪动着两只大眼睛，向那清澈的海水和干净的沙滩望去。

"维多利亚，你不会嫌我太噜嗦吧。"

"不，一点儿也不。"

"你是个很有眼力的女人。自你搬进这里以后，我总觉得你虽然很富有，可你也很孤独。你知道，我们美国人，是不善于问别人的私事的。所以我从来不问你孩子的父亲和你现在的情人。"

"不，亲爱的老詹纳森，您说错了。冬冬的父亲很早就去世了，我从来就没有过情人。"

"这很不应该，当然，我不想介入你的私生活。不过，我要说你需要爱，也应该获得爱，你的生活不该是孤独的，应该充满爱。现在这样很好，这个青年人一定懂得爱，这一点我敢肯定。林小姐，如果你不介意的话，我想谈一谈我的经验。"

"不，不介意。"

"我的老伴也是很早就去世了，一个人的生活我过了很多年，那些孤独年月的生活和死了的人差不多。要不是整日在国会里忙碌，我恐怕不会度过那段寂寞的日子。噢，那是多么不可思议的生活呀！生活上的孤独是可怕的，灵魂上的孤独更可怕，正常人是承受不住的。后来，在我的生活里也出现过一两个女人，可那不是爱，只是为了消除孤独。爱不是一件简单的事情，林小姐，我现在可以坦率地告诉你我的一个秘密，我爱上了一个人，一个好极了的女人，她是个很有名的乡村歌手，你大概在电视里听到过她的演唱。天哪，她的声音是多么的迷人呀！生活，真正人的生活，追逐爱才是最主要的，其他的事情全都没有实质的内容和意义。"

"你们准备结婚吗？"

"不，不，你不懂。我爱她，她还不知道。我迷恋上了她，我现在正设法与她联系。"

"噢，可怜的老詹纳森。"

"不不，我一点都不可怜。被人爱是幸福，爱上别人更加甜蜜。爱是生活的全部，你努力追求一个你最爱的人，那才是真正的幸福。不管你追到与否，同样都是快乐的。失去了这样的幸福和快乐，人就失去了灵魂。爱是人类运动和前进的最强大的动力。没有这种动力，人活着也没滋味。噢，上帝啊，我真是老糊涂了，我在跟你说什么呀，请原谅我。"

"不，詹纳森先生，你说的一点儿也没错，太好了。我喜欢你的这种坦率，更钦佩你那比年轻人还火热的心。"林姐被老詹纳森这一席富有煽动性的话，弄得既激动，又兴奋。

萨娃的晚餐烧好了，她站在海边喊他们。小快艇箭似地向岸边飞过来，萨娃不停地在胸前划着十字。

"妈咪。"冬冬拉着丁国庆的手在沙滩上奔跑，杰克吐着舌头高兴地跳跃在她的身边。也许是冬冬急着向妈妈说她在船上的体会，跑得过于快，一不留神，摔倒了。

丁国庆把冬冬抱起来，横着放在肩上。小冬冬在他的肩上蹬着腿笑着，丁国庆举着她，像是举着一个洋娃娃。

"妈咪，你看他呀。"冬冬双手搂着丁国庆的头，向林姐撒着娇告他的状。杰克也兴奋地在地上打开了滚儿。

林姐笑得很甜，很甜。

晚饭后，丁国庆笑着走到林姐面前，好象有什么话要对她讲。

"有事吗？"林姐问。

"我……我想跟你谈谈。"

"好，等一会儿冬冬她们上楼再谈。"

最近两周，林姐预感到他会对她谈些事儿。她很敏感，她甚至认为，丁国庆马上就要向她提出阿芳来美的事。她怕谈，她很想躲避。

天黑了，冬冬每晚必和萨娃在楼上做睡前祈祷。因为没有电视的原因，她们都睡得很早。林姐在自己的卧室里徘徊，丁国庆在地下室锻炼身体。她听着地下室里传出哑铃的碰撞声，每一声都像是撞击在她的心口上。

等一会儿就要面对面地谈了，谈阿芳的事。怎么谈呢？真地把阿芳快速办来？那将是什么结果？她心里很清楚，她一定会完全失去他。割断情丝的最佳办法就是时间。拖，采取无限期的拖延，一定能达到使他忘掉阿芳的目的。可是林姐心里又出现了另一种潜在的自责，这样做是不是太卑鄙？爱他就应千方百计使他幸福。这种不讲情义、不顾他人幸福的事情，她以前还从没有做过呢。唉！事情轮到自己头上怎么这样难处理呀！她不能做这种不顾及道德的事。她准备马上下楼告诉他，明天立即办理阿芳赴美的事。可手还没碰到门，老詹纳森的那席话又在她耳边响起……。在对待爱情的态度上，东、西方人有很大的不同。西方人对爱的追求是执着的、没有理性、不顾一切的。他们不懂东方式的情和义。他们那样火热执着地追逐爱情到底对不对呢？也许西方人是对的。本来嘛，人就活这短短的一生。她也想学西方人那样放开干一回，可这浑身上下的东方血液，又不允许她这样做……

丁国庆多叫人喜爱呀！林姐已明显地看出，冬冬已经离不开他了。可怜的冬冬，你确实应该有个疼你爱你的父亲。为了孩子也要稳住他，不管在情义和道义上是对还是错。总而言之，现在怎么也得先稳住他。想到这里，她打开了通往地下室的对讲器，请国庆上来。

放下对讲器，她的心开始急促地跳动。她奇怪，为什么自己会这么紧张。她在一生中处理过很多棘手的事情，就是在死亡关面前，她也从来没有这样心跳过。

林姐和丁国庆同时来到了客厅。为了抑制住激动的情绪，林姐点上了一支烟。奇怪的是，从不吸烟的丁国庆也向她要了一支。

"国庆，有什么话你就直说吧。"林姐说着，把打火机递给了他。

"我……欣欣，我要工作。"丁国庆停了一下。点着了烟，又说："我要挣钱！"

　　"嗯。"林姐从沙发里站起来，她习惯了一边踱着步一边说话："国庆，你对目前的工作不满意吗？"

　　"可，可这不是工作。"丁国庆很不客气地说。

　　"是工作，在美国，这是一个很好的职业，做得好也很不容易。你要学会开车，你要学会说英语，甚至你还要学会管理财务。这的确不是一个简单的工作。至于说到钱，我准备一个月给你二千美元，你看可以吗？"

　　"我……"

　　不知为什么，林姐不愿看到眼前这个硬汉子出现难堪状，更不愿看到丁国庆在她面前表现得唯唯喏喏。她愿看到他坦白、爽朗、直率，甚至发脾气。

　　不出林姐所望，丁国庆声调开始由低变高，他沙着嗓子说："我，我需要阿芳。"

　　"阿芳？这不是说来她就能来的事。"林姐有些控制不住，手里的烟在颤抖。

　　"可我非要她。"

　　丁国庆忘了冬冬已经睡觉，大声叫了起来。

　　"不要吵，冬冬她们睡了。"

　　丁国庆一屁股坐在沙发里。

　　"什么事也不能急。"林姐的态度缓和下来，"都得一点点办。你不要指望她下礼拜就到纽约，谁也没有这个本事。"

　　"你能。"

　　"我？……为什么我能？"林姐站了起来追问。

　　"你，你有钱。"

　　"还有呢？"

　　"有钱就全有了。"

"噢，你说是用钱？不错，在大陆，有时用钱可以，在美国光用钱是办不到的。"

"那我，你怎么就可以？"丁国庆也站了起来，大声说。

"你？……我早就开始办你的手续了，办了很长时间，这一点你最清楚。我为什么这么早就办你来美国，就因为你哥哥和我的……"林姐的嗓子忽然噎住了。

"我……？"

"你太不懂事了！"林姐坐回到沙发上。

"欣欣姐！……"丁国庆往前走了一步。

"不，以后请你不要再叫我姐，不允许！你懂吗！？"

"欣欣。"

"对，就这样，我太需要这样的叫法了，太需要这样的称呼了。它使我……多少年了，谁这样叫过我？十几年的他乡生涯。哎……对，就这样，像小时候在大院里一样，丁建军、顾卫华、李云飞、高浩，他们都这样叫我，你的爸妈也这样叫我，叫我欣欣……"林姐眼睛望着窗外，站立着，很久，很久……

"你还有什么事吗？"她突然转过身来小声问。

"有。"

"如果还是阿芳的……"

"欣欣。"

"国庆。"

"欣欣，我想三渡村的人。"

"三渡村？"

"和我一路来的那些人。"

"你要怎么样？"

"我想见他们。"

"这不难，我来办就是了。"说着，林姐从沙发里站了起来。

"好了，你也该休息了。"她走到楼梯口，停顿一下又说：

"这样吧，我上楼立刻给曼谷打电话，让那边的人马上把他们放过来。这你满意了吧？"林姐不等丁国庆有任何回答，就快速走上楼梯。她知道，冬冬一上学，国庆和萨娃又没法交谈，一定很寂寞。叫三渡村的人快点儿来也好。有他熟悉的人在纽约，晚上打打电话，周末一块儿吃吃饭，玩一玩，填补上他剩余的时间，把他思念阿芳的念头冲淡冲淡。

她上楼后，就拨通了曼谷的电话："顾老板吗？"

顾卫华的声音清楚地出现在话筒里："别开玩笑，什么老板、老板的。"

"福建永乐县三渡村的人，也就是同丁国庆这轮一道来的那几个，全部放过来。"

"好，一定照办。不过听汇报，有几个缺保的人，他们身上的钱……"

"好了，保人就算是我好了。钱你先垫，我会马上还给你。记住，尽快办理此事。"

"没问题。"

林姐放下电话，满意地点点头。她正要躺下，电话铃又响了。她没料到，来电话的是斯迪文："嫂子，我有个请求。"

"说吧，斯迪文。"

"给郝仁安排工作。"

"他提出的？"

"不，是我。不然的话，他天天缠着我。他无事可做，我也受不了。"

"你看怎么办？"

"先让他到下面锻炼锻炼，反正这次货到岸，收账的事也少不了。现在我手底下人手又短缺，只靠鸭血汤和两面焦也忙不过来。"

"我看可以。不过，你对他要提防，外围的工作可以让他干，内部的事……"

"嫂子，你说过的话，我不会忘，放心吧。"

她放下电话，正准备把这事通知给继红，忽然从地下室又传来了清脆的哑铃声。她站了起来，推开窗子，望着那平静的小海湾。耳朵里除了哑铃的声音外，老詹纳森的那些话，又出现在她的耳边："生活，真正人的生活，追逐爱才是最主要的，其他的事情都不存在实质的内容和意义。"

14

纽约进入了夏天，气候变得燥热了。离小海湾不太远的地方，有个长长的海岸。几个巨大的细沙滩，被资金雄厚的有钱人购得，装备上各种各样的游乐设施，迎接着从都市里来的游客。

酷爱日光浴的美国人，携家带眷地躺在沙滩上。爱玩冲浪的青年，在水中耍弄着他们的滑水板。喜欢刺激的人，驾驶着单人摩托艇在海面上穿飞。喜欢安静的人在海边或远海的船上，竖起了钓鱼杆。

闷了一个冬天，在办公室里累坏了的都市人，一到这个季节，似乎都变得非常疯狂。他们疯狂地享乐，疯狂地花钱。

疯狂不仅表现在游人众多的地方，也表现在一些阴暗的角落里。

皇后区，那些不被人们重视的场所，尤其是在北方大道(NORTHERN BOULEVARD) 以南，在 120 街以东，一些南美洲人较多的贫困区，此时就更加疯狂了。

从一个门窗都用木板封住的小屋里，传出来穷凶极恶的狂叫。在狂叫乱喊中，夹杂着女人痛苦的呻吟。

这个小屋的地域四周比较空旷，那些无人看管的工业区的大仓库离这里都很远。小屋里传出来的是中国话，仔细听，可分辨出，那是中国沿海一带的口音。

阿六一丝不挂地躺在地板上，浑身上下全是那些不堪入目的血和臭汗。看上去他已经奄奄一息，脸上的肌肉和嘴角都在不停地抖颤。很不幸，他落到了鸭血汤的手里。三渡村的几个人，自登陆以来，就属他的下场最惨。

根据丁国庆的要求，林姐亲自出面作保，这六个人本不该出现任何问题。可就因阿六发财心切，才落大难。

按林姐的要求，顾卫华把三渡村一行几人顺利地送上飞机。林姐又派继红到机场把他们全部接到中国城，并让丁国庆出面请客为他们接风。饭后，继红领着他们在中国城内转转，可没走多远，就发现阿六掉了队。他胆子也真大，一个人钻进了珠宝店。

继红和丁国庆他们左找右找找不着，最后决定，大家先分手，并约好下次见面的联络办法和时间。

阿六和开珠宝店的老板没攀谈几句，就拉起了近乎。老板见他对珠宝非常内行，有心将他留下试试手艺。阿六早就不愿意和三渡村这帮穷小子整天缠在一起了。一路上，他心里早已算计好，到了美国咱各走各的路，绝不能跟他们混在一起去卖苦力。我有我的招数，我有我的手艺，就凭他们那两下子，怎么能和我阿六比。

"试工您能给我多少钱？"阿六笑嘻嘻地问老板。

"试工一般不给钱。不过，那就看你的本事了。你想挣大钱，得先让我看看你的手艺。""行，行。可我这吃和住？"

"这好办，这楼上就有个小旅店，便宜。"

阿六一听高兴坏了，万没想到，到了纽约头一天就找到赚钱的地方。看来，这人是得有两下子。

楼上的小旅店他实在看不上眼。他在永乐县是个有产有业的人。一家四口六间瓦房，松松快快亮亮堂堂。他真想不到，这遍地是黄金的美国，也会有这猪狗不如的住处。十个人睡一个铺还能将就，可是排队上厕所就太不方便了。

小店里住的全都是家乡客。一看到他们，阿六就难受，心里总骂，这些个要手艺没手艺、要文化没文化的穷光蛋，都跑到这儿来干什么？不行，我得快点挣到钱，赶快离开这穷窝。

珠宝店老板对阿六的手艺很满意，准备从下个月正式录用他做长工，工资标准还真不低，一月一千块美金。

可干了没几天就出了一件事。这天半夜，小店里突然来了几个小伙子，不由分说把他们全扔进了车里，不知拉到了什么地方，还一个接一个地连夜提审。

"你叫什么？"问话的是两面焦。

"阿六。"

"从哪儿来的？"

"三渡村。"

"来多久了？"

"就几天。"

"保人是谁？"

"保人？"阿六抬头看了看问话的这个人："我没保人。"

"跑货。"两面焦一拍桌子，大喊一声："拉下去，打！"

"别，别，我不是跑货。我不用保人，我跟他们是不一样的，我交的是现金。"

"交了多少？在哪儿交的？"两面焦挥了挥手，把拥上来的几个打手压了回去。

"三万，三万美元，在泰国交的。你看，我有收据，就在我身上，这假不了。"阿六从兜里掏出了收据，放到前面的桌子上。

两面焦看了一眼收据，右手捂住下巴，生怕这笑容让阿六看见。

"现钱。这……我哪儿敢骗你呀。"阿六说话时，偷偷看了一眼两面焦。

"你的现钱现在都放在哪儿啦？"两面焦问。

"啊？现钱全没了，都交了。你瞧，这裤腰里哪能放那么多呀？你说是不是？"

"不对吧?!"

"没错。"

"给我扒光了，搜！"两面焦的命令一下，打手们七手八脚，上来就给他扒了个溜光。

　　"你，你们不讲理呀！"

　　"不交出钱就拉下去打。"

　　阿六一看打手们又拥上来，"咕咚"一声跪在地上："别打，别打呀。我知道大热的天，几位大兄弟太辛苦，我是想孝敬你们，可我身上确实没钱了。容我点儿时间，等挣到了钱，一定忘不了你们。求你们放了我吧。"阿六"咚咚"地在地板上磕着响头。

　　两面焦不打算放他，这事儿他得好好地跟鸭血汤商量一下。他认为，阿六既然能从大陆带几万美金出来，一定有背景，再不就是个有钱人，很可能会从他身上再挖出一些油水来。扣住他，背着林姐还能多弄点外块。

　　他正想着，门外传来了脚步声。他一听就知道是谁来了，准是三哥鸭血汤，还有那个刚来不久的郝仁。对了，郝仁也是从永乐县来的，说不定他了解这个阿六，没准儿知道他到底在中国有没有钱。

　　郝仁刚一进屋，阿六就认出他来："大兄弟，不，郝科长，可碰见你了。咱们乡里乡亲的，快帮我说说话吧。我是交的现金，这位兄弟误会了。"

　　郝仁看了他一眼，又看了看两面焦。他把桌上交款的收据又瞄了瞄，没说什么，就把两面焦和鸭血汤拉到了另一个房间。他心里已经差不多全明白了。两个多月来，在收款、追跑货这个组里混，他对这两位的底细和个人的嗜好都已摸清。眼下阿六这个事儿，正是进一步拉拢他俩的最佳时机。因此，他一进门就说："两位，听你们的，你们说怎么办就怎么办。"

　　"这个人我看有油水。"两面焦说。

　　"没错。他在中国有 KTV 娱乐厅，另外，那个快速冲洗馆现还在他媳妇手里。"

"那能有多少钱!"鸭血汤看起来不太感兴趣。

"不,你别小看他媳妇,她在当地地面上人缘混得不错,能贷款。据我估计,以前的贷款也许还没还上。"郝仁对鸭血汤交待着实情。

"叫他家里的汇钱来?"鸭血汤明白了郝仁的意思。

"好,扣住他不放。这钱咱可以细水常流地赚。"两面焦高兴起来。

"也不那么简单。"郝仁说着,点上一支烟。他要让这两个兄弟明白,他做这事儿,不是为自己,而是为了兄弟情意,说穿了,全是为他俩着想。他吐出一口烟,接着说:"这么办,大陆他媳妇的事我来办。你们俩就等着收钱吧。"

"郝大哥,有了钱,咱们三一三十一。"

"哎,这话见外了。咱哥们儿的日子长着呢,分什么你我。你们有就是我有。再说,这是咱兄弟共同的事业。"郝仁说完,就走回阿六那个屋,进了门就说:"阿六哇,你闯下大祸了!"

"啊!?"阿六吓得光着屁股就坐在了地上。

"别害怕,我跟你说。"郝仁蹲下,跟阿六嘀咕了几句。

阿六不住地点着头:"那就拜托大兄弟你了。"

"不过,我对你说的话可要记住哇!"

"一定,一定。"阿六不住地点头儿。

郝仁又回到了另一个房间,对鸭血汤和两面焦说:"打,打他个皮开肉绽。别忘了要拍照片,拍得越惨越好。把洗出来的照片交给我,以后的事就由我来办,你们静等着收钱吧。"立刻,从旁边的屋里传出阿六的惨叫和"劈劈啪啪"的抽打声。

从三渡村出来的这几个人,眼下谁都比阿六混得好。

水仙和彩凤在一家制衣厂当上了缝扣工。阮卫国给衣厂老板当听差,收入虽然不太多,但能暂时有工可打,他已经很满意了。

曾明的运气也不错,他到了一个洋人家里陪一个老太婆,另外打扫打扫屋子，清扫一下院子，工钱不高也不低。他对目前自己的处境还算满意，余下的时间还可以看看书，学学英语。

傻里傻气的二肥，现在挣的钱比谁都多。他在一家中国餐馆当剔肉工。厨房里切肉、扒骨他样样行，而且手脚利落，活儿干得漂亮。餐馆的老板还挺喜欢他那傻呵呵的样儿，真是傻人有傻福气。

除阿六之外，最倒霉的就算是彩凤了。在泰国时，她还听到了父亲的声音，怎么到了美国就不见他的人影？她想不通父亲为什么迟迟不来接她。自打她和水仙到了制衣厂，父亲只来过一次电话。彩凤照着以前他给留下的电话号码打过去，可听到的全是些叽哩哇啦的美国话。

衣厂车间里的闷热，她还能忍受，可这见不到亲人的滋味，她有点受不住了。今天收了工，她私下里问水仙："你说，我爸会不会出事儿？"

水仙打趣说："你爸八成是又有新家了。"

不用水仙提醒，彩凤也曾这么猜想过。也许老爸发了大财就变了心，又娶了个年轻女人。他没准儿是让那些贱女人缠住，抽不出身。纽约这个花花世界，什么事没有哇。真要是这样，我还非找到他。别以为给我们娘俩寄点钱，给家里盖个房子就算完事了，没那么容易。彩凤气得鼓鼓的。

她盼望着能跟父亲见上一面，当面同他理论理论，要真打算不要我妈，不回福建，就把话讲明了，免得让老妈在那边痴心傻等。既然把我保来到美国，总得见上一面吧。你同那坏女人一块过好日子也可以，可总不该不认女儿吧。我绝不会住进你们那高级洋房，绝不同你那臭女人住在一起。

想到这里，她忍不住又问水仙："有什么法子才能找到他？"

水仙说："只有到处打听。"

"跟谁打听？"

"依我看，你天天混在女工堆里，是打听不出来的，你得问那些有钱人。不瞒你说，多半是有钱的老女人。"

"有钱的？老女人？"

"对，你爸那人的个性你不是不了解。年轻的女人看不上他，他一定是找了个老女人。咱们到美国也有一、两个月了，中国人到这儿发财的能有几个？你爸一不懂英文，能耐又不大，他靠什么发？还不是靠婚姻。彩凤，听我的没错，我早晚也走这条路。"

"可是，水仙，有钱的老女人，我怎么知道哇，这上哪儿找去呀？"

"你呀，真笨。"

"咋啦？"

"眼前就有，就看你敢不敢问。"

"谁？有啥不敢的。"

"咱们制衣厂的老板。你没看见，她是女的，又是个老女人。"

"可她是个单身呀。"彩凤丧气地说。

"咳，我又不是说你爸生活的圈子就……"

"噢，我明白了。明天一早，我就去老板办公室，向她打听。"

"这就对了。"

第二天一早，彩凤真地一个人来到了老板的办公室。她支支吾吾地把寻找父亲的意思说了一遍。女老板一边低着头看文件，一边操着满口港腔说："不知道啦。"

"我是想请你帮我打听打听。"

"好吧，快回去工作啦。"老板仍没抬头。

彩凤不肯走，站在那里不动。

"听见了没有，我叫你快回去工作。"老板停下手中的事，抬起头："你找你的爸爸，怎么问我呢？我只管做衣、出货。别的事情，我全不清楚啦。"

彩凤竖着耳朵听懂了老板的意思，无精打采地往外走。

老板一见她这个样子就说："做事情没精神是不行的啦。你过来，我问你，你老爸几时来的美国呀？"

"四年以前。"彩凤转身答到。

"你都听到关于你爸爸的什么事情啦？"

"他，他发财了，他现在很有钱。"

"噢，他几多岁数呀？"

"五十多岁。"

制衣厂老板听完笑了笑说："噢，你听说他发财了。五十多岁，才来四年，他碰到什么财神爷啦，这真是天大的笑话。"

"不，这是真的。他一年往家寄三、四回钱，每次都是三四万人民币。我家都盖起了大瓦房，我妈……"

"好了啦，不要再噜嗦啦。这样的事情不新鲜，晚上下了工，你到东百老汇大街的桥下面看一看。"

"东百老汇大街？桥下边？"

"对，你去试一试，找到就要好好工作。好吧？"

"是。老板，谢谢您。东百老汇大街是有钱人住的地方吗？在那里一定有很多您的朋友，能不能……？"

"你先去看一看，找不到你的爸爸再说。快去工作啦。"老板有些不耐烦了。

彩凤从老板的办公室出来，立即回到车间工作。这回她钉扣子的手飞快，就盼着早点儿收工，到东百老汇大街，去找她的爸爸。

坐在她旁边的水仙见她这么高兴，停下手里的活儿问："怎么样？有希望了？"

"嗯。水仙你是比我聪明。"

"晚上我和卫国一块儿跟你去。"

"行。"

"要是找到了你的阔爸爸可别忘了我呀。"

"忘不了。"

"七叔这个人呢，人人都说他蔫有准儿。可是不管多有钱也不应该不认自己的亲闺女呀。瞧我见了他，怎么骂他。"

彩凤眼泪汪汪地做着手里的活。

晚上收了工，他们三个人没吃晚饭就出发了。

他们的制衣厂就在中国城，一问路才知道，离老板说的东百老汇大街没有多远。从工厂出来沿着坚尼路往南走，用不了十分钟就到了。阮卫国气得一路走一路骂："七叔真不像话，就他妈的这么几步路，那女人再有钱，再管得严，也不至于抽不出时间来看亲闺女一眼呢。""行了，卫国，你别再说了。"水仙打断了卫国的话，继续往南走。

他们到了东百老汇大街，都感到很奇怪。这条街上看起来都是一些商号，卖蔬菜的，卖干货的，开餐馆的，不像是有钱人住的地方，也不见有什么漂亮的洋房。

大桥下面就更不像了。他们三个人初来美国，天天十几个小时都闷在车间里，对中国城内一点儿也不熟。好在这一带住的大部份都是福建人，语言还可以通。

"在这一带，有钱的人住在哪里？"阮卫国问路旁摆着地摊的同乡。

"笑话，有钱人怎么会住在这里？"摆地摊儿的同乡，爱理不理地回答。

"是不是搞错了？"水仙看着大桥下荒凉的景色自言自语。

"没错呀，是老板说的，在东百老汇大街的桥下，我听得清清楚楚。"彩凤也觉得很奇怪。"彩凤，你的老板在开你玩笑。你看看这是啥地方，我就是没钱也不住这儿。走吧，这个可恶的老板。"阮卫国说着，推着她俩就往回走。

"对，问问职业介绍所去。你俩等着，我马上就回来。"水仙

221

说着，跑到了马路对过。

在职业介绍所值班的是个年轻的福州人。水仙一听对方的口音，就套上了近乎："这一带有个叫七叔的吗？啊，他挺有钱的，也是咱们同乡？"

"挺有钱的？同乡？"职业介绍所的人很惊讶。

"嗯。"

"没有。没听说。"

水仙说了声"谢谢"就要往外走，身后的同乡又说："不过，好象是有一个叫七叔的。"   "是吗？他在哪儿？"水仙忙问。

"桥下边。"

水仙高兴地马上跑过来告诉彩凤，是有个叫七叔的在桥下边。说完，他们转身就朝桥下奔去。

桥下边更荒凉，岸边堆满了废旧的车壳，废车场周围全是发臭的垃圾。

"别开玩笑了，回去吧。"阮卫国拔腿就要往回走。

彩凤对衣厂老板的欺骗深感不满，她骂着老妖婆、老东西，跟着阮卫国往回走。只有水仙闪动着双眼在想着。她站在原地一动也不动，她看到河边有个人在洗脸，就走过去，悄悄地同他谈了起来。

洗脸的人也是个福建老乡，他听懂了水仙的意思，用手指了指身后。

水仙顺着他指的方向看了看，那是一堆扔在岸边报废了的汽车。水仙的脑子里急促地闪动着，她忽然闪出一个念头，彩凤那发了财的父亲也许就住……

"快走吧，水仙，人家都说，有钱人都住在城外。这鬼地方七叔怎么会住，快走。"阮卫国向水仙喊。

水仙好象没听到卫国的喊声，一个人跑进了旧废车堆里，大声叫着："七叔，七叔。"彩凤听到了水仙的叫喊，马上转回身，不

222

顾一切地往那旧车堆里冲："爸！爸！我是彩凤。你在不在这里呀？女儿想死你了，爸——！"

阮卫国也跑了过来，跟着她们一起喊："七叔！七叔！"这也许是一种长期的压抑所致，三个人这样叫喊，没有什么太大的目的性，他们明明知道七叔不可能在这里，但是他们也得渲泄一下，渲泄心头对亲人的思念，渲泄想家之苦，渲泄一路上受的难，和到美国后的各种心态不平。

彩凤在这异国他乡的废车堆里，喊了好半天，忽然她搂着水仙痛哭起来。

她的悲痛好象一股电流，传给了大家。水仙也哭了，就连阮卫国也发出了闷闷的抽泣声。哭着哭着，他们忽然听到一声微弱的叫喊："丫头，别哭了，爸在这里。"天还不算太黑，离他们不远的地方，从一台废旧货车的窗口，伸出了七叔的脑袋。

"爸——！？"彩凤吓呆了。

"丫头，我早就听见了，早就听见了。彩凤啊，我的闺女，是爸骗了你们四年呀！"七叔哭得很伤心。

就像衣厂老板所说的，在美国发生这种事一点儿也不新鲜。像七叔这样传统的中国农民，来到纽约，没有身份，没有技术，除了一天十几个小时在中国餐馆打杂洗碗外，还能干什么？他们把节省下来的每一个铜板，全部寄给了大陆的亲人。大陆的亲人用他们的血汗钱筑起了新瓦屋，买上了高级电器，而他们为了省钱，有的住在地铁里，有的住在破仓库里。如今，七叔一个人孤苦零丁地住在旧车箱里。他们那打肿脸充胖子的行为，在中国境内是一种无形的宣传。这种具有滑稽色彩的宣传是愚昧的欺骗。由于这种愚昧与无知，演出了这场令人哭笑不得的悲剧。

15

一场豪赌下来，斯迪文已经累得精疲力尽了。今晚，他的手气还算说得过去。前半夜一路顺风，作庄时，通杀了几回大的，下庄时，来的牌点儿也不小。要是后半夜他性子不那么急，下的那几把大注牌再顺点儿的话，手上怎么也能落下个二、三十万。

鸭血汤和两面焦，早告休战，不到二点钟，两位全都败下阵来。

斯迪文虽没赢钱，但手上的本钱还没输净，他跟郝仁建议，找个地方吃点夜宵，填饱了肚子，以利再战。郝仁则主张，赌场失意，情场去补，不如打打茶围，闹个通宵。

鸭血汤和两面焦非常同意郝仁的提议，下个礼拜，收账的活儿太忙，哥儿四个更得辛苦，怎么玩也是个玩，打茶围更能得到放松。

斯迪文的赌瘾还未全尽，但又拗不过三位的意见，无奈，只得收兵。他准备把兜里所剩的本钱还给郝仁，不料竟惹得郝仁大怒，骂斯迪文娘儿们气，骂他这套毛病是从哪学来的。按斯迪文以前的个性，很难一下接受郝仁的这种训斥。可是经过几个月郝仁对他的慷慨相助，逢赌他必提供本金，现在他不仅能容忍郝仁的训斥，而且还觉得越骂心里越暖。

"行，听大哥的。"斯迪文又把钱放回了自己的口袋，跟着他们一块儿出了赌场。

鸭血汤和两面焦对郝仁也改称大哥，对郝仁所提意见也捧场附合。这里有个重要原因，他俩在林姐那里开出来的钱，还不如郝仁给的多。郝仁给他们俩的不是月薪，而是不定期的外快。自打郝仁答应了他俩，从阿六身上榨出的钱，包能送到他俩手上以后，接长不短地，郝仁就把两、三万，有时多至三、四万美金往他俩手上塞，说是阿六媳妇从大陆汇来的钱。实际上这些钱都是郝仁自己的，是林姐帮他父亲在端士银行存的那笔钱。

郝仁对他周围的这几个兄弟下的赌注和功夫确实很大，但他也十分伤神。这三位都是用钱无度的吸钱鬼，要想满足他们的需求，就是把他爸多年存下的家底全部掏光，顶多也只能维持一年半载。他必须得想出良策，尽快扭转目前的局面。他知道，这种用钱结下的仗义很脆弱，钱一断，仗义也就没了。他认为，第一阶段交几个"朋友"的目的已基本完成，现在他得准备第二阶段的工作，挑一些事非，搞一些事端。他开始行动了。

纽约中国城里的赌、嫖两大行业，走的是两条不同的路线。赌，保留着浓厚的中国国粹的风格。嫖，就太西方化了。郝仁提议去打的茶围，是一家洋人健康俱乐部。即使是这儿的中国姑娘们，也早已丢掉了中国传统，不再是身穿旗袍，一身性感地为客人斟酒伺候，打情骂俏，吟诗弄琴。这里的茶围已演变成明火执仗的性交易。性交易也绝非简单到付钱就上床。男客们对五花八门的性交、性表演都已感到厌倦，他们肯花大价钱耍姑娘，主要是看谁能掌握稀奇古怪的性技巧。

今天做东的仍是当仁不让的郝大哥。虽然他来美不到半年，可在这里他已是常客，领班对他百般热情，来自各大州、各种肤色的姑娘们裸着身体，向他卖弄着风骚。

郝仁劝他们，今晚上打回洋茶围，东方姑娘一律不要。

他们开的是一个档次最高、设备最讲究的房间。屋中央有个大温水池，四周设有隔段，冷热气是中央恒温控制，整个面积可供一、二十人群闹群交。

哥儿四个在不同肤色，莺肥燕瘦的肉酱里胡乱折腾了一阵子。鸭血汤把赌场的霉气全部泄给了一个巴西黑白混血的瘦高个姑娘。两面焦夹在两个黑姑娘中间，说来一回黑面包的三明治。斯迪文泡在水池中，让几个姑娘给他揉脸、按脚。郝仁却没有固定对象，他为了三个弟兄跑前跑后，张罗着点烟倒酒。看着三位都已尽性，就点上支烟，仰在了大号的水床里。

最近这些日子，他一直在琢磨着福建的黄龙号就要起航这件事。他爸告诉他，让阿芳上黄龙号上已不成问题，具体下一步怎么做，得等他的指令。

丁国庆目前的住处，他已从斯迪文的话里摸清了。加上这几次见到林姐，也从她的装束、情绪上看出了破绽。他十分了解女人，不管她多么能干，一旦爱上一个人，终究要露出变化的，这种变化女性是最难掩盖得住的。林姐的变化，不要说他，就连斯迪文也觉出来了，自打丁国庆到达纽约后，林姐周末在曼哈顿的时间越来越少。斯迪文不仅性情急，而且直率到快把话挑明了的程度："再这样下去，我他妈的也找个安乐窝，抱个小姐养着去，收账的活儿谁爱干谁干吧。"这虽然是酒后的牢骚，可郝仁从中看到了缝隙，闻到了点火即着的火药味儿。但是他不敢点，他还要做些准备。会点火，还必须得会救火，从一片烧着的烟雾里，达到目的的人才算真正会点火。不会点火的人，是点着了火而无法控制，让火情任意曼延，最终不仅一无所获，甚至自己也会葬身火中。

斯迪文失宠，正是由于丁国庆得宠，丁国庆得宠的原因很明显。可据郝仁判断，林姐想收拢他也不是一件容易的事，这个一根筋的野汉子，心里头有那个阿芳，他是丢不下她的，以前他为阿芳拼过命，今后他为阿芳仍然会玩命。

如林姐放弃丁国庆，让阿芳赴美与丁国庆团聚，并且帮助他们另谋生路，斯迪文同林姐又恢复叔嫂团结合作关系，那就会使我无缝可钻，这种局面对我是最为不利，郝仁不希望出现这种局面。可为什么他又责成他爸放阿芳出境，尽快上船赴美呢？他有他的打算。

他认为，阿芳如果来不了美国，就不能与丁国庆团聚，时间一长，丁国庆一旦失去信心，林姐就会趁虚而入，真有收拢丁国庆的可能。丁国庆一旦归属林姐旗下，她就会如虎添翼，这个不要命的小子，武功不凡不算，主要是他有头脑，有魄力。他一旦上来，自己一定是他席上的第一道菜。

直接铲除丁国庆，眼下还不是时候，也没有这个能力。就是真地能把他弄死，反倒损失了自己全盘计划中最重要的一个棋子。

阿芳来纽约有百利而无一害，她的到来定会出现大乱。唯一使他担扰的，就是林姐如真地放弃对丁国庆的爱恋，那就反倒弄巧成拙了。自己是放虎归山，会成为丁国庆的枪下鬼。为了防止林姐改变对丁国庆的热衷，加深斯迪文对嫂子的怨恨，他必须得让林姐倒在丁国庆的怀里，他一定要立即得到斯迪文的信任。

再下一步，就是随着阿芳的出现，林姐会横加阻拦，丁国庆再次大打出手，与林姐反目为仇，自己清君侧的目的就达到了。要使丁国庆与林姐反目，就必须使用阿芳这张王牌。为了不让阿芳与丁国庆团圆，就得毁掉阿芳。毁掉阿芳的屎盆子一旦扣到林姐的头上，这场混战就再也解释不清了。到那时，游刃在混乱当中的自己，必可从中谋到权力。

郝仁翻了个身，巨大的水床，浮动着他那干瘦的身体，使他的思维更加清晰。他听着那群洋姑娘已经和这三位兄弟开始了混战，他更加得意。他欣赏着自己几个月来的成果，设计着下一步的计谋。

现在要做的第一步，就是如何毁掉阿芳，还得使丁国庆明确地知道，毁掉阿芳的是林姐，是她那罪恶的嫉妒心。他考虑了几种办法，都认为不太稳妥。最后他决定，为了不使这一机密泄露，派他表弟祝洪运上黄龙号控制住阿芳，之后毁掉她，但又不能让她死，让她做一个说不出来，倒不出去的活人。这个活人还必须让丁国庆看到，不仅看到，还得证明这一切都是林姐干的。

他把这个方案前前后后、仔仔细细地想好后，得意得笑了起来，水床随着他的身体摇动。他望着彩色天花板，好象自己就在黄龙号上，他似乎看到了漂在太平洋上的那艘货轮，看到了阿芳被水鬼们蹂躏的场面和跑过来向他乞求的眼神。

斯迪文左臂搂着一个高头大马的白姑娘，右臂抱着一个小巧玲珑的黑姑娘，把她们往水床里一推，狂笑着扑了上去。他一边狂笑，一边叫："大哥，你太素了，来点荤的。酒，上酒。"

郝仁一跃，立即从酒吧台上拿来两瓶白兰地，一瓶仍给斯迪文，一瓶自己打开，和姑娘们嘴对嘴地喝了起来。

斯迪文嘴一沾酒，又疯了起来。他和郝仁一人骑一个，狂奔起来，直至人倦马乏。

斯迪文点上支烟，又给郝仁也点了一支，喘息了一会儿说："大哥，说实在的，你刚来的时候，我还真没看得起你，总觉得从大陆来的人，不会生活，不懂得享乐。可如今我是甘败下风了。"斯迪文不无感慨地说。

"哪儿的话，老弟，我是在你的开悟下才刚刚明白。可惜这窍开得太晚了。"

在这里说中文，是个最好的场合，他们说的话洋姑娘们一点也听不懂，她们只知卖力地做着她们的各项服务，他俩则随意谈天说地。

"大哥，嫂子要是知道你在纽约这样，那可就……"

"什么？嫂子？嫂子算什么。她要是敢有半点儿不驯服，下次你跟我一起回大陆，我叫你看看大哥的本事。"

"看什么？"

"看看我怎么换嫂子啊。那块儿地盘是我的，女人有的是，我一天就可给你换两个嫂子。哪像这里……我们那儿的女人没地位，那儿的嫂子不值钱。"

"是啊，这里的嫂子可就……"

郝仁一听马上接上话茬："斯迪文，别这么比，你的嫂子，不，林姐，她就是不一样。她不仅是你的嫂子，也是我的嫂子。她，应该说，她是咱们的家长。"

"家长？"斯迪文把怀里的姑娘猛地一推，坐了起来。

洋姑娘莫名其妙地说了声："WHAT'S THE MATTER WITH YOU？（你怎么啦？）"

"臭女人！"斯迪文一脚把那洋姑娘蹬到了一边，笑道："女人、家长，都不要，都不要了。"

郝仁也学着斯迪文的样子，把女人踢开，高叫："对，女人，臭娘们儿，不要，都不要管我们了。"

两个人抱着酒瓶，连喝了几口，一个劲儿地狂笑着，笑得又仰倒在水床里。

"不过，女人也有好的。"郝仁煞有介事地说。

"没有，一个没有。"听话音，斯迪文喝得差不多快醉了。

"继红就是个好女人。"

"她？她好能管屁用？她能给我多少钱？她只是个跟包的，跑腿的。"

"不，斯迪文，你错了。她可是个有大钱的女人。"

"她有大钱？"

"对。她管着每次进货的花名册，那就是钱，而且是大钱。咱们收账根据什么？还不是根据她发派下来的货单。听说下个月进货最大，到底有多大，咱谁也不知道。总额有多少你知道吗？只有她才清楚。"

"这话不假。不过，我也懒得打听，管这些干什么，太劳心。我不需要管这些，跟我没关系。"

"有关系。你需要大量的钱，对不对。"郝仁说。

"你是不是逼我还你的债？"

229

"废话。不是还我的债，我那点儿算什么，是你还赌馆的大数。林姐什么生意都开了，就是不开赌场。赌场老板虽是她的好友吧，可赌馆的规矩你又不是不知道。"

斯迪文不说话了。郝仁这是第一次用这赌债这根针来刺他，这根针对斯迪文来说刺得最疼。郝仁说的对，他确实欠下了数量很大的赌债，这笔赌债无人知道，郝仁也是在偶然一次掏钱给斯迪文时，老板误认为他是个有能力替斯迪文还债的人，就单独对他谈了赌债的数目，数一出口，吓得郝仁一个劲儿地摇头。但他又喜，喜的是他掌握了斯迪文最大的弱处。

斯迪文对赌馆的规矩非常清楚，老板要不是看林姐的为人，和她在中国城里的面子，他的小命早就归天了。老板放着斯迪文这条线也有他做生意人的道数，这种赌客留得越多，赌债欠下的越大，生意才会越兴隆。知道他们挣了钱，还会乖乖地送过来。可要是破了规矩，年底之前，不结清上一年的账，赌馆的后台并不比三义帮弱。斯迪文清楚，今年年底是个大坎儿，他曾答应过一定还清，可最近回回手气不佳，上哪儿去找这笔巨款堵上这个大窟窿呢？郝仁刺疼了他，现在又开始往回揉了，他仗义地说："大哥要是有这笔钱，一定替兄弟还上，绝没二话。可我现在是没有那么多呀！你嫂子倒是有，可谁敢跟她说呢？……我倒是有个办法，不知可行不可行。"

"什么办法？"

"你如果明着说，同你嫂子分生意，实在太危险。不如暗地为林姐分点负担，同继红商量一下，把那花名册上的名单分……"

"不行，不行，这你太外行，这叫劫货。明摆着的事儿，你这是想让我的脑袋搬家。"

"好好，算我乱说八道，算我没说。可我这也是为老弟你着想啊！"郝仁赶紧改口。

230

斯迪文扔掉手中的酒瓶，又跟郝仁要了根烟，深吸了两口，想了想说："难呢。花名册在继红的电脑里，就她一个人有。就是福建办公室的电脑里有，也只是些零散货。"

郝仁这是头一回听到斯迪文对他说这么信任、内容又这么机密的话。他听得浑身兴奋，眼里放着贼亮贼亮的光。为了使自己放松，他也点上了一支烟。"老弟，算了，赌债总会有办法解决的。就是还不上，大不了落个碗大的疤。"

"郝仁大哥，你刚才说的那些话，在帮里可不是玩笑哇。"斯迪文沉重地说。

"别有压力，再慢慢想办法。"

"唉，还有什么办法可想？也许我就有半年的活头了，还不上，只有年底以命抵债了。"郝仁看着鸭血汤和两面焦与女人们尽情投入地戏耍，看着他们在水池中交媾作爱，就对斯迪文说："老弟，人生嘛，多美好，看看他们，活得多自在。我们好好想个办法，还上这笔债就是了。我劝你，以后再也别赌了，咱好好地围在林姐身边，把工作干好。"

"说得轻巧。可怎么才能堵上这次的窟窿呢？"

"办法是有，不过……"

"别不过不过的，大哥你说吧。"斯迪文连忙追问。

"我……我看继红对你还蛮上心的嘛。"

"你……你是……"

郝仁把斯迪文拉近，悄悄对他说了一席话。斯迪文听完，一句话没说。只见他沉默了一会儿，点了一下头，马上从水床上跳起来，狂叫着"COME ON, GIRLS, LET'S PLAY!（来吧，姑娘们，让我们尽情地玩吧!）"

七、八个洋妞，连同他们四个，光溜溜的像鸭子一样，一个接一个地跳进温水池里。

"太极武术馆"光闪闪的几个大字，今天正式挂牌。丁国庆看着这白底黑字的招牌，满意地笑了起来。几名德籍的装修工正在铺乳白色短毛工业地毯。冬冬、继红都参与了武术馆的设计、装饰以及管理等工作。林姐今天也来了。她把车子停在了武术馆的门外，又从车里拿出来几束鲜花和编插好的花环和花篮。

　　林姐为丁国庆开这个武术馆，操了不少的心，从策划、领执照、组建公司，到投资选地点装璜门面，几乎全是林姐一手操作。丁国庆目前没有绿卡（长期居留权），因此，注册太极武术公司只好使用林姐的名字。但是林姐又另写了一份材料，由律师签字、公证，证明丁国庆本人拥有此公司的一切所有权。她没有把这些告诉丁国庆。为了使他更加稳定、心安，她把丁国庆半年来所挣下的一万多块钱也放在了装修里面。她笑着对国庆说，这样你就成了股东，也是其中的老板了。

　　丁国庆对林姐为他做的这些，并没十分留意。几个月来，他全身心地投入到编写中国武术的各类学派的教学提纲的工作中。他并不担心自己的教学水平。唯一使他感到力不从心的是英语，好在冬冬是个中英双语人才，又经几个月和丁国庆的相处来往，也快成了一个小武术迷，加上她聪明伶俐，动作要领掌握得很快。她自愿提出要做好叔叔的帮手，在叔叔的武术馆里当义务翻译员。

　　中国武术，美国人称 CHINESE GONGFU（中国功夫），这传统的东方文化在全美风行近十几年了。自李小龙的功夫片走红以后，学功夫武术好象成了年轻人最时髦的事情，每逢周末，家长们就把孩子往武术馆一送，一练就是一天。甚至一些成年人、年轻的姑娘们也把他们剩余的精力都花在了功夫上。当今，中国武术在美国的普及是中国大陆本土都望尘莫及的。不仅大都会里武术馆林立，就是小城小镇上也会有他几家。中国、韩国、日本的武馆，相互竞争。尽管如此，依然家家学员爆满，天天学费看涨。

　　林姐为丁国庆开的武术馆，其用意不在于钱能赚多少。她知道，叫一个大男人天天呆在家里，没有自己的事业，是最难忍受的事，难免对阿芳更加思念。男人一旦有了自己热衷的事业，就会全身心地投入。以前的卿卿我我，就会视为小事，慢慢地就会逐渐淡忘。

不出林姐所料，从武馆筹备伊始到建立，丁国庆明显地变化了。他不仅再也没提过阿芳来美的事，而且就连打给三渡村朋友的电话也少了。每天除了照顾好冬冬，清洁海湾周围的环境，剩下的时间，他几乎都用在了学习驾车、练习英文、编写教材上。

的确，他与刚来时的精神面貌完全不同了。男人一旦有了自己喜欢的事业干，连眼神、皮肤的颜色都会改变。林姐看着他的变化非常满意，她猜想，自己的目的，不久就会实现。

建立武术馆是丁国庆的一个梦，这个梦在大陆时由于种种原因，未能实现。没想到来美不久就成了现实。他由衷地感激林姐，下决心要把这武术馆办好。

丁国庆虽不善于言谈，但是他说的每一句英文，都非常完整、规范。

武术馆没有开在小海湾附近，林姐给他选的地点是从家里还要开 30 分钟车的 DEERPARKTOWN（鹿园镇）。这个城镇在长岛是个比较大、人口也比较多的社区。尽管这个镇上已经有了两家韩国人和日本人开的武术馆，但他们与丁国庆的硬功夫竞争还不是对手。武术馆起名"太极武术馆"，是丁国庆的意思，虽然丁国庆所教的不是太极拳而是真正能防身的螳螂拳、梅花步、八卦掌等等。"太极"，英文写作 TAIJI，这是为了打开知名度，又是中国武术内在美的体现。

驾车的技术，丁国庆已经掌握，在长岛拿驾照又十分简单、容易，现在就剩下买汽车了。关于阿芳来美的事，丁国庆不再向林姐提了，他已从二肥那里得知一些阿芳的近况。二肥经常和他妈通电话，他把阿芳向七婶借钱、以及两个星期前她登上黄龙号离港的事，几天前就告诉了丁国庆。

丁国庆同阿芳从没直接通话。因为他房间里的电话，没有安装国际直拨，在这一点上，他理解她，也明白林姐这样做的用意。

信，他倒是给阿芳写了很多，而且天天都在写，可从没寄出过一封。因为刚来美，他一不会开车，二不会说话，又怕麻烦事情很多的林姐，就一直没能寄出。现在阿芳快来了，他就把这些信攒了起来，等阿芳到了以后，一定让她看上几天几夜。他一直牢记着阿芳的话，要感恩戴德，尽心尽力地为恩人工作。

丁国庆着迷于办好武术馆，也是为阿芳的到来做准备，同时这样也能减轻林姐对自己的负担。他决心已定，不会因为日后阿芳的到来，就离开林姐，反而应该对她更加尽忠。他和阿芳永远不会离开林姐，他们就住在小海湾，同林姐在一起。阿芳可以到附近的学校去读书，又可以帮着照顾冬冬和家里。他总有一种感觉，那就是林姐身边存在一定的不安全因素。特别是自打上次看见了郝仁，他更觉得事情不妙。他非常了解郝仁这种人来到纽约的危险，他要永远保护好这个他从心底里尊敬、热爱、对他有着救命之恩的女人。

林姐站在椅子上，正在把一个漂亮的花环往落地的大玻璃窗上挂，她回头问女儿："冬冬，你看可以吗？"

"可以，不过再高一点更好，妈妈。"冬冬歪着头，认真地帮助林姐纠正放花环的位置。"是吗？还要高一点儿？"林姐把花环又往上提了提。

"林姐，当心别摔下来！"继红看到她脚上的高跟鞋有些发抖，忙喊。

话音刚落，林姐的身体就开始倾斜，丁国庆看到，立即从地毯上跳起，一个箭步，正好接住林姐倒下来的身体。

"叔叔，你好棒噢！你看妈妈都不好意思了。"冬冬拍着手笑道。

继红也向丁国庆伸出了大拇指："你反应真快。"

林姐一时脸涨得通红，看样子不像是身体失控后，落在别人怀里的窘态，倒像承受不住心灵上的冲击所表现出来的惊慌。她慌慌张张地从丁国庆的怀里闪出，整理好弄皱了的衣服，笑了笑，笑得很不自然，以至于忘了对丁国庆道谢。她定了定神儿说："继红，冬冬，我们走吧，不然会添乱。"

"欣欣，让冬冬留下来吧。"丁国庆请求说。

"对，妈妈，那几个德国人的英语，不要说国庆叔叔，就连我也听不太懂。我还是留下来当翻译吧。"

"好，冬冬，你留下，我和继红阿姨先走。"

"你去哪儿？"冬冬急忙问。

"哪儿也不去，回家，放心吧，乖女儿。"林姐说完，就同继红出门上了车。

林姐让继红驾车，她坐在右边，想把刚才的心绪稳定一下。十几年了，她这是第一次躺在一个男人的怀里，那种安全感，不，那种像是初恋时丁建军抱住她的触电感又油然而生。她闭上眼睛，追忆着这种感觉，生怕这种感觉一下子跑掉。她想让这种感觉保持长久一点，保持他一辈子。她已清楚地觉出，丁国庆快成了他的了，她的一切设计即将变成现实。

车子快到小海湾时，林姐命继红先不开回家。

"去哪儿？斯迪文大概已经到了，他在等我们。"继红停住了车说。

"我知道，先让他等一会儿，我想给国庆买一辆车。"

"现在就去吗？"

"现在。"

继红把汽车转向去镇上卖车行的方向以后说："林姐，我为什么非叫斯迪文今天来，就是怕到了礼拜天，他们四个就搅在一起鬼混。我总觉得郝仁不起好作用。他不是个诚实的人。"

"我知道。"

"斯迪文好象在变，变得跟你有距离了，变得不爱说实话。我担心，再这样发展下去，他会跟郝仁跑。"

"跑哪儿去？我就不信郝仁有这么大的威力。"林姐非常自信，她点上了烟又说："斯迪文我了解，他还不至于对我撒谎。他跟我生气的原因我也知道，在耍小孩子脾气。对了，继红，郝仁除了骗你说他不会喝酒、不玩女人之类的事外，还有什么其它可疑迹象？比如说，收下来的账目不清，对内部的事情乱打听？"

"没有，这倒没有。我就担心斯迪文会对他说。"

"放心。斯迪文是个对什么事都不大上心的人，他所知道的那些对郝仁没什么价值，郝仁从他那里也问不出什么重要的事情来。"

继红点了点头，她特别佩服林姐在人事安排上的英明决断。车子转出了高速公路，沿着小路向镇上走去。那里有一片卖车的汽车行，继红知道，林姐要去的是哪一家。

"继红。"林姐转了个话题："你如今也快三十了，女人到了这个岁数，总得有个归宿。你跟了我这么多年，也不能……"

"林姐，你又说了。我觉得这样挺好，一个人过最舒服。"

"不，继红，别跟我学，过了岁数再考虑就晚了。"

"晚什么？一点也不晚，你和国庆最终不是走到一起了吗？有情没情得靠缘分。林姐，你别看我从不问你什么，但是我了解你比了解我自己还清楚。"

"我现在说的是你。我的事不用你管。"

"我的事嘛……"

"你觉得斯迪文怎么样？……"

"我说了，我才不上赶着去求他呢。先让他玩几年，等他收回心来，想求我的时候再说。"

"我可以先跟他露露你的意思。"

"可别。林姐，男女之间的事你没我内行。别的事不敢说，这方面我可比你懂得多。你才经过几个男人，我这半辈子，别提了。"

林姐看了看继红，笑着说："对，你是专家，你内行，行了吧。"

专卖HONDA（本田）的汽车行到了。这家车行的经理是个中国人，也是林姐安插在长岛一带的亲信。林姐出钱买下这个车行，由他经营。她们为丁国庆挑了一辆男士开的高档次本田，深灰颜色。虽然继红为那辆血红色跑车争取了半天，可最后还是依了林姐。她不愿意让国庆开那么着风、那么着眼的跑车，她喜欢深沉、稳重的男人。

经理办好手续后，林姐驾着新车，她俩一前一后向小海湾驶去。她们加快了车速，生怕斯迪文等得太久。

太极武术馆的门口已经围起好多人，他们都伸长了脖子向里张望，想尽快地了解这家新开张的武术馆有什么不同。丁国庆客气地把这些围观的人们请进馆里，并让冬冬用英文详细地介绍本馆所教授的内容。当场就有十来个人填写了表格，交纳了预付金。

冬冬今天显得格外兴奋。她像一个小经理，发表、收钱、记账，做得又快又仔细。他们被一拨又一拨来访的人搅得团团转，直到下午五点，丁国庆和冬冬刚要回家，又被一群放了学看到广告的男女中学生团团围住。冬冬使用中学生的常用语，大肆宣传太极武术的特点和丁教官的神功。结果，按原先设想招收40名学员的计划，一下子就超额了10名。

在回小海湾的路上，他和冬冬又唱又闹，急着想回去把这好消息告诉林姐。

"妈咪一定很高兴。叔叔，这里面有我的工钱吗？"冬冬天真地问。

"当然，当然有。"

"牧师说，用自己的双手挣来的钱，献给上帝，才是最好的羔羊。"

"对，冬冬，你说得对。"丁国庆笑得特别开心，这是他在美国第一次用自己的本领赚的钱。林姐给的每月二千块的工资，开始时不知道是多是少，后来听二肥说，他一天十几个小时的打杂洗碗，一个月下来才一千多，就明白了这是林姐对他的特殊照顾。他不愿拿这么多钱，他喜欢拿自己应得的那一份。

车子开进了小海湾，丁国庆一眼就看见一辆崭新的深灰色轿车停在门口。停好车后，他拉着冬冬往屋里走，一进客厅，就听见后院的主会客厅里有人在吵闹。

"钱，我不会再给你了，我给你的钱已足够保持你应有的生活水准。"这是林姐在说话，她的音调比平时高出一些。

"应有的生活水准，刚来不久就买豪华新车是应有的水准吗？"斯迪文的声音比林姐还高。

"不能这么比，他是需要。而你用钱是一种不必要的挥霍，而且比这要高出上万倍。"

"斯迪文！"继红也叫起来："林姐给你的还少吗？她对你用钱稍加控制，难道对你不好吗？"

后院安静了一阵，冬冬想过去，被国庆拉了回来。

"好吧。"最后听到林姐心平气和的声音："你还需要多少？说吧。"

"你替我存着的钱，我都拿走……"

"那不可能。"林姐拒绝了他。

"那是我的！"斯迪文的声音又高了："嫂子，请你别忘记你是怎么起的家，我哥的死，我怎么为你拼命，你……你全忘了。就为这么一个大陆来的野汉子，难道你……"

"住嘴。"林姐一巴掌抽在了斯迪文的脸上："混账话，你给我滚，滚，滚！"

斯迪文冲出了客厅，钻进汽车就开跑了。

238

继红驾车立即去追赶他。

萨娃把冬冬拉走了，她不愿意让冬冬看到这些场面。她在胸前划着十字，嘴里不断地说："上帝呀，宽恕这些可怜的人们吧。"

丁国庆悄悄地来到了后院，推开会客厅的门，见林姐仍很激动，他走过去，轻轻碰了碰她的肩："欣欣，你是为了我才……"

"不，你不懂。国庆，你去休息吧。"

"欣欣，斯迪文身边有个坏蛋。"

"什么？"

"是郝仁同他在一起吧？"丁国庆肯定地说。

"你怎么知道？"

"这是规律。"

"规律？"

"郝仁就像个蛀虫，爬到哪里，哪里就会发臭、腐烂。"

在林姐印象里，丁国庆从来就没说过这么长的句子。她睁大了眼睛，望着这种奇迹的出现。

"欣欣，记住，把他踢开，或者铲除，不然，你是危险的。他从来就是这样，阴谋、挑拨、分裂、夺权。"

"国庆，你太多虑了，这儿不是中国大陆，为了权力分派结伙，这儿没那么多无休止的人事关系和斗争。这儿是美国，是纽约，他一个人天大的本事也闹不起来，在我的王国里没有这种市场，除非他想自取灭亡。斯迪文今天的表现是由来已久的，他好赌，把钱赌光了就丧失理智，你给他再多他也都是挥霍掉。我了解他，等他清醒了，就会明白。"

"不要轻视郝仁的力量。"

"我感谢你的提醒，可这事与郝仁无关。国庆，我不愿你介入这些事，好好地干你所喜欢的工作，只要你觉得满意、高兴，我……"林姐的上齿咬住了下牙。

"欣欣，你太自信了。"

239

"国庆，好了，咱们不提这些了，快说说武术馆的情况。怎么样，报名的人多吗？"

国庆点上支烟，并叫林姐坐下，他吸了一口，看了一眼林姐说："欣欣，告诉你个消息。"

"好的，坏的？"林姐问他。

"阿芳快来了。"

林姐一惊，甚至不相信自己的耳朵，她重复了一句："什么？"

"是三渡村的朋友告诉我的。"

"可靠吗？"

"可靠。"

"怎么来呢？"林姐追问。

"乘船。"

"什么号？"

"黄龙号。"

"不！"林姐突然从沙发上站起来，声嘶力竭地叫喊："不，不，国庆，你错了，你不该瞒着我，你……真地错了。"

"欣欣，我没错。"丁国庆也站了起来。

"你这个傻瓜呀。"说着，林姐跑出会客厅，跑到自己的卧房里。

丁国庆呆呆地坐在沙发里，拼命地吸着烟。他非常想不通，为什么林姐对阿芳来美的事会这么极力反对。虽然他觉察出林姐对他存有好感，他也明白这种好感的全部内容，可这怎么可能呢？这是他的自由哇。感你的恩，听你的话，为你服务，甚至献出生命，这都可以，可不能因此出卖我的灵魂啊！

林姐回到卧室，先拨了几个国际长途，可这个钟点都找不到人，她急死了。转念一想，就是找到了高浩，又能怎么样？黄龙号已经离港十多天了。

阿芳登上黄龙号是出乎林姐意料的。这条路线是首次航行。为

240

了满足首航船员的要求，林姐做了很大让步。船是从顾卫华的航运公司里租来的，船长是从台湾雇的，船上所有的水手都是外国人。他们开出的条件除正常价格外，另加两项，第一，从300名人蛇的900万美元的生意中提取三分之一；第二，提供10名年少貌美的女子供船员们三个月海上的享乐。这些条件，林姐都一一答应，并签了字。林姐考虑，首航有一定的危险性，只要趟出一条路来，不赔不赚就行，赚钱是以后的事。可她万没想到阿芳会上了黄龙号。林姐很清楚，这十名少女在船上将会面临什么，登上美洲大陆后的结果又会怎样，到那时，丁国庆怎能接受那一切。尽管林姐惧怕阿芳上岸，还曾起过治服她的念头，但一想到丁国庆失去了阿芳会出现的那种惊慌、崩溃，她倒先变得于心不忍了。

她看了看表，快七点了。算了算时差，曼谷现在正好是清晨。她急忙拨通了顾卫华的电话。

"卫华，早上好，是我。"她急促地说。

"什么事这么急？"听顾卫华的声音，好象还没起床。

"是急，你赶快把一个叫阿芳的女孩子从黄龙号上提出来。"

"什么？"

"我再重复一遍，把一个叫陈碧芳的女孩子从黄龙号给我提下来！"

"你疯了。"

"为什么？"

"黄龙号已经离港两周了，现已进入公海领域。就算我派飞机去，怎么着陆。能在船上着陆，只有用直升飞机，可直升飞机的燃料又飞不到远海。就算派快艇去追，追上了也根本提不出人，黄龙号上武器火力配备强大，这次是首航，船上的雇员全是外籍，那些家伙很难控制。再说，联络也有困难，如在公海上火并起来，那就全都暴露了。"

林姐放下电话，一股强烈的内疚和酸痛刺着她的心。

16

闷热的印度洋上，无风无浪，海面平静得像一面巨大的镜子，海水清澈的像一块硕大无比的水晶。在这片浩瀚无际的水域里，曾流传过不少美丽动人的故事，印度的古代神话、欧州的近代探险，世人把印度洋看得无比神奇。

黄龙号冒着滚滚的黑烟，突然在印度洋上出现，这大概又算是一个奇迹吧。黄龙号像一个巨大的蜗牛，正缓缓地向西移动。无论是看这条货轮的船型，还是看它行驶的速度，黄龙号确实老了。

老黄龙的出生地是荷兰。它青壮年时在科威特服过役，后被泰国的一家公司以廉价二手货购下，又跑了十几年。就在马上拆船入殓之际，顾卫华慈心大发，以最低的价格把老黄龙收容到了他的旗下。虽然回收的仅是一堆废钢烂铁，但老黄龙毕竟又活了下来。

别看黄龙如今是老了，可它也曾有过辉煌的战绩。科威特的石油，日本的家电和汽车，美国的军需物资，中国的水泥、纺织品，它都运过。它的眼界比这还要宽。哥伦比亚的毒品，两伊战争的军火它也偷着干过。这些个明的暗的，合法的非法的事都瞒不过它。毒品从哪儿来到哪儿去，军火在哪儿装，在哪儿卸，走私人口由哪儿上船，由哪儿登路，它都一清二楚。就在即将解甲归田的时刻，老黄龙还是咬紧牙关，喘着粗气，挣着命地干起了这自 1850 年起就有的老买卖。

走这趟由中国东南沿海出发下印度洋，过好望角后经大西洋，进墨西哥湾的航线，老黄龙必须得承认自己老了。主机功耗太大，动力系统常常失灵，它不得不经常停下来，喘上几口气。

"干他娘，这也叫船，早他妈的该砸碎卖铁了！"船长金万魁大声地骂着。

　　金万魁在这趟生意中充当的角色是船老大，他今年五十八岁，台湾南部高雄市人。老黄龙虽然比他还小八岁，可他嘴里却在不停地骂着这船是老掉牙的老王八蛋。

　　"这个老王八蛋，走起来像只乌龟，除了我金万魁，还能有谁敢摆弄它。要不是为了几个臭钱，谁肯冒这个险，遭这个罪！"

　　金万魁说的全是实话。这趟他所以敢冒生死危险，全是为了钱。跑了一辈子的船，老婆孩子都没混上。头一个老婆趁他远航耐不住寂寞当了舞女，走了。第二个老婆生下个儿子，不见老金带回钱来，一个人负担不了整个家，就离婚改嫁。如今这儿子已长大自己成了家，自顾自。所以，这晚年他要是不弄出点儿钱来，可真就是孤魂野鬼没法儿活下去了。

　　他知道此次航行的目的，更知道这条船的底舱装的是什么，可他装聋作哑，不闻不问。他也清楚船上这几个坏小子，每晚干的是什么，可他不看不管。金万魁一辈子生活在海上，海员能干的事，他年轻的时候都干过。他的经验是，不管为妙，管紧了会越发起劲。在印度洋上一翻脸谁也活不成。他一门心思就想着快快到达目的港，拿了钱，回高雄过他清闲的晚年。

　　真正能控制这条船的人不是金万魁，而是一个叫祝洪运的。祝洪运是郝鸣亮的亲外甥，郝义的表哥，郝仁的表弟。他之所以登上这条船，绝不仅仅是为了去美国，或多捞几个钱，而是另负重任。

　　祝洪运对表哥的智慧从小就佩服。上个月，郝仁表哥又亲自给他打来越洋电话，和他彻夜长谈。他对表哥交给的任务是心领神会，他决心在这次航行中效尽全力，非拿出个好活儿出来给表哥看看。

　　祝洪运是在文革爆发的前几年出生的。他没赶上上学，基本算是个文盲，读书看报得靠人念，写信写报告求人帮忙。他舅舅把他安插在福州列车机务段当副手，他干不来。通关系走后门儿调进县文化馆当副馆长，他又说没意思。没办法，最后只好在县税务局里任个一般的查税员。这个活儿倒很适合他，最起码吃喝不用自己的钱，玩乐也不愁没地方去。

祝洪运虽然不识几个大字，可辨认利弊确有一套本事。他认准了这次远航一定获利非浅，并决定自己后半生的前途与命运。他从小就崇拜表哥，到了美国如能协助表哥开拓新事业，那将是前途无量的。再说，表哥亲自下了指示，让他掌握船上的最高权力，船上这百十来天也不会受太多的苦。表哥交给他的任务十分清楚，让他把那个叫陈碧芳的姑娘给玩儿喽，玩腻了，踢给那帮穷凶极恶的外国海鬼，随他们怎么干就怎么干。但要记住，一定不能弄死她。

祝洪运在这一点上，还没完全把表哥的意思吃透，他舍不得这么早就把这个如花似玉的美人丢给海鬼。在永乐县，像这样的美人，自己连边儿也沾不上。所以，自打上船到现在，他不仅没有丢掉她，而且还没动过她。祝洪运虽是个文盲，可他又偏爱识文断字的美女，像陈碧芳这样受过高等教育，长得又这么漂亮的大学生，对他来说是头一次。

两个星期来，那几个姑娘他都已经玩腻，对他不再有任何刺激。他喜欢干刺激大脑神经最强的事。印度洋的闷热无聊，加之几日来阿芳的拒绝，撩得他愈发心头痒痒。所以，今晚促使他下定决心，一定要把阿芳弄到手，一定要玩儿她个刺激，玩儿她个痛快。

黄龙号的底舱，满满登登装了三百多名人蛇，他们全都是男性。祝洪运把仅有的十名女性安置在甲板以上，两人一组分小舱居住。

与阿芳同舱的是一位叫文霞的小姑娘。文霞看起来也就十七八岁，是郝义从永乐县娱乐厅里精心挑选出来的。为了使表哥在船上不感到寂寞，为了让他玩儿得痛快，郝义特意把这些漂亮、活泼的小姐弄到了船上。

文霞和阿芳住在一个舱里，很快就变成了无话不谈、无话不说的好朋友。她人虽小，可心眼儿却相当好，她时常照顾着已经怀了孕的阿芳姐姐。

今晚，夜是那样的静，月亮是那样的明。阿芳躺在床上，想着即将见到自己最爱的人国庆，和要做妈妈的幸福，心里荡漾着无比的欢乐。"哐啷"一声，门被踢开了，闯进来的是兽性大发、迫不及待的祝洪运。他两眼冒着凶光，四处搜寻着阿芳的身影。阿芳见祝洪运闯了进来，一时不知道往哪儿逃。小文霞挺身而出，从他身后扑上去，拖住了他的腿。祝洪运吓了一跳，以为发生了什么情况，他立刻拔出了手枪，那乌黑的枪口紧紧对着小文霞。文霞是个聪明的姑娘，笑嘻嘻地对着祝洪运说："哟，大哥，别拿枪对着我，怪吓人的。阿芳姐有身孕，挺大个肚子有什么好玩的？来，大哥，弄我吧，怎么还不是个痛快。"

"嘿，他妈的，还真有挡驾的。弄你？老子不感兴趣。像你这样的小仔子，老子早就玩腻了。今天我要尝尝大学生的滋味儿。小丫头你放聪明点儿，别他妈的跟我瞎捣乱，不然我就要你的命。"

文霞急得睁着圆圆的大眼睛一转，忙解开自己的上衣扣，迎着祝洪运，扭着腰枝说："大哥，这大学生小丫头不都一样吗？其实要我说呀，你可真外行。小丫头哪儿都小……难道你不喜欢小的？"

祝洪运一时经不住文霞的诱惑，一下子亢奋起来，他一把把阿芳推出舱外，转身猛地扑向小文霞，野兽般地发泄着他的兽欲。他让文霞做那些令人做呕的、下贱的动作，把小文霞翻过来调过去地任意摆弄着。文霞一边流着泪，一边"呕呕"要吐。祝洪运一看，气就不打一处来。他一巴掌把文霞推倒，嘴里骂道："小仔子，你他妈的想找死啊？不陪老子玩儿不乐嗖，老子他妈的毙了你。"说完，祝洪运提拉起小文霞，猛地一下，把自己那根又粗又大的东西插进了小文霞的肛门里，"妈呀！妈呀！"疼得小文霞撕心裂肺地嚎叫起来。祝洪运哈哈地阴笑道："对不起，进错门儿了。"阿芳缩卷着全身瘫倒在舱外，浑身不住地打着哆嗦。

连日来，小文霞眼见着其他的伙伴遭到船员们的奸污，受尽了祝洪运一伙的残暴侮辱。这从灵到肉的摧残，非人所能忍受。为了使带孕的阿芳姐不受情绪上的影响，她从未向阿芳姐说过这些事。可小文霞没有想到，这残忍的一伙会向一个孕妇施暴。

夜，死一样的静。印度洋上的月亮升得老高，月光从船舱的小圆窗里射进来，照在阿芳的床上。两个姑娘都没有睡，阿芳正在为小文霞清洗着下阴那已糜烂了的伤口。

"还疼吗？"阿芳含着眼泪，轻声地问。

"好点了。"小文霞扭着脸说。

"野蛮！畜牲！不是人！"阿芳骂着。

"阿芳姐，你得想个办法呀。看来这帮人是不会放过你了，真不懂你挺大的身子怎么能上船呢？就是为了挣钱也……"

"文霞，我不是为了挣钱。我是去到美国找我的丈夫。他走了快半年了，孩子再有二个月就要临产，他最关心他的儿子，临走之前他还说，孩子最好能生在美国。"

"那他就应该过来接你。男人的话真是听不得。"

"不，文霞，你不了解他。他一定有他的难处。"

"阿芳姐，那他也不应该同意你上船呢，难道他不知道女人上船后的下场？"

"他不知道。再说，不要说他，连我也不知道上船会是这样。文霞，你是怎么上船的？" "咳，我上了船后才明白，那个王八蛋在骗我。他说，去美国不仅不收我钱，还给我钱。他说在船上给我找个服务性工作，下船之后给我五万美金的服务费。"

"真可恶！骗你的人是谁呀？"

"还有谁，郝家的二公子郝义呗。他妈的，这次真是上了他的贼船了。"

"郝义？"阿芳一听是郝义，心里打了个寒战。自己上黄龙号也是郝义动员的，她预感到这里边有什么问题，她越想越害怕。

阿芳从七婶那里借到钱后，第二天就去闽河办事处交款、登记，办理一切手续。几天后，她接到通知，三个星期后乘"水手一号"货轮出发。就在阿芳整理衣物准备起程时，郝义突然来找她，还好心地劝她："阿芳，黄龙号船体大，吨位重，稳当，不会晕船。而且黄龙号比水手一号早走两个星期，国庆也希望你早点儿到美国。我大哥郝仁为你上船的事，特意从纽约打来电话一再叮嘱，说无论如何也要照顾好你，不然，他无法向国庆交待。再说你现在又怀着孕，让我爸出面，帮你安排个单人舱，路上也可以少遭点儿罪。"郝义显得那么诚恳。

"不用了，谢谢你们的好意。"阿芳觉得，这是黄鼠狼给鸡拜年，没安好心。

"以前的事，就算过去了，千万别老记在心里。现在国庆和我哥在纽约成了好朋友，他俩都在林姐的手下干事，关系可好了。让你早点儿走，是因为国庆怕你把孩子生在路上，才让我哥打电话催你快上黄龙号的。"

阿芳对郝义的话虽然不完全相信，但听到这里，也觉得有道理。再说，国庆和郝仁都在纽约，又都在林姐手下做事，也许国庆为了林姐的事业，忘了自己的私仇，真地同郝仁和好了。为了能尽早地见到国庆，她横下一条心，登黄龙赴纽约。

淡淡的月光，照在阿芳那张憔悴的脸上，她觉得腰部一阵阵地酸痛。上船后，海面上出现过几次风浪，这些她还能忍受。可肚子里的孩子不停地蠕动，则令她一直焦躁不安，她担心国庆的这个根苗会出什么问题。她不知道，这种随时随地的蠕动，是否会早产。万一把孩子生在船上，谁来给她接生？这里的环境这样恶劣，孩子能活下来吗？一旦这个幼小的生命夭折，她怎能对得起国庆？另外，她也非常害怕祝洪运一伙的毒爪不会放过她。

"阿芳姐，别想了，快睡吧。"文霞见她总翻身，就安慰她。

"文霞你说，还有多久才能到美国呀？"

"谁知道哇。"

"现在咱们是在什么地方呢？"阿芳像是自言自语。

"管它呢。阿芳姐，睡吧。"

阿芳觉得舱里闷热，就把后背靠在了凉凉的钢板墙上。顿时，她觉得舒服了许多。她看着窗外的月光，想起了上船的那天晚上……

上船那天夜里，天上的月亮也是这么亮，阿芳瞒着父母走出了家门。送阿芳上船的只有七婶和费妈妈，她俩今晚赶来，除了送阿芳外，也是为了给他们在美国的亲属带点儿东西。七婶给彩凤带的是她最爱吃的干槟郎和结婚用的大红绣花真丝旗袍，给他丈夫带的是一件小羊羔皮背心和一个精制的工艺品银质水烟壶。

"也想不出给他们带啥好。这爷俩在美国还能缺什么？年轻时落了腰寒的病，如今他年岁大了，保护身子最要紧，给他带一个羊羔皮背心，保保暖。他喜欢抽烟，就给他带上个水烟壶，听说能减少尼……尼什么丁。阿芳，你见到你七叔时，还得多跟他说几句，让他多注意身体，少抽烟。还有，彩凤也老大不小了，找个好人家出嫁是最要紧的事。这个真丝旗袍也算不上什么嫁妆，就算是当妈的一点儿心意吧。"七婶一边扶着阿芳往码头上走，一边絮絮叨叨地说着。

费妈妈给儿子二肥带的东西可是不少，真想不出她老人家怎么能挎得动这么大两个篮子。你看那篮子里面，吃的、穿的、用的、玩儿的，应有尽有，连二肥子小时候爱玩的地猴、地猴鞭也带上了。

七婶笑着对费妈妈说："二肥妈，你老儿这是在搬家呀？阿芳挺着个大肚子，怎么好帮你带这么多东西？还是少拿点儿吧。"

"七婶，这些都是我家二肥最喜欢的东西，又不是叫阿芳提着走，我给她放到船上，下船的时候就不用愁了，我那二肥子一准儿会开车去接她。"

来到码头，几条机动渔船在码头上摇摇晃晃。借着月光，看见郝义在大声地叫骂，他在催人快上船。闽河办事处的人也在，他们在查点人数。码头上值夜班的几个人，在小木屋里同郝鸣亮的几个部下正在喝酒打麻将。

"滚开，不许乱挤乱上。今晚只上黄龙号的人，其它船的人一律不能上。"郝义站在高处指挥着。

阿芳她们刚走到码头，郝义一眼就看到了。他马上跑过来，殷勤地对她说："快点儿吧，马上就要开船了。阿芳，你不用排队，舱位早就给你留好了。"

郝义不等阿芳与七婶和费妈妈告别，拉着她就往船上走。

"七婶，费妈妈，我走了。"

"走吧，给他们带好，叫他们放心，这两个篮子……"

"来不及了，快点儿吧，阿芳。"郝义在月色中焦急地催她。阿芳刚一跨上小船，还没站稳，只觉得郝义在她身后猛推一把，嘴里还骂了一句："快给我上去吧，哪儿来他妈的那么多废话！"

印度洋的海面开始不平稳了，老黄龙的腿脚有些踉踉跄跄，主机又出现了杂音，未燃尽的黑烟不均匀地从烟囱里冒出来。

阿芳觉得舱内的天花板在旋转，身下的床在向一边倾斜。她感到胸口一阵恶心。她想打开舱门，走出舱外透透气。还没来得及起身，舱门被人一脚踢开了。这一次进来的不只是祝洪运一个，他身后还站着三个皮肤黑红的大汉，看上去他们都已喝醉，每人的手里还拿着一个大酒瓶。

文霞一看他们的架式，就知道事情不妙，忙从床上跳下来，光着身子，给他们跪下："大哥，你们行行好吧，她身上的孩子就要生了，千万别动她，求求你们。"

祝洪运连看都没看她一眼，向身后的三个大汉打着手势，指指每个人手里的酒瓶，又指了指阿芳。文霞似乎明白了他们的意思，他们像是在打赌。

文霞扑上去死死抱住祝洪运的腿哭喊道："大哥，别这么没人性呀，你们就饶了她吧。"祝洪运抬起腿，照着文霞的脸就是一脚，文霞的头"咕咚"一声，撞在了钢板上。

"文霞！"阿芳抱住她，欲哭无泪，欲逃无地。她明白了，她今晚面对的是一群毫无人性的禽兽。她想拼命，以死保住肚里的胎儿。她放下文霞冲向舱门，三个海鬼一齐拦住了她的去路。祝洪运一把揪住她的头发，骂道："你他妈的这回还往哪儿跑。"他把阿芳拉进怀里，上去就用嘴擒住了她的嘴。阿芳没有闪躲，就在他的嘴碰到她牙齿的瞬间，她猛地一下，把祝洪运的嘴咬豁了口，疼得祝洪运满地乱窜，嗷嗷直叫。他气红了眼，擦了擦血流不止的嘴，上前一把把阿芳推倒在地，向她扑去。他一边疯狂地抽打着阿芳的脸，一边把她的头往船舱的地上狠命地撞。三个海鬼站在旁边哈哈大笑，他们拦住祝洪运，告诉他不要乱来，要按原来说好的规矩赌。

"好，就按规矩来。"祝洪运抹去嘴角上的血，指了指其中一个水鬼，叫他先喝。那个水鬼对着酒瓶第一个灌了起来。一、二、三、四，直到他咕咚咕咚地把个大号酒瓶里的酒全部喝光，他们一共数到十二下。这个水鬼刚要上去抓阿芳，被另一个胸上长着黑毛的胖子拦住了。他胸有成竹地指了指自己的鼻子尖，表示该轮到他喝了。这个胖子显然要比刚才那个水鬼的技术高出一筹，一瓶灌完，才数了十下。

第三个水鬼别看是个小白脸，可是身手不凡，数到八下他就喝完了。

阿芳看着这群疯狂的野兽，知道今晚是凶多吉少。她躺在地上，望着舱外的月亮，象一只即将被人屠宰的羔羊，沉默地等待着这最后的时刻。她没有眼泪，没有喊叫，只有心里轻轻地念着国庆的名字。

最后一个上阵的是祝洪运。他擦着仍在滋滋冒血的嘴唇，高举起大酒瓶，把酒瓶颈部的大半节一下子塞进了他那血红的大嘴里。那高度白兰地的酒精，杀着他的伤口。他拧着眉头，颤动着嘴角，好象要把一瓶酒全倒进胃里。几个人刚数到六，酱色的酒瓶就变成了透明。与此同时，他摔碎酒瓶，上前一把抓住阿芳的头发，把她拖出舱外，重重地扔到了甲板上……

印度洋今晚终于愤怒了。它掀起了巨大的海浪，阻止黄龙的正常行进。它一会儿把老黄龙抛起到浪尖，一会儿又把老黄龙扔进浪谷。赤道的狂风卷着暴雨，抽打着老黄龙。老黄龙像无地自容似地把年迈臃肿的身体躲来闪去，任凭暴风雨击打着它那厚厚的甲板。

"妈呀——!"阿芳那震人心肺的嘶嚎，在雷鸣电闪中淹没了。

"真他妈的刺激!"祝洪运狂喊。

巨大的暴风雨无情地鞭笞着那群站立不稳的野兽。雷声中，夹杂着阿芳悲痛欲绝的哭喊，闪电照射那些狰狞的面孔。顿时，甲板上流出一道殷红的血渠，它沿着船舷流入了印度洋。印度洋的海水不再碧清，它溶进了阿芳和国庆的命根，也留下了老黄龙那破碎的铁鳞。月亮躲起来了。海浪在咆哮。天上地上全是泪。

17

继红的卧房布置得很舒适，客厅宽畅、明亮，卧房硕大、温暖。虽然她还是个单身，可她用的床却是 KING SIZE 的（超级大的）。所有的室内家具都是当今美国最流行的款式，意大利淡粉色牛皮沙发，巨型彩电荧屏，厚厚的淡粉色地毯，从里到外透着一个明快、现代。

她买的这所房子不在曼哈顿，也不在长岛，而是在两者之间的 REGAL PARK（帝王花园小区）。这儿离长岛高速公路很近，又是难得的安静地段，可以说是闹中取静。

从她家去皇后大学也不算太远，继红每周必去二次电脑补习班。由于前一代的电脑已不适合目前林姐飞速发展的生意，她必须加紧学习，特别要掌握自编软件程序这一技术。林姐的生意越做越大，货越来越多。资金的运用，各种货币的时价与金融界的调剂，应收应付的账款，各国银行的利息，进货收款的进程等等，不采用最新一代电脑管理，要想快捷和保密是绝对做不到的。

派继红专攻自编软件课程是林姐的想法，因为保密就是生意，保密才能生存。不启用自己最信赖的人来掌管这一切，就等于自寻死路。软件程序绝不能请人设计，调出材料的手法只能一人掌握，就是软盘万一丢失，不知道如何调出，也如同废纸一张。

今天，林姐独自来到继红的住所。

经过几个月的培训，继红对下一步的材料分类、调出各类数据的程序，重新作了编排。林姐看了以后非常满意，她躺在继红的大床上说："这下我就放心了，今后要是失败只有两种可能，一是有人发明更高的科技，取出你的大脑的化验结果；另外就是你

252

背叛我，变了心。"

继红笑了笑："但愿化验脑子的高科技能实现。等我变心恐怕是等不到了。"

"继红，你的这个小世界实在太舒服了，真不该你一个人享用。"林姐抚摸着丝绒床罩说。

"又来了。林姐，我一个人挺好。"继红收拾好桌上的软盘，关掉了机器，接着说："林姐，上次你那一巴掌打下去，还真把斯迪文打醒了。最近他常给我打电话，总让我为他在你面前说说情，我就是不理他，除非他亲自向你道歉。刚才他还来电话，说今晚非要到我这儿来，我还没答应他呢。"

"继红，你还是答应他，他已经向我认过错了。斯迪文是个简单的人，我了解他，他除了爱赌之外，没什么太大的毛病。上星期他向我认错时，我顺便提了提你们俩的事。他没表态，但也没反对。"

"他真地向你认错了？"

"嗯。继红，你们俩也老大不小了，我真希望你们能认真对待两人的问题。噢，对了，我得赶快走，今儿是周末，回去晚了，冬冬又该不高兴了。"林姐说完就走了。

斯迪文最近对继红的态度有了明显的变化，这个变化是郝仁计划的一部分。郝仁曾几次分析了他与继红建立恋爱关系是多么重要，还苦口婆心地对斯迪文大讲与继红结合的利弊。还赌债只是为了解决眼前的燃眉之急，今后的大业，更取决于同继红的关系。

此时，在斯迪文的家里，郝仁和斯迪文也聊得非常热乎。郝仁的手搭在斯迪文的肩上，一直把他送到汽车前。临上车，他握住斯迪文的手说："万事不可性急，一切顺其自然。事情没成之前，一旦败露，你的脑袋就要搬家。记住，玩女人和谈恋爱可是两回事。"

"大哥，我心里有数，你就等着好消息吧。"

"记住你的目的是什么。"郝仁仍然不放心地叮嘱着。

斯迪文准时来到了继红的家。他按了一下门铃，继红一路小跑下楼给他开门。林姐走后，继红立刻给斯迪文回了个电话，又重新化了化妆，换了一套在家休闲时的便装，丝短裤和丝衬衫，显得那么有活力，又透着那么性感。

"继红，你太让人动心了。"斯迪文关好门，打量着她，深情地说。

"少来这一套，我没有你那些酒肉朋友重要。你不是说找我有事吗？有什么事就快说，说完最好赶快滚蛋。"继红为了抑制兴奋，点上了一支烟。

"滚蛋？滚哪儿去？今晚我就睡在你这里了。"

"不要脸。你以为我真喜欢你吗？哼！别太自信。"继红说完，又偷偷看了他一眼。

斯迪文在情场上是个老手，他对继红对他的意思心领神会，他何尝不想跟林姐身边这个漂亮妞睡睡，只是没得到林姐的许诺他不敢而已。这次林姐正式向他说起此事，正中他下怀，一来满足了自己长期以来的愿望，更主要的还是郝仁对他的嘱托。

他走到继红的身边，依在她的腿旁，打开了电视机。

"别赖在这里，有什么话快说。"继红说着，把腿往旁边移了移。

斯迪文趁机抓住她的一只脚，轻轻地揉搓，他见继红不躲闪，就更放肆起来。

"哎哟，疼死我了。"继红叫着，就势从沙发上滚了下来。

斯迪文抓住机会，立即压在继红的身上，他吻住继红激动的红唇，兴奋地说："继红，MY DARLING．我想死你了。"

"真讨厌。"继红在他身下有气无力地说。

254

"林姐同意我跟你好，你知道吗？"

继红急忙点头，她闭着眼睛，急促地为他扯去外衣："快，快点。斯迪文，讨厌鬼。我想要。快，快……"

瞬间，两个人滚在了一起。

电视机里的新潮摇滚乐，激情而肆无忌惮地为这团扭动的身体伴奏着。

"今晚你真地不走了？"继红从地毯上爬起来问他。

"当然，这就是我的家。"斯迪文懒懒地躺在地毯上说。

"IT'S GREAT!（太好了！）你快去洗个澡，等会儿，咱们一块儿去吃晚饭。"

"洗澡可以，出去吃饭就不用了，我太累了。"说着，他走进了浴室。

"要不然，我就自己做。"继红向浴室喊着。

"OK."

继红一边哼着小曲，一边走进厨房，盘算着给斯迪文做点什么好吃的。今晚继红特别高兴，这么多年了，她一直暗暗地爱恋着斯迪文。她爱他，爱他的相貌，爱他的率直，爱他的勇敢无畏，更爱他的男人气概。她一直盼望着有一天能和他做爱，今天她终于等到了。

她对斯迪文在做爱方面的功夫也特别满意，他能使她激动忘我，他的投入和狂野，调起了她的全部神经。自路易去世后，还没有任何男人能使她达到这样的性高潮。是的，她爱的就是这种男人，寻觅的就是这种男人。她从他那里得到了令人难得的快乐和安全感。

继红几乎全裸地在厨房里跑来跑去，她一会儿打开冰箱看看，一会儿又拉开干货橱找找，忙得不亦乐乎，可忙了半天，也不知道自己能做什么。她从小就离开了父母，跟着姥姥长大。来美后，在福州林记快餐店也只是打打杂，帮林姐照看冬冬。以后更是走

255

哪儿吃哪儿，从没受过家庭主妇的训练。她双肘抱在胸前，右手摸着下巴，眨巴着大眼睛，回想着斯迪文最爱吃的东西。

斯迪文悄悄地来到她身后，一下抱住了她的细腰，把自己又坚硬起来的东西插进了她的双腿之间："吃什么饭？还是先吃你吧！"

"噢！"她叹出了一口气，又瘫在了斯迪文的怀里。她搂住他的脑袋，用烫烫的嘴唇不停地亲吻着他的脖子和脸。

斯迪文确实是个男子汉，他的性能力使继红一次又一次地得到满足，直到他累得躺在了厨房的地板上。

等他休息了一会儿，从地板上爬起来，不见了继红，他忙喊："继红，继红。"叫了几声没人答应。他走到餐桌前，发现桌上留有一张纸条，上面写到："亲爱的，对不起，我不太会做饭。现在我去买你最爱吃的姜汁龙虾和鲩鱼煲。这得去潮州渔村买，可能回来得晚一点儿。等我，再见。你的红，吻你。"

斯迪文穿好衣服，坐在客厅里抽起了烟。

他忽然像是想起了什么，"噌"地一下站起来，跑上楼，推开继红工作间的门。

为了安全起见，继红的办公室就设在家里。办公室里的摆设井井有条。大办公桌上，摆着一台新型电脑，右边连接复印机与直拨林姐家的专用电话，左边摆着一台传真机和一台笔记本型微电脑。这台手提微型电脑，斯迪文曾经见过，那是继红出差到福建，偶尔一个机会他看到的。他想打开按钮看看，又怕不懂，万一弄错了被继红发现，就露出了马脚。

可他必须尽快地得到有关黄龙号的一切资料。昨晚郝仁告诉他，黄龙号的航海路线图和那些人蛇及保人的名单，对他们来讲极为重要。这些密件谁也没有，只存在继红的电脑里。因为他们眼下人手不足，只有先向黄龙号一条船下手。黄龙号是那八条船中人蛇最多的一艘，如果能劫获黄龙，别说偿还赌债，其它一切问题都会迎刃而解。黄龙号现在郝仁的嫡系掌握之中，只要弄到一份有关黄龙号的软盘，把它劫过来换码头，改航线是轻而易举。

斯迪文真想打开电脑就能看到黄龙号的密件，可是他的手直发颤，他不敢轻易乱动，他对电脑一无所知，生怕闯下大漏子。

他轻轻打开抽屉，见抽屉里放着一打一打的黑色软盘，他不知道哪一个软盘是有关黄龙号的，更不敢贸然拿走。可是那到了期的赌债怎么办？他额头冒出一层汗珠。

电话铃突然响了，他吓了一跳，慌忙冲出办公室，关好了门，到客厅去接电话，他猜想，电话一定是继红打来的。

"HELLO！"他拿起了听筒。

"斯迪文，你在那里。VERY GOOD. 继红呢？"林姐亲切地说。

"她，她出去买饭了，嫂子。"

"阿坚，原谅我，上次过于激动，对你太过份了，你千万别往心里去。"

"嫂子，不会的，是我对你不够尊敬。"

"行了，咱们不提它了，等继红回来，让她给我回个电话。希望你们玩儿得高兴。"

"嫂子……"

"什么事？"

"……国庆好吗？"

"很好。他刚刚出去，上武术馆教课去了。"

"嫂子，其实……其实我不恨他，我很喜欢他。"

"斯迪文，我很高兴听到你说这句话。明天是星期天，你和继红一起过来吧。"

"好，嫂子。"

斯迪文放下电话，手一阵阵地发颤，以前他从来没有说过违心的话。他不喜欢丁国庆，他恨透了他，就象郝仁说的，这个家

伙是来夺林家产业的。现在他敢骗林姐说他喜欢丁国庆，全来自
郝仁的劝导。

郝仁在斯迪文的家里，半天等不到他来电话，有点沉不住气，
他生怕斯迪文在继红面前露出马脚。他这个一箭双雕的计谋要是
不能实现，后面的日子就会完全变样。他的赌注全都压在了黄龙
号上。斯迪文由于赌债的压力，定会孤注一掷，破釜沉舟，就担
心他操之过急，坏了大事。

郝仁的这个计谋是经过相当一段时间考虑的，部署得非常严
密。劫获这条船可达到两个目的，既可解决他和斯迪文，也包括
两面焦和鸭血汤日后的财路，又可把阿芳做为人质。丁国庆现已
知道他的阿芳就在黄龙号上，现在要设法让他知道，让阿芳登上
黄龙号是经林姐一手策划的。

劫持黄龙号不是件太难的事，郝仁一点也不怀疑他的表弟祝
洪运的能力和对他的忠诚。自黄龙号出发以后，他和他父亲都与
祝洪运保持着紧密的联络。祝洪运已把黄龙号上的电台做了改装，
除保留原来的波长外，又另设一个波段，这个波段是三点一线的，
即郝鸣亮、黄龙号和纽约的郝仁。所用的密码，除这三个人以外，
其他人无法破译。目前，三义帮同黄龙号的联络波长，暂时仍在
保留。郝仁估计，用不了几天，这个波长就会被完全切断，然后
再制造一个黄龙失踪或沉没的消息，使林姐完全彻底放弃黄龙号。
如果此事进行得顺利，夺取三义帮帮主的桂冠就为时不远了。

林姐回到长岛的家里时，冬冬和萨娃还在教堂做礼拜，丁国
庆的武术馆在周末最忙，只剩下那只黑色的沙皮犬杰克来欢迎她
了。

她走下车，摸了摸杰克的头，杰克似乎很懂得主人的心情，它
一个劲儿地在她的腿边打转。

"你也很寂寞，是吗?"林姐蹲下来，亲了一下杰克的头:"没关系，我来跟你做伴儿。"杰克伸出大舌头，亲昵地舔了舔林姐的脸。从它鼻孔里发出的热气，喷在她的脸上，林姐感到一阵温暖。

自从上次丁国庆告诉她，阿芳已登上了黄龙号，她的内疚已变成了一种自责。特别是打那以后，国庆见到她总是在躲闪，和她的话更少了，偶尔说上两句，又非常不自然。她想对他解释，可又怕解释不清。如果阿芳在黄龙号上遭到什么不幸，让国庆知道了，他能接受得了吗？他将会对她有什么看法？近日来，她对国庆的那种爱的冲动，不知为什么越来越淡漠了。她想设法派人在南非的开普顿港，趁这条货轮加油，补充淡水食品之际提出阿芳，可是又由于老黄龙中途多次停留，航行缓慢，不知何时才能穿过好望角，定不下来靠岸的时间。林姐由于焦急，没有食欲，加上睡眠不足，她的眼圈和印堂看起来明显地发暗。

她给杰克打开一盒牛肉罐头，然后上楼回到自己的卧室。她想打电话，找史密斯谈谈，询问一下如何才能更快地解决丁国庆的居留问题。上一批同他一起登陆的人，林姐都已给他们请了律师。史密斯这次干得比较漂亮，没再提加价的事，凡是有"理由"申请的，递交给他的材料，他都在精心地办理。丁国庆的身份之所以至今未办，主要是她给拖下来的。林姐一直不同意国庆借政治避难或一胎政策的理由办绿卡，她有更好更快的办法。她打算等到国庆想通，他俩的关系得到发展，愿意和她结婚，只用三个月，绿卡会自然而然到手。可现在她明白了，这是一厢情愿。为了补偿对国庆的亏欠，她准备马上火速为他申请绿卡，不管花多少钱，只要快就行。

林姐拨通了史密斯家的电话，他不在，她就在他的留言机上把自己的想法说了一遍，并请他立刻着手办理此事。

放下电话，她仍坐立不安。走进化妆室，从镜子里望着自己

259

的脸，她突然对自己产生一种厌恶，她恨这张脸，恨不得想把它撕碎。她不愿在镜子里再看到自己那无助、惊乱、没有支柱、恍惚不安的窘态。她猛然一个转身，冲到楼下，钻进了汽车，朝太极武术馆开去。

武术馆内，学员们正在随着丁国庆的口令，整齐地做着踢腿、弓腰、伸臂、出拳的动作。眼下学校正放暑假，因此学员很多，太极武术馆的场地也显得有些拥挤。

林姐站在窗外，观看着丁国庆矫健的动作，欣赏着他那传神的功夫。

"TEN MINUTS BREAK.（休息十分钟）。"丁国庆喊过之后，擦了擦额头上的汗。

林姐站在窗外正要向他招手，忽然发现在一群美国年轻人里，冒出几个中国人的脸来。那几个人不像是来学武术的，他们坐在靠墙的休息椅上，见休息了，一齐向丁国庆围去，七嘴八舌地说的都是福建话，有的表示祝贺，有的夸奖他能干。林姐猜出，这些人可能就是同他一路来的伙伴，是他三渡村的朋友。丁国庆与他们常有往来，但从不在小海湾，他知道小海湾是绝不能带任何人进去的。今天，他特意把二肥、水仙、彩凤、卫国请来，一是想知道他们的近况，二是想多了解一些有关阿芳的事情。

林姐见丁国庆与他们聊得特别融洽，又见他这么开心，她打算除了给丁国庆速办绿卡外，这几个人，她也准备请史密斯一起办。至于费用，她是不会向这几个人提出来的。

林姐自从做上偷渡这门生意后，从不直接与偷渡客做面对面的接触，今天她想破破例，请他们一起在附近的中国餐馆吃个饭。

饭席上，每个人都显得很不自然。三渡村这几个能言善道的人，突然之间都变成了哑巴，他们不敢相信，大名鼎鼎的林姐就坐在他们眼前，还请他们吃饭。就连水仙这个一向敢说敢道的女子，今晚都有些发怵，她甚至不敢抬头向林姐看。最后还是二肥打破了僵局，他夹了一大筷子梅菜扣肉，塞进嘴里，鼓着腮帮子，一边嚼一边说："我妈来信说，她天天都去妈祖庙，家里供的灶位也换上了你。"

林姐笑了笑说："供我干什么？"

"你是西天上的菩萨，永乐城的神仙呀。你都不知道，现在家家户户都在求您显灵保佑海上的人，他们都知道这八艘大船是你的。听说黄龙号最舒服，要想上去都得经你手签字才算数。阿芳就在……"

"你怎么知道的？"林姐的神态有点紧张。

"永乐县的人谁不知道，全嚷嚷遍了，都说您的心肠赛过菩萨，赎了丁国庆，又让阿芳上了船，成全了他们一对好人呢。大慈大悲，你真是天底下的大善人。"二肥子擦着嘴角流出的油，两眼闪着感激的目光。

林姐没看二肥，她迅速地扫了一眼丁国庆。

1988 年年初，一条震惊全球的特大新闻，把郝仁的脑子从麻木中唤醒。

这个特大新闻不是他从报纸上读到的，也不是从电视上看到的，而是他的父亲从中国打来电话告诉他的。

恰巧这一夜斯迪文去了继红那里。近一个时期来，斯迪文同继红的"恋爱"已谈得十分火热，以至斯迪文经常彻夜不归。因此，郝鸣亮打来的电话，十有八九都在夜里。

这条惊人的新闻来自德国，柏林墙被人推倒了。它导致华尔街股市的混乱，也波及到全世界的各个行业乃至每个家庭。

郝家父子在越洋电话里足足谈了一个钟头，父亲一而再再而三地向儿子讲解这不可多得的大好机会和局势突变的重要性，它必将影响到日后的生意发展。郝家势力的西迁，局面虽已基本打开，但步伐可以加快，进程要随时调整。可是郝仁却一再阐述，目前形势还不成熟，操之过急，必酿大祸。

"郝仁，那咱们就眼看着那几条船全都靠了岸，大笔大笔的钱都落到姓林的那娘们儿一个人手里？你一天到晚卖着命帮她赚钱收钱，得不到半点儿实惠。咱郝家还从来没吃过这么大的亏呢。"

"爸，你不懂。这事真不能急。再说，黄龙号不是已经在我们手里了吗？"

"一条船管屁用。八条船上挣的钱，你跟那姓林的娘儿，应该是一人一半。没有我，这生意她根本就做不成。"

"爸，要干也得一步一步来，你应当明白黄龙号这条船的价值，这比那七条船的总额还要高，劫过来这条船就等于要她的命。别看黄龙现在还漂在公海上，一旦靠了岸，她的日子就没那么好过了。爸，你现在要做的还是那两件事，一，派人散布，姓林的是那八条船的船主。二，散布黄龙号上的十个女孩都是经她亲自选定送上船的。这两条消息要让永乐县所有的男女老少都知道。我料定，不出一个星期，这消息就会传到丁国庆的耳朵里。"

"儿子，这个你尽管放心，你弟弟已经组织了一帮兄弟，早把这消息捅出去了。我现在考虑的不是这个，德国的这堵墙一倒，可不是个小事呀。你瞧着吧，往后两三年，全世界会迅速变化，中国也得变，人人都会卷进去，各行各业都得受震动。儿子，我认为，第一个受影响的就是咱这生意。"

"爸，我知道了，您老就等着吧，会有好戏唱的。我要即刻让黄龙号失踪，沉没。这对她的震动绝不亚于柏林墙的倒塌。爸，你立即让洪运切断船上的一切联络信号，切断信号之前必须向纽约总部发出呼救，之后马上离开航线，转道在海地太子港补给养，然后直插入墨西哥海湾，到那时，我自然会与洪运接上联系。"

"往后怎么办？"

"往后就看斯迪文这张王牌了，他如果能按期搞到那张软盘，支配这个生意的，就不再会姓林，它将会姓郝，哈哈哈……"

"孩子，这得等多长时间呢？不是你爸性急，眼下是不愁货源，不像前两年，还得作鼓动，作宣传。如今，人们都惦记着往外跑，报名交钱等上船的都排到了明年。我看，不如咱们郝家另立门户，树旗单干了。""爸，你老糊涂了？纽约不是永乐，在这块地面上，不是你想怎么干就怎么干。你这主意是致我于死地。你太不了解美国了，我才来这儿不到一年，怎么能……，唉，没法跟你解释。你就听我的指挥和安排吧。"

郝仁气得把话筒一摔，也没开灯，在床头柜上摸到了香烟和打火机，点着了香烟。借着烟头一亮一熄，可以看到他那张因情绪困扰而起伏不定的脸。郝仁直到把整根香烟吸完，他的心绪仍不能平静，他又点上一根，慢慢地思索起来。他意识到，自己不该对父亲发这么大的火，父亲说的一席话也许是对的。自来到纽约后，这种不稳定的情绪一直困扰着他，也许每一个新移民都会经过这个不稳定期，更何况自己只身一人，深入到这个随时都可能掉脑袋的危险环境中，他希望这种不稳定状态尽快过去。父亲是一个掌握权柄的人，他的思维，他的决策，都是根据大陆那方面的情况定的，怎么能了解纽约的情况。他利用权力作威作福惯了，他的权势怎么能延伸到北美。不过，他自幼就非常佩服老父亲，尽管他现已年迈，可对各种问题的反映还是非常敏感的，他对柏林墙的倒塌，以及日后东西方局势的变化，和对这个生意深远影响的分析的确都非常精辟而又准确。在这方面，应该感激父亲对他的提示，他人在美国，对这类全球性的大事件的反映确是不够敏锐了。

郝仁原本是一个极有政治头脑的人，来美一年多，不知为什么，在这方面的嗅觉迟钝了，退化了。他对自己的这种迟钝与退化深感不安，他清楚地知道这将会对他的事业带来不利。

郝仁有一个爱好，就是喜欢翻阅世界名人的资料，仔细阅读他们的传记。他的脑子还特别好用，看了一遍，就能记得住那些名流显贵，那些大人物，那些大暴发户的成功史和发家史。久而久之，他得出这么一个结论：时代造英雄。这些人的起家、暴发、成功都是处在一种大气候中，一种全球性的大分化、大瓦解之际。这些机遇被他们抓住了，并加以充分利用，所以他们才能达到最大的成功。

郝仁还有这样一种心态，别人能成功，为什么我就不能成功？别人暴富，为什么我就不能暴富？我同他们都是一样的人，我也要享受他们所能享受的一切。

在郝仁细细领会这些人的传记后，他又有了一个新发现，很多人在起步时走的往往都不是正道，都有点偏黑。当他们成为暴发户后就不再提以前的事了，要提的话也是阳关正道，加之他们会耍点雕虫小技，施点恩惠，散点小钱回馈社会，从而制造出一个光辉的形象，黑的一下也就亮了。因此，郝仁断言，马不吃夜草不壮，人不走黑道不肥。

郝仁知道，黑道走得上走不上全靠机遇，黑道走得通走不通全靠智慧。在黑道里获得成功，谈何容易！走黑道成功的人，百分之百他得把脑袋别在裤腰带上，豁出性命。

这次劫获黄龙号，偷盗电脑软件，成功则罢，不成功小命就得归天。

这是一场你死我活的黑道争霸，他的对手就是林姐。俗话说，知己知彼，方能百战百胜。因此，分析林姐的一切动向，则是他的当务之急。

三义帮经林姐多年苦心经营，已是财力丰厚。她以办事果断，为人公平著称，以小股陆路人口生意起家，现如今发展到没人能估计到她的财产到底有多少。

林姐的王国，已成了一个固若金汤的金字塔，想爬上塔尖，攻克核心，郝仁深感下手越晚，难度越大。

最近，郝仁发现，想接近林姐，比以前更难了。不是她对自已做了严密的防范,而是周末大部分时间她根本就不在曼哈顿。他分析,林姐没有别的去处,肯定是和丁国庆在一起。林姐和丁国庆的关系在郝仁的脑子里已不再是个谜,郝鸣亮曾派人到北京、云南做了细致的调查,完全摸清了林姐赎出丁国庆的真正目的。女人的一生再有事业,再富有,可失去了一个根本的东西——爱情,她仍不算是成功的。这就是女性最大的悲哀,也是女性最易攻破的弱点。

可是,在少数几次见到林姐的机会里,郝仁观察到,林姐不像是在恋爱中。她的情绪经常很低落,热恋中的女人那种容光焕发、情绪高涨的样子全然没有。相反,她还毫不遮掩地表现出女人失恋时的痛苦表情。

临半夜,林姐也被同一条新闻吵醒了,是高浩从北京打来的电话。他除了告诉林姐柏林墙被愤怒的德国民众推倒了外,还分析了这一事件的起因和世界局势未来的发展。他说这是一个信号,是人口从东向西迁移的一个信号,它意味着东半球的人将会大规模向西半球涌进。

"有些事在电话里不好讲,你最好能回来一趟,咱们商量商量,顺便你也在北京过个春节。自你上次离开也有一年多了,这儿的几个哥们儿,包括任思红,经常念叨你,都挺想你的。"高浩说。

"我是想回去一趟,邀请我回去的还不止你一人。"

"还有谁?"

"郝鸣亮。"

"别管那丫挺的,咱哥几个一块侃大山,比那些个重要多了。那你大概什么时候能回来?"

"现在还说不准。不过我一定会赶回去,哪怕只呆一天。高浩,你先替我向大伙拜个早年吧。"

林姐和高浩通完了电话，走进浴室洗了把脸。看样子她很兴奋，最近，她经常半夜被电话弄醒，醒了之后就无法再睡。近来事情太多了，她得不停地思考。

黄龙号迟迟靠不了岸，使林姐非常焦急，首航船反而比那七条还要晚到。八条船都是二手货，为什么偏偏黄龙号总在公海上抛锚呢？她看出丁国庆不时流露出的焦急心情，已不再指望同他在感情上有什么发展，就巴望着黄龙号快点儿靠岸，把阿芳接回来，亲手把她完好地交到国庆手里。现在，她是真心想成全他们俩。

丁国庆已明显地表现出迫不及待，他是个不会遮掩的人，他的情绪紧连着黄龙号。黄龙号航行时，他的情绪高涨，黄龙号抛锚时，他的精神恐慌，黄龙号重现时，他的心情顿时舒畅。他所有这些变化，都没有躲过林姐那双敏锐的眼睛。他从未面对面向她直接打听过有关黄龙号的消息，这些都是林姐主动告诉他的。

林姐有时半夜醒来，总是习惯地走到窗前，无论是春夏秋冬，她都喜欢把窗子打开，吸一吸新鲜的海风。

今晚，她在窗前站立了很久，眼睛一直望着丁国庆的窗口。他窗口的灯光已熄灭了，她回想着一年来他到美国所发生的一切。这个铁铸成的汉子，经历了多少不幸，她真心地希望他的后半生能得到一份安宁。

八条船，除了黄龙号在海上忽隐忽现外，其他的七条已全部进入美东近海。纽约货运码头关卡，和新州国际海港的内线接应已准备就绪。他们派出数艘拖轮，分期分批地将这些货物偷运上岸。接下来就是收款，收款的数额是巨大的，组织必须严密，秩序不能混乱。昨天已召开了一次核心会议，明天还要在三义帮全体人员到齐的情况下，做最后的布署。

冬季的海风很冷，林姐觉得前额被吹得有些疼痛，就离开窗子，坐回到躺椅上。她点上烟，继续思索着。这次生意的成败，对她来说是一个挑战，十几年来，这么大的数额还是第一次。她早已考虑好，如果这一切运作得好的话，是不会失败的。美国政府对偷渡行为虽极力反对，但是他的移民法律并不是有谁反对就可以推翻的。不要说这些人尚未登陆，能把他们从远东运到北美，停靠在近海，已经差不多成功了。即便被美国边防海军发现，他们也绝不会把它抛在海上不管。偷着登陆不成，明着被押送到移民局也没什么太大的损失。那里人满为患，积压的案子堆成了山，他们巴不得有律师出面解决一些人的问题，以减轻移民集中营里的庞大负担。

林姐在这些方面是心中有数的，关键是能否收回这些人的欠款。不过她也不太担心，她有手下的四大金汉去完成这个艰巨的任务。这些人蛇担保人的姓名、地址、电话等绝密材料，除了继红，没有第二个人知道。

林姐摇晃着躺椅，对自己万无一失的周密安排感到非常满意。成功之后，她财产的拥有量将是不可一世的。目前在她的生活里，唯有赚钱、无度的赚钱，才能对她产生强烈的刺激。这种无目的的成功感，才能麻醉她那麻木的神经。

林姐对郝鸣亮邀请她去大陆的事儿不怎么上心，这是秃子头上的虱子明摆着的，老家伙的目的就是要分钱。可她去还是要去一趟，但得等款收到差不多，再往他的账号里拨过去一大笔钱后才能动身。为了确保今后生意上的畅通，为了保住这条隐蔽的线，她当然不会亏待郝鸣亮。至于他的宝贝儿子郝仁，她也会尽量满足他在物质上的一切要求。前些日子，林姐已经为郝仁买了一幢大房子，就在斯迪文套房的隔壁，她为他又挑选了一辆豪华林肯汽车，作为对他前一段工作的奖励。林姐对郝仁并不是没有一点防范的，她除了让斯迪文牢牢地盯住他外，就是不让他手中握住半点儿权力。

她看了看表，已是凌晨五点了，她关上窗子正要回到床上再睡一会儿，电话铃又响了。她拿起电话，听出是继红的声音，她那急促的声调，使林姐感到吃惊："林姐，黄龙号沉没了。沉没前向这里发出了呼救信号，最后的电文没有说完就……"

"什么时候得到的电文？"林姐焦急地问。

"刚刚收到。"

林姐从床上坐起来，冲到窗前，再次把窗子打开，让冷风吹吹心中这骤然狂起的波澜。夜色漆黑，大西洋上的海风从窗外刮了进来，吹乱了她的头发，掀起她轻飘飘的睡衣，在惨淡的灯光下，她像一具僵尸立在窗前，她的头脑像灌进了铁流，又重又烫。她抬腿无力，双手撑着窗框，任凭冷风吹遍她的全身，吹走挂在她脸颊上的热泪。她心里默念着：国庆，我对不起你。

突然，她看到国庆那扇窗也亮了起来，从灯光中，看到丁国庆也在接电话，然后是疯狂地砸东西。因为离得远，听不到里边的声音，可是从他那发疯的动作中，林姐知道，室内的东西全被他砸飞打烂了。

林姐不忍心再看下去；双手捧面哭出了声。突然，一阵重重的脚步声出现在楼梯上，她知道，这一定是丁国庆，他在向她的卧室扑来，她做好一切心理准备，从容地把卧室门上的锁链摘下，准备接受他采用的任何一种对自己的致命打击。

那沉重的脚步声越来越近，越来越响，每一声都像钢锤一样击打着她破碎的心，她预感，今夜是她的末日，她那无止境的贪欲的心，将被滚烫的子弹击穿，要么被锋利的匕首戳烂。

门开了，丁国庆脸上的肌肉凝固，双眼冒着凶光，直勾勾地望着她。她闭上双目，平和地迎接这生命即将结束的时刻。

"我要你回答一句话。"丁国庆用低沉而又沙哑的声音问。

她没有回答。

"这是你有意制造的吗？"

她轻轻地摇了摇头。

丁国庆像抓小鸡一样，上前一把揪住她。

她不敢睁眼看他那忿怒的目光和凶残的脸，她屏住呼吸，昂着头颅，把脖颈坦坦然然地伸给了他。她没表现出任何紧张，冷静地等待着他的处置。

她等待着，等待着，一秒、二秒、三秒……

她没觉出身体上的哪个部分有冰凉的凶器刺进，只觉得全身在空中忽然腾起，又轻轻地落在了软软的大床上，她感到身上的薄睡衣被他撕开，然后，全身被他那健壮的肌肉压紧，整个脸被一股野兽般喘出的热气所包溶。瞬间，下阴发热，充实，饱满，那阵阵的冲刺，使她浑身痉挛，那强烈的震撼，捣得她无法喘息。

"国庆!"林姐终于叫了出来，满脸是泪水，不知是悲还是喜。

这是一次名符其实的强奸，可又不是被迫的受奸。丁国庆把这一年，准确地说，把这三十年的压抑、扭曲、不平、仇恨，统统发泄在林姐的身上。他想把一生中讲不出来，倒不出去的那种混乱的情绪，全在这一刻渲泄出去。他把全身的力量凝聚成一点，对准眼前的这个女人，这个使他又爱又恨的女人，尽他最大能量去蹂躏，去践踏。

林姐已经开始支撑不住了。她得到了几次充分的满足后，不想再干了。她想反抗，她想发怒，可她力不从心，他不容她违反他的旨意，现在她只有服从，只有任凭他翻过来调过去的摆弄。

"臭娘们儿，你他妈的真狠，狠得叫人疼!"丁国庆恶恨恨地嘀咕着，越发加强了他有力的动作。

"你狠得可爱，狠得可恨。好，你就忍着吧。"。

丁国庆把她按倒在地毯上，让她跪着，趴下，他的动作更加丧心病狂。

"骚货，你要的就是这个，对吧。来，今天我他妈的让你尝个够!"

林姐脸上撒满泪花，她转身向他乞求。

"啪啪",丁国庆扬起他那巨大的巴掌,左右开弓,一下下抽打在林姐的脸上。随后,以胜利者的口吻低声说:"你说,谁降服了谁?!"说完,把衣服扔给了她,命她立即穿好,他自己光着身子披上了夹克衫。

林姐没有力量穿上衣服,她无力的瘫在地毯上,那高耸的乳房,随着急促的呼吸,一下一下地弹跳着。

"轮到你了。"丁国庆点上烟接着说:"随你怎么处置。我想你的卧房不会没有枪。""给我一支烟。"林姐睁开双眼,看着天花板说。

"还是给你枪吧。"丁国庆说着,从夹克衫的口袋里掏出一只左轮手枪,"铛锒"一声,把它扔给了林姐。

"野兽!"林姐把枪踢开。

"不,强奸犯。"丁国庆反驳。

"不够格,根本不够格。"

"那就告发我吧。"

"胆小鬼。"

"杀死我,杀死我也行。"

"舍不得。"

"贱货!"丁国庆恶骂。

"看对谁。"

两人不语,对峙沉默了许久。

"请给我一支烟。"林姐仍躺在原地,固执地要求。

丁国庆把烟盒和打火机一块扔给了她,他看到林姐缓缓地坐起来,平静地看了看他,不慌不忙地用她纤细的手指,从烟盒里弹出一支烟,那细细的坤烟,恰好被弹出一半,她那双性感的双唇,不偏不倚地夹住那支长烟,打开打火机,点上香烟,深吸了两口。

丁国庆看得入了神,他突然问:"你怕什么?"

"你说呢?"

"我,我怎……"

"怕你。"林姐吐出一口浓烟,认真地说。

"怕我?笑话。"

"你错了。"林姐说着,用脚尖勾回被她踢出去的枪,拿在手里看了看,打开弹舱,查看七发子弹已装满,就合上保险扔给了丁国庆,接着说:"死,我经历过几次,我对它已经麻木了。你也是从死人堆里爬出来的,咱俩最好别使用这玩艺儿互相试验。真诚、坦荡的价值高于死亡。我说的对吧?"

片刻,丁国庆缓慢地说:"阿芳在的黄龙号……"

"沉没了。"

"是你干的。"

"不是。"林姐说得坚决而又坦荡。

"最好是你。"

"为什么?"

"执着的女人喜欢制造爱的悲剧。"丁国庆灭掉了香烟,右手把手枪握好,掂了掂,他漫不经心地又问一次:"真不是你干的?"

林姐没有马上回答,她站起来,边说,边拿过来丁国庆手中的枪:"我说过,用死来表示坦白,在你我之间是最没有意义的。这事不是我干的,我也不会再重复。"

"欣欣,我……"丁国庆抱着林姐的双腿,林姐从没看到过他掉泪,更何况,这个猛汉刚才还是那么雄伟,现在竟象小孩子一样抽泣着倒在她的脚前:"不,国庆,你别这样。"林姐不喜欢男人这个样。

"我对不起你,欣欣。"

"为什么对不起?"

"刚才我对你……我成了……我真是……"

"你没错,我喜欢。"林姐说着站起来,紧紧地抱住丁国庆,用自己身体的各个部位安抚他，使他平静下来。

"你还想吗？"她轻轻地问他。

丁国庆一个劲儿地摇头。

"骗我。你看看这里，你会撒谎，你的这个小东西却不会。"说着，林姐为丁国庆展献出女人所拥有的一切魅力。

丁国庆也确实骗不了林姐，他抱着她，用他滚烫的嘴唇亲吻着林姐，又刮起了他那雄性的旋风。

这一次，林姐在他身下享受到的不再是勇猛，而是无限的温存。

18

黄龙号在远离墨西哥海湾的大西洋上，又一次抛了锚。

三个多月的航行，老黄龙的筋骨全散了架，不光是主机停止了工作，供水供风的发电机也早已被毁坏，照明设备、通讯器材全部失灵。现在船上的供给也出现了严重的短缺，由于几次要求靠岸都被拒绝，储存的食物已剩下不多。又因电力不足，冷藏系统停止工作，蔬菜和肉类都已腐烂。最头疼的是淡水，两个蓄水池都快见底了，三百名偷渡客，每人每天只可分到一小杯掺杂着铁锈的淡水喝。

甲板下面，船舱底部，孕育着一种一触即发的怒气。连日来，底舱不断进水，臭气熏天的脏东西，屎尿，馊饭已经漫到了脚面，目前的窘状使他们实在难已忍受，大家开始交头接耳，商量对策，蓄谋造反。

他们不明白甲板上发生的事，见不到铁板以外的蓝天。他们只知道快接近死亡的边缘，干渴、饥饿、臭气、潮湿使他们无法忍受，他们的怒气随时会冲破甲板。

"金岸、金岸，我是黄龙，我是黄龙。我呼救淡水、食品。火速供给，火速供给！"祝洪运手拿报话机向外发报，这次他是真地向纽约总部呼救了。

报务员是祝洪运带上船的死杆儿，他急得满头大汗，一边检修线路系统，一边发泄着不满："让毁坏的是你，让修复的又是你，这……"

"少废话！你他妈的马上给我修好，不然就出大乱子了！"祝洪运扔下话筒，向着轮机舱跑去。

轮机舱内漆黑一团，几个马来轮机手在滚烫的主机旁，查找着发动机停转的原因。几个手电筒的光柱在潮热的蒸汽里发着暗光。蒸汽气浪里掺夹着听不懂的骂人脏话。祝洪运根本插不上手，他只能急得干跺脚："都是他妈的笨蛋！"他骂了一句，冲出令人窒息的机舱。

船长金万魁坐在驾驶舱内，叼着烟斗，闷声不响地看着浪头猛击着船舷。海水没过了前甲板，他透过前窗，又观看了一下阴沉沉的天，他心里基本有了数。凭他多年在海上的经验，如果这条老船能顺利排除故障，还有生还的可能；如果在狂风暴雨到来之前仍不能行走，那今晚定是海龙王向他索命的日子。他没有后悔，他是为了金钱而上了这条贼船。他默默地对照着航海图，查找着离这里最近的，可以靠岸的港口。

他拿起手电筒，在地图上移动，又用比例尺测量着与太子港的距离。他盘算着，即便黄龙号能正常运行，到达海地的时间也得是明日拂晓。

"铛锒"一声，舱门被祝洪运踢开了，他双眼冒着凶光命令："你给我放下舢舨！"

"没用，老弟，那是更早一点喂鲨鱼的念头。"金万魁含着烟斗，不慌不忙地说。

"放屁！你不放下，老子毙了你！"祝洪运说着，拔出了手枪。

"真是外行，放下舢舨，用不着到驾驶舱来找我。放舢舨的吊绳就在甲板上。"

"你得跟我一块儿去！你得出面！"

"为什么？"

"底舱的人已经冲上了后甲板，他们造反了！"

"什么?!"

"他们就要控制整条船了！老东西，我实话告诉你吧，你不放下舢舨，咱俩谁他妈的也活不成！"

大西洋上空的滚滚乌云，黑黑地压得更低了。暴风雨前的那股强风，把这条老船都刮歪了。后甲板上挤满了人，他们哭声连天，乱作一团。

几个年轻的小伙子为争夺一个救生圈撕打起来，十来个壮汉已经放下悬挂在船舷两侧的舢舨，准备往里跳。

横七竖八的一堆人趴在钢板上，轮流吹着一只橡皮艇。他们不等把橡皮艇吹到涨满，就抢着圆珠笔在上面签名。

一个嗓门大的小伙子高声喊："今天我们是死定了，大家在上面留个姓名吧，日后有人捡着了，兴许还能明白我们是……

"哗——"暴雨从天而降，打断了小伙子的喊声。所有的人把逃命都丢到一边，仰着脸，嗫着干裂的双唇，接着那冰冷的雨水。

雨水不仅解救了他们的干渴，也使他们的头脑清醒了。在可以避雨的舱内，四个皮艇全被吹鼓了，人们排着队，冷静地等候着签名。他们擦着心酸的眼泪，抹着鼻涕，在橡皮艇上签着自己的名字：王中华50岁，黄维汉48岁，陈解放44岁，张继业40岁，赵跃进36岁，李文革31岁，还有于忠心，徐卫东，……四支皮艇上签满了方块字。

抢救生圈的几个小伙此时也停住了手，已跳上舢舨的几个壮汉纷纷从舢舨上爬上来。他们望了望那可怕的惊涛骇浪，都向着橡皮艇围拢过来，默默地排队等待着签名，等待着那最后的时刻。

从那些歪歪斜斜的方块字上看，他们都没受过什么高等文化教育。他们到底准备留下什么？留下他们的名字？留下些什么记载？也许这是他们生前的最后一点依托？都不得而知。

他们只是盲目地把签好名的橡皮艇投进了海里。可他们并没有意识到，他们记载下来的是20世纪90年代，人类历史上的一次行为大倒退呀！拜金的贪欲荼毒着神圣的灵魂。信仰皆空，误入歧途呀！

在拥挤的人群中，突然站出一位老者。他带领着一片黑头的炎黄子孙，面向船头，双手把一瓶烧酒举过头顶，向西半球的大洋悲壮地喊道："列祖列宗，儿等今遭不幸，鱼葬番海异邦，莫怪不尽炎黄孝道，今撒血酒祭祖，不求今日生还，只求家乡老幼父兄的平安呢！"

　　"爹！"

　　"娘——"

　　"妈——"

　　"妈祖，龙王，开开恩呀！"

　　"苍天救救我们吧！"

　　三百多名偷渡客哭成一团，在汹涌的大西洋面前显得那么无助，那么凄凉。

　　"啪"的一声，老人打碎了那个酒瓶，一半酒撒向大海，一半倒进自己的嘴里，那破碎锋利的瓶口，刺破了老人的脸颊，鲜血顺着老人那历尽沧桑的脸流淌下来。

　　全体失魄的人面朝东方，一齐跪下。

　　昏迷中的阿芳，被文霞拖出舱外。文霞使劲摇晃着阿芳，叫她快点儿醒醒。

　　阿芳被冰凉的雨水一击，浑身一个劲儿地哆嗦。

　　"阿芳姐，你这是怎么啦？"

　　阿芳无力回答，她的下身，身后都是血，三天前她早产了，产下个死的男婴。

　　可是阿芳绝不相信，丁国庆留下来的这个生灵会死，她无时无刻不牢牢地抱焦这个血淋淋的肉团，即便是在昏迷状态下，她的手指甲也深深地插进死婴的肉里。

　　婴儿刚刚生下来那天，祝洪运企图从阿芳的怀里把他夺走。为了保护怀里的孩子，阿芳在祝洪运的腿肚子上狠狠地咬了一口，祝洪运拐着腿边跑边骂："疯了，你他妈的疯了！那是个死的！"

开始时，文霞总有点儿害怕。可经过了三天三夜，她已对面前这一小滩血肉麻木了。

"快喝点儿水吧，看你嘴干的。"文霞的两只小手做成碗状，接满了一捧雨水，往阿芳的嘴里灌。

阿芳用干裂的嘴唇，下意识地舔着从文霞手尖儿上滴下的雨水。

文霞又接了一捧，想替阿芳把婴儿身上的血迹洗掉。可她刚刚一触到那死婴，阿芳"哼"了一声，警觉地把身体缩成了个弓字型，把死婴搂得更紧了。

文霞哭了。她看着甲板上骚动的人群，看着天上的暴雨和狂风，明白了那即将发生的事。她突然自怜起来，对着阿芳的后背说："我刚多大呀，就……就死了。妈呀，我想你呀……我怎么连那个死孩子都不如呀，我不愿死在这儿，我想死在你的怀里呀。妈……"

没人理她，回答她的是那越下越大的雨声。

文霞知道自己活不长了，就又接了把雨水，洗洗脸上的泪，梳梳零乱的头发。她拉了拉粘在身上的衣服，想借着暴雨，把身上冲刷干净。那沉重的雨点击在她的前胸，击打在她那被咬掉了乳头的乳房上，她疼得猛扑到钢板上，一边用拳头锤着钢板，一边"妈呀，妈呀"地哭个不停，那钢板被她锤得发出"咚咚"的回响。

忽然，文霞觉得身下的钢板在颤动，接着是剧烈的抖动，甲板上绝望的人群惊呆了。看着这奇迹的出现，大家发出了一片欢呼声。没过多久，船上的灯一下子全亮了。

"阿芳姐，阿芳姐，船又动了。"文霞惊喜地叫起来。

发报室内，祝洪运把电扇的档次开到了最大，他急等着纽约郝仁的回答。这个波长不是他常用的那种信号，他通常向纽约的呼叫系统早已毁坏，这是他第一次与郝仁通电文。

不一会儿，郝仁的电文传过来了。报务员对照密码，仔细地译解着电文：得知黄龙号修复，甚喜。洪运弟，你立了头功，上岸后，你我必有鸿图大展。现命你明晨靠岸太子港，补充给养。保密为重，保货为重。何时进入墨西哥湾，待命。等我准备就绪后，速告之。另，阿芳不可致死，切切！

郝仁的电台体积虽小，但功率很大，它就被装在林姐送给他的那辆八缸林肯牌汽车上。郝仁发报的时间总是在后半夜，地点不固定，今天是在哈得逊河流入大西洋宽阔海面的入口处。他的这套本事，还是在当人事科长之前，在部队当了四年通讯兵训练出来的。

这种短波电台在美国倒不算难买，在黄龙号起航之前他就选购好了。

郝仁发报完毕，见附近出现了警车，就收好电台，一踩油门，开回了曼哈顿。

郝仁不得不承认，利用黄龙号的沉没，挑起丁国庆对林姐的仇恨，是一次重大的失算，这一点在前几天三义帮核心会上，他已有所查觉。当林姐宣布黄龙号不幸沉没时，并没有表现得十分惊讶，在布置那七条船的收款工作时，她也是态度镇静，语音不乱。而且明显可见，她面色红润，精神振奋，焕发着一种青春的光彩，一种得意后胜利者的姿态。看不出她有半点儿惊恐，觉不出一丝心神错乱。郝仁得出的结论是，黄龙号的沉没，不仅没有给她打击，倒似乎是给了她一针强心剂。

郝仁回想着黄龙号沉没那天，林姐在召开的紧急会议上的那一番发言。

"作生意不可能没有任何意外，好在另外七条船上的货，都正在安全上陆。只要大家努力工作，这点儿损失算不了什么。我不能瞒着大家，这次生意的庞大，从量到利都是咱们三义帮的第

278

一次，不仅在坐的人可得到更多的红利，你们下面的弟兄们都可从中获利。望弟兄们众志成城，精诚合作。"林姐既冷静，又坦诚地发表着她的意见。

郝仁不怀疑丁国庆已经得到了黄龙号沉海的消息，他从三渡村的水仙那里得知，二肥当晚就把这事捅给了丁国庆。郝仁还知道丁国庆在长岛开了个武术馆。

他觉得他失算的最大原因，就是没有看出丁国庆这个野蛮汉子，在金钱、利益面前也会变，更没想到丁国庆也会这么现实，阿芳在时一个样，阿芳"死"后马上就变。丁国庆不仅没有因为阿芳的死同林姐反目为仇，而且二人还越发亲密。不过，郝仁仍然相信，如果阿芳重新出现，一定不会失去她原来的价值。对，留住她，让她突然出现在丁国庆的面前，到那时，倒看林姐和丁国庆怎么办。目前，郝仁想不出什么更好的办法让丁、林二人分裂。制造混乱，挑起事端，是目前唯一的可行方案。

最近，林姐不仅送给郝仁一部豪华轿车，而且还把斯迪文旁边的那套房子也买下来送给他。郝仁很清楚林姐的作法，他将计就计。对此他非常有把握，因为斯迪文已经在他的掌握之中。

郝仁到了家，把汽车停好，看看手表，已是清晨六点了。他没回自己的房里，直接去按斯迪文的门铃，昨天他俩已经商定，年根已到，赌债逼近，周末必须得把软盘弄到手。

门开了，斯迪文把他让进房间。

"继红同意了吗？"郝仁进屋就问。他问的是继红是否答应同他们一快儿去纽约上州。

"别提了，我都快磨破嘴皮了。"斯迪文在浴室里，一边刷牙一边说。

"没同意？"郝仁翘着腿问。

"她不愿意和你一起去，我说你要是不去，我也就不去了，最后她同意了。"斯迪文刷完牙，走出来得意地说。

"好，那就快走吧！"郝仁说着站起身来。

"大哥，还是要谨慎些，她对你总是不放心。"

"不放心不是她，是你那个多疑的嫂子。走，顾不得这些了。等软盘到了手，就由不得她喽。"

下楼之前，郝仁叫斯迪文再等一下。他回到自己的房间取出来一个黑色的小背包，上了车后，问斯迪文："是这个型号的吗？"

"一点儿没错。"斯迪文看了一眼拿在郝仁手里的微型电脑，点点头，肯定地说。

在通往纽约上州乔治湖的高速公路上，郝仁驾着他那辆崭新的林肯，右眼不停地盯着车前的反光镜。他看到继红坐在后排的长椅上有些不自在，斯迪文带着墨镜也只顾观赏着窗外的雪景。为了调解一下车内的气氛，他打开收音机，立刻，柔和的轻音乐弥漫在车箱里，后排两个人的精神也似乎放松了一些。

继红的身体随着音乐的节奏，微微地摇动。斯迪文的手也开始对她身上各个敏感部位的抚摸。

"急什么！"继红推开斯迪文的手，又媚艳地瞪了他一眼。

"没关系，你不了解郝大哥，他什么没见过。"斯迪文说着，把继红压在了身下。

郝仁吹着口哨，笑着按了一下电钮，把隔离前后车箱的玻璃摇了起来，又把车内的温度适当地作了调整。

继红虽然一直对郝仁保持着警惕，但她并不怕他。她对斯迪文的追求是公开的，对他的爱慕也是执着的，她喜欢和他做爱，因为那是透明的，无邪的。她抵挡不住斯迪文那双深情的眼睛和他那富有男性魅力的体魄……。

郝仁听着后排座位上的欢叫，阴笑着点上一支烟，把音乐开到最大音量。可是，没过多久，他又开始担心了，他不知道斯迪文会不会按照他的话去做。前几次盗取软盘的计划没能成功，都是因为这小子坏的事。让他灌继红多喝酒，他总是先醉得不醒人

280

事；让他跟继红造爱得保持精神清醒，他可倒好，自己先投入享受，彻底放松。真到了下手干事的时候，他手脚发软，注意力没法集中。

郝仁认为，这次作战方案应该是万无一失的，他同斯迪文曾做过仔细的研究。如两人配合好，一定会准确无误地把软盘的复制、及调出文件的密码搞到手。因为郝仁现在没有机会去继红家，继红也根本不会邀请他去，因此，必须得把她本人调出来。斯迪文已经掌握了继红的工作和生活习惯，每当她出门，都会把那台新型袖珍电脑带在身边，这是为了保证安全。为了保密，她的电脑没同林姐的电脑连网，每次林姐向她要数据，她都是单项的调出材料，口头向林姐汇报，而且从不做任何笔记。

为了便于林姐全盘指挥，控制收款的进度，调动人员的安排，每晚继红和她最少都有一两次通话，继红不管走到哪里，都得准时准点向林姐报告，随时提供林姐所需的材料。

中午，他们三人到了纽约上州的乔治湖。郝仁把车停在了湖边的 MARTIN RESORT 旅馆的门前，跨出车门，刚想去前台办理住宿手续，看到斯迪文抱着继红的大腿睡着了，他的气就不打一处来。他捅了捅斯迪文，说了声："到了。"斯迪文还没醒，倒惊醒了继红。继红把套在脖子上的手提电脑挎包抓了抓，看了一眼郝仁。

"到了，两位该醒醒了，中午饭我请客。"说完，就向旅馆大门走去。

继红把斯迪文叫醒，又帮他整理了一下衣服，亲了亲他说："还想吗？"

斯迪文嘿嘿一笑说："当然，没够。"于是，两个人又抱在了一起，要不是郝仁过来敲窗子，他俩可能又会拼战一回。

斯迪文对继红的感情一直处于矛盾之中，他不是对她不动情，他非常喜爱继红的活泼，性感和对他的一片忠诚。虽然他被赌债压得透不过气,可是每次下手偷这个软盘时,总有点于心不忍,这也是几次没有盗成的一个重要原因。有一次,他还差点儿对继红说了实话,他怕继红一发现,就等于让林姐知道,自己不仅还不了债,说不定还得丢掉性命。他十分清楚帮里的规矩,更深知嫂子的个性。可现在他已在贼船上,只有破釜沉舟,别无它路。

赌,已经成了他生活中必不可少的精神食粮,如果让他在继红和赌博上做个选择,他得老老实实承认,他选赌博。

斯迪文对继红最不满意的一点,就是她对他的爱是有限度的。他曾问过她:"在嫂子和我中间你选择谁?"继红干干脆脆地回答:"林姐。"这就更加强了他非要把软件弄到手的决心。他对郝仁这个心计诡诈的人曾一度特别反感,对他让自己盗继红的软盘也曾动摇过,可后来见他对自己不断地慷慨解囊,对朋友的忠义,又加上他聪明过人,点子多,使斯迪文不得不佩服、服从。现在,斯迪文已到了离不开他的地步,做什么事总要先问他可行不可行。他欠郝仁的一屁股债,郝仁从来不向他提起,不仅不提,还继续往他手上塞钱,让他去赌场翻本。不过,他和郝仁最大的共同点,就是都恨丁国庆。丁国庆越在林姐身边受宠,斯迪文就越恨他。

郝仁把房间定在了二层,房间号码是 206 和 208,斯迪文和继红住的是靠里边的 206,郝仁挑选了紧靠电梯的 208。

"走吧,先去吃午饭。"郝仁把房间钥匙递给继红。

"谢谢。"继红礼貌地接过钥匙。

郝仁走到斯迪文的身边说:"如不事先打电话预订,拿不到这么好的套房。因为咱们正赶上长周末,有三天的时间。这里有温泉游泳,你们俩可以好好玩玩儿。"

"大哥,你也得好好休息一下。这阵子收账,把你和斯迪文都累得够呛。我知道,这事不轻松,下周你们会更累。"继红挎着斯迪文,同郝仁一起走向餐厅。

这里的餐厅都是洋式的,郝仁选择了一家意大利风味的餐厅。

意大利餐并不十分讲究排场，可是对酒的喝法倒非常考究，饭前、饭中、饭后一共三次，特别是饭后，喝酒的时间拉得特别长，三、五个小时的畅饮，总要让酒精浸透全身。

饭前酒还没喝上一杯，继红突然站起来，说要去打个电话。

"看见了吧，她总是挎着那台电脑，不容易得手。"斯迪文等继红走远了，对郝仁说。

"她放在这里不拿走，你就能得手啦？关键是酒。记住，今晚是最佳的良机，你一定不能喝醉，但要装醉。"郝仁低声对他说。

"我明白。"

"弄她二次、三次，最好能叫她支持不住。切记，不能早射精，懂吗？"

"懂。"

"不，你不懂，在汽车上你就已经射了！"

斯迪文不好意思地笑了笑。

"都什么时候了？我实在担心你，怎么样，还行吗？"

斯迪文点点头。

"偷软盘的时间，要在做爱以后。一定要记下所有调出软盘的步骤和密码，不然，得到软盘也没用。"

"放心吧，没问题。"斯迪文拍着胸脯说。

"你们俩在嘀咕什么呢？"继红走过来笑着问。

"啊？我在向郝大哥讨教……讨教咱俩结婚后的问题。"斯迪文拉着继红的手说。

"不用向他讨教，还是我来教你吧。"继红像是在挑衅，她看着斯迪文，又瞄了一眼郝仁，接着说："他没实话，刚来纽约就骗你，说他不会喝酒。可今天……"

"好，红妹这一军将得好，今天大哥死活奉陪到底。来，祝你们俩婚后幸福美满，儿孙满堂。喝！"郝仁仗义地先把酒饮下。

"喝就喝。"继红也不甘示弱，一口灌下。

郝仁马上把空杯又斟满。

"再来!"继红来了酒性。

郝仁喝完酒,叫来侍从,这回他要的是烈性威士忌。郝仁又和继红连碰几杯,他猜想,继红刚才一定是给林姐打电话,向林姐汇报她所在的地点。郝仁对林姐知道他们三人在一起的事一点也不担心。黄龙号的改航已经成功,现在只剩下得到这软盘上的300名担保人的姓名、地址等资料,即可收钱。这软盘又不是盗走,只是复制,这事做得人不知鬼不觉,不会露出任何破绽。就是林姐知道他们三个人曾在一起也无妨,只要那300名偷渡客不被林姐的人发现,就一辈子也不会露出任何马脚。

在整整三个小时的酒席上,斯迪文表现得还真不错,喝得不多也不少。继红喝得明显有些过量,但此时,她的头脑还是清楚的,不管郝仁怎么相劝,她就是摇头,坚决不再喝了。

郝仁没有喝过量,在大陆时练就的一身酒席上的硬功夫,现在派上了用场。他一边装醉,一边暗笑。他向斯迪文使了个眼色,表示她酒精不过,还有另一精,就看她能过不能过。

郝仁看了看表,已是下午三时,他估计,如果顺利的话,黄龙号已经在太子港靠岸了。

海地,这个中美洲的弹丸之岛,多少年来都隐名埋姓,不惹事不生非。到了八十年代,它竟成了举世瞩目的地方。它同古巴相邻,可并不接壤,中间只隔了一道不太宽的向风海峡。这个岛屿的另一半早就独立,取名多米尼加,它的左下方就是波多黎哥。六十年代初,赫鲁晓夫正处巅峰,也许是他刚把加加林送上月球,得意忘形,也许是想表现一下他的天真烂漫,他把新组装好的萨母导弹运上军舰,经巴拿马运河,敲锣打鼓地开进了加勒比海海湾。

他的这个玩笑开得有些过火,年轻气盛的总统肯尼迪信以为真，动起了真家伙，把核弹头瞄准了就近的哈瓦那，也对准了地球另一侧的莫斯科。当时全世界都处在一种紧张状态，认为核战必然爆发，人类的末日即将来到。

这个使全球民众饱受惊恐的加勒比海危机，平心静气地说，肇事责任不能全归于赫鲁晓夫，恐怕，很多人都要检讨一下自己当时的行为。就说那时刚刚登基的古巴领导，因缺少锻炼，所以才一意孤行，只顾蛮干。不过他们很真实，胸怀大志，抱着美好的理想，挚着地追求，紧紧追随自己的阵营。只是没有独立思考，因而显得过于盲从。

四分之一世纪过去了，一直敢说敢干的古巴领导，内心有点开了窍。他们已然明白了，曾经花过大钱供养自己，无微不至关怀自己的那个老大哥，如今，已没有精力关照自己了。他们忙得很，成天在讨论着什么改组，什么解体。

他们瞧不得大哥的脸，说改就改，说变就变。他们自己不改不变，坚持如故。

他们不仅坚持如故，还要斗几下，在佛罗里达、迈阿密，在美国人的屁股上闹一闹。

古巴难民偷渡迈阿密，是由来已久的。真正成为一股大规模的难民潮，是近几年才发生的事。古巴政权对投敌叛国的变节者，以前处置得极为严厉。这两年不知动了什么脑筋，突然撒手不管，于是，一些古巴人放弃甘蔗田，扔掉砍樵刀，乘着渔船，驾着舢舨，日夜不停地涌进佛罗里达。周边的那几个小岛，牙买加、海地，一下子也都加入了这股扑天盖地的难民潮。其目的当然很明显，看看山姆大叔怎么招架，看看山姆大叔有何办法，使点儿颜色给他瞧瞧。

黄龙号抵达海地的时间，正是在这个时期前后。军人忙着贪污美援，总统早已逃离本岛，跑到他国避难。港口无人管理，岛上一片混乱狼藉。

靠岸后，祝洪运立即发出消息，把黄龙号到港的情况向郝仁作了汇报。

轮船停泊补给，费用虽不算高，可一大半都进了港务人员的私人腰包。趁乱赚钱的方法很多，几个皮肤又黑又红的小子，领着一群美洲女人，指手划脚地向祝洪运做着介绍。祝洪运是个行家里手，这面压价，那面抬高。他跑进底舱，向300个偷渡客绘声绘色地做起了广告："上岸费一律20美元，想找乐子的再加一倍。岸上有吃有喝，红女人、黑姑娘任你选，任你挑。"祝洪运知道，这些偷渡客都不算太穷，绝大多数腰包里都装些钞票，他们敢花大钱上船偷渡，就不会在乎这点儿玩钞。积少成多也是个数目，再说赚这些人的钱也用不着太费脑子。

"你们真是说话不算数。上船前不是说好了，路上一切费用全包吗？这可倒好，在船上喝水比喝金汤还贵，上个岸又得交钱，真他妈的会敲。"有人表示不满。

"算了，别争了。谢天谢地总算快到了，他要多少就给他多少吧。三个多月的鬼日子都熬过来了，路上没喂鲨鱼就算是幸运的了。快上岸自由自由，别太计较了。"有人表示同意。

祝洪运一路上确实私下收了他们不少钱，他想，不收白不收，不宰白不宰，这些个没头没脑的家伙，本来就都是货，从这些货里能挤多少就挤多少，到了美国就没他榨的份儿了。

船上的十名女子，全部倒锁在舱里，他不许她们上岸。食物和淡水他亲自给她们送去，尤其是对阿芳，他采取的是"特殊"管理，他不仅给她送来了面包和淡水，还给她和文霞带来了鲜芒果和鲜椰汁。

"开门，开门，有好东西送给你们。"祝洪运喊着，把锁打开，他身后站着两位水手，提着大包小袋的食品。

祝洪运一进到舱里，就皱起鼻子犯起恶心。他见阿芳怀里的死婴已经变了颜色，冲过去就夺："他娘的，真不想活了。小的死了不要紧，你可不能死！"

阿芳再也没有力量和他拼抢了，她听见祝洪运的喊声只是睁了睁眼睛，眼光里透出的是无奈、凶狠和仇恨。

祝洪运拎着死婴的一条腿，捂着鼻子跑出了舱，隔着船弦，甩了出去。几乎在婴儿与海面接触的同时，加勒比海的鲨鱼就从四面围冲而来，一眨眼的功夫，就把婴儿撕咬得粉碎。

"国庆！"一声绝望的嘶鸣，从阿芳的舱里传出。

祝洪运听到阿芳的喊声，猛一回转，浑身竖起了汗毛。

丁国庆和冬冬正在训练那头沙皮犬。一到下午，她和国庆叔叔就与杰克追逐在小海湾的沙滩上。冬冬在一头儿打开了几罐掺了杂味的罐头，丁国庆在另一头儿切着带血的生肉，杰克在他俩中间来回奔跑，不知所措地汪汪狂叫。它不清楚，一向疼爱它的两位主人要干什么？它不理解，它最爱吃的那几种罐头怎么会掺上汽油，搅拌上辣椒？新鲜的生肉它从小就没碰过，尽管只是走过来闻一闻，都能得到主人友善的回报，可它就是吃不下。杰克是个有个性的猎狗，它不会轻易地就服从主人的这项要求。

林姐曾经劝过丁国庆放弃对杰克的这种无意义的训练。她绝不相信，她和冬冬的安全会有问题。老萨娃对国庆和冬冬的这些举动，更感到不可思议。

午饭后，在餐桌旁，老萨娃给他们讲了个故事，冬冬给国庆当翻译。

"故事发生在远古时期，上帝给了人类很多恩惠，庞贝城里丰衣足食，阳光普照，鸟儿在天空中自由地歌唱，田里的禾苗茂绿苗壮，牛羊成群，处处鲜花开放。后来庞贝城被一个叫凯撒的人统治，他荒淫无度，暴虐成性，屠杀无辜，贩卖人口，奴役生灵。上帝对他的臣民又一次失去了信心，发大水冲垮了庞贝城。"

老萨娃接着又讲述了一个比这一时期更遥远的故事。那是上帝创造世纪后不久的事，差不多是同样一个内容，人类没有了信仰，互相奴役残杀，为了金钱，你争我夺，背离了上帝，遭到的都是同一个下场。

两个故事都有一个共同特点，就是都同水有关。水是毁掉人类的法宝，人类离开了水又活不成。每当人类背信弃义，远离上帝，人类才知道它的威力。

老萨娃讲完了故事，就领冬冬上楼做睡前祈祷。冬冬在离开国庆之前，又问了问明天对杰克还进行哪种训练，萨娃摇了摇头，对冬冬不能把她的故事弄懂有些生气。可冬冬怎么也不能把她和国庆叔叔训练杰克吃生肉，同上帝用洪水把庞贝城冲掉联系起来。

"去睡吧，冬冬，明天是周末，你还得陪我去武术馆呢。"丁国庆摸着冬冬的头说。

丁国庆写日记的习惯改在了下午，因为武术馆的教学有时会弄到很晚。他不仅记下教授学员武术的体会，也记下了他对阿芳的怀念，记着他同欣欣的新生，记着对冬冬、对这个家的新鲜感，也记着训练杰克的事儿。

训练杰克保护林姐和冬冬，是出于他的一种预感，斯迪文身后的那个人，终有一天会出现在小海湾。

电话铃响了，是林姐打来的。丁国庆放下手中的笔，露出了笑容："我知道，一定是你。"他拿起听筒说。

"想我吗？"

林姐问。

"想。"

"还得等一天。"

"不，现在我就去找你。"

"别，别急，明天我带你去东京参加一个会议。你的回美签证已经办好了，到了日本我就是你的了，随便你怎么样。"

丁国庆笑了笑。

"国庆，你是不是又在训练杰克？好了，国庆，别太紧张，训练杰克吃生肉，确实没那个必要，这样做对杰克也太残忍，刚才萨娃又打电话来告你的状了。"

"欣欣，这不是你的事，你就别管了，再见。"

丁国庆放下电话，心里仍旧盘算着，怎样对付斯迪文身后的那个人。

就在同一天晚上，郝仁扶着继红，架着斯迪文，把他们俩搀进了 206 号房间。临走时，他向斯迪文又挤了一下眼。郝仁回到自己的 208 室，就一支接着一支地抽上了烟。昨天夜里，为了给黄龙号发电文，整整一夜没睡，到了这个时候，还是一点倦意也没有，他像发了情的母狗一样，在床上躺会儿，在椅子上坐会儿，竖着耳朵听听，又在走廊里转转。

最最关键的时刻到了，胜负决定着他的前程，胜负也决定着他的性命。

郝仁非常了解这伙人的生活规律，他们基本上都是夜游神，连他自己也改成了白天睡觉晚上活动的习惯。离吃晚饭的时间仅剩下四、五个小时了，如果这次斯迪文还不能得手，他决定立即通知祝洪运马上弃船，黄龙号上的人就在海地那个穷岛上自生自灭吧。先保住自己的性命要紧，留得青山在，不怕没柴烧。

正想着，斯迪文来敲门了。

"你出来干什么，千万不能露出任何马脚！"他见斯迪文出来，紧张地说。

"她正在洗澡，我拿来了所有的软盘和她的电脑。"

"笨蛋！快放回去！千万别动她的电脑。最重要的是要弄清黄龙号在哪一张软盘上，更要记住调出文件的密码。快，快放回去，别留下任何痕迹。等她洗完了澡，再搞她两回，好好折腾折腾她，让她没了精神，睡得死死的，到那时再下手。记住，你千万不能他妈的先射!"

斯迪文听完郝仁的话,快速闪回206。

郝仁以前根本不懂如何操作电脑,为了偷偷复制继红的软盘,他还真下了一番功夫。他买了本电脑入门手册,学了好几个礼拜,又买了一台和继红同样型号的手提电脑。怎样复制,如何操作,他都已弄得清清楚楚。

此时,他已把这台电脑放在床上,充好了电,拔掉电源,藏起电线,用被子把电脑盖好,遮严。现在一切准备工作都已就绪,就等着斯迪文能有机会下手,弄到软盘。

206房间,性欲四溢,继红和斯迪文展开了一场肉搏战。

"我要这样,我要这样!"继红色眼迷迷地看着天花板上的大镜子,指点着斯迪文。

斯迪文按照她的要求,极力迎合着她。

"噢——斯迪文,我的宝贝,我的心肝,你把我的魂儿都弄飞了。"

"宝贝儿,你叫我干什么,我就干什么,只要你高兴。"

"亲爱的,我来了,我来了!快,用力,快!"

斯迪文使出他的浑身解数……

天花板上的大镜子里,映着两具赤条条的身体,映出继红满脸的红韵,满脸的甜蜜。她搂着斯迪文,谈起了他们两人即将到来的婚礼。

"婚礼要让林姐主持,要搞成全美华人最大的,最轰动的。蜜月咱俩不去欧洲,去南美,最好能赶上巴西的狂欢节。"

斯迪文听完笑笑说:"我让你狂,我让你欢。好,今天,我就让你狂欢到底。"说着,翻过身,又提起了她那两条肉感的大腿。

"亲爱的,我累了,我要休息。斯迪文,我……噢……啊……啊……"继红又被斯迪文挑逗起来,全身心地投入到第二次激战

290

中。

这一回合斯迪文越战越勇，几次就要丢盔卸甲，他都严格按照郝仁的教导，及时更换了姿势，保持头脑的清醒，直至把继红杀到筋疲力尽，连连央求休战为止。

继红抱着一条毛毯，正要昏睡过去，斯迪文仍不肯罢休，他把舌头紧紧贴在她身上的敏感地带，又亲又舔，只听继红喃喃地呻吟着："你好棒哟，真能干……"就再也无力迎战了。

208房间，郝仁坐如针毡，焦急地等待着战果。他不停地看着腕子上的手表，他想，隔壁房间的肉搏应该停止了，他巴望着斯迪文赶快把战利品送过来。他非常担心斯迪文的战术又一次失败，又害怕斯迪文的动作匆忙，惊醒了继红，露出破绽。

206房间，斯迪文听到继红的呼吸由均匀变得深沉，他试着推了推她的后背，不见继红翻身，断定她确实睡熟，就悄悄下了床，摸到继红的枕边，偷走了那盒软盘。他轻手轻脚地穿上睡衣，来到外间。

八张软盘上，标写的都是数字号码，他没料到，继红的工作竟是这么仔细。他推测，这八张软盘就是那八条船的资料。可哪一张才是黄龙号的呢？他急得额头上冒出了冷汗。他正不知如何是好，猛然间他发现，每张软盘的背面都有一排英文大写字母，一个标有 TDKHL 的软盘吸住了他的目光。斯迪文的英文程度虽然不高，可毕竟是从小在美国读的书，TDKHL 能使他马上联想到 TOU DU KE HUANG LONG（偷渡客黄龙）。他喜出望外，把那个软盘塞入睡衣的口袋里，人不知鬼不觉地溜到了208房间。

郝仁见斯迪文拿来了软盘，喜出望外，马上掀开被子，打开电源开关，从斯迪文手里接过盗得的软盘，迅速放进电脑里，不到几秒钟，复制完毕。整个过程两个人一句话也没说，等郝仁把原版软盘交还到斯迪文的手里，才说了一句："这只完成了第一步，赶快回去，这次要真睡，养足精神，以利再战。记住，一定要偷学到调出文件的密码。"

斯迪文又溜回到 206，把软盘装好，放回原处。放好后，他看了看睡得依旧很死的继红，这才长长地出了一口气，顿时感到疲倦无比。他上了床，搂着继红的后背，打起了酣。

208 房间的郝仁，并没因完成了第一步计划而放松精神，他正设想着第二个步骤，怎样才能顺利进行。他在思考，待掌握黄龙的全部资料后，黄龙号应走的线路。300 名偷渡客从美东上岸，存在着一定的危险，只要有一名被林姐发现，就会造成他整个计划的全部破产。他准备命表弟祝洪运，在墨西哥的维拉克鲁斯岛附近登陆，然后派鸭血汤和两面焦，避开鲨鱼和牛卵，从陆路横穿墨西哥，用两辆装运可口可乐的大货车，越过格兰德河，进入美国境内新墨西哥州。他早已摸清走这条从墨西哥到美国南部，直至纽约的线路的所有费用。按他的估计，给祝洪运的钱不必再作补充。

206 房间的电话铃声突然把继红惊醒，她从床上跳起来，抄起床头柜上的电话，她听到是林姐的声音。只听继红说了声："等一等。"一翻身，把电脑打开，十个手指头熟练地在键盘上飞舞起来。

斯迪文懒洋洋地搂着她那光溜溜的屁股，摸着她的乳房，把头从她的腋下探到了电脑旁。

"林姐，水手一号黄永发的担保人已交清欠款。"继红把听筒夹在脖梗下，双手又按了一组字母，接着，向林姐汇报另一条船上的收款进程。

"泰丰号上还差十六人没有收齐，他们是……"

　　斯迪文亲着继红的乳房，眼睛死死地盯着电脑的键盘，脑子里的记忆全被他调动起来，一遍遍背诵着每一次继红调出文件前的字母排列，他默念着 W—W—M—A—G—H—A—M—＊，W—W—M—A—G—H—A—M—＊，W—W—A—G……

19

新大谷饭店，就坐落在东京的市中心。饭店的风格，是模仿欧美建筑，按纽约帝国饭店的原貌，几乎照样搬来。在饭店的顶部有一个巨大的旋转餐厅，坐在餐厅里吃饭的人，不会感觉到是身在日本，倒好象置身于德国的汉堡或德累斯顿，又像是在北欧的赫尔辛基或哥本哈根。总之，它没有半点东方的个性，根本不像让美国人不得安宁的强国日本。

但是，它的经营管理，却不是学习欧美的方式，它仍保持着大日本国的特有传统——奔命。

林姐和丁国庆比要到会的其他几位早来了一天，他俩坐在旋转餐厅的高级隔间里正在吃饭。

如今的林姐，看起来真是春风得意。一个刚步入中年的女人，就如此富有，买卖做得顺利，情爱又得到满足，事业处于巅峰。她给国庆叫了一桌子的名贵海鲜，有东京的生鱼片、名古屋的烤大虾、北海道的北极蟹、九州岛的小乳牛、神户的扇贝、长崎的海虹、横滨的鲜翅、大阪的龙虾，整整一桌子的名菜，显示着气派，透着有钱。

林姐现在的资产，确实是没人知道到底有多少，连她自己也没做过精确的计算。自涉足房地产业以来，她的动产和不动产加在一起，就更是难以估量。她在纽约西百老汇大街的幢幢商业楼天天看涨，东京新宿区繁华地段的地价也是以惊人的速度猛增。最近，她又在曼谷购下了几所高级别墅，在福建的开发区买下了一大片土地。纽约贸易公司的收入她没去统计，中国大陆的合资企业也没计算在内。仅从这些固定资产上估量，就已达到几十个亿。

但是，她不喜欢显山露水，所有这些资产的注册都不是用她的名字，在美国她使用维多利亚·林，在日本她叫山口美惠子，在福建她是林太太，在泰国的名字是拉索·沃西。

林姐和别的商人还有一点不同，她不会为流动周转资金而发愁，她对自己的现款有个大概的估计。她在欧洲和北美的几大银行里都是大客户，可也无法加在一起精确计算，因为每天都会有好几次不加税收的现金收入进账。

丁国庆对着这一桌子的名贵海鲜，不住地摇头。他埋怨林姐，没必要这么做，他心里很清楚，林姐正在逐步引导他介入她的事业。这次带他来东京参加会议，就是最明显的一步。

林姐的确是这么想的，现在有了国庆这个得力帮手，她认为，她的事业会更加辉煌。她计划着要把全球各大都市的巨商统统踏在脚下，真正建立起一个超级的金元王国。她正在筹划，向东京、纽约及香港的金融界进军。这次的东京会议，就是与几位哥们儿做这方面的商讨。她的这个计划，昨天同国庆已经交谈过了。国庆虽然责备她过于天真、有太多女人的幻想，可他从心底里确实崇拜林姐，欣赏她的勃勃野心，钦佩她一个女人能有这样的抱负。国庆希望她的这些梦想能够实现。他也坚定了同林姐共同奋斗、一道实现这些雄伟目标的决心。他期盼着黄种人能在东方崛起，林姐在 21 世纪能够顶天立地。

林姐告诉国庆，她不喜欢日本，她说黄种人如果都像日本人这样打天下，就全都变成了其他种族的奴隶。他们太可怜，没有创造性，只强调团队集体精神，不主张个人才智的发挥。日本人貌似富有，可内心却贪婪可悲。再过一百年，这个岛上的人也不会出现偷渡客，他们饿死，累死，也要抱在一起。

丁国庆觉得林姐有些过度兴奋，从昨天下了飞机，直到成夜在床上狂欢，他都体会到，林姐的精力饱满，体力超人，这是他从来没有见到过的。对林姐这两天的言行，他觉得她像是变了一个人，不论是对人生的解释，还是对当前世界形势的分析，她都太过自信，唯独对日本的这些评说，他觉得不无道理。她主张，黄种人不应向日本看齐，黄种人的精神不在这个岛上，真正的龙头在中华大地。目前的行动，只是向境外一次小小的蠕动，黄色的威力要看下一个世纪。

这两天，林姐和他单独在一起的时候，表现得也非常失态。昨天夜里，她和国庆做爱时，总是在不断地掉泪，丁国庆问她这是为什么，林姐骂他，骂的很难听，全是些不堪入耳的脏话。骂完了就大笑，笑完了还流泪。疯态过后，她依偎在他那健壮的怀里，像个受了惊的小猫，她说她怕。

"你怎么啦？"丁国庆紧紧地搂着她问。

"难道你还不明白？"

"不。"

"为了得到这些，我用了整整半生的精力，多难呢。国庆，我的话，你现在也许还不理解。""我理解，欣欣。"

"不，你没全理解。"林姐说着，眼泪又淌了下来，她把手纸交给丁国庆，让他帮她擦眼泪。

"是命令吗？"丁国庆亲了一下她的前额问。

"是请求你。"

丁国庆笑了笑，接过了手纸，轻轻地擦着她两颊上的泪水。可是没想到，越擦林姐的眼泪流得越厉害，丁国庆怜惜地把她紧紧地抱在怀里。

林姐边哭，边诉说起她内心长久的不平。她的话音不时地被她那抽泣的泪声打断，她呜呜地哭着。

"我怕，怕你离开我。我怕，怕别人抢走你。"她的哭声更大了。

"放心吧，欣欣。"

"不，我不放心。我，我已经跟詹纳森谈过了，他同意卖给我那个岛屿，价钱由他出，反正那个岛我是买定了。"

"买岛？"

"嗯，是给咱俩和冬冬买的。"林姐仍旧呜咽着。

"别哭，好好说。"

林姐平静了一会儿，说出了她内心的打算，她的目光是那么纯洁、天真、烂漫。她准备买下的那个老议员父辈留下来的岛屿，坐落在中美洲的特拉尼达多巴哥附近。据老詹纳森介绍，岛屿的面积很大，上面还有一座西班牙式的古屋，岛屿四周的海水清澈见底，岛上还有大量的可耕种土地。岛屿中心是一片茂密的树林，林子里鸟语花香，处处布满野生果类。岛屿四外一英里的海域也属于老詹纳森的私人财产。因此，国际海运船只绝不可以在附近航行。老詹纳森说，这个岛在很久以前被西方最著名的人类历史学家考察过，并著下一本厚厚的书，名叫《伊甸园所在地》。

丁国庆听得入了神。

"真的，国庆，老詹纳森绝不会骗我，他说他非常后悔，前半生的日子没有安排好，为了总统的选举，为了进入白宫班底等政治问题，浪费了半生的大好时光，不然的话，他早就娶了他所爱的女人，搬到那个岛上繁衍后代，过世外桃源的生活了。他说，他可以生很多很多孩子。""美国人，奇怪的想法。"

"不，国庆，这不奇怪，我俩的未来，不能不防备，我决定买下这个岛，是好……"

"为了什么？"国庆问。

"要有个防备。"

"防备什么？"

"我也说不上来。"

"防备郝仁。"国庆说。

林姐笑着跳下床，她笑国庆的思维不合逻辑，笑他没有明白她的意思。

丁国庆趴在床上，严肃地瞧着她。他忽然觉得，她坚强起来志不可摧，幼稚起来像个孩子，忽而残忍无度，忽而柔情万种。

林姐在雪白的地毯上扭动着她那圆圆的臀部，翩翩地跳起了性感舞："郝仁？郝仁算个什么东西。"

郝仁和斯迪文把软盘和密码弄到手后，勉强耐着性子又玩了一天，就再也不理会继红想留下再玩一天的要求，执意要回曼哈顿。他俩连哄带骗地把继红推上林肯汽车，迫不及待地赶回了纽约。

他们的车子刚刚穿过海底隧道，郝仁车上的电话铃就响开了。他从反光镜里瞄了一眼后排座位，见继红和斯迪文搂在一起正熟睡，马上摘下了听筒。是鸭血汤打来的，他的声音显得有些惊慌。

"什么？出了什么大事？"郝仁立刻把隔离后车厢的玻璃摇上，轻声说："别慌，慢慢讲。"

与此同时，继红身边的手提电话也响了，她听到了，可不想接，她知道，林姐和丁国庆昨天去了东京，不会有什么重要的电话。她依偎在斯迪文的怀里，轻轻移动了一下身体。

可电话铃声响个不停，斯迪文揉着眼睛，拍了拍她的肩说："拿来，我接。"

"真讨厌！"继红不高兴地骂了一句，从斯迪文的怀里挣脱，打开了手提电话机："喂，谁呀？"

电话是鲨鱼打来的，他向继红确认林姐是否明天回来。还讲了鸭血汤和两面焦残货、毁货的经过。

车上的两只电话说的是同一件事，事情发生在昨天夜里。

在皇后区，北方大道南端的那个人蛇窟里，地下室关着二十来个还不上钱的偷渡客，这些人在美国的新闻媒介上被称为 HU-MAN SNAKE，中方传闻媒介则称之为人蛇。美国的公众舆论没有一天不提到他们，全美的司法、保安部门，无时无地不在寻找人蛇，不在关心他们的命运。

被关在地下室里的偷渡客们，不论男女，都被一条钢绳锁在一起，等待着被押到一层的客厅里提审。拷打和逼问是常事。像这样的人蛇窟都分布在纽约的边缘地区，仅皇后区内就不下三、四个。

炎热的夏天，潮湿的气候，使他们身上的伤口开始溃烂，各种不知名的瘟疫在这拥挤的小屋里四处蔓延。

这些人全都是从这七条船上下来的不幸者，有的是担保人失约改口，有的是和担保人失去了联络，但大部分还是担保人的经济能力有限，一下子交不上这笔现款。有的人根本就不想交，来时的保证书也是假的，或口头说好，来美后自己赚钱还债。这一切，造成了他们不得不以身抵押，每天早上解开锁链去打苦工还债，夜里又被运回关在这里。如果说光是打工还债，还有个盼头，可是不合理的违背道义的剥削和压榨，却使他们感到永无出头之日。

皇后区的这几个蛇窟，是在鸭血汤和两面焦的管辖之内。林姐赴日办事，临走前交待鲨鱼和牛卵，到这里支援郝仁这一组人马。这一组人收账的进度比较缓慢，账目的管理也不及他俩清楚。林姐特意安排鲨鱼和牛卵过来，其本意并不是对这组人有什么怀疑，仅仅是出于工作上的需要。

昨天凌晨两点，光线昏暗的一层客厅里，几个男女人蛇的衣裳已被扒光，一个个躲在阴暗的墙角里，把身子缩成一团。

"全他妈的睁开眼睛！"鸭血汤双手拿着一台手提除草机，这种除草机的前端不是螺旋钢片，而是一条细细的、柔软的钢条。这种新型除草机的用途，是为清除庭院里的边边角角、凸凹不平的杂草，因此，设计者把它的功能设计得既锋利又十分灵活。

"听到没有，把眼给我睁开！"鸭血汤又叫了一声，还没等除草机开动，那根亮亮的软钢条就搭在一个男人的头上。这个男人被绳子捆绑着，两边各站一条大汉。

两面焦见缩在墙角里的人不愿睁眼，就冲过去踢打着他们。

鸭血汤是个天生的虐待狂，他的这些做法，其实对逼债收款起不了什么作用。钱的来源是保人，偷渡客与保人失去了联系，就是打死他们，所要收上来的钱，只会更加没有保障。可他控制不住那时不时就要发作的虐待活人的本性。林姐为此，在帮规上明确规定：虐残、毁坏人蛇的为首者，视案情轻重予以罚款，重者帮规伺候。劫货的为首者，除名抵命。鸭血汤也知道这些帮规，可就是控制不住他那做恶的欲望。

"你的保人到底在哪儿？"

"我怎么知道哇？大哥，求……"

除草机的电门打开了，一眨眼，那男人的头皮卷着头发被削得四飞，露出白茬的头骨，立即变成深红。

还没等那男子叫出声，旁边的两个大汉上去，用毛巾堵住了他的嘴，架起他，把他拖进洗漱间。

"去吧，理好了发，得洗洗头！"鸭血汤瞪着血红的双眼，满足地叫喊着。

洗漱间的喷头喷着滚烫的热水，哗哗地浇在了那个男子的头上。

两面焦抹了抹溅在衣服上的血，从洗漱间走出来，又把一个姑娘拽到了屋中央，狂笑道："你们他妈的臭得连猪狗都不如。今天老子要教教你们什么叫卫生。来，他理发，你搓澡。"

两面焦说的搓澡，是鸭血汤和他觉得最过瘾的一个花样。搓澡的工具是这两年家庭电器的新发明——气流吸尘器。它的顶部是一个棒状的高速旋转钢刷，钢刷的后端有一个气孔，强烈的气流能吸进所有的脏物。为了对付室内地毯上不清洁的角落，这种新式吸尘器特别受用户的喜爱，因为它可以把藏在地毯里边多年的脏东西一下子刷净，吸走。

用这种工具给女孩子搓澡，他俩以前干过几次，都觉得过瘾无比。

那赤裸的女孩被四条汉子仰面按倒，因怕她忍不住疼痛大叫大喊，他们就在她脸上粘上一层又一层的胶条。

吸尘器的电开关被合上了，它"嗞嗞"地发出了尖叫声。两面焦把那快速转动的钢刷伸向女孩子的前胸和腋下，立即，钢刷所经过的表皮组织被破坏，先是密密麻麻的红道，而后就是一片血肉模糊了。强大的气流吸走了皮肤上的鲜血和碎肉。

女孩子四肢痉挛起来，手脚的指尖毫无规则地抖动。

当两面焦正要把钢刷伸进女孩子的下阴时，客厅的门"嗵"的一下被踢开了，进来的是鲨鱼和牛卵，他们一见这种场面，就皱起了眉头。

鸭血汤和两面焦对鲨鱼和牛卵，早就面和心不和，对两位的命令一向反感，尤其是对鲨、牛二位对他们管辖之内的工作横加指责，心里早就窝着火。今天这二位算是撞到了枪口上。

鲨鱼和牛卵见他们私设公堂，破坏帮规，就令他们赶快住手，停止这一切违反帮规的活动。可一见下达的命令没人执行，就亲自动手，给女孩子拆掉封在嘴上的胶条，又把吸尘器和除草机等刑具，从窗口扔到了后院。

鸭血汤的脸涨得青紫，走上去按住鲨鱼的胳膊："大哥，你未免管得太宽了吧，这可不是你管的地面。"

"我是为你好！"鲨鱼吼道。

"黄鼠狼给鸡拜年，没安好心。"鸭血汤也叫了起来。

鲨鱼把鸭血汤拉到一个空屋子，他俩身后各站着牛卵和两面焦。

"帮主立下的帮规，你们俩不能不知道吧！？别趁着她不在就乱搞！"鲨鱼气得翻着眼珠，责令他们再也不许使用这些刑具，更不能再私设公堂残酷地对待人蛇。他说得很激动，唾沫乱飞，满脸流汗。他用衬衣在脸上擦了一把，让牛卵到冰柜里拿点冰镇的饮料。

不一会儿，牛卵回来了，他没把饮料取来，反而叉着腰大声吼着："这是他妈谁干的？"

鸭血汤和两面焦对视了一下，知道不妙，事情露出了马脚，就死不回答。

"这是谁干的？"牛卵又问了一声。

"老二，怎么回事？"鲨鱼说着，跑到楼下打开了冰柜，他看到了一具死尸。鲨鱼又急又气地破口大骂："好哇，操你祖宗八辈的，林姐前脚走，你们后脚就胡作非为。毁货的罪名你们担当得起吗？今天我饶不了你们这两个混蛋王八蛋！"

鸭血汤和两面焦不认错，还硬解释："大哥，二哥，这不是毁货，这件货的款早已交清，对咱三义帮不欠分毫！"

"不欠为什么不放人？"鲨鱼逼问。

鸭血汤和两面焦不敢讲清这具尸体的来历，因为这会牵扯到斯迪文和郝仁。

这具尸体就是阿六。郝仁在最初，按月交给鸭血汤和两面焦一些钱后，见两位基本进入他的阵营，就停止了供钱，理由是，阿六在大陆的太太已找到了新欢，跟别的男人同居了，不再关心阿六的死活。油水榨到这份儿上，也就差不多了，两位对郝仁的话自然相信，可是，对阿六本人却不知怎么处理。阿六被关押在这里十个月，得了几场大病，身体已经彻底垮ष。本来美国医院的费用就高得惊人，阿六又几乎是到了美国就被锁进了人蛇屋，既没保险又无身份，没法看病。

他俩本想放了阿六，死活由他去，可是，可怜的阿六突然死了，临死前都没能给老婆孩子留下任何遗言。

阿六本想告诉他老婆，在大陆放着好好的生意不做，鬼使神差地往西跑，裤腰上的钱全部被掏光不说，到头来，这黄金梦没做成，倒当上了异乡的冤死鬼。

阿六是在昨天后半夜咽的气，同屋的人怕天热，尸体发臭染上病，就歪歪斜斜地把他塞进了冰柜里。

今天下午鸭血汤和两面焦一到这里，就发现死在冰柜里的阿六，他俩大骂了一顿后，准备明晨把阿六的尸体带上车，扔到别的州收垃圾的卡车里。可是，事情就是这么凑巧，让突然到来的鲨鱼和牛卵给赶上了。

鲨鱼在这四个人里排行老大，想到林姐行前对他的委托，就决定教训教训这个胆大妄为的鸭血汤。他猛地打开冰柜，抄起一瓶一公斤装的大酒瓶，照着鸭血汤的前额就砸了下去。

鸭血汤对他的这一击一点儿没防备，立刻，那比刀还锋利的破破璃尖扎进他的头皮里，鲜血和白兰地瞬间染红了他的脸。他"哎哟"一声就要拔枪，牛卵站在他身后迅速解下了他的武器。两面焦见鲨鱼手拿的半个碎瓶又向鸭血汤脸上刺去，他掏出匕首，就去阻挡。鲨鱼是武打出身，只见他眼急手快，前臂赶快躲闪，可惜动作太小，两面焦的匕首扎进了鲨鱼的上臂肌肉里。"快跑！"两面焦拉着已看不清路的鸭血汤，冲出门外。牛卵抄起一挺大口径来福枪，对准他俩的后背。

"住手！老二。"鲨鱼把牛卵喊住，他左手捂着右臂上的刀口，鲜血染红了他的五个手指头。

"大哥，你……"牛卵说着就要扣扳机。

"不能，二弟，帮主林姐明天就到！"

东京新大谷饭店，林姐豪华的会客厅里，坐着几位衣冠楚楚的客人，其中有从法国来的李云飞、从孟拉来的缅甸人民军总司令黑头、从曼谷来的顾卫华。稀客是瓦帮军的特使熊志强，熊志强现已不在金三角玩毒品，如今是在老挝上辽倒汽车。黑头的弟弟贺向东也来了，他的到来是出人意料的，因为他出国得由上级——省里审查批准，不像在座的其他几位，说到就能到。北京的高浩也想来，他身上揣着好几本外国护照，出国对他倒不成问题，此次未到的原因是，中东又孕育着一场生死战，春节期间他正在忙着点货。

美国来的林姐是会议的召集人，这次她没带保镖，却执意带来了丁国庆。丁国庆的突然出现，使所有到会的人着实疯狂地闹了一阵，每个人都失了态，一返儿时的无拘无束。会议厅里热闹得好象从天上降下几个翻江倒海的孙大圣。

这些从全球各地来的人，虽然都已四十来岁，可他们一下子全忘了平常接人待物的那种庄重，似乎又回到了青少年时代。他们放松着自己，像些没头没脑的大顽童，骂骂咧咧地还争着栽种胶苗的技术分歧、翻盖土坯房的不同意见，三连和七连的种种不和和北京人和重庆人的每次冲突。当然更忘不了69年的那次火并、雨夜越境的那次玩儿命。

他们口若悬河无所不谈，他们侃得浑身流汗，聊得两腮发酸。他们笑哇，闹哇，嚷呀，叫呀，最后，大家都扭在一起，热泪纵横地相互拥抱着。

是啊，隔了四分之一的世纪后，这些人又走回到一起，这不是巧合，而是规律。无论在境内还是境外，老三届对老三届的人互相都有一种吸引，他们都不太在乎对方的实力有多大，也不在意对方的职位有多高，他们在前半生的磨难中悟出了一个理儿，这茬人才是真哥们儿，活着一块儿干大事，死了盖棺就拉倒。

这茬人都有一种内在的感应，用不着太多的解释，彼此之间容易沟通，大事小事一点就透，形成了决议，说干就干，干起事来都洒洒脱脱。

林姐筹办华夏银行的打算，得到了与会者的一致响应。他们统一了一个想法，如果资金过于分散，在全球的金融界里形成不

304

了大气候；只有把资金集中起来，组织起跨国财团，才能在世界独占鳌头。

拥举林姐为华夏财团的总裁，也是大家一致的共识。她起步早，增长快，经验丰富，为人可靠。

林姐对大家的推举没有做过多的推辞，诚恳地向在座的哥们儿做了汇报，一五一十地讲解了这行生意的支出和利润："做这个生意利润高得惊人，一头货按三万美金计算，一条船可装300人，那就是上亿人民币。而且运作的时间如此之短，从组织货源到上岸，总共还不到六个月。船租和人力等费用，还占不到总额的十分之一。依我看，世界上没有任何一种生意可以与之相比。"

林姐的这番发言，令在座的人都很兴奋。

林姐继续说："把大家召集到东京来，是想让每个人都能参与这项生意。以前我的成功，也是靠大伙的帮助取得的。组建财团，筹办跨国银行，是我们共有的事业。所获得的高利润，由大家共享。"

黑头提出了异议，他认为，货物的输出已不在中缅边界，如果以海运为主，陆路的生意也占不了多大比例，因此，人民军在整个计划中起不了多大作用。

不等林姐细说，顾卫华作了分析："根据眼下的形势，只靠海路解决不了内地大量货物的积压，这次不仅不能丢弃陆路，而且海、陆、空要并用，才能达到预期的目的。"

负责空路的高浩虽然今天没到场，可大伙也都放心，谁都不怀疑他的能力。

这次生意需租用大量船只，仅顾卫华的一个船运公司解决不了问题，因此，李云飞散会后要立即飞往北欧和希腊，租用船只，而且要尽快签下租船合同。

贺向东在这些事情的安排上没怎么插话，他只是对在海外开办银行，和资金筹措等问题上向各位保证，他能帮上忙。

东京会议开了一天，各路人马陆续登上回程班机，准备架火立即操办。他们个个雄心勃勃，迎接着即将到来的大规模贩运。

丁国庆比林姐先行一步回纽约。临行前，两人去了一次东京塔。登上这个号称世界最高的电视发射塔的顶部，把林姐的情绪带到了最高潮："国庆，人生要有追求，要敢于攀登高峰。相信你同我一样，不存在恐高症。"

丁国庆望着脚下灯火通明的东京城，俯瞰着密集的车辆和匆匆的人群，心情也十分激动："欣欣，我想关掉武术馆，同你……"

"不。暂时不要关。你先在学员里物色几个像样的保镖。"

丁国庆点了点头，表示赞同。

北京的变化一年一个样，到机场来接林姐的高浩更非同寻常，随他同来的已不再是一部车、一个司机，而是不下四、五辆车的长长车队。

"这都是些什么人？"林姐指着身后的一排高级轿车问。

"啊？都是保护你的哥们儿。"高浩说。

"太招眼了吧。"

"没事。"

"怎么还有穿制服的呀？"

"穿制服的更磁。"

高浩比去年见的时候要气派多了，BP机换成了大哥大，新款式的西装还是世界名牌。脚蹬一双意大利名牌皮鞋，头发梳得倍儿亮。

再看看窗外，一年来，北京的变化也不小，美国的商业广告已经打进，现代派的楼房一片接着一片，街上的汽车是五花八门，交通要道已显拥挤。

林姐到京时间正好是大年三十晚上，街道两旁一派节日气氛。

306

眼下姑娘们的穿戴也都非常入时，相比之下，林姐的打扮倒显得有些土气。高浩知道林姐的习惯，到京必备一件军大衣。

远达饭店的翠湖厅里，去年见过林姐的几位朋友全到齐了，就差一个任思红。

"任思红怎么没来？"林姐问高浩。

"这位姑奶奶现在难请着呢。"高浩说。

"我在东京时给她打了个电话，她说一定到，误不了。她还说，有重要的事想跟我说。""这就对了，她跟你说重要的事，一定得背着我们。其实用不着背我也能猜出来，无非是让你帮她办出国。"高浩说。

"出国？"

"现在全国上下一阵风，都忙着出国，什么也比不上这个热。"

去年见过林姐的那位教师和编剧，殷勤地把她请到了正座。正座的右边，坐着那位不爱言语的要人听差，左边留给高浩。

"不行，你们先聊着，我还得去接姑奶奶。"高浩说着，正要出门，门口冒出了任思红的声音："姑奶奶驾到。"

任思红上前抱住了林姐，趴在她耳边小声说："饭后，跟我回大院，三十晚上就在我家过。"林姐点头说："行，行。"

凉菜刚摆上桌，编剧先开了腔："这一年还真出活，先后两个剧本都已完稿，第一个是《海外赤子返乡记》，第二个是《偷渡蛇头女》。"

编剧非常想听听林姐的意见，把个厚厚的大剧本也带来了。

"我说您可得省着点儿唾沫，不然这一晚上您全包了可不行。"高浩指着那堆厚纸说。"不，不，只说纲，聊聊主题。"编剧忙解释。

那位教师吃了口菜说："这主题没什么可聊的，《海外赤子返乡记》很明确，您的主题就是反出国热嘛。《偷渡蛇头女》的内容去年您在这儿就谈过了，无非是搞点离奇，弄点刺激。我看呢，咱们还是侃侃为什么民间突然出现反官倒吧。"

"别拦着，让他说，我对两个题材都感兴趣。"林姐说。

"要是感兴趣，您肯出资赞助吗？"编剧问。

"行，没问题。"高浩抢着说。

编剧使出了浑身的解数，为了引起出资方的兴趣，他先开讲《偷渡蛇头女》："我方公安干警，为获得第一手材料，派出两名女警察，打入贩卖人口的黑社会。为赢得对方信任，二人忍辱负重，打入黑帮内部，然后……"

"得了，得了，换那个《海外赤子返乡记》吧。"

"怎么了？"编剧问。

"我听着别扭，牙碜。"高浩有点儿生气。

任思红因有心事，她建议，三十晚上不宜在外面过，最好早吃完早散。

那位教师没有理会任思红的提议，他大侃神聊起来："近来社会上流传一些蜚语，说处级以上的干部隔一个毙一个，不会有太大的问题。"

"狗屁话。"任思红说："这只是反对官倒的一种过激情绪。认真推敲，这言论够反动的。国门开放了，这些处局级以上的干部，带领全民把经济搞活，他们成天与外商谈判，多吃点儿，多玩儿点有什么好指责的。不吃不玩儿光谈，这生意能做成吗？"

"这种情绪不可忽视，我看不久就会变成大事。"剧作家预测。

"别那么紧张，闹什么大事，我就不信闹得起来。"高浩显然对这位编剧的发言不满意。"不可麻痹。"教师接上说："如今人们所关心的是什么？学生们毕业的志向是什么？，好象除了国外就是外国。"

林姐听着，点上一支烟说："从《偷渡蛇头女》上来看，这位先生的想象力够丰富的，就是缺了点儿生活。我想听听你对贩卖人口，确切地说，应该叫人口走私有何高见？"

"我……"编剧一下子被这个问题问住了，他沉吟了一会儿说："这个问题我也曾考虑过，上个世纪是洋人贩卖黑种人，现在是黄种人贩卖黄种人，这是个大悲剧。有什么比贩卖人口更可耻、更卑鄙的。所以，我剧本的结尾是：女警察亲手杀死了黑社会的女首领才能烘托出全剧的气氛。"

高浩怕林姐沉不住气，急忙打断编剧的话头说："你见过黑社会吗？只怕女首领坐在你面前，你也不会认识。您呢，就赶紧歇菜吧。"

高浩的话引起了一片笑声。

一阵震耳欲聋的鞭炮声，从四面八方响起，他们不约而同地看了看表，整整十二点。大家放下手里的筷子，来到了马路上。马路两旁烟雾弥漫，各种花炮冲向云天，那响动如同一场战火，空气里充满着火药味。

散席后，林姐随任思红到了她家。这位老处女精神头真足，她滔滔不绝地彻夜长谈，围绕的中心就是一个，让林姐想办法帮她出国。

"十八岁时我帮了你，这回你也得帮帮我。"任思红直率地说。

林姐答应了她，只是问她为什么这样做："你这样的个性到美国不见得适应。其实在中国你才更有发展。思红，你是不是遇到了不顺心的事？"林姐坦诚地问她。

"没有，我在这里还算混得不错。"

"那为什么非选择出国？"

"我也说不出为什么，就是天天心里犯堵。"

"犯堵?!"

天快亮了，隐约还能听见窗外零星的爆竹声。任思红没有一点儿倦意，她翻了个身，突然问："欣欣，你在滇西南生的那个孩子还打算找回来吗？"

林姐摇了摇头。

自她随林阿强到美国后，北京她倒是短暂地回来过几次，她喜欢和旧友们一起回忆青年时代那一段有趣的历史，可她害怕回大院，那会使她想起以前的酸苦，大院给她留下了太多不堪回首的往事，尤其是她和丁建军的那段光阴，那段初恋，还有在西双版纳留下的那个女婴。这一切就让它过去吧。

她无比珍惜现在的美好时光，无比珍惜她和国庆的这份感情世界。她真正地意识到，国庆、冬冬才是她的全部，其他任何东西都不值得自己留恋。

任思红的父母也先后离世，没给她留下什么，她唯一可以继承的财产，就是这套宽敞的住房，和这个零乱的前后庭院。任思红的婚姻一直没有得到很好的解决，加上她现在又迸发出了强烈的出国愿望，别人帮她介绍的男朋友，她都不肯见上一面。

三十晚上熬了一夜，初一的早晨也没睡成懒觉，楼下一片吵闹声把林姐吵醒，她赶紧起身，走到窗前往楼下瞧。

"这些个老帮菜，天天早晨这么闹，大年初一都不让人好好过，真烦透了。"任思红骂了几句，又蒙上了头。

林姐看见窗前坐着一排老人，在温暖的阳光下，他们有的围坐在一起，欣赏着笼子里的鸟，有的三五成群地做着早操，窗下的这几位则在大声地数落什么。他们的口音有南方的、北方的，腔调更是五花八门。

林姐站在窗前头听了许久，她听出来，这些失落的老人非常寂寞。这些当年的英雄，眼下已被时代所淘汰，他们看不惯如今的风气，可又搬不动这巨大的车轮。虽然他们也支持子女们移居到海外，可又骂子女们都是些不肖的子孙。

林姐在玻璃上哈了口气，擦干净后，认出了几张熟面孔。当年不可一世的王政委，威震大院的李司令也在这群老人中。

"欣欣，别理他们，再睡一会儿吧。"任思红从被子里探出头来对她说。

"思红，真想不到时过境迁，咱们小时候是多么羡慕这些老战斗英雄。说心里话，那时候除了尊敬、崇拜，还有点儿怕他们呢!"林姐说着，回到自己的床上，穿上了衣服。

"欣欣，你可别下楼找这些老家伙聊，他们一天到晚就想找说话的对象，你要是真被他们逮着了，就跟你没完了。"

"他们老是这样吗?"

"天天如此。劝他们也不听，老英雄都成了老小孩了。"

正说着，从楼下传来了汽车喇叭声。林姐知道，这是高浩来接她的。今天她还有好多重要的事和高浩落实，另外，还要检查一下他工作的准备情况。

告别了任思红，她和高浩来到远达饭店。初一的早晨，饭店显得格外冷清，除了在高浩的办公室见到几个彪形大汉外，上上下下都显得相当安静。

高浩的办公室就设在二楼的尽头，半圆形的办公桌上插着两面中美国旗，墙上挂着名目繁多的独资、合资营业执照，光桌上的电话就有三个，高浩说，他是根据不同的颜色、不同的声音来接电话。

"高浩，走空路的关键就是一定得具备合法性。"林姐坐下后，点上了烟说。

"你放心，我做的一切都是公开的，合法的，甭说中国，就是美国总统检查我的工作，也挑不出半点儿违章犯法。移民法，我比史密斯吃得还透，全都符合那些条件和要求。"

高浩从抽屉里拿出一本叫《出国就业》的杂志清样，递给林姐:"你看这个行不行?"

林姐看了看印制精美的封面和目录，又翻了翻里面的内容，几篇文章写得都很漂亮，文笔流畅，又显示出一定的诱惑性，《海外就业需知》、《境外开办公司指南》、《美国移民法点滴》、《加拿大接受移民条件》、《出国所需手续》、《华侨生活大全》，这些文章的细致和力度，林姐看了都十分满意。她问了问印刷册数和目前工作的进程。

高浩又从档案柜里拿出一叠卷宗，打开后，摊在桌子上让林姐过目。

林姐边看边笑，她对高浩聪明的头脑和经营的办法，给予了相当高的评价，特别是对报名、签证、旅途、抵岸的收费步骤，大赞精明。

"过奖了，还不是你的指点。史密斯律师脑瓜再灵，签证打回票的也不少，这一关最不好过，美国领事馆签证处的人都是三青子，不好打通。"高浩说。

"别急，只看眼前不行，气候的变化才是真正的闸门。机会还没到，再等一等。

他们俩又谈了一些关于美国方面接应的事情，林姐也向他谈了谈史密斯律师的准备情况。"国庆这一年锻炼得怎么样，能在美国呆下去吗？"高浩看工作谈得差不多了，就扭转了话题。

"能。史密斯正在为他办理绿卡。"

"去年弄他去美国，多难呢。真想不到……"

"他现在非常稳定。"

"国庆拿绿卡靠什么，是靠政治避……"

"不。实不相瞒，是结婚。"

"结婚，和谁？"

"我。"

"真结还是假……"

"真的。"

"你……"

"你什么。少废话，快向我道喜吧。"

"当然，当然。其实这样我特高兴。"

312

"高浩，现在我很幸福。"林姐说完，仰面躺在沙发里，眼睛望着天花板，陷入了沉思，她想尽快地结束这次东方之行，赶紧返回纽约，她觉得她已经离不开国庆了。

　　"他现在在哪儿？"高浩问。

　　"估计已经到了纽约。"林姐看了看表说。

　　"明天你也回纽约？"

　　"不，去福建。对了，你要给我派几个好保镖。"

　　"行。"

20

纽约肯尼迪国际机场，继红接到了刚下飞机的丁国庆。在去停车场的路上，她急切地向他诉说着昨天夜里发生的事。丁国庆边听，边警惕地注视着走在他俩前面的一伙年轻人。

"别担心，都是自己人。我加强了保卫。"继红说。

"眼下正忙于收款，黄龙号又沉没了，林姐不在纽约，这四大金汉又雪上加霜地在窝里斗，真都乱了套了。这不，昨天两面焦又弄死个人蛇，还把尸首放在了冰柜里，就那么巧，让鲨鱼和牛卵给看见了。唉，真不知道林姐回来怎么处理这个大乱摊子。"

几天来，继红连着急带上火，嘴上起了好几个大泡，今天总算见到了丁国庆，她不住嘴地唠叨着。

丁国庆已经感觉出目前形势的紧张，就问："那具死尸的名字是……？"

"不知道。听说都脱了相了。"

丁国庆想了一下说："带我去看看。"

"不行，咱们得赶快去林姐办公室，鲨鱼和牛卵已经准备大打出手了。我按住了他们，说你回来一定会带来林姐的口信。现在这两个人正在林姐的办公室等咱们，你见到他俩后，无论如何先要摆平他们，不然，等不到林姐回来这里就全乱了。"

"好。不过我想还是先看一下死尸，也好处理下边的事。"

"好吧，快走。"

他俩上了车，迅速地开上了长岛通往皇后区的高速公路。几辆黑色的保镖的汽车，紧紧跟随在他们的车后。

丁国庆到达纽约的时间是在上午，上下班的高峰期已过，公

314

路上交通十分通畅，只用了不到半个小时，他们就赶到了北方大道的那个人蛇窟。

丁国庆紧跟着继红，快步跑向屋里。他们打开冰柜一看，里面除了几瓶啤酒和饮料外，已经空空如也。

"奇怪，鲨鱼告诉我，今天早晨他们离开这里时还……难道……"继红显出不解的神色。"走，去林姐办公室。快！"丁国庆说着，又跑回汽车里。为了加快速度赶到那儿，丁国庆自己坐上了驾驶位。

林姐的办公室里，鲨鱼和牛卵已等得不耐烦。他们一见继红和丁国庆，劈头盖脸就问："帮主怎么说？帮主的意思是……？"

鲨鱼和牛卵从未见过这个高大魁梧的丁国庆。继红在去机场之前，已经向他们交待过一些关于丁国庆的情况，告诉他们，丁国庆不仅是林姐的亲信，也是中国大陆的武林高手，虽然他以前不曾露面，可一直是在幕后指挥操纵。

"二位兄弟请坐下，先别动肝火。"丁国庆的声音稳健沉着。

"帮主知道昨晚发生的事吗？"鲨鱼问。

"知道。发生的一切她都非常清楚。"丁国庆虽然说的是假话，但态度依然显得相当诚恳。他点上支烟，指着鲨鱼右臂上的绷带说："她很关心你的伤势。"

"告诉帮主，我只是擦破了点儿皮，没事，不妨碍我他妈的宰鸭血汤。他触犯了帮规。"鲨鱼喊道。

"二位弟兄知道那具死尸的名字吗？"丁国庆问。

"名字？啊，听说叫什么……阿六。"牛卵答。

丁国庆心里一惊，可表面没动半点儿声色。他更坚定了自己的判断，这事与郝仁有关联已确定无疑，挑拨是非是他惯用的伎俩。郝仁的介入，迟早会酿成更大的灾祸。但现在还不能立即下手惩治他，因为目前林姐的安全最为要紧。她目前人在永乐，丁国庆太清楚郝家的阴狠毒辣，他们胆大包天，为所欲为，为了谋利，什么事都干得出来。

"两位兄弟再等两天，相信帮主回来定会扬义惩恶。"丁国庆断然地说。

鲨鱼和牛卵的火气经丁国庆一说，还真地降了温。他俩对帮主的公正从不怀疑，更不愿在林姐不在的情况下捅出大祸。

鲨鱼和牛卵走出办公室，丁国庆马上让继红往永乐县拨个长途电话。

拨了几次才拨通，永乐办事处的人说，林姐已到达此地，吃过饭后，去了郝鸣亮家。

丁国庆想干掉郝仁的想法是由来已久的。对他来说，现在应该是最好的机会，他所以按兵不动，考虑的就是林姐正在郝家的手里。他准备一旦林姐离开了郝家，出了永乐，登上飞回美国的飞机，他就马上下手。

郝鸣亮的住所在永乐县里不太起眼，那是一座普普通通的居民楼，尽管房子比一般人多几间，可凭他的地位和权力，谁也挑不出什么眼来。他在永乐城外，倒是盖了一座豪华宅院，可不是以他的名字，地皮和房契的拥有人都是二儿子郝义。这也是郝义结婚用的新房，盖起来快二、三年了，可是新娘子还是没个准谱，三天两头地换。

郝鸣亮接待林姐的地点，就是在城外郝义的这幢新房里，室内摆设虽然不雅，可这在永乐县里也算数一数二了。

"大妹子，我这人是炮筒子，有啥说啥。这一年多你弄了不少钱，可你大兄弟他……他可没落下啥。我今年已经五十八了，再闹上两年也就吹灯拔蜡了，大陆上的退休制度你不是不明白，到那时候，我想帮你和你这两兄弟也帮不上了，手上没了权，说话等于是放屁，这话你可得掂量掂量啊。"

郝鸣亮今天酒喝得有些过量，刚上饭桌就灌了一瓶五粮液，现在又拿上来一瓶茅台。

林姐知道郝鸣亮并没完全醉,整个一晚上,他话里都有话,他是借着酒劲儿把平时不好说的话都说了出来。林姐听得出,他对郝仁在纽约的地位不太满意,对郝仁在美的情况看起来他也了如指掌。

"大妹子,今天晚上我可把话挑明,这生意眼看着越做越大,今年年底的这批货走得可不小,明年年初,我预计还得三、四倍地往上翻,这数目都不用咱们细算,你我心里都有本账,谁也骗不了谁。我的那份要不要两可,可你大兄弟的账上,不能不见涨吧。"由于是在家里,郝鸣亮的话全都讲明了。

"老哥,多少年来,我的为人你是知道的,您的这些话,我有数。不过您最好能开出个具体的比例。"

林姐十分清楚,做这个生意,就是把各个环节都做通了,也只是完成了一半,货源不解决,一切努力全是白白浪费,郝鸣亮要真地卡住货,不用费吹灰之力。

"比例这事不好说。大妹子,郝仁这孩子从小就实在,对钱更是不贪。他刚去一年多,提三七开也有点过份,那就二八开吧,钱多钱少不太要紧,够他花就行。最主要的是,得让他感觉到是在做自己的事业,你得在他手里放点儿权。"

"放权?"

"不是全放,放一部分。"郝鸣亮说完,又喝了口酒,那双血红的眼睛,死盯着林姐的脸。

林姐分析了郝鸣亮的这番话,感到这并不一定是郝仁的授意,他是在用在大陆的观点去衡量美国的事。他认为,权比钱重要,有了权才能有钱,有一切,这是大陆上的逻辑。可是在美国,在三义帮里,这帮主的权力不可能说封谁就封谁,至少郝仁对此不可能不了解。由此看来,这完全是郝鸣亮在为他儿子着想,以控制货源作为要挟林姐的条件。不过,林姐毕竟是见过世面的,她马上就顺坡而下。

"老哥，这些都好办，回去后，我立即提升他为美华贸易公司的副总裁，你看怎么样？"

"这话可当真？"郝鸣亮一听，兴奋起来。

"老哥的话，绝对照办。您放心吧，权力我分给他，钱也亏待不了他。君子作生意，丑话放前头，郝家可分得百分之二十的利。"

"不是说着玩儿？"

"您可以随时查看您户头上的账目。"林姐说的这番话，开给郝家的优厚条件，早在来见郝鸣亮之前就已经考虑好了，她对这门生意的成败看得比谁都透彻，这本来就是合股的生意，生意的原则就是互惠。另外，郝鸣亮的贪心她也不是不知道，她从根儿上就明了，让郝仁在纽约满意，是使这个生意顺畅进行的重要保证。

二儿子郝义从里屋走出来，说有电话打给林姐，林姐走进里屋，电话是美国打来的，听筒里的声音是丁国庆。她听了一会儿，脸上的表情有些紧张，她看了看外屋，严肃地对着话筒小声说："稳住，暂不能动。一切等我回去，必须服从。"

纽约这边，丁国庆放下了手中的电话，想了想对继红说："马上找斯迪文，让他稳住鸭血汤。"

"对，我也这么想。鲨鱼、牛卵看来暂时不会闹事，现在我也担心鸭血汤他们。"继红说完，立即拨通斯迪文的电话，可是没人接，又拨了他手机的号码，仍然没反应。"难道他会飞出这个城，FUCK！"继红骂着，把话筒摔在了桌上。

斯迪文此时确实不在城里，他和郝仁、鸭血汤和两面焦四人，都感到了目前形势的紧张。他们连夜召开紧急会议，郝仁果断地做出了三个决定，第一，立即派人销毁阿六的尸体；第二，马上对黄龙号上的人蛇采取行动，按软件打印出来的名单，尽最快的速度，最大的努力收回货款，人分四路，马上出兵；第三，林姐回来追查此事，只承认兄弟之间打架犯了错，剩下的只字不提。订下君子协定，一切守口如瓶。

四路人马，分头出发了，四个人各带20来人在美国东西两岸，开始了迅雷不及掩耳之势的收款行动。他们的动作是那样敏捷、干脆，只用了一天多的时间，黄龙号上300头货，收了款放走人的就有200多，如果照这样的速度收下去，估计两天之内货就全部放出，可大获全胜，快速收兵。

黄龙号上的十名女子，是不用收款的货，除了阿芳外，郝仁把她们全部卖给了纽约城里的按摩院。阿芳现被关在布郎克斯区内的一户人家，这家的户主也是同她一条船上过来的，他就是祝洪运。郝仁命他的表弟，对这个女人要严加"照看"。

两天后，林姐回到了纽约。第一个得到这个消息的就是郝仁，郝鸣亮在林姐登上飞机不久，就通知了他，并告诉他，关于这次林姐的表态和他地位的提升等问题。

"这没用，副董事长？别天真了，这只是个虚名。爸，纽约的事，你弄不懂，我现在所干的不是要个职位，我是要她的命！"郝仁在电话里气急败坏地说。

"要她的命干啥？傻孩子，留着她的命，咱郝家还得用她呀。别一起急就昏了头，抓权才是头等大事！"

"爸，这是一回事。抓权就得玩命。算了，这一点咱俩沟通不了。要她的命不是现在，你就随时听我的指令吧。"

郝仁和他父亲通完了电话，又马上通知四路人马，立即停止收款。黄龙号上一小部分没收上来的货款以后再说，现在必须全部撤回纽约，静候林姐召开堂会的命令。

郝仁的估计有点儿失策，林姐回到纽约已经五天了，仍不见她有任何举动，时间越拖他越紧张，等到第六天晚上，他实在按捺不住，想摸摸林姐的底，他抖着胆子，主动给林姐的办公室打了个电话。

林姐不在办公室，他留了言，问了问永乐父亲的健康，也祝贺她的成功之行。他的留言非常客气而又平淡，语调不紧不松。

连日来，林姐根本不在办公室，她一直停留在小海湾，郝仁的电话留言，她可以在家里听到，可是没有打回去，她对眼前的事还不能做出决定。她同鲨鱼和牛卵交谈过几次，问明事件的起因，对如何处置鸭血汤和两面焦，也征求了一下他俩的意见，继红也找她谈了几次。这些人的工作好解决，目前最难办的是丁国庆，他坚决主张快刀斩乱麻，干掉郝仁，自然就风平浪静，留下这个祸根，后患无穷。

"国庆，你得冷静，我们必须要着眼全局。郝仁的存在，影响不了我的大事，灭了他容易，可我的全盘计划就不能实现。国际上的这种大变动机会不多，常言道，小不忍则乱大谋。三义帮的堂会不能再拖，而且这一次你面临着第一次亮相，想做一番大事的人，要培养自己的肚量和涵养，你将面对的不只是一个郝仁，而是整整八十个人的中间骨干。自你来美国后，这是同郝仁的第一个回合，这要看谁更高明，看谁斗得过谁。我不否认他有争权夺利的野心，可就他目前的力量还远远达不到。再实际一些，你往我身边一站，他就是想要花招，也得惧你三分。国庆，听我的，为了你我和冬冬，你一定要忍一忍。我理解，这一点太难为你了。你诚实，直率，不会忍，甚至你会说，为什么要忍？太不了，不介入我的事……"

"不，欣欣，我忍，我能忍。"丁国庆听到林姐的这番话，他动心了。从东京回来后，他就一直觉得他是最了解她的人了。他感激林姐为他做出的一切，特别是对他的信任。为了她，他会做出任何牺牲。

"国庆。"林姐听到丁国庆的话，感动地上前抱住了他，她紧紧地搂着他，轻轻地说，说得很坚定："相信我，我干的坏事不坏，历史将会作证。"

　　丁国庆似乎很明白话里的内涵，意味深长地点点头，不住地说："我相信，我相信。"

　　这句话鼓舞了林姐，她像个讲演家似地说："世界就是这样，人生不过如此。郝家不是我的对手，明确地告诉你，干掉郝仁，势在必行，只是时间上早了一点。时间一到，我会像捻死个臭虫一样，把他捏死。他父亲太过于自负，把他儿子送到我的身边，打我的算盘。我比谁都明白，送过来正好，我还要反利用，一个儿子我还嫌不够，最好老二也来，人质不是在他的手中，而是在我的枪口下。留着他，也是为了保证我的时间段。"

　　丁国庆睁大眼睛听着，他从没见过林姐的这一面，他并不觉得她内心是阴暗的，反而觉得她无比透明，为了更近一步阐明自己的疑虑，他也坦荡地问："斯迪文和继红的婚姻……"

　　"好吧，那就彻底说给你听，干咱们这个行业是需要人的，需要人的勇猛和忠诚，斯迪文具备这些条件，但是他的狂赌恶习又是他的致命弊病，我让他盯住郝仁，他迟早会暴露。坦率地说，我这是一箭双雕，等待郝仁暴露的那天，就是斯迪文改掉恶习的那天。斯迪文不是坏人，我喜欢他。继红跟随我多年，对我如同亲姐妹，我同意他俩结婚，也就是想利用裙带关系拉住斯迪文，让郝仁只能败露孤立，却拉不走我的人。"

　　丁国庆没想到这些事情都在林姐的脑子里，他对她的良苦用心，对她待人的诚恳，既钦佩又折服。

　　这天傍晚，准备充分的林姐主持了三义帮的祭典。

　　三义帮的祭典，就在美华贸易公司大楼的最底层。这幢楼房是林姐几年前购置下来的，底层又重新作了装修。如今堂会的气派是狮子头路易不能与之相比的，堂里的家具全是从中国大陆进口的紫檀木。三座香炉的表层也都镀上了金箔，帮主那高高的座椅上，铺着一张金钱豹的皮，两旁堂客们坐的椅子上也都铺的是真虎皮。每个人进入堂内，拜了帮主后，方可入席。八十个堂口里的各路人马，盘腿席地而坐。

帮主林姐居中而坐，四大金汉分坐左右，帮主的身后依次站着丁国庆、斯迪文、继红和郝仁。

祭典的礼仪官领着众人三跪九叩，拜过神位，然后举香拜主高念帮规："具仁、具情、具义者生！"

众人："具仁、具情、具义者生！"

礼仪官："不仁、不情、不义者杀！"

众人："不仁、不情、不义者杀！"

林姐穿了一件黑底白花的旗袍，一头浓发高高盘起。她今天的装束格外庄重，说话的语言更为庄严。

丁国庆和郝仁在堂上打了个照面，彼此之间只是一笑，并未打招呼。比较起来丁国庆显得更为坦然，郝仁看起来反而有点儿不知所措。

祭典仪式很快就结束了，下面进行的是议堂。议堂是三义帮以及中国城各路帮派堂口里历来的规矩。帮里有乱，帮主评判，是对是错，心甘情愿。美国的法律再严密，也管不了这段，美国的警察再厉害，也不敢管这里。因为很多事情就是法院宣判完了，在这里还不算数，还得在帮里的议堂上重新审判。本来中国城内的事就非常复杂，管辖中国城的警察局里，案子多得堆积如山，既然这帮中国人的管理办法奏效，也就对这里发生的事情睁一只眼，闭一只眼。

议堂是不定期的，帮里不出大事，就不召开。大家对帮主的评判虽都得甘心情愿地接受执行，可出现了不公平，有时也会推翻，造反。所以，帮主的公平断决，决定着他的权力是否永握手中。

　　鲨鱼首先站起来，把事情的原委细说了一遍。

　　林姐又命鸭血汤站出再叙一遍。

　　鸭血汤站在堂前不说话，他咬着下唇，低头看地，心里像吃了定心丸。因为郝仁和斯迪文早已答应他，只要不说出黄龙号的事，收上来的款，他和两面焦各占百分之三和百分之二。鸭血汤估计，帮主对他一定会有处罚，但不知是打还是罚。

　　林姐对鸭血汤连问三遍，对鲨鱼所说有无争议，他仍是闭口不作回答。

　　"断指！"林姐说完，就把一个像钳子状的刑具扔给了鸭血汤。

　　鸭血汤听了林姐的评判，心里一惊，看来今天是非见血不可了。他弯腰从地上捡起那把头部是一个环状的利剪，看着林姐，等她发话。

　　帮里人都知道，这是帮内对在金钱上有所染指之人的一种惩罚，轻重全由帮主评断。

　　"左拇，右食。"林姐喊了出来。

　　大家都清楚，这是在钱上贪得太多的惩处，不贪到一定的数目，帮主是不敢这么评断的。左拇指一断，就不能再点钱，右食指一掉，就扣不了枪栓，不好报复。

　　鸭血汤听到要断他的左拇右食，眉头皱了一下，他没看郝仁和斯迪文，他在盘算着那笔足够他养老的钱。他对断指倒不那么害怕，可对用断了拇指的左手去切右手的食指有些发怵，他怕疼得无法忍受，所以有些犹豫。

　　"慢，三哥断食，我愿切拇。帮主是……"两面焦突然喊。

　　"四弟！"鸭血汤大叫一声，"咔"地一下切断了右手的食指，紧接着，他又用满是鲜血的右手，哆哆嗦嗦地套上了左手的拇指，随即大叫一声，左手的拇指也滚到了地上。

　　郝仁低头看着在那滩鲜血上面仍在蠕动着的手指头，额头上渗出了一层冷汗。

21

1991年夏，一场大规模人口西迁的贩运行动开始了。

浩瀚的太平洋、酷热的印度洋、汹涌的大西洋，一组组远洋货轮，一群群环球商船队，挂着不同国家的旗帜，浩浩荡荡地向西移动，朝着北美的同一个目标驶来。

这场前所未闻的人口贩运计划，被美国 FBI 国际侦破组织称之为"XYWJ 行动"。白宫国务院东方问题研究所的华裔智囊，把信仰危机四个汉字，缩写为 XYWJ。

在过去的两年里，中东和远东发生了两件大事，这两件大事从表面上看，毫无外在的联系，而实质上却有相同点，那就是都与信仰有关。伊拉克准备入侵科威特，不仅是为了它地底下的那点儿石油。五角大楼动起肝火，也并非单单是为了保护他在中东的利益。制止中东这个弹丸之地的战火，犯不上要动员西方联军部队。明眼人都清楚，这是为了阻截某种势力的扩张。

发生在远东的那件大事，闹得沸沸扬扬，轰轰烈烈，激烈的程度不亚于中东战火。它的影响震动着世界的每一个角落。事隔不久，东欧的一个国家元首就上了绞刑架。这条新闻在电视屏幕的黄金时段里播出，一时间弄得人人皆知。

克里姆林宫里顿时炸了窝，莫斯科城里也已失控，满街都是年轻人。明白人都知道，这是那个事件引发的必然结果。

先别研究这场裂变的受益者是哪一方，照目前来看，美利坚成了最大的受害国。

美国的移民局里整日闹闹哄哄。移民局官员急得失了文官的风范，他们在公众媒介上，耸着肩，瞪着眼，一副无可奈何的样子。非法移民的监狱里人满为患，政府准备大兴土木再建造几所，可又苦于政府拨款，需等很长时间。

纽约、旧金山的国际海关也乱了手脚，他们从没接过这么多的不速之客。这些个从远方而来的人简直使他们招架不住。问他们话不会说，送进监狱反倒乐。

此时，任思红在过海关时有些紧张，心怦怦乱跳，她看了看CUSTOMS OF U. S. A（美国海关）一排英文字，脑子一阵空白，把原来想好了的那几句简单的英文几乎全忘光了。

两位足有两米高的移民局官员向她点点头，示意该轮到她了。她指了一下自己的鼻子，看看周围和身后，确认叫的是自己，就托了一下眼镜。可她仍不敢迈步，因为心里没底，不知道应该先做哪一项。她想耍个滑头，就把身后的一位中年妇女推到了前头，想再看一下人家是怎么过的境。

身后的中年妇女倒不在乎，拿起提包就向海关的通道走去。两位移民官员接过中年妇女递过来的护照，没问两句话，就要把她带到通道后面的一间办公室，办公室的牌子上写的是 IMM I-GRATION OFFICE（美国移民局）。在通住办公室的路上，站着几位身穿蓝衣蓝帽的美国警察，他们态度刻板，手中晃动着一根棍棒，脚上的皮鞋擦得锃亮，腰带上还斜插着一支手枪。

那位中年妇女走到途中，突然挣开了移民局官员的手臂，扔下提包，挤到警察面前，抱住警察的双腿，"咕咚"一声就跪了下来，并喊着FREE！FREE！（自由！自由！）

"停！"一位文质彬彬、手里拿着笔记本的人喊了一声，然后他面对准备过关的学员，用中文说："这样不行。大家都看到了，她太紧张，抱警察腿的动作做得过早，要先进移民局的办公室，等拒绝入境后再抱。好，再来一遍！"

原来这是一场入关演习。这是一个训练中心，设在曼谷郊外，任思红在这里接受训练已经有三天了。

在这儿一共有三所仿造的美国海关，一所是纽约海关，一所是洛杉矶海关，还有一所就是旧金山海关，其仿造的逼真程度，完全可以乱真。

"任思红。"训练员叫着她的名字，并来到她面前温和地说："任小姐，你不用参加训练了。纽约来电，说你的机票和证件都已办好，明天就可以乘飞机去美国。只不过要记住一点，明日出泰国海关时，只能走6号、8号通道，时间在早上十点到十二点。6号通道是位小姐，8号通道是位年近四十岁的男人，他脸上有一小块紫斑。记住，光遵守时间还不行，如验关人员暂时更换，切不可入关，要立即回来。记住了吗？"

"记、记住了。"任思红懵懵懂懂地答。

"祝你好运，任小姐！"

"谢谢。"

泰国训练中心的生意十分忙碌，但真正忙碌的还是在湄公河的对岸。西双版纳的热带雨林里，常常有大象被惊跑。砍刀乱伐竹藤的声音也经常把鸟类惊飞。景洪市内三、四流旅馆的生意大有好转。大勐龙和孟腊两县，出现了很多不熟悉的面孔。胆子大、活力强的年轻人都来回奔走，窃窃私语，相互比较着，一趟下来赚了多少钱。

纽约城里，史密斯的律师楼又要扩建了，原来的地点不够大，人手也显不足，但目前最短缺的还是能掌握双重语言、脑筋灵活的独立操作人员。史密斯的运气还不错，最近他发现了一个人材，此人能写、能编，又能说，由于他工作得出色，史密斯立即提升他为助理。

这个人是从中国大陆来的，名字叫古月波。他来美时间不长，穷得蹦子儿皆无，经常交不起房租和电话费。他曾在加拿大住过一段，说是那地方太冷，对他这种人不适合。美国各方面的温度还不错，所以，他在加拿大蹬了老婆，只身来到纽约，不打工不干活儿，专喜欢搞投机钻营。他曾上过纽约大学学电影，说那玩艺儿来钱快，可没上几天就吃不了读书的苦。他也试过走政治这条路，可没干几天就觉得没钱无利，风险多。

在美国的阅历不好编弄，可在中国的历史就太好乱造了。他说，他曾是法政学院的研究生，在二外也当过助教，在北大编写过历史教材，又在复旦教过国际外交关系。他还说，几个在美就读的清华高材生是他的学生，又说，在北京也干过几年的编和导。

但他最乐意炫耀的，是说他认识不少中国政界的官员，南通市市级干部都是他的亲戚，北京的大官儿家他都去报过到，有时说来说去把自己都绕在了里面。这不赖别人，全怪他自己，因为他口无遮拦，想怎么说就怎么说。

古月波能干是能干，可就是喜欢胡说乱造，好莱坞的大腕他都能给弄晕喽，更何况眼前的史密斯了。

他刚来几天，三言两语就得到了史密斯律师的信任，练几把漂亮活儿就让他掏腰包。

三渡村一伙人改变身份都经古月波的手，二肥、水仙对他佩服得五体投地，都认为，有了这个聪明能干的古老弟给他们出主意，拿绿卡肯定是有门儿了。

秘书打电话告诉史密斯，说三渡村的一行人来了。史密斯叫古月波来到他的办公室，让他负责接待这些人。

"没问题，瞧我的吧，史密斯先生。"

古月波从办公室里走出来，一见三渡村的人，就笑着说："不是跟你们说过了吗，你们的事没问题，包在我身上了。来，坐下，坐下。"他把这些人安顿好，又特意给史密斯拨了个内线电话："MR SMITH, I KNOW HOW TO DEAL WITH THESE PEOPLE, I'LL TAKE CARE OF THOSE CASES. NO PROBLEM."

（我来对付他们，这几个案子我知道怎么处理。您尽管放心吧，史密斯先生。）"

"改变身份，拿美国绿卡这事……"古月波挂断电话，就对这伙人侃了起来："这事儿就跟看病一样，我们这儿就如同药铺，您缺哪一味药，我给您补上，处方我们来开，病情由您自个儿来说。到这儿来的人不能没有病不是，我给您开的方子，保准药到病除。来，谁先说？你，你先说。"古月波指了指二肥子。

"我，我说啥？"二肥问。

"你有什么病？"古月波问。

"我，我没病。"

"那你到这儿干什么来啦？"

"拿绿卡。"

"想早拿，还是晚拿？"

"早拿呗。"

"好吧，你得再掏4000块，弄个政治避难吧。"古月波开着方子。

"政治避难？"二肥有点疑惑。

"对，没错。快填表吧。"

"这……"二肥显得很为难。

"我说你填，就写'在大陆时我曾写过几篇文章，引起不小的轰动，后被打成反革命，回去恐遭迫害。'"

"我……？"

"写，就照我说的写。"

曾明和阮卫国看着二肥子那一脸的尴尬样儿，止不住"咯咯"大笑，水仙也笑得弯下了腰："古先生，他，他是宰猪的，不认字。"

"没关系，方子我开，填表格也负责到底。不过，您还得多付1000块，宰猪的成了政治犯，这可是个大工程啊。"古月波给

329

二肥开完了方子，接着问阮卫国："你看你走哪一条比较合适？"

"我，我也来个政治避难吧。"

"不，不，这不行。都按这条走，移民局会产生怀疑。换个新词，找个新辙。"古月波说。

"我……？"

"你结婚了吗？"

"结了。"

"有孩子吗？"

"没有。"

"那就好，您就算一胎化政治的受害者吧。"

水仙一听忙打断他的话："不可，不行，他的精子不能活！"

一句话，逗得大伙又是哈哈一阵大笑。二肥笑得一边擦眼泪，一边说："怪不得你老婆总是往外跑，水仙跟你也不合，原来……"

"这不是个事儿，精子不活和一胎化的受害者是两码事。交了钱，我马上把你的精子给救活。"古月波还真是个好大夫，几个人的药方子开得都不错，给曾明、水仙开的也都大同小异，只要交钱，政策可以变通，运用相当灵活。

郝仁的身份经史密斯亲自办理，也已拿到了在美的长期居留权——绿卡。他现在摇身一变，成了斯迪文、鸭血汤几个最崇拜的人。劫持黄龙号成功，他们获利非浅。斯迪文的赌债已全部还清，郝仁还在布郎克斯区购下了整整一栋楼房，他们活动的场所更宽敞了。接着，他们又搜罗了一批敢拼敢死的壮小伙。

郝仁的这个据点，两年多来，林姐和丁国庆都没有发现。继红虽然与斯迪文接触很多，可斯迪文又在这方面对她防范得甚严，所以至今继红对此也是全然不知。

自那次祭典，鸭血汤断指以后，三义帮潜在的两派已经逐渐挑明。大家是面和心不和，时有矛盾冲突。

郝仁对自己多年来的苦心经营十分满意。他的下一步计划，是瞄准了海上的那些大批船队，他又盯上了继红手中的电脑软盘。他明白，只靠劫持散货收点儿小钱，来维持他这一伙人的庞大开支是不可能了。

郝鸣亮为了儿子在美国的壮大，已下了很大的功夫，可以说，使尽了浑身的解数。他曾派人去贿赂林姐设在永乐办公室的办事员，可得到的都是些零零散散的保人名单。每条船上人蛇的详细统计资料，林姐都不存在这里。她在泰国的一个办公室，才是掌握这些资料的据点。

郝仁本打算亲自去一趟曼谷，设法盗得这些资料，可是在泰国下手比在美国的难度还大，泰国也是林姐的天下，自己不可能在短时期内培养出像斯迪文这样的人。所以他最后决定，还是照方抓药，利用继红和斯迪文的裙带关系，再次下手偷盗软盘。

三大洋上的船队已在中途，把软盘弄到手已是刻不容缓，郝仁把希望全部寄托在下星期斯迪文和继红的婚礼上。

林姐和丁国庆现在已经基本上不在小海湾住了，由于工作太忙，又为了节省时间，他们连曼哈顿的公寓都不回去住，就在美华贸易公司办公室，添了张床，成了他俩的临时住所。丁国庆已经关掉了太极武术馆，他亲手培养的几个黑白大汉，经他高薪聘用，天天就保护在他和林姐的周围。

林姐二十四小时守在办公室里。她看上去显得有些疲劳，可精神却仍然很饱满，脸上总挂着笑意。

林姐现在多了个嗜好，有事儿没事儿地就爱摆弄那个大地球仪，一人多高的地球仪经她手一推，飞快地转，待它停下后，她又轻轻地移动着贴在上面的彩色标签。

办公室的墙壁上又多了一个平面世界大地图，丁国庆站在地图前，手叉着腰，一看就是大半天。他的话比以前更少了，除了看地图，就是看挂在地图上方的那六个大电子钟，查看着各大城市的不同时间。

最近继红的情绪更加饱满，好事一件接着一件，她为林姐的生意做得红火、庞大而感到骄傲，为第一批货顺利起航、第二批货眼看又近登船感到无比欢欣，令她最兴奋的还是斯迪文和她下周即将举行的婚礼。

林姐和国庆不仅承担了她所有的结婚费用，还为他们俩买了两个 5 克拉的结婚钻戒。

今天不知什么原因，继红一大早就来到林姐的办公室，显出一脸的不高兴。她把一封信往桌子上一扔说："你们看看吧。"

林姐只顾在地球仪上摆弄那些彩色标签，对继红脸上的变化没注意看，只是问了一声："怎么啦？我的新娘。"仍继续低头看她的地球仪。

"结婚，结个屁婚！"继红气得哆哆嗦嗦地掏出了烟。

丁国庆点着了打火机，走到她的身边小声问："什么事儿，这么生气？"

"你看吧。"

丁国庆拿起那封信，迅速地看了一遍。信是一个叫祝洪运的人写给斯迪文的。

斯迪文大哥：自黄龙号靠岸后，我一直受您和郝仁表哥的关照、栽培和指点，要是没有您的提携，我怎么也不会有今天。郝仁表哥也曾与我彻夜相谈，说他的起步也是与您的相助分不开的。

我早就仰慕您的人品，可就是没机会与您见面。我非常想来到您的身边，干一番大事业，哪怕是当您的保镖我也会感到无限的光荣。郝仁表哥建议我给您写封信，他说这事他不能做主，得征求您的意见。

真诚地希望在下场战役中能与您在一起，以效犬马之劳。将

332

来我愿同您和郝仁表哥结义，共展鸿图。望您笑纳小弟这一片肺腑之言。

弟：祝洪运

丁国庆擦了一把额头上的汗，两眼又飞快地把信从头至尾看了一遍。

继红看着他的脸，心里怦怦直跳，她知道，这封信牵动着他的心，黄龙号上有他旧日的情人。她生怕自己干了一件蠢事，破坏林姐和他的情感。可她已顾不得那么多，现在的局势对他们来讲是太危险了，她必须火速让林姐看到此信。

林姐仍旧专心致志地看她的地球仪，她想，可能又是斯迪文的账单让继红发现了，就温和地安慰着她。

"你们俩都听着，此时此刻就是有天大的事也不可分心、分神。斯迪文的老毛病又犯了，我真得好好教训教训他。继红，别急，有什么事我来出面解决，婚礼照常进行。"

继红悄悄把国庆拉到了外间，要回了他手里的那封信，漫不经心地说："国庆，这不一定是真的，黄龙号二年前就沉没了，不可能只逃出来一个姓祝的。这小子可能是想拍斯迪文的马屁。如今这种人多……"

"继红，你一定要查清。"丁国庆闷闷地说。

"行。不过……"

"黄龙号的资料你还存在电脑里吗？"

"嗯……八成是销掉了。"继红在骗丁国庆，她已在电脑里查清，黄龙号的马仔就是祝洪运。她之所以这么说，是怕丁国庆的牛劲一上来，影响大局的稳定。

"这里面一定有文章。"丁国庆的态度很坚决。

"其实我也是大惊小怪，……"

"背后的操纵者是郝仁。"

"郝仁？对，你分析得对。这人一到纽约，我就一直怀疑他。

他整天鬼鬼祟祟的，说不定这封信是他有意放的风，成心制造内部混乱。"

"你是怎么发现的这封信？"

"就是昨天晚上。"一谈起这封信，继红就掩盖不住自己激动的情绪："昨天晚上我就发觉斯迪文有点儿不对头。吃过晚饭后，我让他留下来，他看上去总是心神不定。郝仁的电话一来，他抄起车钥匙就往外跑。我拿着他的外套在后面追，可喊了半天，也喊不住他。他钻进汽车一溜烟就跑了。信是从他上衣口袋里掉出来的。我拣起信来一看，真是气炸了肺，忙打电话想审问审问他，可打了半天哪儿也找不到他。我一晚上都没睡好，今天早晨就……"

"继红，快回去，把信原封放回他的外套里。快，越快越好！"丁国庆急忙说。

"放回去，为什么？林姐她……"

"别给她看了，她看了后……快，你就快放回去吧。"

"我……"

"快走。放好后，马上回来找我。"

丁国庆心里全明白了，这不是郝仁有意释放的烟雾弹，让继红看到这封信是斯迪文的疏忽。他判断，黄龙号的沉没一定有诈。不过，他绝不能在此刻告诉林姐，丁国庆太了解她了，她做什么事都是个强者，唯独在感情上最脆弱。阿芳如果一旦出现，林姐的精神马上就会崩溃。目前，大批船队即将靠岸，三义帮没有帮主的指挥就会一片混乱，甚至于全军覆没。所以他准备先瞒着林姐，把事情搞清再说。

杰克这条沙皮猎犬，虽然年龄已过十岁，但它仍属于这种狗类的青壮年期。在丁国庆的训练下，它变得越来越凶猛。在小海湾里，它显得焦躁不安，变得不近人意。它不允许任何生面孔靠近这幢房子，就连左邻右舍的史密斯和詹纳森，也不许他们走近。天一黑，它就寸步不离冬冬的房间了。

自从丁国庆把一件旧衬衫放到杰克的鼻子底下闻过之后，它变得愈发心情沉重、愈发忧虑了。它似乎明白主人的意思，不停地呲着利齿，用力撕咬着那件衬衫。

丁国庆为了除掉林姐身边的危险分子，扫清她的一切后顾之忧，悄悄地做着一系列的安排。他从太极武术馆挑出来的两员大将，已经悄悄开始行动，这两员大将的任务相当明确，就是协助丁国庆除掉林姐身边的一个最大祸害。

为了查找那个叫祝洪运的人，弄清黄龙号沉没的真伪，他在东百老汇大街一带也做了严密的布署。这一次，三渡村来的几个朋友都派上了用场。为了使自己的计划能顺利进行，丁国庆用高价买下了柔情发廊，老板换上了水仙。水仙早就讨厌她原来的那个老板，一听说丁国庆出钱买下发廊，让她来当经理，并答应多给她一些股份，水仙高兴得不知说什么才好。对丁国庆交待的事，她自然满口答应。

阮卫国和水仙早已分手，不过现在他俩离得又很近了，丁国庆把阮卫国安插在蔬菜批发部当店员，地点就在柔情发廊的斜对面。他的酬劳比他的老板还要高，当然阮卫国的工作不止是批发蔬菜这一项，他还有更重要的任务。

二肥子的运气更好，他同人合股在福州街的东头开了一家潮州餐馆，收入颇丰。当然，合股人不是别人，还是丁国庆。二肥子名为合股，实际上他一分没出，全是丁国庆出的钱。

丁国庆把曾明也请来了，因为他有些文化，人又精明，帮二肥操持餐馆的前厅，负责管理账目，工钱不少给，而且还给了他个经理的头衔。

丁国庆这些个三渡村的朋友，对这些小买卖还真尽心尽力。自开业以来，他们不仅把生意做得像模像样，除此之外，对丁国庆交给的另一个任务也丝毫没有马虎。他们时刻严密地注视着南来北往的行人，打听老乡们上的船叫什么名字。总之，他们的任务就是，从南来北往的老乡当中了解情况，掌握信息。丁国庆则定期让他们作汇报，并申明，碰到可疑的人必须马上扣下，不管是男是女。丁国庆还命他们必须彼此合作，发现情况互相协助。

冬冬已经可以独立驾驶那辆快艇了。今天她要妈妈跟她一起上船，到小海湾外去兜兜风。连续几个周末，林姐和丁国庆都守在曼哈顿的办公室里，直至今天林姐才提议回趟家。由于丁国庆上午还要留在城里办些事，她不得不一个人先赶回长岛，去陪越来越大、越来越懂事的女儿。她叫国庆中饭前一定赶回来，三个人团圆团圆，好好过个周末。

冬冬央求萨娃一起上船，可萨娃说什么也不肯，她说她受不了那个速度，不如一个人在家准备中饭。

杰克是不请自到，冬冬和林姐一到岸边，它就先跳进了船舱里。

"杰克，不要自作聪明，你还不懂怎么驾船，你的座位今天要给妈咪坐。对，太好了，就这样，亲爱的！"冬冬见杰克跑到后面的船板上去，高兴地说。

冬冬点燃了发动机，一合起动器，快艇飞出了小海湾。林姐看着女儿熟练的动作，望着她日趋成熟的身体，满足极了，她相信她的女儿是世界上最完美的。在教会，在学校，在萨娃和丁国庆的栽培下，冬冬变得是越来越懂事、越来越可爱了。

"妈咪，我不明白，你为什么总是这么忙。国庆叔叔原来多有趣，为什么他现在变得跟你一样？"冬冬说着，推了一下加速杆。

"是吗？"林姐笑着问。

"是啊，我觉得他有些紧张。"

"紧张？"

"真不懂这都是为什么，大概都是为了钱吧。为什么要那么多的钱？妈咪，难道我们的钱还不够用吗？萨娃说，钱是个坏东西，她还说钱是祸根，是灾难，你说对吗？"

"不，不一定。"

"妈咪，我觉得，你应该关心的不是钱，而是另外一件事。"

"什么事？"

"和国庆叔叔结婚的事。"

林姐怔了一下，感到女儿的问话非常突然。她不喜欢冬冬说这些大人话，问这些不该问的事情。可当她看到女儿逐渐隆起的胸脯时，心情又平静了，她责备自己忽略了女儿的成长，十五岁的少女，已接近成年了，今后对她的管教可能要改变一些方法，也许她需要更多的沟通和真正的交心。

"冬冬，我想你说得很对。"

"你的意思是很快了吗？"

"对，很快。如果事情顺利，也许就在年底或是明年初。"

"为什么不是现在结婚？"

"现在太忙。"

"你能向我保证你说的时间吗？"

"保证！"

"妈咪，我恭喜你。"冬冬说完，搂住了林姐，她那善良真实的情感，传进了林姐激动不已的心。

杰克又开始不安了，它突然向着海面狂叫起来，前爪扒上了船舷。

"杰克，不要乱叫，我知道你受到冷落了，噢，对不起。"冬冬放开林姐叫它过来，可是杰克就好象没有听见一样，叫得更厉害了。

林姐见冬冬正在驾驶，不能离开位子，就走到后船板来拉它。

杰克根本不理林姐，它瞪着凶狠的双眼向海面狂叫。

林姐向海面望去，没发现什么异常，只看见在远海处有两只小船。

"杰克，不要那么敏感。别叫了，过来。"

杰克望着林姐，显出了焦急的神色，那眼神好象在责怪林姐，为什么不理解它的意思，那叫声显得特别冤屈，特别可怜。

林姐又望了望海面，除了那两艘在远海行驶的小船外，什么也没发现。不过，她还是叫冬冬立即返回小海湾。在回家的路上，林姐让冬冬加快速度在公海里转几圈，确认那两艘小艇消失在她们身后，才放心地返回小海湾。

杰克安静了，可它显得很疲劳。

丁国庆已提早赶到家，正在和老詹纳森站在岸边等候她俩，看来他和詹纳森已经聊了一会儿了，林姐和冬冬下船后，老詹纳森邀请他们到他家里坐一坐。

"有事吧，亲爱的詹纳森。"林姐问。

"啊，有事，有事，我想，我们这笔生意是成交了。不过，我们需要再认真地谈一谈。上次，你说想请史密斯来做公证，我想在这方面他是个外行。我有个好律师，专门做房地产这一项，你看行吗？"詹纳森喘着气说。这几年，他更显得过于肥胖了，而且还苍老了许多，可他的精神还是那么饱满。

"非常好。可是我们的中饭……"林姐指了指肚子，风趣地说。

"那好办，我们就在一起吃烤肉。我的冰箱里有贮存好的新鲜牛肉。"

萨娃把冬冬叫了回去，她讨厌这个喋喋不休的国会议员，他说的全是与冬冬的成长毫不相关的事，她不愿意冬冬去听那老头子的高谈阔论。

詹纳森说的那笔生意，指的就是林姐要向他购买的那个岛。其实，用不着再细谈，老詹纳森也不必请客吃饭，林姐买岛的决心

338

已定，至于价钱和请律师，随他定。

　　林姐了解詹纳森，他是个很守规矩的人，在林姐眼里，他还多少有些死板，不过林姐相信，他绝不会漫天要价。老詹纳森卖岛无非是为他的晚年做准备，岛上的生活已经不再适合他的年龄，另外，他手上有了一大笔现钱，也是为了能找到一个比较理想的女伴。

　　"假如你们同意的话，我们就请律师速速办理吧。"詹纳森把几页打好的英文契约交给林姐。

　　林姐仔细阅读后，点了点头，就说了声"OK."

　　老詹纳森今天看起来有点反常，他并不因为生意进行得如此顺利而感到高兴，反而有些伤感。

　　"詹纳森先生，我理解你，请你不必为失去祖传的产业而感到伤心。我买下这个岛，同你还拥有它没什么区别，你可以……"

　　"不，不，维多利亚你想错了，我伤心倒不是为了这些，我是为我的国人感到悲哀。中东一战打得如此漂亮，我的朋友布什先生不仅没有得到他应得的一切，反而还要为此付出代价。现在大局对他很不利，他很可能失去连任的机会，对这样一位英明的、有才智的总统是多么不公平啊！可是我们美国人太实际了，经济的滑坡、物价的上涨，也不是他……"

　　"詹纳森先生，别为这一切担忧，我们成交了，这是件好事。让我们谈点愉快的事情。"老詹纳森喝了一口咖啡，移动了一下他那肥胖的身体说："世界上很多事，就像我身上多余的肉那样令人窒息，叫人厌烦。我老了，退休了，可是不能不看，不能不管。侯赛因的把戏我看得最清楚，他在挑唆无知的人们，在利用阿拉伯人的天真，这非常可怕，这将会给世界带来最大的不安。

　　"林小姐，丁先生，有些过于幼稚的人们说，目前形势的可怕不是在中东，而是在远东，说他们在向世界扩张，每天都有大批的黄种人登岸，地球将被他们占领。可是，人们错了，黄种人并不可怕，真正的危险不在远东，因为他们不存在进攻性，不存在侵略性。而侯赛因的信条是鼓动战争，利用信仰来蛊惑人心，打着为真主而战的旗号，煽动了不少狂热的信徒。他们热衷疆土的延伸，醉心于版图的扩大，这些才是最最可怕的。请不要忘记，两次全球性战火的原动力都是什么，信仰，全是为了信仰，为了民族。当时，对大日耳曼民族、大和民族来说，战争是神圣的，是疯狂的占领和狂热的侵略。而中国人不具备这些，他们没有民族忧患，他们的兴趣在于内部横斗，他们偷渡到这里绝不是为了侵占，因为他们没有一种坚定的信仰。黄祸是一种邪说，是一种滑稽可笑的论点。"

林姐每次遇到詹纳森那没完没了的谈话，都是想方设法岔开话题，可这次她倒是非常认真地听着，耐心地把他的话听完。她不清楚詹纳森说的这番话对中国人是褒还是贬，她只觉得挺新鲜，西方人对中国人的这种看法，她这还是第一次听说。她曾自信过中国在全球的地位，可听了这番话后，她不得不以新的眼光重新考虑这一问题。

午餐过后，詹纳森、丁国庆和林姐三个人谈话的气氛更加热烈，都是关于中国、美国、苏联、中东等全球性的问题，他们反而把买岛的事情丢在了一边。

晚饭后，林姐准备早一点休息，不到九点她就把丁国庆拉进了卧室里。

丁国庆也早就按捺不住，他紧搂着林姐，亲吻她的眼睛、鼻子、嘴和脖子。每次林姐在他怀里一经他这样热烈的拥吻，她都会像初恋中的少女一样情绪亢奋，呼吸紧张。每到这个时刻，她都会忘掉世界上的一切，在她脑子里只有一个信念，她应该享有女人应该享有的一切，她现在是女人当中最幸福、最幸运的一个。

"国庆，你等一等，上床好吗，我不习惯在地……"她气喘呼吁地说。

"不，我不懂你那套常规。"说完，丁国庆亲吻住了她的嘴唇。

"你这个混蛋，上天让你到这个世上来，好象就是为了让你干这个！"林姐拧了他一把说。

丁国庆停顿了一下。他记得阿芳也曾对他说过这种话，他的情绪一下子低沉下来。他想起了阿芳，想起了黄龙号，但他不愿让林姐有所察觉。为了能使自己全身心地投入，他脱掉了自己的衣服，也扒下了她的乳罩和短裤。

"亲爱的，小心点儿，别把我弄得太疼。"林姐说的是违心话，这是在向国庆撒娇，她喜欢国庆在性生活上给她的一切，她爱他的阳刚和勇猛，她天生就喜欢这个类型的男人。

好在丁国庆不理会她的要求，照常做着他喜欢做的动作。

正在他俩沉醉在爱河之中时，冬冬的房间里传来她和萨娃的歌声，这首圣歌的歌词大意是：

"我们在等待，

我们在等待，

我们在岸上渴望，

等待的是那船夫，

快把我们送往彼岸。"

接着又唱了一首：

"我们将在彼岸重逢，

我们将重逢，

我们将重逢，

那里没有巨浪波澜，

那里只有灿烂的光辉，

灵魂不再受悲痛。"

林姐听着冬冬和萨娃唱的福音赞美诗，热泪盈眶。她太满足了，她由衷地感谢上帝所给予她的一切，她的爱、她的情、她天

341

使般的女儿、她的事业、她的富有。她热烈地爱着身边的这个男人，她非常喜爱女儿的纯真、聪慧和善良，她的人生目的都达到了，死而无憾。她深情地望着自己身边亲爱的人，她用纤细的手指触摸着他的唇，他的脸，他身体的每个部分⋯⋯

冬冬她们又唱了起来，林姐也随着那美妙动人的旋律小声地哼着：

> 我们将重逢，
>
> 我们将重逢，
>
> 我们将在对岸重逢，
>
> 在天父的怀抱里最安全，
>
> 彼岸是我们光明永恒的家园。

林姐随着冬冬她们唱完，翻身紧抱着丁国庆，激动地说："国庆，等这些船靠岸后，我们就真地洗手不干了，带着冬冬到我们的岛上去，建立起一个属于我们自己的自由王国，建立起一个富裕、美好、纯洁、神圣的伊甸园。你将是那个国度里的国王，我将是那个国度里的王后。"

丁国庆笑着摇着头。

"国庆，冬冬今天催我们快结婚。"

"她对我也说过。"国庆说。

"冬冬大了。"

"是啊！"

"对了，继红和斯迪文的婚礼我们一定要给他们好好办。可不知道为什么，昨天早上她突然发起了脾气，继红的个性我最清楚，是个顺毛驴儿。而斯迪文呢，不懂她的心，又改不了他爱赌的毛病，真希望他婚后能⋯⋯"

"婚礼由我来张罗吧。"丁国庆打断她的话。

"婚后我会给斯迪文一笔钱，这次，除了给他们两枚大钻戒外，婚礼还要搞得隆重些，人一辈子就这一次。"

"你太累了，这事让我来操心吧。"丁国庆说。

"嗯。国庆，抱紧我。"

"好，我把你放到床上。"

丁国庆帮她盖好被子，自己躺在了她身边，拥搂着她，抚摸着她的身体。

"国庆，我爱你。我现在真地太满足了。我……"

杰克不知为什么突然又叫了起来。丁国庆马上捂住林姐的嘴，竖起耳朵听。

过了一会儿，他听到萨娃不满意的数落声，又听到冬冬的笑声，这才放松了精神。

"杰克最近很怪，总像是心神不定，今天在海上就叫个不停。"林姐突然想起了什么。

"在海湾内？"国庆警觉地问。

"不，在海湾外。"

"有多远？"

"哎呀，国庆，你怎么……"

"你看到了什么？"

"什么也没有，只看见两只普通的小船在……"

"今天是什么风向？"

"风向？"

夜深了，这幢房子静得像是没了人，丁国庆轻轻地把林姐的胳膊从自己的胸前移下，他穿好衣服，蹑手蹑脚地下了床，走出门外。他在小海湾里巡视了一遍，又看了看房后的山坡，没发现什么情况，转身回到房里，躺在客厅的沙发上，他想着明天要做的事，想着要找继红谈一谈，她同斯迪文的婚礼等前前后后的事情。

狗和人比较起来当然处于劣势，但是人有很多地方又不如狗。

忠诚，就是人不能和狗相比的；嗅觉，人也得甘拜下风。

杰克是对的，它在船上的狂叫，对林姐的提醒是有根据的。它发现的那条船，里面坐的正是郝仁。

郝仁在二年多的时间里，曾几次向斯迪文问起过林姐的住处，在斯迪文支支吾吾的回答中得知，林姐住在长岛某一个小镇的别墅里，可一直不知道确切的地方，还是最近一次在斯迪文打给继红的电话中得知长岛小海湾这个名字。

这两条小船全是郝仁租来的，他和祝洪运开一条，后面是几个年轻的打手，他斗胆把船开到林姐家附近绝不是为了行刺，而是为了了解一下环境，察看一下地形。

做这事儿郝仁是有意背着斯迪文的，他对斯迪文从没放松过警惕，从认识那天起，就没对斯迪文信任过。他把同斯迪文的关系把握得很好，对斯迪文的心态也摸得很透，准确地说，斯迪文根本就不是他的对手，更不可能是他的人。斯迪文同林姐那千丝万缕的关系，使他不可能死心塌地地为他卖命，所以，对斯迪文这个花花公子的使用，也只能限于骗骗女人、打听一下三义帮内部的事情，说白了，斯迪文只是他的一个内奸、一个筹码而已。

祝洪运的位置已经提升，他才是郝仁最信任的人，两年多来，两人一直保持着单线联系。他不让祝洪运介入斯迪文的事。他同斯迪文干的事也不告诉祝洪运。郝仁从未让两个人见过面。至于祝洪运给斯迪文写信的事，那也是郝仁一手安排的。他认为，目前时机已到，等货一上岸，大量的收钱工作，必须得有可靠的人一起干，这一点绝不能瞒着这个视钱如命的花花公子，如果引起他的怀疑和不满，大事就干不成了。

郝仁最近忙得也觉得时间不够用，他和祝洪运从长岛回来，连夜还得陪斯迪文去赌城。斯迪文的赌瘾不仅没戒掉，反而愈演愈烈，每次下的赌注更大了。他用从黄龙号上收上来的款还掉了赌债后，不管拿到大钱小钱接着又赌，眼下又拉了一屁股债，他现在更需要钱了，需要大钱，只要有大钱斯迪文才肯卖命，这一点郝仁心里跟明镜似的。

斯迪文对他将要同继红结婚之事并不怎么上心，但对郝仁来讲却是个大事。在去赌城的路上，郝仁准备同他好好聊聊，特别是婚礼后应该如何……

看来，婚礼已成为目前的焦点，结婚是两个人的事，可为这婚事操心的就不止两个人了。但是最关心此事的还是郝仁和丁国庆。

婚礼的成败，看来关系重大。关心这门婚事的不仅仅是三义帮这一伙，还惊动了远在中国的郝鸣亮。他为了此事三番五次地打电话给郝仁，昨天半夜他又打来电话，狠狠地把儿子训斥了一顿："这么点儿事都做不了，优柔寡断的，将来你还能成什么大气候。软盘，软盘，你就知道软盘，又他娘的不是什么密电码，难道少了这小娘们儿的软盘就收不了款。"

"爸，这就是密电码。"郝仁急得不知怎么解释才好。

"我就不信为了这个鸡巴玩艺儿就不能下手。"

"爸，这事不能急！"

"不急，不急。你太不了解这里的形势了，永乐县的电线杆子要是长了腿也得他娘的往美国跑。海边上的人都等不及了，他们比咱们可要急得多，我不能看着钱往水里扔。告诉你吧，这种事情是过了这村没这个店儿，形势一紧，错过了机会，还挣什么鸟钱。"

"爸，我明白。可你又搞不到整个船队的花名册软盘。"

"又来了，她在这里办事处的那几个龟孙子，嘴都像贴了封条，只字不露。再说全部资料他们手里也没哇，你让我怎么办？"

"就是嘛，没有根据你让我到哪儿去收钱。"

"我不是给了你一个你弟弟打听来的名单吗？"

"那些散货的钱就是全收上来也没多少。你根本不知道美国这方面是怎么运作的!"郝仁急了。

"你也根本不清楚这边有多少人等着上船!"

看来他们是地处东西两个半球,不知对方的处境,难以沟通。

郝鸣亮争不过儿子,无奈,只好同意郝仁的安排,耐心等待。

"爸,你稳着点儿,咱们一定会成功的。婚礼后,我将有一个更大的动作,你得跟我配合。"郝仁最后说。

"怎么配合?"

"按住下面的货,先不发,调她回去谈判,把她缠在中国。"

"什么时候?"

"等我的电话。"

周一早晨,丁国庆在二肥的店里吃完了早餐,就把前堂经理曾明叫到了自己的汽车里,他向曾明交待,一旦发现黄龙号上的人,千万不要声张,只需往他汽车上打个电话,他会马上赶到。

"国庆哥,这船沉没都快两年了,还有可能……"曾明问。

"有,有可能。"

"你是为了阿芳吧?"

"不许你乱说。"

"二肥子跟我说,你这个人就是犟。不过……"

"他嘴真大。发现黄龙号的任何情况不要告诉他。"

"二肥不是坏意。他说你对人忠诚,对阿芳……"

"别说了。"丁国庆说完,塞在他手上一叠钱。

丁国庆离开二肥的餐馆,没有直接回林姐的办公室,那儿他很放心,因为彼得和露丝都在她身边。鲨鱼、牛卵他们就在楼下,离她也不远。他现在要马上去皇后大道,他和继红已经约好在那里见面。

约好见面的地方是一家意大利人开的高级酒吧,中国城的人一般不会去,因此说话谈事比较方便。

"国庆哥，我们得快点儿说，十二点郝仁要见我，我答应了他。"继红见国庆进来，就马上说。

"对，你得去。"丁国庆说着，点上了一支烟。

"那个叫祝洪运的人有下落了吗？"继红问。

丁国庆摇了摇头。

继红越来越佩服丁国庆的敏捷思维，她很清楚为什么丁国庆邀她出来单独谈，主要是他不想惊动林姐。黄龙号的事虽然已过去两年，可祝洪运的那封信已完全证明，它的沉没是个彻头彻尾的谎言。可是，他们在哪儿弄的资料？黄龙又是怎么靠的岸？是谁劫的货？又是怎么收的款？那笔巨款又进了谁的腰包？这一切一切令人迷惑的问题一定得解开。至于阿芳的下落，也必须弄清，也这是为什么丁国庆瞒着林姐的原因。他寻找黄龙号的下落除了是为了找阿芳，也是为了弄清这一切，弄清幕后的操纵者。

其实，继红对丁国庆的了解还不够透彻，他有更深一层的想法，这些想法他从未向任何人透露过。他的确想找到阿芳，他非常思念他这个初恋的女人，他时常感到内疚，总觉得负于阿芳的太多，太多，是他一生都不能挽回的。如果阿芳出现什么意外或不幸，这都是他的过错。要尽一切力量找到她，如果她还在，他就得担负起她的一切，安排好她的生活……可是，他不能把这些告诉林姐，那得等到适当的时候，等到林姐的计划全部完成，他会向她敞开胸怀，说出这一切的，他也一定会作出选择……不过，现在想这些还为时过早，黄龙号的谜尚未查破。

"国庆，即便黄龙没有沉，阿芳在船上也是九死一生。你……"

"不谈这个。"国庆拦住了继红的话。

"不，国庆，你必须面对现实，她不一定能活着。别说她，黄龙号找到了，连我也活不了。"继红严肃地说。

"你？……"

"这不是明摆着的吗，黄龙号的资料只我一人有。黄龙要是真地没沉，货要是都上了岸，劫货人没有软盘怎么收款？不过我坚信，也可以拿我的头来担保，不可能有谁能盗走我的软盘。"

　　丁国庆没有答话，他拼命地吸着烟，他知道三义帮的帮规，也知道继红说的是实话，软盘要是真地从她的手里丢失，她当然必死无疑。就是林姐不想下令处死她，她也不敢违背堂规。

　　"你是怀疑斯迪文吧？"继红像是看出了他的心思。

　　丁国庆仍然低头抽着烟。

　　"也许有道理……能接近我的只有他一个人。可他不会傻到……没关系，真要是他，婚礼上我们就同归于尽。"继红说得非常坦荡，相当干脆。

　　"不，别过早下结论。"

　　"是啊，我说如果是。"继红说完，用手挡住了脸，几滴泪水掉在了干净的桌布上。

　　"别难过，我想也不会是他。"

　　"你别安慰我，说吧，我听你的安排。"

　　"继红，我……"

　　"这样吧，"继红揉了一下鼻子，冷静地说："晚上你到我家来。别忘了，买几台袖珍录像机，要质量最好的、敏感度最强的那种。国庆哥，我的卧室、工作间还有客厅，都有安装这些设备的暗处。"

　　"让我们共同……"

　　"我该走了。"继红说着抹了一把脸，就朝门外走去。

22

晚秋，纽约城里城外的枫叶变得一片血红。热闹的夏天过去了，人们似乎都变得相当冷静。继红和斯迪文的婚礼就在今天举行，继红虽然披上了纯白色的婚纱礼服，可是她的心里并没有其他少女在踏入婚礼圣殿之前的那种骄傲和激动，她反而显得有些忐忑不安、心事重重。

一列长长的车队，挂着五彩缤纷、艳丽夺目的鲜花驶进了第五大道。它给秋天的纽约带来了一丝温暖，给即将凋零的树木带来了一些生机。

这列车队足有二十几辆。开首是一辆黑色林肯，车里坐的是鸭血汤和两面焦，驾车的是郝仁。郝仁为继红和斯迪文的婚事确实尽了心，直至婚礼的前两天，他还带着几位弟兄，又把继红的房子整个重新用壁纸裱糊了一遍。

第二辆车是个全白的六门大轿车，里面坐着新郎和新娘，司机是租赁公司专派的。两面焦为了讨好新婚夫妇，和司机争着开车，可司机说这是公司规定，就是不肯让位。

斯迪文搂着继红的腰，拿起她的手，放在嘴上亲了亲。

继红没有任何反应。

"还为那事不高兴？"斯迪文笑嘻嘻地问。

整个婚礼的前前后后，继红一直哭丧着脸，因为她觉得裱糊墙壁没必要，这房子去年才刚刚装修过，可斯迪文却非常同意郝仁的建议，说新房就得一切都新，要不是她立即打电话征得了丁国庆的同意，她死活是不会让裱糊壁纸公司的人员进门。

继红有点想不通，为什么国庆会让他们裱墙。那天晚上，国庆和她在安放录像机的地方，做了细致的伪装，这一全糊上，不白费工夫了吗？可是丁国庆不仅让他们糊，还特意赶来撤掉了机器。

斯迪文今天看起来要比继红轻松得多，他不断地挑逗着新娘，又摸又吻，他说他熬不到晚上，想在车里就干它一场。

"去，丢人。"继红推了他一下。

"丢什么人，结了婚，你就是我的，我想什么时候弄就什么时候弄。"

"呸！"继红骂着。继红最近心里一直是矛盾的，虽然嘴上说结不结婚无所谓，可她的的确确愿意同斯迪文结婚，依旧从心底里喜欢他，爱他，爱他的男子气，爱他的英俊，爱他的性感，更爱他那触电似的抚摸……她希望国庆的判断是错的，希望他的猜测都落空。她不相信斯迪文会这么不仁不义，会出卖林姐而死心塌地地跟着郝仁，可她又不得不相信那封信，那封让她想起就感到头疼的信。她不敢问斯迪文，生怕自己感情一冲动使斯迪文生疑，再说国庆也一再嘱咐她，不要流露出半点儿怀疑之色。

第三辆车里坐的是林姐和丁国庆。一路上，林姐的话几乎没有停过，她看着这隆重的场面，幻想着有一天她和国庆也同样有这样盛大的结婚典礼……林姐想着，心里更加爱丁国庆。

给继红找个门当户对的好人家，是林姐多年的心愿，她不忍心看到这位对她忠心耿耿的姑娘放弃自己的幸福，而为她，为三义帮卖命。做女人的都要有个归宿，嫁给斯迪文，与自己的小叔子连姻成婚，对谁来讲都是最理想，也叫她最为放心的。林姐总觉得自阿强死后，出于各种原因，她对斯迪文关心得不够，他身边如果有继红照顾，也许他会改掉他的毛病。林姐已经看出来，他与郝仁的关系越来越近。为拉住斯迪文，为了使他不至于栽跟头，这个婚姻是最大的安全系数。

在车上，林姐除了对继红和斯迪文的婚礼大加赞赏、对国庆一手操办这个婚礼表示感谢外,谈的更多的还是他们将来的前程。李云飞已在调动海上的船队,顾卫华与黑头也在陆地上开始了运作,高浩的空路正在着手办理,两年后这个生意如何收手、金融市场如何开拓,现在都需要她做全盘规划。

紧跟在他俩身后的一部车,就是四大金汉其中的两位,鲨鱼和牛卵。

林姐请来了不少客人,华人商界的显贵、美国金融巨头、华尔街有名的经济人和律师,还有大大小小的老板及一些政界的老友。

他们准备进餐的地方不在中国城,而是在第五大道上最讲究的一家法国餐馆。林姐为他俩操办的这个婚礼不中不西,教堂的仪式免去,改成了在高级饭店大摆宴席。

宴会上各方嘉宾纷纷上前祝贺。宴会厅里音乐一起,大家各自寻伴儿跳开了舞。第一个舞林姐选的是继红,在轻柔的乐声中,林姐热泪盈眶。继红看着抑制不住喜悦的林姐,舞步移不动,她抱住林姐放声大哭起来。周围的嘉宾朋友不知道继红内心的波澜,更不理解她这不寻常的举动。

"继红,我的好妹妹,别这样。来,我们跳三步。"林姐的语调也有点哽咽。

"林姐——"继红呜呜地哭。

"我们应该高兴,继红你……"

斯迪文来到了她俩身边,他摸了摸继红的头发,请她回到座位上去休息片刻。

"嫂子,我可以吗?"斯迪文笑着向林姐做了一个邀请的姿式。

"当然。快,这是快四步。"

林姐跳得很开心。可是没跳多久就说头晕,她用手摸着额头笑着说:"阿坚,不行,不行,跳不动了,我老了。"

"嫂子,你不老,你……"

林姐摆摆手又说："不行，你已经把我给搞晕了。快去照顾继红吧。"

灯光变得暗了下来，抒情的爱情歌曲轻轻地在耳边缭绕。大厅里翩翩起舞的人们都已酒醉人也醉，在昏暗的灯光下窃窃私语。

"林姐，我想请您跳个舞。"

林姐的耳边忽然响起郝仁的声音，她抬起头，向着那昏暗中的身影说了声："好。"

待林姐同郝仁滑向大厅中央，丁国庆马上起身，邀请了一位身边的洋女人，跟上节奏，也向舞池中央滑去。

那洋女人开始还有点儿拘谨，可没一会儿功夫，就把脸贴在了丁国庆那宽厚的胸前。

音乐更美了，灯光更暗了，那渗透人心的美妙音乐使人陶醉。

"林姐，您近来一切都好吧？别太辛苦，把身体累坏了。"郝仁说。

"我很好，你也别太累。"林姐说。

"我？"

"对，你。"

"我……我父亲向您问好。不知道为什么，他现在特别急。"

"是吗？是因为你吧。"

郝仁看不清林姐的脸，也看不到她那咄咄逼人的眼神，他听到的是自己心脏那"咚咚"的跳声。

"不，林姐，不是因为我对他说了什么。是他……也可能是我，不过……"

"郝仁，你听着，请你转告你父亲，事情成功有利于你们整个郝家，要是不配合而从中作梗，美国不存在郝家的梦。"

"是啊，是啊，我怎么敢。我父亲也懂，他，他很聪明。"

丁国庆和那洋女人就擦在他们的身边，丁国庆借着一丝灯光，看到了郝仁额头上的汗。

"我主要提醒的是你。"

"林姐，我一直工作得非常努力，莫非您听到了什么谣言？"

"没有，什么也没听到。"

"那……"

"你好自为之吧。"

"是，林姐，请您对我务必放心，一千个，一万个放心！"

灯光由暗转明，接着是纷纷乱晃的彩灯。音乐变成了热门的DISCO，那不断敲击的鼓点儿声，令人心烦意乱，它似乎在呼唤着人们应该清醒。

丁国庆把继红拉到一个拐角，接过她手中的钥匙，再一次对她叮咛："拖住他，不要让他离开，最少得三十分钟。"

"非要现在吗？"

"一切都在今晚。"

"安放录像机要小心，他们新糊的壁纸，有一点破绽，他们都会看得清清楚楚。"

"这是我管的事。"丁国庆说完，就跑出了饭店的大门。

继红回到舞厅，斯迪文迎上去要和她跳，可她坚持要同郝仁跳。

"好好，和新娘子跳舞是我一生的荣幸！"郝仁把继红拖下舞场。

继红和郝仁跳了一个又一个，累得郝仁大汗淋漓，气喘吁吁。

"不行了，不行了，我要歇一会儿。"郝仁说着就要走出舞池外。

继红从后面搂住郝仁："大哥，今天是我的婚礼，连这点面子都不肯给，真不够交情。"

"不行，太累了。"

"来，下面是慢四步，我要和你跳个贴面舞。""这不可以。"

"你给我过来吧！"

"继红?!"

"来吧!"继红双臂勾住郝仁,一点不放松。她仰起面孔,贴住他那又湿又臭的脸,这不是亲近,是憎恨。对继红的这份儿亲热,郝仁起了疑心。

站在一旁的斯迪文,不可理解地望着继红那发疯的神态,和她那依稀可见的泪痕。

纽约已进入深秋,满城的商家都为了迎接新年和圣诞两大节日开始忙碌起来。他们过早地挂起了彩灯,夸张地宣传着物品的廉价,努力装点着各色各样的橱窗,整个纽约看起来像团火球,又像一座精美的水晶宫。

曼哈顿外,夜变得一片漆黑,商业区的繁华不见了,住宅区显得一派宁静。用来照明的除了天上的那轮明月,剩下的就是各家庭院和门前的那些昏沉沉的小灯了。

丁国庆用飞快的车速,不到二十分钟,就赶到了继红的家。他是准备以最短的时间,在继红的工作间和卧房里安装上录像机,取得郝仁、斯迪文盗窃电脑软盘的罪证,他确信自己的推断是没有错的,幕后的操纵者就是郝仁。

他把汽车停好,刚走到继红家的大门口,突然,他发现楼上窗口的灯光里有个人影在晃动,他迅速躲到院子里的树丛里,过了一会,不见有人下来,他正怀疑自己的视觉是否产生了错觉,猛然听见在继红的房后有汽车发动的声音,他马上感觉到自己来晚了,郝仁在他到来之前已经采取了行动,而且楼上的那个人还发现了他。丁国庆后悔没能正确估计郝仁的阴险,也怪自己太大意,不该把车停在继红的门口,吓跑了那个人。

丁国庆掏出继红给他的钥匙,打开大门。黑暗中他闻到一股烟草气味。他拔出手枪冲到二楼,二楼的烟味越来越浓,是来自继红的工作间。工作间的门没完全关上,还留着一道很大的缝。工作间的电脑前，烟灰缸里不仅残留着半节未燃尽的香烟，而且地毯上还留下了很多皮鞋印，很明显，作案人不是个老手。突然，椅背上搭着的一件男皮夹克吸引住他的目光，他顾不得保护现场，忙把皮夹克从椅子上拿下来。这件衣服他一看就知道不是斯迪文的号码，他穿不了这么瘦小的衣服。他把手伸进内兜摸了摸，摸到一个皮夹子，顿时觉得这趟没白来，打开皮夹子一看，里面的驾驶执照上是一个东方人的瘦脸，上面不仅有发色、眼色、身高，最重要的是有姓名，上面清清楚楚地写着：HONG YUN ZHU（祝洪运）三个英文字。

　　婚礼的舞会还在进行，到了午夜，气氛更加热烈，舞跳得更欢，酒喝得更兴。

　　丁国庆回到舞厅，没看见继红，就找到鲨鱼和牛卵，向他们交待几句就直奔林姐而去。

　　他觉得，当前的局势对他们来讲相当严重，不能再瞒着林姐。事态的迅速发展，已经到了不得不告诉她的时候。根据这种情况，必须得作新的调整，不能让林姐再蒙在鼓里闷头指挥。他来到林姐身旁，她正在同一位金融界的洋人谈话，见丁国庆急匆匆走来，知道他一定有重要的事情，向那洋人说了声对不起，就站了起来。

　　"欣欣，有情况。"丁国庆的神色十分紧张。

　　"稳住。来，跟我来。"林姐笑着把他领到贵宾休息厅。休息厅内，郝仁与鸭血汤、两面焦正在嘀咕什么，一见他们进来，忙打招呼，他们显得很不自然，神态慌慌张张。

　　"欣欣，我刚才去了继红家。"丁国庆见郝仁他们出了门，急忙说。

　　"等一等。"林姐点了一支烟。"

　　从林姐的神态中，丁国庆也看出她似乎觉察出了什么。

　　"欣欣，今晚……"

"一个不寻常的婚礼!"林姐吐了口烟说。

丁国庆正要张口,林姐打了手势把他拦住。

"来,跟我到车里去。"林姐灭掉了仅抽了一口的香烟,同丁国庆一起走出了后门。

在林姐的轿车里,丁国庆从怀里掏出了一个皮夹子,又从皮夹里抽出了祝洪运的证件:"在继红的工作间发现的。"他说。

林姐边看边点头。

"我从三渡村的人那里得知,他是郝仁的表弟。"丁国庆指了指驾照上的照片。

林姐的手指尖在方向盘上轻轻地磕着,想了一下问:"是偷软盘?"

"一定是。今晚是绝妙的时机。"

"他打错了算盘。"林姐拍了一下方向盘。

"不,欣欣,……"

"没那么容易。"林姐气得涨红了脸。

"可是……"

"放心吧,我这儿还有完整的一份儿。"她指了指自己身边的皮包。

"要不要让继红马上回家毁掉电脑里的文件?"丁国庆请示。

"没必要了。"

"为什么?"

"他们已经复制到手。现在的目标是弄人。"

"弄人?"

"除了继红,没人能调出软盘里的资料。"

"那……"

"让我想一想。"林姐皱着眉头,面色沉重地思考着。

郝仁和鸭血汤、两面焦从休息厅里出来之后,又回到了舞场。

356

他们围着新娘、新郎跳起了欢快的DISCO，郝仁边跳，边注视着舞场的四周，他发觉鲨鱼和牛卵总在他左右。

舞步越跳越快，节奏越来越紧。

在混乱的舞步中，鲨鱼和牛卵把郝仁夹在了中间，郝仁觉出了不妙，他又看到鸭血汤和两面焦的周围也出现了一些生面孔。

露丝和彼得几乎不像在跳舞，倒像是在看管着正和继红搂在一起的斯迪文。

郝仁看到这一切，心里明白了八九，因为祝洪运刚才在电话里除了报告软盘盗到手外，也报告了个不好的消息，那就是临走前，在继红的家门口出现了一个可疑的人。

郝仁浑身出了一层冷汗，他知道，他的行动已被察觉，形势非常危急。他知道自己已被人看住了。鲨鱼和牛卵一前一后，贴着他的身体，几乎像夹肉饼一样把他夹在当中。

林姐的轿车里，丁国庆已经按捺不住："欣欣，下手吧，我已作了布置。"

"今天的宾客都是纽约的要员，一旦闹大，会制造出新闻，今后，……好吧，你立即回到舞场去，控制住局面，我去找继红。"林姐说完，果断地推开车门，走了出去。

丁国庆又回到舞场，在暗中监视着事态的动向。不一会，他看到林姐在舞场出现了，她翩翩来到正在跳舞的新郎和新娘面前，拍了拍斯迪文的肩膀，把继红拉走了。

连惊带吓的郝仁想停下来歇一会儿，可他被鲨鱼和牛卵紧紧地顶住了身体。

打击乐更加疯狂，叫喊声此起彼伏。

露丝和彼得守在舞厅大门口。

林姐和继红从休息厅走出来，她把继红又交还给斯迪文。

婚礼照常进行，宾客仍在尽兴。

清晨，婚礼散了，舞厅恢复了平静。

继红平安回到了新房，斯迪文搂着她睡了。

此时此刻，在布郎克斯祝洪运的卧室里，郝仁正在左右开弓地煽他的嘴巴，他怒斥着浑身颤抖的祝洪运。

"你他妈的毁了我的大事。废物！纯属废物！宰了你都不过分，你懂吗？"郝仁拿起桌上的枪。

"表哥，你消消气，你……"祝洪运吓得浑身直哆嗦。

"你以为这是在永乐吗？你以为这是在船上，想怎么干就怎么干吗？你险些让我丧了命！""表哥，我……我对不起……"

"对不起管屁用？忘了衣服、丢了证件，那还不如丢了你的小命。你知道你给他们留下的是什么？是黄龙号没有沉没的铁证！你我都活不成了！"

"那……那怎么办呢？"祝洪运真没想到自己捅下的是这么大的祸。

郝仁收起了枪，眼珠转了两转，胸有成竹地说："事到临头，只有一不作二不休，好在东西拿到了手，至少也得平分秋色。"

"我他妈的拼死也要干掉那个丁国庆！"祝洪运见表哥态度好转，也跟着怒骂起来。

"干他，管屁用。"郝仁摇了摇头说："你快把电脑打开，把那个软盘放进去。等大批货一到，她收她的钱，我收我的款。这就是我同她谈判的资本！"

祝洪运打开电脑，把软盘插了进去。郝仁想了一下调出文件的程序，用手指按了下去：W—W—M—A—G—H—A—M—＊。

奇怪，电脑的荧光屏上什么也没有出现。

郝仁又重新按了一次程序。

荧屏上还是一片空白。

358

"你他妈的敢肯定你复制上了？"郝仁骂着，转身抓住了祝洪运的脖领。

"表哥，绝对不会错，绝对不会错，我全是照你的吩咐做的。"

"你再给我来一遍！"

祝洪运立即在电脑的键盘上，熟练地操作一遍复制软盘的过程。

"表哥，我绝不会错的，我都练习了上万遍了。真的……"

"好，既然如此，孙继红你就等着吧！"郝仁狠狠砸了一下电脑键盘，眼睛里冒出了凶狠的目光。

继红虽然疲倦极了，可就是睡不踏实。

晨光透过白纱窗帘，照进了卧室。她睁开眼睛，看着这刚刚裱糊过的新房，掉下了悲伤的眼泪。她感叹自己婚姻的短促，恨透了沉睡在她身边的这个男人。她从没有想过，斯迪文会变得如此没有良心。

她回忆起在休息厅，林姐说的话，她的神经绷得更紧了……

"继红，郝仁已经下手了。刚才他派人到了你家，盗到了电脑里的资料。"

"啊？！林姐……"

"不要慌。你知道，他们暂时还调不出文件。问题是你目前的处境很危险，等他们察觉到调出文件的密码改变了，就会向你下手。"

"林姐，这么说，那……那黄龙号的资料，也是……也是从我这儿跑的了？"

"这个你先别管，现在的问题是你的安全。"

"斯迪文这个混蛋，我要亲手杀死他。林姐，我……我不想活了。"继红痛哭着。

"现在你给我从后门出去，到小海湾等我。"

"不，我不走。"

"继红！他们很可能很快就把你绑走。也许是今晚，也许是现在。"

"林姐，你想想，我怎么能在这个时候逃脱？我犯下的罪，由我来挽回。叫他们把人绑走吧，我正想瞧瞧他们心有多黑，手有多狠。我要当着他们的面，把资料销毁，把电脑砸烂，拼它个鱼死网破。死，就死个痛快。"

"混账话。不能赌气。你还是先躲躲，我自有安排。"

"不，林姐，斯迪文不可靠，国庆早就提醒过我，可我就是似信非信。林姐，我……我真是罪该万死。林姐，事已至此，他们调不出文件，一定会动我的脑筋，相信他们不会轻易地就弄死我。我想，不如将计就计，我进去摸底，弄他个水落石出，同国庆和你里应外合，把他们一网打尽。要不然，咱们三义帮就败在我手里了。林姐，你就让我去吧。"

"我何尝又不是这么想。可是我担心你……"

"安全不会马上有问题。相信我，林姐，让我将功补过吧！"

一阵急促的电话铃声把斯迪文吵醒，继红闭上眼睛，佯装熟睡。她听到斯迪文对着听筒小声嘀咕："好，我明白，……嗯，她在睡……，不会吧！……OK……我一定办到。……你先放下，我一会儿打过去。"

斯迪文放下电话，悄悄下了床，走进了继红的工作间。

继红没有跟他去，她现在对他的仇恨，远远胜过对那个可恶的郝仁。她也可怜自己付出了那么多的纯情，换来的全是无情的欺骗。要不是为了林姐的全盘计划，她一定会马上冲过去，一枪击毙这个罪该万死的斯迪文。

听到工作间里传出来轻弱的敲击电脑的键子的声音，继红默默地流着眼泪。

360

清晨，林姐在办公室里，心如火焚。为了稳定自己的心绪，她又转动了一下那个大地球仪，目不转睛地盯着它转，那不停的旋转，使她的头有些发晕。她觉得不仅地球仪在快速旋转，她的整个人，整个房子都在转。桌上的文件好像都飞了起来。她伸手把地球仪按住，手掌所按的部位，正好是在东半球，太平洋沿岸的福建。说也奇怪，她觉得她所按住的那一块，突然变得发烫，火辣辣地烧着她的手掌，烧得她那红红的指尖不停地颤抖，烧得她的心都在颤。她想大笑，笑自己无知的野心，她想大哭，哭自己的命运离不开宇宙的轨道。

是的，连续发生的事情和夜夜的煎熬，她的体力不支了。浑身无力，酸疼，双颊烧得绯红。多年来，她对斯迪文倾注了全身心的关怀，待他像对自己的亲弟弟一样，冒着生命危险把他救出来，难道换来的就是反目吗？对她打击最大的不只是斯迪文的背叛，而是丁国庆，他在默默地寻找着黄龙号，寻找黄龙号的真实目的她非常清楚。

她开始对她所做的一切事情产生了怀疑，怀疑它真正的价值。可是她又不能马上退却，必须坚持到底，不能半途而废，东京会议的举措鼓舞着她，努力地拼搏总还算有个目的。

可是达到那个目的又是为了什么呢？整个地球就是全属于你又有什么用？丁国庆就在她身边。他静静地思考着他心中的事情，围绕着他的是他自己的宇宙，他自己内心的痛苦在折磨着他，近在咫尺，也不向她来倾诉，不会过来向她拥抱。

林姐头上冒出虚汗，两腿有些发软。为了支撑自己站稳，她双臂紧紧抱住那个凉嗖嗖的大地球仪，地球仪的中心偏向一边，林姐的身体一斜，摔倒在地上。

地球仪飞快地自转起来。

"欣欣！"丁国庆叫了一声，跑过来扶她。

"等一等。"她虚弱地说。

"哎呀,欣欣,你发烧了。"

林姐斜瘫在地上,仰望着那个飞转的地球仪,顿觉眼前一片漆黑。她忽然觉得那巨大的宇宙向她压来,那速度、那重量都使她不能承受。她又觉得自己骤然变得太小,那不可逆转的运行,那固定的轨道,像是能把人辗成粉末。

"欣欣,你的头很烫!"丁国庆摸着她的前额。

林姐抚摸着丁国庆的手背,挣扎着睁开眼睛,喃喃地说:"国庆,我没有发烧,我很清醒。"

"不行,你得去医院!"丁国庆说着把她抱起,又在她的前额吻了吻。

林姐的眼角里流出了滚烫的泪。

斯迪文在工作间做完了他要做的事,又打了个电话,就回到卧室叫醒了继红,兴奋地说:"你可真是个好命人。宝贝儿,郝仁请咱俩过去,说要给你个惊喜,是结婚礼物。连我也不告诉。"

"什么时候?"继红坐起来问。

"就现在。"

继红穿好衣服,走进浴室,从化妆台的抽屉里,把一支袖珍手枪藏在了包里。她容光焕发地走了出来,斯迪文帮她穿上了风衣。

"去哪儿?"继红问得很生硬。

"布郎克斯。"

"他住在那儿?"

"谁知道。"

"走吧。"继红定了定神,随斯迪文走出门外。

斯迪文吹着轻松的口哨,打开车库的自动升降门。

一辆崭新的红色跑车,箭似地在通往布郎克斯的公路上飞驰。

它的身后，紧跟着一辆林肯，林肯的屁股后面，紧咬着一辆大马力的切诺基。

23

中午，林姐躺在病床上，护士在她的床边架起了吊瓶。

丁国庆握住林姐的手，她的呼吸有些急促。

一位又瘦又高的洋大夫，走过来翻动着她的眼皮，又俯下身子查看她的呼吸道，用听诊器听了听她的前后胸，微笑着对丁国庆说："DON'T WORRY, YOUR WIFE NEED SOME GOOD SLEEP. SHE LOOKS SO TENSE AND NERVOUS.（没什么病，你太太需要休息，她只是有些紧张过度和焦虑。）"

丁国庆听了之后，把握着林姐的手松了松，轻轻地抚摸着她的前额。

昏迷之中的林姐似乎听到了大夫的话，又像是感觉到了丁国庆温暖的抚摸，可她睁不开眼。在一片模糊中，她忽然看到了冬冬的身影，那身影离她很近，那可爱的小脸，在向她微笑。在冬冬那可爱的小嘴里流淌出一首圣歌，还是那首《我们将重逢》的福音赞美诗。

《我们将重逢》是一首用英文演唱的圣歌，在林姐眼前浮现出冬冬歌唱面孔的同时，还出现了一排英文字母，那字母像是在一台电脑荧屏上，那字母又像通过按键一个个跳上去的音符。她突然记起来了，那是调出文件的密码。这个密码是她和继红两人选定的，就连丁国庆也不知道。为了绝对保密，她俩选定了这首英文圣歌。为了便于记忆，才选定了这首既熟悉又容易上口的圣歌的歌词。

斯迪文将继红带到了布郎克斯祝洪运的那个秘密住所。

364

一路上，继红的脑子里也想的是《我们将重逢》这首歌。她想把这首歌彻底忘掉，可整个大脑和耳朵里就是响个不停。她不知道这一伙无仁无道的家伙，会向她展开什么样的攻势，也不清楚他们打算对她使用什么更新鲜的手段和花招。她不担心在刑具面前会说出这首歌的歌词，只害怕在药物或更加毒辣的手段当中唱出这首歌。

斯迪文走在前，她跟后。上楼梯时，她尽量地去想别的事，不让这首歌的记忆再次在脑中闪回，可她做不到，整个脑子里嗡嗡地响，响的全是这首歌的内容，她想把自己的记忆摧毁，想打开头骨把记忆这首歌的沟回取走扔掉。

"斯迪文，我怎么不知道你们常在这里活动?!"继红突然大声喊起来，声音有些失控。

"不……我，我也是第一次来。"

继红明知斯迪文是在继续欺骗她，可她不得不忍耐，她恨不得马上一枪打死这个不情、不仁、不义的丈夫。

郝仁并没有出来迎接她，在客厅里招待她的只有一个人。斯迪文一转眼不见了，房子里空荡荡的，气氛非常异样。她想对这种冷遇大发雷霆，可是她没有这么做。她坐在沙发里，静静地等待着，等待着将会发生的一切。

"小姐，您需要什么饮料吗?"招待她的人很殷勤。

"不。"

"抽支烟吧?"

"郝仁呢?"继红把烟接过来问。

"刚走。他到郊外收账去了，临走前吩咐，让您在这儿先等一等。"

"不行，我等不了，马上得走，你快叫斯迪文过来。"

"他也不在。"

"他不在?!"

"对，刚被人叫走。郝哥在外边遇到了麻烦，他帮忙去了。"

"你是谁？"

"我？咱们虽没见过面，可你一定知道我的名字。"

"祝洪运。"继红的反应相当快。

"太对了，黄龙号的带班马仔。"祝洪运说着点上烟，坐了下来。

"挑明了吧，别耽误时间，你们打算把我怎么办？"继红心里已有了把握，她相信，郝仁和斯迪文没有出去，离这个屋子也不远，她的一举一动他们都看得着听得见。

继红没有猜错，郝仁一伙就在隔壁，在屏幕上观察着她。

"时间？时间有，急什么，你刚结过婚，得清闲几天，按说应该度度蜜月，可你的头……"

"祝洪运。跟我说话，你还不够资格，滚出去，把郝仁叫来。"继红已按捺不住了。

"我说了，他不在，实在对不起，我还不能滚，日后恐怕就是由我陪伴您了。"

继红气得拍桌子："郝仁，我操你祖宗，想软禁我，姑奶奶从来不怕这一套，玩这手你还差得远呢，斯迪文出来，你们给我滚出来，给我跪下，我饶不了你这个王八蛋。"

"息怒，您先别动火，这地方……"

"我宰了你！"说着，继红就去拿手枪。

祝洪运抢上前，一把夺过了她的背包，背包带"啪"的一声拉断了。

祝洪运窜出了房间，倒锁上门。

继红破口大骂："郝仁你他妈的不必耍这套。给我出来，老娘不愿在这儿干等。调出文件的办法简单得很。你这个傻蛋，出来，出来谈条件！"

傍晚，巨浪不断地抽打着岸边的岩石，冲刷着沙滩。秋季的大西洋总是要咆哮一阵子。它就像一个被长久关锁在牢笼的疯狂的猛士，挣破桎梏后，向世间发泄着强烈的不满。

小海湾里的浪已有一人多高了，林姐断言，外海一定是骇浪滔天。

她在医院里只呆了几个小时，打完针，输完液，就被丁国庆带回家里。丁国庆放下她就离开了。临走前，没对她说什么话。

冬冬和萨娃此时都不在家，冬冬上了高中，那是一所全美最有名的贵族学校，不仅属于教会，也有一定的私人成分，光林姐对该校的赞助每年就不下一百万美元。

该校的校规很严，除了周末，平时学生一律住宿。林姐告诉萨娃，她不会因为冬冬寄宿就失去工作。不过，开学最初几周，一定要辛苦一下，同冬冬一起住进学校，等女儿适应学校的环境后，再返回。

林姐没有听大夫"一定要躺在床上"的叮嘱，她一直站在窗前，望着海面上那些既有规律又变换无常的巨浪。她预感到将有重大的事情发生，凭她的预感和经验，这些事情大小都有些关联。首先她想到的是继红，她有些后悔，不该同意她去冒这个险，都几个小时了，渺无音信。再就是丁国庆，他不声不响地走了，他为寻找黄龙号煞费苦心，可眼前需要他做的不是这些，看来生意上的大事和对自己的感情都远没有阿芳重要。可是，这不能怪他，林姐反而对丁国庆更加敬重，敬重他对人的诚恳，敬重他对人的忠诚。她不认为阿芳还活着，但她盼望着他把这事查明，了结他的旧情。

巨浪在沙滩上翻滚，天色渐渐地转黑，她突然换上了外出的衣服，准备到办公室去，这种恶劣的气候，使她不安，漂在海上的船队会不会遇到险情？这里的通讯是不能同船上进行联系的，她要进城到办公室的楼下，那里有无线超短波，她必须得到准确的消息，必须要掌握船队的航行情况，尤其是第一批船，还有七天就要到达这里，如有任何变化，一定得重作接应的计划，改变所有的日程。

想到这儿，她坐不住了。可是今晚她身边没有人。林姐不得不一个人独自前往。

继红被倒锁在屋里整整一天了，她怎么也没想到自己结婚的第二天就这样度过，没吃没喝没人过问。她知道国庆和林姐此时此刻正在等待她的消息，她想设法通知他们这里的情况，可门是锁着的，窗外全有铁栅紧封，逃不出去，桌上倒是有台电话，可她连动也没动，因为监听电话是他们惯用的手法。

直到傍晚，郝仁才出现，不过不是他本人，是通过这部电话。郝仁在隔壁一直观察着继红，而且还录了像。他看到继红那样暴躁，就等，等到她筋疲力尽再说。当他看到她精力熬得差不多了，饿得也够呛，郝仁就笑着按了隔壁房间的电话号码，电话一响他看到继红"噌"地一下从沙发上跳起来，去接电话。

"红妹，实在对不起，让你久等了。"

继红听出是郝仁的声音，她想冷静，可是控制不住："郝仁你在哪里？我要见你，别他妈的耍花招，惹急了我，你什么也搞不成。"

"惹你，我怎么敢惹你，结婚的礼物还没……"

"我什么也不要，我就要你过来，谈谈。"

"我现在离得太远了，过两天吧。"郝仁笑嘻嘻地说。

"那你立即放我走。"

"忙什么。"

"郝仁，你听着。"继红清了一下嗓子，对着话筒小声说："告诉我，你能分我多少钱？""什么意思？"郝仁对着监视器的屏幕说。

"少废话！调出文件没别人，这你知道。可是我也不能白干呢。"

　　郝仁把对准继红的脸的镜头摇成特写，他仔细地观看继红的脸，和蔼地说："好吧，明人就不说暗话，你先开个价。"

　　继红伸出五个手指说："这个数。"

　　"五百万？"

　　"混蛋，我知道你离我没多远，你全看得见我。郝仁，你这人真不够道，干这事没有通过电话解决的，总得面对面。好吧，既然你不懂行，我就不跟你谈了。"继红装作生气，挂上了电话。

　　郝仁看着继红得意的样子，后悔不已，他摇着脑袋，骂了自己一句脏话。

　　"我来。"斯迪文抄起了电话。

　　继红躺在沙发上根本不接，右手伸出中指，嘴里不停地喊："FUCK，FUCK。"她已完全清楚自己是被监视了。气得她一个劲儿地打手势骂，猜想他们一定在玻璃墙后面看着她。

　　电话不停地响。

　　继红点上一支香烟，抄起电话。

　　"继红，你想一想，郝哥都是为咱俩好……"

　　继红一听是斯迪文的声音，本想大骂他一顿，可是，她现在需要冷静，她觉得她要为林姐铲掉这些恶棍，绝不能轻信，又不能不严谨。她做出认真听的样子，一句话也不说。

　　"五百万算得了什么，郝哥说你太小家子气，他刚才答应我的是十倍的这个数都不止，真的，他做的所有事不是全为他，更是为我，为咱俩，他愿意和咱俩联手，干回大事情。继红，听我的，把文件调出来吧，要不然……"

　　"事已到此，也只有这样了。就是回头再找林姐，她的脾气我也不是不知道。"继红说得平心静气。

　　郝仁抢过电话大骂："小丫头，我操你妈，从我见你的头一天，就没跟我说过实话。想跟老子耍，你还他妈的嫩了点儿。你装得倒挺像，可你瞒不住我的眼睛。"郝仁想再激一激继红，他知道，女人只有在情感不稳的情况下，才会露馅儿。

继红扔下电话哭了，哭声很大，很惨，不像是装的。

话筒里换了斯迪文，他在不停地大喊着她的名字。

继红一边哭，一边对着话筒说："我答应郝哥调出文件，不仅为了咱俩，也是为了他，可郝哥对我却是这个态度，斯迪文你说这合理吗，我爱你，离不开你，为了咱俩的今后，我什么事都可为你做。"

"继红，别哭，我最了解郝哥，他一直帮我，暗地也帮你，刚才的态度是他对你的试探，你别在意。既然答应了，那就好说了，一会儿我们就过来，来……"

郝仁马上捂住斯迪文手中的话筒，接过来说："红妹，一会儿我们就回来。现在我们还得到别处去收款，你先听祝洪运的安排。"

郝仁放下电话后，对斯迪文笑笑说："老弟，你性子太急，这事还是听我的吧，她要是听话，我保证她的人身安全，而且还让她高兴地回到你身边。"

"好，只要事情办妥，我听你的。"斯迪文像个俘虏似地说。

"先把她转移到另外一个地方。"郝仁换了一种口气对祝洪运说。

祝洪运点了一下头，转身出去了。

"转移，电脑就在这里，为什么不马上动手调文件，干嘛要转移她？"斯迪文扔掉手中的烟，态度很急。

"老弟，根据我的经验，人的转变不可能在一朝一夕。让她安静几日，全面地思考一下对她来说是必要的。虽说女人善变，可是这种重大的转变不那么容易，她需要时间。至于我答应你的事，老哥绝不会食言。另外，洪运弟你尽可放心。"

"不行！等他们发现，事情就难办了。"斯迪文反对。

"难办，怎么难办？"

"她会找人制裁我们。"

"她？你指的是你嫂子吧。恕我直言，她已经做不到这些了，现在她已经是别人寻找追逐的目标了！"

天全黑了，长岛的高速公路上林姐的那辆白色奔驰箭似地向曼哈顿方向驶去，她看着恶劣的天气，想着那些即将驶进大西洋的船队。

公路上的车辆逐渐稀少，她看了看时速表，又加大了油门。车灯在前方的路面跳晃，搅得视线有些模糊不清，发着烧的身体好像在升高，握着方向盘的手在抖动。糟了，后面出现了一辆鸣笛的警车，她看了看反视镜，降低车速，已来不及了，她索性给发动机加了最大的油量，汽车的四个轮胎像离开了路面，腾空而飞。

后面尖叫的警车不是一辆，她知道，追上她开个罚单，事不算大，顶多耽误一点儿时间，可是不停车逃跑，抓着了，就麻烦了，说不定还会进去几天。她更了解，警车上的通讯是多么发达，她相信，不从小路冲出去，后面的警车会招来一大堆的交通警，前后左右把你围得水泄不通。她看准了前方的一个出口，就拐了进去，车速刚一降下，她看到迎面有三、四辆汽车挡住了她的去路，横在路中封住了路面，她猛然刹住车，挂上了倒档，不等她加油，几辆警车又堵住了退路。

前方挡路的不像交通警，她看到从车里跳出来的几个人，虽没着制服，但也明白了八九。从那些人的派头上一看就知道是FBI（中央情报局）。

林姐被带上手拷，被警车拉走。

"你要把我带到哪儿去？"继红上了车就问祝洪运。

"哪儿，去玩电脑哇！"祝洪运关上了车门，笑着说。

"电脑在哪儿？"

"在……在我家里。"

"走吧！"

继红打好了主意，分析着郝仁的用意。他不露面，怕是心虚，但也是阴也是狠，他是看我是真是假，所以，到了那里，还不能立即砸毁电脑，那无济于事。她要装作复制没有成功，文件没存在硬盘里面，拖他，先拖时间，了解到他们的地点和所有的人员，再设法与林姐和国庆联络，然后把他们一网打尽，一举铲平。

继红想不到事态发展得会这么快，她更加佩服丁国庆在这个事件中所起的作用，他虽然默默不语，可一切都在他的心里。

祝洪运驾着汽车，非常得意，他盘算着大功告成后自己的地位和花天酒地的生活。他不断地打尾灯，指示着后面跟随他的那辆车。

转移继红的地点不是祝洪运的家，是郝仁购下的另一处住房，为了活动隐蔽和与每人保持单线的联系，他在布朗克斯一带购下了好几处住所。关继红禁闭的那一套是比较好的，在布朗克斯的高级住宅区内。

"祝洪运，黄龙号的人都上岸了吗？"继红突然问。

"当然，就是费了不少劲。"祝洪运不敢胡说乱言，他都是按照郝仁的交待回答继红的，郝仁告诉他，对黄龙号的事不仅要承认，而且要大肆渲染，让她清楚我们的实力，也要让她明白郝家的力量，给她选择道路的机会，使她对郝家的势力产生最大的希望。只有一件事要暂时对她保密。

"船上三百头的货款也收齐了？"继红又问。

"一文不差！"

"收款的根据是怎么搞到的？"

"怎么搞到的，您忘了，是你提供的软盘呢！"

黄龙号的假沉没，至此真相大白，继红含着泪，把头转向窗外，看着那漆黑的天，心里藏着很多说不出来的话，她想对林姐说：林姐，我要切下郝仁、斯迪文的头，亲手交给你。在见到你之前，要提着郝仁的心肝肺，向你请罪。她知道，自己活不长了，就是林姐原谅了她，她也不准备再活下去。她觉得人心太黑了，比墨还黑。她下定决心，非把这些个黑心人的心全掏出来，不过要等待时机。

"船上是有个叫阿芳的吗？"继红为了抑制激动，点了上烟。

"阿芳？没有，没这么个人。"

"告诉我实话，这是咱们打败丁国庆和林姐的法宝。我要知道她的下落。"

祝洪运还是矢口否认有这么个人，他不相信继红的话，坚定地执行着郝仁的命令。

"那个姑娘的名字，可就在电脑文件上，还瞒我干什么，咱们的命运都在一起了。"

"十个姑娘是白送的，不在文件上。"

"你怎么知道？"

"我和郝义一手经办，错不了。"

"那你还是知道。"继红瞪起了眼。

"知道也不能告诉你。"祝洪运也向她板起了面孔："该你知道的就告诉你，不该知道的你问也白问！"

继红再也忍不住了，这一辈子，没人敢对她用这种态度讲话，更何况是个普普通通的小马仔。"你他妈的太放肆了，谁教你对我这么说话，你大概还不了解我，今天我就让你尝尝姑奶奶的厉害，说着继红把右脚踏到驾驶位，用高跟鞋鞋后跟顶住了祝洪运的脚面，双手一拉方向盘，一压鞋后跟，汽车直冲着路旁撞去。

这一带正是布郎克斯的鬼区，除了被烧毁的旧楼房，就是到处涂满脏话的旧墙。汽车撞在一堵旧墙上，水箱被撞破，车盖上冒出了蒸气。

后面的车紧急刹住，跳下来四个壮汉，他们跑过去拉出来祝洪运，祝洪运眼里冒着血丝，抓着继红的头发。

"宰了她!"一个大高个儿，朝着继红的下颏正要抬脚，"嗖"的一声，一支金属利器不知从何处飞来，正击中那个大高个儿的头部。

随着一声撕心裂肺般的惨叫，大高个儿双手捂着额头，"噔噔"倒退了几步，最终站立不住，"扑嗵"一声跌倒在地。

血，从他的指缝间浸泻出来，他的眼窝里插进一把车钥匙，"FUCK YOU!"（操你妈!）高个子一把拔出车钥匙，钥匙的齿沟里带出一粒带血的眼珠子。

祝洪运被这一突发事件惊呆了。所有的脑袋一齐都转向了钥匙飞来的方向。他们看到了一个人影。

那个人就站在离祝洪运不远的地方，他像一根树桩，一动不动，悄然而立，只有那双愤怒的眼睛在深沉的夜里，闪烁着刀锋似的寒光。

祝洪运和几个大汉都情不自禁地打了两个冷战。

"国庆？……"被祝洪运反扣住手腕的继红，望着从天而降的丁国庆，惊喜地叫道。

丁国庆没有回答，他不错眼珠地盯着祝洪运，良久才冷静而低沉地吐出三个字："放开她!"祝洪运内心里一阵恐慌，他尽管从没有和眼前这个人打过交道，但对丁国庆这个人非但不陌生，简直可以说太熟悉了。在国内时，他就知道他的大名。来美后，他又从表哥郝仁的口中多次听到过丁国庆的事。他知道这个人是最惹不起的主儿，他不但打起架来又凶又狠，有一身非凡的武功，这些还不算可怕，最可怕的是他貌似粗鲁刚直，其实，他的心细得很。他的神经敏感而灵透，那双冷酷的眼睛，似乎天生就能洞察一切。特别是对他和表哥郝仁，丁国庆就是他们的克星。表哥郝仁曾对他说过，这场较量真正的对手不是林姐，而是姓丁的。林姐毕竟在美国生活得太久，对大陆人的思维方式已不太习惯，而

374

丁国庆则不然，他对我们这些人了如指掌，简直太熟悉了。

如果说郝仁和祝洪运等人是世间最狡猾的狐狸，丁国庆则是山林间经验丰富的猎手。

"放开她！"丁国庆牙缝儿里又挤出了三个字。那声音冷得象铁，虽然不大，却刺得祝洪运等人耳膜生疼。

祝洪运当然不会那么乖。尽管他对丁国庆心怀惧意，但他也并非是个胆小如鼠之辈，不会轻易地被对方的威力所吓倒。他用胳膊死死搂住继红的脖子，眼球儿飞快地转动着，往四周瞟了瞟。暗夜中，只有永恒的星，在湛蓝的夜空中眨着眼睛。风轻轻吹过，拂去了祝洪运额头上的冷汗，他那紧张的心，渐渐松弛下来。

祝洪运忽然惧意全消，因为他很快就度量出了双方的力量，丁国庆的武功再高，但他毕竟只有一个人，而己方除了自己之外，还有四个经过认真挑选的助手。这四个大汉，是表哥郝仁亲手培养的亲信，不但对表哥忠心耿耿，而且拳脚上的功夫也颇不俗。他只相信一句话，就是"双拳难敌四腿，好汉架不住人多"。他估计手下这四个能征善战的弟兄，要想生擒或杀死丁国庆并非是什么难事。

想到此，祝洪运心中涌起一阵快意。他脑子里忽然涌出一个念头，这是个好机会，何不乘此干掉丁国庆？！杀了丁国庆，就为表哥除去了心头之患，同时自己也立了一大功……

祝洪运愈想愈得意，兴奋得每一根神经都颤抖起来，忍不住发出一阵狂笑。

丁国庆见祝洪运始终不放继红，顿时不耐烦起来，双拳捏得咯咯地响，他强压了压怒火，再次喝道："放开她！"

祝洪运用猫戏老鼠的目光扫着丁国庆。

丁国庆咬牙道："想找死吗？"

祝洪运"呸"地啐了一口道："好，我今天倒要看看咱俩是谁死！"

说着，他转头对四个大汉吩咐道："你们上，谁杀了姓丁的我有赏！"

那四个大汉对丁国庆的武功并不了解，自前后左右四个方向扑向丁国庆，把丁国庆团团围在中间。左右两个大汉出手便使出了南拳中的大擒拿手，分扣丁国庆两臂。这两个人的功夫果然不错，手法灵妙快捷，出手如风，叼腕、扣肘、拿肩，一气呵成。未等祝洪运和继红看清，丁国庆的双臂已被人牢牢地扭住。

与此同时，一个大汉闪电般扑到丁国庆身后，一把匕首，顶住了丁国庆的腰。

继红一见丁国庆被擒，吓得惊叫一声："国庆！……"

祝洪运以为恶斗一定会很激烈，没料到丁国庆竟然束手被擒，他忽然觉得表哥以往对丁国庆的担忧和恐惧完全是多余的。丁国庆并没有想象中那么可怕，看来也不过徒有虚名罢了。祝洪运根本不会想到，这场恶斗远远不是那么简单，而且并没有结束，确切地说还没有开始。丁国庆之所以被人轻而易举地擒住，是因为他根本还没有动功。

他的战略是"以静制动"。

以静制动，正是太极门武功最根本的原理和技击法则。

祝洪运一见丁国庆已被自己的弟兄牢牢扭住，顿时又惊又喜，他并不想放继红，只是一手紧勒住继红的脖子，一步步朝丁国庆走去。他不敢太靠近，因为他知道，丁国庆虽然已不能动，但仍是老虎。老虎被困在笼子里，也仍有它的慑人之处。

在距丁国庆丈把远的地方，祝洪运停住了脚，得意地笑着对丁国庆说道："姓丁的，今天夜里究竟是我死还是你死？"

丁国庆一动不动地站在夜色里，他没有挣扎，脸上没有丝毫恐惧，一对亮得似寒星般的眼睛，透射出两道寒光，刺向祝洪运。他没有回答祝洪运的话，吐出的仍是冷冰冰的三个字："放开她！"

祝洪运忍不住又是一阵大笑，笑罢，骂道："你他妈的真是属鸭子的，肉烂嘴还硬！"他不想多费口舌，对身边的大汉摆了摆头，恶狠狠地说道："去，宰了这个王八蛋，把活做干净点儿！"那个大汉正是被丁国庆打伤眼睛的家伙，早已恨不得把丁国庆吞下肚去，听到吩咐，猛地从腰中拔出匕首，跨步向前，恶狠狠朝丁国庆当头便刺。

丁国庆四面受敌，双手被擒，后腰又被匕首顶着，可谓必死无疑。

然而，眼看着匕首就要落在他的头上，他仍然一动不动。

继红吓得又是一声尖叫，闭上了双眼。

蓦然间，天地间响起一阵惨嚎，在这寂静的夜里，那嚎叫声似恶鬼的嘶鸣。

继红猛地睁开了眼睛。

丁国庆没有死，他仍然一动不动地矗立在当场，像一尊雕像。

然而，那四个大汉却不知何时已跌出一丈以外。一个大汉双手抱胸，满地打滚，两个大汉的双臂已折，蹲在地上痛苦地哀嚎着，另一个大汉双手捂着自己的裆，头拱着地，扭来扭去。

继红莫名其妙地望着丁国庆，她简直无法相信这是真的。她无法猜出丁国庆是用什么办法绝处逢生，而且取得了这场拼杀的胜利。

事情并不复杂，丁国庆也没有神助。他只是在那大汉匕首距自己头顶还有两三寸的时候，使出了自己的绝艺：太极沾衣十八跌。他先运起内功，双肩微微一抖，一招"金狮抖毛"，便已把两个扭住他胳膊的大汉震出，同时身子往前一探，一招"金锤撞钟"，撞在那独眼大汉的胸膛上，右腿借力反撩，用了一招"蝎子甩尾"，狠狠踢在拿刀顶着他后腰的大汉的裆上。

四招连发，只是一瞬间的事，没等祝洪运看清是怎么回事，他的四个弟兄便已伤得难以动弹了。

祝洪运脸色惨白如纸，猛地把继红往丁国庆身边一推，大喊一声："快跑！"转身飞快地跳上汽车，一踩油门，向黑处逃窜。

丁国庆并没有去追赶，他扶起倒在地上的继红。

继红像从梦里醒来，叫了声"国庆"，就哇地一下哭起来。

黑色的巷道里，回荡着她嚎啕大哭的声音。

24

几阵秋风，给纽约城披上一层灰色，长岛的山丘上呈现出一派红黄，干枯了的枫叶铺满了街巷，哗啦啦地随风卷起，像刚刚开完狂欢节的场地，狼藉而又苍凉。

丁国庆不声不响地驾着车，他身旁坐着还在抽泣的继红。

车子在经过去继红家出口的长岛公路上，没转进去，反而朝着海岸的方向加快了速度。"国庆哥，还是带我回家吧。"继红央求。

丁国庆不准备让她单独回到她的住所，他要把她直接带到小海湾。

"不，不，我不去，我没脸见林姐，还是让我死吧。"继红抑制不住内心的悲痛哭着说。

丁国庆闷闷不语地驾驶着车。

"你为什么要救我？救我干什么呀？我不去那里，你快让我下车吧。"

"少噜嗦！"丁国庆怒吼起来。

"丁国庆！三义帮你了解得太少，出卖了情报要上议堂，帮规里的第十条是……"

"你不是有意出卖！"

"帮里的第十条正是这么说的，出卖不分有意无意，背叛不分有理无理，凡触犯帮规，统属无义。无义是要判死罪的。"继红摇晃着头，痛苦不堪。

"我懂，你这不是无义，我去向她说情。"

"说情？你太可笑了。帮规第十三条上写得清楚，为无义者说情，则说情者需自残。"

"可以，我做得到。"

"断指，切耳，烧眉，取眼，挖……，我，我怎么忍心看你……"

"这不合理！"丁国庆怒视着前方的路面，觉得连这漂亮的长岛都离不开血，不过，他不怕，他见惯了。他认为整个世界都是沾染着血腥气的。

"继红，你不该死，记住我的话。"他说。

继红的情绪稳定了一些，她平稳地说。

"我该死，国庆哥，我对不起三义帮里百十号人，更对不起林姐和你，求饶在堂里是行不通的，你来的时间还短，介入三义帮的事又不多，真的，我不想去见林姐，不想让她为难。"

"别废话，见了她，咱们都听她的。"

一路上，继红没有再说话，她把手伸进口袋里，不停地摆弄着那把护身刀。

祝洪运窜回到郝仁的住所，带着四个败将跪在地上，请求郝仁的宽恕。

郝仁并没有发怒，让四条汉子先去休息，留下了祝洪运。祝洪运深感不妙，不知表哥对他将怎样处置。他浑身打着颤说："表哥，丁国庆与我不共戴天，只要您留我一条活命，我……"

"洪运，来，跟我来看电视。"郝仁说着拍了拍他的后背。

"看电视？"祝洪运不解。

"我录下了刚才的新闻，请你开开眼。"

房间里没有任何人。

"斯迪文呢？"祝洪运问。

"别管他，我给了他俩钱儿，他去了赌场。他的气数已尽，以后的戏，他唱不了主角了。"郝仁让祝洪运坐在了沙发上，给他

380

点上了一支烟，接着说："洪运，大戏在后头，主角只有你和我，斯迪文这个王八蛋，派不上多大用场。养他一段，挂个虚名，帮内的弟兄跟他过来，名正言顺。""分裂三义帮？"

"事实上早已分了。本打算这次干得漂亮些，可是丁国庆这个狗日的毁了我的计划。不过有一失也有一得，来看电视。"

郝仁按了一下录像的遥控器开关，电视机荧屏上立即出现了一位男性播音员。

"他说什么呀，听不懂。"祝洪运睁大了眼睛问。

"等一等，别急。"

话未落，播音员的身后，出现了林姐的头像。

"怎么，她当上了明星？"祝洪运还是不明白。

"什么他妈的明星，她当上了俘虏了。"

"俘虏？"

"她刚刚被捕。"郝仁狠狠地扔掉烟头，骂了一句操她娘的，接着说："在美国，这倒也容易，一个 911 电话，就完全断送了她的前程。他妈的，看你怎么掌管三义帮？看你怎么去接货船？我得不到，你他妈的也甭想收着。他妈的，臭娘儿们，这生意全是我们郝家的，大便宜没那么好捡。"

"表哥，这个招数，为什么不早用。"

"早用？那继红的软盘能拿到手吗？"

"可是，丁国庆这狗娘养的把她给劫走了。"

"不，不急。下一步，三义帮无头，丁国庆还没人听他的。要想把继红夺回来，必先毙丁国庆。我料丁国庆不出三日，就得去西天见阎王。"

"表哥，可别掉以轻心，这家伙……"

"两面焦、鸭血汤不会武功，可他们比谁都狠。"

"表哥，咱俩的安全，再住在这里恐怕……"

"放心吧，我已作了全面调整。"

车子开进小海湾之前，丁国庆把车停住，熄灭了发动机，又关上了车灯。他前后左右看了看，确定没有车跟踪他，就轻踏油门，滑进了停车房。

丁国庆今晚觉得这里有一些异样，除了格外的宁静外，四周的空气有些紧张。首先可疑的是林姐的车不在了，她正在发烧还能够去哪儿，她发着高烧，不可能驾车。

黑暗中，杰克不知从什么地方来到他的脚边，蹭着他的裤角。他摸了摸杰克的头，蹲了下来，双手抱住杰克的脑袋和它对视着，想从它的眼睛中看出点儿什么。的确，杰克的眼神是整个小海湾的晴雨表，丁国庆掌握这条猎犬的秉性，这里如果有异常情况发生，都能从它的目光里透露出来。

丁国庆借着车库的灯光，看到杰克的眼睛虽然保持着机警，但仍是安稳的，就拉着继红打开了房门。

房间里的气氛也很不对，继红叫了几声林姐，都没有应声。丁国庆跑上楼，推开了卧室的门。

林姐不在床上。

他伸手摸了摸床上的被，冰凉；又摸了摸沙发躺椅座位，没有温度。他眼睛里透出了不安，他怀疑杰克的判断是否靠得住。

"国庆，林姐哪儿去啦？她会不会有危险？"继红跑过来问他。

丁国庆没有回答。

"咱们不能在这里停留，得赶快去找她！"

丁国庆抄起电话，拨了曼哈顿办公室的号码。铃声响了四五下，没人接。

"我来往她手机上打！"继红说着抢过电话。

"等一等。"

丁国庆喝住了继红，想了一下后说："往她车上打。"

继红马上拨通了林姐车上的电话。

"通了。"继红正要说话。

丁国庆夺过话筒放在了耳边。

铃声响了二遍,猛然冒出一个男人的声音:"HELLO!"电话里冒出一个地地道道的美国人的声音。

丁国庆捂住话筒,屏住了呼吸。

"谁?是林姐吗?"继红小声问。

"快,打开电视机。"丁国庆命令着继红。

"电视机?"继红困惑。

电视机打开了,正在播报晚间新闻。维多利亚·林入狱的消息放在了头条。

郝鸣亮在电话里听了儿子郝仁的汇报,并没有显得多高兴,反而态度和语气都显得十分焦急。"儿呀,这不行啊,你这手干得太早了,怎么那么沉不住气呀!"

"爸,你不知道,这是全美的头条大新闻,连总统、白宫都惊动了。"郝仁解释给父亲听。"她被抓的新闻这边根本看不见。可是今晚的'美国之音'报道说黄金探险号抢滩,整船的人全被美国移民局关在船上不让上岸,这是真的吗?"

"当然是真的。"

"这有什么好处,你捅了她,入了狱,没人接应,咱们也赚不到钱呀,你这事办糟了。"

"糟什么,太好了。损失前几艘,少赚点不算啥,我的目的是把她的阵脚打乱。爸,你想想,一个关在监狱里的人还有什么能力折腾。她被判重罪,三义帮现在没了头,大乱了。这您懂,不乱不治,我只有趁乱谋大权。如今,我的人马已今非昔比,差就差在调出文件的程序,近日我要……"

"什么程序不程序的,我听不懂,我只关心咱家的前程。眼下形势有些不妙,有关部门找了郝义谈了话。你这个不争气、没用的弟弟，还敢跟上边派下来的人顶撞。就连我也不太自由了。我知道一些个眼红的人在盯着我，这全是那条船露了光引起的。你不能只想你那面，我这边也……"

"爸，别怕。有了钱，这些个关节全能打通。目前最关键的是弄软盘，调文件，才能有大钱。"

"胡说，目前关键是灭口。那臭娘们的嘴不封住，我们都他娘的玩儿完，郝家一个也不会剩下。儿呀，全看你的了。记着，通通路子，走点儿后门，跟法院拉上关系，定她个死罪，这叫借刀杀……"

"爸，你真是老糊涂了，到哪儿通路子？哪有后门可走？再说，纽约就根本没有死刑。我估计，她不会轻易吐口，更不会供出你，这对她来说是举足轻重，可判她个十年二十年是没跑的了。等她刑满释放，咱郝家早就赚足了钱，洗手不干了。至于你那边的事尽管放心，上边我有人。"

"孩子，你真是不容易呀，要随时想到你的安全。"

"安全基本上是没问题的，就一个人，还是你放了的那个丁国庆。爸，你真是放虎归山呀。"

"他奶奶的，我抄了他的家，灭了他的门！"

"爸，我想过了，你配合不上。他在中国没有一个亲人，有一个哥哥，也早就死在西南了。对他，你放心吧，我做了安排。"

"好，好儿子，干掉他。不弄死他，你我都不得安宁啊！告诉我，怎么弄死他？"

"下个月初，给你回电话。"

郝仁放下了话筒，擦了擦头上的冷汗，他盘算着干掉丁国庆的计划。

三辆尖叫的警车声，撕破了夜的寂静。林姐双手被反铐着，坐在警车的后座，旁边一左一右，FBI的警卫，像两尊呆板的蜡像，把她夹在中间。

　　林姐自来美国后这是第一次遭捕。她虽然不太害怕，但心里的确有些慌张。也许是高烧未退、心律过快的缘故，她不知道，也没费心去思考。但她是怎样遭捕的，她心里却非常有数。怨只怨自己的嗅觉太迟钝，恨只恨自己斩断祸根下手太晚。不过，她想的更多的是入狱后的工作，如何与国庆尽快取得联络。接应海上船只的时间必须推迟。黄金探险号的抢滩，在皇后区近海的遇难，她是在刚上警车时得到的消息。其他的十几艘船，必须立即停留在外海，不得前进一步。整个接货收货的人员必须得马上调整。日程要彻底改变，轮船靠岸不得在原有的地点。太平洋、印度洋、大西洋上还在向北美行进的大批船队，需立即通知他们改变航向，以躲避公海上的监视船只，暂时绕开游弋于美国海域的巡逻舰……这一切一切，急需尽快执行。不然，她的整个计划和三义帮就全完蛋了。

　　林姐看了看车外黑洞洞的天，她冷静地设想着，入狱后与外界联络的几条可能的线。

　　林姐还在担心一件事，就是继红和国庆的安全。这帮狗急跳墙的家伙，一定会用最恶的手段来达到他们的目的。尤其是郝仁，她不得不承认，她轻看了他，对他的估计，实在是不足，把国庆的提醒当作了耳旁风。她想起了国庆几次的警告，和对郝仁的评价。现在她真的感到国庆的这些警告是多么重要。想到这些，她更加思念起丁国庆。但是目前使她更不放心的是继红现在在郝仁手里，他会对继红下什么毒手她不敢想象。她知道，继红决不会背叛自己，决不会供出调出文件的程序，她担心的是她的生命安全。万一这个对她忠心耿耿的好姐妹死在郝仁手里，那她就会后悔一辈子，后悔她不该答应继红去郝仁那里。

　　林姐心里一阵难过，不知怎么搞的，她脑子里转开了《我们将相逢》那首福音赞美诗。她一惊，生怕继红会在昏迷中误把它唱出来。她担心继红也不放心自己，因为这首歌在她的脑子里，也一直响个不停。

我们将相逢。

就在对岸，

在它的怀抱里，

那里最安全，

光明，灿烂的……"

林姐想方设法不让这些歌词在脑子里出现，可是那些仿佛具有魔力似的声音老在耳边盘旋。

这首歌就像座桥梁，它就是桥梁，唯一的桥梁。不通过它，谁也别想到达大海的彼岸。

电脑就像一个浩瀚的大海，它能储存上亿万个信息，不记住这首歌，不通过这座桥，想拿到秘密文件，如同大海里捞针。

三辆警车穿过了福州街。在经过自己办公室时，她向车窗外看了看，她恨不得从警车里飞出去，飞到无线电台前，布署好所有想到的工作。可是，警车像三支离弦的箭，径直冲到曼哈顿第一号监狱的铁门前。

林姐刚一下车，立刻看到了一个熟悉的身影，尽管是在半夜，可那身影如同一颗闪亮的星，她一眼就认出，那是律师史密斯。

"HELLO, VICTORIA! YOU LOOKS NOT BAD. DON'T WORRY, YOU WILL BE FINE SOON. （嘿，维多利亚，你看起来不错。别着急，你不会有什么事的。）"史密斯热情地迎上去拥抱她。"NO. I FEEL SO BAD, MR SMITH, THANK YOU FOR COMING ON TIME. （不，我感觉很坏，史密斯先生，谢谢你能及时赶来。）"林姐说着，扭过脸来迎接他的亲吻。

"DON'T SAY ANYTHING, JUST KEEP QUIET. I 'LL TAKE CARE EVERYTHING. （什么也别说，我会出面解决这一切的。）"史密斯在林姐耳边轻声说。

"OK.（好吧。）"

"RELAX. SEE YOU TOMORROW AFTERNOON.（放松。明天下午我来。）"

史密斯是个敬业而又勤恳的律师。当他在电视上看到林姐被捕，双手一合，吹了一声口哨。他像在商场上寻到机会的老练商人，又像赌客赢了个满贯，喊了一声："GREAT！（真棒！）"史密斯比林姐还早到监狱。他向警方讲明自己是维多利亚·林的私人律师，还付了一些押金，租下了监狱里最豪华的套房。他不会担心白花这些钱和时间，他相信，他一定会得到回报的，那将是百万数以上的辩护费和一条永无止境的、高利润的无本生意。

第一次允许探监，是在林姐入狱两个星期之后，史密斯通知丁国庆的。

两周的铁窗生活，使林姐的身体得到了彻底的恢复。狱医不仅给她做了全面检查，还给她输了大量的补液。女看守待她非常礼貌，对这位东方女犯出手之大方深感佩服。林姐也喜欢女看守的直率和坦诚。

丁国庆终于见到了林姐。他简直不敢相信自己的眼睛。隔着玻璃墙，他看到的不是病中憔悴不堪的女人，而是一个精神焕发、充满青春活力的林姐。

为了见丁国庆，林姐让女看守为她买了两套名牌女西服，还选购了她最喜欢的法国名牌 CHANEL 化妆品和几套与西服颜色相配的意大利产 GUCCI 首饰。

"国庆！"她走到玻璃墙前，迫不及待地拿起了电话叫他，并把那只秀气的小手贴在玻璃墙上："摸摸我，我想你。"

丁国庆隔着那冰凉的玻璃，移动着他的手掌。他真想发发功打碎这道透明的屏障，冲进去抱住她。他从来没有像今天这样冲动，他第一次感觉到林姐是那么可爱，那么让他动心。他一生中没掉过眼泪，可今天，他的眼圈有些发红，这也许是出于对她处境的怜悯，也许是那种若有所失的思念，或许是一种需要，那种最原始的对异性的渴望……也许什么都有。

"还在发烧吗？"他对着话筒含情地问。

"不。国庆，我想吻你。"林姐把红红的嘴唇，性感地贴在玻璃墙上。她见国庆的嘴也迎了过来，就把唇膏印在了上面。

丁国庆笑了笑对着唇膏亲了亲。这一亲调动起了他浑身的精神，连他自己也想不到，吻在冰冷的玻璃上也会产生这么大的震动。这种冲动马上传给了林姐，她似乎变得比丁国庆更加激情。她解开上衣的钮扣，把柔软的乳罩用力一拨，弹出来她那丰满发亮的乳房。那胸罩也许太紧，挤得那雪白尖挺的双峰更富于诱惑性。

"国庆，我受不了。"她喃喃地说。

丁国庆听不到，他已扔掉了话筒，把整个脸、嘴都贴在了玻璃墙上，由于用力过猛，他的五官都变了形，挪了位。

林姐看到国庆的模样，笑着扣好了上衣。在她脸上产生了一种无比的自信。她立即换了一个面孔说：

"国庆，冷静点儿。史密斯给你的那封信看懂了吗？"

这句话像一剂清醒剂，把丁国庆给唤醒了："懂，懂。正在执行。"

史密斯在林姐入狱的当天，就把她的手谕转给了他。信中就写了几句话："好人不好，水中有宝，破核取仁，吃仁养病。"

信是用汉语写的。林姐不怕漏密，她相信，本来就不懂中文的老外，就是拿到手里，也没法取得任何证据。

丁国庆百分之百地理解这 16 个字的含意。这 16 个字实际上就是一道命令，那就是：即刻干掉郝仁，干掉郝仁才能确保三义帮的生存，干掉郝仁才能确保海上正常航行。

丁国庆在接到林姐的手谕后立即着手行动。在柔情按摩院里，他安插了继红与露丝。他自己则亲自出马和彼得埋伏在加美边境。

可这两件事干得都不十分漂亮。郝仁没有干掉，还损失了露丝这名干将。

　　丁国庆不能在狱里向林姐把这两件事汇报清楚，今天他来的目的，是想亲眼看看林姐目前的精神与健康。

　　"国庆，破核取仁要迅速。"她命令。

　　"嗯，不是今夜就是明天。"丁国庆斩钉截铁地说。

25

夜，黑得吓人，中国城里的后半夜，连空气里都带着鬼味儿。

鲨鱼领着一伙兄弟守在潮州小食馆的周围，牛卵的人埋伏在福州街上的几个交通要道。二肥和曾明平时就睡在店里，一个守前一个守后。自开张以来，他俩就是这样分配的。虽然二肥睡的地方比较简陋，只是把剔肉的案子抹抹干净，当了临时的睡铺，可他并不觉得委屈，还感到挺满足。他躺在上面就能睡着，头一沾枕头准打呼噜。

今晚二肥子不敢睡，他趴在肉案子上，一支接一支地抽着烟，想着国庆嘱咐他的话。

他怎么也想不到曾明会干出两头拿钱、两头效劳的损事儿。不过这事也得怪自己，国庆哥叮嘱他的事没尽到心，反倒让曾明钻了空子。他在厨房里头一天到晚忙得走不出去，没法同客人攀聊。只有曾明在前堂招呼客人，知道哪些客人与黄龙号扯得上关系。

国庆哥今晚不让他睡，还交给他手里一个像 BP 机一样的小东西，并嘱咐他说，只要曾明一伙人回到店里，不许开灯，要人不知鬼不觉地按一下手上这小机器。

曾明近来总和一帮人出去鬼混，每晚都不睡在店里。自己压根儿就没发觉，可国庆了解得倒挺清楚，邪门儿。

丁国庆交给二肥的是遥控震动器，它的接收器在鲨鱼和牛卵手上。只要二肥一按按钮，信号就会传到两大金汉别在腰上的那个装置上。自林姐入狱后，丁国庆在福州街上作了全面的部署。安插在潮州小食馆的一个眼线已向他汇报，曾明已经叛变。

丁国庆告诉二肥，鸭血汤为了收买曾明，天天夜里陪他下好馆子泡按摩院。曾明也拿了鸭血汤的钱。

这潮州小食馆是丁国庆买下的，它是丁国庆安插在福州街上的一个点儿。鸭血汤从曾明的嘴里早已知道了这一切。为了干掉林姐的心腹——丁国庆这员大将，郝仁命鸭血汤趁林姐入狱之际，速速铲除丁国庆。可丁国庆到这里看账收钱的时间不好掌握，曾明只知道他是月底来，可究竟是哪一天，拿不准。而且时间一般都在晚上，也许在半夜。

鸭血汤答应他，事成之前给他五万酬金，事成后将给他一笔可观的大数，足够他去其它州开一家独属自己的店。另外，干掉丁国庆时不需他在场，对他个人的人身安全绝对给予保障。他的任务十分明确，让鸭血汤和另外四个兄弟每夜住进店里。

二肥子生怕自己睡着误了大事，一翻身从肉案子上坐起来，玩弄起那个遥控器。他知道，如果有情况，就按那个红色的键子。国庆哥还一再说，千万不能乱按，按错了会闹出乱子。

二肥一边摆弄那小机器，一边张着大嘴不住地打着哈欠。他生怕自己睡着，就使了自己的绝招儿。这招儿非常管用，每次用都保证睡不着。他从肉案子底下抽出两本新买的画报，把剩下的那堆旧画报整齐地码好，在上面又压了那把又快又好的剔肉弯刀。

看美国画报，算是二肥来美唯一的文化生活，也是填充他精神生活的唯一渠道。带字的那种美国画报他不买，专买光是画儿的那种。这种印得又美又好懂的画报，既便宜又好瞧。可好看不好受，胯下的那个东西每看必硬，不把那股子斜劲儿放出来，就是折腾到天亮他也睡不着。二肥子仰面朝天翘起二郎腿，用膝关节当书架顶着那本又大又重的画报，没等扫几眼，身体的中段就起了反应，卵子上的表皮皱成了一个大麻团，二个蛋蛋鼓鼓囊囊地缩到了一块儿。架在两蛋之上的那门大炮，贴在小肚子上又蹦又跳。他咬着槽牙，瞪着画报。画报上的那个洋妞跟活的一样，向他挤眉弄眼儿地叉开两腿，双手托着胸前的两个大圆球，撩拨得二肥子丹田里头直冒火苗儿。他一把揪住那门又涨又跳的炮筒子，想按住它，揪住它，别让它太闹。可是弄巧成拙，没揪几下，他就喘开了粗气，一不留神，他"啊哟"一声，浑身的肌肉一绷，小肚子上的肉一紧，把画报甩出去挺老高。

"咔啦"一声，外堂的门锁响了一下，刹住了二肥鼻孔里的粗气。他竖起耳朵，转转小眼，轻手轻脚地离开了肉案子，隔着门缝往外堂瞧，瞧了半天也不见曾明的人影。

二肥子笑自己神经太过敏，没准儿是常在半夜里来厨房偷东西吃的那几只大老鼠。信不信由你，纽约的老鼠比猫还大，他们弄出来的动静，惊着胆小的人是常事。二肥抄起挂在门把手上的围裙，擦干净射在脖子和下巴颏上的粘东西，就又回到了肉案子上。身子刚一沾肉案，糟糕，眼皮再也抬不起来了。

曾明带着鸭血汤一帮来到了小食馆。他向鸭血汤打了个手势，意思是让他的几个兄弟在门外先等等，就掏出钥匙打开了堂门。进了堂门咳嗽两声，听见厨房里的二肥，呼噜打得震天响，就又朝门外招了招手。

鸭血汤一共带来四个人，他们就睡在店堂里的长椅上。长椅可供三四个人坐，座位与座位之间都有个小短墙。鸭血汤睡的地方是挨着厨房门的那一条长椅，其他四个兄弟，一左一右躺在紧挨着进口的两侧，还有一个守在厕所里，另一个把守着后门。

曾明还是睡老地方，收银柜台的旁边。

这一行人在店里等丁国庆来收账已经有一个多礼拜了，按曾明的估计，今晚怎么着也该出现。

鸭血汤的那几个汉子各就各位，提高着警惕等待着。他们按郝仁的指令没带枪支，因为干掉丁国庆绝不许惊动警方。至于使用什么方法干掉丁国庆，曾明根本不知道。

鸭血汤带来的杀人武器是氢化气面罩，那是一种能使人在瞬间就窒息的气体,它有点儿像中国大陆北方人在冬季使用的口罩,不过比口罩稍厚一点儿,稍厚的部位存放着一股氢气,稍用力一按,气体就会流出。流出的那股毒气不要说全吸进去,只要一口,就会立即丧命。

鸭血汤准备了两个面罩,一个是为丁国庆准备的,另一个就是为曾明准备的。曾明对自己的智力估计过高,他想事成之后,拿到一大笔钱远走高飞。鸭血汤可不这么想,他不可能给曾明钱,更不能放他走,他是想干净利落全部干掉,不留半点儿后患。

鸭血汤给曾明的第一笔钱,他拿是拿了,可他并不像鸭血汤想得那么简单。几天下来同他们的接触,使他越来越觉得,这帮子人没有一个看得起他的。

说起来曾明总算是有点儿文化的人,可又不太开眼。鸭血汤带他去按摩院的意思,他给弄拧了。他到按摩院不会玩,每次去就是奔一个姑娘。鸭血汤几个兄弟笑话他土,不知道什么叫享受,劝他多换几个玩儿。可是他不仅不换,跟那个姑娘好像还闹出点儿什么感情。

小姑娘挺活泼,又是福建同乡,见曾明三番五次只要她一个人,话就渐渐多了起来。

"干啥就找我一个。"小姑娘眨着大眼问。

"我喜欢你。"

"我也喜欢你,怪温柔的,不像跟你一起来的那些人。"

"那些人怎么啦?"

"你真不知道?"

曾明摇摇头。

小姑娘告诉曾明,这些人狠透了,柔情发廊的女老板昨天就在这屋里给裹的脚。

"裹脚?"

"是啊。柔情发廊开张没多少日子,就碰上了这种事。她也

393

真傻，上个礼拜，在她店里闹出了事，门口有个女的还开了枪。我要是她呀，关张，走人就没事了。这不，警察的守卫刚一撤，当天她就被那伙人抓走了。"

"你说水仙。"曾明知道这档子事，虽然丁国庆从未向他透露半点儿，可他猜得出，水仙和他一样，都是丁国庆出钱在福州街安的眼线。

"嗯，大概是叫水仙。比我们这些姑娘大几岁，人长得很水灵。可这下子完了，给裹了脚了。"

"什么叫裹脚？"曾明继续问。

"你不知道？哎呀，可惨了。一双脚放在压铁块的千斤顶里，螺丝扣一节一节地上劲儿，那骨头咔吧咔吧地断，以后怎么走道哇。"

"都是这伙人干的？"

"亲眼所见。这还不算什么，比这事更狠的还有呢。其实，我们到美国是来赚钱的，可千万别和这些人掺和在一起，掺在里头没个好下场。"

曾明点点头。

"这些人现在正抓一个姓丁的大个子。我们这些姑娘都得到了通知，要是知情不报者死路一条。就是知情报了，也活不了。这姓丁的大个子坑苦了人，粘上了左右没好。这不，昨天上午，旁边那个房间的姑娘报了，怎么样，和那大个子一块戴口罩。她以为真能得着一笔钱呢？傻瓜！口罩一戴，那笔钱人家就省下了。"

曾明听着，浑身冒出一层冷汗。

"那姓丁的大个子昨天上午就死了？"曾明说着穿上了衣服。

"哪那么容易。闷死的那人个子倒是挺大，可不姓丁。白搭了两条人命。"

曾明躺在黑洞洞的外堂里，听着从几个角落里发出来的钢刀铁器的声音，想着那姑娘告诉他的事，心里七上八下的。他想退出这笔交易，可事到如今，要想撤退是很难的了。他估摸着，丁国庆今晚一定会来。他怕丁国庆，更怕这些人。他盘算着怎么样才能使个金蝉脱壳之计，安全脱离。

二肥子的呼噜声突然停住，接着又听到他巴叽了几下嘴。曾明听到他下了肉案子，"砰砰"地放起了屁。曾明马上坐起身，快速地转动着脑筋，他想打打二肥的主意。

二肥让一阵肚涨给憋醒了。他下了肉案，准备穿上裤子，到外堂厕所去拉屎。裤子没摸着，倒先碰到了枕边儿的那个小机器。他想起了丁国庆托付给他的事，心里一个劲儿地骂自己，埋怨自己怎么一不留神就给睡着了。他一边扎裤带，一边摸到通往外堂的门。

他轻手轻脚，屏住呼吸，收紧肛门，倒提着气。可肚子里鼓涨的气还是没控制住，只见他迈一步一个响，走一步一个屁，两手刚摸到外堂的门，肛门一松，不好，放了一串带着水音儿的连珠屁。

妈呀！误了大事了！他看到外堂坐着的曾明，黑黑的几个暗角里晃动的人影，他马上调头往回走。他高抬起大腿，为的是不让脚掌蹭地惊动他们。他自以为这一切做得是人不知鬼不觉，孰不知他的那阵连环屁，早就惊动了外堂的鸭血汤和他的那几个兄弟。

"你去看看他在干什么？"黑暗中，鸭血汤来到曾明的身边，命他去厨房查看一下。

二肥在枕头边儿摸了半天，奇怪，就是摸不到那小机器。他急坏了，又钻到肉案子底下去摸。肉案子底下全是那堆旧画报，画报上压着那把剔肉刀。

"二肥子，你干啥呢？"曾明走过来蹲下问他。

"啊……我，我找刀。"二肥在那堆画报上已摸到了遥控器。

"深更半夜找刀干啥？"

"我⋯⋯?"

"傻二肥，快起来，回案上好好睡。"曾明说着，往他屁股上打了一巴掌。

曾明打在二肥子屁股上的这巴掌其实没用力，只因为二肥太紧张，把抓在手里的遥控器按了下去。按完了，他又多了个心眼，把机器埋在了那堆旧画报里。埋完之后他又犯起嘀咕，黑灯瞎火的，不知道自己按得对不对。他想哄曾明出去后，照准了那个红键再按一次。于是他抄起那把剔骨刀，对着曾明恶狠狠地说："出去，你给我出去！"

"二肥，你？你这是干啥？"曾明吓了一跳。

"出去！快，不然我捅了你。"二肥子全忘了丁国庆的叮嘱，不许开灯，要做得人不知鬼不觉。

"你疯了！"

"你出去！"

"好好，我出去，我出去！"

二肥子见曾明一走出厨房，他赶忙钻进肉案子底下。他刚刚要去翻那堆画报，就被几只大手把他拉了出来。

"你们想干啥？你⋯⋯?"

不等二肥子喊出声，他就被人按在了肉案上，对着他嗓子眼儿的正是那把闪亮的剔骨刀。"告诉我，你在这干什么呢？不说实话，马上放干你的血！"鸭血汤阴森森地问。

"没，没干啥。"

"丁国庆跟你说了些什么？"

"丁国庆，他，他没说啥。"

"三哥，我来。剔了他，过过瘾。"一个满脸横肉的小仔子一边说，一边打开了灯。

"别，别开灯！"二肥子想起了国庆哥的吩咐，就直着脖子喊。

那小个子举刀正要给二肥开膛，鸭血汤一听这话，立即命他

396

住手。

"为什么别开灯?"鸭血汤接过那把剔肉刀,顶住了二肥的蛋蛋。

"哎哟,疼啊!"

"说!不说就把你捅透喽!"

"我?我说啥呀!"

鸭血汤正要捅,猛觉得脖子像被什么东西钳住。他眨了两下眼,觉得奇怪,带来的四个兄弟已被人擒住,厨房里站满了不知从哪儿飞来的一堆人。

这一回,肉案子上换了个人,躺在上面的是鸭血汤。鸭血汤这时已被扒得精光,二肥操起剔肉的刀,对准他的喉管。

"说吧,郝仁在什么地方?"丁国庆怒视着他。

鸭血汤面对丁国庆冰冷的问话,不声不响。

"刮你,剔你,不是我的目的。"丁国庆继续说。

"姓丁的,你活儿干得不错,挺漂亮。"鸭血汤阴笑着说。

"三弟,今天大哥二哥都在场,你犯不上为那姓郝的玩儿命。帮主、丁哥都说得明白,他们不是冲你,冲的是郝仁。你就快说吧。"牛卵说着,点上了一支烟,把烟嘴递给了躺在肉案上的鸭血汤。

"要剔,要刮,随你便。我要是哼一声,大哥、二哥来世就别认我这三弟。"鸭血汤猛吸了一口烟说。

鲨鱼跟丁国庆小声嘀咕了几句,丁国庆点了点头。鲨鱼没有再问鸭血汤郝仁的去向,只是问了问有关他家里的事情,住在香港的爷爷、奶奶的赡养费怎么寄,他攒下的钱怎么转给他在美国的寡妇母亲,还有他正上大学的妹妹,三义帮都会提供帮助,并保证供他妹妹念完大学。

鸭血汤把脸调过去,没点头,也没摇头,浑身一个劲儿地颤抖。他只提出一个请求,就是求他们放他带在身边的那四个弟兄一命，他们都属不知内情的人。

"行，可以。"丁国庆同意了。不过，他又补充了一句："你也可属不知内情之列，只要供出郝仁，可免一死。"

"不必了，二哥，下手吧。"说完，鸭血汤咬住了牛卵递给他的一条毛巾。

牛卵剔肉的技术虽比不了二肥，可他剔肉的刀法却与二肥大有不同。这一点，三义帮的人都知道，鸭血汤更了解二哥得名牛卵的来历。

丁国庆本打算，只要鸭血汤招供，就把他押走，对取卵剔骨的做法不怎么赞成。但他见鸭血汤顽固到底，所以必须干掉这个祸根，也给忠诚于郝仁的同伙一点儿颜色看看。

"好吧，就这么执行吧。其他人回各路口严密把守，开始行动！"丁国庆杀鸭血汤还有他另外一层意思，那就是鸭血汤一夜不归，定会招来郝仁。丁国庆已布置好所有的力量，把守每一要道，量郝仁插翅难逃。小馆内只留下牛卵和几个执行帮规的人。至于曾明，他也逃脱不了，二肥和几个兄弟，早把他反捆在了肉案子底下，用强力胶条把他的嘴死死封住，让他亲眼看看背叛者的下场。

牛卵把剔肉刀的刀尖在案子上一蹭，向站在案子四角的四个汉子呶了呶嘴，四个汉子冲上去把鸭血汤翻了个身。抓腿的两个人用力一裂，裆中挤出来两个蛋蛋。牛卵伸出右手，掏出蛋囊，使劲一纂，两个球状的鼓包，像刚熟透了的李子，外皮儿又薄又亮。

"三弟，还来得及。快说，郝仁在哪儿？"牛卵右手操着刀，刀尖顶着那又薄又亮的蛋皮儿。

鸭血汤紧咬着毛巾没有吭声。

牛卵又把蛋囊往上提了提，锋利的刀尖在薄皮上轻轻一划，两个蛋顺着破口，弹出了好远。牛卵放下手上的剔肉刀，抓起了两个带血的蛋，又挤又敲，两个蛋在肉案子上乱滚，乱跳。

血流了一案子，鸭血汤的四肢痉挛地敲着案板。

牛卵叫二肥把曾明拉出来。

曾明早吓得浑身打颤，两腿站立不稳，一个劲地往下溜。

牛卵把鸭血汤口中的毛巾拿出，要进行下一步的帮规规程。

"二哥，帮帮忙吧！"鸭血汤吐出毛巾向牛卵讨饶。他知道，下面这一关他挺不住，自己咬自己的蛋，他绝对受不了。

"念多年的交情，好吧。"牛卵没让鸭血汤翻身，举起又尖又弯的剔肉刀，狠命地向鸭血汤右肋捅进去。刀把一抬，猩红的鲜血像喷泉一样，咕嘟咕嘟地往外涌。

"你们俩连夜打扫干净，明天早晨照常营业。"牛卵用刀尖指着曾明又说："你照常干你的活，要敢吐出半个字，露出半点马脚，看见了吧，这案子这刀都是给你准备的！"

曾明哆嗦着跪下了。

"打明天起，二肥你就不用干活了。手里不准放下这个遥控器，听到了没有？"

"可，可那郝仁？……？"

"前堂的几个桌子，归我带来的这几个兄弟占用，他们会帮助你。"牛卵说完，命那几个人托起鸭血汤的尸体，他们一阵风似地消失在漆黑的福州街里。

26

头场雪下得好大，空气新鲜得能呛死人。

长岛公路上出现了铲雪车，铲雪车的尾巴下不断地往路面上喷撒着盐。

雪仍在不停地下。

继红的车开得很慢，四个轮胎压在没人走过的初雪上，发出了咔咔的声音。她很喜爱雪景，更爱惜没有被破坏的闪亮的雪花。她望着飘落在车窗上不同形状的小晶体，很想打开车窗抓上一把，把它们贴在脸上，放进嘴里。可是又担心那美丽的晶体会很快融化掉，化成不净的水，融成滴滴的泪。

继红的眼皮一直是肿的，她变得太易动情，变得十分自怜。一人独处时，来不来就掉下几滴泪。最近她的内心万般复杂。她不明白自己为什么这么脆弱，打哪儿来的这么多的泪。想起温州老家也流泪，梦见了父母也弄湿了枕头，回忆起和斯迪文相处的那段日子，她的心伤得比刀割还疼。不过，有一点她很清楚，那就是流泪最多的时候，还是在思念林姐。

车子开上了铲过雪的高速公路。她抹了一把泪，抽了一下鼻子，车子在通往机场的高速公路上飞了起来。

丁国庆告诉继红，今晨她必须赶到机场，去接一个从大陆来的客人。并说，林姐一再嘱咐，接到此人后，一定得把她迅速送到小海湾，不得出任何差错。

从空路来的客人是个女的，名叫任思红。任何人都不知道她的来历。林姐只吩咐说，客人问起她，就说她外出，几日后才能回来。

400

继红准时到了机场。广播里的播音员说，由于天气不好，982次航班误点了。

继红一个人坐在候机厅里，脑子又像开了锅似地转了起来。她想骗出斯迪文，好好跟她算算账。她认为干掉郝仁不会费很大的劲，调出文件的程序没搞到手，郝仁绝不会善罢干休，定会亲自出马。她现在更恨斯迪文这个没有头脑的负心人，他撕碎了她的情，她的爱，她的真和她所有的一切。她知道，由于软件没有到手，斯迪文一定会再次充当炮筒，继续骗她。所以，继红随身带了个手提电话，做好准备，先向斯迪文开刀。至于郝仁，他一定逃不掉。

继红在候机室里坐着，想着，感到头疼得像炸了一样，就站了起来，想去咖啡厅里喝杯咖啡。

在去咖啡厅的路上，她觉得身后好象多了只眼睛。回头望望，没看到什么可疑迹象。可凭她的直觉和经验，那双眼睛一定存在，而且就离她不远。

继红喝着咖啡，眼睛溜着门口，余光扫着身后，故意拖延时间。

喝完了咖啡，她不想马上回候机室，她打算回停车场再去看看汽车周围的情况。突然，扩音器里传出了982次航班在一刻钟内抵达机场的通知。去停车场再返回是来不及了，她决定不管怎么样，先接人要紧。

中国民航长期租用的是DELTA公司的停机位。从通道里走出来的乘客大都是提着大件行李的中国人。继红不认识要接的客人。因此，她手举一个中文牌子，上面写着"任思红"三个大字。

"我在这儿！我在这儿！"任思红大声地喊着，朝继红跑来。

继红帮任思红拿着提包，向着取行李的大厅走去。从接人的通道至大厅的出口，有一段不近的路程。继红带着任思红边走，两眼边窥视着前后。她顾不得听身旁这个带着高度近视镜女人的唠叨。因为她发现，在她们四周，绝不止出现一双眼睛。

"中国民航就是这副德性，永远没个准谱。全天候飞行，说得比唱得还好听。在安格拉齐一停就是两钟头，说是得等纽约机场跑道上的雪铲干净。等我下来一瞧，哪儿是那么回事儿啊，人家的跑道干干净净，这不是胡说八道嘛！唉，看看人家多现代化，咱们怎么比呀？小姐您说是不是？"任思红一见继红的面，就一个劲儿地抱怨着。

"对，是。"继红心不在焉地回答。

"哎，欣欣呢？她答应说来接我的，怎么没来？这人，还老同学呢，见了面，看我怎么跟她发脾气。哎，对了，这纽约的机场怎么这么大呀？我这是头一次出国。您还别说，不出来瞧一瞧，比一比，还真觉着咱北京也差不多了。就说这机场吧，得哪辈子赶上人家呀？我得让欣欣给腾出个地方，好好写它几篇报告文学，好好挖一挖这一东一西的不同。小姐，欣欣是在家等咱们吗？"

"没有，她外出了。"

"噢，外出，还是那么忙。她呀，从小就闲不住。我们俩特像，呆着比忙要难受。在国内，外出采访对我来讲也是常事。这趟我要是不来美国，你猜领导上要把我发到哪儿去？你猜猜，小姐？"

继红摇摇头。

"南斯拉夫。其实，那地方也挺来劲。写几篇波黑战争的残酷，分析分析各族信仰的由来，评评战争的现状，估测一下东欧的远景，也够过瘾的。南斯拉夫的战火绝不是孤立的，追根溯源能谈到前领导人铁托。要想把铁托论透还真要下点儿功夫，这个人是个硬骨头。五十年代初，他就是不跟斯大林走，华沙条约他也不参加，反而跟欧共体打得倒挺热乎。你别总说他独裁专横，他还真走出一条有特色的道路。至于这场战争跟他的关系有多大，依我看，也绝对小不了。可在战争里死的那些人，总不能都记在他

402

一人的账上。你听说苏联可能要解体吗?"任思红见继红没理她,就扒拉一下继红的胳膊。

"啊?什么?你说什么?"

"好家伙,这么大个事你都没听说?看来纽约的人真是不怎么关心政治。这哪儿行,我真怕欣欣变得麻木了。人在这方面的嗅觉可不能不灵敏,不然下面的路你知道怎么走哇?我到美国这一步棋算是走对了。这地方多舒心。将来我的志向就是写写东西方的事儿,两头都跑跑。人要是到了那个境界多自由,多方便。今后我要干我自己爱干的事,写我自己要写的文章。"任思红还沉浸在初到美国的激动中,她不住嘴地唠叨着。

"当心。"继红指了指大门口台阶上的积雪说。

"真冷,咱们快点儿上车吧!车在哪儿?"

继红停下来站了一会儿,回头看了看身后鱼贯穿梭的旅客。她点上一支烟,背着寒风抽了几口。

"真漂亮!纽约的雪太美了,真白。对了,小姐,你叫什么名字?"

"孙继红。"

"真巧,我也叫红,是任思红。甭问,你也一定是从大陆来的。这带红的名字,全是文革时期的产物。继红,思红,望红,向红……不红不革命嘛!历史真是会嘲弄人。全国山河一片红,打出个红彤彤的世界,看来还真实现了。输出红的理想,还真成功了。不过,它失去了当年的实质,现在就剩个人名了……"

"走吧,快走,别说了。"继红扔掉香烟,带着任思红快速穿过马路,走进停车场。

"继红,你知道我现在产生一个什么感受吗?这感受是发自内心深处的。红色实际上是一种审美,也可以说是一个理想。说白了,它代表着革命。翻天覆地地打碎,解体,溶解,再重新组合。换句话说,它代表着希望、理想,或者解释成信仰也可以。人类可不能离开这个根本。人自生下来，那个说不上来的灵魂就需要这种说不上来的东西。说不上来的东西才迷人，迷到你为它献出一切。说得上来的东西，弄得明白，管保不迷人。别说为它献身，就是多浪费点儿时间都不情愿。继红，我给你举个例子，比如……”

“趴下！”继红突然命令她。

“什么？”

“不要动，趴在这里，两车之间。”

“啊？！”

“十分钟后，我来接你。我的车是红色的。”

“红，红色，红车？”

继红没再向她作什么解释，轻松地推着行李车，哼着小曲，向她的轿车走去。

“趴着，等红车，真逗。这……？”任思红嘀咕着，还真地趴在了冰凉的地上。

此时的继红神经绷得紧紧的。她看到她那辆红车后面闪过两个身影，身影很快又不见了。她调头转向另一个方向。

继红推着行李车走着，小车的辘轳发出“吱吱”的声响，继红的神经显得更紧张了。她在自己轿车的外围兜了几个圈子，可目光始终没离开自己的车子。

时间大约过了十分钟，那红车的周围再也没出现人影。她又观察了一下身后，好像那双眼睛也消失了。她不怀疑自己的观察和感觉，但她拿不准自己的判断。她希望是斯迪文在跟踪她，更希望他就是郝仁。可是，她不认为他们有这么笨，光天化日之下强行把她劫走。要不是有林姐的嘱托，她一定会在这里等下去。

继红大约又等了五分钟，见情况确实没有什么异常，就飞快地冲向红车，把行李扔进后座就坐上了驾驶位。

她以最快的速度开到了刚才让任思红趴下的地方。

继红大吃一惊，任思红不见了。她急忙跳下车，查看她趴着的原地。她顿时明白了，任思红被劫走了。任思红才是今天被劫的对象，地上还留下了她的那副破碎了的眼镜片。

大西洋的小海湾岸边，留下了两排深深的脚印。丁国庆"咔咔"地踏着刺眼而又光洁的白雪向前走着，他的脚步很重，他的心绪也非常深沉。

的确，他肩上的担子太重了。他得在林姐尚未出狱之前，做好一切林姐委托的工作，得担负起海上船队、陆地接应的指挥重任。还有三义帮内的分裂，他也得做周密的布署。

他对林姐已夸下了海口，一定要尽快干掉郝仁。但许诺没有实现，他心里感到万分内疚。他痛恨自己判断的错误，低估了郝仁的能力，错过了几次干掉他的大好时机。

林姐命他在小海湾里坐阵指挥，在她出狱之前，不许离开这里一步。林姐的这一安排他心里很清楚，主要是考虑他个人的安全问题。可他不准备再遵守这一命令，他要亲自出马，除掉三义帮的祸患、他的死敌——郝仁。现在他脑子里涌出了一个新的作战方案，等继红接人回来，先听听她的意见，毕竟这个方案十分冒险。

丁国庆在小海湾里来回地踱着步子。杰克紧紧跟随在他的身后。白茫茫的小海湾，静得像没了人烟。住在这里的三户人家，现在已看不到了。自林姐被捕的新闻播出后，史密斯的房子已更换了房主。他原打算登报公开出售，被林姐予以制止。目前这幢漂亮别墅已改姓了林。尽管林姐觉得售价相当不合理，可是毕竟他对自己保释出狱忙得不亦乐乎。因此，这笔可以买下比这幢房子大上几倍的数目，林姐也就心甘情愿地接受了。老詹纳森虽然还没有搬家，可他离开小海湾已成定局。卖岛的手续还在办理，所以，他尚不能离开。林姐除购岛外，现在又得多支出一笔购屋款

405

项。詹纳森的售价倒是不高，甚至他让丁国庆转告林姐，这笔房钱不必一次付清，可分期付款。卖岛的巨款已足够他过个美好安乐的晚年了。他打算等林姐回来，见上她一面再离开。

最近杰克的情绪也显得相当沉重。它好像感觉出，小海湾里发生了一些什么变化。它变得有点儿沉不住气。对海湾里人渐稀少、空气变冷，很不适应。它常常独自站在岸边，站在山坡上，不声不响地孤行。今天，它似乎看出主人心情的沉重。因此，它寸步不离地跟在丁国庆的身后。

杰克突然不安起来，它拼命地往后拉丁国庆的裤脚。丁国庆盯着杰克。杰克一边摇动着身体，一边竖起脖子上的厚毛。

"杰克，什么事？"丁国庆安抚着杰克，侧耳细听。杰克已被丁国庆训练得相当精干，遇事不吠、不狂了。

丁国庆什么也没有听到。

杰克见主人没懂它的意思，忍不住了，转身调头向海湾外跑去。它沿着弯弯的小海湾沿岸往前奔。丁国庆把手伸进上衣内侧的口袋里，摸到枪柄，跟着杰克追了上去。

他俩一前一后跑出海湾。在很远的地方，丁国庆发现了继红那显眼的红色汽车。

继红的汽车迎着他俩开了过来。杰克一个飞腾窜越，跳上了车顶。

继红把车速放慢。

丁国庆向她打了个手势，叫她停车。

继红的车停在了海湾外。

丁国庆跑过去，见到继红就急问："后面有情况？"

"没有，绝对没有。"继红说得相当肯定。

"你看杰克。"

继红见杰克的前爪不停地抓着车顶和后盖，就说："大概留下了什么味儿。”

“接来的人呢?”丁国庆急问。

继红不说话,打开车门,让杰克跳进汽车里。

“没接着?”

杰克跳进车里,鼻子贴在座位上乱闻。

丁国庆叫继红先开进去,他要沿着车道,看一看在雪上留下的车辙。

继红的车子开进了小海湾。

丁国庆沿着她来的方向,走出约一公里,见确实没出现异常情况,才转身慢慢走回小海湾。

继红没完成接人的任务,心里已是万般焦躁,对杰克不安的吵闹更是不耐烦:“杰克别闹了,我知道有人动过我的车。”继红把狂叫不停的杰克关进了屋里,可杰克还是急躁不停地抓着屋门。

丁国庆没从正面走进林姐家。他站在屋后的小丘上向远处看了一会,就从后门走了进来。继红把接人及丢人的事,从头至尾说了一遍。

丁国庆用力把指关节“啪”地一声捏响,胸口一起一伏,眼睛憋得通红。

“继红,我要冒一次险。”他说。

“什么时候?”

“就是现在。”

“我跟你一起去。”

“不,你只要做两件事。”

“说吧。”

“第一,留守在小海湾。第二,把我打伤。”

“把你打伤?”继红不解地问。

“对,然后打电话通知斯迪文。”

“不行,这绝对不行。”

407

"告诉他，交人交软盘。"

"不，国庆哥，你搞错了。他们不要你，也不要软盘。他们要的是调出秘密文件的密码，要的是那首歌。"

"歌儿？"

"一句话说不清，反正你的主意是打错了。国庆哥，你知道吗？你对林姐来说是多么重要，打伤你不是要林姐的命吗？难道你还觉不出她是多么爱你？你的生命就是她的希望啊！"继红激动得哭了。

丁国庆不说话。

继红止住哭声。

两人无言对望。

杰克又一阵沉闷的叫声，打破了沉默。

丁国庆打开房门，杰克箭似地飞出去，又冲上了继红的车后箱。

"国庆哥，杰克也许发现了什么，我看见那几个劫任小姐的人在我的车前车后转悠过。"继红像是刚反应过来。

"不，不。"丁国庆望着激动不安的杰克。

"不？"

"快，快打开后车箱盖！"丁国庆说着，冲到了继红的车旁。

继红迅速地打开后车箱盖，两人顿时惊吓得倒退了好几步。

只见一个透明的大塑料口袋，包着牛卵的人头和他的一堆内脏、碎肉。

郝仁并没因为祝洪运干的这几手好活儿而表扬他，反而对他的作法大发雷霆。

"用牛卵的命抵鸭血汤的命，是最容易不过的事了。弄死这几个没脑子的蠢东西，干嘛下那么大的功夫？叫我怎么说你好哇！"

"表哥，是你说的，要给下面的兄弟助助志气，长长威风。我

408

才……"

"可也不能转移大方向啊？损失了一个鸭血汤就够受的了，这又搭上好几个。你……"

"我……?"

祝洪运虽说有点儿委屈，但细一想，挨表哥骂也不多，铲平牛卵的确用的功夫不小。这鬼东西，临死前还搭上好几个殉葬的。

铲平牛卵的计划是出自于郝仁。他非常了解牛卵的脾气，他知道，牛卵干掉鸭血汤后，一定会大摆宴席，为他下面的兄弟庆功。这家伙是个好大喜功、没有头脑、天不怕地不怕的亡命徒。设宴喝酒他绝不会考虑地点，说不定还有意让郝仁一伙知道，就是要向对方摆摆架，示示威。

郝仁的猜想果然不错，牛卵庆功设宴的地方就在东百老汇大街上的一家中国餐馆。大中午的他也不避讳个人，明目张胆地在酒馆里猜拳狂饮。

单把牛卵调出来没费什么劲儿。郝仁命祝洪运写个纸条，找人递在牛卵的手里。纸条上写的字很简单，"按照帮规，处死三弟不公。我想找你单独谈谈。斯迪文。"

牛卵一看纸条，气得他放下酒杯，单蹦一人儿就上了他的车。出城不远，车子就被截住。十几条汉子上来连捆带塞，一直把他拉到阿六惨死的那个人蛇窟。

两面焦早已在那里等候。他命手下人用凉水把酒劲儿未过的牛卵弄醒。等他全部醒过来，发现自己被捆绑着，笑笑说："照规矩也得有个说词。四弟，二哥犯着哪一条?"

"没哪条。为三哥，也为四爷我图个乐。"

"好，不仁不义说得明明白白。有种，有种!"

"来人，入坐!"两面焦此令一下，祝洪运等十几个人一涌而上，两个汉子还端上来一台电油锅，一条电线拖在端锅人的身后，油已翻滚，呛人的油烟忽忽地冒着。他们把锅放到牛卵的面前。

十几个人围着牛卵和油锅，盘起腿来席地而坐。每人的座位前都摆着一盘放着白盐的碗，碗边放着几把小竹扦。

　　"来吧，爱吃椒盐里脊的先下手。"祝洪运喊。

　　牛卵不认识祝洪运，可他知道两面焦的凶狠。他想，如再不先动手就晚了，想逃是不可能了，怎么着也得找几个陪绑的。想到这里，他使了个鲤鱼打挺的弹身功，踢翻了油锅，扯断电线，双脚勾住两个想逃命的汉子，用电流在自己的胸膛一击。瞬间，牛卵和那两个人的身体猛颤。另外几个小子想去拉下打颤的兄弟，没成想他们自己也被电流打倒，浑身痉挛地扑倒在牛卵和那两个汉子身上。在强大的电流冲击下，他们颤抖得更欢了。刹那间，一股子呛人的燎头发、烤人皮的臭味灌满了全屋。

　　两面焦和祝洪运怎么也没有想到会出现这样的结局，他俩吓得谁也不敢再靠前。

27

林姐获保出狱。

这一条重要的消息在各大报上只占了很小的一栏。各报的主编,能把这条消息挤上去,就算不错了。因为当天头版头条,全世界的报刊都整版、详细地报道了苏联宣布解体的情况。

解体的名称可能不是十分准确,但也就这么叫了。新成立的国家名叫独联体。联体也好,解体也罢,反正在这个世界上,苏联这一强国不再存在了。

人们忽然觉着东西半球好象失去了平衡,主宰这个地球的不再是两个力量,忽而变成好几个阵营,东半球的人在向西半球迁移,两边显得过于失衡。

林姐无心去研究这一突发事变。在回家的路上,她不断地向国庆、继红问这问那。打听的问题与三义帮的裂变,和帮里形势的严峻都不沾边儿,更不打听什么解体、政变。她问的倒是他俩的身体,当然问得最多的还是女儿冬冬。

在进小海湾之前,丁国庆把车停住,让继红驾驶,他想下来查看一下后面有什么异常情况。"不用了,没人会跟来,放心吧。"林姐说。

"我担心背后有车会……"

"不会,走吧。"林姐说完,拍了拍一路不语的继红。

"欣欣,这帮不仁不义的家伙们,很可能……"

"很可能急着找我谈判。"

"谈判?"

"也许是交换。他们已经慌了手脚。现在咱们需要的是冷静。

记住，以静制动，走吧！"

"还是别麻痹，你们先走吧。"丁国庆执意下了车。

到家了。杰克大老远迎住林姐，热情地扑到她的肩上，伸出大舌头猛舔她的脸。

"好了，好了，杰克，我受不了你这热情。快进屋吧。"林姐摸了摸杰克的头。

一个多月的铁窗生活，似乎丝毫没有改变她。她还是那么自信、沉着，谈吐还是那么轻松、潇洒。她看了看挂在墙上的冬冬的大照片，脸上流露出喜悦的神色。她瞧了瞧日历，知道冬冬和萨娃明天就会从学校回来，她就脱下大衣，准备上楼看看冬冬的卧房，给她整理一下衣服和床铺。

"林姐！"

她正要上楼，忽听继红的叫声。回头一看，她立即跑过去抱住了继红："继红，你这是干什么？"

继红跪在客厅中央，双腕被手铐紧紧铐住。

"继红你……"

"林姐，你马上把我送到议堂吧。该杀该宰你千万不要手软。"继红的话语平静，不带半点儿激动。

"钥匙呢？快给我。"林姐说着，跪在她面前，伸手向她要打开手铐的钥匙。

"林姐，三义帮得活下去。不处死我，你就别想再指挥三义帮，人家不会服你的。"

"别说傻话，快给我钥匙！"

"林姐，我知道你心疼我。可是，我懂帮里的规矩，还是把我交上去吧。我忍得住。"

"你快给我钥匙！"

"林姐，我只求你一件事，给我在温州的父母盖个房子，请他们原谅我这不孝之子。我的尸体就……"

"继红!"林姐抱住继红,流下串串的热泪。

丁国庆回来了。他看见地毯上两个流泪的女人,没上去劝阻。他坐在沙发里,猛吸着手里的香烟。

"林姐!"继红终于哭出了声:"我有罪呀。软盘是从我手里盗走的,任思红也是从我手里被劫的,我罪该万死呀!"

"继红,这些我都明白是怎么回事,我可以向帮里的弟兄们解释……"

"解释?软盘是大伙的命,是三义帮的根。有什么好解释的?"

"我想,能,能讲清。这不怪你。好妹妹,给我钥匙。"

继红使劲儿地摇着头,泣不成声。

"你这个混账东西,现在还轮不到你死。要死,也是我先死,要么咱们一起死。三义帮是我建立的,我有权处你死,也有权不处你死。你一死了之,扔下我们你就不管了吗?"林姐见继红不听劝说,就使出了以怒制胜的这一招。

"林姐!"

"混蛋,快给我钥匙。"

"我……我吃了。"

"啪"的一声,林姐打了她一个耳光,然后又抱住她的头,也哭出了声。

丁国庆的眼角也湿了,他偷偷地抹了把泪。

"国庆,你快把她带到你屋里去,找东西把她的手拷打开。"

丁国庆扶起继红,刚要走,林姐又说:"你们都不要太紧张!我会想办法。"说完,站起身走回自己的卧室。

对继红可能出现的这种态度,林姐虽然想到了,但她没想到,继红会这么激动。现在她怕激动,她需要的是绝对冷静。多少事要做,多少事要处理呀。

林姐出狱后要做的第一件事,就是想先找到斯迪文。可是万万想不到,牛卵遇害,任思红遭劫。她必须尽快地解决这些事,尽快救出任思红。对，立即回办公室主持工作，此时有多少只眼睛盯着自己的一举一动啊！

办公室是在明处，三义帮的帮址一时半会儿改变不了。郝仁则是在暗处，可以来去自由。明枪好躲，暗箭难防。可又不能因此而停止工作，停止指挥海上大批的船队。

林姐必须承认目前被动的现实。既便郝仁不主动找她，她也得设法使他们得到通知，立即谈判，停止内战，不能耽搁时间。

林姐正要叫国庆上来，传达她的指示，忽听楼下门外老詹纳森在呼唤她。

林姐把头伸到窗外。

"YOU ARE WELCOME BACK HOME.（欢迎你回家。）"老詹纳森向她热情地打着招呼。

"THANK YOU.（谢谢你。）"林姐说着，来到楼下请他进屋。

"HOW DO YOU FEEL？（你感觉怎么样？）"詹纳森向她伸出温暖的大手。接着他兴奋地说："亲爱的维多利亚，我想告诉你一个好消息，可以吗？"

"别急，让我猜一猜。"林姐说完，打了个手势请他坐下。

"请吧。"詹纳森摆好他身上多余的肉，笑着说。

"大概是解体吧？"

"不，不，维多利亚，我不再关心这些事情。这事我早已料到。我为之奋斗了一辈子，看来可以坦然隐退。事情已成定局，我也该喘一喘气了。"

"对你来说，我猜不到还有什么比这更好的消息了。"

"记得我曾向你说起过的一件事吗？我一直在热恋着一个女歌手……"

"记得，记得。你热恋她，但她并不知道。"

"不，不，她说她知道，甚至在出生那一日就有所预感。维多利亚，我们就要结婚了。"

414

"噢，恭贺你呀，亲爱的詹纳森。"

"我们的婚礼将在佛罗里达举行，在那里我们买了一个大庄园。我知道你出狱后一定很忙，不一定能参加我们的婚礼。不过，我们在离开纽约之前，要举办了一个 PARTY。PARTY 之后，我请各位去看《西贡小姐》。这部百老汇的轻歌剧目前很火爆，希望你有时间赏光。这是你的门票和请帖。"老詹纳森说着，把一个印制得非常精致的请柬递给了林姐。

"谢谢你给我带来这么一个好消息。亲爱的詹纳森先生，我将会想念你的。"林姐说着，就站起来，想快点儿把詹纳森送走，好着手进行自己的事。

"坐下，坐下，我还要说几句。"

林姐无可奈何，又坐下了。

"亲爱的维多利亚，你听着，我早在报上读到了有关你的消息，我不认为你是个罪犯。我相信，你那善良的心地，做不出这种罪恶的事。仁慈的上帝也不会惩罚冬冬那个小天使和她的母亲。报上的渲染实在太过火，对你的评论也只限于没根据的猜测。如果真像他们报道的那样，你反倒成了我们所崇拜的英雄。我参政以来从未介入司法，因此不太懂得他们的程序。不过，你无端被拘，是损伤了你做人的人格和你的自由。你倒真可以试一试，请你的律师史密斯告他们一状，让他们赔偿你二个月被无端扣押的经济和精神上的各种损失。

"我亲爱的詹纳森，事情已经过去了，我不想让它再烦扰我了。谢谢你的关心。"林姐说着，又站了起来。

老詹纳森又把她拉着坐下："维多利亚，耐心一点儿，让我把话说完。"

林姐笑笑点上了一支烟。

"你知道，我爱的那个女歌手是从哪里来的？是哪一国的后裔吗？"詹纳森托了托肚子上的那堆肥肉，接着说："她的血液很复杂，不然她不会长得那么性感、漂亮。告诉你一个秘密，她有八分之一的血液来自东方，也许是你们中国，也可能是蒙古。那是第一次世界大战前，或许还要遥远的事了。剩下的八分之七血液来自欧洲的东部。她的血液里孕藏着半个世纪以来的一部逃难史，一个残酷、但又美丽动人的爱情故事。她说她的血液总在燃烧，促使她总在追寻，追寻一个可望而不可及的梦，追寻一个田园式的家乡。

"我说她是在寻找灵上的归宿，一个真实的信仰。她的祖上几代人四处奔波乱跑，到她这里应该结束了。人自生下来就存在着两样最不稳定的东西，一个是腿，一个是脑。腿和脑都会活动，但它们又都受一个无形东西的支配。腿连着身，身连着心，心连着脑，脑通着灵，灵上没有根基，腿自然乱动乱跑。

"你们中国人比世界上各个民族都能跑，跑得到处都是。不过，我说过这并不可怕，成不了灾难，变不成黄祸，因为你们的灵上不具根基。这个根基你们不在乎，对你们来说，它太虚无飘渺，而你又太实际。太实际的人不可能信神，他们大都主张信人。可信人是不牢靠的，人和人互相都一样，都有共同的人的东西，因此做不到信。只有在神的光环下，才能做到彼此的爱和信。

"人自作聪明，总想把信仰搞明白，弄成实际。不要忘了，一旦实际，就不成信仰，一旦明白也就不信了。信仰不可能通过人的理智弄懂，这就是黄祸不在的理论。"

"嗯，我懂了，詹纳森先生。"林姐心里很乱，她再次站起来，把手伸向客厅的大门。

老詹纳森刚一离开，丁国庆马上来到林姐的面前。

两人对视了片刻。

林姐闭上了双眼。立即，她感到一股热乎乎的气团包住了她的脸，那滚烫的、雨点儿般的吻落在了她的眼睛上、脖颈上、鼻子上、额头上、脸颊上，最终，落在了她的嘴唇上。

丁国庆抱起她那软绵绵的身体，上楼走进卧室。

那不像一场性欲的爆发，更不是一个情欲的终极，这是一双赤条条的壮男健女美好的结合。这交欢的姿式，创造出一幅幅美丽感人的流动画像。在这幅流动的画像里，放射出的是无与伦比的圣洁的光芒、纯真的光彩。

"我不要，我不要。"林姐意识到丁国庆在行使避孕措施，她焦急、愤怒地喊着。

丁国庆一时间不知所措，随即，立刻扔掉避孕工具，直挺地冲了进去。

丁国庆像一座压堵不住的火山，喷着他那无边无尽的热岩，那一泻千里的涌流，包含着生命、培育、成长、宇宙。

随着一阵抖动，一股热流冲进了孕育生命的环境里。这股强劲的生命源头打在林姐的心上，融进她的血液。

"是我的，我的。"她在国庆的身下哭着，扭动着。

电话铃响了。

丁国庆停止了动作，正要去接。

林姐一把把床头柜上的电话线拉断。她抱紧丁国庆，让他喘气、休息。

"一定是重要的电话。"

"不管，没什么比这还重要的事。"说着，她的嘴唇又找到了丁国庆的舌头。

丁国庆又掀起了一阵亢奋。

林姐又一次得到了满足。

楼下客厅的电话又响了。

丁国庆跑到楼下。

林姐忽然觉得小腹有阵异样的感觉，这感觉一定是在萌胎。她有过这样的经验，像冬冬来到世间的前奏，也像在西双版纳的那座荒山上的那一次……那第一次……

她多想过女人的日子，当个正常的好女人呢！接受爱抚，怀胎育子……

"是斯迪文。"丁国庆回到卧室说。

林姐穿上睡衣，点上支烟，抽了一口说："叫他马上过来。"

"我已经拒绝了他。"

"不，让他来。他一定知道任思红的去向。"

"可是……"

"叫继红马上给他打电话。"

"她不会打的。"

"等会儿我去劝她。"林姐说完，走进浴室。

继红躺在丁国庆的床上，刚才激动的情绪似乎仍未平静。她爱林姐，也爱丁国庆，爱他们对她的信任与关爱。她下决心要为他们献出自己的一切。为了他俩的幸福，为了扫除帮里的障碍，她早已把自己的生命置之度外。她首先想到的是小海湾内已经不再安全了。郝仁、斯迪文活一天，这里就无时无刻不存在着危险。她越来越感到，目前处死斯迪文，比干掉郝仁还更为重要，因为内奸最可怕。她得想个办法，如何秘密干掉斯迪文。如果告诉林姐自己要杀他，林姐一定不会接受，要选择一个只她一人知道的秘密制裁方法。

正想着，她皮包里的电话突然响了。这个好久没有动静的手提电话的号码，只有林姐、国庆、鲨鱼、牛卵、再就是斯迪文知道了。牛卵已死，林姐和国庆在楼上，这个电话不是鲨鱼就是斯迪文打来的。她巴望着是斯迪文打来的，她好与他约定见面的时间。

继红从皮包里拿出了电话。打开话筒一听，来电话的人正是斯迪文。

"继红。"对方在叫她。

继红的心脏在剧烈地跳动。

418

"听着，继红，我是你的丈夫。凭良心说，你走错了路。郝大哥一再让我劝你，要识大方向。你别看她出狱了，可是这个生意她再也做不成了。警察局在盯着她，而且生意得有货源，只有市场没有货源不叫生意。你想想，她得罪了郝家，能有什么好下场。郝大哥想同你我合作，他管货源，咱俩管理市场。他还说，所得利润按五五分成。如果是这样，你的所得，要比她给的多上好几倍呀！亲爱的，我这都是为咱俩的今后着想啊！"

"斯迪文，我想你。很想和你见见面。"

"我也想你。我知道我没找错人，我了解我的太太是个聪明的女人。不过，你还得先耐住性子，这事儿得一步步来。你现在在哪里？是在小海湾吗？"

"不！"继红一怔："我，我在车上。"

"要去哪里？"

"不知道。我不敢再回小海湾了。"

"当然不能再回去了。你没为她接到人，她能饶了你？继红……"

"你怎么知道我接的人被劫了？"

"哎，你真傻！难道你真没看出来？这事就是我带着人干的。谁能认识你的车牌？谁能跟踪你？你也不想想。小傻瓜。"

"这人现在在哪儿？"

"其实郝大哥对你够讲情义的。本来我们打算劫的是你，后来看你去了机场，我们就跟踪你，想必你一定负有重任。派你去接的那个人对林姐来说一定非常重要，所以我们就决定劫她作为人质，做为我们手上的一个筹码。放掉你是郝大哥临时改变的主意，他总是想让你慢慢明白过来，他不愿太伤害你。继红，小海湾你别再去了，去了会有危险。过两天，我倒要亲自去那里转转。"

"你去做什么？"

"谈判。"

"跟林姐?"

"也跟丁国庆。他俩的小命现在全捏在我的手心里。"

"你准备带多少人来?"

"不带人,就我一个。放心吧,亲爱的,我嫂子的个性我最了解,她不敢拿我怎么样。"

"斯迪文,郝仁也知道小海湾的地址了?"

"他不打听,我也绝不会告诉他,这点儿情我还是要讲的。我要的是钱,不是嫂子的命。嫂子没了,矿山就没了。没了矿山哪儿来的钱?这些你不懂,以后我会慢慢地告诉你。继红,你知道他派我来谈判要付给我的钱是多少吗?哎,这些都还是小数目……"

"你为什么不直接打电话给她。"

"打了,是丁国庆那个混蛋接的,他不听我说完就挂断电话。当然,这次谈判的成败与他无关,可是却关系到你我将来的前途和命运。听我说亲爱的,就照我的话去做吧,准没错。""我想你。"

"想我,就照我的话做。你找个旅馆先忍两天,谈判一结束,我就来接你。"

"好,我等你。你一定要来接我。"

"放心吧。"

继红刚刚放下电话,林姐和丁国庆就来到她这里。他俩听了继红的汇报后,丁国庆也改变了主张,同意先同斯迪文谈判,之后立即与郝仁接触。

一连等了两天都没有斯迪文的回音,也不见他的人影。继红坐不住了。她几次想主动给斯迪文打电话,都被林姐拦住,并命令她不得擅自行动,更不准离开小海湾。

"要沉住气,不能慌乱。我出狱的消息已经打乱了他们的阵脚,以静制动才是我们取胜的根本。"林姐对继红和丁国庆说。

丁国庆非常同意林姐的策略,可是继红却仍然显得急躁不安。

420

她独自在屋里思考着，徘徊着，回想着自软盘被盗，至任思红被劫的前前后后。她感到自己有负于林姐的太多太多了。怎样才能抵消自己对林姐，对国庆哥，对三义帮所做下的种种罪孽啊？她想到，对自己的过失，林姐不仅没有埋怨半个字，反而还来安慰她。国庆哥没有因为她丢失了软盘而责怪她，还在她危急关头上前相救，这次又为自己打开了手铐。想起这一切一切，继红的心里如同开了锅，心里就像被煎熬一样地阵阵刺痛。她更坚定了杀死斯迪文和郝仁的决心。

林姐在小海湾里坐阵指挥，命帮里正在第一线接应货物和收款的人，暂且停止一切活动。目前三义帮的人还是只认林姐。林姐采取的是不动声色的静候，看谁熬得过谁。估计郝仁也用的是这一招。目前就看谁能挺得过去这个静。

这天晚上，汽车的马达声打破了小海湾连续几天的沉静。林姐、国庆、继红三个同坐在一辆车里，准备进城谈判。谈判的对手不是郝仁一伙，而是远道而来的客人。

华尔道夫大饭店算是纽约城内比较豪华又有些古典的饭店。顾卫华、黑头、李云飞等三人住在同一楼层。他们的忽然来到，不只是为了恭贺林姐的出狱，探望她的健康，而是给她带来个好消息：华夏银行金融财团已在法国和香港同时注册，在东京和伦敦也已开始申请，总部就准备设在纽约，资金的筹措已不成问题，股份已大部分投放到了金融市场，已经办完了的文件请林姐在上面签字，正在办理的均请林姐裁定，总之，一切都在顺利发展。大家一致认为，不久的将来，在全球的金融界将会杀出一匹黑马，定会令世人刮目相看。

林姐签好了字，收住了笑容，向三位来自不同国家的好友交换了对未来事业的一些看法，也谈了谈她出狱后，到目前的一些困境。

黑头主张铲平对立面，什么郝仁、斯迪文，统统铲他个干干净净，然后鸣笛收兵。接下来也好全身心地操管他们的国际金融大业。

　　顾卫华估算了一下整个资金的投入和调动。他认为，十四亿美金的流动资金是不可缺少的。就目前看来，除了用他们几人的不动产向各国银行作抵押，贷出一笔款外，再在各公司内筹措一些现金，就基本上解决了这一问题。对林姐目前的处境，他是这样看的：一，不可盲动，铲除对立面；二，用稳妥的办法，先谈，答应他们提出的一切条件。这叫声东击西，然后不露声色地让郝仁消失在地球的另一侧。

　　李云飞不仅支持顾卫华这一想法，还提出了具体的方案。就目前来看，郝仁可留不可杀，暂时留他对林姐有利。不过，斯迪文倒是不可留的人物，必灭，还要尽早。

　　顾卫华又补充了一点，和谈必须成功，条件也可让步。因为郝仁的目的很清楚，他一是要权，二是要钱。只要能达到华夏财团所需的这个数字，林姐也可让利或让出部分权柄。

　　李云飞则提议，在美灭掉斯迪文不妥，杀他只能导致一场更大的拼杀。不如给一笔钱放逐他，去欧洲或南非的一切手续由他来办。

　　黑头坚决反对，这样不仁不义的人有一个杀一个，决不留情。他坚持用人民军在美的势力，出面秘密灭了他。

　　林姐对各位老朋友的意见作了综合的总结，决定基本按各位的意见去做，为顾全大业，生意逐渐转向，斯迪文如何处置由她自己决定。

　　三位与林姐谈完后，当夜就飞离了纽约。由于斯迪文突然给她打来了电话，因此她无法为朋友们送行。她离开华尔道夫饭店后，就直接回到了小海湾。

　　在回小海湾的路上，林姐没有对国庆和继红说什么，她在思

422

考着一个问题，那就是怎样安排斯迪文的归宿。

斯迪文的这个电话没有打给继红，他直接打给了林姐。看得出来，经过几天的静战，他们沉不住气了，首先打破沉静的是对方。斯迪文在电话中只字不提和谈一事，只说得知嫂子出狱，想回来看一看。可林姐认为，这是郝仁放出的一颗烟雾弹。

林姐对斯迪文已完全丧失信心。从简短的电话交谈中林姐得知，斯迪文已死心塌地地为郝仁卖力，不可挽回了。她之所以同意他回小海湾，也是从全局着眼。不然的话，她真是想即刻就杀掉这个忘恩负义的祸根。想到丈夫林阿强，再看看自己曾经冒着生命危险救下的小叔子，林家唯一的根——斯迪文，林姐的心如刀割似地疼痛。她不明白，是什么使斯迪文走到如此鬼迷心窍的地步。

回到小海湾，林姐叫国庆和继红守在楼上，不管遇到什么危情，也不准他俩到客厅来。

"林姐，他不配和你坐在一起。我来和他谈。"继红反对。

"我必须坐陪！"丁国庆也不同意林姐的主张。

"听我的，他没有你们想象得那么厉害。"林姐坚持。

深夜，长岛大地上仍是一片白，那不是没有融掉的积雪，那是洁白的月光。

斯迪文的车缓缓开了进来。他走出汽车，看了看周围这熟悉的环境，心里有些胆怯了。除了客厅的灯是亮的，其他房间全是一片黑。整个小海湾没有一丝生气，万籁俱寂。他觉得这里比以前似乎缺了点儿什么？杰克，杰克哪儿去了？对，是缺少杰克那条猎狗的叫声。

杰克此时已被丁国庆拉到山丘的另一侧，他俩正在查寻斯迪文车后的情况。当丁国庆确信杰克的判断没有错，他的车后没跟来任何可疑的汽车后，才又回到了小海湾。

丁国庆和杰克没走前门，而是绕过客厅，从后门不声不响地上了二楼。

继红向他俩"嘘"了一声，因为楼下谈判的声音又弱又小，继红担心林姐的安全，想极力听到点儿什么。

"拿去吧，我已经准备好了。"林姐指着桌上的一大堆现金。

"嫂子，今晚我只是想来看看你。"斯迪文低着头说。

"看到了吧，我很好。我想这些钱足够你在欧洲生存的了。"

"嫂子，你让我离开纽约？"

"对，就从这里走，不能再回去见郝仁。离开之前还要做一件事，替我接通郝仁的电话。"

"嫂子！"斯迪文放声大喊："你怎么还不明白呀？你现在很危险，要不是我，他们早就把这里给端了。我见不得他们弄死你和冬冬，冬冬身上还有咱林家的血……"斯迪文掉着泪哭道。

"住嘴！"林姐的嘴角也颤抖着。

"嫂子，他们没别的要求，就要分得这次生意所赚的一半。你就答应了吧，给了他们这些就都平安了。你让我离开纽约去欧洲，不去见郝仁，整个的生意、三义帮、冬冬和你的生命就全完了。嫂子，告诉你一个实底，你在狱中这两个多月，他们捞了大笔的钱，人员也壮大了许多，如今的实力不可忽视，这一点你得认清。"

"是郝仁叫你这样说的吗？"林姐强压住心里的怒火问道。

"不，不，嫂子，没人教我这么说，我说的都是实情。郝家的势力已打进了曼谷，他们正在编辑自己的软件。这生意本来就控制在他们手里，嫂子你还是放清醒点儿吧。"为了使自己镇静下来，斯迪文点了支烟。

林姐没有怀疑他说的话，她只是恨斯迪文眼下这副丑恶嘴脸，因为这一切都是由他造成的，都是由于他的恶习，导致了他的背叛。林姐向来痛恨背信弃义的叛徒，她强忍着即将爆发的怒气："这么说，你伙同郝仁欺骗继红偷盗软盘都是对的，是吗？"

424

"嫂子，我……？"

林姐见他唯唯喏喏的样子，更加气忿。她站起来边说边向他逼近："三个义你懂，帮规你更清楚，你说你该杀不该杀。你还有脸提冬冬，还有脸叫我嫂子。你置亲情于不顾，置仁义仗义而不理，只考虑自己的个人得失。"林姐说着说着，终于忍耐不住自己激动的情绪，嚷了起来。

"斯迪文，大丈夫做事应敢做敢当。你杀了我的人，盗走了我的秘密文件，一定有你自己的目的。既然你下得了手，就别再手软！"

斯迪文一步步地后退，退到了堆钱的那张桌子旁。

"来吧，斯迪文，拔出你的枪，对准我。"

"嫂子，这？我？从没这么想过。再说我来这里从不带枪。"

林姐从怀里抽出来自己的枪，打开了保险栓，扔给了他。

斯迪文下意识地把枪接住。

楼上的继红正要往楼下冲，被丁国庆死死地把她拖住。

"打吧！打死我吧！你这个混账东西。怪我瞎了眼，没认清你这个没有气节的败类。来吧，别哆嗦，把枪口对准我，对准曾经救过你命的人，对准你的亲嫂子。怎么了？不敢了是不是？我量你也没这个胆子！"

林姐走到斯迪文面前，帮他提起枪，把枪筒顶住自己的胸膛。

"为什么不开枪？你这个胆小鬼。你这个混蛋。危险？生命？你以为我怕吗？你什么时候见我怕过？多少年来，我就劝你，劝你别再赌。早提醒过你，再赌，就会毁掉你的一切。可你不听。"

"嫂子，我改。我一定……"

"你这个不可救药的东西，趁我还没改变主意赶快离开纽约，不然你只有死路一条。"林姐回到沙发上，用颤抖的手点上烟。

斯迪文把枪放在地上，跪了下来："嫂子，我求你，还是别让我去欧洲吧。那里我……"

"去欧洲是为了救你。"林姐平静下来,她说:"那里会有人帮你找生路。"

"嫂子,我听你的,我走。可是,郝仁正在等我的消息,要见到我本人。不然他会杀死那个刚从北京来的女人。"

"任思红?"

"是,是任思红。"

"快,你快给我接通郝仁的电话。"林姐说着,站起身来。

郝仁的电话接通了。林姐抢过听筒:"郝仁,你给我听清楚,事已至此,我提出三个条件。"

"请!"郝仁的声音既礼貌又强硬。

"一、软件花名册一半货物按五五分成;二、停止流血火并;三、立即释放人质任思红。""可以。不过,我也有条件三个:一、立即调出软件花名册文件;二、人质任思红须以斯迪文交换;三、待调出文件后,花名册的另一半货单由斯迪文送回。"

林姐现在才明白,她遇到的是一个多么强硬狡诈的谈判对手。她让斯迪文速速离开美国,是打算救他一命,可郝仁却摸清了她的心态。三项条件的实质,即绑架任思红是假,斯迪文才是真正的人质。林姐对郝仁的这一招苦肉计不得不佩服。不过,她想起在华尔道夫大饭店里那三位哥们儿不容置疑的统一看法,她妥协了。林姐同意郝仁的三项条件,也同意了交物换人的地点。

软件放进电脑里,复印机印出了花名册的一半货单。厚厚的一卷电脑印刷品,被裁剪成若干个小块,用信封装好,放进了斯迪文的内衣口袋。

送物换人林姐只有派继红去,因为她一怕国庆按耐不住大打出手,二怕对方玩弄诡计毁掉国庆。所以,她考虑来考虑去,感到最合适的人选仍是继红。

斯迪文和继红各开一辆车。上路前,林姐对继红千叮咛万嘱咐,不要动肝火,不能盲动,稳住他们才是最要紧的。对斯迪文,林姐只让他把这笔巨款带走，并警告他，事情办完后尽快离开此地。因为他的利用价值对郝仁来说已完全丧失。

两辆车出发了，继红在前，斯迪文在后。交换人和物的地点很隐蔽，是在通往纽约上州的公路边儿上，在一片茂密的树林里。

在漆黑的9号公路上，继红的车开得很慢。她的眼睛随时注意着反视镜，紧盯着跟在她车后面的斯迪文。交换的地点林姐已经详细地告诉了她，那是在9号公路与114号公路的汇合部。那里有个小岔口，岔口直通那片没有人烟的小树林。

忽然，继红车上的电话铃响了。她以为是林姐打来的，拿起听筒一听，却是身后的斯迪文。"继红，把车停下，我有好多心里话要和你说。"

"不行，我什么也不听。"继红狠狠地挂了上电话。她受够了斯迪文的欺骗，再也听不进斯迪文的半个字。要不是为了执行林姐的命令，她一定会停下车，干掉这个可悲可恶的人。她下意识地摸了摸身上的小手枪。

继红看看手表，估算了一下时间，给后面的斯迪文打了个信号，加快了车速。

电话铃又响了，她不想接。但又担心这次真是林姐打来的，她只好又抄起了电话。一听，还是斯迪文。

"听我说，我是你合法的丈夫，咱俩才是真正的一家人。你别太傻，我打算……"

继红干脆一句话不说，就把电话插头拨了下来。

公路旁的路标上指示，离114号公里还有5公里的路程。继红放慢了速度。突然，她看见斯迪文的车加大油门儿，快速超过了她的车，挡在了继红的前面。继红赶紧急刹车，车刚停稳，斯迪文就来敲她的车门。

继红忘了锁车门。斯迪文一跃，跨进了她的车里。

"你想干什么？"继红问。

"继红，事到临头，得说点儿实话了。咱俩跑吧！"斯迪文拉住了继红驾驶的胳膊。

继红用力一甩，加大油门，按了一下锁门的按钮，急速绕过停在前面的斯迪文的车。她不能再耽误时间，她必须按时赶到交换地点，完成林姐托付给自己的使命。

"继红！"斯迪文见她继续往前开，并加快车速，他急了，高喊："你是我的太太，咱俩是一家！"

"呸，做梦！"

"继红，我嫂子给的这笔钱，加上从软盘上将收到的钱，足够咱俩在欧洲生存了。林姐你大可放心，他身边有那个丁国庆。"

"住嘴！"

"你跟着他们俩没什么好结果。丁国庆这人心黑手狠，看到我的结果了吧。自从他一到纽约，我就料到，我嫂子早晚会把我踢走。"

"住嘴，不许你胡说。"

"我胡说，郝仁也早……"

"再说我就打死你！"

"打死我……?"斯迪文停住了嘴，他看着黑洞洞的窗外闪过的一排排树木，心里更急了。老实说，他已看出来郝仁不太信任他了。最近，郝仁干了很多事情都是瞒着他的。嫂子说的话没错，他对郝仁来说已经没有什么更多的用途。把软盘给了郝仁，他的安全一定会受到威胁。不如拉上继红和一些三义帮的弟兄，按照花名册，把这批货款以最快的速度收上来，然后一走了之，到欧洲去发展他的事业。他认为，不管怎么说，继红也是他的太太，而且还可能爱着他，他一定会说动她的。

"继红！"斯迪文不顾一切地扑向她，抱紧继红正在加油的大腿，把脸贴在她的前胸。

"滚蛋，畜牲！"继红大骂。

"打死我吧，没有你，我不想活了。"

继红的汽车已完全失控，歪歪扭扭地在公路上行驶。她左脚猛然踏住了刹车，推开斯迪文，拔出了手枪。

"你打吧，继红。反正都是一个死。"

继红紧握着枪柄，她不是不敢打，她是怕完不成这次林姐托付给她的重任。

"少废话，不许动。"她右手扶着方向盘，左手拿着手枪，枪口对准斯迪文。

斯迪文双眼涨得通红，他正想拔枪制服继红，只听"嘭"的一声，斯迪文的脑浆溅到了车窗的玻璃上。

来接货的是祝洪运。这组人有四个，加上锁在车里的任思红，一共是五人。他们对郝仁的这次行动，执行得非常仔细，对任思红不仅严加保护，到达此地也按时按点。

祝洪运带来的另外四个兄弟都已埋伏好，躲在了茂密的树后。他看见从岔路口上开进来的汽车，打了个手势，叫车停住。然后，他回到自己的车旁，打开车锁，请出了任思红，并让她走在前，他跟在任思红的身后。当他发现对方的车里只下来一个人时，命令任思红停住脚步，右手捏住她的脖子，命对方不许再动。

"人呢？"祝洪运问。

"他死在路上了。"继红冷静地回答。

"什么？"

"别怕，我是跑不了的。"

"要的不是你，我们要斯迪文？"

"他的价值没我大。"

祝洪运拉着任思红后退了两步。

黑漆漆的树林里钻出了四个大汉，他们围住了继红。

"你们要的文件我带来了，请查收。"继红说着，把沾上了血的信封拿了出来。

祝洪运点了点头。

一个人接过了她手中的文件。

"死了，死在车上了。"黑暗中，一个查看继红汽车的人喊。

"那就别怪我不客气了。"祝洪运说着，把枪口压在了任思红的前额。

"等一等。你们别杀她，把我带走吧!"继红仍然相当冷静。

"三条中的第一条，你们就首先破坏。好吧……"

继红听到"咔"的一声，她知道这是拉开保险栓的声音。她想奋身抢救，可这念头还没在脑中建立，只听祝洪运说:"我得执行命令!"话音未落，任思红应声倒下。

继红扑向任思红。

任思红的四肢在抽动。

"走，把她押上车!"

继红没有丝毫的反抗，昂然地登上了汽车。

漆黑的树林里出现一阵骚动，接着一阵急促的汽车马达声骤然响起。和谈陷入了僵局，两派都在紧锣密鼓秘密行动。几天来，纽约的深夜经常响起枪声。这些枪声围绕着一个中心，中心所在，就是林姐搭救继红。

林姐失态了，她动用了所有的力量，准备彻底捣毁这群不讲仁，不讲义的异帮。异帮的新名字从报上已有所察闻，叫什么"促进会"，还同什么文化拉上了关系。

就在林姐筹划一次大行动的前夜，僵局突然解开了。解开僵局的人物是郝鸣亮。这一点林姐不得不承认他的高明、老道和有经验。

电话是郝鸣亮亲自打来的。

"大妹子，看来你不是一个很好的生意人。我对你一向器重，这次可真叫我失望。这么打下去，对你有什么好处? 我不是怪你，

430

可也得说你几句。你大侄子比你小，做事毛手毛脚，从小他就这样，我没少教训他。他就是这么个倔脾气，顺毛驴。硬顶着，他什么都不怕。你呢，总归比他大几岁，叫姨也好，叫姐也好，算是个大辈儿吧。家里的事不要外扬，吵吵闹闹的，啥时候才了哇？我劝你跟他聊聊，我就不信，你我管不了他？大妹子，你看好不好哇？"

甭管真的假的，林姐茅塞顿开。这一新的解决问题的视角，确确实实把几天来林姐混乱的脑子给拨清了。阴谋也好，花招也罢，毕竟是解决当前困境的一个办法。她顺着郝局长的话茬说："谁说不是呢，我早就想请您出面来解决。可事到如今，我都不好意思了。"

"这就是你的不是了。一家人不说两家话嘛。吵嘴打架是常有的事，分合也算是正常。古话讲，分久必合，合久必分嘛。家与家是这样，国与国之间也是如此。咱中国的历史你也不是不知道，不就是贯穿这个道理嘛。你别以为你生活在西半球就跑出了这个辙。三义是什么？情义、仁义、仗义。这些个'义'就是咱中国的土特产，这些土特产都起源于阴谋诡计。大讲义的人，必会耍阴谋。耍阴谋的人，得懂得义。没有阴谋诡计，怎么能透出个义？阴气鬼气重的地方，必然突出个义。义得看它的双重性，义不是个信仰。你住的那个地方是法管人，有时候不还得用义管着法吗？

"大妹子，你的脑筋太糊涂，我得给你上上课。义是管理人在法律以外的事儿，无法无天才用义来制约。其实，义比法重要，牵制法律的不就是个义字吗？就拿你们三义帮来说吧，你们有什么纲领？有什么理想和信条？是什么主义？什么都没有。可为什么能干大买卖？能干出在全球运作的大事业？靠的不就是个义吗？《三国》、《水浒》包括《西游记》，咱们中国的精……"

"郝局长，没想到您心里的这套东西还真让我长了见识。"林姐顺着、拍着郝鸣亮，是想尽快解决问题，救出危在旦夕的继红。

"大妹子，我这肚子里的玩艺儿多了。实话告诉你吧，你们美国要是没有西西里人管着，早就完蛋了。咱中国，嘿嘿，你瞧着吧。哎，你这电话会有人窃听吗？"

"不会。"

"听也不怕，闲聊。闲聊也不犯法。"

"别老闲聊哇，今晚说不定会出人命。"

"咳，先让他们打着，出几条人命也不碍事。听我这闲聊，可比那些打杀重要。你说呢，妹子？"

"对，对，真开窍。"

"你要是早有这个态度就好了。你放心吧，我保证今晚打不起来，也出不了人命。郝仁他还是听我的，他不敢再动手。剃头挑子一头热，想打想杀没了对家就打不起来了嘛。"

"我也下令，立即住手。"

"慢，不急。大妹子，听我把话说完。实话告诉你吧，继红十分安全，没事。咱俩谈完话，大概你就会见到她。这么说吧，妹子，我知道你快收手不干了，只是还缺一部分钱。这一点我可以保证，一定让你得到那部分。可郝仁才起步，他需要你的帮助和指点。"

"只要把继红还给我，我答应帮助他。"

"这就对喽。妹子，丁国庆那小子你能做他的主吗？俗话说神鬼怕恶人。我这辈子什么人都见过，就是没见过像他这样的人。这小子太恶，不懂理，老子救他一命，可他……"

"关于他，你一万个放心。"

"不是别的，我还有两三年干头，到了那时候我也惦记着去美国。可这身边总有个定时炸弹……"

"你来我就让他走。"

"走？"

"他同我一起走。"

"大妹子，你可真够意思。你是我最信任的人。"郝鸣亮哈哈大笑了一阵，又说："好年景啊，好兆头，难得。我看出你们这代年轻人，都是未来的英豪。我虽然也出生在乱世，可没赶上这好年景，又是……"

"郝局长，你现在干得也很棒！"林姐说的是心里话。

"好了，别夸我了，老朽喽。最后说说你同郝仁见面的时间吧。时间不等人，我手上压着大批货，得抓紧呢。"

郝鸣亮应许林姐的话一句都没落空。当天晚上，林姐就见到了回到小海湾的怒气冲冲的继红。继红一边趴在林姐肩上痛哭，一边埋怨林姐为什么对郝仁一伙妥协。自己的小命一点儿都不值钱，事到临头，她根本就没想活着出来。她不愿意拿三义帮的存亡来换取她那微不足道的生命。她不愿看到三义帮分裂的现实，更不愿看到促进会把三义帮吞并。她知道，三义帮从无到有，无不渗透着林姐的血和泪……

丁国庆对形势的突变不置可否，对林姐的一切安排除认真执行外，仍然改不了他的习惯，早起练功，晚上训练杰克。

林姐与郝仁的谈判是一对一，双方没带第二个人。谈判的地点和时间只有他们俩人知道。气氛是融洽的，态度是诚恳的，双方都本着一个共处的原则交换了意见。在个别地方虽有分歧，但也不影响相互合作的大局。

"林姐，我一向崇敬您的胆识，以及您的谋略。"郝仁一边向林姐敬酒，一边说。

"我承认在对待你的作法上有误，忽略了你的才能，甚至忘记了你的存在。"林姐敬他一杯。

"过去的事情只当作一个小插曲吧，不会影响我们再次回到一起来。"

"是，我同意。"

"我也必须承认我所犯的错误。"

"不，不必再提以前的事了。"林姐诚恳地说。

"我的错误，不在于我有意害你，而在于我的长久以来的思维。我是个不甘寂寞的人，想干出一番大事业。坦率地讲，我并不羡慕你的成就。论你的才能和地位，你的事业本应更加辉煌，甚至可以称霸世界，然而你没做到。我看到你有一种致命的弱点，这个弱点阻碍着你前进的道路，堵塞了你的才能的发挥。"

"请讲。"

"三个义的位置你想都摆平，但是严格地说，你没有摆平，情义高于另外两个义，情义给你带来很多不必要的思考，浪费了你大量的时间，劫走了你敏感的精神，搅乱了你聪慧的大脑。当然，人无完人，你就差这一点。这一点你要是弄通了，你定是个世界上最完美的人，我将甘败下风。可是我看出，情对于你来讲高于一切，这一点你至死都不会改变。所以，我的前程不能再挂在你的战车上了，那将导致我粉身碎骨，我的一切理想都会毁灭。

"林姐，小弟今天给你说明了吧，情，情是什么？世间人们都在说情，三义帮也把情义放在第一位，姑且不谈这情真实不真实，先说这情存在不存在吧。"

"我是人。"

"不，你是个女人。"

"情在不断地欺骗着女人，而女人又喜欢受情的欺骗。情是什么？情即真，真即纯。这世上还有这东西吗？如果有，请你给我找出个绝对纯的例子吧。"

"绝对的情是不存在的，因为什么东西都不能提绝对。"

"你错了，林姐。相信我，绝对的情存在。以弟之见，这绝对的情有，只是时间太短，短到就那么十来秒。高潮过后，双方的纯情马上就会消失，基本上是你想你的，我想我的。这两个轨道，永远不会并拢。并拢就注定人类走向灭亡，宇宙的轨道就再也不会存在。"

"看来这像个规律。"林姐请他吸烟，自己也点上了一支。甭管他说的对不对，反正，林姐承认，过去自己一直不了解他，直到现在，也觉得对他十分陌生。

郝仁看出林姐的态度有所变化，继续说："了解一个人是相当难的，不管是朋友、敌人，还是夫妻，永远做不到这一点。但是，理解对方说的话，是可以做得到的，因为每个人心里都有一个标准。这个标准出自实际，这个实际比虚幻的情更有价值。"

"那是你，我可不这么看。"林姐忽然觉得这不像个谈判，自己的地位十分被动。他的理论尽管都很新鲜，还能听得进去，但是为了扭转被动的局面，她准备反抗，先从气势上压一压对方的气焰。

"不必争了，谈这些事不可让自尊心占上风。我这些肺腑话不会随便同人说。林姐，我今天特别高兴，找到了真正能同我沟通的对象。我不会像我父亲说那套假话，什么一家人不说两家话。咱们不是一家人，一个家里的人谈不了这些，沟通不了内心深处的东西。其实，我的内心非常苦闷，找不到能理解我的人。林姐，请你相信我的真感，只有你能够理解我。"

"是吗？"

"是。敌手是最能沟通的，也是最能理解的。各国的统帅、主席、元首不必说了，他们都是朋友，不是敌人。但他们都是一致的，只是在地球地域的瓜分上有一点小分歧。你和我出自同一道理。我佩服你的明智，即分我一半的举动打动了我，它使我改变了以往我对女人的看法，以至于我认为，女人当领袖也不是不可能的事。林姐，我建议，你我在下一个回合中再竞争一次。我战胜你，你必须得走。不走，我会吃掉你。相反，你战胜我，我也会自动离开，或者死在你面前。到那时，我将是高高兴兴，而且

435

是心悦诚服地接受自己的命运。"

"我同意，不过我已经做好了要走的准备。"林姐低着头吸了一口烟。

"噢?"

"郝仁，记住，你得当心，我走之前，也许会干掉你。"

"你走，我会成全你。至于想干掉我，不会那么容易。"

"再见。"林姐站了起来。

"请坐下，你误解我了。"

林姐坐下。

"成全你，指的是帮你完成你走之前的计划。郝某说到做到，一定会帮你得到你认为足够的钱。"

郝仁向林姐伸出了手，两位双手紧握，同时凝视着对方的眼睛。

郝仁许下的诺言都兑现了。纽约地面上，包括东西两岸的主要城市，停止了枪声。FBI的特警部队受到奖赏。巡逻在街道上的警察，脸上也露出了往日的轻松。

和谈之后，三义帮和促进会分线划片儿，不要说火并，就是有时双方碰了面，也都是客客气气，有时还一起下馆子，一起去赌场。收款的秩序井井有条，各帮会人马互不干扰。

福州街上出现了少见的平和，这种平和促进了这里的更大繁荣。新来乍到的东方客，源源不断。职业介绍所的里里外外，更是人来人往。

此时的繁荣造成了一股就业的机会。按摩院的征聘、餐馆的招工越来越多。

蔬菜摊的门脸儿大部分做了新的装修。卖菜的老板不求买主，只怕货源供应不上。

海鲜市场上的生猛海鲜龟、鱼、虾、蟹很少有剩货，店主们的生意越做越火。不卖剩货，就意味着东西新鲜。新鲜的东西买主就多，买主多就……

这种良性循环，使福州街上的商人们也着实发了一笔财。

二肥子的店面也扩大了。曾明走后，他一个人在店里说了算。卫国想放下他手上的蔬菜批发，帮二肥管理餐馆，被二肥一口拒绝。

水仙的脚伤已经养好。她已离开了柔情发廊，现正在认真地谈恋爱。她的新对象不是别人，正是二肥。

水仙的这场恋爱谈得比较辛苦。只因卫国横向介入，三个人坐在一起，来了一次三角谈判。可谈了半天没个结果，原因主要是二肥子不肯掏钱。

"我凭啥给你两万？蒙人呢你。"二肥子坚持不出钱。他认为，他爱水仙，水仙也爱他，凭什么恋爱还得要这么大的花费。

水仙已快三十了。她不想再折腾，想真正地找个好男人结婚。成家立业。在她被裹脚放回后，丁国庆给她一笔养伤的费用，另外又给了她一笔身体损伤费。钱对她来说倒不是最重要的，重要的是得在美国尽快地安个家，再生个美国小公民，然后就回福建老家。多少年了，苦也吃够了，罪也遭够了，也该回去风光风光，享享清福了。

不过，选丈夫一事她可太有经验了。经验告诉她，有钱的不能当丈夫，当丈夫的不能太有钱。外国人她还看不上。看上了，她也绝对不会同他结婚。那都是些什么人呢？他们压根儿就没有家的概念。

阮卫国不在她的选择之中，因为他不能给她生一个美国小公民。他的那个软家伙不生精子，又怎么能弄出个像模像样的人来。

嫁人可不是开按摩院，那些个生面孔看着就叫人恶心。想来算去，水仙认定，非中国人不嫁，不找到知根知底的人不结婚。

水仙自从在福州街做上生意，离二肥子的餐馆也近，有事没事的，二肥子常来看她，她没事也去二肥子处吃吃饭。一来二去，水仙还真看上了憨厚的二肥。水仙现在很实际，二肥人虽傻点儿，可却厚道老实，没啥坏心眼儿。再说，二肥子床上的功夫也令水仙神魂颠倒。她同他干过那事，他可真有本事，他那股原始的傻劲儿，还真没有多少男人能同他相比。按水仙的说法，二肥子有一种在床上的特异功能。

阮卫国没娶成水仙，就提出向二肥子要赔偿费。钱虽要得多了点儿，但也不是没有道理。水仙在出国前，卫国就养了她一段。就是她出国的预付金，也是卫国付的。再加上一路上的花费又都是他一个人掏，他对二肥总说这个理："啥叫多呀，我这钱就不生利了。"

阮卫国的这话是没什么大错，可二肥子死咬住个理儿："钱存着才生利，可你是花了。花了的钱还是你的吗？"

"我没花。我这根家伙从来就没进去过！"

"进没进去我不知道，反正钱是花了。你射不出精来难道还怪我？"二傻不再像以前一样了，人家说啥就是啥，如今怎么着也是个小老板呀。

卫国比起以前来倒是有了些变化。他往地上一蹲，"哼"了一声说："你不给我钱，水仙就不能跟你！"

"这是屁话，她的腿又没长到你身上。跟不跟我，她说了才算。"

二肥的话底气所以这么足，是因为他有了把握，是水仙那丫头在被窝里教他这么说的。二肥子和水仙有过那种事后，就在中国城里租了个小房同居了。

水仙这个小房布置得温温暖暖、舒舒服服。她现在尽管腿脚有些不便，但不影响她干活。每当二肥子回到家里，水仙不但给他预备好热茶热饭，还亲自到浴室里给他放水洗澡。

"嘿，你真好。"二肥子光着屁股站在浴缸里"嘿嘿"地乐。

438

"你有福气，傻人有傻造化！"水仙一边帮他搓着身上的油污，一边说。

"凭啥给他钱，有那钱我还寄给我妈盖新房呢。我妈……"

"不给，不给，咱谁也不给。我跟他谁也不欠谁的。二肥，快，自己打肥皂。"

"你给我打。"二肥子的小眼儿乐得眯成了一条线，他喜欢水仙给他洗那地方，尤其是在那上头打肥皂。

"你老这样，上了床还挺得住吗？"

"挺得住。快，快点儿，我来了。"

水仙不怀疑二肥的话，她也愿意在上床前帮他泄一次。不然，到了上床睡觉时，他能把人折腾到半夜。

可是没隔多久，二肥就同水仙闹翻了。那天，他下班早，走到家门口就听到屋里有个男人在说话。

"你不给我我就不走。"阮卫国扯着嗓子在喊。

二肥正想冲进去，又听见水仙说："行，行，两万就两万。给你，快拿走。他傻乎乎的赚点儿钱也不容易，别再来挤兑他了。"

二肥气得蹲在地上，双手捂着脸大哭起来。

阮卫国听到二肥的哭声，夺过钱拉门就跑。一边跑一边还气二肥："没进去也值两万。傻家伙！"

水仙乐呵呵地要拉二肥进屋。二肥站起来，朝着水仙的脸上就是两巴掌。骂了一声："骚货！"也跑了。

二肥这一跑，就是几天不着家，天天又睡在了店里头。他想不通，就要给国庆打电话，国庆是个明白人，听听他是啥说法。

丁国庆和林姐一切都准备好了，他俩打算趁冬冬的假期，一块儿去看看新买的那个岛。因为往返得要十来天，所以，他们往那个快艇上装满了食品、衣服、还有大量的钱，船舱里装钱的帆布袋就占了一多半的地方。冬冬问那些口袋里装的是什么，林姐告诉她，都是些在岛上生活的必需品。

林姐非常开心，自打到纽约她就没这么舒心过。现在一切运转正常，一步步地向她的理想靠近。

继红是长驻办公室的唯一一个人。鲨鱼组织收款有方，对林姐又忠心耿耿。顾卫华提的数字已有了眉目，看来时间不会拖很长。

使她最感宽慰的是国庆。他爱她，爱冬冬，爱这个家。他操管着这个家的里里外外。

萨娃住在小海湾。

杰克仍旧不减以前的警惕性。

林姐和冬冬已在船上等候，冬冬显得有点儿着急。丁国庆正接一个电话，这电话占了他很长时间。电话是二肥打来的，他哭哭啼啼地诉说着他的不幸。国庆几次想打断他，可是他仍然不停地抱怨这个世道不讲理。

"好了，我出面帮你解决。"丁国庆说。

"这口气我得出哇，国庆哥。卫国这王八蛋气死我了。水仙这不要脸的骚货，我……"

"我帮你出气!"丁国庆笑着安慰他。

"你得快点儿来呀。"

"不行，得十天以后。"

"十天!"二肥止住了哭声。

28

林姐向老詹纳森购买的这个岛，自付了钱以后，这还是第一次去。这个岛的地理位置老詹纳森虽然讲得很清楚，但是，在各国出版的地图上是找不着的。它处在中美洲，以赤道为准，应是西经45°，北纬15°左右。

这一带在地图上标名是小安第列斯群岛，隶属于特拉尼达和多巴哥共和国。

这个名字难上口的国家的独立，是不久以前的事。上个世纪的欧洲列强看不上这些密密麻麻互不相连的版块，也顾不过来向那些未开发的原始岛屿下手。等到本世纪初，北美、南美大陆的瓜分告一段落时，才想起了这些不曾有人问津的小岛。

詹纳森的祖辈当初购买这座岛的价钱，一定是不值几壶醋的价。据说，当时印地安人卖洋基港的曼哈顿岛，也就卖了三十块美元。所以就更甭提这些地处中美的荒岛了。

至于林姐所付的这个天文数字，也不能太较真儿。现如今地球上，有哪块儿地皮不被人类越炒越高，以至于造成很多人都无立足之地。

人类做事的过分之处，上帝很可能是在笑。样样东西都成了商品，什么样的物质都起个名乱炒。如今，人也被炒高了，被炒高了的人迈着自己的双腿，成了自觉货物，走进集装箱里，自己搞推销。

上帝有时一定也不笑，每当人类堕落到极点时，他总会出来协调一下。他协调的办法似乎总是用水。地球上的四分之三的水，既是供人类生存，保持生态平衡的；也是用来制裁人类背信、堕

441

落的。上帝曾几次用水挽救人的过失，有一次只剩下三对男女六只小鸟。

水治人在东方也有过同样的记载。神话中讲到的远古时代的女娲和伏羲时期，一次特大的洪水把九州大地淹没了，这兄妹两人是乘一个大葫芦得以逃生的。为了繁衍后代，兄妹俩不得不配成夫妻。

大禹治水不像神话，又是神话。谁都坚信，人是治不了水的，只有神才能治得了水。因此，大禹不是人，他是上帝派来的神。可是，相信水不能制裁人的说法的还大有人在。那就等着尝尝水的威力吧。

要说水的威力，长期在大陆上生存的人是体验不到的。要想体味到它的雄伟、壮观，能吞食地上一切的神通，只有身临其境。

林姐和丁国庆自登上这个岛屿，就产生了一种恐惧感。那碧蓝的海水连着天，蓝天之下连着无际的海水，海水好象随时都能把这孤立的小岛吞进腹内。

只有冬冬没有任何恐惧。她很快对这里产生了感情，对岛上的一草一木都有着无穷的兴趣。她蹲在沙滩上，触摸着巨大的海龟，细心地与它们交流，好象她会使用另外一种语言，一种能让这海中善良的大兽听懂的语言。

"让冬冬先玩儿吧，咱俩搬。"林姐对丁国庆说。

"你去照看她，我一人干。"丁国庆说着，从船上把一包包的帆布口袋搬进了古屋，又把一些杂货移到了岸上。

岛上有个古老的破屋，屋里根本住不了人。不仅不能居住，最好还得远离。它看起来大概有上百年无人使用了。说是叫屋子，实际上顶已漏，墙已破，木已糟，地已塌，是个名副其实的废墟。不过，它一定有它的历史价值。房基的几块巨石上，虽经长年风吹日晒，但仍保存着大英帝国、不列颠民族的特有纹印。

丁国庆没有进去，他只在墙外往里看了一眼。里边藏着大量的百脚虫，那已成了巨蛇、大蟒的居集地。他在离屋子不远的地方挖了一个大坑，把防腐防水的帆布口袋丢了进去，在坑上面压上了几块大石板。石板上没做什么伪装，他相信，贪财的人绝不会来这里。

他做好了这一切，走到了海边沙滩上，林姐和冬冬都正在享受着日光浴。他走到林姐的身边问："要支帐篷吗？"

"好，我来帮你。"

"我也要一起干。"冬冬一下子从沙滩上跳起来。

特制的野营帐篷，就架在离海边十几公尺的地方。丁国庆为了防晒，在帐篷上加了一层厚厚的、翠绿的芭蕉叶。在铺放气垫床之前，他们又把热沙集中垫高，在帐脚周围又挖了一条可以迈跃过去的小沟，在沟里撒下一种叫不上名的防虫、防毒的药物。

"噢，国庆，我爱你。"林姐看着国庆如此地能干，忍不住拥住他，用劲儿亲了他几口。

"叔叔，我们准备在这儿住几天？"冬冬问。

"这次只能两天。"国庆松开了林姐的手，来到冬冬的身边。

"为什么只有两天？"

"妈咪和我回去有事做。"

"我可以留下来，等你们下次来接我吗？"

林姐笑起来："这样你会被饿死的，我亲爱的小姑娘。"

"不，这里不会饿死人。"

"是吗？"

"我在梦里见到过这儿，它的名字叫伊甸园。我建议你们俩的婚礼就在这里举行。"

林姐和丁国庆听了，两人心里不由地同时一怔。

夜深了，冬冬安稳地睡在帐篷里的气垫床上。帐外的气温比帐里高出很多，他们俩躺在岸边几乎没穿什么衣服。

天上的月亮离他们似乎越来越近，好象就挂在头顶。沙面很热，经过一整天的暴晒，太阳的热能仍未散尽，皮肤触在上面，暖洋洋的。

岛上极为安静，除了能听到那周围海潮不断扑打岸边的声音外，几乎没有任何声响。

林姐抱着丁国庆那坚实的臂膀轻声地问："你喜欢吗?"

"喜欢。"

"我知道，这就是咱们未来的家园。"

丁国庆笑了。

"干嘛笑?"

"欣欣，说来奇怪。"

"奇怪?"

"我本能地对这里有种亲切感。"

"我也是。"

"下次来要带些种子来。"

"开荒?"林姐笑着亲了亲他。

"土很肥，又有足够的雨水和日照。"

"对，种上些苹果、鸭梨、葡萄、李子……"

"不。"

"种上迎春花、杜鹃花、芍药和牡丹……"

"我指的是，小麦、水稻……"

"对对，你说得对，咱们还要养几头猪，喂一群鸭，孵一窝会生蛋的母鸡。还有鸽子，我最喜欢鸽子。"

"还有孩子，生他一百个。"

林姐摸摸自己的小腹，没有往下接话。她爬到丁国庆的身上，照着他的话，努力地做。

这天夜里，在地球的北部，刺骨的海风夹着雪花儿，抽打在郝仁的脸上。他直挺挺地站在海边，一动不动，嘴上的烟头在黑暗中一亮一灭，披在身上的大衣呼呼啦啦地在他身后飘扬。

郝仁的身后是一片霓虹灯，这家新开张的酒店叫唐人酒楼。酒楼的右侧是一片开阔的停车场。这座酒楼是他刚刚购买下的房产，看起来面积不小。

如今，郝仁是踌躇满志，壮志凌云。刚才会计师对他讲的一番话，使他久久不能平静。为了减轻心里过重的负担，他独自一人从酒楼里出来，让冰冷的海风冲洗一下自己过热的头脑，筹划一下应该做的事情。

会计师说得很明确，你的这些现金得具备合法性，近期内必须在境外转上一遭；否则，开个酒楼倒还可以，可是不能在北美置更大的产业。

郝仁是个有胆量的人，也非常聪明。经会计师这一点，他就知道了，他面临着一次大规模的洗钱。这些手法林姐恐怕在十来年前就已经用过了，可对他来说却是个初级阶段。要做到真正能与她较量，不置巨产，不增强实力，永远达不到她的那个境界。

洗钱的办法倒是有，而且多种多样，关键是时间。他等不得那么长久，他急需快速扩充自己的实力。他准备明年在这个时候，也就是1994年，在北美的地盘上，能与她并驾齐驱，不能再低她一等，逊她一筹。

可是要达到这一步又谈何容易？他知道弟弟郝义最近在曼谷干得不错，明着的生意是合资纺纱厂，实际上干的是人口中转的买卖。现在，他们不必再为那个电脑软盘大伤脑筋了。收款花名册的统计，都由他弟弟一人管理。在东南亚洗钱，也是通过郝义的渠道，这一点郝仁较为放心。

上次与林姐的私谈，他始终未忘。至今，他还清楚地记得林姐说的那关键的一句话："我要走，准备离开"。对这句话，他一直琢磨不透，他不认为林姐说的是真的。不是自己爱怀疑，这简直就不可能。

俗话说一山容不得二虎，两强必有一亡。在未来的 1994 年，应是决定性的一年，是郝家成败的关键，鹿死谁手，就看明年了。

两强相斗，主要是看谁先下手。这一时期的平和繁荣，基本上是假象，双方都在养伤，筹备力量。眼下，她的实力当然比自己强大。但是要想攻下她，也不是没有办法，他的一支杀手锏到现在还没有使用。看来，为了缩短时间，不得不放出来了。放出此箭可有两得，制造对方核心内部的混乱，在对方调整乱局之际，自己可以从容地起飞。到那时，不是她自己想走的问题，而是非逼她走上绝路。

"表哥，外面太冷，回去吧。"祝洪运从酒楼里出来，站在他的身后说。

"洪运，最近福州街上有什么动静吗？"

"没有，就是比以前又多了几家店铺。"

"什么人开的？"郝仁急问。

"基本上是原来的老店开了分号。"

郝仁吸了口烟，点了点头。

"不过'温乡'闹了一起事，不大，看来也没什么。"祝洪运说着也点上了烟。

"什么事？"

"您还记得鸭血汤死的那个地方吗？"

"潮州馆？"

"店主叫二肥。"

"我跟你说过，真正的店主是丁国庆。""说，继续说。"

"二肥在'温乡'打了一架。"

"和谁？"

"阮卫国。"

郝仁心里有数了，他很了解阮卫国。"温乡"那家俱乐部，说是俱乐部，实际上是接同乡客的窑子馆儿。开这家俱乐部的老板

446

不是外人，也是来自永乐县，而且曾跟郝仁在同一个人事科共过事。他曾是郝仁的下级，这人几次找老科长谈，准备伙同他一起干点儿大事情。可由于郝仁太忙，一直没有抽出空儿。

"接着说，为什么打架？"郝仁问。

"能为啥，还不是为了女人。可是二肥子在吵嘴时说了些很不中听的话，他扬言，要找他的国庆哥砸了'温乡'。"

"这二位常去'温乡'？"

"不。我单独跟那个阮卫国谈了次话，从中了解到一些情况。他俩都认识丁国庆，是一起来的，同路来的还有一个叫水仙的女人。"

"水仙？"

"你认识她？"

"这臭娘们儿，脚伤好了？"

"这我不清楚，反正是两人为了争她，得手的价码是两万。二肥子得便宜骂人还不付账，阮卫国不答应，登门要钱。水仙想瞒着二肥子把钱给他算完事，没想到被二肥撞见了。自那以后，二肥和水仙就分居了，晚上经常去'温乡'。阮卫国有了点外块也不知道怎么折腾好，到了'温乡'就花大钱叫姑娘。打架的那天……"

"洪运，明天你分头找他俩都谈谈。"

"好。"

"知道怎么谈吗？"

"知道，不就是让他俩再打起来，多去'温乡'花钱吗？"

"这还不够。要打到丁国庆必须出面。"

祝洪运长期同表哥配合，早养成一种心领神会的感应能力。至于为什么非要让丁国庆出面，不用再细问，他已经基本明白了八九。

第二天，祝洪运先找到二肥子。

"二肥子，你捅了一个大祸。"祝洪运见到二肥，当头就给了他一棒。

二肥子眨眨小眼问："咋了，啥祸呀？"

"你狗仗人势，扬言要带丁国庆来砸'温乡'，'温乡'的老板不答应了。人家要找你算账，说不等丁国庆到，先把你宰了。"

"那是说着玩的。"二肥脸色苍白。

"说着玩？说谁不行，偏说'温乡'的老板？再说人家不会当玩笑听。丁国庆是你的后台，人家不是不知道。"

"啥后台，就是开馆子时他出了点儿钱。再说阮卫国开的蔬菜摊儿也是他帮的忙呀。这咋叫我的后台呢？"

"光说不行。阮卫国说你仗着丁国庆的势力，夺他所爱，这是真的吧？他也饶不了你。"

"不是真的。水仙嫌他的鸡巴软，才离开他的。这哪儿是夺的呀？"

"这不管。反正他要求你得带着丁国庆来'温乡'，把事说清。不然他就跟你玩儿命。"

"那我把水仙还给他？"二肥急得直冒汗。

"晚了。不过，阮卫国的事好办，现在主要是'温乡'的老板。丁国庆不出面调停，你的钱还要不要了？你的店还打算不打算往下开？"

"我……？行，我找他，我叫他出面。"

祝洪运跟二肥说完，又去找阮卫国。见了阮卫国就说："卫国，'温乡'这一架，对你可不利呀。丁国庆真地要是把店砸了，人家能放过你跟二肥吗？"

"别听二肥瞎扯，他那是吓唬人。"卫国不在意地说。

"吓唬也好，不吓唬也好，反正'温乡'的老板要找你谈谈。"

"谈啥？"

"谈你应负的责任。"

448

"负啥责？"

"把丁国庆请到'温乡'，当面聊聊，和解和解。这点儿小事你总该做吧？平常你去'温乡'，姑娘们对你不错。这些姑娘都在还债，万一闹大，砸了人家赚钱的辙，与姑娘与你都……"

"行，我做。可是我到哪儿找他呀？我一没他的电话，二没地址，只有二肥一个人能和他联络。"阮卫国显出了为难。

"不怕，只要你天天晚上守在'温乡'就行。玩姑娘的钱我请客。"祝洪运大方地说。

"这倒不用。"

"别客气。从今天起，你每晚都得到'温乡'报到。"

阮卫国笑了。

祝洪运站起身来，临走时又补上一句："老兄，也够难为你的，化了冻的大葱还得充枪杆！"

29

林姐一家回到了纽约。她们在北大西洋上一共航行了三天,到达小海湾的时间已是下午。萨娃在岸边迎接他们。她把冬冬抱下船,就催她赶快回屋准备东西。她和冬冬得马上启程,连夜赶路,为的是不能叫冬冬误了明早学校的课程。

"萨娃,真是麻烦你了。"林姐亲吻着这位尽善尽职的波兰老处女的前额说。

"哪里的话,为什么要这么说?"萨娃答。

"你恐怕要陪冬冬在学校住上一段时间。"

"是的,现在不是她离不开我,而是我离不开她。对不起,不能再说了。天哪,看看都几点了。冬冬快去拿课本,我去发动车。看看时间吧,上帝呀!"萨娃说着,就去发动汽车。

冬冬拿到了书包跑出来,吻别了妈妈和国庆,就随着萨娃上路了。

林姐目送冬冬走后,她看了看手表对国庆说:"国庆,詹纳森的请帖里只夹了一张票,没有你我真不想去。"

"你还是去吧。不然,老人会失望。"丁国庆说。

"他应该请咱们两个人。"

"一张票也好,我看不懂歌剧。"

"那你一人在家等我?"

"我也要进城。"丁国庆说着,也看了看表。

"有事儿吗?"

"二肥遇到了一些麻烦,请我出面解决。"

"好吧,吃了饭咱们开一辆车走。"

450

"好。"

《西贡小姐》这出轻歌剧，在纽约百老汇的大舞台上上演已有三年了。这个著名的舞台剧源于英国，制作人为此剧花了大量的经费，几年前初闯纽约码头时，还闹了一场不小的风波。纽约的亚裔演员工会，为争取亚洲角色，大动干戈。该剧制作人把应属亚洲人的角色分给了西方人演，不顾演员的化装如何费劲，也不顾艺术上的真实效果，硬是把大鼻子削平，黄头发加上黑头套，眼睛的颜色也可变，蓝眼球贴上一层黑色隐形眼镜，整苦了化妆师，弄惨了演亚裔角色的西方演员。

《西贡小姐》说的虽是当代的事，可除了舞台上的灯光和电子高科技能显出现代味来，在结构和内容上，仍是老一套。它像是把西方古典歌剧《蝴蝶夫人》换了个版，又像把三十年代好莱坞出品的电影《魂断蓝桥》套裁了一下，音乐没怎么出新，悲剧的老套也是照葫芦画瓢。

林姐出入这种上流场所不是第一次，可每次来到这里都有些不自在。

开演前，詹纳森拉过来他那年轻的未婚妻，给林姐作了介绍。这位年轻的女歌手一见到林姐就惊呆了。

林姐今晚穿了一身银光闪闪的夜礼服。那银的光亮不是用廉价的塑料亮片镶在衣料上的，而是在于质料本身。它是用经过软加工的金属纤维与绸纱编织成的。

夜礼服的领口开得很低，露出一枚价值连城的钻石，胸前、肩上没有任何额外的装饰。它所以能引起人们的注意与赞叹，主要是它裁剪得可体，且紧裹在林姐那婀娜性感的身上。

林姐的头发今晚盘得很高。左边的鬓发倒梳，显得干净利落。右边的鬓发留下一组青丝，向下直垂。耳环是与脖颈上的大钻石相配的，与无名指上的钻石戒指正好组成一套。

"你不太像东方妇女，与舞台上的女主角太不相同了。你，你简直称得上远东女王。"那位犹太裔的女歌手赞美着林姐。

《西贡小姐》里的女主角是个越南女子。战争中与一名美军士兵相恋，生了个混血的儿子。美军撤离后，这名女子随着一股超级难民潮，突破越南当局的种种阻拦，携子来到纽约。夫没寻到，却加入了黄色大军，沦为妓女。一日，她终于发现，她所钟爱的美国军人，已经组织了家庭。善良的美国军人无法选择……造成了流血的大悲剧。

老詹纳森开演之前看剧照时，握着林姐的手深沉地说："都是重复。不过，这就是历史。"

女歌手为了解除胸中的压抑感，叫来三杯香槟酒。她看着剧照连连摇头，对剧中的情节大加批评，并表示不可思议。她喝了口香槟酒说："东方女性的想法荒唐透顶，为了爱情可以贡献出那么多。不要忘记，逃离边界时，是有生命危险的。太可怕了。

"如果换了你，你怎么办？"詹纳森端着酒杯问。

"我……？噢，当然，是的，如果你也像男主角那么年轻、帅气，也许……"

"不，不是也许。我相信你一定像她一样去寻找你的丈夫詹纳森。"林姐说得很风趣，大概是想给陷入尴尬的老詹纳森解围吧。

丁国庆把林姐放在百老汇大街上，说三小时后再回来接她。丁国庆目送她安全地走进剧场，就驱车东下，到福州街找二肥。

二肥已在潮州小馆的门前等候他多时了。见丁国庆从停车场里走出，忙迎上去说："快点儿吧，人家又打来了电话，拼命催。"

"催什么？"丁国庆一边问二肥，一边和他穿过马路，向"温乡"走去。

"催咱们快点儿去呗。"

"谁催呀？"

"'温乡'的老板呀。他听说你今晚上来,特意为你摆下了酒宴。听说还为你安排了一个新鲜的游戏,叫……叫什么《垂钓美人鱼》。"

"噢。"

福州街的夜景很有特色,购物的人拥挤不堪。马路上,车满为患。几家小剧场放映着港台武打电影。建筑物的顶端闪着五彩缤纷的霓虹灯。

"温乡"老板设下的饭局也非同寻常,摆满功夫茶的小桌放在了地上,客人们席地而坐,饭前得饮家乡的乌龙茶。那气氛确实叫人想起远在东海沿岸的父老乡亲。阵阵的茶香,令人神往。

室内有个不高的小舞台,可舞台上没人表演节目,也没有常见的卡拉OK。舞台前脸围着一条长长的红布,它像个横幅,又像个围墙。那红布也就一米多宽,每隔不远,上面还挖了几个圆圆的小洞,每个小洞上都有一组灯光照射在上面。这就是"温乡"老板为请丁国庆,玩的《垂钓美人》的游戏。

茶喝下没几盅,老板双掌一合,主灯全灭。家乡的潮州锣鼓一奏响,红布墙下露出十来双脚丫,红红的脚趾随着鼓点跳跃,伴着锣点移动。

二肥捅了捅丁国庆说:"你瞧,又白又嫩。"

阮卫国看了一眼丁国庆,举起茶盅说:"今晚国庆哥在场,都是乡里乡亲的,冲着国庆哥的面子,我和二肥的事就算了结了。"

"啊?"二肥把头从红布下转到茶桌前阮卫国的脸上。也许是由于丁国庆在场的原因,他理直气壮地说:"不跟你谈。今天老子没空儿!"

"好了好了,不谈不谈。""温乡"的老板把茶盅举过头顶,面向丁国庆说:"今天我请大家来此,就是要在'温乡'叙叙旧,玩儿个痛快。今晚有缘能见国庆兄一面,是我三生有幸。来,我先敬您一杯!请!"

"谢了。"丁国庆举杯饮完。

"兄弟之间吵吵可以,不可闹翻,何况为的又是个女人。要女人我这里有的是,二肥你要是为了这事同卫国翻脸,就过分了!"老板和气地说。

"他不讲理!"二肥嘟囔着。

丁国庆敬了各位一支烟后说:"同在一条街面,大家相互照应,和气才能生财。"

"是嘛,国庆哥说的话,也是我要说的。以前的事都不许再提了。来,饮茶。离乡背井,海外闯荡,各位混到如今这个份儿上实在不易,不属凤毛麟角,也是男儿中豪杰,何必为些小事闹不愉快。这事没有谁对谁错,不就是为了女人吗?女人我有的是。今天,我有个新鲜玩艺儿,在坐的弟兄都参加,请国庆哥与咱们同乐。"

"温乡"老板喝了口茶,挥了一下手,热闹的潮州锣鼓声立即变成了温柔的闽南乡乐。接着,老板认真地把游戏的规则从头到尾讲了一遍。

《垂钓美人鱼》是一种有奖玩儿法。那个红布围墙的后面,有十来个姑娘站成一排。红布的上端,遮盖姑娘们的头部,下端齐在她们的膝盖。每个人的肚脐眼都对准那个红布上的圆洞洞。男士们看不到姑娘们的脸,只能看到肚脐和脚丫。

这是利用男人在不可知的情况下,求知破谜的欲望,又利用男人们的猎奇和好赌的心理。游戏的规则是,每人只能选一次,根据肚脐的深浅,脚丫的嫩度,来判断红布后所选的姑娘是否年轻貌美。如看上哪双脚丫,就在上面的肚脐抠一下,被抠中的那个姑娘就得马上从红布底下钻出来。谁抠到最年轻、最美貌的姑娘有特殊奖赏,不仅这次白玩,此女孩儿可供这个男人玩一个星期,只要不带出"温乡",一切服务费从免。

《西贡小姐》的演出进入了高潮。那个无知的越南女子，被狡猾的皮条商人卖到了四十二大街。皮条商人不是生面孔，虽说也是越南难民，但他正是原在越南就善作美军生意的妓院老板，现在他摇身一变，成了时代广场上经营性生意的大商贩。他不仅利诱、欺骗该女子接客赚钱，还想趁她找到小孩儿的美军父亲大敲她一笔。

男主人公为了能见到他在越南时初恋的情人，为了还掉他身上的孽债，他付给那个商人一大笔钱，在脱衣舞场的后台，终于见到了该女孩儿和有着他身上血液的儿子。

两大段动人肺腑的二重唱，深深打动了林姐。观众席上，坐满了整整三层楼的观众都在抽泣。

舞台上的场景与舞台外一模一样，看戏的人似乎身临其境，与其说事情发生在舞台，不如说它就发生在他们中间。舞台上特制的背景及灯光，完全是写实风格，简直就是把当今生活搬到了舞台上。场内场外浑为一体，使观众感到这不是一场戏，或者说你就是戏中的角色，达到了以假乱真的地步。使观众忘记自己是在哪里，整个感觉就是戏中有你，你就在戏中。

导演的这个超现实手法，还有另外一个妙用，让你的感观就在舞台上，或许戏散人撤，你也不会觉得此戏已完，而是走进了更大的一出戏，重戏还在后头。

催人泪下的二重唱刚一结束，接下来就是回忆越战时所发生的事。舞台设计家使用了最先进的电子技术换景。

男女主角初识在西贡青楼；

美军撤离西贡；

女主角追赶撤军；

巨大的军用飞机降落在铁丝网后；

一身青黑的革命军袭击机场；

直升飞机腾空起飞；

女主角被革命军打入地牢；

美军阵地一片火光。

以上几个情节，一气呵成，所有事件就发生在几分钟之内，效果逼真，动人肺腑。

随着一阵剧中休息的钟声，观众才喘了一口气。林姐他们随着热泪盈眶的观众，来到了休息厅。

"这很像二次大战中我们民族发生的事。"女歌手挽着老詹纳森边走边说。

他们站在吧台边叫了一些饮料。林姐为了使沉重的心情尽快得到缓解，她叫了一杯马蒂尼酒。

"战争机器制造了悲剧，可人类总在重复昨天的故事。庞大的国家机构解体，分划成若干小国，这是不是一种潜在的战争根源？我们应该认真对待。林小姐，你说呢？"詹纳森问林姐。

"是，是的。"林姐嘴上附和着他的意见，可心里却在想着别的事情，想着刚刚离开她的国庆。也许是这出戏感染了她，她生怕爱情的悲剧会在她身边重演。

不知为什么，她突然回想起了在西南边陲农场的那次爆炸，把那次爆炸的火光同舞台上的战火连在了一起。戏中男女主角的恋情虽与自己的恋情没什么相同，可又有一定的内在联系。大概马蒂尼酒起了作用，她觉得自己神情有些恍惚，以致都没有听清女歌手同她讲的话。

"你同意吗，林小姐？"女歌手在问。

"是，不，对不起，请你重复一遍。"她说。

女歌手眨了一下她那双水汪汪的大眼，再次问："她不应该来到美国，她应该独立，强调咱们女人的人格。对不对？"

"对，对，我同意。不应该来，是不应该来。"林姐又喝了一大口马蒂尼酒。

"她应该留在越南，开拓自己的事业。哪怕做个小学教员，不，她可以在本国发展她的艺术生涯。她的舞跳得不错，身材也很美。要么做个服装模特。"

林姐点点头笑了笑，笑得很不自然。虽然她觉得女歌手的意见幼稚，但也没加以反驳，她担心，这样会伤害她的自尊。

老詹纳森喝了口饮料说："美国犯了很多错误，六十年代的越战应该检讨，我们绝不应再犯不可挽回的错误。布什在中东的战略是完全正确的，那里又是一个泥潭，不能陷下去，解决侯赛因就要迅速。"

"我的老顽童"，女歌手总是这样称呼詹纳森先生："你的才华不要再表现了，我最讨厌战争，现在我关心的是咱们的婚姻。林小姐，你会来佛罗里达参加我们的婚礼吗？我觉得你应该来，那里的气候……"

林姐的耳朵里总在嗡嗡作响，她又听不清对方在说什么了。

"温乡"的老板非常热情，他几次请丁国庆站到红布前，让他第一个挑选，都被丁国庆婉言谢绝了。丁国庆客气地说，今晚还有其他事情，一会儿就得走。只要大家玩得开心，矛盾得到解决就行了。

"不，国庆兄，今晚你能赏光来到我这个小店，怎么也得玩一会儿。来，试试手气，抠到漂亮的小妞，让她敬你一杯家乡的乌龙，以表'温乡'对你的敬意。"

丁国庆看看表说："谢谢你的盛情，时间可能不够了。"

"咳，您难得到此，何必那么赶自己。时间不够有短的玩法，只抠肚脐就行。万一您抠到的是个最美最年轻的，你可以留着下回用。要么转送其他兄弟，也是份好礼呀。"

"大家请，你们先来。"

二肥子已从席上站起身来。他提了提裤子，直目瞪眼地走到了红围墙前。他把眼睛贴在那几个圆洞上仔细察看，还蹲下身子，把鼻子凑上去闻。

阮卫国看到二肥子的拙样，偷偷地笑着。

丁国庆不住地看腕上的手表。

二肥左挑右选拿不定主意。最后，他看中一个长着小瘊子的肚脐，嘿嘿地笑了几声，回头喊："老板，这肚脐边上长了个小瘊子的好不好哇？"

老板皱起眉头，使劲地摇着脑袋。

丁国庆看着二肥指的洞，也摇起头来。

"自己拿定主意选，这事儿哪有问的。"听阮卫国的语调，对二肥也客气起来。看来他还真地忘记了他们之间的私仇。

二肥又换了个洞。他抠了一个白嫩嫩的肚脐，姑娘立即从红布后爬了出来，她长得很美。二肥子抱着姑娘的脑袋就亲。

"二肥，你要是喜欢她，就带到后面去吧。"温乡老板说着，向二肥挥了挥手。

"我这个是最年轻、最漂亮的吗？"二肥抹了把鼻涕问。

"不一定。算了，就算你免费吧。"老板说。

"我愿意等等。反正国庆哥要是抠到了最好的，他也没空儿玩。他要是愿意送给我，我又多个机会……"

"这小子真精。"老板笑着，转头对丁国庆说："怎么样，你快来吧。"

丁国庆的嘴唇在颤抖，额头上冒出了汗珠。他直冲着那个长了瘊子的肚脐走去。他看了一眼，一把就把红布墙扯断。姑娘们连笑带叫地跑了，站在丁国庆眼前的女孩儿一动都没动。

二肥子、阮卫国都吓了一跳，他们看到了一个可怕的景像。站在丁国庆面前的女子已毁了容。她浑身颤栗着，瘦弱的身体上到处是伤，细长的脖子顶着一张不可思议的面孔，一只眼已然全瞎，另一只眼的眼角上也有刀痕，双颊上被利刃乱砍乱划过，右下巴的嘴角曾被割开，留下了被缝合起来的清晰可辨的粗糙针印。

"你……"丁国庆大汗淋漓。

"国庆!"被毁了容的女子在叫他的名字。

丁国庆大喊一声:"阿芳?!"

二肥子和阮卫国吓得躲开了。

老板已逃出"温乡",随着楼下一声车响,他跑得无影无踪。

丁国庆踢翻了菜桌,撕碎了红布,打烂了家具,捣翻了"温乡"。他两眼冒火,像一只被刺伤的野牛。他狂吼一声,夹起已昏倒在地的阿芳,冲到了东百老汇大街上。

当晚十点一刻,继红在家里看电视。忽然,她听到一阵急促的门铃声,立即关掉电视,大声问:"WHO IS IT?(谁呀?)"她来到门前,从可视镜的小洞里往外看。

"继红,是我。"丁国庆在门外焦急地说。

继红打开门,大吃一惊。她看到在丁国庆的怀里,躺着一个面部可怕的女人。

"怎么回事?"

"先别问,你快把她安顿好。"

"这是谁呀?"

"她会告诉你。"

"那你?……"

"明早我来找你。"丁国庆说完,转身跳过树丛,跨进还没有熄火的汽车里,一关车门,飞离了继红家。

丁国庆驾着汽车箭似地飞。他没有上495号公路,而是沿着BQE公路向曼哈顿冲去。接林姐的时间已经过了,他的头上,身上,不停地在出汗。

一种危机感困扰着他的心。怎么办?要不要对欣欣说,告诉她这一切将会出现什么样的情况?自从林姐和郝仁和谈成功后,她就全身心地投入到了工作中。现在市面上一派繁荣,家里的一切又都正常稳定。他看得出她是那样地满足、幸福。谁料,阿芳从

459

天而降。

阿芳，这个善良的姑娘，为了寻找他，历经了人间难以想象的苦难。她所以还能活下来，只为了他这个人。在这一点上，丁国庆是再清楚不过了。他怎么能为了自己的安乐，弃她不问，弃她不管呢？不可能，这绝对不可能。他下定决心要娶她为妻，实现他当初的诺言。可是，林姐又当怎么办？

丁国庆看了看表，已经误了二十多分钟了。他加大了油门，快速穿过威廉姆大桥。

此时，林姐也在不停地看表。她独自一人站在剧场门前的台阶上，心里忐忑不安。观众已经基本走光了。

国庆是个非常守时的人。和他约好的时间，他几乎从来就没有迟到过。她担心国庆会出什么意外，她甚至想到他今晚会不会遭到突如其来的暗算？林姐迎着楼与楼之间刮来的寒风，打了个寒颤。

《西贡小姐》的最后一幕，给了她一个强烈的震撼。那位越南女子，当发现自己万里迢迢、历尽艰辛寻找到的心上人不接纳她的爱时，举刀杀死了亲生儿子，又用刀割断了自己的喉咙，死在了曼哈顿的时代广场。那舞台上的景色，和林姐眼前站在喧闹的百老汇大街上看到的景色一模一样。当她看完最终这壮烈的一幕后，真想跑到台上，慷慨解囊，去帮助这位受尽苦难的越南女子。可她没敢动，不敢动的原因是她忽然觉得，自己的命运同她有着一种潜在的相像，受到同情的不仅是她，也应是自己。

"的"的一下汽车喇叭声，打断了林姐混乱的思绪。她看到丁国庆的车子停在马路边上，就快步走向他，坐到车里。

"你真吓死我了。"林姐刚坐好，就紧紧抱住了丁国庆。

"堵车，来晚了。"他说。

汽车离开了剧场，挤进了慢悠悠的车河。

460

"欣欣，这个周末冬冬该回来了吧？"他一手扶着方向盘，一手抱着林姐亲热地说。

"嗯。"她放松地趴在他的腿上，身体随着车子的走、停，轻柔地晃动着。

"带她去 CONNY ISLAND 游乐场吧？"

"随你便，你是她的义父。"

丁国庆的大手在她的背上不轻不重地揉搓着。

"戏好看吗？"他问。

"好看。不，不好看。"

"真听不懂。"他笑了一声。

"有什么听不懂的？就是也好看，也不好看。"

"说说看。"他像是在哄自己的女儿。

"演员演得不错，歌儿唱得也很好，可我不喜欢这个剧情。"

汽车被红灯卡住了。丁国庆刹住了汽车，低头向她看了一眼。他发现林姐的眼里闪着泪珠。

"怎么啦？"他轻轻抚摸着她的头发问。

"太惨了。女主角是个越南难民，来美之前，爱了上一名美军士兵，还怀上了孩子。几年后来到纽约找她所爱的男人，可是那士兵已经另有所爱，无法选择。最后，她就连同孩子一块儿自尽了。"

红灯变成了绿灯，丁国庆的汽车猛地一下往前冲，林姐险些从座位上摔下来。她直起身子，看了国庆一眼。林姐借着窗外百老汇大街上的强光，看到国庆脸色铁青。

丁国庆放慢了速度，把方向盘扶稳，咽了口唾沫，他想润一润干燥的喉咙。

"国庆，你，你的脸色……"

"怎么啦？"

"出事啦？"

461

"没有。"

"有什么情况？"

"没有，没有，都很正常。"丁国庆说的声音很大，似乎透出了一种烦躁。他咳嗽了一下，自言自语道："正常，都很正常。"他像是在调控自我的情绪，又像是在安抚林姐。

林姐闭上了嘴，把后背靠在车门上，点上一支烟，放到了丁国庆的嘴边。

"谢谢。"

林姐又打着了打火机，给自己也点上一支。

丁国庆一向认为自己坚强，没有哭过，没有掉过一滴泪。可是那是对别人。今天的坚强要表现在战胜自己，他真觉得有点力不从心了。他必须要坚持，用坚不可摧的毅力，保持守口如瓶。他感觉到了林姐的目光在观察他，这个时刻是对他巨大的考验。

"你刚才去哪儿了？"她吐出口香烟问。

"喝茶。"

"在哪里？"

"中国城。"

"还有谁在？不，不。"林姐大声喊起来："不，这叫什么？这……这像是在审问。你别这样回答，我也绝不会再这样问！"

"请原谅我，以后我会守时的。"丁国庆真变成了被审的语气。

"不，别这样。谈别的吧。"林姐重重地吸了一口烟。她想控制住自己的感情。这种自私的欲念，这种对他百分之一百的占有欲，促使她怀疑今晚国庆的迟到是因为别的人，也许还是别的女人。她受不了别人占他的时间，更不能接受他为了别的事，把她不放在心上。因为她把他看得比世界上任何人都重要，任何事都比不了她和他的感情。今晚《西贡小姐》的剧情对她又起到了推波助澜的作用。她的胸脯一起一伏，鼻孔里的气流都呼出了声。

"欣欣……"

"我什么也不听。"

汽车驶出了曼哈顿，开上了长岛高速公路。当路过继红家住的出口时，林姐提议拐进去看看继红。

"太晚了。"丁国庆的方向盘根本没往那里拐。

"我要去看看继红。"林姐坚持着说。

丁国庆不能拐进去。他准备瞒着她，而且瞒到底。他大笑着说："欣欣，干嘛生那么大的气，不就迟到十几分钟吗？"

"不对，是几十分钟。"

"好，我改正，以后绝不迟到早退。行了吧？"丁国庆说着，抓过林姐的手，让她还像以前一样趴在他的腿上。

"国庆。"她掐着国庆大腿上的肌肉呜呜地哭了。

"好了，好了，小孩子。"

林姐哭的声更大了。她难过。在剧场里一直压抑的心情，此时全部迸发出来。她恨自己在国庆面前表现得永远是那么脆弱。无名的火、无名的恨，全发泄在他身上，他都能承受，他无穷无尽地吸收着她的喜和忧。她希望国庆今晚真是去中国城喝茶才误了接她的时间，哪怕是不真实的，她也情愿接受这个欺骗。她不愿再从国庆脸色的突变，去怀疑，去分析，她太累了。她现在唯一的需要，就是躺在他的腿上休息。

今晚上，当继红第一次看到阿芳时，确实受了惊吓。面对这个脸部被毁了容的女人，她恐慌得不知如何是好。当阿芳平静地叙说了自己的身世，继红觉得阿芳不再可怕，反而觉得她可怜得令人心碎。听到最后，继红再也控制不了自己激动的情绪，抱住阿芳，落下了串串热泪。"我不死，绝不死。活着，活到这一天。"阿芳费劲地扭着不自然的嘴唇说。

打动继红的不是因为阿芳的故事，而是这个女人信念的坚定。她发觉这个毁得不成人样儿的阿芳，虽面部已不成人样，可她的头脑还极为清晰，记忆相当清楚。阿芳不愧为一个知识分子、一个受过高等教育的大学生。继红想象不出，这样一个内心讲究人格自尊的女人，在一群禽兽的淫威下是怎么忍受过来的。

"丁国庆是真正的男人，也是我崇拜的神灵。我坚信，我们终有一天会相逢的，在天国，也许在人间。在人间相遇的可能性是极大的。因此，不管他们对我使用什么样的手段，我都不会动摇。皮肉之苦不算什么，受锤炼的是灵魂。"阿芳喝了口水，接着说："发生在我身上的事，是说不出来，也写不出来的。不是我不相信你，大概你也理解不了，这深处的内涵恐怕你也听不懂。"

"我懂，我懂。阿芳，说吧，我在听。"继红抹着眼泪说。

"我不需要哭泣和同情，我需要的是帮助。"

"说吧。"

"我需要一台录音机和一台电脑。"

"没问题，阿芳，我这里都有。"

"谢谢你。"

"别谢。不过你得休息几天，你的身体太虚弱了。"

"是啊，是要养好身体，写出这样一篇长长的记实性文学是要消耗很多精力。等我写好录好后，请你转交给丁国庆，让他一定想方设法把它发表，公布于众。"

"阿芳，不用转交，他明天会来看你。"

阿芳微笑了一下，那笑容很可怕，以至于经过了生死关的继红，都不敢正视。

"继红，我太累了，想休息了，你……"

"我，我睡在客厅，你到我的卧房休息吧。阿芳，在这里你是绝对安全的，不会再有任何危险，放心吧。"继红把阿芳安顿在自己的卧室里睡下后，轻轻地关上了卧室的门，走到客厅，躺在沙发里。她的眼泪不流了，她想的是林姐和国庆。

雪，不知何时，开始降落下来。北大西洋的海面上，又往北美大陆刮来了寒冷的风。小海湾里的灯光几乎全灭了，只有林姐卧室的窗口，透出一束暗暗的光。

"怎么了，你不舒服吗？"林姐摸着丁国庆的额头，轻轻地问。

"头有些疼。不过，没事。"丁国庆说着，把林姐的睡衣解开，亲着她那丰腴的双腴。

"有点发烫。躺下，快休息吧。"林姐推着丁国庆说。

丁国庆没有听她的话，把头整个埋进了她的怀里。

"瞧你，别逞能了。你想要，我还心疼呢。弄坏了身子，我可不答应。来，躺下，盖上被。"林姐说着，把厚厚的鸭绒被往上拉了拉，盖住了丁国庆赤裸的身体。

"你流泪了？"林姐觉出胸上淌着滚烫的泪水。她正想打开灯，被丁国庆拉住了。

"别开灯，我不喜欢亮。"

"你，你真地流泪了？国庆，你怎么了？告诉我，亲爱的，你千万别瞒着我什么，不然……你是不是流眼泪了？"

"是，是发烧引起的。"

林姐把丁国庆的身体放平，用脸蹭了蹭他的前额说："真没见你病过。还好，不算太热。来，睡吧，今晚就别要了。"

过了一会儿，她翻过身来又问："国庆，今天你有点儿反常。快一个星期了，你怎么一点儿都不主动？"

"啊？我？我怕你累。"

"耍滑头，怕我累？我累什么，你不给我我才累。"

"是吗？那好，那我就给你解解乏。"丁国庆压到她的身上，挑动着她最敏感的部位。

"啊——！"林姐在他的身下扭动着。

"国庆，我想快点儿来。"她抱住他呓语。

"等一等。"丁国庆急死了，是阿芳的那张脸在作怪，还是他惦着明早的事情，反正他不能勃起，达不到预期的目的。他担心林姐会发现，他努力想扭转自己的念头。可是越急越做不到，他浑身冒出一层汗。

林姐把手伸下去一摸，惊道："国庆你……？"

丁国庆从她的身上溜下，躺在她身边不语。

林姐从未见到国庆出现过这种情况。她害怕，她开始生疑。

天快亮了，她仍然不能入睡，很早就下了床，来到客厅，查找二肥的电话。她知道，一定有事情发生，而且就在昨夜。国庆说是去帮二肥调解矛盾。对，这事一定与二肥有关。

林姐在记事簿上找到了二肥的电话，马上拨通。来接电话的正是二肥。她问二肥昨天丁国庆在哪里？究竟发生了什么？

二肥支支吾吾，怎么也说不清。

"是不是你带他去了按摩院。"

"是，不是，我……"

"去玩女人了？"

"啊，可他，可他没玩。我玩了，他……"

"二肥，你听着，我会要你的命的！"

"我……"

林姐放下电话，点上了烟。事情与她判断的差不多。她又气又恨，想回卧室叫醒国庆。刚一转身，看到国庆就站在客厅的门口。她冲到丁国庆面前"啪啪"打了他两个耳光，怒不可遏地喊："没出息！你，你怎么能做出这种事！"

丁国庆一动不动。

"你……？"林姐气得跑到楼上，趴在床上大哭不止。

林姐了解男人，对男人爱偷鸡摸狗的本性，她早就看透了。对顾卫华、李云飞这些好友的风流，她不管，而且还可以接受。可是对丁国庆，她坚决接受不了。

难道我真地太老了，不能让他满足？他对性的要求是很强烈，可我从未对他有所拒绝，男人真的是那么伪善？连丁国庆都不能逃脱这种本性？

"欣欣。"丁国庆站在床边叫她。

林姐不理，但她止住了哭声。她忽然觉得自己这种冲动非常幼稚可笑。天下的男人都是这种德行，她还曾劝过继红，这种事对男人不是缺点，不拈花惹草的不叫男人，可为什么轮到自己就那么想不通了呢？想到这，她抓过枕头捂住脸又偷偷笑，又怕让国庆发现，不敢笑出声。

林姐明白了，自己这种表现是太爱他的缘故。

"欣欣。"他又在叫她，并坐在床边抚摸着她的头发。

"我不许你常干这事。你要是得了病，我……"林姐扔掉了枕头，又抱着丁国庆撒娇地说。

"好，你放心吧。"

"你要是真的不满足，咱俩可以把干净的女人请到家里，我躲出去，你……"

丁国庆捂住林姐的嘴。

林姐亲吻着他的掌心。

丁国庆的眼神更加彷徨。

严冬笼罩着纽约城。乌云压顶，寒冷的气团盘旋在屋子上空。雪花时落时停，汽车的玻璃结上了一层厚厚的霜。

清晨，丁国庆心急如焚。他开着车，飞快地向继红家奔去。他决定马上转移阿芳的住处。

阿芳已经在继红家住了三天了。丁国庆总像有种感觉，好象林姐对这件事已有所察觉。不然，今天下午召开的会议为什么不在办公室，而非要改在继红家举行？

参加会议的人数并不多，只有四个人，除了他和林姐就是鲨鱼和继红了。会议的内容也不复杂，就是共同策划如何收款。像这类会议以前一向都是在曼哈顿的办公室开。今天突然改会址，一没理由，二没必要。

　　继红事先也没得到通知。当她知道四人会议临时改在她家召开时，也慌了手脚。她立即找到丁国庆，说明情况。丁国庆也眉头一皱，跳进车里，准备迅速地把阿芳转移到别处。

　　丁国庆驾着车，想着前几天在去继红家的路上，阿芳醒来后与他相见时那悲喜交集的情景，那情景使他一辈子也忘不了。

　　"国庆!"阿芳从昏迷中醒来，见到眼前的丁国庆，撕人心肺地叫了一声，就又昏了过去。半晌，阿芳醒来，一边呼唤着丁国庆的名字，一边使劲儿地睁着她那只已经伤残了的眼睛。丁国庆的血涌到了头顶，额头上暴出了青筋，双唇和眼角被血烧得通红，他的每一根神经都在燃烧着，他的每一块肌肉都在抽动，一阵阵滚烫的气流，充进了已胀得不能再胀的胸腔。他紧紧地抱着遍体伤痕的阿芳，把牙齿咬得"咔崩咔崩"地响。

　　阿芳也许是激动得过分，也许是不相信眼前所发生的一切，她扭动着惨不忍睹的伤脸，不停地笑哇笑哇，笑个不停。她的嘴里反复不停地念叨两个字："国庆，国庆。"她不必再说什么话，丁国庆全都明白了。国庆，在这个庄严的名字里，包含着多少内容啊!记下了多少的苦和难，记载了多少恩和情。

　　"国庆!"阿芳喘了口气又叫。

　　"哎!"

　　"不离开我了。"

　　"不，不离开了。"

　　"国庆!"

　　"别叫了。不说了，休息吧，阿芳。"

　　"……"

　　丁国庆把汽车开到了继红家的门口，跳下车，准备把阿芳转移到已经定下来的一个地点。离继红家不远处，丁国庆租下了一幢房子。房东要价虽高，但看起来还守规矩。他打算先让阿芳搬进去，然后再为阿芳买一幢带游泳池的大房子。

这幢房子是继红帮着挑选的。尽快把阿芳安顿好，也是她的主张。继红不同意把阿芳安顿得离她太远，近一些自己可以随时照顾她，也可多多陪伴她。几天来，继红和阿芳已经处出了感情。不知为什么，她的内疚感、心痛感，甚至比丁国庆还要重。黄龙号的重大失误，给阿芳造成了不可挽回的身心摧残。她想尽自己最大的力量，使阿芳的下半生能生活得好一些、幸福一些。

只有一件事继红是违着心去做的，那就是她让丁国庆对林姐绝对保密。可这并没有伤害到林姐，她再不能做出任何对不起林姐的事了。

"你要是因为阿芳断了与林姐的来往，我就死在你面前。"继红曾对丁国庆这样说过，她说这话的时候不像是在威胁。

丁国庆推开了继红家的房门，听见阿芳一字一句地在说英语。丁国庆知道她在录音，录着她的一部长篇小说。

丁国庆告诉阿芳得马上搬家，那里有更好的创作环境，整个大房子都属于她。

他帮阿芳匆匆收拾一下行李后，来到了新居。新房的室内装修得高雅清洁，并有现成的整套家具。

"国庆，我们永远在一起了吧。"阿芳仰起头问。

"对，永远。"

"一天到晚地在一起？"

"啊？对。阿芳，过来，你看。"

"什么？"

"这间是咱俩的卧室。"丁国庆说着，把阿芳抱起来，放在舒适的大床上。

丁国庆帮她解开衣服。

阿芳轻轻地把他的手移开。

"阿芳。"他想吻她。

阿芳扭过脸去，痛苦地流着眼泪。

"阿芳，我想。我……"

"国庆，别，千万别。"

"怎么……?"

"我已经不能尽一个女人、尽一个妻子的义务了。"

丁国庆瞪圆了双眼，把拳头伸向空中，狂叫："我要杀了他们!灭了他们的种!"

雪下得很大，暴风雪疯狂地抽打着屋外的树木。丁国庆冲出门外，在风雪里乱跑乱冲。他对着一棵粗壮的圣诞树挥起双拳，一阵猛击，雪从树干上跌落下来，落在了丁国庆那双血肉模糊的拳头上。他愤怒地冲回到屋里，在阿芳的面前跪下了。

"国庆!"阿芳也面对着他跪下，抱着他的头痛苦不堪地哭着："国庆，咱们的儿子死了，死在海地。如今我又不能为你生子续后。我，我对不起你。"

丁国庆擦着阿芳脸上总也擦不干的泪水，轻声问："你知道是谁害你的吗?"

阿芳点点头。

"能回忆起他们的名字和住址吗?"丁国庆又问。

阿芳的回答使丁国庆大吃一惊，她不仅准确地回答了那帮家伙的活动地点，还能回忆起走的是几号公路。

丁国庆知道，阿芳虽没同郝仁做过正面接触，但这一伙的幕后操纵者一定是郝仁。近来郝仁出入十分谨慎，就连林姐都不知道他的活动地点。

阿芳是郝仁手中的一枚定时炸弹。他一直把她关在总部的地下室里，严加看守。阿芳是个有学问、有心计的人。尽管肉体被摧残；但头脑记忆仍然十分健全，加上她又有英文的基础，几日前，在秘密押送她到温乡按摩院的路上，她把门牌、街名、路标都牢牢地印在了记忆中。

下午，丁国庆提前来到了继红的家里，他打算在林姐来到之前，清除阿芳所留下的一切痕迹。

　　丁国庆把阿芳说出来的地址，已全部抄好，藏在车子的座位底下。他打开了车后盖，检查一下那把大口径手枪，和那杆强火力长筒机关枪，加上两把匕首，一把藏在腰间，一把捆在小腿的护套里。他断定，今晚就是郝仁的末日，一笔笔的血债要郝仁来还清。丁国庆的这个计划，没有告诉林姐和继红。在内心深处，他一直认为，眼下的繁荣和平全是假象，不杀死郝仁，世界永无安宁。林姐知道自己的此举后也许会大怒，认为自己破坏了她的整个战略布署，但是丁国庆已顾不上这些了。为了给阿芳报仇，为了林姐和冬冬今后的安全，为了阿芳无辜受辱，除了杀死郝仁，别无其他选择。

　　丁国庆已定好了今晚的时间表，也想好了自己今后的前程。他打算在适当的机会，在不伤害林姐和冬冬的情况下，向她们说明这一切。是的，他准备离开林姐，不管走到哪里，永远带着他那可怜的阿芳。当然，他也做好了林姐反目的心理准备。说不定她一怒之下，举枪击毙他俩。他不在乎，就是死，也紧抱着阿芳，因为她失去的已经太多太多了。

　　继红家离阿芳住的地方也就十来分钟。丁国庆在路上买了一些清洁剂和几瓶散发着各种花香气味的香料喷剂。他知道林姐是个非常敏感的人，任何的异味，异象，都瞒不住她的鼻子和眼睛。

　　丁国庆一想到就要离开林姐，心就像刀割一样地痛。他爱林姐，时常也会产生一种离不开她的感觉。他下过决心，也做过保证，一辈子属于她，永做冬冬和她的保护人。他也知道自己是林姐生命的全部，同她分离，这是何等的分量！有心有肝的人怎能鼓起向她摊牌的勇气呢？

　　丁国庆在离继红家很远的地方，就认出了林姐的汽车，没想到林姐比自己还早到一步。他瞟了一眼刚买好的清洁剂。

丁国庆按了一下门铃。

继红跑出来开门。在她的眼神里，透出一丝惊慌。

林姐他们早已到了，待丁国庆一进屋，四人会议就开始了。会开得不长，但是时间拖了很久。林姐部署好下一步工作，就叫鲨鱼把带来的几瓶好酒拿出来。

继红从冰箱里拿出盒牛肉罐头，一边开，一边说："来，咱们都喝一点儿，也该让林姐轻松轻松了。"

"是啊，咱们四个人像这样的机会倒还不多哩。"鲨鱼高兴地把一瓶威士忌打开，放在了餐桌上。

四人围桌而坐。丁国庆先给林姐斟满，又为每人倒了一杯。他正要给林姐的杯子里放冰，被林姐拦住。

"不，我不要冰。"

"林姐，这酒很烈，你又不常喝，还是加些冰吧。"鲨鱼说。

"不，不要冰。"林姐说着，举起了酒杯同他们三人碰了一下，一饮而尽。

继红为了调剂一下气氛，打开了音响。立即，屋里充满了欢快的音乐。

林姐喝了一杯又一杯，她高兴坏了。随着音乐的节拍，她站起来，扭动起身体，狂跳起桑巴舞。

继红、鲨鱼也围着她，兴奋地跳着。

丁国庆坐在原处，眼睛一直盯着林姐的双眸。

"丁国庆，你也来跳一跳。"林姐在叫他。

丁国庆没有反应，也没点头。

"你为什么不跳？"林姐停了下来，走到丁国庆的身边，抓着他的脖领问。

"我不会。"

"不会？不会就陪我喝酒。"林姐的眼神里透出一股凶气。

丁国庆仍然不动。

472

"你不喝，我喝。"林姐又倒了一满杯，正要往嘴里灌，被丁国庆一把夺了过来。

"滚蛋！"林姐骂他。

鲨鱼来到了桌边。

继红关掉了音响。

屋子里恢复了安静，静得有些紧张。他们发现林姐的嘴角在颤抖，眼睛里挂着亮亮的泪珠。"林姐，你醉了。你，你休息一下吧。"继红把林姐扶到了卧室。

"继红，你出去，叫鲨鱼进来。"林姐躺在继红的床上，对正要走出去的继红说。

"是。"继红胆怯地回到客厅，向鲨鱼呶了一下嘴。鲨鱼立即明白，向继红的卧室里慌慌张张地走去。

"继红，她发现什么了吗？"丁国庆等鲨鱼走后慌忙问。

"没有哇。你来时我们刚进屋。"

"她今天不对劲。"

"我也觉出了。"

"继红，"丁国庆看了一下表说："我得先走。"

"去哪儿？"

"去……去阿芳那里，她……"

"好，你去吧，国庆哥。我真不知道该怎么办。万一她问起我来，我怎么说呀？"

"记住，瞒，瞒住。"

"可是……"

"继红，你要对她负责。"

"国庆！"继红忍不住，哭着抱住了丁国庆。

"继红，要冷静，我走了。"丁国庆说着，跑出屋外，发动了汽车。

丁国庆的车刚一走，鲨鱼就从卧室里走出来。他向继红点了一下头，也没说声再见，匆匆忙忙也跟了出去。

"继红！"林姐在叫她。

"啊？"

"你过来。"

继红的心脏紧缩在一起。她预感到，一定有事情要发生。鲨鱼为什么神经兮兮地跟着丁国庆的后面也走了？难道林姐她……

"继红。"

"林姐，我来了。"继红推开了卧室的门。

"过来，坐下。"林姐说着，把身子往床里挪了挪。

继红看着满脸泪痕的林姐，心里更是诧异。她胆怯地坐在床边，鬼使神差地说了些连她自己也不明白的话："林姐，我给你放点儿洗澡水吧。国庆他，他出去了。这，这床上躺着舒服吗？我……，不，鲨鱼，鲨鱼跟着国庆也走了。他们……"

"继红。"林姐拉住了继红冰凉的手。

"林姐。"

"她来了？"

"她，谁？谁来了？"

"继红，我的好妹妹，你……你真糊涂哇。"

"林姐，我……？"

"你看看这个。"林姐说着，从兜里拿出一个乳罩说："这是你的？气味不是你的，样子也不是你的，再说你也带不了这么小的，这根本不是你的号码！"

"我……？"

"我可怜吗？"

"……"继红的脸色惨白。她忽略了阿芳挂在厕所里的乳罩，又想起林姐进门时去上的厕所。

"我太可怜了。"

"林姐！"继红扑在林姐的身上痛哭起来。她边哭边说："我怕，怕你承受不住。林姐，我……我不想干了。我想走，跟你走哇。"

林姐抚摸着继红，劝她不要哭。

"我难过，为你难过。"继红止不住地哭着。

"好妹妹，听我说。"林姐坐了起来："继红，说实话，你见过她了？"

"见过了。"继红说了实话。

"她比我年轻，比我漂亮吧？"

"不，阿芳的脸被毁了，毁得不成人样。"继红的哭声更大了。

"毁容了？"

继红抽泣着点点头。

"她现在在哪儿？"

"她……？"继红摇着头。

"你知道，你一定知道。"林姐喊了起来。

"我知道，你，你别急。"

"快带我去看她。"

"林姐，你，你不会杀死她吧?!"继红紧张起来。

林姐苦笑了一下。

丁国庆把车开进布郎克斯的一个新社区。这一带的房子都很大，建筑物的外型也相当美观，每一幢房子都是独立的。现代派的房子四周是草坪，草坪周围是低矮的树丛。他按照阿芳所说的地址，来到了一幢房子前。他把车开得很慢，先把这幢房子的地形查看了一遍。阿芳说的没有错，这幢新房正是郝仁活动的中心。

丁国庆看到院子里的汽车有好几辆，没有旧车，全是崭新的。还有一点，可以证明阿芳记忆很准确，就是放在院子外头的垃圾箱。在几个肮脏的垃圾箱里堆放的都是些印着中国汉字的食品袋、青岛啤酒的空瓶、福州快餐的碗筷，数量之多，说明这房子里住的绝不是一户人。

丁国庆把车停在远处，他要观察进出这幢房子的人。

这个新社区很安静，街上几乎没有什么东方的面孔，只是在这幢房子的进出口，偶尔出现几个鬼鬼祟祟的黄面孔。

丁国庆远远地观察着这里的动静。他坐在车里，戴上墨镜。他要等到天全黑下来，等着今晚必死在他刀下的郝仁。

天渐渐地黑了下来，乌云遮住了月亮。停在院子里的汽车一个接一个地开走了，大门口只有一个肥男人在来回地走动。

雪下大了。丁国庆的车子不能发动供热，车内的寒冷袭击着他的全身，一直刺透到骨头里。突然，一队汽车从他身旁驶过，带头的是一辆黑色的林肯，林肯的后面共有四五辆车，他们转进了通向那幢房子的车道，一律关掉了车灯。

丁国庆看不清车牌号，也看不清从车上跳下来的人。不过，他断定郝仁就在其中。因为他认得郝仁坐的那辆林肯。

丁国庆又等了一会儿，见院子内没了别的动静，就点着了汽车，开向那房子的大门。

那肥胖的守门人挡住了丁国庆。丁国庆打开车门，说了一声你好，上去就是一刀。那人还没弄清怎么回事，喉咙就被飞快的刀刃割断。

丁国庆从车后盖里抄起了两把大家伙，双臂端起沉甸甸的机关枪，二寸多长的子弹，缠满了全身。之后，他又把大口径的手枪往腰上一插，不紧不慢地走向停在院子里的一排汽车，拔出匕首，把所有的轮胎全部刺破。

房子的门打开了，露出了一个人头："谁呀？"

"我。"丁国庆边应边向门口走去。

"你是谁呀？"

"我就是我。"

"你……？"那人正要再问，一把匕首从丁国庆的手中飞出，这刀飞得速度太快，刀尖一下子穿破了那人的后脑骨，连刀带头一起钉在了门板上。

丁国庆端着机枪冲进了客厅，他大吼一声："别乱动！"

几个不知好歹的小子，不知是想拔枪还是想逃命，他们的身体刚一动弹，就吃了一梭机关枪的子弹。

丁国庆怒视着围在桌上的几个人，往前走，走到坐在桌子正席上的祝洪运面前。丁国庆左手端着机关枪，右手拔出了那把别在腰上的大口径手枪，阴森森的枪口顶着祝洪运的脑门。

"说，郝仁呢？"丁国庆大吼。

祝洪运摇头。

"你是谁？"丁国庆问。

"我？……"

"说！"

"我不是郝仁，我叫祝洪运。"

"正好！"丁国庆一搂大口径枪的扳机，把祝洪运的头盖骨炸得粉碎。

"郝仁在哪儿？快说！不说就全毙了你们！"丁国庆扣着机关枪的扳机，从左往右就要扫。桌子上的人都急着喊叫："这里没有郝仁！这里没有郝仁！大爷，饶命！"

二楼的旋梯上出现了两面焦。他居高临下跳下来，正压在丁国庆的肩上。两面焦把丁国庆按在身下，搬起丁国庆手中冒着火苗的机关枪，一支冰冷的枪口顶住丁国庆的前额。

"啪"的一声枪响，压在丁国庆身上的两面焦应声倒地。

"国庆！快，快跑！"

"鲨鱼？"丁国庆眨眨双眼，奇怪地望着正前方威风凛凛的鲨鱼。

二楼上又有了脚步声。

远处传来了警笛。

"你跑！我断后！"鲨鱼推着丁国庆。

"不，兄弟，别管我，你走。"

"林姐命你快回去！"

"兄弟，不杀郝仁，我哪儿也不去！"

二楼上又冲下来几个人。鲨鱼一边扫射，压住他们，一边喊："国庆，郝仁一定在地下室，快去！"

"地下室？"

"对！我掩护你。"

"多保重，兄弟！"丁国庆连续几个就地翻滚，躲过了对方的火力，冲进了地下室。

一楼的客厅，回荡着鲨鱼的喊叫和激烈的枪声。

地下室有个后门，门是打开的。丁国庆刚一探头，就看到那辆大马力林肯正冲出院子，向黑处逃窜。

丁国庆跃出地下室的门，钻进汽车，拼命追赶。

30

林姐狠命地用拳头砸了一下那个大地球仪，然后转身训斥着苏珊："你什么事情也不会做。我不需要你这样的工作人员。你现在就该考虑是我炒掉你，还是你主动提出辞职。"

"总裁，我……?"一向工作严谨的美国姑娘，对总裁今天莫名其妙地发火感到有些奇怪。"你的工作就是在我的办公室外值班，接电话，挡住客人。你应该做到这些，懂吗？亲爱的苏珊小姐!"

"我做错什么了吗？……"

"我说过，我谁也不见，谁也不见!"林姐发疯似地叫喊，甩着她的头发。

苏珊灰溜溜地走出林姐的办公室。

"回来。"林姐又喊住了她。

"什么事，总裁?"苏珊停下来问。

林姐突然又换了一种语气："对不起，苏珊小姐，我……我觉得身体很不舒服，别介意我说的话。快到中午了，下楼吃饭去吧。"林姐说完，向她挥了挥手。

"OK."苏珊耸了一下肩。

"顺便给我带上来一个外卖。"

"你想吃什么?"

"随便。噢，最好是一碗中式的热汤。"

苏珊走出办公室。

林姐双手捂住脸，眼泪顺着指缝流过了手腕。整个一个上午她都在发脾气。她把华美贸易公司的雇员一批批地叫进来大骂，搅得雇员们的工作乱了套，摸不清这个歇斯底里的老板为什么突然变得这样。他们都在窃窃私语，猜测着这个公司未来的命运。

阿芳的那张脸，对林姐的刺激太大了。昨天当继红带着她见到了阿芳时，她几乎瘫倒在地上。几年前，在福州，她曾见过阿芳，还记得这个年轻美丽、有文化、有修养的女子。可是昨天一见面，把她吓坏了。她觉得阿芳不像个人，像个魔鬼，像个向她来讨债的鬼魂。特别是阿芳的那种怪笑，说的那些鬼话，更使她大受刺激。阿芳说："林姐，我认得你。你，你也记得我吧。当初，你答应我，把国庆救出来还给我。这不，我来了。谢谢你呀……"

林姐办公桌上的电话铃响了。她把手从脸上移下来，拿起了电话。这个电话必须接，那是一台红色专线电话，只有丁国庆、继红和鲨鱼才知道这个号码。

电话是继红打来的。

"林姐，人都撒下去了。我也带着一组人正在福州街上寻找。中午你得吃点儿饭。不然，身体一垮，就没人指挥下面的工作了。林姐，你一定要吃中午饭。"

"好吧，继红，一有消息，立即通知我。"

"一定。"

丁国庆一夜未归，林姐在办公室里等了整整一夜。一整夜，她想透了一个问题。这个问题她不会对任何人讲，永远，永远深深地埋藏在她的心底里。丁国庆必须要找到，哪怕是找到一片碎尸，她也要找到。不仅找到而且还要修整组合好，完完整整地交到阿芳的手里。当然，目前她还不认为丁国庆会有什么意外。她相信他的武功，更相信他的机警。只有一点她放心不下，派出去保护丁国庆的鲨鱼，直到现在还杳无音信。

林姐慢慢地来到地球仪前，习惯性地转动了它一下。突然，她产生了一种错觉，那五颜六色的大地球仪转呀转呀，转成了一张阿芳的怪脸，在向着林姐微笑。

林姐退了两步，又冲上去抱住地球仪，不许它再转动。她趴在那冰凉的球面上，泣不成声地自言自语："阿芳，饶怨我，宽怨我的罪恶吧。"

林姐一生奔波，她的双脚几乎踏遍了四洋五洲。她一向自信，自强，从没有像今天这样，心情觉得这样沉重，这样没有信心。以前她也明白，在自己的一生中，曾犯下了大量的罪，欠下了无数的债，手掌里外染着很多血，肩头上压着无辜的人命。可她总还有一种解释，这全是为了生存，为了保全自己和女儿的性命，是不得已，是人人都需要的本能。可是今天，她突然否定了自己，否定了自己的前半生。

林姐从地球仪处，走回到高大的皮椅边，静坐了一会儿，毅然地抄起电话，拨通了郝仁的电话号码。是的，她已经打定了主意，她也猜出未来势态的发展。她准备向郝仁举起白旗，不惜一切代价，来换回丁国庆的性命。现在也许还来得及，丁国庆可能还没有在他们的手里。但她知道，终有一天丁国庆会落入他们的魔掌。换取丁国庆的代价她也做好了准备，最大的代价就是交出权力。交出权力的后果，她也清楚，大不了就是被郝仁斩草除根，灭了自己的性命。不过，那也值得。只要丁国庆能安全，只要他能回到阿芳的怀抱。

可是电话拨了十来遍，郝仁的电话全是忙音。她连续不断地拨，决心一定要把郝仁找到。另一部电话铃响了。她急忙拿起听筒，放到耳边。

"喂，我是李云飞。顾卫华、黑头都在我这里。你好吗，总裁？"

林姐一听是李云飞的声音，想起了他们的重大计划。目前，顾卫华正在执行着她将在欧洲发展的各项部署，英国的金融界已打开。

"我好，很好。怎么样，一切进展都很顺利吧？"林姐调整好自己的情绪说。

　　"一切顺利，放心吧。"

　　"那就好，那就好。"

　　"林姐，我们知道，你正在紧锣密鼓地做最后的冲刺，所以，也没去电话打扰你。哎，你等一下，顾卫华要和你讲几句。"

　　"好。"

　　"林姐。"顾卫华那沉着稳健的声音出现在听筒里。

　　"林姐，辛苦了。"

　　"卫华，你好。"

　　"林姐，你的资金已全部到位，现在只剩下最后的一笔。我知道，你手上的流动现金大概全投入进来了，加上我们一起筹到的，离总数差不多了，希望你能尽快解决。"

　　"有时间限制吗？"林姐问。

　　"有，下个月月底。"

　　林姐想了一下说："好吧，卫华，我一定想办法解决。"

　　"黑头也有话对你说，你等一下。"

　　"林姐！"黑头那粗野的语调震着林姐的耳膜："林姐，听说你们把斯迪文干掉了，漂亮；和谈也有成果。不过，你可不能掉以轻心，等咱们的大事一了，我来接你。我、卫华和云飞都商量好了，咱哥几个的归宿不是在瑞士就是在巴黎。过不了几年，咱又可以聚到一块儿了。你带上冬冬和国庆过来，咱们一起过。"

　　"黑头，我也是这么想。再见了，问哥们儿好！"林姐放下电话，认真地思考起来。想来想去，她觉得在今后有限的生命里，无论如何也要办好两件事。办完了，就是死，也心甘情愿。第一件，就是协助顾卫华他们把华夏国际金融财团建立起来；第二件，是让阿芳和国庆过上幸福的日子。

　　苏珊在敲门。

482

"进来。"她说。

"您的午饭，总裁！"苏珊说着，把一个塑料口袋放到了她的桌上。

"谢谢你，苏珊。"

"不客气。"苏珊说完，扭着漂亮的身段出去了。

林姐觉得，这两件事是她最后的心愿。办好这两件事的目的，她不十分明确。可她觉得这样做一定很痛快、很值得。

林姐把装外卖的口袋解开，里面是一碗热乎乎的鱼翅汤。她笑了一下，知道这是苏珊怕被炒掉，向她献的媚。

鱼翅汤是一种高级营养品，最讲究的做法是采用鲨鱼的脊翅，一根根粉条粗细的排翅上放着两枚蒸得发白发亮的鲨鱼眼珠。

苏珊送来的正是这种。林姐打开后正要用勺子搅拌，忽然她双眼直呆，扔掉了勺子，浑身的汗毛全竖了起来。

林姐看到，在那热腾腾的排翅上，放的不是两只鱼眼，而是两只人眼。不光是眼球，还连着眼皮。

"鲨、鲨鱼！"林姐叫出了声。

林姐望着那碗冒着热气的鱼翅汤，忽然纵声狂笑起来。她笑自己的愚傻，她笑这个乱糟糟的世界。苏珊不敢开门，整个办公室没人理她。那个大地球仪岿然不动，根本不理会她那狂态，也不听她那疯野的笑声。

三义帮分裂解体后，眼下四大金汉已全部殉职，余下的骨干也所剩无几。一帮小萝卜头像一群无头苍蝇，在堂里帮内根本起不了什么作用。

桌上又响起了电话，好象四个电话同时在响，音色不一样，音高不同。这突如其来的铃声，震痛着她的耳膜。她抄起一个话筒大骂："混蛋，整个世界都是混的。"

"大妹子，啥事惹得你生这么大的气呀？"电话是郝鸣亮从福建打来的。

"这又是你干的，你说吧，你到底打算干什么？"林姐气得一个劲儿地哆嗦。

　　"啥事？出了啥事情，大妹子？"郝鸣亮哈哈地笑着问。

　　"啥事？你那宝贝儿子郝仁，杀死了我的鲨鱼！"

　　"咳，我当是啥事呢。就这点儿事能惹起你这么大的火？鲨鱼作了鱼汤，是为了啥？你也不想想。"

　　"我想，想什么？你说，是谁不遵守和约？是谁不遵守规矩？"

　　"是你。"

　　"我？"

　　"对。昨晚，是你先宰的祝洪运。"

　　"我？我宰了祝洪运？"

　　"不要装傻。这样下去有什么好处？内哄，不停地内哄。中国人呢，你们啥时才能成大气候？无休止地打下去，就能实现你的理想了？"

　　"我不明白你在说什么？"

　　"算了，别兜圈子了。你的那个丁国庆，昨天宰了祝洪运，现在正在追杀郝仁。大妹子，甭管他犯了什么错，也不该杀他宰他吧。不管怎么说，他也是我的儿子。你要杀他，他当然要报复你。把鲨鱼炖了汤，一比一，也不过分嘛。不过坦率地告诉你，这个僵局，你必须出面。我该做的已经做完了，剩下的就看你了。"

　　"丁国庆在哪儿？"

　　"和郝仁在一条船上。这条船就在皇后区海域。别忘了，现在郝仁在甲板上，丁国庆被关在舱底里。他反抗不了，活不了几天。但我也得承认，他身上藏着重武器。这不要命的小子要是玩儿混的，炸了船，我儿子连同他，还有三、四百名的偷渡客，全都得葬身海底。"

　　"我立即下令，让他住手。"

　　"大妹子，你现在找得到那船的位置吗？丁国庆又怎么能听到你的指令？算了，别要这套了。"

"那你说应该怎么办？"

"你先告诉我，丁国庆还能听你的指挥吗？"

"听，一定能听。"

"这点我也不怀疑。你必须马上与他联络，命他从那条船上撤离。我保证他的生命安全。""他身上没带通讯器材，我无法与他联络。"

"问题就在这里，你应该明白。你立即起飞来永乐。"

"去福建？"

"非来这里不可。现在能与那条船上进行联络的，只有我这一个电台，你必须马上到我这里，不然就来不及了。我估计，丁国庆最多能同郝仁抗争两天。两天之内不解决，定会船毁人亡。"

"两天？"

"配合不配合由你，起飞不起飞你定。不过，大妹子，这事可是非同小可呀。你知道，我也从来没有着过这么大的急。千钧一发，还是马上飞上来吧。"

"你能确保丁国庆的性命？"

"瞧瞧你，放他又不是第一回了。你不会忘记，我是个守信誉的人。再说，那船上还有我儿子。不救丁国庆，也得救郝仁呢。"

"丁国庆是怎么上的那条船？"

"我怎么知道。"

"你为什么不命令郝仁，立即停止争斗，改航或者靠岸。"

"说得轻巧。船一动，丁国庆在舱底就扔一个炸弹。少废话，争取时间要紧，别再多噜嗦了！"

"好，我今晚就飞福建。"林姐做出了决定。

天全部黑了下来，美华贸易公司的整座楼里没有一线灯光。它就像一个实心的大铅锤，压在百老汇大街的东头。

丁国庆已换上了一身崭新的行头,西装革履地走在大街上。他在美华贸易公司大楼下停留了一会儿,四外看了看,一闪身,钻进了直通林姐办公室的电梯。

丁国庆感到楼里有些异常。虽然平时在这个钟点儿楼里也是空的,但不像今天这么安静,个别办公室总还有一些人在加班,楼道里总会有人走动。可今晚,不仅楼外楼里一片漆黑,而且静得都会使人产生嗡嗡的耳鸣。

他走出电梯,摸到了林姐的办公桌。细听了一会,觉不出有什么动静,就伸手打开了台灯。台灯下有一封信,定神一看是林姐的字体,台头上写的是他的名字。

这是一封林姐留给丁国庆的信。

国庆:

我走了。去几天,也许永远不归。我不知道你是否能看到这封信,或者是否能看懂这封信。不管你看得到看不到,看得懂看不懂,在等待你回来,等待我上班机的这段漫长的时间里,无聊,也许是有意,给你写下了这封信。

国庆,我爱你,深深地爱着你。你原是我的梦,我生命的最大期望。可是阿芳来了,我的梦碎了,我没了指望。

我见到了阿芳。她的那张脸,以及她的身世,撞击着我的灵魂,打垮了我的身体。我终于发现,我的灵魂比她的那张脸要丑陋得多,我的身体比不上一堆朽肉。我要赎回自己所犯下的罪孽,还清我欠她的债。

去吧!回到阿芳那里,好好地照顾她,和她好好地过日子,做她的保护神。我衷心地祝愿你们俩永远厮守在一起,远远地离开纽约,离开这血腥的环境。走吧,祝你们一路平安。

国庆,这里的一切都是你的了。这里的公司,长岛的小海湾,还有那个你最喜欢的中美州岛屿,以及岛上我们存放的钱,统统都是你的。不过,我不希望你拥有这一切。在你带阿芳远离这儿之前，把这些东西全都卖掉。卖掉的钱分给我的冬冬和萨娃一份，并帮我安排好他们的将来。

此次去大陆有一定的风险。我也曾考虑过，也许这里面存在着一个骗局。不过，我顾不了这些了。你为我付出了全部，为了我的生命，从没想过自己的安危。现在该轮到我了。为了你能生还，我决定去福建。

国庆，再见了！不，很有可能是永远。

我一个人先走了。相信我们还会相逢，相逢在永恒的天国。

欣欣。

94 年 1 月　　曼哈顿

丁国庆看完了信，双手哆嗦着拿起电话，拨通了林姐的手机。没人接。

他又在另一部电话上拨通了长岛小海湾里的电话。

还是没人接。

两个电话同时响着。他又抄起了第三部电话，拨了继红手机的号码。

通了，是继红的声音，他喜出望外。

"继红，你现在哪里？"

"国庆哥，你，你还活着？！"继红惊讶起来。

"当然活着。"

"你是怎么游上岸的？那条船停在哪里？"

"上岸？船？什么船？"

"你不是……"

丁国庆大声问："这是怎么回事？你到底在哪里？"

"我在飞机场。"

"飞机场？"

"送林姐上飞机去福建。"

"停住，把她立即拉回来！"

"已经起飞了。"继红的声音也惊慌起来。

"什么？你混蛋！"丁国庆吼叫。

"刚刚起飞。国庆哥，这到底是怎么回事？我马上回来见你。"

"你们真愚蠢！"丁国庆怒不可遏："继红，你马上跟着飞，要马不停蹄，在旧金山或是安格拉奇追上林姐，把她劫下！"

"为什么？"

"快执行吧。你要想尽一切办法，不能让她去大陆。就是到了福建，也不能叫她进机场。拉她立即返回。"

"我明白了。不管什么航班，我会连夜飞的。国庆哥，你别太着急了。在我们回来之前不许你离开纽约，不能演'空城计'！"

"我知道。"

"阿芳怎么样？"继红问。

"不用你管了。"

"我会随时跟你保持联系！"

"快，快上飞机。"

早晨，大雪停了，海面上飘浮着浓浓的雾。小海湾里雾气更浓，虽称不上伸手不见五指，但两米左右是最远的能见度。

太阳在地平线上刚一露头，杰克像个忠实的老家院，迈着不紧不慢的碎步，巡视着海岸和房前屋后。

丁国庆的汽车朝着小海湾的方向驶来。虽然浓雾妨碍了他的视线，但是他的车速并未减缓。他的心如同一团火，在不停地燃烧。在林姐的办公室里，丁国庆整整一夜没有合眼。他始终弄不明白，林姐为什么会那么幼稚，为什么就那么轻信。这是明摆着的骗术圈套，她怎么就那么容易往里钻。

另一个使丁国庆焦急的原因，就是阿芳又一次不知了去向。他往她的住处打了几十次电话，几乎是每隔几分钟就打一次，可是始终就是没人接。

今晨不到五点，他就赶到了阿芳的住处。奇怪的是，人没了，东西还在，没有留下她要去哪里的痕迹。他想再问问继红。可继红的手机电话已关掉，显然已经上了飞机。

阿芳究竟到哪儿去了？是不是又被郝仁劫走了？他怀疑，可他又不相信。因为阿芳的住处，除了他和继红，没人知道。

丁国庆准备回一趟小海湾，写好留言，让冬冬和萨娃别着急。今天是周六，她俩到家的时间一般都在中午。安排好她们后就立刻返回曼哈顿，寻找阿芳，追杀郝仁。

丁国庆把车子停在了车库，叫了几声杰克。杰克立刻从雾里飞出来，窜到他的身边。他蹲下来摸着它的头，察看一下它的神色。他从杰克那不安的眼神里，发现小海湾里情况不对。杰克不停地摇动着它的头，眼珠上蒙着一层混混的泪。

"杰克！"丁国庆叫了一声之后，紧跟着这个从不言语的忠诚卫士跑进了屋。

"啊！阿芳——！"丁国庆大叫起来。

二条细细的电话线拧成一股绳子，一端挂在客厅的吊灯架上，另一端套在了阿芳的脖子上。

"为什么？这是为什么？"丁国庆哭喊着，把阿芳从吊灯架上抱下来。他声嘶力竭地喊着："阿芳！阿芳！你，你，为什么呀？？？"

阿芳的四肢还没硬，身上仍存有一点儿体温。显然，阿芳刚自杀不久。丁国庆对着她的嘴长时间地做着人工呼吸，可是无济于事。

阿芳死了。

在客厅的茶几上，放着她给林姐，应该说是给这个世界留下的最后一段话。

亲爱的林姐：

谢谢你把我带到了这个安全的环境，美丽舒适的家。我明白你在做什么，谢谢你的好意。我不能，真地不能。我代替不了你。

看得出来，你和国庆相处得非常和谐，我绝不能做你们的障碍。国庆是你救出来的，他本来就应属于你。

国庆是个好男人，真正的男子汉，咱们不能毁了他，毁了咱们的后代。我恨我为什么非要来美国，非要来这里。我已经是一个多余的人，我不配做丁国庆的太太，我真地不配他呀！我知道你能为他生养后代，可我不能了。我希望你和他生儿育女，繁衍我们的后代。

林姐，你不声不响地把我带到这里，一个字也不说，用意我全明白，你是个人。可是你不了解我，你错了。对国庆我没有任何苛求，你误解我了。能活着见到他，我已万分知足。感谢上天对我的厚爱！现在我了却了我所有的心愿，可以安然地闭上眼睛了，真地不后悔，一点儿也不后悔。在我心中留下的只是你们对我的爱。这也将是我从人世上带走的唯一东西。

林姐，这次我和国庆相见纯属偶然，我并不是有意伤害你。国庆是个有点儿脾气的人，你别介意，过几天就好了。时间一久，一切都会淡忘的。放心吧，林姐，他一定会回来，回到你的身边。

祝你们俩过得幸福。别了！

你的好友陈碧芳　　1994 年 1 月

信纸在丁国庆的手上抖动着，他的嘴唇咬出了血。他把信纸揉成一团，摔在地上，用脚拼命地踩。

杰克站在他身边也流下了一串串眼泪。

大雾越来越浓。丁国庆把阿芳的尸体包捆好，含着巨大的悲痛，背起她，来到了屋后的山坡上。来不及为她化妆整容，也来不及为她换衣服，就匆忙挖了个坑，把阿芳掩埋了。

杰克在山顶上一直保持着高度的警惕。

丁国庆回到客厅，像个机械人似地整理着武器和弹药。他一声不吭地擦着飞镖，匕首，短枪和长枪。他哭不出声，也流不下泪。他的脑子是木的，但又是清醒的。

整理好武器，他点上支烟，吸了几口，打算给冬冬、萨娃写留言。

他抄起笔正要写，一阵电话铃响，使他浑身一紧。他盼望是继红在途中打来的，告诉他林姐在旧金山被拦下。他也盼望是林姐本人打来的，告诉他立即回家。也许是萨娃和冬冬来的电话……不管怎么说，出发上路之前的这一电话，一定要接，它一定是非常重要的。

丁国庆拿起电话。

"喂?"他问。

"喂，是丁国庆先生吧，你好。"

"你是……"

"我是郝仁。"

这几个字把丁国庆的耳根震得生疼，他差一点扔掉了话筒。

"你，你是郝仁?"

"你的武艺不错，枪法也很准。不过，昨晚上你找错了地方，那林肯车上坐的不是我。"丁国庆听着这个熟悉的声音，这可恶的声调。他太熟悉这口气，这音色了。他就是变成了死鬼再活过来，也能听出他那赖皮赖脸的腔调。

"你现在在哪里?"丁国庆问。

"你应该明白，你是个聪明人，我在哪里难道你还不清楚吗?"

"你在哪儿?"

"在哪儿? 当然是在福建，等林姐。"

"你胡说，你在纽约。"

"我没必要骗你。"

"你不会等到她的，死了这条心吧。"

"不，丁国庆，你这个蠢蛋，看看表，她现在应该是在哪里。实话告诉你吧，两小时前，她乘坐的飞机已离开了安格拉齐，早飞出了美国国境线，现正朝着上海飞来。实不瞒你，上海我们已经布置好了人，我也将亲自去接驾。怎么样，丁国庆，算盘又打错了吧。"

"你他妈的又在耍花招。"丁国庆冷冷地说。

"耍什么花招？"

"你根本不在中国。有胆量就再打过来一次。"

"好，你放下电话，我马上就打回去。"

双方都知道，国际长途与国内电话，在信号上有一定的不同，这一点是骗不了人的。一般来讲，国际直拨一通，听话方一定会听到"啪"的一声卫星转换线路的信号。刚才由于太急，丁国庆没有注意。为了核实真伪，丁国庆叫郝仁再拨一次。

郝仁知道了对方的用意。不到一分钟，电话又打过来了。丁国庆拿起一听，不错，他百分之百地相信，这电话是从福建打来的。

"好吧，你说，为什么打来这个电话？"丁国庆突然变得非常理智，声音变得相当平稳。

"逗逗气，逗逗你玩儿玩儿。"

"你打算接到她，怎么处置？"

"这可不是你管的事。你这个王八蛋、臭杂种，自己琢磨去吧！"郝仁大声骂了一句就挂断了电话。

丁国庆抬起一脚，把电话踢飞。接着，他不慌不忙地把浑身的武器全都卸下，换上了一套出门旅行的便装。

永乐县郝鸣亮家里，郝鸣亮正夸奖着儿子郝义。他拿来了好酒，为了庆祝胜利，爷俩今晚要好好喝它几杯。

"爸，也别光夸我，这全是我哥的主意。"郝仁边说，边为老爸斟满了酒。

"学得不错，也像你哥的口气。别说丁国庆，就是我，你亲爸爸，不见着人光听声，也分不清谁是谁。"

"爸爸，谁都说我们哥俩说话的声调没什么区别。这回丁国庆这混蛋一定会动心了。还是我哥比我聪明。"

"郝义呀，你真得向你哥好好学习。这小子点子就是多，分析判断又十分准确。这么一来，存在他身边的隐患基本就全调空，全瓦解了。好哇，纽约就是他一个的天下了。过几年，咱全家都搬过去，就可以安心大胆地干了。"郝局长春风得意地和老二碰了一下杯，就开始干起杯来。

郝义冒充郝仁的声音，基本上用不着刻意模仿。他们哥俩都严格地继承了父亲的基因，郝义比郝仁小七八岁，从小就跟着哥哥屁股后头混，郝仁说话的语气和腔调，就是他哥哥的样板。他俩耳濡目染地早已混成了一个人。别说声音，就连言谈举止也十分相像。永乐县的人暗地里都传说着这么一句顺口溜："仁义兄弟不仁义，从里到外是一体。二虎称霸永乐县，狐假虎威坑害你。"

父子俩酒性正浓，忽听一阵电话铃响。

"喂，是哥呀，那混蛋刚放下电话。"郝义激动地说。

"我知道，现在他已去了机场。"郝仁的声音冷静、沉着。

"哥，你真棒，把他算得准上加准。这回你真可大松心了。调虎离山这招棋，下得是严丝合缝。"

"郝义，你和爸配合得才叫天衣无缝。爸在吗？我跟他说几句。"

郝义把电话交给了父亲。郝鸣亮咳嗽两声，对着话筒说："郝仁，我的儿，你真不简单。我和你弟弟正在为你饮酒庆贺，大功告成后……"

"爸。"郝仁打断了父亲的话说："我这边虽然可以喘一口气，你那边可不能松劲呀。他们俩估计前后脚到，拿下他们的办法不知你定好没定好。一切都得做得周到严密，绝不能掉以轻心。眼下的成败就看你的了。"

"别娘们儿腔腔说些个没用的，你又不是不知道你老爸的厉害。到了中国境内，他再能挣蹦，就算他有三头六臂，也甭想逃出我的手心，我早就布下了天罗地网。你老爸别的能耐没有，抓个人，判他个死罪，还是轻而易举的，这你就不用费心了。"

"爸，我信。不过，还是不要大意。抓不到他俩，也不能让他们跑出国境。不然我就危险了。"

"进来了还能让他出去？休想！你放心吧。等一下，你弟还有话要对你说。"郝鸣亮说完，又把电话递给了二儿子郝义。

"哥，纽约好玩吗？我啥时候能去？"

"快了。"

"哥，我要是到你身边，咱俩……"

突然一阵敲门声。

"哥，有人来敲门，等会儿再打来。"郝义挂上电话就去开门。门一打开他吓了一跳。

"你们是……"郝义见几个全副武装的战士和一名军官闯进家门，有点诧异。

"我们是省公安厅派来的。"

"省公安厅？"郝鸣亮虽然头脑发蒙，可还是故作镇静地问。

"对。"

"有何贵干？是找我联系……"

军官往前迈了一步，义正词严地说："郝鸣亮，你被捕了！"

"啊？"郝义吓得浑身打颤。

"有拘捕证吗？"郝鸣亮的头上冒出了冷汗。

"这是拘捕证。"

郝鸣亮被擒。　　　北国的冰城哈尔滨，一年一度的盛大冰雕节正在举行，鞭炮齐鸣，烟花腾空。

寒冷的气候压不住节日的气氛。纷纷扬扬的瑞雪，给北国的老百姓带来了新春的喜悦。五颜六色的冰雕，闪烁着奇异的光辉。用冰塑成的宫殿，显示着寒带人热情洋溢的创造力。哈尔滨这座

494

富有传奇色彩的城市，一到这个季节，更显示出她的生气和她那独特的风情。北国人质朴、憨厚，他们的追求都很实在，老婆、孩子、热炕头就是它们的幸福。为了这个幸福，他们不曾动过跨海越洋的念头。高兴时，在自己这块黑土地上，放开嗓子唱唱歌，扭扭秧歌，玩玩冰灯。

小伙子们在冰塑成的大厅里，嘻嘻哈哈地调笑。身材苗条的关东姑娘们，兴奋地溜着冰滑梯，发出一阵又一阵的尖叫。冻红了鼻子头儿的小孩子，啃着比冰还硬的冰糖葫芦。上上下下捂得严严实实的老人们，叼着旱烟袋，教训着儿孙们不要乱跑乱闹。这一切景色都洋溢着一派洋洋喜气。

林姐挤在观赏冰雕艺术的人堆里。因她穿得很厚，人很多，她像被架了起来，随着人潮向前移动。她估计身后的那几只眼已甩掉，就拉起了羊皮大衣的翻领，压低了带有一层厚毛的狗皮帽子，挤出了人群。

她感到很冷，很饿，整整一天一夜没吃没睡了。

她知道，跟踪她的人不一定会立即逮捕她，更不可能杀害她。他们是机警的一群，正在顺着她的行动线，捕获更多更大的一个网。因此，她并不十分紧张，对紧跟着她的人，似乎在玩儿着一种游戏。

游戏始于福建。从上海下了飞机，林姐就直奔福建。还没等出机场，林姐就发现了可疑的迹象。停机坪外的广告下，出现了一排"打击偷渡！严惩首犯！"的横幅。在通往候机厅的走廊上，她全明白了，郝鸣亮不可能在门口迎接她了，他被捕的简报就贴在墙上。

林姐没出机场。灵机一动，买了一张向北飞的飞机票。她不能再乘原机返回，她知道，那里一定有人等候。她不能被抓，她要想办法，回纽约去接冬冬。

飞机抵达哈尔滨。在机场的厕所里，她换上了刚在免税商店里买的一套衣帽。她买的是最普通的那种。穿上这种厚实肥大的皮衣，用不着化妆，一般人是分不出这衣服里裹着的是男是女。这大概就是她为什么选择向北飞的一个重要原因吧。

可是她发觉，尽管如此，她并没有顺利摆脱掉跟踪她的人。

林姐穿着当地人在冬季常穿的皮衣，钻进了人山人海的秋林公司。这家百货公司在节日期间挤满了购物的人。她先到男士成衣部买了一套笔挺的深蓝色西装。又照着西装的色调，配了一双尖头皮鞋。领带是窄条斜纹的新潮款式。最后她来到帽子部，又买了一顶全毛的男式礼帽，把长发全部塞进去。她照着镜子看了看自己，又把口红和眉线用纸擦净，转了一下身，笑了笑。说实在的，她真没想到自己竟是一位这样帅气、漂亮的美男子。

林姐在镜子里见身后的眼睛消失了，就拎着大衣又在秋林公司的食品部转了两转。确认无人跟踪，就挤出这个闹闹哄哄的商店，来到了一家中档旅馆。

"先生，您打算住几天？"一位前厅经理问她。

林姐压低着嗓声，点着烟说："没定。"

"噢，那是在这儿等人？"

"对了。"

"这样吧，一看您就是个作生意的大款。三楼的套间还空着，朝阳，又有洗澡间，您看怎么样？价钱我看您也不会在乎，虽然贵些，可是有点儿特殊服务。"

"好吧。"

"请您到前台登个记。请！"经理礼貌地向她伸出手。

"我没带身份证。"

"这个嘛，我懂。不登记嘛，也行，可这价钱就……"

林姐立即往他手中塞了一叠钞票。

"请跟我来，您请。"

经理把她带到了三楼套间，笑着说了一声："您先歇着。"给了她房门钥匙，就转身下了楼。

林姐把里外屋环视了一遍，又来到了能看到街上全景的窗口，看一眼街上的人群，拉上了窗帘。

室内很脏。地毯上留着潮乎乎的脚印，和一些被烟头烧坏了的窟窿。不过暖气开得倒很足，这更使屋子里充满一股难闻的呛人气味儿。

林姐掐灭了香烟，脱掉新买的衣服，推开了浴室的门，打算洗个热水澡，去去寒气。然后再吃顿可口的饭，好好地想一想下面的事情。

热水喷头下是个不大的浴盆。浴盆的边缘沾着油乎乎的污垢。她顾不得这些了，用手擦了擦盆边和盆底，拧开了喷头，就躺了进去。

滚烫的热水，浸湿了她的长发，温暖了她的身体，清醒了她的大脑，恢复了她那敏感的神经。她感到了自己目前危险的处境。在这块土地上，她是个罪犯，落入了难逃的法网，她随时随地都可能被专政。

蒸汽弥漫在这小小的浴室里。她睁开被水粘在一起的眼皮，在水蒸汽中，她发现了冬冬那可爱的脸蛋。自己的生命在哪里结束，对她已不很重要。但是她希望她能活着出去。为了冬冬的成长，她一定得活着逃出这块可怕的土地。

洗了个澡，顿时感到松弛多了。她用一块干毛巾把湿发捆起，回到卧室躺在床上，打开了电视机。

中央电视台正在播放"焦点时刻"这个栏目。画面上的图像和主持人的解说词，使她吃了一惊。

图像的背景是福建，海边上站着一排被押送回来的偷渡人。他们低着头，躲着强烈的灯光。有的人把手抬起，挡着新闻记者的摄像机镜头。

主持人是个五官端正的男士，他在向观众谈着这些人的背景以及政府的严正声明："今晨，我边防巡逻舰又一次有效地阻截到这批准备越海偷渡的人。国际上一些谋求暴利的商人，伙同本地区的不法分子，联手干着贩买人口的罪恶勾当。有关当局必须提高警惕，坚决击退这股偷渡风。严惩首犯，把组织者绳之以法。"

画面上又出现了一个女人的脸部特写。

林姐睁大了眼睛。她不敢相信，眼前这个令她窒息的画面是真的。

主持人道："几小时前，在福州机场，一名要犯被我方发现。因该犯拒捕，撞车身亡。从该犯的身份证上得知，她叫孙继红。另外……"

"继红！"林姐揪下围在头上的湿毛巾，死死地咬着，心里连呼着继红的名字。她的手指和面部的肌肉一阵痉挛。

外面出现了两个人的脚步声。林姐一惊，习惯地在腰间摸了一下。可是她忘记了，她根本没带任何武器。她紧张地坐起来，站到了门后。

"先生，您要的人来了，这姑娘是我们店里数一数二的美人。"前厅经理在敲她的门。

林姐的心一下子放了下来。她回到床边，控制好声调说："谢了，现在不用。"

"不用啥意思？你先看看，这个保管你满意。"经理说着，用钥匙捅开了门，推进来一个年轻的姑娘。

姑娘进门吓了一跳，慌乱地转身就往门外跑，边跑边叫："你整错了，这里是个女的。""啥？女的？"经理不解。

"可不是，头发长着呢，那胸脯老大了！"

"不对吧。"

"没错。"

经理用手抓了一下头皮："呀，麻烦了。这咋整的……对，对，咱得赶快报警！"

498

林姐立即穿好衣服，捂上皮帽子，披上皮大衣，冲下楼，钻进了观冰灯的人潮。

　　林姐在寒风刺骨的哈尔滨市内，游荡到灯闭人散。哈尔滨是不能久留了，她必须赶快向南跑。上海倒是个国际港，可是不能去，那里没有她熟悉的人。三大直辖市都有国际港口，除了北京，还有就是天津。天津更不可去，它虽然也靠港口，可是那里的人们很机警，他们的精力似乎全放在治安上，恐怕出不去车站，就会被捕。

　　只有到北京去了。不过去之前，一定得与高浩取得联系。不然，到北京也等于是自投罗网。高浩的手机号码她不用查记录，死死地印在她的脑子里。现在她最愁的是没有可靠的通讯器材。她准备冒一次险，去打公用电话。

　　她来到一家专卖夜宵的小杂货店，敲了敲冻了一层厚厚冰霜的玻璃门，一位小伙子请她进来。

　　"打个电话，是长途。"她说。

　　"打吧，交得起费，随便打。"小伙子心不在焉地回答。

　　林姐拨通了高浩的手机，响了半天没人接。她刚要重拨，突然听筒里冒出一句："谁呀？""我，是我。"她压着声音，背对着小伙子。

　　"你是谁？"对方的声音不像高浩。

　　"高浩在吗？"

　　"你到底是谁？"

　　"我……"林姐下了决心，不想再花时间试探，她咳了一下说："我姓林。"

　　"噢，是您呢，我这儿正等着您的电话呢。浩哥说，没问题您一定打来，他叫我二十四小时开着手机。您在哪儿，林姐？"

　　"在外地。高浩呢？"

　　"等见了面跟您再细说。他让我接应您，用生命保证您的安全。我说咱哥们儿还有说的吗？放心吧您呢。瞧，您的电话我等了好几天了。"

"你是谁？咱俩怎么见面？"林姐有点儿不太相信。

"我，我叫斧子。浩哥说，您别在首都机场下，最好是在南苑。见面的地点在前门外肯德基店里，进了门向右，第三排桌，第六个椅子。明天晚上七点，我准时在那儿等您。咱们不见不散。"

"好，再见。"

丁国庆本来就是个头脑一热，干事不想后果的人。此时，他全然不顾一切，救林姐是他唯一的念头。让林姐安然无恙地生存下去，是他还活在这个世上的全部意义。除此之外，这个世界上真地没有任何东西值得他留恋了。

阿芳死了，可怜、善良的阿芳死了。她的死给了丁国庆一生中最大的刺激和震撼。

林姐留给他的生意财产，对他来说没有半点儿吸引力，他不需要这些。他需要的是林姐安全地回到他的怀里，他绝不能再失去他的另一个恋人。男人是什么？男人就是努力地开拓，保护繁衍。他的这句至理名言，此时此刻更加强烈地在他脑中盘旋。

丁国庆匆匆安顿好了阿芳的后事，乖了乖老杰克的头，就直奔肯尼迪机场，顺利地登上了飞往中国的美国联航的飞机。

美国联合航空公司的头等舱是舒适的，可是他坐立不安。他发愁的是身上没有任何武器。他知道下了飞机就有可能遇到一场恶战、没有还击的能力，只有束手就擒。不过，他仍抱有一线希望，他相信自己身上的武功，多少还能抵挡一气。

可是，当他走出上海机场等候去福建的班机时，并没有出现什么将会发生恶战的迹象。虽然他知道出现在身边的几个便衣，有可能是警察，但是，他不担心，对付他们，他有他的办法。丁国庆大摇大摆地登上了去福州的班机。几个小时后，又从从容容地走出了福州机场。机场里外的"打击偷渡，严惩首犯"的标语，对他并没起到威慑的作用。

对郝仁从福建给他打的电话，他有些迷惑。从墙上粘贴的他父亲郝鸣亮被镇压的告示上来看，他可能不在中国，还在纽约。可是那电话明明是国际长途，那声音他不可能听错。他认为，多半是郝仁狡猾，逃离了逮捕他的现场，现在仍在福建境内。

不管怎么说，救出林姐才是当务之急。

丁国庆出了机场，叫了辆出租车，就直奔永乐县城。他判断林姐、继红她们就在这一带活动。

坐上出租汽车不久，他就发现自己已被当成了诱饵。因为身后不远处，已有一辆吉普在跟踪。从这个迹象分析，林姐和继红还没有被捕。因为放着他不擒，正是为了钓到她们。

几分钟后，他就改变了这个分析。从出租车的收音机里播送了孙继红在拒捕时撞车丧命的消息。

丁国庆的额头上冒出了冷汗。他非常痛心，非常后悔，他认为继红是他断送的。他心如刀绞，可是不敢声张。他点上烟，故作镇静，继续收听着下面的消息。

"目前，一小撮坏分子丧心病狂，勾结外国不法商人谋取暴利，手断是毒辣的，活动是猖獗的。据有关部门透露，近日将有一批国际上的不法分子抵达这里，我国政府已向对象国发出了强烈声明和抗议。我们生活在祖国沿海的人民，务必注意，坚决击退这些不法行为。另悉，一名重要女性首犯，正在境内四处活动，各级机关和人民一定要提高警惕。"

"先生，你是从哪里来的？"司机操着闽南语问丁国庆。

丁国庆咽了口唾沫，揉了揉眼角，用闽南话对答："从哪里来的？老弟，你看不出来，我就是这里人？"

"噢，回家去？"

"对，不想在内地当打工仔了。"

501

司机把收音机换了个台，听上了闽南歌仔戏。

"别换，再听听新闻。"

"有啥好听的，天天都是一个调，还是听听咱家乡的歌仔戏吧。"

司机边听边唱，高高兴兴地向永乐县方向开去。

永乐县到了，跟着他的吉普也停在了后头。丁国庆看了一眼那辆吉普，付完了车资，故意在街上站了一会儿。他不准备去找当地的老同学和熟悉的朋友，他坚守着一个原则，不牵连任何人，单独行动。

丁国庆走进一家小饭馆，叫了一碗潮州米粉，观察着周围，思考着下一步的行动。他看了看表，已经快下午五点了，吃完了米粉天大概就黑了。他喜欢黑天，到那时，他才可以大显身手。

他边吃边想着林姐的去向。他不能明目张胆地胡乱打听。要想摸到林姐的行踪，最佳途径，先要打听出郝仁。他仍然坚信那个电话，郝仁就在此地。

永乐县城的地理环境，丁国庆是了如指掌。这家专卖潮州米粉的小饭馆，虽然是新开的，可在这里甩掉从吉普车上下来的人，也是轻而易举的事。他了解当地小饭馆的前后格局。由于气候的关系，后面的厨房有的在露天，好一点儿的，也只是搭起个棚子。厕所离厨房很近，只要跨上一步，就可从厨房里溜之大吉。

天黑了，两碗米粉也吃光了。他站起来抹了抹嘴，就进了厕所。

守候在饭馆内外的人，机警地开始了行动。他们打算来个前后包抄。可是眨眼的工夫，丁国庆便逃得无影无踪了。

丁国庆轻易甩掉了身份不明的尾随者，可并不等于能轻易地找到郝仁的住所。他趁着漆黑的后半夜，来到了县政府。他知道，郝仁曾是那里的人事科科长。所以他准备顺藤摸瓜，从那里先下手。

人事科在县政府的大楼内。大楼里的窗子没有灯光,只有传达室的屋里有点儿亮。丁国庆在暗处等了一会儿,一个箭步冲到了大门里,打开了传达室的门。

传达室里只有一个人,是个正在值夜班的、上了年纪的老头儿。丁国庆的突然闯进,使老头儿吓了一跳。他从硬板床上跳起来,大声问:"干什么的?"

丁国庆捂住老人的嘴,声音既轻,语气又狠地问:"快说,郝仁在哪里?"

"好人?"老头从丁国庆的手指缝中发出了疑问。

"对,郝仁。"丁国庆说着,松开了捂在老头儿嘴上的手。

"啥好人?半夜三更的找啥好人?"

"大爷,别怕,让您受惊了。"

"怕啥?我啥都不怕。你到底想干啥?"

"找郝仁。"

"这里头没好人!精神病!"

"他不在?没回来?"

"再缠着我,我可叫人了。"

丁国庆相信老头儿的话。出了传达室,又潜入了黑黑的街角。临走时,抄走了放在传达室桌子上的报纸。

报是当天的。一看报头他喜出望外,头条新闻登着林姐的照片,几行字说得很清楚,此犯正向南方潜逃,估计已达边界。

丁国庆扔掉报纸,迅速逃出县城。他不敢乘飞机,也不敢坐火车。南方边界的那条路他走过,那个通道他也很清楚。林姐出逃的路线,一定走的是原路。

丁国庆打好了主意,连夜南行去救林姐。交通工具倒不怎么发愁,他摸了摸上衣口袋,相信钱是足够用的了。

号称全球最大的、美国人开的炸鸡店连锁店——肯德基,就坐落在北京市中心的前门楼子下。

林姐按时到达那里，斧子一眼就认出了她。

"上车吧，林姐!"斧子热情地迎上去。

林姐向四周看了看。

"放心吧您，这片儿归咱哥们儿管，跟我来。"斧子拎着两袋子炸鸡和两大纸杯可乐，带着林姐坐上了他的汽车。斧子让林姐扎好安全带，他掐灭了烟，打开车窗向外一弹，说了声："上路吧您呢。"一踩油门，转出了喧闹的前门，开上了二环路。

"你怎么认得出是我?"等汽车开上了公路，林姐才喘了口气问他。

"您呢，甭管怎样乔装打扮，还是与众不同。不过，有我在，您甭怕。"

林姐不住地回头张望，双眼紧盯着反视镜。

"放松点儿，没事，不可能有人跟。您也不瞧瞧我这车，有人敢犯蹭儿吗?"

"这是什么车?难道是警车?"

"警车不警车的慢慢您就会明白。"

林姐打量着这个名叫斧子的小伙子。他看上去不到三十岁，高高的个儿，白净的脸，要是不说话，还真有点书生气。可就是不能张嘴，一张嘴马上就会暴露出他是个没有什么文化的京油子。可是林姐非常喜欢听他说话，他那满口的京味，真能让她忘掉自己目前的处境。她顿时觉得安全多了，可以彻底地放松一下。

车子驶出了城外。林姐见他的驾驶技术娴熟，就想起了爱玩汽车的高浩。她不太明白，高浩为什么没有亲自来接她。虽然她对他派来的这个斧子完全信得过，可是仍然不解，到底是为了什么原因。

"浩哥折了。"斧子像是看透了林姐在想什么，就主动地说。

"折了?"林姐一惊。

"没事儿，我们哥几个常折。"

"因为什么折的？"

"这谁弄得清啊！折了就是折了，这又不是头一回。折了怕什么，咱有托儿。您甭担心这个。按说，浩哥真够哥们儿，关在号儿里还挂念着您。他仔仔细细地把路线告诉我，让我安全地把您带出去。"

林姐了解这帮仗义的人，在京城都算有一号。她为斧子点上支烟，接着问："近期能出来吗？"

"能，没问题。"斧子接过林姐的烟，吸了一口。

"出来会有人铲他吗？"

"谁呀？谁铲他？"

"我的意思是……"

"牛X。说铲他的人是大牛X。找死哇！"

他们的路线是向南开，是高浩亲自制定的，斧子说，这是浩哥的迂回战术，没有一点儿危险。这条路线与丁国庆推测的方向有所不同。向南是向南，可不是直接去昆明。他们的路线是先乘汽车奔广州，从广州乘飞机去海南。在海南停留时间不长，接着飞重庆。在重庆可休息几天，然后再到昆明，景洪，进西双版纳。

"这么绕太费时间了。"林姐说。

"费时间？这个浩哥倒没想过，他主要考虑的是让您安全出境。得了，您呢，甭惦着别的了，就跟着我走吧。"

林姐想的是时间，她担心冬冬快放寒假了，丁国庆和阿芳在小海湾能不能住惯。也怕冬冬整个假期住在家里，会影响国庆阿芳的正常生活，打扰他们的安宁。国庆和阿芳的幸福是重要的。冬冬这个宝贝女儿也是重要的，她打算尽快返回纽约，带着冬冬远离长岛，去欧洲。

"斧子，你说一共咱们得用几天？"她问。

"顺的话，也就一个多礼拜吧。"

"不顺呢?"

"跟着我走,没有不顺的。不顺的事,咱哥们儿也能给它弄顺喽。"

"斧子,你真行!"

"行什么呀,混呗。反正,在我这儿没有办不成的事儿。要说起来我也纳闷儿,您干嘛非要去美国呀?就您这派,您这份儿,好嘛,真不多!我要是您就不走了。您在哪儿不是大腕儿呀。您瞧,您这气质,多牛X!"

"斧子,说话好听点儿。"

"实话,真牛X。"

"不好听。"

"哎,话粗理正。咱没上过什么学,说话牙碜点儿,您别介意。"

林姐笑了笑。其实,这她挺爱听的。尤其是这骂人的乡音,她还怎么听怎么入耳。

"斧子,你的年龄……怎么没好好念书哇?"林姐诚心实意地问。

"这话说起来就长了。"斧子在车座上挪挪屁股,伸手校正了一下反视镜,清了清嗓子。看起来,他要给林姐说个不短的故事。

林姐也正打算听。不然的话,几天的路程,也实在太闷。她说:"我边吃边听行吗?"

"您吃您的。"说着,他把炸鸡盒子和可乐递给林姐。

"我妈生我也没捡个好日子,正赶上那个操蛋的时候,1966年年初。您想想吧,打一进了小学的门,就号召我们交白卷。张铁生是那时候的英雄啊,学什么呀,就记了一脑门子的语录。大了,明白了,想往脑子里灌数理化、洋字码。别操蛋了,您还是饶了我吧,它认识我,我不认识它呀。没辙,咱练摊儿,跟同院的发小、二丫头合开了个京东肉饼铺。不着谁,不惹谁,咱自食

506

其力总行了吧？哪能啊？能他妈让你舒坦了吗？光起照就扒了你三层皮。等开张了，好嘛，吃你的人就更多了。哪个庙里的佛一忘了烧香，都饶不了你。别提了。可话说回来，也怨不得这些个爷。不让人家闹点儿，人家也活不下去呀不是。可要都照顾着这些个爷，小买卖您就得认赔。

"后来，二丫头和我又想出个新招。这事儿是死的，人可是活的。"

"二丫头是男的还是女的？"林姐皱着眉头问。因为她知道，大杂院里女孩子和男孩子的名字，有时候分不清是男是女。

"就是我的那口子。"斧子笑了笑。

"你们有孩子吗？"

"还没结婚呢，刚登记。"

"噢。她想出了什么新招？"

"开窑子。"

"开……在北京？"

"暗着来。撑死胆大的，饿死……"

"这……能有生意？能赚钱？"

"您逗我。别跟我逗行不行。"

"不是。我是说，哪儿有那么多嫖客？"

"还逗。您成心挤兑我，揣着明白装糊涂？"斧子看样子跟林姐是混熟了，说话也放开了一点儿。

"没那意思。我是问……"

"您想问的问题，我这么跟您说吧。您知道，上海妞儿已是不多见了。人家精，上了头班车，现在差不多都弃娼从良改作了生意。这二茬儿的也不往北跑，年轻漂亮的都去了东京。不过，咱北京也不缺。湖南湖北的小丫头多的是，常见的还是川妹子比较多。这种活儿头几年还干得过。"斧子吸了口烟，转了话锋："我就是在那时候遇上的浩哥。"

"怎么认识的？"林姐笑着问。

"您可别想歪喽。人家浩哥虽然腿脚有点儿不利落，可身边不缺姑娘。他到我这店里不是为了姑娘，纯属是为我拔疮来的。

"拔什么疮？"林姐刨根问底儿。

"西城的大瓦刀带着几个兄弟来捣乱，无缘无故地要收门脸儿钱。当时我也是血气方刚不服软儿。两边正要动手，我的一个兄弟找来了浩哥。浩哥一到，大瓦刀就傻了眼。你猜怎么着，咱浩哥根本就没动手，只说了句，这是我兄弟，大瓦刀立马儿就向我赔不是。您瞧，咱浩哥有多大的面儿吧。打那以后，我就成了浩哥身边的人。二丫头也关了店，专替浩哥操理家务。浩哥没结婚，又知道我们两口子嘴严，身边的人不可靠哪儿行啊。"

林姐知道了高浩和斧子的关系后，更加放心了。她闭上眼睛，把车椅放平，说了声："我得眯一会儿。"

"得，您就踏踏实实眯瞪吧。"

林姐太累了。不一会儿，就进入了熟睡状态。

丁国庆一路上用钱开道，乘坐过马车、汽车、拖拉机等，经过了四天三夜，才到达昆明。到了昆明又马不停蹄，登上了去景洪的山道。除了在过边疆检查站时绕了点儿路外，几乎是一路顺利地来到了中缅边界的大勐龙县。

中老边境现在已经不能通行了，解放军已封住了胡志明小道。

卡车司机是个开车老手，他告诉丁国庆，只要有钱就能过境。你最好装个作生意的，境那边，内地做生意的人特别多。过境不要在晚上，大白天反而最好过。

丁国庆买通了守在缅甸方面的哨卡，过关时，他简直忘记了是在过境。收钱的长官是个昆明佬，他的副手是个四川兵，别提多顺利了。

到了缅甸境内的孟拉小镇，他不觉得已经跨出国门，反而觉得挺痛快。原来境这边全是说汉语的内地人，有浙江的、河北的、广西的，甚至还有东北三省的。他们都是做玉器生意的，吃喝玩乐全是汉化。丁国庆觉得好笑，笑绘制地图的专家，边界线描得不准。这哪里是缅甸，感觉还是和在中国一样。起码这片一眼望不尽的大山，也是中国版图的延伸。

丁国庆完全放下心了。他要迅速离开孟拉，飞到曼谷。到了那里就等于到了纽约，一共才几个钟头的飞行。孟拉这个地名他听说过，这里是人民军第四特区的总部。虽然黑头司令不知是否在这里，反正，到了这一带，一提黑头没有人不知道的。

丁国庆判断，此时林姐已越过了边境，正在人民军总部，要不然也是正在向这里靠近。不过，他坚信前者，因为自己一路上时间耽搁得太多。林姐南行一定比他早到，最少省掉三四天。他猜想，林姐在人民军总部正向纽约长岛家里挂电话，她最关心的除了他就是冬冬。他怕家里的电话总是没人接，林姐会心神不定，胡猜乱想。因此，他得以最短的时间找到人民军总部，与林姐汇合。

孟拉是个热闹的集镇。在这里做生意的中国人，不用交税，但也不能全放进腰包。人民军收取他们的保护费不算太苛刻，可是这笔保护费却养活了人民军，补充了几年来一直不足的军费。

人民军在镇上处处可见，他们的生存几乎就依赖于保护费、过路费、过寨钱。他们这几年已无仗可打。缅甸政府军不打他们，他们由于军力不足也很少出击，收取这些费用比玩命打仗省事，所以对内地过来的商客基本不闻不问。

人民军说是个军队，其实就是当地的娃娃兵。长成材的中青年，一到年龄就跑到仰光去寻找更好一点儿的生路。参加人民军的就剩下十二三，最大不过十四五的小孩子。

不过也不能小看娃娃兵。他们行动灵活，心肠狠毒，斗志旺盛，不惧生死。缅甸政府军最怕的就是同这些娃娃作战。往往你还没弄清地形，就被他们打死打散了。

黑头不舍得离开缅甸，不是因为他深爱这片贫瘠的深山老林，而是舍不得丢下这群可爱的孩子。这些娃娃兵拥戴他，佩服他的战术，也尊敬他的勇猛。自建军以来，他们击退无数次政府军的围剿，缴获过大量的军需和大烟。山区尽管贫瘠落后，可娃娃们并不十分贫穷，一些娃娃还镶着金牙。虽然牙齿上没啥毛病，也得忍痛把它敲掉。因为金牙是一种装饰，同时更能显示出一种高贵的身份。黑头非常疼爱这帮娃娃的质朴和天真。

巡逻在镇上的人民军，就是这群娃娃兵。丁国庆看着他们背枪的样子，心里一阵好笑。他们人比枪矮，枪比人高。走起路来总是带响儿，不是枪托碰地面，就是他们脚上搭拉的拖鞋声。丁国庆向着四个娃娃兵一组的巡察队走去，他打算让他们带路到人民军总部。

"喂，小朋友，你们好！"

四个身材高不过腰的人民军，仰起脸来望着他。

"带我去你们的总部可以吗？"他笑嘻嘻地问。

四个小兵相互看了看，交头接耳地不知在说什么。

"我认得你们的总司令黑头。"丁国庆说着，去摸一个小兵的头。

小兵机灵地一闪，"咔嚓"一声拉上了枪栓。

"哪妮姆诺，诺妮姆哪！"拉枪栓的小兵喊。

"别误会，我是你们黑头司令的朋友。"

"妮姆诺那，哪诺姆妮？"四个小兵同时向他叫。

"不懂汉语？"丁国庆笑了笑。他听说，缅甸曾是英属地，一般人能听懂一些英语，于是他改用英语问："HI, LISTEN! YOUR LEADER IS MY GOOD FRIEND, I WANT TO SEE HIM. DO YOU UNDERSTAND?（嘿，听着，你们的头头是我的好朋友，我

510

想见他，明白吗?)"

"哪呢姆诺。"一个大一点儿的向另外三个使了个眼色，说了声"OK"，就两前两后带着他走了。

不一会儿，四个娃娃兵带着丁国庆进了大山，越走越深，越走越远。丁国庆生怕这四个小娃听不懂他的话，把他的意思给弄拧了，想再向他们解释一下，可是一看这地形，也没什么必要了。人民军总部一定是在这隐蔽的地方，在这只能走进不能绕出的热带雨林里。

天渐渐黑了下来，四个小孩子仍没有止步的意思，丁国庆有点儿犯疑。可又一想，这些个天真的小家伙挺认真的，就算遇到不测，不要说就这么四个小玩艺儿，就是来两打，他也能对付。

天全黑了，空气里冷嗖嗖的，黑得几乎是伸手见不到手指。四个小鬼，手上没照明，却走得很溜。他在后面深一脚浅一脚地跟着，越走越觉得不对劲。"嘿，你们弄错了吧？ I WANT TO SEE YOUR LEADER."他用中文带英文地一阵叫喊。

黑暗中，他听到这四个小鬼"咯咯"的笑声。不等他再问，"咕咚"一下，他掉进了一个一人多深的大坑里。他叫着，向上爬着，可是手就是扒不到坑沿儿。

"拉我一把，PLEASE HELP ME！"他在坑底下乱叫。

上面没人应声，那种听不懂的鸟语也不见了。过了一会儿，他发现坑顶上有人正在压竹杠，竹杠压好了又往上铺草。

"小王八蛋，你们他妈的弄错了！"

坑上头"咯咯"的笑声和继续往竹杠上铺草的"啪啪"声又响起。

"我操你祖宗！拉我上去。"

"哪妮姆诺。"

"妈的，你们误了我的大事。"

"诺妮姆哪。"

"别闹，再闹我就要你们的命!"丁国庆说着，往上一窜想扒住竹杠。

两把枪托狠狠地打在了他的前额和颧骨上。他"哎呦"一声昏倒在了坑底。

大约过了半个多小时，他清醒了。摸了摸被枪托打破的头，想站起来，吓了一跳。这才发现，坑里的水都快没了他的脖子了。他试着站起来，跳上去，想够那坑顶上的竹杠子。可是坑里的水太多，阻碍了他有力的弹跳，尽管他有1米80的个子，可就是够不到竹杠。

黑暗中他气得大骂。可是不管他怎么骂，坑上头再也没有动静了。他急得要发疯，他突然想到林姐会不会也……

坑上出现了一个声音，是人在说话，说得很清楚，还是国语，就在附近。他双手按着水面，竖起了耳朵。

"哥们儿，打哪儿来的?"是一个男人的声音。

"……"他没回答。

"别费劲了，留点儿精神吧。"

"你是谁?"

"跟你一样，偷渡不成，进猫耳洞的。"

"这是哪儿?"

"哪儿?谁说得清楚。"

"你在他们这儿关几天了?"丁国庆问。

"几天?几个月。记不得了。"那声音显得无可奈何。

"怎么才能出去?"

"出去?你问问，有几个能出去的。"

"要什么条件才能出去?"

"钱呗。哥们儿死了这条心吧，他们要的数没下过三万。哪儿弄去!"

隔壁坑里关着的人说的是实话。整个这座山包，都被人民军

512

挖了无数的地坑。这些个关押人的地坑，叫法不一，有人说它叫猫耳洞，有人管它叫地牢、水牢或大狱。这已是人民军公开的秘密，生活在滇西南的人，没有几人不知道的。赎金年年看涨。有名有姓，有人认提，交款提货。无人出赎金，无人认领的就在牢里自生自灭。他们的伙食还算可以，一人一天两个芒果、一团芭蕉米饭团，没有油没有肉。有机会从这里逃生和被赎出来的人回头一算，这里比昆明的高级宾馆还要贵。

丁国庆摸了摸身上剩下的钱，捏了捏它的厚度，大叫："放我走，我有钱！"

"哥们儿，别喊了，越有钱放你就越慢。"旁边坑里的人有气无力地说。

坑里又黑又冷，丁国庆觉得骨节在疼。

三亚，中国最南端的一个城市。这个城市是自海南岛变成独立的海南省后，才大力开发的。它的主要经济来源是靠观光旅游。

林姐和斧子住进南天门大酒店已经两天了。可是林姐的精力和体力并没得到足够的补充。尽管在这个临海的亚热带市内，有着宜人的景色和豪华的酒店，但是林姐就是睡不着觉。这倒不是因为前半夜，多如牛毛的卖春小姐电话的干扰。也不因为隔壁斧子房间里，他一个人要对付好几个姑娘的瞎折腾。而是因为这里能使她想起在特拉尼达多巴哥附近，她购下的那个岛屿，想起在岛上与丁国庆的那段柔情。她记得冬冬曾主张他俩在那个岛上举行婚礼。她记得丁国庆和她的未来，打算在岛上开荒种地、养鸭、种花。她不愿再呆在这里了，因为海南岛与中美洲那个岛的气候、植物太相像了。她要尽快地离开，越早越好。

清晨，很早她就起床下地了。她关掉了冷气，打开了窗子。即刻，一股带着咸味的海风扑到她的脸上，这股潮热的暖流使她更加受不了。她推开房门，按了一下斧子房间的电铃，她要提醒斧子早起快走。

"不认识字呀，门把儿上我挂的牌子是请勿打扰!"斧子在他屋子里喊叫。

"是我，开门，斧子。"林姐边说边敲门。

"林姐，太早点儿了吧。"斧子打开门请林姐进来。他急忙塞给两位姑娘一人一把小费，请她们快点儿穿衣走人。

林姐笑着说道:"我回我房间里等你吧。"

"不用，她们马上就好。这就走。"斧子把两位姑娘哄出了门，临走时拍了一下她们的屁股，还亲了每人一口。

"林姐，怎么不多睡会儿呀?"斧子把小姐送出门后，回到屋里对林姐说。

"不行，我呆不住了。咱们最好现在就走。斧子，能不能马上就出发?"

"能，我听您的。当然了，这地方对我们男人来说是挺棒的，对您就……"

"我不是那个意思。不过，你还有机会。送走了我，你再回来。"

"没说的。"

吃了早饭，斧子开着车带林姐上了路。他们到达海口后，立即搭乘至昆明的飞机，又从昆明乘机兼程飞往景洪。

到了景洪，一辆日本丰田小轿车等候在机场。司机把车钥匙往斧子手里一扔，二话不说就离开了。

出了景洪机场，斧子继续往南开，在崎岖的 214 国道上如履平地。

"你常走这条线吗?"林姐问斧子。

"不常走，不过也来过几趟。"斧子说着，打了个哈欠:"真困。"他揉了揉眼。

"整夜地闹，能不困吗? 这要是让你二丫头知道了，轻饶不了你。"林姐说着，"咯咯"地笑起来。

"这您就不懂了，我们二丫头虽说没怎么念过书吧，可这方面的观念还是蛮新潮的。"

"她不管？"

"不管。当然，最好还是别让她知道。"

"斧子，咱们这是往哪儿开呀？"

"林姐，您操心的事儿太多了吧，这事儿跟您说不明白。反正叫您怎么走，您就怎么走。让您坐什么车，您就坐什么车不就得了吗？甭费神，放心吧。"

林姐跟斧子走的这一路，的确不费什么心，也没见他怎么联系。到了一个地方也不着急不着慌的，到时候肯定有人来照应，肯定有人来接应。

一路上十分顺利。中饭一过，他们就来到了大勐龙县的一个傣寨。

接待他们的是一位典型的傣族小伙子，名叫岩塔。他长得眉清目秀，招人喜欢。他热情地把林姐、斧子请进傣楼，给他们沏上茶，就坐在一旁不声不响地抽起了水烟袋。

"林姐，您要不要试两口，这大竹筒子烟枪抽着挺过瘾的。"

林姐摇摇头。她正在琢磨着眼前的这个半旧的傣楼，觉得很眼熟。她太熟悉傣族生活了，不仅懂得这里的习性，还能记得一些傣语。她的眼眶有点潮湿，一股莫名其妙的感觉油然而生。"林姐，您先休息一下，我还得跟这位兄弟出去一下办点事儿。"斧子说着，站了起来。"事儿急吗？"林姐问。

斧子低下头，趴在林姐的耳边小声说："跟那边再确认一下过去的时间，免得出麻烦。"林姐点点头。

斧子和那个叫岩塔的傣族小伙子走了。林姐脱掉了外套，躺在竹席上。她没打算睡，她想清理一下头脑中一些模糊的感觉。

二十多年了，整整的二十四年。命运多会捉弄人啊！在路上，她就背着斧子擦过眼泪。那一排排参天的胶林，那一滴滴流进碗里的胶液，融进多少她当年的梦，盛着她多少难以忘怀的回忆呀！

没见到这些树，还真想不到自己已变得这么老了。栽胶苗时候才多大，刚满17岁。谁会想到，当初这些使她伤透了心的小树苗，如今都已成林、果实累累了呀。尽管她没从中得到任何好处，可她仍然非常激动，非常开心。她想，这些胶液一定给当地人带来不少经济效益。看一看现在的傣楼和楼里的家具，变化有多大呀。二十多年前的傣家楼，虽然不是一贫如洗，但也不像如今这样，新的隔间屏风、组合家具、桌上的彩色电视、地上舒适的竹席，竹楼下手工的脱谷机已装上了马达，还有停放在楼旁的手扶拖拉机——翻天覆地的变化。

林姐从竹席上爬起来，走到竹楼的凉台上，眺望着远处的片片胶林，心潮起伏，流出了不知是喜还是悲的眼泪。她算了算，这些成树，不是二十三岁，就是二十四岁。她突然想起一个人，一个女婴，一个她亲生的孩子。如果她还活着，一定也是这个年龄。她真想看一看她，真想摸一摸她，跟她说说话。可是，这怎么可能呢？她抹了一把泪水，又回到了屋里。

还没等林姐坐稳，竹楼的楼梯上传来了脚步声。她以为是斧子他们回来了，就迎到了门口。门口飘进来一个人，不是斧子，是个美丽似鲜花的傣族姑娘。这姑娘穿着一身艳丽的傣服，头上盘着标准的傣发，两只大眼水汪汪的，白嫩的脸颊上，一笑还有一对小酒窝。

林姐眨了眨眼，冲她也还以微笑。然后她试着用傣语，向这姑娘问了一声"你好"。

"您好，您是从北京来的吧？"姑娘的回答是用汉语，说的还是一口标准的普通话。

"噢，你会说汉语？"

516

"请坐，请坐。"姑娘一边请林姐坐下，一边给她倒茶。

"你说的汉语真好。"

"不好，不好，这是我近来看电视，有意学的。为什么学普通话呢，就是为了您。"

"为了我？"林姐一怔。

"我知道，您是为什么来，拍风光片的北京客最近可多了。上个星期一个导演看上了我，他说就这几天会派人来同我谈谈，签个合约，您一定是他派来的吧。在风景里当解说员，并不是我的最终理想，我非常喜欢看电影，想当演员。"

"你这么漂亮，将来一定是个出色的演员。"林姐也跟着她的情绪，显出了兴奋。她看着这个傣家姑娘，望着她清秀的眉宇，忽然想起了自己小时候怀的一些梦。她不忍看到这姑娘失望又补充说："你的条件这么好，我看没问题。"

"请问您贵姓？"姑娘问她。

"我姓……噢姓，姓陈。"不管怎么样，林姐的脑子里还是紧绷着一根弦。

"陈女士，还是叫您陈老师吧，您看上我了吗？要不要我给您表演个小品或朗诵个诗什么的？"

"不，不用。咱们随便聊聊，随便。"林姐的脸上，多少显出有些不好意思。

"北京来的人素质就是高，刚才一看见您我就想起了一个电影，您记得吧，叫《摩雅傣》。当然，秦怡现在老了。不过，你长得非常像她。陈老师您……"

姑娘下面的话，林姐一下子听不清了。她脑子嗡的一声响了起来，浑身上下出了一层鸡皮疙瘩。她的双眼死盯着带在姑娘腕子上的手表，那是块很旧很旧的上海牌手表………林姐大脑记忆的回沟里飞快地闪过了任思红，和她逃出那个荒山之前，任思红塞在她手里的那只表……

"你……你叫什么名字？"林姐截住姑娘的话问。

"我姓刀，叫刀玉荷。"

"刀玉荷？"

"这个名字是不好听，我打算起两个字的，深思、玛丽，或是美琦、阿敏什么的，那样好记。"

"玉荷，你妈妈叫什么名字？"

"我阿妈？"刀玉荷忽然静了下来。她想了一想，晃了晃头，脸色阴沉一下。不过马上又恢复了笑态说："我阿妈叫刀玉约。"

"刀玉约？你今年二十三岁半不到二十四岁？"

"是啊。"

林姐的嘴角颤抖起来，她眼前直冒金花，险些昏倒在竹席上。

"陈老师，您……"刀玉荷望着脸色苍白的林姐喊。

"没事，没事。"林姐哆嗦着点上了烟，她必须冷静，在没确认之前，什么也不能说。可是，她非常相信她的直觉，她基本上清楚了……她打算先不挑明关系，问一问她别的事情。

"玉荷，你结婚了吗？生活得好吗？"

"还没有。不过倒是有个男友，他叫岩塔，我们还没有结婚的打算。怎么说呢？您也许不知道我们傣族的风俗。"

"我知道。"林姐真地知道得很清楚，她在这里生活过。傣族的婚姻与汉族有很大的不同，婚前的男子需到女方家里白干三年。在这段时间里，如果男子有病或挣不了钱，女方仍可解除婚约，把他赶出大门。

"我知道，可这个风俗一直没变？"

"哎，这是不好改变的了。我和岩塔结不了婚，我们对生活的看法太不一样。我不喜欢一辈子呆在这儿，总想到内地去发展，这大概跟我的血液有关吧。陈老师，我可以告诉你一个秘密，我不是纯粹的傣族人。"

"是玉约阿妈告诉你的？"

518

"嗯，是的。阿妈在临死前告诉我，我的亲妈是当年的北京知青。其实我早有觉察，寨子里的人也早就这么议论。陈老师，您说我的长相和个子像傣族人吗？"

"不，一点儿也不像。"林姐意味深长地自言自语道。

"岩塔这个人和我过不到一起。我真盼着您把我带走，好了结这段情。"

"为什么？玉荷，告诉我，你有什么困难？"林姐尽量控制着自己的情绪。

"他为了能娶到我，不择手段地去赚钱。钱倒是赚到一些，可是我不要。我烦，这钱太黑！""他赚的是什么钱？"

"偷渡钱！"

"偷渡？！"

"对，他经常当马仔，带人偷渡过去。陈老师，人要行得正，走得直，我要求自己走正当的途径求发展，这种事绝不能干，更何况我是个刚入党的党员。"

"你是党员？"

"刚刚加入。领导上一直培养我，最近又让我当上了边疆治安主任。当然，我明白这是组织上为了留住我。不管为了什么吧，我总得尽我的责任。陈老师，可岩塔他……"刀玉荷非常直率，林姐从她那股子不服输、同自己命运挑战的性格中看到了自己。不过她又明显地觉出，刀玉荷也继承了不少他父亲的基因。

"陈老师，您看我能当个好演员吗？"刀玉荷又回到了她要谈的主题。

"能，一定能。玉荷，坐过来。"林姐准备向她说点儿什么，不，她有一种由不得自己的感觉，她要摸摸刀玉荷，她要把事情说明，把她俩的关系挑明。

"玉荷！"林姐叫了一声，正要开口，楼梯上又出现了一阵杂乱的脚步声，紧接着，斧子和岩塔出现在门口。

"林姐，接上头了，全齐活了您呢，走吧！"斧子进门叫喊。

斧子的身旁站着心花怒放的岩塔。

岩塔把刀玉荷拉到一边小声地嘀咕了几句。刀玉荷睁大了双眼，诧疑地看着林姐。过了一会儿，她坚定地说：

"不行，你们妄想！"

斧子一见情况不妙，上去揪住了刀玉荷的头发，来了个反腕，骂道："臭娘们儿，你想干什么？"

"我不放你们过境！"刀玉荷喊。

"再喊我就捅了你，放干了你的血！"斧子威胁着她。

"我不怕。岩塔你这个混蛋还不动手！"刀玉荷怒视着岩塔。

岩塔左右为难，他低声用傣语说了声："人家给了大钱了！"

"来人……"刀玉荷呼救的叫声不等喊出，斧子一把掐住了她的脖梗。

"斧子，住手！不许伤害她。"林姐上去抱住了刀玉荷。

"林姐，你……？"斧子不解。

"玉荷，你……你冷静点儿。你……你还是放了我们吧。"

刀玉荷尽管嘴被捂着，还是坚定地摇着头。

"玉荷，玉荷，你，你知道我是谁吗？"

"……"

"我……我就是你的亲生母亲！"林姐痛哭着跪了下来。

"啊？"斧子放开了刀玉荷。

"你，你说什么？"刀玉荷被这突发的事情惊呆了。

"你不信，没有关系。不过，我可以明确地告诉你，你就是我亲生的女儿。"林姐抽泣着说。

"我……？"

"你阿妈姓刀，叫刀玉约，刀玉约的右腋下有一块儿紫痣。你手上的表是17钻的，表蒙子上有一道裂纹。"

"你姓韩？"

"叫欣欣。"

"你……?"刀玉荷不敢相信眼前的事实。

"对,我就是你的亲生母亲。"

斧子和岩塔也全惊住了。

"你,你真是韩欣欣。"

林姐痛苦地点着头。

"我们寨子里谁也不知道你的名字,阿妈只对我一个人说过。到现在我才找到你。"刀玉荷扑到林姐的怀里。

"快走吧,林姐,定好的时间,再不走就来不及了!"斧子看看表,催着仍然跪着不动的林姐。

母女抱头痛哭。

"玉荷,跟我一起走吧。"林姐似乎冷静了一些。

"去哪儿?"

"去美国。"

"不,我不去。你要是我亲妈,你也别跟他们一起去。妈妈,那是叛逃罪呀!"刀玉荷抓着林姐的肩头流着泪说。

"玉荷,我得走,美国还有个女儿,你的妹妹冬冬。走吧,跟妈一起走吧!"林姐说着,想把刀玉荷扶起来。

"不,不能走,这是原则!"刀玉荷站起来,向他们瞪起了眼睛。

"什么他妈的原则,这都是哪儿的事儿呀?"斧子急得不耐烦了。

"玉荷,你先不走也好,可我必须得走。这样吧,"林姐说着,从皮包里拿出一厚叠美元,递给玉荷说:"妈会想办法接你出去的。"

刀玉荷接过钱,往林姐的脸上一摔,站到了门口,她快速地瞄了一眼门旁边儿的双筒猎枪。"林姐,别全信这些,这种邪事儿多了去了。快走!"斧子盯着刀玉荷,向林姐请示着。

"我……?"林姐无言以对。

"还是我来吧。"说着,斧子一个箭步擒住了刀玉荷,用巴掌按住她的嘴说:"快,快走。林姐,时间不等人。"

"斧子,你……?"

"甭管我。岩塔你快带她走,按定好的地点。"

岩塔拉着林姐往外走。

林姐走到门口,回头向斧子叮嘱:"斧子,不许你伤她。"

"快走吧。"

"好好地跟她讲道理。"

"别噜嗦了,走。"

林姐迈出门坎,又转身回来说:"玉荷,我会来接你的。"

玉荷在斧子的怀里反抗着。

岩塔带着林姐安全过境,把她顺利地交给了黑头派来的人。

林姐迈过边境时,一直回头张望。她惦念着刀玉荷,还有斧子,生怕他们会闹出大事情。

斧子见岩塔把林姐安全带走,仍不放心。他把刀玉荷死死地按在地上,一小时,二小时,三小时……

天渐渐暗了下来。斧子看了看表,估计林姐他们已到达接头的地点。再看看躺在地上的刀玉荷,她已筋疲力尽地躺在地上,无力再挣扎。

"行了,我的姑奶奶,起来吧。我得找点儿水喝。"斧子松开了刀玉荷。

刀玉荷仍躺在地上。

"别说你没劲儿,我他妈的也快瘫了。咱得想辙吃点儿东西。"斧子说着,走到桌子旁,把剩下的冰茶一口气喝干。

喝完茶,斧子还没听到身后的刀玉荷有要起来的动静,就转过身来,猛见刀玉荷已把门后的双筒猎枪端在了手中,对准了他。

"别逗嘿，咱俩没什么过不去的。"

　　"不许动！"

　　"还闹？跟真的似的。"斧子乐呵呵地向她走来。

　　"嘭"的一声，猎枪子弹朝他的肚子打来。

　　"哟，我操，玩真的！"斧子说着腿一软，跪在了地上。他双手捂着从肚子里流出来的肠子，说了他一生中最后的一句话："操，今儿我面了。"

31

第四特区人民军总部，黑头大摆宴席招待林姐。

林姐头昏脑胀，滴酒不沾。看着满桌子的烤乳猪、烧野鸭、清蒸穿山甲、泥焖地刺猬，她是一点儿胃口也没有。

总司令黑头又命几个卫兵端上来洋桃、芒果、芭蕉、凤梨放在林姐的面前，林姐仍然一个劲儿地摇头。

"你是咋搞的嘛？是不是嫌我的庙太小、太土气。你第一次到我这里来，怎么也得赏个面子嘛！"黑头一张嘴，还是离不开他的川音。

"不是，我真地头痛，吃不下去。还是让我去休息一会儿吧。"林姐感到浑身骨节发紧。在她的脑子里，总闪着刀玉荷的影子。

除了刀玉荷这个24年不曾见过面的亲生女儿给了她意外的刺激，还有就是刚才她打的两个电话，扰得她更加心烦意乱。

到了人民军总部，她的第一个电话是打给曼哈顿的办公室，铃声响了十几次也没人接；第二个电话是打给了长岛小海湾的家里，她盼望冬冬、丁国庆和阿芳生活得愉快，三个人不管是谁接电话，能听到他们的声音，她都会感到极大的欣慰。可是，这三个人的声音她没听到，来接电话的却是萨娃。

萨娃说家里一直没有人，更不曾有个叫阿芳的女人住在小海湾。丁国庆先生几天前就离开小海湾。不过，他临走之前，在电话机旁倒是留了一个条子。条子上写得很简单，一项内容是叫冬冬在寒假期间不要出去乱走动，第二项内容是说他准备离开纽约一个星期，去找你。

"找我？！"林姐在电话里就惊叫起来。

"是的。他写的是去找妈咪，我想就是你吧。"萨娃说。

"他说到哪儿去找我吗？"

"没有。不过，他说叫冬冬和我都放心，妈咪一定很快就回来。"

冬冬在电话里急着对她说："妈咪，你快回来吧。纽约的雪景可美了，今年的这场大风雪是近百年来都很少遇到的，妈咪，可好看了。国庆叔叔什么时候回来？你们一定要带我去滑雪。"

"好，两天以后就到。当心身体，冬冬。"林姐打完了这个电话，心里七上八下的，她不想在人民军内多停留一分钟。

黑头不仅为林姐设下了盛宴，也为她准备了一些特殊的歌舞节目。这些节目是他特意派人从孟拉镇上花大钱包来的。黑头命令晚宴的菜肴暂停。他朝着左右拍了两下手，军帐内立即灯火通明，歌舞翩翩。

包来的节目是人妖表演。这些个以假乱真的人妖撅起屁股，挺着丰胸，在一群小卫兵和黑头司令的面前，做着性感诱人的怪态。他们弄出一些不可思议的表演，挑逗着这些长久不见荤腥的士兵。士兵们也许因为酒喝得太多，也许是见司令请来了客人非常高兴，他们个个得意忘形，混进人妖群里，同他们一起打逗调戏。

"对不起，我得走。"林姐按着头皮大声地说。

黑头看出林姐是真不喜欢，挥了一下手，人妖歌舞立即撤到外面，军帐内恢复了安静。

"难得机会，林姐，再坐一会儿，明早一定叫你上飞机。顾卫华那边都准备好了，没有问题。"黑头说着，又向她举起了酒杯。

林姐不愿做得太过分，叫黑头当着卫兵们的面下不来台，就跟着举起杯子放到嘴边抿了一口酒说："看来你不缺钱嘛，还有余钱请这些人妖。"

"对头，这两年见好见缓。偷渡路过此地的人越来越多，我是孙二娘开店，不管那一套。想从此处过，留下买路钱。除了你的货我从不难为他们，可眼下的零散货比起你成批的也不少。"黑头得意地说。

"是吗？"

"当然喽。很奇怪哩，个个身上都有不少的钱。前几天，我手下的勇士们又抓到了一个大个子，这可是个好果子，他身上藏的全是美金。"

"你说什么？大个子？身上全是美金？"不知是一股什么力量，使林姐突然敏感起来，她的第六感觉猛地被黑头的话挑动了起来。她忽然把黑头的话与老萨娃说的丁国庆出来找她的话联在了一起。

"不会错的。"黑头肯定地说。

"你见过这个人了？"

"我才没有空儿管这些。见他作啥子嘛，我只要他身上的钱。"

"你，你快点儿把他带到这里来。"

"作啥子？"

"我要看一看他。"

黑头有些不理解，可还是向站在身后的一个缅甸籍卫士说了几句林姐听不懂的话。

没过一会儿的功夫，四个娃娃兵押着一个与他们不成比例的巨人走了进来。

"往前走走，站在灯下！"黑头用缅语命令。

林姐简直不敢相信自己的眼睛。她的第六感觉没有错，她认出了站在灯下的这个衣衫褴褛的大个子就是丁国庆。

"国庆！"她叫了一声扑上去。

黑头和卫士们一惊。

"国庆，看看我，我是欣欣。"

"欣欣?!"

林姐抱住了丁国庆，丁国庆一把把她搂在怀里说："我知道我

526

会找到你的，欣欣。"说着他不顾周围的环境，放肆地抚摸她、亲吻她。

"国庆，你……你怎么会闯到这里来?"林姐在他的怀里喃喃地说。

"嘿嘿。"丁国庆笑了。

黑头走到他俩身旁，揉着眼，拍着他俩的肩膀，想起了流传在这一带的一个感人的爱情故事，阿黑寻找阿诗玛，黑头掉了眼泪。

第二天一早，黑头亲自把他们送到泰国曼谷郊外。一路上他们的话很少，林姐紧拉着丁国庆的手，丁国庆把林姐搂得更紧。

在曼谷等候他俩的有顾卫华和先从巴黎飞来的李云飞。

顾卫华原打算让他俩在曼谷好好地休息几天，调调胃口，养养精神。李云飞也计划着把他俩接到巴黎。可是丁国庆和林姐一日也不肯呆，坚持着无论如何也要飞回美国，赶到纽约。急着到纽约只有一个目的，去接冬冬。接到冬冬以后的打算，林姐和丁国庆不准备告诉任何人，甚至也没有告诉顾卫华、黑头和李云飞。

在飞回纽约的头等客舱里，林姐和丁国庆并排躺在宽大的椅子上，两个人的手一直就没有松开过。一身的疲倦，满脑的杂乱，一时恢复不过来。满怀的心腹话、满腔的恨与仇，不知从哪儿说起。

飞机嗡嗡地叫。

脚下的云彩向东移。

"国庆，想不到阿芳这么快就离开我们……"林姐自言自语道。

"别说了。"

林姐不断地擦着眼泪。

飞机不停地向西飞。

"继红也这么就去了……"

"欣欣，想想下一步吧。"丁国庆捏了捏林姐的手。

"国庆，到了纽约，你要马上干掉郝仁。"林姐突然坐直，大声说。

丁国庆躺在椅子上一动不动，似乎是什么也没听懂。

林姐推了推他又说："听清了吗？这次我是下定了决心，一定……"

丁国庆微微地摇了摇头。

"为什么不？"

丁国庆笑了笑，那笑容非常苦涩。

林姐的眼睛紧盯着他的脸。

过了一会儿，丁国庆理智地说："还是先接冬冬吧。"

"可郝仁……"

"你不懂，你什么也不懂！"丁国庆大吼。

林姐吓了一跳。她乖乖地回到原位上，紧紧地拉着他的手，回味着他的话。

暴风雪还没有停，夜是漆黑的。

丁国庆和林姐下了飞机，叫了一辆普通出租车，往小海湾方向开去。当车开到离小海湾还很远的地方，丁国庆就叫司机停了车，付了车费，司机马上调头，开了回去。他俩等汽车走远了，看不见了，才手拉着手，顶着能把人吹倒的暴风雪，向小海湾里走去。

风吹透了他们单薄的衣服，雪打疼了他们脸上的皮肤，可他们没有停住脚步。急着要见冬冬的迫切心情，使他俩的步子迈得更加有劲。

在离家门口不远的地方，丁国庆小声且有力地向林姐说了声："卧倒！"

两个人迅速趴下。他们发现远处有两辆停在路旁的汽车，车子的颜色是深黑的，与白茫茫的大地形成了强烈的反比。可疑的是，这样大的风雪天不可能有人把车停在这里，车里还有烟头一亮一灭地在闪动。

　　"怎么回事？"林姐小声问。

　　"等一等。"丁国庆说着，哈哈被冻僵了的手掌。

　　雪非常厚，垫在他们的身下。体温不断地传到雪的表层，把雪融化了。他俩感到全身的各个部位又凉又硬。

　　"顾不了许多了，走，绕开他们走。"丁国庆打算不走正路，想从后山坡上溜进小海湾。没走多远，他们又发现了一个可疑的现象，山坡上有杂乱的脚印，这些脚印虽已被新雪覆盖，可是在雪的表层仍显得高低不平。

　　他俩的神经绷了起来。在可以看到房子门前的高处，他俩又趴在地上，观察着海湾里的一切动静。

　　"会不会是 FBI（美国联邦调查局）……？"林姐轻问。

　　"嘘——"丁国庆叫她不要出声。

　　丁国庆借着昏暗的月光和积雪的反光，在观察、在分析海湾里的情况。

　　屋子里没有灯。窗子上一片漆黑。屋前的台阶上堆起了很厚的雪。院子里的树丛前，筑上了高高的雪墙。

　　丁国庆正在想台阶上的雪为什么没有留下走进走出的脚印，突然他觉出他的背后出现了异常，一股股热气喷在他的脖梗上，热气中卷着很粗的喘气声。

　　林姐也感觉到了。

　　"杰克！"丁国庆激动地翻身抱住了杰克的脖子。他高兴极了，这下可好，他可以从杰克的神态里得知一切情况。

　　"杰克，杰克！"丁国庆一边轻声叫着它，一边抚摸着杰克暖融融的长毛。

突然，丁国庆觉得有点不对。他感到，在杰克的长毛里，有股粘乎乎的发热的液体，"啊?！血！"再一细摸，他差点儿叫出了声。杰克的肩头有一道很深的刀伤。那伤口还在不停地，忽忽地冒着鲜血。那温暖的血，沾满了丁国庆的手掌。

"杰克，我的剑客，你到底怎么了？这里发生了什么呀？"丁国庆紧搂着杰克，流下了滚滚热泪。有生以来，他从来没这么哭过。

林姐全明白了，也跟着哭了起来。

杰克舔了舔丁国庆的脸颊,用沾着血的牙齿叼起他的袖口,丁国庆明白，杰克这是拉他站起来，叫他跟它下去。

丁国庆站起来，拉起林姐，跟着杰克走下了山坡，来到了屋子门前。他平生不太相信任何人，但是对杰克却一百个放心。

林姐打开了院灯，正要开门进去，杰克跑过去拉住了她的裤角。

"怎么了，杰克?"林姐蹲下来问。

杰克不声不响，扯着林姐的裤角，一直把她拉到树丛的雪墙前。

林姐不解。

杰克来回转了两圈,有点儿着急。它见主人不明白它的意思,就用鼻子在雪墙上拱。

雪一层一层地从雪墙上落下，一团一团冰凉的雪被杰克拱开，雪墙里露出了一只脚，一只萨娃平时爱穿的皮鞋。

"萨娃!"林姐扑向雪墙，双手不停地扒着雪墙里松软的白雪。

丁国庆仰头叫了一声："上帝呀!"

雪墙扒开了，林姐昏倒在地。

老萨娃的尸体冻僵了,在她的怀里紧抱着面色紫青的冬冬。她俩身上都有刀伤，冬冬致命的一刀在胸部。老萨娃身上的刀伤太多，身上，腿上，脸部还有胸部，伤痕累累。显然，为了保护冬冬，她已竭尽了全力。

"哇——"的一声，林姐哭出了声。

杰克此时显得更加着急，它打破了常规，在漆黑的暴风雪里狂叫着，向车库里奔跑。

丁国庆拉起林姐紧紧跟上。

车库的门是打开的，一具被杰克开了膛的死尸横躺在车库里。

丁国庆和林姐恍然大悟，是杰克，是这个忠诚的老家院，是这条英勇无畏的沙皮狗，咬死了郝仁，刨出了他的肠子，吃了他的心肝。

郝仁被狗吃了。

丁国庆放下林姐，以最快的速度，把车库里的大油箱搬上了停在海湾里的那只快艇，点着了火，又把林姐抱到船上。他见杰克没有跟上来，大叫着："杰克！杰克！"

杰克站在岸边没往船上跳，它只是"汪汪"地狂叫着。

"杰克，跟我来，这里咱们不要了！"丁国庆向杰克喊着。

"汪，汪，汪，汪。"杰克边叫边往后急退。

黑暗的天空里传来了警笛声。

"杰克，跟我上船，快！"

山顶上有几个人影在晃动。

"杰克！杰……"丁国庆停住了呼叫，他看见杰克疯狂地冲向了山丘上的人影。

"轰！"的一声，快艇开出了海湾，向着漆黑的大西洋里冲去。

小海湾里传来了枪声。

丁国庆抹了一把泪水，默念了一声："永别了，杰克。"他一把把推进器的拉杆推到底。船头高高地扬起，两边分出了水墙。林姐和丁国庆迎着风雪，冲开巨浪，向远方飞去……

1994 年底，华夏银行的最后一个分行 NEW YORK

BRANCH（纽约分行），在一片喜庆的酒会上宣告正式成立。出席这次酒会的有显赫的政要，著名的金融界大亨，还有各国通讯社驻纽约的代表。

酒会的主持人，也就是这家银行的总裁 AMELY WANG（艾米莉·王），是一个带着墨镜的中国女人，她的中文名字叫王昭娣。

酒会上她很少说话。不过每当她从坐位上站起来同一些人寒喧时，她的举止都会吸引住所有与会人的目光。她似乎了解到这一点，故此，不到非站起来应酬的时候，她是很少起立说话的。

这位名叫王昭娣的中国女人，就是被昨天的《华尔街金融界报》推举出的引人注目的东方黑马。文章中宣称她在金融界的前途是不可估量的，华夏银行将如同她漂亮的身材和脸蛋一样对客户具有不可抗拒的吸引力。

有关当局向各大信息网提供的材料证实了《华尔街金融报》文章的可信性：王女士祖籍中国，出生地香港，曾就学于英国牛津大学，主修政治经济，并取得该院的硕士学位，后在亚太日本及中国台湾等地经商。

酒席在王昭娣女士的诚挚谢意中结束，她被一群纠缠不休的新闻记者前呼后拥地走下了华尔道夫饭店的高台阶。

她对记者说："是的，你猜对了，华尔街将是我的主战场。我想，作为一个优秀的金融家筹措资金固然不易，而有效地调动使用资金才是我今后需要做的主要工作，我不会令你们失望，谢谢诸位。"

两位穿着红色制服的侍从为王女士打开她那辆豪华的劳斯·劳伊斯高级轿车的车门。

王女士同在她身边的记者说了声"晚安！"就钻进车里。为她驾驶汽车的人是个浓眉大眼的东方男子，见她进来在位子上坐好，就递给她一张纸巾说了声："看你累的。"

她接过来纸巾露出了微笑。

"他们都到齐了。"男人说。

　　"我知道了。"

　　"现在就走吗？欣欣。"

　　"你看你总改不了。"她摇了摇头。

　　"车里又没别人。"

　　"那也不行。必须记住，姓林的和你这个姓丁的已在这个地球上消失了。"

　　"是的，艾米莉。"

　　"请加速吧，MR HOWARD.（豪沃德先生）"

　　两人对视，会心地笑了一下。

　　艾米莉和豪沃德要去的地方是他们在华尔街附近的一个公寓。这套六卧三大厅的公寓是他们新购下的。这里与中国城的东百老汇大街虽然只隔几十分钟的路程，可是，自她们搬进华尔街以来，一直没有回那里去过。尽管那里有当年风云一时的华美国际贸易公司旧址，有他们一起生活奋斗过的地方，有他俩一起共同拼杀争斗的熟悉环境，可他们再也不打算回去了，再也不愿到那里多看一眼。

　　离开东百老汇大街迁到华尔街，如同进入了另一个世界。自艾米莉闯进这个世界以后不久，她就发现了这里是更加残酷的厮杀战场，只是不见血腥，生性不残忍的人在这里是没有立足之地的。一夜之间可成为暴发户，转眼之间也可变成阶下囚，是真正冒险家的乐园。

　　汽车在一座超现代化大楼的停车场里熄灭了引擎，高速电梯把他俩直送到巨大的客厅。

　　"艾米莉，我的女英雄！"李云飞第一个从坐位上跳起来，迎上去拥抱她。

　　"请她坐下来休息一下吧，云飞，别太激动！"顾卫华还是像以前一样，坐在原位上不冷不热地说。

黑头放下手中的酒杯，走过去推开了李云飞，握着艾米莉的双手，眼圈发红。他仍旧操着浓重的四川话说："辛苦了，林姐！"

　　豪沃德先生向黑头李少华惊讶地说："李先生，您是不是搞错了，您提到的这个名字现已飞到火星上去发展了。

　　众人大笑。

　　艾米莉请大家坐下，说了她的打算。

　　"我提醒各位，务必加强对身体的锻炼。我们这个年龄，要想保持开拓的勇气，战胜狡猾的对手，没有好身体是不行的。少华你要少饮含酒精的饮料，卫华你在几个女人面前要控制节欲，对云飞还是那句老话，赶快找个伴儿成家，尽快结束单身贵族的生活，个人的形象也是保证一个男人在这个行业里胜败的关键。"

　　艾米莉对几位华夏的股东先说了些题外的话，听话音她不仅是华夏的决策人，而且也称得上是各位的大姐，或是当仁不让的家长。对拥有华夏股权的这几位股东来说，眼下听到她的每一句话，好象变得只有听从的份了，这可能是出于对她的真正尊敬吧。

　　艾米莉到华尔街了解业务、组织力量已有一段时间了。她是个天生聪慧的人，也是个天生思维流畅且又要求完美的人。

　　华夏银行在艾米莉的思想指导下，各个分行经理一级的人物，都起用了高学历并有经验的专业人才。在业务管理上，不仅分工明确，而且要求一尘不染。在客户利息利率上，在不破坏法律又有利润的情况下，与各地的同行展开了强有力的竞争。各洲的分管也很清楚，李云飞坐阵欧洲，随时关注伦敦股市的走向；黑头李少华则分管香港股市的走向；顾卫华的责任是介入东京股票市场，出盘和收盘；华尔街因是执这几大金融证券中心牛耳的地方，当然是艾米莉亲自指挥了。

　　艾米莉已拥有了具有五十多位股票经纪人的大公司。她在上个月试着在 CON EDISON（电力）、GMC AUTO（汽车）、IBM（电脑）这些比较稳定的股票上投下了几十万股，股市一直都在稳步上升、看好。现在她把各位召到纽约谈一下她的下一步战略。

"各位，"她说："华夏集团在这个战场里处于什么战略位置，我们必须清楚。它不处在有利的优势位置，坦率地说它处在很不利的战壕里。不敢于出击，不是金融家。安居于现有的资金，不如回家抱孩子。"

艾米莉拿出一支烟，豪沃德立即给她点上，看样子，他非常了解她。艾米莉眼睛放光了，她需要抑制自己。

"我们是不能让钱睡觉的，钱再多，不叫醒它，不使用它，华夏就没有出路可言。"

"各位也许会问，华夏找到了出路，拥有更多的金钱，究竟作什么用。我可以直截了当地回答你们，扶助科学，捐献慈善，协助教育，救济贫困，总之回馈社会。"

接着艾米莉分析了当今的局势。她认为，金、银股市爬升缓慢，近来，铜和铝扶摇直上。她悄悄地告诉了股东们她的一个感觉：中东的空气里有股怪味儿。那里缺少一种消费品，就是子弹。而铜和铝正是制造这种东西必不可少的原材料。她提议，立刻购买铜和铝的股票，尽可能地把华夏现在的流动资金全部投放进去，好好搏它一次，赌它一把。

"我看还是慎重些为好。购铜铝股票我不反对，但我们还是由浅入深地下注，毕竟我们还属刚刚来到这里初学走路的小学生。"顾卫华没有阻拦，但不同意动作太快。

"战争这玩艺儿来得快，走得慢。等到战火真地蔓延起来，再买这些个股票恐怕就来不及了。"黑头李少华主张，既来到华尔街，索性就大干一场。

"是啊，不大干，炮声一响，手上不掌握这些看涨的股票，到时候哭都来不及了。"李云飞以行家里手的口吻说。

豪沃德采取的是折中态度。他计算过，按目前华夏可使用的资金，只要一股上升二点，那就是一个极可观的大数目。

535

"举棋不定，不是金融家应有的风范，我看就这么定了。先购下一百万股，以观明日的行情。"艾米莉说。

艾米莉的决定董事会通过了，并形成了一致的决议。

华夏银行投入的第一笔2百万股，大获全胜。次日，交易中心的电子牌上显示出的上扬点为$2\frac{1}{2}$，艾米莉立即通知华夏股票公司的另外20名专攻地产和文物古董的经纪人，全部转到铜、铝和一些稀有金属的股票上来。

三天过去了，形势一直在向好的方向发展。到第四天，《华尔街金融报》又一次报道了这家由一位东方女性主持的股票公司的英明，夸张地估测了它手上现有股票的价值已为四天前的3—5倍。

艾米莉把这条新闻剪了下来，电传给已经回到曼谷的顾卫华，并让他立即传给黑头和李云飞。

艾米莉和豪沃德随着股势的升高，狂热起来。他们不知疲倦地紧盯着电视的新闻，电脑上的屏幕。就是开车回家的路上也总是把收音机打开，听着股势的变化，指挥着经纪人们的收放。

他们俩不分昼夜地干。就是每日STOCK MARKET CLOSING（股票交易所）收盘时，别人都进入了梦乡，他们仍然观察着股票的行情，分析着各种股票的走向。

几日后的一个早晨，电子牌上股票下滑的趋势把他们吓呆了。

"怎么办？抛出吧，欣欣！"豪沃德望着艾米莉那张冷俊的面孔焦急地说。

"沉住气！听我的，这个时刻千万不能慌，华夏的生命绝不会这么短。"艾米莉战战兢兢地说。艾米莉的神情有些慌乱，她忽地抄起电话，给顾卫华拨通了。她要求几位股东立即飞往曼谷，她和豪沃德先生将在明晚抵达泰国。

"我知道，我一定通知他们。"顾卫华的声音相当低沉。显然，他也知道了今晨华尔街股票开盘的局势。

西北航空公司直达曼谷的班机起飞了。

机舱里，艾米莉和豪沃德看着CNN从全球各地发回来的消息，以及官方和民间对停战以后的热烈反应，俩人默默不语。

曼谷到了，他俩匆匆走出机场。虽然相互之间没有交流，但都知道，收拾股票战场的惨局唯一的指望，就是这次曼谷会议与各位股东共谋调动资金挽救这一垮到底的败局。

曼谷的街上，还像往日一样繁华热闹。遥远的中东战争对这里的人们似乎不存在任何影响，人们都在忙忙碌碌地挣钱，挣钱。

可是，今天与往常不同的是他们正在忙着传递着一个消息，一个可怕惊人的消息，街头巷尾人们都在交头接耳。

走出机场，他们并没有看到顾卫华派来接他们的人，也没有发现等候他们的汽车。艾米莉和豪沃德开始紧张了。

他俩立即决定，按预约的地点，叫辆出租车去曼谷郊外顾卫华的家。

"对不起，太太，先生，那里我不能去！"司机用生硬的英语回绝了他们。

"为什么?"

"那一带已被警察戒严了。"

"戒严?"

"昨天夜里，那里发生了一次空前的大爆炸，死了很多人。一定又是一次黑吃黑。你们还是买张报纸看看吧，对不起，再见。"

出租车拉上了别人开走了。豪沃德赶快在路旁买了份当地的华文报纸。头条消息让他俩惊住了：

"昨天深夜的那场爆炸不是偶然的，是新一代人口贩子与老一代蛇头之间残酷的争斗。为求高利，为争地盘，他们互相残杀。据悉，被害人均是各个地区的首领，他们大都是生活在本土及本土外的华裔。著名的商界巨头顾卫华先生也在这次大型火并中身亡。又据他的秘书供认，与他共亡的都是他的老友，有来自法国的李云飞先生和从缅甸来的人民军首领黑头司令。

"警方现已把该地区封锁，并严密注视着事态的发展。

"又悉，在顾卫华先生家里安放强力炸药的人，是人口贩子新秀。此人的来历现已查明，他去年年底来自中国福建，真实姓名叫郝义。"

一切都停顿了，消失了。

战争结束了。

华夏财团在这个世界上的寿命从头至尾仅为 37 天。

RED ISLAND（红岛），这个巴掌大的小岛，四面环海，是个不与任何陆地接壤的世外桃源。在这个岛上，原来也曾有过特殊的文明。林姐和丁国庆上岛后没几天，就发现了这个奇迹。古亚玛逊人的文化遗址，不仅遍布巴西、哥伦比亚、墨西哥，也延伸到了散布在中美洲的这些小块土地上。

亚玛逊人性格豪放，粗犷，聪慧而又细腻。从他们留在密林里的石人、岸边岩石上的那些雕塑上，就可以清楚地了解到这一切。

几千年前的亚玛逊文化，至今在这个小岛上仍旧散发着无限的光辉。那人面兽身的石雕，精美、逼真。那巨大的、竖立在岸边的人类生殖器，更是巧夺天工、灿烂辉煌。生殖器的雕塑有男也有女，阴阳两性遥相呼应，共造人类。男性的阴茎粗壮笔直，龟头的棱角雕刻得雄大、威武、饱满、鲜活，立起来的直冲着天，横放着的直对着阴道。

女性生殖器的雕法更是细致讲究，可清楚地看到阴道里的凸凹罗纹，可明显地辨出露在外面的阴唇和阴毛。子宫里大得可以容下两个人。两个人又可半曲着身体，在里边睡觉。

绝了，可敬的亚玛逊人。

这些率直的图腾文化，使林姐和丁国庆着了迷，似乎给他俩的脑门上打开了个天窗，又似乎使他俩的灵魂真地出了一回窍。

丁国庆像是变了个人。本来就不善言表的他，现在就更不爱说话了，应该说他已经基本忘记了自己的语言能力。向林姐表示意思时，常常对她只打手势。

林姐的记忆好象也减退了。她记不清到红岛以前所发生的事，也辨不出北京、东京、巴黎、纽约到底是在什么方位。她想，地球不应该是圆的。可又能模模糊糊地记得，她办公室里的那个大地球仪。她痛恨那个圆家伙，一想起它来头就要炸。

他俩自上岛以来，虽然智商大大降低，可是他俩的胃口倒大大增强了。大概这话说少了，嘴的功能就剩下嚼东西了。林姐一顿可以吃四个芒果、四个香蕉。丁国庆可以开掉八个菠萝、八个野桃。有时候两个人吃完了这些还嫌不够，就再烤上几只山雀，高兴了还能对付一支大火鸡。

吃的不愁，穿的也不少。多了也没法穿，气候太热，不如赤着身体。害羞的地方挡上块叶子。再怕费事，索性一丝不挂，更加逍遥自在。

林姐和丁国庆不怎么爱在身上遮东西。他们喜欢光着身子在草上睡，在海滩上跑。他们的皮肤被晒得黝黑，强烈的紫外线都晒到了他们的脚指缝儿里。

转眼几个月过去了，如今到底是哪月哪天，他们也不知道。月份牌，日历卡根本没带。两只带有日历的劳力士手表，又被丁国庆扔到了海里。从海那边带上岛的东西，全让他们给毁了。上岛没几天，两人一高兴，又把那条新型的快艇也给拆毁，沉到了深海里。船上可用的东西一点儿都不留，只留下一只打火机。没过几天，又把打火机也砸碎了，因为钻木取火的原始办法，林姐很快就学会了。

东西南北他们基本还搞得清，太阳升起的地平线是东，太阳落下去的地平线是西。不过，方向对他俩来说，已不存在任何意义。

他们没有忘记冬冬生前对他俩的请求，在上岛的当天，他俩就举行了婚礼。两个人在没有乐队、没有酒席、没有证婚人、也没有结婚戒指的情况下，对着蓝天，冲着大海，立下了山盟海誓。他们在海滩上由上天作证结为夫妻。接第一个吻时，有海龟、螃蟹作伴。结婚之夜醒来，头上、脚下，有海鸥、小鸟欢舞。它们叽叽喳喳地叫个不停，庆贺他们婚姻的幸福和美满。

亚玛逊人的图腾文化，点燃了他俩生命的原点，烧着两人原始的冲动。他俩常常围坐在那些巨大的生殖器中间，没有语言，互相对看，缠在一起，献媚交欢。

林姐和丁国庆的内心深处，都产生了一个新的认识。尽管彼此还没有交流过，但是不用说出来，他们都感到了对方有着同样的共识。这个共识就是，几十年的年轮岁月，他们走的都是弯路，人究竟应该怎么生活，直到现在才真正明白。原来没有欲望、平和的生存是这么和谐。为那些身体需求之外的东西拼命奔波，是那么残酷、那么苦恼。

一天早晨，林姐和丁国庆坐在海滩上遥望，冲着冉冉升起的太阳。他们谁也没有说话，任凭海浪和阳光荡涤着自己的心灵。

忽然，他们看到一轮金灿灿的光环从海面上升起，越升越高，光环越来越大，光环的彩晕弥漫于整个天空。

他们惊呆了，预感到心中积蓄已久的愿望即将实现了。光环里出现了一个巨大的身影，他脚踏在海面上，戴着刺冠的头直接着苍穹，那庄严的面容向他们投来怜悯的微笑。林姐和丁国庆泪流满面，他们跪在沙滩上，虔诚地伸出双手：带我们去吧，饶恕我们罪恶的灵魂……

他们似乎听到了一个亲切的声音：我赦免你们，亲爱的孩子们……

他俩的人味渐渐地少了，大脑也逐渐地迟钝起来。他们莫名其妙地在海滩上一呆就是一整天，玩着与虾蟹打架、与海龟慢跑的游戏。玩腻了，他俩还会跑到丛林里，你追我躲地藏起了猫猫。

　　丁国庆对这里的生活，比起林姐来更加适应。他现在的样子比这个地球上的任何一个男性都完美，满脸的络腮胡子长过了下巴，坚硬的长发留到了脖梗，全身赤裸，腰上只扎了一根草绳，绳子上有一个小环，环里插着一把发亮的竹刀。

　　他还制造了一把弓箭，不论是穿山甲，还是火鸡，一箭一个，绝对跑不了。鱼叉也是竹子做的。他能游到深海，他能潜在水底，去捕那些五花八门的热带海鱼，有时候还能从水底捞出来几个漂亮的海星或奇怪的贝类，献给林姐。

　　林姐的样子看上去也十分满足。她用草绳把海星和贝类串在一起，挂在胸前。那闪着光彩的装饰品，荡在她那浑圆的双乳前，诱得丁国庆立即又亢奋起来，他把林姐抱到柔软的海滩上，欣赏着她那黑亮的酮体。

　　现在，他俩的性交是最圣洁而又最高尚的。性交的目的都很明确，制造生命，延续生灵。

　　他们相交没有时间地点的约束，想起来，随时随地，为所欲为，尽情尽兴。

　　丁国庆是强烈的。

　　林姐感到吃力。

　　林姐为不能怀孕，一个人在海边哭泣过。她怀疑过她的年龄，她想到过她生衍的寿命，她深为自己感到力不从心而难过。她害怕，害怕他们在这个岛上不能繁衍炎黄子孙。

　　丁国庆是拼命的、奋不顾身的。他也对自己产生过怀疑，曾担心过自己男性的能力。为此，他射杀了不少野生动物，龟、贝、猴、鸡，烧、蒸、烤、炖，生吞活咽，他都试过。可惜，他就是不见林姐的肚皮隆起。

林姐的身材不仅没有产生因怀孕而起的变化，反而越来越苗条，越来越美丽。是这里的气候使她变得越来越性感丰满？还是因为这里的营养摄取得平均？都不知道。反正是只见她的胸、臀逐渐增大，而腰部却越来越细。她急死了，恨不得剖开小腹查一查，看一看，自己不能怀孕的真正原因。

　　下雨了，他们得储蓄足够的淡水供他们用。淡水池像个大澡盆，充足的雨量，把大澡盆灌满。

　　太阳出来了，林姐想到淡水池边洗洗自己长长的黑发。她低下头，看到自己的面容，她笑了，笑得露出了雪白的牙齿。她笑的不是因为看到自己越发年轻的脸蛋，她笑的是因为她的肚子真的起了变化。

　　林姐怀上了！怀上了丁国庆的后代，怀上了远东炎黄的子孙！她高兴死了，像只小鸟，欢天喜地地雀跃。

　　丁国庆不停地向她摇头和摆手，不允许她蹦跳，不允许她过分操劳。他对林姐肚子里的小东西视如珍宝，天天守猎回来，第一件事，就是摸着林姐越来越大的肚子放声大笑。

　　第二年春天的一个清晨，一声婴儿的啼鸣，响彻了整个红岛。这声啼鸣，向天地，向宇宙宣告，中华炎黄的后代就降生在赤道，在地球的中心落根了。

　　不幸得很，没几天的功夫，这个婴儿夭折了，原因不明。很可能是他对这块土地不适应，一定觉得这个小世界容不下他的发展创造。他自暴自弃地离开了这个小世界，这个弹丸大的小岛。

　　婴儿的母亲林姐头一个认识到了孩子的感受。她默默地祈祷，愿上天再给她一次机会，那她一定会遵照孩子的要求，把他降生在那片黄土地，那片金黄的、更叫她朝思暮想的土地。

　　婴儿的父亲丁国庆对孩子的意向，也好象心领神会。他努力地做着孩子想要看见的东西，不致使炎黄后代一出生就感到惊慌失措。他把詹纳森祖辈留在岛上的那个古屋彻底拆掉，用剩下来的石块搭成了方方正正的地基。择用可使的材料，在方整的地基上建造起另一座具有浓重中华色彩的建筑。这座新建筑有传统的房山和屋脊。丁国庆又用岛上的红泥，捏成了两只腾飞的巨龙，端端正正地镶在了屋脊上。前后的房山上没有琉璃瓦，他就用碧绿的芭蕉叶代替。

林姐见丁国庆干得如此卖力，她摇头，她叹息。可了解孩子的莫过于母亲，她知道婴儿想要去的是什么地方。她默默地做着自己应做的事，对丁国庆的行动，她不加任何阻拦。

林姐又一次怀孕了。金灿灿的阳光照亮了红岛，林姐没有住进那座新建筑物。她只是把藏在地底下的那几大袋钞票拖到了海边，坐在那里，等候着风向。

风来了。每当赤道的热风向东刮，向太阳升起的地方吹的时候，林姐就忙个不停。她把一百块一张的美钞叠成了小船，一个一个放到海面。纸币做的小船排成了长队，连成了一大片，大风一吹，依次向东远征。

林姐兴奋得像个天真的孩子，乐得拍起了巴掌。

丁国庆不声不响地趴在林姐的身边，像个淘气的大男孩，把头伸向海面，鼓起嘴巴，用力地吹着那些漂向东方的纸币船。

几大袋的钱叠光了，一行行钱做的小船漂向了东方。

林姐的肚子大了起来，她开始笑了，她感到心满意足。

快要临产了，林姐突然失踪。

丁国庆找遍了海滩和密林，都看不到她的踪影。他急了，他发了疯。那长久没有发出声音的嗓子又吼叫起来，那声音像神鬼的嚎哭，像野兽的嘶鸣："欣欣，韩欣欣。林姐，我的女人呀——"

风又刮了起来，一个劲儿地向东吹。

风？钱做的船？胎儿？向东？丁国庆一下子把这些联在了一起，他箭似地跑到了红岛的东头。"哎呀？"丁国庆看到了林姐，她正在奋力地与海浪搏斗，一直向着东方游去。

"太残忍了！堕落呀！愚昧！"丁国庆站在岩石顶突然高喊起这些话。接着，他双掌伸向天空，申诉了他一生的不平。这申诉词很长。一向不善言表的丁国庆，不知是谁赋予他的这份才能，他说得字正腔圆、铿锵有力。

"欲望！这都是欲望！欲望不是理想，欲望是邪恶！

"偷渡！卖人！奴役生灵！堕落呀！无耻！卖奴隶，卖生灵，人类曾有过。罗马帝国卖过人，卖的是异族；英美帝国卖过人，卖的是黑奴；黄种人也卖，可卖的是自己，黄种卖黄种啊！

"上帝呀，天父！您创造了世纪，制造了人，为的是让人类相亲相爱，不断繁衍。可是人哪人，为什么总是背叛您的教诲，不记住您给他们的教训呀！

"仁慈的上帝，万灵的恩主，救救人类吧!"

丁国庆喊罢，双腿一蹬，头朝下，跳进了汹涌的激浪中。

丁国庆很快就抓到了林姐，可是她已经奄奄一息，长发漂在水面上，身体在不断地下沉。丁国庆搂着她的腰游了几下，一个巨浪打来，把他们卷进水里。等丁国庆把林姐托出海面，林姐死了，连同她肚子里的婴儿。

"不，不，林姐。欣欣！"丁国庆的喊声被浪涛淹没。他不再叫喊了，他非常冷静，他知道林姐的灵魂要去哪里。他把林姐的长发拧成一个结，拴在了自己的腰上，向东不停地划，划；不停地游，游。

又一个巨浪打过来，把他们举到了空中，又压到了海底。丁国庆没被打晕，在水下他并没有迷失方向。他感觉到耳旁"咕咕"地冒起一串小水泡。小水泡破了，从里边发出一首歌。这天使般的圣洁的歌声是来自冬冬和萨娃，那是福音赞美诗、复活赞美歌。这纯洁优美的歌声从小水泡里传出，不一会儿传得特别大，特别响，海底、海面都在唱，天地、宇宙都在回响这支圣歌。

544

我们将重逢，
我们将重逢，
我们将在对岸重逢，
在天父的怀抱里最安全，
彼岸是我们光明永恒的家园。

我们将重逢，
我们将重逢，
我站在约旦河彼岸，
我的羊群正站在渡口，
我正在这里等候。

我们将重逢，
我们将重逢，
尽管海面雾霭蒙蒙，
巨浪咆哮汹涌，
别怕，天使的歌声会把路引。

我们将重逢，
我们将重逢，
游过来吧，朋友，不要迷航，
对岸光辉灿烂，
生灵不再受摧残，
灵魂不再受悲伤。

阿门！
阿门！

阿门——!"

曹桂林
1995 年 5 月 16 日

（京）新登字 010 号

图书在版编目(CIP)数据

偷渡客/曹桂林著 . —北京:现代出版社,1995.9
ISBN 7-80028-297-X

I. 偷⋯　Ⅱ. 曹⋯　Ⅲ. 长篇小说-中国-当代　Ⅳ. I247.5

中国版本图书馆 CIP 数据核字(95)第 14563 号

偷渡客

著　作　者:曹桂林
责任编辑:刘宝明
封面设计:郝永琪
出　版　者:现代出版社
承　印　者:河北新华印刷一厂
经　销　者:全国各新华书店
开　　　本:850×1168　1/32　17.25 印张　428 千字
版　　　次:1995 年 9 月第 1 版　　1995 年 9 月第 1 次印刷
印　　　数:1—200,000 册
书　　　号:ISBN 7—80028—297—X/I・061
定　　　价:17.50 元